HENNING
MANKELL

Midzomermoord

MISDAADROMAN

Uit het Zweeds vertaald door

Janny Middelbeek-Oortgiesen

UITGEVERIJ DE GEUS

Vijfde druk

Oorspronkelijke titel *Steget efter*, verschenen bij Ordfronts Förlag AB, Stockholm

Published by agreement with Ordfronts Förlag AB, Stockholm, and
Leonhardt & Høier Literary Agency aps, København

Omslagontwerp Robert Nix
Omslagillustratie Musée des Beaux-Arts de Lyon © Studio Basset
Foto auteur © Ulla Montan
Drukkerij Haasbeek bv, Alphen a/d Rijn

ISBN 90 445 0518 1
NUR 332, 305

Verspreiding in België via Libridis nv, Industriepark-Noord 5a, 9100 Sint-Niklaas

Voor Victoria en Dan

Er zijn altijd veel meer ongeregelde situaties dan geregelde...
UIT DE TWEEDE WET VAN DE THERMODYNAMICA

De ouverture van *Rigoletto*
GIUSEPPE VERDI

Proloog

Even na vijven hield het op met regenen.

De man die op zijn hurken tegen de dikke boomstam zat, begon voorzichtig zijn jas uit te trekken. Het had niet erg hard geregend en ook niet langer dan een halfuur, maar hij voelde dat het vocht toch door zijn kleren heen begon te dringen. Even vlamde een hevige woede in hem op. Hij wilde niet verkouden worden. Niet nu, niet midden in de zomer.

Hij legde zijn regenjas op de grond en stond op. Zijn benen waren stijf geworden. Voorzichtig begon hij heen en weer te wiegen om de bloedsomloop op gang te brengen. Ondertussen keek hij speurend om zich heen.

Hij wist dat degenen op wie hij wachtte niet vóór acht uur zouden komen. Precies zoals ze hadden afgesproken. Wel bestond het risico, ook al was het maar klein, dat er misschien iemand anders aan kwam lopen over een van de paden die door het natuurgebied slingerden.

Dat was het enige onvoorziene in het plan dat hij had gemaakt. Het enige waarvan hij niet zeker kon zijn.

Toch was hij niet ongerust. Het was Midzomer. In het natuurgebied had je geen campings of feestterreinen. Bovendien hadden degenen op wie hij wachtte de plek met zorg uitgekozen. Ze wilden met rust gelaten worden.

Twee weken geleden hadden ze besloten waar ze elkaar zouden treffen. Toen zat hij hen al maanden dicht op de hielen. Al op de dag nadat ze hun besluit hadden genomen, had hij uitgezocht waar de plek was. Hij had zich er goed van vergewist dat niemand hem zag wanneer hij zich in het natuurgebied bevond. Eén keer was er over een van de paden een ouder stel genaderd. Hij had zich in een bosje verstopt totdat ze hem waren gepasseerd.

Toen hij vervolgens de plek vond die zij voor hun midzomerwake hadden uitgekozen, had hij meteen gedacht dat de plaats ideaal was. Hij lag in een dalletje. Eromheen stond dicht struikgewas. En daarachter stonden wat groepjes bomen.

Ze hadden geen betere plek kunnen kiezen.

Of het nou voor hun eigen doeleinden was. Of voor die van hem.

De regenwolken trokken inmiddels weg. Op het moment waarop de zon te voorschijn kwam, werd het meteen ook warmer.

Het was een koude junimaand geweest. Iedereen die hij sprak, klaagde over het Skånse voorjaar. En hij was het met hen eens geweest.

Hij was het altijd met mensen eens.

Dat was de kans die je had om te ontsnappen, dacht hij altijd. *Te ontsnappen aan alles wat op je pad kwam.*

Die kunst had hij geleerd. De kunst om het met mensen eens te zijn.

Hij keek naar de lucht. Meer regen zou er niet komen. De lente en de voorzomer waren echt heel koud geweest, maar nu, nu midzomeravond aanbrak, kwam de zon eindelijk te voorschijn.

Het wordt een mooie avond, dacht hij. Bovendien zal het een gedenkwaardige avond worden.

Het natte gras geurde. Ergens hoorde hij een paar klapwiekende vleugels. Links aan de voet van de helling kon je de zee ontwaren.

Hij ging wijdbeens staan en spuugde de pruimtabak uit die in zijn mond dun was geworden. Daarna vertrapte hij die in het zand.

Hij liet nooit sporen na. Nooit van zijn leven. Maar vaak dacht hij dat hij eigenlijk zou moeten stoppen met pruimtabak. Het was een slechte gewoonte. Iets wat niet bij hem paste.

*

Ze hadden in Hammar afgesproken.

Dat was een geschikte plaats omdat er een paar uit Simrishamn kwamen en de anderen uit Ystad. Daarna zouden ze naar het natuurgebied rijden, hun auto's parkeren en te voet naar de plek gaan die ze hadden uitgekozen.

Eigenlijk was het geen gemeenschappelijk besluit geweest. Ze hadden een hele tijd verschillende alternatieven overwogen en over de voorstellen heen en weer gepraat. Maar toen een van hen ten slotte deze plek voorstelde, hadden ze die zonder meer geaccepteerd. Misschien omdat ze geen tijd meer hadden. Er moest nog veel worden voorbereid. De tijd begon te dringen. Een van hen zorgde voor het voedsel, terwijl een ander naar Kopenhagen reisde om de kleren en pruiken te huren die ze nodig hadden. Er mocht niets aan het toeval worden overgelaten.

Ze troffen ook voorbereidingen voor het geval het slecht weer zou worden.

Op de middag van de dag voor Midzomer pakte degene die daarvoor verantwoordelijk was een groot zeildoek in een rode sporttas. Daarin stopte hij ook een rol plakband en een paar oude lichtgewicht tentharingen. Ook als het regende zouden ze buiten blijven, maar dan hadden ze tenminste wel een dak boven hun hoofd.

Alles was voorbereid. Niemand had echter kunnen voorzien wat er gebeurde.

Een van hen werd namelijk plotseling ziek.

Het was een jonge vrouw. En misschien ook degene die zich nog het meest had verheugd op wat er op Midzomer zou plaatsvinden. Ze had de anderen pas ruim een jaar geleden ontmoet.

Ze was die ochtend vroeg wakker geworden en voelde zich misselijk. Eerst had ze het aan zenuwen toegeschreven. Een paar uur later, toen het al over twaalven was, begon ze echter over te geven en kreeg ze koorts. Nog steeds hoopte ze dat het zou overgaan, maar toen degene die haar zou ophalen bij haar aanbelde, stond ze te trillen op haar benen en vertelde ze dat ze ziek was.

Daarom waren het er maar drie die elkaar tegen halfacht op midzomeravond in Hammar troffen. Ze lieten zich echter niet uit het veld slaan. Ze hadden ervaring; ze wisten dat zoiets kon gebeuren. Tegen plotseling ziek worden kon je je nooit wapenen.

Ze parkeerden hun auto's bij het natuurgebied, pakten hun manden en verdwenen langs een van de paden. Een van hen meende in de verte accordeonmuziek te horen, maar verder hoorde je alleen maar vogels en in de verte het ruisen van de zee.

Toen ze op de plek kwamen die ze hadden uitgekozen, beseften ze meteen dat ze een juiste keuze hadden gemaakt. Hier zouden ze met rust worden gelaten. Hier zouden ze de dageraad kunnen afwachten.

Er was nu geen wolkje meer aan de hemel.

De midzomernacht zou helder zijn.

Begin februari hadden ze besloten hoe ze hun midzomerfeest zouden vieren. Toen hadden ze zitten praten over hun verlangen naar de heldere zomernacht. Ze hadden veel wijn gedronken en lang, op een speelse manier, zitten bekvechten over wat er eigenlijk met 'duister' werd bedoeld.

Wanneer trad die situatie tussen licht en donker in, die duisternis werd genoemd? Hoe kon je eigenlijk in woorden weergeven wat een schemergebied was? Hoeveel kon je zien wanneer het licht zo zwak was dat je je in die vage tussenfase bevond, die glijdende toestand, vlak naast de schaduwen die langzaam groeiden?

Ze waren het niet eens geworden. De duisternis bleef een onopgelost raadsel. Ze waren op die avond echter wel begonnen met het maken van plannen voor hun feest.

Toen ze bij het dalletje kwamen en hun manden hadden neergezet, trokken ze zich een voor een terug om zich in de beschutting van het dichte struikgewas te verkleden. Met zakspiegeltjes die ze tussen de takken zetten, konden ze zien of hun pruiken goed zaten.

Geen van hen vermoedde dat hun ingewikkelde voorbereidingen op enige afstand door een man werden gadegeslagen. De pruiken goed op hun hoofd krijgen was eigenlijk nog het eenvoudigst. De korsetten, kussentjes en onderjurken waren lastiger. Of de halsdoeken, de kragen en niet in de laatste plaats de dikke lagen poeder. Maar het moest allemaal echt zijn. Ze speelden een spel, maar ze speelden het wel serieus.

Het was acht uur toen ze uit hun bosjes te voorschijn kwamen om elkaar te bewonderen. Het gevoel was bij alledrie overweldigend. Opnieuw waren ze uit hun eigen tijd gestapt en hadden ze een andere betreden.

De achttiende eeuw, de tijd van Bellman, de dichter-zanger.

Ze kwamen naar elkaar toe lopen en barstten in lachen uit, maar werden meteen weer serieus. Ze spreidden een groot kleed uit, haalden de spullen uit de manden en zetten een bandrecorder aan: ze hadden verschillende van *Fredmans Epistels*, liederen van Bellman, op bandjes opgenomen.

Toen begon het feest. Wanneer het weer winter werd, zouden ze aan deze avond kunnen terugdenken.

Ze waren opnieuw samen bezig een geheim te scheppen.

*

Tegen middernacht had hij nog steeds geen beslissing genomen.

Hij wist ook dat hij geen haast had. Ze zouden tot de ochtend blijven. Misschien bleven ze wel de hele ochtend uitslapen?

Hij kende hun plannen tot in de kleinste details. Dat gaf hem een gevoel van onbegrensd overwicht.

Alleen degene die het overwicht had, kon ontsnappen.

Even na elven, toen hij kon horen dat ze aangeschoten waren, was hij voorzichtig van positie veranderd. Al tijdens zijn eerste bezoek aan de plek had hij het punt vastgesteld van waaruit hij zou opereren. Dat was vanuit dicht struikgewas wat hoger op de helling. Hij had volledig zicht op alles wat er zich rond het lichtblauwe kleed afspeelde. En hij kon vlak bij hen komen zonder zelf te worden gezien. Af en toe verlieten ze het kleed om hun behoefte te doen. Hij kon alles zien wat ze deden.

Het was inmiddels na middernacht. Hij wachtte nog steeds. Hij wachtte omdat hij aarzelde.

Er was iets veranderd. Er was iets gebeurd.

Ze hadden met zijn vieren moeten zijn, maar er was er eentje niet komen opdagen. In gedachten ging hij denkbare redenen na. *Er was geen verklaring.* Er was iets onverwachts gebeurd. Misschien was het meisje van gedachten veranderd? Misschien was ze ziek geworden?

Hij luisterde naar de muziek. Het gelach. Af en toe stelde hij zich voor dat hij daar zelf beneden bij het lichtblauwe kleed zat, met een glas in de hand. Na afloop zou hij een van de pruiken passen. Misschien ook een kledingstuk? Hij kon zoveel doen. Er waren geen grenzen. Wanneer hij zich onzichtbaar had kunnen maken, had zijn overwicht niet groter kunnen zijn.

Hij bleef wachten. Hun gelach werd nu eens luider en dan weer zachter. Ergens boven zijn hoofd zweefde plotseling een nachtvogel voorbij.

Het werd tien minuten over drie.

Nu wilde hij niet langer wachten. De tijd was rijp. De tijd waarover hij zelf beschikte.

Hij kon zich bijna niet herinneren wanneer hij voor het laatst een horloge had gedragen. De uren en minuten tikten echter onophoudelijk binnen in hem. Hij wist altijd hoe laat het was. Hij had een inwendig uurwerk dat altijd de juiste tijd aangaf.

Beneden bij het lichtblauwe kleed was het stil. Ze hadden hun armen om elkaar heen geslagen en luisterden naar de muziek. Hij wist dat ze niet sliepen. Ze waren echter wel diep verzonken in hun dromen, hadden geen idee dat hij zich daar vlak achter hen bevond.

Hij pakte het pistool met de geluiddemper dat hij naast zich had neergelegd, op de opgevouwen regenjas. Snel keek hij rond.

Daarna sloop hij, lichtgebogen, naar de boom die vlak achter het groepje stond. Daar bleef hij een paar seconden staan. Niemand had iets gemerkt. Hij wierp een laatste blik om zich heen, maar er was niemand in de buurt.

Ze waren alleen.

Toen stapte hij naar voren en schoot elk van hen in het voorhoofd. Hij kon niet voorkomen dat er bloed op de witte pruiken spatte. Het ging zo snel dat hij zelf nauwelijks de tijd had om zich bewust te worden van wat hij deed.

Maar nu lagen ze dood voor hem. Met hun armen om elkaar heen, net zoals een paar seconden geleden.

Hij zette de bandrecorder uit. Luisterde. De vogels kwetterden. Nogmaals keek hij rond. Natuurlijk was er niemand.

Hij legde het pistool op het kleed. Maar eerst spreidde hij een servet uit. Hij liet nooit sporen na.

Daarna ging hij zitten. Keek naar hen, die zojuist nog hadden gelachen maar nu dood waren.

De idylle is niet veranderd, dacht hij. Het verschil is alleen dat we nu met z'n vieren zijn. Zoals vanaf het begin de bedoeling was.

Hij schonk een glas rode wijn in. Eigenlijk dronk hij niet, maar nu kon hij het niet laten.

Daarna paste hij een van de pruiken. At wat van het voedsel. Hij had niet veel trek.

Toen het halfvier was stond hij op.

Hij had nog veel te doen. Het natuurgebied werd vaak bezocht door mensen die 's ochtends vroeg op waren. Als er iemand tegen alle verwachtingen in het pad zou verlaten om het dal op te zoeken, mochten er geen sporen zijn.

Nog niet, in ieder geval.

Het laatste wat hij deed voordat hij de plek verliet, was hun tassen en kleren doorzoeken. Hij vond ook wat hij zocht. Ze hadden alledrie hun paspoort bij zich. Die stopte hij in zijn jaszak. Later die dag zou hij ze verbranden.

Hij keek nog één keer rond. Uit zijn zak haalde hij een fototoestelletje om een foto te nemen.

Eentje.

Het was alsof hij een schilderij bekeek. Van een uitstapje uit de achttiende eeuw.

Het verschil was alleen dat iemand bloed op het beeld had gespat.

Het was de ochtend van Midzomer. Zaterdag 22 juni 1996.

Het zou een mooie dag blijven.

Eindelijk had de zomer Skåne bereikt.

Deel I

I

Op woensdag 7 augustus 1996 kwam Kurt Wallander bijna om bij een auto-ongeluk iets ten oosten van Ystad.

Het gebeurde op een vroege ochtend, even na zessen. Hij was net door Nybrostrand de stad uitgereden, in de richting van Österlen. Opeens had hij een vrachtauto voor zijn Peugeot zien opdoemen. Toen het claxonneren van de vrachtauto tot hem was doorgedrongen, had hij een flinke ruk aan het stuur gegeven.

Daarna was hij naar de kant van de weg gereden. En toen had de angst toegeslagen. Zijn hart had gebonkt. Hij was misselijk geworden, had zich duizelig gevoeld en gemeend dat hij zou flauwvallen. Zijn handen hield hij stevig om het stuur geklemd.

Toen hij gekalmeerd was, drong langzaam tot hem door wat er was gebeurd.

Hij was achter het stuur in slaap gevallen. Was ingedut gedurende één korte seconde, lang genoeg om ervoor te zorgen dat zijn oude auto naar de tegenoverliggende weghelft schoot.

Nóg een seconde en hij was dood geweest, verpletterd door een zware vrachtauto.

Dat besef maakte hem even helemaal leeg. Het enige waaraan hij kon denken was aan het moment, een paar jaar geleden, waarop hij bij Tingsryd bijna op een eland was gebotst.

Maar toen was het mistig en donker geweest. Nu was hij achter het stuur in slaap gevallen.

Zijn vermoeidheid.

Hij begreep die niet. Die had hem zonder enige waarschuwing vooraf overvallen, vlak voordat hij begin juni op vakantie ging. Hij had bedacht dat hij dit jaar eens een keer vroeg vrij zou nemen. Zijn hele vakantie was echter verregend. Net toen hij weer aan het werk ging, had het mooie warme weer Skåne bereikt.

Die vermoeidheid was er de hele tijd. Hij kon af en toe ter plekke in slaap vallen. Zelfs na een lange nacht ongestoord slapen moest hij zichzelf 's ochtends dwingen om op te staan. Wanneer hij in de auto zat, was hij vaak genoodzaakt naar de kant van de weg te rijden om een poosje te slapen.

Hij begreep die vermoeidheid niet. Zijn dochter Linda had hem er tijdens de vakantieweek die ze samen op Gotland hadden doorgebracht ook naar gevraagd, toen ze een autotochtje maakten. Het was op een van de laatste avonden en ze hadden hun intrek genomen in een pension in Burgsvik. De avond was heel mooi geweest. Ze hadden de dag wandelend doorgebracht op de zuidelijke punt van Gotland. Daarna waren ze in een pizzeria gaan eten en vervolgens teruggekeerd naar het pension.

Ze had geïnformeerd naar zijn vermoeidheid. Hij had haar gezicht aan de andere kant van de petroleumlamp gezien, beseft dat haar vraag goed voorbereid was, maar had hem van de hand gewezen. Er was niets mis met hem. Dat hij een deel van zijn vakantietijd gebruikte om zijn slaapachterstand in te halen, kon je niet echt vreemd vinden. Linda had niet verder gevraagd. Hij begreep echter wel dat ze hem niet geloofde.

Nu besefte hij dat het zo niet langer kon. Zijn vermoeidheid was onnatuurlijk. Er was iets mis. Hij had geprobeerd andere symptomen te vinden die erop konden duiden dat hij ziek was. Maar afgezien van het feit dat hij 's nachts soms wakker werd doordat hij kramp in zijn kuiten had, had hij niets kunnen ontdekken.

Hij besefte hoe dicht hij bij de dood was geweest. Nu kon hij het niet langer vooruitschuiven. Hij moest nog diezelfde dag een afspraak maken bij de dokter.

Hij startte de motor en reed verder. Draaide het raampje naar beneden. Hoewel het al augustus was, bleef de hoogzomerse warmte hangen.

Wallander was op weg naar het huis van zijn vader in Löderup. Hoe vaak hij deze weg had afgelegd wist hij niet, maar hij had er nog steeds moeite mee dat hij zijn vader straks niet in zijn atelier zou zien zitten, omgeven door die eeuwige geur van terpentijn, voor de schildersezel waarop hij zijn schilderijen maakte met het voortdurend terugkerende en onveranderlijke motief: een landschap met op de voorgrond een auerhaan. Of zonder auerhaan. En met de zon aan onzichtbare draden vlak boven de boomtoppen hangend.

Binnenkort was het twee jaar geleden. Twee jaar geleden dat Gertrud naar het politiebureau in Ystad had gebeld om te vertellen dat zijn vader dood op de vloer in zijn atelier lag. Hij kon zich nog steeds herinneren, als in een scherp en langgerekt beeld, hoe hij het destijds toen hij naar Löderup reed had ontkend, hoewel hij wist dat het de waarheid was. Op het moment dat hij Gertrud op het erf had zien staan, kon hij het niet langer verdringen. Toen wist hij wat hem te wachten stond.

Die twee jaren waren omgevlogen. Zo vaak als hij kon, maar toch te weinig, bezocht hij Gertrud, die in het huis van zijn vader was blijven wonen. Er was meer dan een jaar overheen gegaan voordat ze serieus begonnen met het opruimen van het atelier. In totaal hadden ze tweeëndertig voltooide en gesigneerde schilderijen gevonden. Op een avond in december 1995 waren ze aan Gertruds keukentafel gaan zitten om een lijst te maken van de mensen die die schilderijen cadeau zouden krijgen. Wallander had er zelf twee gehouden. Een met en een zonder auerhaan. Linda had er een gekregen, en ook zijn ex-vrouw, Mona. Zijn zuster Kristina had er tot zijn verbazing, en misschien ook verdriet, geen willen hebben. Gertrud had er al een paar en had er geen nodig. Ze hadden dus achtentwintig schilderijen om weg te geven. Wallander had er na enige aarzeling een naar een rechercheur in Kristianstad gestuurd, met wie hij af en toe contact had. Maar toen drieëntwintig van de schilderijen waren verdeeld, wisten ze geen namen meer te bedenken. Ook Gertruds familieleden hadden er allemaal al eentje gekregen. Er waren nu dus nog steeds vijf schilderijen over.

Wallander vroeg zich af wat hij daarmee moest. Hij wist dat hij het nooit over zijn hart zou kunnen verkrijgen ze te verbranden.

Eigenlijk waren ze van Gertrud. Zij had echter gezegd dat Kristina en hij ze maar moesten nemen. Niet zij, die pas zo laat in het leven van zijn vader was gekomen.

Wallander reed langs de afslag naar Kåseberga. Hij was er bijna. Hij dacht aan wat hem wachtte. Op een avond in mei, toen hij een van zijn bezoekjes aan Gertrud had gebracht, hadden ze een lange wandeling gemaakt over de tractorpaden die tussen de koolzaadvelden door slingerden. Ze had gezegd dat ze niet meer in het huis wilde blijven wonen. Ze begon het te eenzaam te vinden.

'Ik wil er niet zo lang blijven wonen dat hij bij me komt spoken', had ze gezegd.

Op de een of andere manier meende hij dat hij wel begreep wat ze bedoelde. Waarschijnlijk zou hij zelf net zo hebben gereageerd.

Ze hadden tussen de akkers gelopen en zij had hem gevraagd haar bij de verkoop van het huis te helpen. Er was geen haast bij, het kon wachten tot na de zomervakantie. Maar voordat het echt herfst werd, wilde ze verhuizen. Ze had een zuster die pas weduwe was geworden en in de buurt van Rynge woonde. Daar wilde zij ook gaan wonen.

Nu was het zover. Wallander had die woensdag een vrije dag genomen. Om negen uur zou er een makelaar uit Ystad komen om met hem te bespreken wat een redelijke vraagprijs was. Vóór die tijd zouden Wallander en Gertrud samen de laatste dozen met bezittingen van zijn vader doornemen. De week daarvoor hadden ze al gepakt. Wallanders collega Martinson was met een aanhanger gekomen en ze hadden een paar vrachten naar de stortplaats bij Hedeskoga gebracht. Wallander had met een toenemend gevoel van weerzin bedacht dat wat er van een mensenleven overbleef op de dichtstbijzijnde stortplaats belandde.

Als nalatenschap van zijn vader was er nu, behalve herinneringen, een aantal foto's. Alsmede vijf schilderijen en een paar dozen met oude brieven en documenten. Verder niets. De balans was opgemaakt en afgesloten.

Wallander sloeg af naar zijn vaders huis.

Hij zag Gertrud buiten op het erf. Ze was altijd vroeg op.

Ze dronken koffie in de keuken, waar de kastdeuren openstonden en lege planken onthulden. Al diezelfde middag zou Gertruds zus haar komen halen. Wallander zou een sleutel houden en de andere aan de makelaar geven.

Gertrud had hem op het erf begroet. Hij was verbaasd toen hij ontdekte dat ze dezelfde jurk aanhad als die ze had gedragen toen ze met zijn vader trouwde. Hij kreeg meteen een brok in zijn keel. Voor Gertrud was dit een serieus en plechtig moment. Ze zou haar thuis verlaten.

Voordat ze gingen koffiedrinken, namen ze de inhoud van de twee dozen vluchtig door. Tussen de oude brieven ontdekte Wallander tot zijn verwondering een paar kinderschoenen die hij zich uit zijn jeugd meende te herinneren. Had zijn vader die al die jaren bewaard?

Hij bracht de dozen naar buiten en zette ze in de auto. Toen hij het portier dichtgooide zag hij Gertrud op de stoep staan. Ze glimlachte.

'Er zijn nog vijf schilderijen', zei ze. 'Ben je die vergeten?'

Wallander schudde zijn hoofd. Hij liep naar de schuur die zijn vaders atelier was geweest. De deur was open. Hoewel ze er hadden schoongemaakt, hing er nog steeds een geur van terpentijn. Op de oude kookplaat stond het pannetje waarin zijn vader een oneindig aantal koppen koffie had gezet.

Het is misschien de laatste keer dat ik hier ben, dacht hij. Maar in tegenstelling tot Gertrud heb ik me niet netjes aangekleed. Ik kom in mijn gewone kloffie. En als ik geen geluk had gehad, was ik misschien ook dood geweest. Net als mijn vader. Dan zou Linda naar de stortplaats moeten rijden met wat ik achterlaat. En daar zou ze dan twee schilderijen tussen aantreffen, waarvan eentje met een auerhaan op de voorgrond.

Wallander voelde zich niet op zijn gemak. In het halfduistere atelier was zijn vader nog steeds aanwezig.

De schilderijen stonden tegen de muur. Hij bracht ze naar zijn auto. Legde ze in de kofferbak en deed er een deken overheen. Gertrud stond nog steeds op de stoep.

'Verder is er niets meer.'

Wallander schudde zijn hoofd.

'Niets meer', antwoordde hij. 'Niets.'

Om negen uur draaide de auto van de makelaar het erf op. Toen de man die achter het stuur zat uitstapte, herkende Wallander hem tot zijn verbazing. Zijn naam was Robert Åkerblom. Een paar jaar geleden was zijn vrouw op beestachtige wijze vermoord en vervolgens in een oude put gestopt. Het was een van de moeilijkste en onaangenaamste moordzaken geweest waarbij Wallander ooit betrokken was geweest. Hij fronste nadenkend zijn voorhoofd. Hij had ervoor gekozen een van de grote makelaarskantoren te benaderen die door het hele land vestigingen hadden. Het kantoor van Åkerblom hoorde daar niet bij. Als het überhaupt nog bestond. Wallander meende dat hij gehoord had dat het korte tijd na de moord op Louise Åkerblom was opgeheven.

Hij liep naar buiten en ging op de stoep staan. Robert Åkerblom zag er nog precies zo uit als Wallander zich hem herinnerde. Toen ze elkaar voor het eerst ontmoetten, had hij op Wallanders kamer zitten huilen. Wallander wist nog dat hij toen had gedacht dat Åkerblom een man was wiens uiterlijk hij zich nooit zou herinneren. Diens ongerustheid en verdriet over zijn echtgenote waren echter oprecht geweest. Wallander herinnerde zich ook dat zij lid van een buitenkerkelijke gemeente waren geweest. Hij dacht van de methodisten.

Ze gaven elkaar een hand.

'Zo komen we elkaar dus toch weer tegen', zei Robert Åkerblom.

Wallander herkende nu ook zijn stem. Heel even wist hij niet wat hij met de situatie aan moest. Wat moest hij eigenlijk zeggen? Åkerblom was hem echter voor.

'Ik mis haar nu nog evenveel als toen', zei hij langzaam. 'Maar voor de meisjes is het natuurlijk nog erger.'

Wallander herinnerde zich de twee dochters. Die waren destijds nog zo klein. Ze hadden de situatie aangevoeld zonder het te begrijpen.

'Het zal wel moeilijk zijn', antwoordde hij.

Even was hij bang dat de gebeurtenis van destijds zich zou herhalen. Dat Robert Åkerblom in huilen uit zou barsten. Maar dat gebeurde niet.

'Ik heb geprobeerd het kantoor voort te zetten,' zei Åkerblom, 'maar ik kon het niet opbrengen. Toen ik een aanbod kreeg om bij een van de concurrenten te komen werken heb ik toegehapt. Daar heb ik nooit spijt van gehad. Vooral omdat ik nou niet meer die lange avonden met de boekhouding zit. Ik heb meer tijd voor de kinderen gekregen.'

Gertrud kwam naar buiten. Samen gingen ze het hele perceel af. Åkerblom maakte aantekeningen en nam een paar foto's. Daarna dronken ze koffie in de keuken. De prijs die Åkerblom aangaf, kwam Wallander aanvankelijk laag voor, maar toen realiseerde hij zich dat het toch drie keer zoveel was als zijn vader er ooit voor had betaald.

Even na halfelf reed Robert Åkerblom weg. Wallander bedacht dat hij misschien bij Gertrud moest blijven totdat haar zuster haar kwam halen, maar zij raadde zijn gedachten en zei dat ze er niets op tegen had om alleen te blijven.

'Het is een mooie dag', zei ze. 'Met de zomer is het toch nog goed gekomen. Toen die al bijna voorbij was. Ik ga in de tuin zitten.'

'Als je dat wilt blijf ik. Ik ben vandaag vrij.'

Gertrud schudde haar hoofd.

'Kom me maar opzoeken in Rynge', zei ze. 'Maar wacht wel even een paar weken. Ik moet eerst een beetje op orde komen.'

Wallander stapte in zijn auto en reed terug naar Ystad. Hij zou direct naar huis gaan en een afspraak bij de dokter maken. Daarna zou hij zichzelf inroosteren om de was te doen en zijn flat schoonmaken.

Omdat hij geen haast had, koos hij voor een omweg. Hij vond autorijden prettig. Kijken naar het landschap en zijn gedachten de vrije loop laten.

Hij was juist Valleberga gepasseerd toen de telefoon ging. Het was Martinson. Wallander remde af en ging aan de kant van de weg staan.

'Ik heb je gezocht', zei Martinson. 'Er heeft natuurlijk weer niemand verteld dat je vandaag vrij was. Weet je trouwens dat je antwoordapparaat kapot is?'

Wallander wist dat dit soms bleef hangen. Hij vermoedde echter ook meteen dat er iets was gebeurd. Het maakte niet uit hoelang hij al bij de politie was, het gevoel was altijd hetzelfde. Zijn maag trok samen. Hij hield zijn adem in.

'Ik sta op Hansons kamer te bellen', vervolgde Martinson. 'Bij mij op de kamer zit op dit moment de moeder van Astrid Hillström.'

'Wie?'

'Astrid Hillström. Een van die verdwenen jongelui. Haar moeder.'

Wallander wist nu wie hij bedoelde.

'Wat wil ze?'

'Ze is helemaal uit haar doen. Er is een ansichtkaart van haar dochter gekomen. Uit Wenen.'

Wallander fronste zijn voorhoofd.

'Dat is dan toch goed nieuws? Dat haar dochter wat van zich laat horen?'

'Ze zegt dat haar dochter die kaart niet heeft geschreven. Ze denkt dat de kaart nep is. En ze is ontdaan over het feit dat we niks doen.'

'Wat moeten we dan doen, wanneer er geen sprake van een misdrijf lijkt te zijn? Wanneer we massa's bewijzen hebben dat ze vrijwillig moeten zijn vertrokken?'

Het duurde even voordat Martinson weer wat zei.

'Ik weet niet wat het is,' zei hij, 'maar ik heb het gevoel dat er misschien toch wel wat zit in wat zij zegt. Wat weet ik niet. Maar iets. Misschien.'

Wallander was meteen alert. In de loop der jaren had hij geleerd Martinsons voorgevoelens serieus te nemen. Vaak bleek later dat hij gelijk had gehad.

'Wil je dat ik kom?'

'Nee. Maar ik vind wel dat jij, Svedberg en ik dit morgen moeten doorspreken.'

'Noem maar een tijd.'

'Acht uur? Ik zeg het wel tegen Svedberg.'

Ze beëindigden hun gesprek. Wallander bleef in zijn auto zitten. Op een akker in de verte reed een tractor. Hij volgde die met zijn blik.

Hij dacht aan wat Martinson had gezegd. Hij had Astrid Hillströms moeder zelf ook verschillende keren ontmoet.

In gedachten nam hij nog eens door wat er gebeurd was.

Een paar dagen na Midzomer waren een paar jongeren als vermist opgegeven. Dat was precies gebeurd op het moment dat hij van zijn verregende vakantie terugkwam. Samen met een paar collega's had hij zich over de zaak gebogen. Al vanaf het begin had hij het gevoel gehad dat er geen sprake van een misdrijf was. Na drie dagen was er trouwens een ansichtkaart uit Hamburg gekomen, met een afbeelding van het spoorwegstation. Wallander herinnerde zich nog letterlijk wat er op de kaart had gestaan: 'Wij trekken Europa in. Misschien blijven we tot midden augustus weg.'

Vandaag was het woensdag 7 augustus. Ze zouden dus binnenkort wel thuiskomen. En nu was er weer een kaart gekomen, van Astrid Hillström. Uit Wenen.

Op de eerste kaart hadden ze alledrie hun naam gezet. Hun

ouders hadden hun handschriften herkend. Alleen Astrid Hillströms moeder had geaarzeld. Ze had zich echter door de anderen laten overtuigen.

Wallander wierp een blik in zijn zijspiegel en draaide de weg weer op. Martinson had vaak gelijk met zijn voorgevoelens.

Wallander parkeerde in Mariagatan en droeg de dozen en de vijf schilderijen naar boven. Daarna ging hij naast de telefoon zitten. Bij zijn huisarts kreeg hij een antwoordapparaat. De dokter zou op 12 augustus van vakantie terug zijn. Wallander overwoog of hij zo lang zou wachten. De gedachte aan hoe dicht hij die ochtend bij de dood was geweest, liet hem echter niet met rust. Hij belde een andere arts en kon de volgende dag terecht, om elf uur. Nadat hij zichzelf in de gemeenschappelijke wasruimte in de kelder van de flat voor de volgende avond had ingeroosterd om zijn was te doen, begon hij zijn flat schoon te maken. Toen hij klaar was met de slaapkamer was hij het al beu. Hij ging even vluchtig met de stofzuiger door de woonkamer en zette hem toen weg. De dozen en de schilderijen had hij in de kamer gezet waar Linda altijd sliep wanneer ze af en toe op bezoek kwam.

Daarna dronk hij in de keuken drie glazen water.

Ook zijn dorst was iets waar hij vraagtekens bij had.

Zijn vermoeidheid. En zijn dorst. Waar kwamen die vandaan?

Het was inmiddels twaalf uur. Hij merkte dat hij honger had. Een blik in de koelkast onthulde dat hij zichzelf niets kon aanbieden. Hij trok zijn jack aan en ging naar buiten. Het was warm. Hij wandelde naar het centrum. Bij drie makelaarskantoren bleef hij staan om in de etalages naar de panden te kijken. Hij besefte dat de prijs die Robert Åkerblom had voorgesteld redelijk was. Meer dan 300.000 kronen zouden ze nauwelijks kunnen krijgen voor het huis in Löderup.

Hij bleef bij een snackbar staan om een hamburger te eten. En hij dronk twee flesjes mineraalwater. Daarna liep hij naar een schoenwinkel waarvan hij de eigenaar kende, om van het toilet gebruik te maken. Toen hij weer op straat stond, wist hij even niet goed wat hij moest doen. Hij zou zijn vrije dag eigenlijk moeten gebruiken om boodschappen te doen. Niet alleen de koelkast was leeg. Hetzelfde gold voor de voorraadkast. Op dit moment kon hij de gedachte om de auto te moeten halen en naar een van de grote supermarkten van de stad te rijden niet verdragen. Hij liep Hamngatan uit, stak de spoorbaan over en sloeg daarna af, Spanienf績araregatan in. Toen hij bij de jachthaven kwam, liep hij langzaam langs de steigers om naar de afgemeerde boten te kijken. Probeerde zich voor te stellen hoe het zou zijn om te kunnen zeilen. Iets waar hij totaal geen ervaring mee had. Toen merkte hij dat hij alweer moest plassen. Bij een café maakte hij gebruik van het toilet, dronk nog een flesje mineraalwater en ging daarna op een bankje zitten naast de rode barak van de Reddingsmaatschappij.

De laatste keer dat hij daar had gezeten was het winter geweest. De avond dat Baiba vertrok.

Hij had haar naar het vliegveld gebracht. Het was al donker geweest. Winderige winterse buien waren in het licht van de koplampen voorbijgewerveld. Ze waren doodstil blijven zitten. Daarna, toen hij haar door de pascontrole had zien verdwijnen, was hij naar Ystad teruggekeerd en buiten op een bank gaan zitten. De wind was kil geweest. Hij had het koud gehad. Maar hij was blijven zitten. En hij had gedacht dat het nu allemaal voorbij was. Baiba zou hij nooit meer zien. Hun breuk was definitief.

In december 1994 was ze naar Ystad gekomen. Zijn vader was toen net overleden en hij zat midden in een van de meest veeleisende zaken waarmee hij in al zijn jaren bij de politie te maken had gehad. Maar dat najaar had hij ook, misschien voor het eerst in jaren, plannen voor de toekomst gemaakt. Hij had besloten uit Mariagatan weg te gaan. Op het platteland te gaan wonen. Een hond te nemen. Hij had zelfs een kennel bezocht en naar labradorwelpen gekeken. Hij zou zijn leven veranderen. En het belangrijkste van alles was dat hij wilde dat Baiba bij hem bleef. Ze was tijdens de kerst in Ystad gebleven. Wallander had gemerkt dat zij en Linda het vanaf het begin al goed met elkaar konden vinden. Destijds, nieuwjaar 1995, tijdens de laatste dagen voordat ze naar Riga terugkeerde, hadden ze serieus over de toekomst gepraat. Misschien zou ze tegen de zomer al voorgoed naar Zweden komen. Ze waren ook samen naar huizen gaan kijken. Een boerderijtje met een klein lapje grond in de buurt van Svenstorp hadden ze een paar keer bezocht. Maar toen, op een dag in maart, of beter gezegd op een avond, toen Wallander al sliep, had ze uit Riga opgebeld en hem verteld dat ze twijfelde. Ze wilde niet trouwen, wilde niet naar Zweden verhuizen. In ieder geval nog niet. Ongerust was Wallander een paar dagen later naar Riga gevlogen. Hij had gedacht dat hij haar wel op andere gedachten kon brengen. Het was op een ruzie uitgelopen, hun eerste, een lange stevige ruzie. Daarna hadden ze meer dan een maand niet met elkaar gepraat. Vervolgens had Wallander haar opgebeld en toen hadden ze afgesproken dat hij die zomer naar Letland zou komen. Ze hadden twee zomerweken doorgebracht aan de Golf van Riga, in een vervallen huis dat een van haar collega's bij de universiteit haar ter beschikking had gesteld. Ze hadden lange strandwandelingen gemaakt, en door schade en schande wijs geworden had Wallander gewacht totdat ze zelf over de toekomst begon. Maar toen ze dat ten slotte deed, was ze vaag en ontwijkend. Nu niet, nog niet. Waarom konden ze het niet laten zoals het was? Toen Wallander naar huis vloog, had hij zich bedrukt gevoeld en wist hij nog steeds niet waar hij aan toe was. Heel dat najaar was verstreken zonder dat ze elkaar hadden ontmoet. Ze hadden erover gesproken, plannen gemaakt, verschillende alternatieven bekeken. Maar het was op niets uitgelopen. Tijdens die periode was Wallander argwanend geworden. Was er in Riga soms een andere man? Iemand van wie hij niet wist? Een aantal keren had hij haar midden in de nacht jaloers opgebeld en minstens twee keer had hij het gevoel gehad dat er iemand anders in haar flat was, ook al had ze hem verzekerd dat dat niet het geval was.

Ook dat jaar bracht ze de kerstdagen in Ystad door. Die keer was Linda er alleen op kerstavond bij geweest. Ze was daarna met een paar vrienden naar Schotland vertrokken. En toen, een paar dagen na de jaarwisseling, had Baiba gezegd dat ze zich niet kon voorstellen ooit naar Zweden te verhuizen. Ze had lang geaarzeld, maar nu wist ze het zeker. Ze wilde haar baan aan de universiteit niet kwijtraken. Wat zou ze in Zweden kunnen doen? In Ystad? Misschien kon ze tolk worden. Maar verder? Wallander had geprobeerd haar over te halen. Hij was daar echter niet in geslaagd en had het algauw opgegeven. Zonder dat ze het rechtstreeks zeiden, wisten ze allebei dat hun relatie op haar eind liep. Na vier jaar waren er geen wegen meer die naar de toekomst leidden. Wallander had haar naar het vliegveld gebracht, haar door de pascontrole zien verdwijnen en was daarna in de winteravond op de koude bank bij het gebouw van de Reddingsmaatschappij gaan zitten. Hij had zich gedeprimeerd gevoeld en eenzamer dan ooit. Maar geleidelijk was er ook een ander gevoel binnengeslopen. Een gevoel van opluchting. Ondanks alles hoefde hij zich nu niets meer af te vragen.

Een motorboot verliet de haven. Wallander stond op. Hij moest weer naar de wc.

Ze hadden elkaar aanvankelijk nog wel af en toe telefonisch gesproken, maar toen hield ook dat op. De laatste keer was al meer dan een halfjaar geleden. Toen Linda en hij een keer in Visby rondliepen, had ze gevraagd of het nu echt uit was met Baiba.

'Ja,' had hij geantwoord, 'het is afgelopen.'

Ze had op een vervolg gewacht.

'Het kon waarschijnlijk niet anders', had hij gezegd. 'Ik geloof dat we het geen van beiden echt wilden, maar het was waarschijnlijk onvermijdelijk.'

Hij liep het café binnen. Knikte even naar de serveerster en verdween naar het toilet.

Daarna liep hij naar huis, naar Mariagatan, pakte zijn auto en reed naar de uitvalsweg richting Malmö. Toen hij bij de supermarkt waar hij altijd naartoe ging aankwam, bleef hij eerst even in de auto zitten om te proberen een boodschappenlijstje te maken, maar toen hij met zijn wagentje tussen de schappen liep, kon hij het briefje nergens vinden. Hij nam niet de moeite naar zijn auto terug te lopen om het te halen. Het liep al tegen vieren toen hij alles wat hij gekocht had in de koelkast en de voorraadkast had opgeborgen. Hij ging op de bank liggen om de krant te lezen, maar viel meteen in slaap. Toen hij een uur later met een schok wakker werd, had hij gedroomd.

Hij was in Rome geweest, met zijn vader. Maar Rydberg was er ook bij. En een paar kleine, dwergachtige mensen die hen koppig in hun benen knepen.

Wallander bleef op de bank zitten.

Ik droom over de doden, dacht hij. Wat betekent dat? Mijn vader is dood. Over hem droom ik bijna iedere nacht. En nu ook over Rydberg. Mijn oude collega en vriend. De rechercheur die mij het meeste heeft geleerd van wat ik tegenwoordig ondanks alles misschien kan. En hij is al bijna vijf jaar dood.

Hij stapte het balkon op. Het was nog steeds warm en windstil. Aan de horizon was een wolkenfront aan het ontstaan.

Opeens drong met een afschuwelijke duidelijkheid tot hem door hoe eenzaam hij was. Afgezien van Linda, die in Stockholm woonde en die hij weinig zag, had hij bijna geen vrienden. Degenen met wie hij omging, waren de mensen met wie hij werkte. En hen zag hij bijna nooit in zijn vrije tijd.

Hij liep naar de badkamer om zijn gezicht af te spoelen. Keek in de spiegel. Hij was bruin, maar de vermoeidheid scheen erdoorheen. Zijn linkeroog was bloeddoorlopen. Zijn haarinplant had zich weer een stapje verder teruggetrokken.

Hij ging op de weegschaal staan. Die gaf een paar kilo minder aan dan voor de zomer. Maar toch nog te veel.

De telefoon ging. Hij nam op. Het was Gertrud.

'Ik wilde alleen even zeggen dat ik in Rynge aangekomen ben. En dat ik een goeie reis heb gehad.'

'Ik heb aan je gedacht', zei Wallander. 'Ik had misschien moeten blijven.'

'Ik denk dat ik er behoefte aan had om alleen te zijn. Met al mijn herinneringen. Maar ik krijg het hier ook goed. Mijn zus en ik kunnen goed met elkaar opschieten. Dat is altijd al zo geweest.'

'Over een week of wat kom ik naar je toe.'

Ze beëindigden het gesprek. De telefoon ging meteen weer. Dit keer was het zijn collega Ann-Britt Höglund.

'Ik wilde alleen even horen hoe het gegaan is', zei ze.

'Waarmee dan?'

'Jij had toch vandaag een afspraak met een makelaar? Over het huis van je vader?'

Wallander herinnerde zich dat hij de vorige dag een paar woorden met haar had gewisseld.

'Ik geloof dat het wel goed ging', zei hij. 'Je mag het voor 300.000 kronen hebben.'

'Ik heb het nog nooit gezien', antwoordde ze.

'Het is wel een raar gevoel', zei Wallander. 'Het staat daar nu leeg. Gertrud is verhuisd. Iemand zal het kopen. Het zal vermoedelijk wel een zomerhuisje worden. Andere mensen zullen daar leven. En die weten dan niets over mijn vader.'

'In alle huizen zijn spoken', antwoordde ze. 'Behalve in nieuwbouw.'

'De lucht van terpentijn zal er blijven hangen', zei Wallander. 'Maar wanneer ook die weg is, is er niets meer wat herinnert aan degenen die daar ooit hebben gewoond.'

'Dat klinkt melancholiek.'

'Het is niet anders. Tot morgen. Bedankt dat je hebt gebeld.'

Wallander liep naar de keuken om water te drinken.

Ann-Britt was attent. Zij dacht aan dingen. Zelf zou hij er in een vergelijkbare situatie natuurlijk nooit aan hebben gedacht om te bellen.

Het was inmiddels zeven uur. Hij bakte een saucijs en aardappels. Daarna at hij met zijn bord op schoot voor de televisie. Zapte wat heen en weer, maar vond niets wat hem interesseerde. Toen hij het eten op had, ging hij met zijn kopje koffie naar het balkon. Zodra de zon was ondergegaan, verdween de warmte. Hij ging weer naar binnen.

De rest van de avond besteedde hij aan het doornemen van wat hij eerder die dag uit Löderup had meegenomen.

Op de bodem van een van de dozen lag een bruine envelop. Toen hij die openmaakte, zag hij dat er een paar oude verbleekte foto's in zaten. Hij kon zich niet herinneren dat hij die eerder had gezien. Op een ervan stond hij zelf ook: vier of vijf jaar oud en zittend op de motorkap van een grote Amerikaanse slee. Naast hem stond zijn vader die hem vasthield om te voorkomen dat hij eraf viel.

Wallander nam de foto mee naar de keuken en zocht in een van de keukenlades naar een vergrootglas.

We glimlachen, dacht hij. Ik kijk recht in de camera en straal van trots. Ik mocht op een auto van een van de kunstventers zitten. Iemand van degenen die mijn vaders schilderijen kochten en die hem schandalig onderbetaalden. Mijn vader glimlacht ook. Maar hij kijkt naar mij.

Wallander bleef lang met de foto voor zich zitten. Die sprak hem aan vanuit een sinds lang verzegelde en onbereikbare werkelijkheid. Ooit hadden zijn vader en hij een goede verstandverhouding gehad, maar toen hij besloot bij de politie te gaan veranderde alles. De laatste jaren van zijn vaders leven hadden ze geprobeerd iets van wat verloren was gegaan terug te vinden.

Maar zo ver als dit zijn we niet meer gekomen, dacht Wallander. Bij deze glimlach toen ik boven op de motorkap van een glimmende Buick zat. In Rome kwamen we in de buurt. Maar bereiken deden we het niet helemaal.

Wallander plakte de foto met een plakstift op de keukendeur. Daarna liep hij weer naar het balkon. Het wolkenfront was nu dichterbij gekomen. Hij ging voor de tv zitten en zag het einde van een oude film.

Tegen middernacht ging hij naar bed.

De volgende dag zou hij een overleg hebben met Svedberg en Martinson. Daarna moest hij naar de dokter.

Hij bleef lang wakker liggen in de duisternis.

Twee jaar geleden had hij erover gedroomd uit Mariagatan te verhuizen. Een hond te nemen. Te gaan samenwonen met Baiba.

Er was echter allemaal niets van gekomen. Geen Baiba. Geen huis. Geen hond. Alles was bij het oude gebleven.

Er moet iets gebeuren, dacht hij. Iets waardoor ik weer vooruit ga kijken.

Het was al over drieën toen hij die nacht eindelijk in slaap viel.

2

In de ochtenduren trok het wolkenfront langzaam weg.

Wallander werd al om zes uur wakker. Hij had weer over zijn vader gedroomd. In zijn onderbewuste waren fragmentarische en onsamenhangende beelden voorbijgeschoten. Hijzelf was in zijn droom kind en volwassene tegelijkertijd geweest. Een begrijpelijk verband was er niet. De droom was net een schip dat in een mistbank verdween.

Hij stond op, ging douchen en koffiedrinken. Toen hij buiten op straat kwam, merkte hij dat de zomerse warmte nog steeds aanhield. Bovendien was het voor de verandering eens een keer helemaal windstil. Hij pakte zijn auto en reed naar het politiebureau. Omdat het nog geen zeven uur was, lagen de gangen er verlaten bij. Hij haalde een kop koffie en liep naar zijn kamer. Toen hij zijn bureau zag dat nu eens een keer niet vol lag met dossiers, vroeg hij zich af wanneer hij voor het laatst zo weinig te doen had gehad. Wallander voelde al jaren hoe zijn eigen werkdruk toenam naarmate de beschikbare middelen krompen. Zaken bleven liggen of werden slordig afgehandeld. Van veel gevallen waarin een vooronderzoek er niet toe had geleid dat een vermeend misdrijf voor de rechter kwam, wist Wallander dat dat niet nodig was geweest. Als ze de benodigde tijd maar hadden gehad. Als ze maar niet met zo weinig mensen waren geweest.

Je kon er altijd over discussiëren of misdaad loonde of niet. Een exact historisch moment waarop misdaad misschien inderdaad lonend was geworden, zou je ook nooit kunnen aanwijzen. Hij besefte echter al geruime tijd dat de criminaliteit in Zweden sterker stond dan ooit. De mensen die zich met moderne financiële criminaliteit bezighielden, leefden vrijwel in een beschermd gebied. Daar leek de rechtsstaat bijna geheel te hebben gecapituleerd.

Met zijn collega's besprak Wallander deze problemen vaak. Hij merkte ook dat de zorg over deze ontwikkelingen bij de burgers groot was. Gertrud had het erover. De buren die hij in de wasruimte tegenkwam hadden het erover.

Wallander wist dat hun zorg terecht was. Hij zag echter geen tekenen die op krachtige maatregelen wezen. Integendeel, politie en justitie bleven bezuinigen.

Hij hing zijn jack weg, deed het raam open en bleef staan kijken naar de oude watertoren.

De laatste jaren waren er in Zweden verschillende privé-bewakingsdiensten ontstaan. Burgerwachten. Wallander was er al lang bang voor geweest dat dat zou gebeuren. Wanneer het normale rechtssysteem niet meer functioneerde, lag de lynchjustitie altijd op de loer. De mensen begonnen het vanzelfsprekend te vinden om het recht in eigen hand te nemen.

Toen hij daar bij het raam stond, vroeg hij zich af hoeveel illegale wapens er in de Zweedse samenleving zouden rondzwerven. En hij vroeg zich af hoe het zou zijn als je nog een paar jaar verder was.

Hij ging achter zijn bureau zitten. Bladerde een paar oude memo's door die iemand gisteren op zijn bureau had gelegd. Het ene ging over de maatregelen die op landelijk niveau werden voorbereid om het voortdurend groeiende aantal valse creditcards aan te pakken. Afwezig las Wallander wat er geschreven stond over de vervalsingfabrieken die in enkele Aziatische landen waren opgerold.

Het andere document was een evaluatie van een proef met pepperspray die sinds 1994 gaande was en deze zomer was beëindigd. Bedreigde vrouwen hadden deze sprays onder bepaalde omstandigheden van de lokale politie kunnen krijgen. Hoewel Wallander de tekst twee keer doorlas, bleef het voor hem onduidelijk wat nu eigenlijk het bereikte resultaat was. Hij haalde zijn schouders op en liet de twee vellen papier in de prullenbak verdwijnen. Hij had zijn deur op een kier laten staan en hoorde stemmen op de gang. Een vrouw lachte. Wallander glimlachte. Dat was hun baas, Lisa Holgersson. Zij was een paar jaar geleden Björk opgevolgd. Velen van Wallanders collega's hadden in het begin hun reserves gehad bij het idee dat een vrouw hun hoogste baas werd, maar Wallander had al in een vroeg stadium respect voor haar gekregen. Dat was niet veranderd.

Het werd halfacht. De telefoon ging. Het was Ebba van de receptie.

'Is het goed gegaan?' vroeg ze.

Wallander besefte dat ze doelde op wat er de vorige dag was gebeurd.

'Het huis is nog niet verkocht', antwoordde hij. 'Maar dat gaat vast wel lukken.'

'Ik bel om te vragen of je om halfelf studiebezoek kunt ontvangen', vervolgde ze.

'Studiebezoek in de zomer?'

'Het is een groep gepensioneerde zeekapiteins die altijd in augustus hier in Skåne bij elkaar komt. Ik geloof dat ze een of andere vereniging hebben. Ze noemen zich "De Zeeberen".'

Wallander dacht aan zijn afspraak bij de dokter.

'Je zult het aan iemand anders moeten vragen', antwoordde hij. 'Tussen halfelf en twaalf uur ben ik er niet.'

'Ik zal het Ann-Britt vragen', zei Ebba. 'Misschien dat oude kapiteins een vrouwelijke politiefunctionaris wel leuk vinden.'

'Of ze vinden juist het tegenovergestelde', antwoordde Wallander.

Toen het een paar minuten voor acht was, had Wallander niets anders gedaan dan op zijn stoel heen en weer schommelen en door het raam naar buiten kijken. De vermoeidheid maalde in zijn lichaam. Hij maakte zich zorgen over wat de dokter zou zeggen. Waren zijn vermoeidheid en die voortdurend terugkerende krampen tekenen dat hij aan een ernstige ziekte leed?

Hij stond op en liep door de gang naar een van de vergaderkamers. Martinson was er al. Hij was naar de kapper geweest en zag er gebruind uit. Wallander dacht aan twee jaar geleden, toen Martinson op het punt had gestaan zijn baan bij de politie vaarwel te zeggen. Zijn dochter was op het schoolplein aangevallen. De reden was inderdaad geweest dat haar vader bij de politie werkte. Maar hij was toch gebleven. Voor Wallander was Martinson nog steeds het broekie dat ooit nieuw was op het bureau. Ook al was hij tegenwoordig een van de mensen die het langst in Ystad werkten.

Ze gingen zitten en spraken over het weer. Het werd vijf minuten over acht.

'Waar blijft Svedberg, verdorie?' vroeg Martinson.

Zijn vraag was terecht. Svedberg stond als punctueel bekend.

'Heb jij met hem gepraat?'

'Toen ik hem te pakken probeerde te krijgen, was hij al weg. Maar ik heb zijn antwoordapparaat ingesproken.'

Wallander knikte naar de telefoon die op tafel stond.

'Misschien is het het beste dat je nog een keer belt.'

Martinson toetste het nummer in.

'Het antwoordapparaat staat nog steeds aan.'

'Dan zal hij wel onderweg zijn', zei Wallander. 'Laten we maar vast beginnen.'

Martinson bladerde in een stapel papieren. Daarna schoof hij een ansichtkaart naar Wallander toe. Het was een luchtfoto van het centrum van Wenen.

'Deze kaart lag dus afgelopen dinsdag bij de familie Hillström in de bus. Op 6 augustus. Zoals je zelf kunt lezen schrijft Astrid Hillström dat ze van plan zijn om nog wat langer weg te blijven dan gepland, maar dat alles goed is. En dat de anderen de groeten doen. Ze vraagt haar moeder ook of ze mensen wil opbellen om te zeggen dat alles goed is.'

Wallander las de kaart. Het handschrift deed aan dat van Linda denken. Ronde letters.

Wallander legde de kaart weg.

'Maar Eva Hillström kwam dus hiernaartoe?'

'Ze kwam letterlijk mijn kamer binnenstormen. Dat ze nerveus is wisten we al, maar nu was het erger dan anders. Het lijdt geen twijfel dat ze bang is. Ze is zeker van haar zaak.'

'Waar is ze zeker van?'

'Dat er iets is gebeurd. Dat die ansichtkaart niet door haar dochter is geschreven.'

Wallander dacht na voordat hij verder vroeg.

'Komt het door het handschrift? De manier waarop de naam is geschreven?'

'Dat lijkt op hoe Astrid altijd al schreef. Maar haar moeder beweert dat Astrid een handschrift heeft dat gemakkelijk te imiteren is. Haar handtekening ook. En daar heeft ze natuurlijk gelijk in.'

Wallander trok een blocnote en een pen naar zich toe. Het kostte hem minder dan een minuut om Astrid Hillströms handschrift en handtekening na te maken. Hij schoof de blocnote weg.

'Eva Hillström komt ongerust hiernaartoe. Dat is begrijpelijk. Maar als het niet door het handschrift en de handtekening komt dat ze ongerust is, waardoor dan wel?'

'Dat kon ze niet zeggen.'

'Maar je hebt het haar wel gevraagd?'

'Of het aan de woordkeuze lag. De manier van formuleren. Ik heb overal vragen over gesteld. Ze wist het niet. Maar ze was er toch zeker van dat haar dochter dit niet had geschreven.'

Wallander vertrok zijn gezicht en schudde zijn hoofd.

'Iets moet het zijn geweest.'

Ze keken elkaar aan.

'Weet je nog wat je gisteren tegen mij zei?' vroeg Wallander. 'Dat je zelf ongerust begon te worden.'

Martinson knikte.

'Er klopt iets niet', zei hij. 'Ik weet alleen niet wat.'

'Je moet de vraag op een andere manier stellen', zei Wallander. 'Als het zo zou zijn dat ze niet spontaan op reis zijn gegaan, wat is er dan gebeurd? En wie schrijft die kaarten? We weten dat hun paspoorten en auto's weg zijn. Dat hebben we nagetrokken.'

'Ik zal wel fout zitten', antwoordde Martinson. 'Waarschijnlijk werd ik door Eva Hillströms ongerustheid aangestoken.'

'Het is natuurlijk dat ouders zich ongerust maken over hun kinderen', zei Wallander. 'Als jij eens wist hoe vaak ik me heb afgevraagd waar Linda mee bezig was. Wanneer er ansichtkaarten van de gekste plaatsen ter wereld kwamen.'

'Wat doen we?' vroeg Martinson.

'We blijven de zaak in de gaten houden', zei Wallander. 'Maar laten we alles nog eens vanaf het begin doornemen. Gewoon om te kijken of we niets over het hoofd hebben gezien.'

Martinson vatte de zaak samen. Zoals gewoonlijk op een heldere en bondige manier. Een keer had Ann-Britt Höglund aan Wallander gevraagd of hij wel besefte dat Martinson van hem had geleerd hoe hij verslag moest uitbrengen. Wallander had dat weggewuifd, maar Ann-Britt had volgehouden. Wallander wist nog steeds niet of ze gelijk had.

Het verloop van de gebeurtenissen was eenvoudig en overzichtelijk. Drie jongelui, allemaal in de leeftijd van twintig tot drieëntwintig jaar, hadden besloten om samen Midzomer te vieren. Een van hen, Martin Boge, woonde in Simrishamn; de andere twee, Lena Norman en Astrid Hillström, woonden in het westelijke deel van Ystad. Ze waren al lang bevriend en brachten veel tijd met elkaar door. Ze kwamen alledrie uit welgestelde gezinnen. Lena Norman studeerde aan de universiteit van Lund en de andere twee hadden wisselende kortdurende baantjes. Geen van hen was ooit met justitie in aanraking geweest of had drugsproblemen gehad. Astrid Hillström en Martin Boge woonden nog thuis, Lena Norman had een kamer in Lund. Ze hadden aan niemand verteld waar ze Midzomer zouden vieren. Hun ouders hadden met elkaar gepraat en met vrienden van hun kinderen, maar niemand beschikte over informatie. Dat was echter ook niet ongebruikelijk. Ze deden vaak geheimzinnig en onthulden niet altijd hun plannen aan buitenstaanders. Toen ze verdwenen, hadden ze de beschikking over twee auto's: een Volvo en een Toyota. En deze auto's waren net zo verdwenen als de drie jongelui, die op de middag van 21 juni hun huis hadden verlaten. Daarna had niemand hen meer gezien. De eerste ansichtkaart was op 26 juni afgestempeld in Hamburg. Op die kaart hadden ze geschreven dat ze een reis door Europa gingen maken. Een paar weken later had Astrid Hillström een kaart uit Parijs gestuurd. Daarop had ze geschreven dat ze verder naar het zuiden trokken. En nu had ze dus opnieuw geschreven.

Martinson zweeg. Wallander dacht na.

'Wat zou er eigenlijk gebeurd kunnen zijn?' vroeg hij.

'Ik weet het niet.'

'Is er überhaupt iets wat erop wijst dat hun verdwijning geen natuurlijke oorzaak heeft?'

'Eigenlijk niet.'

Wallander leunde achterover in zijn stoel.

'Het enige wat we hebben is dus het gevoel van Eva Hillström', zei hij. 'Een ongeruste moeder.'

'Die beweert dat die kaart niet door haar dochter is geschreven.'

Wallander knikte.

'Wilde ze dat we een opsporingsbericht laten uitgaan?'

'Nee. Ze wilde dat we iets deden. Dat zei ze letterlijk. "De politie moet iets dóén."'

'Wat kunnen we eigenlijk anders doen dan hen opsporen? We hebben hun namen in de bestanden al geblokkeerd.'

Het werd stil. Het was inmiddels kwart voor negen. Wallander keek Martinson vragend aan.

'Svedberg?'

Martinson pakte opnieuw de hoorn op en toetste het nummer van Svedberg. Hij legde weer neer.

'Nog steeds het antwoordapparaat.'

Wallander schoof de ansichtkaart over de tafel in de richting van Martinson.

'Veel verder komen we niet', zei hij. 'Toch zal ik ook maar eens gaan praten met Eva Hillström. Daarna moeten we maar bekijken hoe we verdergaan. We hebben geen motieven om een opsporingsbericht te laten uitgaan. In ieder geval nog niet.'

Martinson schreef het telefoonnummer van Eva Hillström op een briefje.

'Ze is accountant', zei hij.

'En waar vinden we haar man? De vader van Astrid?'

'Ze zijn gescheiden. Ik geloof dat hij één keer gebeld heeft. Vlak na Midzomer.'

Wallander stond op. Martinson pakte zijn paperassen bij elkaar. Ze verlieten de vergaderkamer.

'Misschien is het met Svedberg wel net zoals met mij', zei Wallander. 'Dat hij een vrije dag heeft genomen. Zonder dat wij het weten.'

'Hij heeft al vakantie gehad', antwoordde Martinson beslist. 'Hij heeft al zijn dagen al opgenomen.'

Wallander keek hem verbaasd aan.

'Hoe weet je dat? Svedberg is anders nooit zo mededeelzaam.'

'Ik had hem gevraagd of hij een week met mij wilde ruilen. Maar dat kon niet. Toen vertelde hij dat hij dit jaar al zijn vrije dagen achter elkaar wilde opnemen.'

'Dat heeft hij volgens mij nog nooit eerder gedaan', zei Wallander.

Bij de deur van Martinsons kamer gingen ze uiteen. Wallander liep door naar zijn eigen kantoor. Hij ging achter zijn bureau zitten en belde het eerste telefoonnummer dat hij van Martinson had gekregen. Toen er werd opgenomen, herkende hij de stem van Eva Hillström. Ze spraken af dat zij die middag naar het politiebureau zou komen.

'Is er iets gebeurd?' vroeg ze.

'Nee,' antwoordde Wallander, 'maar ik wil ook graag even met u praten.'

Wallander beëindigde het gesprek. Hij wilde juist een kop koffie gaan halen toen Ann-Britt in de deuropening opdook. Hoewel zij ook pas vakantie had gehad, was ze net zo bleek als anders.

Hij bedacht dat die bleekheid van binnenuit kwam. Ze was nog steeds niet over het zware schotletsel heen dat ze twee jaar geleden had opgelopen. Haar fysieke gezondheid had ze hervonden, maar Wallander vroeg zich nog steeds af hoe het nu eigenlijk met haar ging. Soms had hij het gevoel dat ze door een chronische angst werd beheerst.

Dat verwonderde hem niet. Er ging bijna geen dag voorbij of hij dacht zelf aan de keer dat hij was neergestoken. En dat was al meer dan twintig jaar geleden.

'Stoor ik?'

Wallander maakte een gebaar naar zijn bezoekersstoel. Ze ging zitten.

'Heb jij Svedberg al gezien?' vroeg hij.

Ze schudde haar hoofd.

'We hadden een afspraak met hem. Martinson en ik. Maar hij kwam niet opdagen.'

'Hij mist toch nooit een overleg?'

'Nee, inderdaad. Maar hij is niet gekomen.'

'Hebben jullie naar zijn huis gebeld? Misschien is hij ziek?'

'Martinson heeft een paar berichten op zijn antwoordapparaat ingesproken. En bovendien is Svedberg nooit ziek.'

Zwijgend dachten ze even na waar Svedberg kon zijn.

'Waar kwam je voor?' vroeg Wallander toen.

'Herinner jij je die bende nog, die auto's naar Oost-Europa smokkelde?'

'Hoe zou ik die kunnen vergeten? Ik ben twee jaar met die ellende bezig geweest. Tot we de hele boel konden oprollen. En de kopstukken te pakken kregen. Of althans degenen die zich in Zweden bevonden.'

'Het lijkt erop dat het opnieuw is begonnen.'

'Die kopstukken zitten toch vast?'

'Het lijkt erop dat anderen het vacuüm zijn gaan opvullen. Van de gelegenheid gebruikmaken. Ditmaal werken ze niet vanuit Göteborg. De sporen leiden onder andere naar Lycksele.'

Wallander was verbouwereerd.

'Dat ligt toch verdorie in Lapland?'

'Met de huidige communicatiemiddelen bevind je je overal midden in Zweden.'

Wallander schudde zijn hoofd, maar hij wist dat Ann-Britt gelijk had. De georganiseerde misdaad was er altijd snel bij wanneer het ging om het gebruik van moderne technieken.

'Ik heb niet de puf om weer van voren af aan te beginnen', zei hij. 'Niet nog meer naar het buitenland gesmokkelde auto's.'

'Ik ga er wel mee aan de slag. Lisa heeft het me al gevraagd. Ze zal wel snappen dat jij die verdwenen auto's beu bent. Maar ik zou wel graag een overzicht van je willen hebben. En het liefst ook een paar goeie tips.'

Wallander knikte. Ze maakten een afspraak voor de volgende dag. Daarna gingen ze koffiedrinken. In de kantine gingen ze bij een open raam zitten.

'Hoe was je vakantie?' zei hij.

Opeens kreeg ze tranen in haar ogen. Wallander wilde iets zeggen, maar ze stak afwerend haar hand op.

'Niet zo geslaagd', zei ze toen ze haar zelfbeheersing had hervonden. 'Maar ik wil er niet over praten.'

Ze pakte haar koffiekop en stond snel op. Wallander keek haar na. Hij bleef zitten en vroeg zich af waardoor haar reactie teweeg was gebracht.

We weten niet veel, dacht hij. Zij niet over mij en ik niet over hen. We zijn collega's, soms heel ons werkende leven. Maar wat weten we nou eigenlijk van elkaar? Niets.

Hij keek op zijn horloge. Hij had nog tijd. Toch besloot hij om het bureau te verlaten en lopend naar Kapellgatan te gaan, waar de dokter praktijk hield.

Hij maakte zich zorgen. Hij zag ertegen op.

De dokter was een jonge man. Wallander had hem nog nooit eerder ontmoet. Zijn naam was Göransson en hij kwam uit het noorden. Wallander vertelde wat voor klachten hij had. Vermoeidheid, dorst, het feit dat hij voortdurend naar de wc moest. Hij noemde ook de steeds terugkerende krampen.

Het antwoord kwam snel en verraste hem.

'Dat wijst op suiker', zei de dokter.

'Suiker?'

'Dat u diabetes hebt.'

Heel even voelde Wallander zich verlamd. Die gedachte was nooit bij hem opgekomen.

'Het lijkt alsof u flink te zwaar bent', zei de dokter. 'We zullen zo eens kijken of dat inderdaad klopt. Maar ik wil u graag eerst even beluisteren. Weet u ook of u een te hoge bloeddruk hebt?'

Wallander schudde zijn hoofd. Daarna trok hij zijn overhemd uit en ging op de onderzoeksbank liggen.

Zijn hart klonk normaal. Maar zijn bloeddruk was te hoog. 170 over 105. Hij ging op de weegschaal staan. 92 kilo. Vervolgens stuurde de dokter hem weg om een plas in te leveren en voor een vingerprik. De assistente glimlachte. Ze deed Wallander aan zijn zus Kristina denken.

Daarna ging hij weer bij de dokter naar binnen.

'Normaal zou u een suikergehalte in uw bloed moeten hebben tussen de 2,5 en 6,4', zei Göransson. 'U hebt 15,3. Dat is duidelijk veel te hoog.'

Wallander voelde zich misselijk worden.

'Dat verklaart uw vermoeidheid', vervolgde Göransson. 'Dat verklaart uw dorst en de kramp in uw kuiten. Dat verklaart waarom u steeds naar de wc moet.'

'Bestaan er medicijnen voor?' vroeg Wallander.

'Eerst gaan we eens proberen om dit op orde te krijgen door uw eetgewoontes te veranderen', zei Göransson. 'Uw bloeddruk moet ook naar beneden. Beweegt u veel?'

'Nee.'

'Daar moet u mee beginnen. Met een dieet en beweging. Als dat niet helpt, moeten we verder kijken. Met dit suikergehalte pleegt u een aanslag op uw hele gestel.'

Een diabeticus, dacht Wallander. Op dit moment vond hij het een afschuwelijke gedachte.

Göransson leek zich van zijn weerzin bewust te zijn.

'We kunnen dit in orde krijgen', zei hij. 'U gaat er niet aan dood. Nu althans nog niet.'

Er werden nog wat bloedproeven genomen. Bovendien kreeg Wallander dieetvoorschriften mee. Aanstaande maandag moest hij al terugkomen. Het was halftwaalf toen hij uit de dokterspraktijk naar buiten stapte. Hij liep Gamla Kyrkogården in en ging op een bankje zitten. Het was nog niet helemaal tot hem doorgedrongen wat de dokter had gezegd. Hij zocht zijn bril en begon de dieetvoorschriften door te lezen.

Om halfeen was hij weer terug op het politiebureau. Bij de receptie lagen wat briefjes dat er mensen voor hem hadden gebeld. Er zat niets dringends bij. In de gang kwam hij Hanson tegen.

'Is Svedberg al opgedoken?' vroeg hij.

'Is hij dan weg?'

Wallander zei verder niets. Eva Hillström zou even na enen komen. Hij klopte aan bij Martinson, wiens deur half openstond, maar de kamer was leeg. Op het bureau lag het dunne dossier van het overleg van vanochtend. Wallander pakte het en liep naar zijn kamer. Hij bladerde snel door de papieren die erin zaten. Hij keek naar de drie ansichtkaarten, maar hij had moeite om zich te concentreren. De hele tijd dacht hij aan wat de dokter had gezegd.

Ebba, de receptioniste, belde om te zeggen dat Eva Hillström was gearriveerd. Wallander ging haar ophalen. Een groep oudere, opgewekte mannen liep juist naar buiten. Wallander nam aan dat dat de kapiteins waren die op studiebezoek waren geweest.

Eva Hillström was lang en mager. Ze keek afwachtend. Wallander had de eerste keer dat hij haar ontmoette al de indruk gekregen dat zij een bezorgd persoon moest zijn die altijd op het ergste was voorbereid.

Hij gaf haar een hand en vroeg of ze met hem meeliep naar zijn kamer. Onderweg vroeg hij of ze een kop koffie wilde.

'Ik drink geen koffie', zei ze. 'Mijn maag kan dat niet verdragen.'

Ze ging in de bezoekersstoel zitten zonder haar ogen van hem af te wenden.

Ze verwacht dat ik nieuws heb, dacht Wallander. En ze denkt dat dat slecht nieuws is.

Hij ging achter zijn bureau zitten.

'Gisteren hebt u met mijn collega gesproken', begon hij. 'U hebt hem een ansichtkaart overhandigd die u een paar dagen geleden hebt ontvangen. Ondertekend door uw dochter Astrid en afgestempeld in Wenen. Maar u denkt dat zij die niet geschreven heeft. Klopt dat?'

'Ja.'

Haar antwoord was zeer resoluut.

'Volgens Martinson kon u niet uitleggen waarom?'

'Inderdaad.'

Wallander haalde de kaart te voorschijn en legde hem voor haar neer.

'U zei dat uw dochters handschrift en handtekening gemakkelijk na te maken zijn?'

'U kunt het zelf proberen.'

'Dat heb ik al gedaan. En ik ben het met u eens. Haar handschrift is niet moeilijk te imiteren.'

'Waarom vraagt u het als u het al weet?'

Wallander nam haar een ogenblik op. Ze was echt zo gespannen en ongerust als Martinson had gezegd.

'Ik stel vragen om verschillende dingen bevestigd te krijgen', zei hij. 'Soms kan dat nodig zijn.'

Ze knikte ongeduldig.

'Toch zijn er nauwelijks redenen om aan te nemen dat Astrid de kaart niet heeft geschreven', vervolgde Wallander. 'Is er iets anders waardoor u de echtheid betwijfelt?'

'Nee. Maar ik weet dat ik gelijk heb.'

'Gelijk waarin dan?'

'Dat zij die kaart niet heeft geschreven. Deze niet en die eerder gekomen zijn ook niet.'

Opeens stond ze van haar stoel op en begon ze te gillen. Wallander had haar heftige reactie helemaal niet verwacht. Ze leunde over zijn bureau, pakte hem bij zijn armen en schudde hem door elkaar. Ze gilde maar door.

'Waarom doet de politie niets? Er moet iets gebeurd zijn!'

Met enige moeite slaagde Wallander erin zich te bevrijden en overeind te komen.

'Ik denk dat u beter kunt proberen te kalmeren', zei hij.

Maar Eva Hillström bleef gillen. Wallander vroeg zich af wat eventuele passanten op de gang wel zouden denken. Hij liep om zijn bureau heen en pakte haar stevig bij haar schouders. Daarna drukte hij haar neer op haar stoel en hield haar vast.

Haar uitbarsting stopte even plotseling als ze was begonnen. Wallander liet haar schouders langzaam los. Daarna keerde hij terug naar zijn stoel. Eva Hillström keek naar de grond. Wallander wachtte. Hij was echter behoorlijk geschrokken. Er was iets in haar reacties, iets in haar overtuiging, dat aanstekelijk op hem begon te werken.

'Wat denkt u eigenlijk dat er is gebeurd?' vroeg hij na een poosje.

Ze schudde haar hoofd.

'Ik weet het niet.'

'Er is absoluut niets wat erop wijst dat er een ongeluk zou zijn gebeurd. Of iets anders.'

Ze keek Wallander aan.

'Astrid en haar vrienden zijn wel vaker samen op reis gegaan', vervolgde hij. 'Misschien niet zo lang als deze keer. Ze hadden auto's, ze hadden geld, ze hadden paspoorten. Daar hebben we het allemaal al eens eerder over gehad. Bovendien zijn ze op een leeftijd waarop je jezelf toestaat je ingevingen te volgen. Zonder van tevoren al te veel te plannen. Ik heb zelf een dochter die een paar jaar ouder is dan Astrid. Ik weet hoe het kan zijn.'

'Toch weet ik het zeker', zei ze. 'Ik maak me weliswaar vaak onnodig zorgen, maar deze keer is er iets wat niet klopt.'

'De andere ouders lijken zich anders niet zoveel zorgen te maken als u. De ouders van Martin Boge en Lena Norman.'

'Ik begrijp hen niet.'

'We nemen uw ongerustheid serieus', zei hij. 'Dat zijn we verplicht. Ik beloof u dat we nog eens zullen overwegen of we een opsporingsbericht zullen laten uitgaan.'

Zijn woorden leken op dat moment een opluchting voor haar te betekenen, maar al snel keerde haar bezorgdheid terug. Haar gezicht was een open boek. Wallander had medelijden met haar.

Ze beëindigden hun gesprek. Zij stond op. Hij liep met haar mee naar de receptie.

'Het spijt me dat ik mijn zelfbeheersing verloor', zei ze.

'Het is niet meer dan natuurlijk dat u zich ongerust maakt', antwoordde Wallander.

Ze gaf hem snel een hand en verdween door de glazen deuren.

Hij liep terug naar zijn kamer. Martinson stak zijn hoofd om de deur van zijn kamer en keek hem nieuwsgierig aan.

'Waar waren jullie mee bezig, zeg?'

'Ze is echt bang', zei Wallander. 'Haar ongerustheid is echt. Op de een of andere manier moeten we bepalen wat we daarmee gaan doen. Maar ik weet niet hoe.'

Wallander keek Martinson peinzend aan.

'Ik zou morgenochtend de zaak met z'n allen willen doornemen. Met iedereen die tijd heeft. We moeten een besluit nemen. Laten we een opsporingsbericht uitgaan of niet? Er is iets aan deze zaak wat me niet bevalt.'

Martinson knikte.

'Heb je Svedberg al gezien?' vroeg hij.

'Heeft hij nog steeds niks van zich laten horen?'

'Niets. Nog steeds het antwoordapparaat.'

Wallander vertrok zijn gezicht.

'Dat is niks voor hem.'

'Ik zal hem nog een keer proberen te bellen.'

Wallander liep door naar zijn eigen kamer. Hij deed de deur dicht en belde Ebba.

'Het volgende halfuur geen telefoontjes. Heb jij trouwens iets van Svedberg gehoord?'

'Had dat dan gemoeten?'

'Ik vroeg het me gewoon af.'

Wallander legde zijn benen op zijn bureau. Hij was moe en had een droge mond.

Vervolgens nam hij een besluit. Hij pakte zijn jack en verliet zijn kamer.

Het was nog steeds warm en windstil. Wallander liep naar de stadsbibliotheek die aan Surbrunnsvägen lag. Met enige moeite zocht hij in de kasten totdat hij literatuur over geneeskunde had gevonden. Algauw vond hij wat hij zocht. Een boek over diabetes. Hij ging aan een tafel zitten, pakte zijn bril en begon te lezen.

Na anderhalf uur meende hij een beeld te hebben gekregen van wat de ziekte nu eigenlijk inhield. Hij besefte ook dat het zijn eigen schuld was. Zijn eetgewoontes, zijn gebrek aan beweging, zijn voortdurende afslankpogingen die er alleen maar in resulteerden dat hij binnen de kortste keren zijn overgewicht terug had.

Hij zette het boek weer in de kast. Een gevoel van zelfverachting en mislukking maakte zich van hem meester. Tegelijkertijd wist hij dat er nu geen weg terug meer was. Hij moest iets aan zijn levensstijl doen.

Het was al halfvijf toen hij op het politiebureau terugkeerde. Martinson had een briefje op zijn bureau gelegd waarop stond dat hij Svedberg nog steeds niet te pakken had gekregen.

Wallander las opnieuw het dossier van de drie verdwenen jongelui door. Bekeek de drie ansichtkaarten. Het gevoel dat er iets was wat hij over het hoofd zag, keerde weer terug. Nog steeds slaagde hij er niet in zijn vinger op die gedachte te leggen. Wat was het, dat hij niet zag?

Hij voelde hoe zijn bezorgdheid toenam. Hij meende Eva Hillström weer in zijn bezoekersstoel te zien zitten.

Opeens was hij doordrongen van de ernst van de hele zaak. Het was heel eenvoudig.

Zij wist dat haar dochter de kaart niet geschreven had. Hoe zij dat wist, deed er niet toe.

Zij wist het. En dat was genoeg.

Wallander stond op en ging voor het raam staan.

Er was deze drie jongelui iets overkomen.

De vraag was alleen wat.

3

Die avond probeerde Wallander, al was het maar in beperkte mate, een nieuw leven te beginnen. Zijn avondeten bestond uit niet meer dan een magere bouillon en een salade. Hij was er zo op gefixeerd dat er niets ongepasts op zijn bord zou belanden dat hij er pas naderhand aan dacht dat hij zich die avond had ingeroosterd om de was te doen. Maar toen was het al te laat.

Hij probeerde zichzelf voor te houden dat wat er was gebeurd eigenlijk iets positiefs was. Als je te hoge suikerwaarden in je bloed had, was dat geen terdoodveroordeling. Gewaarschuwd was hij echter wel. Als hij in de toekomst een normaal leven wilde leiden, dan moest hij enkele eenvoudige wijzigingen in zijn levensstijl aanbrengen. Dramatisch was dat niet echt, maar wel een voorwaarde. Toen hij zijn eten ophad, had hij net zoveel honger als daarvoor. Hij nam nog een tomaat. Vervolgens probeerde hij aan de keukentafel met de dieetvoorschriften als uitgangspunt een maaltijdschema voor de komende dagen op te stellen. Hij besloot ook dat hij lopend naar zijn werk zou gaan. Op zaterdagen en zondagen zou hij naar een strand rijden om lange wandelingen te maken. Hij herinnerde zich dat hij ooit een keer met Hanson over badmintonnen had gepraat. Misschien dat daar de tijd nu rijp voor was?

Om negen uur stond hij op van de keukentafel. Hij opende de balkondeur en stapte naar buiten. Er stond een matige wind uit zuidelijke richting, maar het was nog steeds warm.

Het waren de hondsdagen.

Beneden op straat liepen een paar jongelui voorbij. Wallander volgde hen met zijn blik. Terwijl hij met zijn dieetvoorschriften en gewichtdiagrammen bezig was geweest, had hij moeite gehad om zich te concentreren. Eva Hillström en haar ongerustheid spookten de hele tijd door zijn hoofd. Zij was in gegil uitgebarsten en had hem beetgepakt. De angst voor wat er met haar dochter was gebeurd, had uit haar ogen gestraald. En die angst was echt geweest.

Het komt voor dat ouders hun kinderen helemaal niet kennen, dacht hij. Maar het kan ook zijn dat een ouder zijn kind beter kent dan wie ook. Iets zegt mij dat dit het geval is bij Eva Hillström en haar dochter.

Hij ging zijn flat weer in. De balkondeur liet hij openstaan.

Hij had ook het gevoel dat hij iets over het hoofd zag. Iets wat hem op slag duidelijk zou kunnen maken hoe ze verder moesten gaan, iets wat tot een degelijk onderbouwde conclusie kon leiden. Of Eva Hillströms ongerustheid terecht was of niet.

Hij liep naar de keuken om koffie te zetten. Terwijl hij wachtte tot het water kookte, veegde hij de tafel schoon.

De telefoon ging. Het was Linda. Ze belde uit het restaurant in de wijk Kungsholmen in Stockholm waar ze werkte. Dat verbaasde hem. Hij dacht dat dat alleen overdag open was.

'De eigenaar heeft het allemaal omgegooid', antwoordde ze op zijn vraag. 'En met 's avonds werken verdien ik meer. Het leven is duur.'

Op de achtergrond hoorde hij geroezemoes en gerammel. Hij bedacht dat hij op dit moment helemaal niet wist wat Linda's plannen waren. Ooit had ze meubelstoffeerder willen worden. Toen was ze daarvan afgestapt en had ze tastend haar weg gezocht in de wereld van het toneel. En op een dag was ook dat weer over.

Ze leek zijn gedachten te kunnen raden.

'Ik ben niet van plan mijn hele leven serveerster te blijven,' zei ze, 'maar ik merk dat het me lukt om te sparen. Van de winter ga ik op reis.'

'Waarheen?'

'Dat weet ik nog niet.'

Wallander besefte dat dit niet het juiste moment was om een wat uitgebreider gesprek te beginnen. Hij vertelde alleen dat Gertrud inmiddels was verhuisd. En dat het huis van haar grootvader nu bij de makelaar te koop stond.

'Ik wou dat we het hadden gehouden', zei ze. 'Ik wou dat ik geld had gehad om het te kunnen kopen.'

Wallander begreep haar wel. Linda en haar grootvader hadden altijd een sterke band gehad. Er waren momenten geweest waarop hij jaloers was geweest wanneer hij die twee samen zag.

'Ik moet nu ophangen', zei ze. 'Ik wilde alleen even horen hoe het met je is.'

'Alles is goed', antwoordde Wallander. 'Ik was vandaag bij de dokter. Hij heeft geen gebreken bij me geconstateerd.'

'Heeft hij niet eens gezegd dat je moet afvallen?'

'Afgezien daarvan was alles goed.'

'Dat moet dan een aardige dokter zijn geweest. Ben je nog steeds zo moe als van de zomer?'

Ze heeft me helemaal door, dacht Wallander hulpeloos. En waarom vertel ik de waarheid niet? Dat ik diabeticus aan het worden ben? Dat ik dat misschien al ben? Waarom voelt het alsof ik een schandelijke ziekte onder de leden heb?

'Ik ben niet moe', zei hij. 'Die week op Gotland heeft me goed gedaan.'

'Ja', antwoordde ze. 'Maar ik moet nou ophangen. Als je hierheen wilt bellen, dan moet je 's avonds een ander nummer hebben.'

Hij knoopte het in zijn oren. Toen was hun gesprek afgelopen.

Wallander nam zijn koffie mee naar de woonkamer en deed de tv aan, maar hij zette het geluid zacht. Hij schreef het telefoonnummer dat zij genoemd had op de hoek van een tijdschrift.

Hij schreef slordig. De cijfers zouden voor iemand anders nauwelijks leesbaar zijn.

Op hetzelfde moment schoot hem iets te binnen. Een gedachte die de hele dag al aan hem had geknaagd.

Hij schoof zijn koffie aan de kant. Keek op zijn horloge. Het was kwart over negen. Hij overwoog of hij Martinson zou bellen, of dat het kon wachten tot de volgende dag. Toen nam hij een besluit. Hij liep naar de keuken en ging met het telefoonboek aan de keukentafel zitten. Er stonden vier gezinnen met de naam Norman in het gedeelte van Ystad, maar Wallander herinnerde zich het adres uit de papieren die in Martinsons dossier zaten. Lena Norman en haar ouders woonden aan Käringgatan, ten noorden van het ziekenhuis. Haar vader heette Bertil Norman en bij zijn naam stond 'directeur' vermeld. Wallander wist dat hij een bedrijf had dat onderdelen voor prefab huizen exporteerde.

Hij toetste het nummer in. Een vrouw nam op. Toen Wallander zich voorstelde, probeerde hij zo gewoon mogelijk te klinken. Hij wilde niet dat ze ongerust werd. Hij wist wat het betekende wanneer een politieman opbelde. Vooral 's avonds.

'Ik neem aan dat ik met de moeder van Lena Norman spreek?'
'Mijn naam is Lillemor Norman.'
Wallander herinnerde zich die naam.
'Dit gesprek had tot morgen kunnen wachten,' zei Wallander, 'maar er is iets wat ik graag zou willen weten. En de politie werkt helaas op ongebruikelijke tijden.'
Ze leek nog steeds niet ongerust.
'Waar kan ik u mee helpen? Of wilt u misschien mijn man spreken? Ik kan hem wel roepen. Hij is net bezig om Lena's broer met zijn wiskundehuiswerk te helpen.'
Dat antwoord verbaasde Wallander. Hij had niet gedacht dat er tegenwoordig op school nog huiswerk werd gegeven.
'Dat is niet nodig', zei hij. 'Wat ik eigenlijk zou willen hebben, is een voorbeeld van Lena's handschrift. Misschien hebt u thuis brieven liggen die ze heeft geschreven?'
'Afgezien van de ansichtkaarten is er niets gekomen. Maar ik dacht dat de politie dat al wist?'
'Een andere brief. Van eerder.'
'Waarom wilt u die zien?'
'Het is een routinemaatregel. We vergelijken handschriften. Verder niets. Het is niet eens bijzonder belangrijk.'
'Belt de politie werkelijk 's avonds over zoiets op? Over iets wat niet belangrijk is?'
Eva Hillström is bang, dacht Wallander. Lillemor Norman daarentegen is wantrouwend.
'Kunt u mij hierbij helpen?'
'Ik heb veel brieven van Lena.'
'Eentje is genoeg. Een halve bladzijde is genoeg.'
'Ik zal hem pakken. Komt iemand hem ophalen?'
'Ik was van plan zelf te komen. Over twintig minuten kan ik bij u zijn.'
Wallander zocht verder in het telefoonboek. In Simrishamn stond maar één Boge vermeld. Een accountant. Wallander toetste het nummer in en wachtte ongeduldig. Hij wilde juist neerleggen toen er eindelijk werd opgenomen.
'Klaas Boge.'
Het was de stem van een jong iemand. Wallander nam aan dat

het een broer van Martin Boge was. Hij stelde zich voor.
'Zijn je ouders ook thuis?'
'Ik ben alleen. Ze hebben een diner van de golfclub.'
Wallander aarzelde of hij zou doorgaan, maar het leek een verstandige jongen.
'Heeft je broer Martin wel eens een brief aan je geschreven? Een brief die je hebt bewaard?'
'Deze zomer niet. Uit Hamburg of zo.'
'Maar eerder misschien?'
De jongen dacht na.
'Ik heb een brief uit Amerika van vorig jaar.'
'Is die met de hand geschreven?'
'Ja.'
Wallander dacht na. Zou hij in de auto stappen en naar Simrishamn rijden? Of zou hij tot morgen wachten?
'Waarom wilt u een brief lezen die mijn broer heeft geschreven?'
'Ik wil alleen het handschrift bekijken.'
'Maar dan kan ik hem wel faxen. Als er haast bij is.'
De jongen was een snelle denker. Wallander gaf hem een van de faxnummers van het politiebureau.
'Ik wil graag dat je dit aan je ouders vertelt', zei hij toen.
'Ik hoop dat ik slaap wanneer zij thuiskomen.'
'Maar misschien wil je het morgen tegen hen zeggen?'
'Die brief van Martin is aan mij gericht.'
'Toch is het beter dat je het vertelt', zei Wallander geduldig.
'Martin en de anderen zullen wel gauw thuiskomen', zei de jongen. 'Ik begrijp niet dat dat mens van Hillström zich zo druk maakt. Ze belt hier iedere dag naartoe.'
'Maken je ouders zich dan niet ongerust?'
'Ik denk dat die het vooral fijn vinden dat Martin weg is. Althans pa.'
Verwonderd wachtte Wallander op een vervolg, maar dat bleef uit.
'Bedankt voor je hulp', zei hij.
'Het is net een spel', zei de jongen.
'Een spel?'
'Ja, ze stappen verschillende tijdperken binnen. Verkleden zich.

Zoals je speelt wanneer je klein bent. Hoewel ze nu volwassen zijn.'

'Ik geloof niet dat ik je helemaal kan volgen', zei Wallander.

'Ze spelen rollen. Maar dan niet in toneelstukken, maar in de werkelijkheid. Misschien zijn ze Europa in getrokken om iets te zoeken wat ze niet konden vinden.'

'Dat deden ze dus altijd? Spelen? Maar een midzomerfeest is geen spel. Dan ga je eten en dansen.'

'En drinken', zei de jongen. 'Maar als je je verkleedt, is het anders. Of niet?'

'Deden ze dat altijd?'

'Ja. Maar eigenlijk weet ik niets. Het was een geheim. Martin vertelde niet zoveel.'

Wallander had meer een vermoeden van wat de jongen zei dan dat hij het echt begreep.

Hij keek op zijn horloge. Lillemor Norman zou zo langzamerhand wel op hem zitten te wachten.

'Bedankt voor je hulp', zei hij en hij beëindigde het gesprek. 'Vergeet niet aan je ouders te vertellen dat ik heb gebeld. En waar ik om heb gevraagd.'

'Ik zie wel', antwoordde de jongen.

Drie verschillende reacties, dacht Wallander. Eva Hillström is bang. Lillemor Norman is wantrouwend. Martin Boges ouders vinden het fijn dat hun zoon uit de buurt blijft. En zijn broer op zijn beurt lijkt er de voorkeur aan te geven dat hun ouders uit de buurt blijven.

Hij pakte zijn jack en vertrok. In de wasruimte roosterde hij zichzelf opnieuw in voor vrijdag. Hoewel het niet ver was naar Käringgatan pakte hij de auto. Het bewegen moest maar wachten tot de volgende dag.

Hij draaide Käringgatan in vanaf Bellevuevägen. Bij het witte vrijstaande huis stopte hij. Toen hij door het hek liep, ging de voordeur open. Hij herkende Lillemor Norman. In tegenstelling tot Eva Hillström was zij dik. Hij herinnerde zich de foto's die in Martinsons dossier zaten. Lena Norman en haar moeder leken op elkaar.

Ze had een witte envelop in haar hand.

'Het spijt me dat ik u stoor', zei Wallander.

'Van mijn man zal Lena nog het nodige te horen krijgen wanneer ze weer thuiskomt. Het kan natuurlijk absoluut niet dat ze op deze manier vertrekken.'

'Ze zijn anders wel meerderjarig', antwoordde Wallander. 'Maar je ergert je natuurlijk wel. En maakt je zorgen.'

Hij nam de brief aan en beloofde dat ze hem weer terug zou krijgen.

Daarna reed hij naar het politiebureau. Hij ging naar een van de ruimtes waar de dienstdoende agent van de meldkamer zat. Toen Wallander binnenstapte zat hij aan de telefoon, maar hij wees naar een van de faxen. Klaas Boge had de brief van zijn broer gefaxt. Wallander ging naar zijn kamer en deed de bureaulamp aan. Hij legde de twee brieven en de briefkaarten naast elkaar. Stelde de lamp in en zette zijn bril op.

Martin Boge gaf zijn broer een beschrijving van een rugbywedstrijd die hij had gezien. Lena Norman schreef over een pension in Zuid-Engeland waar de warmwatervoorziening het niet deed.

Hij leunde achterover in zijn stoel.

Zijn gedachte was juist geweest.

Zowel het handschrift van Martin Boge als dat van Lena Norman was onregelmatig en schokkerig. Hun handtekeningen ook.

Als iemand een van de handschriften had willen namaken, was de keuze heel gemakkelijk.

Dat van Astrid Hillström.

Wallander kreeg even een onbehaaglijk gevoel. Ondertussen gingen zijn gedachten methodisch te werk. Wat betekende dit? Eigenlijk niets. Het gaf geen antwoord op de vraag waarom iemand valse ansichtkaarten zou schrijven. En wie kon er trouwens over hun handschriften beschikken?

Toch lukte het hem niet zijn bezorgde gevoel kwijt te raken.

We moeten dit serieus doornemen, dacht hij. Als er iets is gebeurd, zijn er al bijna twee maanden verstreken.

Hij haalde een kop koffie. Het was inmiddels kwart over tien. Opnieuw las hij de beschrijving van het verloop van de gebeurtenissen door, maar er stond niets in wat hem verraste.

Een paar jongelui die goede vrienden waren, besloten samen Midzomer te vieren. Daarna waren ze op reis gegaan. Ze hadden ansichtkaarten naar huis gestuurd. Dat was alles.

Wallander pakte de brieven bij elkaar en stopte ze samen met de ansichtkaarten in het dossier. Hij kon vanavond niets meer doen. Morgen zou hij met Martinson en de anderen praten. Ze zouden een terugtrekkende beweging naar midzomeravond maken en vervolgens besluiten of ze een opsporingsbericht moesten laten uitgaan of niet.

Wallander deed het licht uit en verliet zijn kamer. Toen hij door de gang liep, zag hij in het kantoor van Ann-Britt Höglund nog licht branden. De deur stond op een kier. Hij duwde hem voorzichtig open. Ze zat naar haar bureau te staren, maar daar lagen geen papieren op. Het bureaublad was leeg.

Wallander aarzelde. Ze was 's avonds laat bijna nooit op het bureau. Ze moest voor haar kinderen zorgen. Haar man was onderhoudsmonteur en zat veel in het buitenland. Hij was bijna nooit thuis. Wallander moest denken aan haar heftige reactie in de kantine. En nu zat ze hier naar haar lege bureaublad te staren.

Er bestond een grote kans dat ze met rust gelaten wilde worden. Aan haar zelfstandigheid twijfelde niemand, maar misschien had ze op dit moment wel iemand nodig om mee te praten.

Ze kan altijd tegen me zeggen dat ik moet weggaan, dacht Wallander. Dat is het ergste wat er kan gebeuren.

Hij klopte aan. Wachtte op haar antwoord en stapte naar binnen.

'Ik zag licht branden', zei hij. 'Je bent hier anders 's avonds nooit zo laat. Als er niet iets bijzonders is gebeurd.'

Ze keek hem aan zonder antwoord te geven.

'Als je alleen wilt zijn moet je het zeggen, hoor.'

'Nee', antwoordde ze. 'Eigenlijk wil ik dat niet. Maar waarom ben jij hier? Is er iets gebeurd?'

Wallander ging in haar bezoekersstoel zitten. Hij voelde zich net een zwaar, vormeloos dier.

'Het is vanwege die jongelui die op midzomeravond zijn verdwenen.'

'Is er iets nieuws gebeurd?'

'Eigenlijk niet. Er schoot me alleen iets te binnen wat ik wilde onderzoeken. Maar ik denk dat we de hele zaak eens goed moeten doornemen. Eva Hillström is tenminste behoorlijk ongerust.'

'Maar wat kan er eigenlijk gebeurd zijn?'

'Dat is de vraag.'

'We moeten dus een opsporingsbericht laten uitgaan?'

Wallander spreidde zijn armen uit.

'Ik weet het niet. Dat moeten we morgen beslissen.'

De kamer was halfduister. Het licht van de bureaulamp was naar de grond gericht.

'Hoelang zit jij nou al bij de politie?' vroeg ze opeens.

'Lang. Vaak denk ik: te lang. Maar ik realiseer me ook dat ik gewoon politieman ben. Tot ik met pensioen ga.'

Ze keek hem een hele tijd aan voordat ze haar volgende vraag stelde.

'Hoe hou je het vol?'

'Dat weet ik niet.'

'Maar je houdt het vol?'

'Niet altijd. Waarom vraag je dat?'

'Ik reageerde nogal heftig in de kantine. Ik zei dat ik een slechte zomer heb gehad. Dat is ook zo. Mijn man en ik hebben problemen. Hij is nooit thuis. Wanneer hij van zijn reizen thuiskomt, duurt het soms wel een week voordat we elkaar weer hebben gevonden. En dan moet hij weer weg. We hebben het er van de zomer over gehad of we moesten scheiden. Maar dat is niet eenvoudig. Vooral niet wanneer je kinderen hebt.'

'Ik weet het', zei Wallander.

'Tegelijkertijd ben ik me gaan afvragen waar ik nou eigenlijk mee bezig ben. Ik sla 's ochtends de krant open en lees dat in Malmö collega's zijn aangehouden vanwege heling. Ik zet de tv aan en krijg te horen dat hoge politieambtenaren in de zwembaden van de georganiseerde misdaad rondzwemmen. Of in buitenlandse vakantieoorden als eregasten paraderen op de bruiloften van schurken. Ik zie dat en ik merk dat het toeneemt. Uiteindelijk begin ik me af te vragen waar ik nou eigenlijk mee bezig ben. Of beter gezegd: ik vraag me af hoe ik het moet volhouden om nog dertig jaar bij de politie te zitten.'

'Het kraakt allemaal in zijn voegen', zei Wallander. 'Dat doet het al lang. De verrotting van de rechtsstaat is niets nieuws. Onfatsoenlijke politiemensen zijn er altijd geweest. Maar het is tegenwoordig erger. Dus is het nu belangrijker dan ooit dat mensen zoals jij pal blijven staan.'

'En jijzelf?'

'Voor mij geldt hetzelfde.'

'Maar hoe hou jij dat eigenlijk vol?'

Wallander merkte dat er agressie in haar vragen school. Hij herkende er zichzelf in. Hoe vaak had hij niet naar zijn bureaublad zitten staren, niet in staat ook maar één verzachtende omstandigheid in zijn werk te vinden?

'Ik probeer te denken dat het zonder mij erger zou zijn', antwoordde hij. 'Op sommige momenten is dat een troost. Weliswaar een schrale, maar als er geen andere is, dan neem ik daar mijn toevlucht toe.'

Ze schudde haar hoofd.

'Wat gebeurt er toch met dit land?'

Wallander wachtte op een vervolg, maar dat bleef uit. Op straat denderde een vrachtwagen voorbij.

'Herinner jij je die gewelddadige overval van afgelopen voorjaar nog?' vroeg Wallander. 'In Svarte?'

Ze wist het nog.

'Twee jongens, allebei veertien jaar oud, slaan een derde neer. Van twaalf jaar. Zonder aanleiding. En wanneer hij daar dan ligt, al bewusteloos, beginnen ze op zijn borstkas te trappen. Totdat hij niet langer bewusteloos is, maar dood. Ik geloof dat ik het nog niet eerder zo duidelijk heb ingezien. Dat er echt een ingrijpende verandering is ingetreden. Vechten hebben mensen altijd gedaan. Maar vroeger hield je op wanneer de ander op de grond lag. Overwonnen was. Je kunt het noemen zoals je wilt. Gewoon spel. Of waarom niet: iets vanzelfsprekends? Maar dat is niet meer zo. Omdat die jongens nooit hebben hoeven leren wat het is. Het is net of er een hele generatie kinderen door hun ouders in de steek wordt gelaten. Of dat we het tot basisnorm hebben verheven om ons nergens iets van aan te trekken. Opeens moet je als politieman helemaal anders gaan denken. De voorwaarden zijn totaal veranderd. De ervaringen die je hebt opgedaan, zijn niet meer geldig.'

Hij zweeg.

‘Ik weet niet wat ik verwachtte toen ik naar de politieschool ging’, zei ze. ‘Maar dit in ieder geval niet.’

‘Toch moet je volhouden’, zei Wallander. ‘Ik kan me trouwens ook niet voorstellen dat jij hebt gedacht dat je op een dag zou worden neergeschoten.’

‘Dat heb ik wel geprobeerd’, zei ze. ‘Wanneer we schietoefeningen hadden. Ik probeerde me voor te stellen dat het schot dat ik afvuurde mezelf trof. Maar de pijn kun je je niet voorstellen. En je verwacht natuurlijk ook niet dat het je echt zelf zal overkomen.’

Buiten op de gang waren stemmen te horen. Een van de agenten die avonddienst hadden, had het over iemand die dronken achter het stuur zat. Daarna werd het weer stil.

‘Hoe voel je je eigenlijk?’ vroeg Wallander.

‘Sinds ik werd neergeschoten, bedoel je?’

Hij knikte.

‘Ik droom erover’, zei ze. ‘Ik droom dat ik doodga. Of dat het schot me in mijn hoofd treft. Dat is bijna het ergste.’

‘Het is niet moeilijk om bang te worden’, zei Wallander.

Ze stond op.

‘Op de dag dat ik echt bang word, hou ik ermee op’, zei ze. ‘Maar ik geloof dat ik nog niet op dat punt ben aangekomen. Bedankt dat je even binnenliep. Ik ben gewend mijn problemen zelf op te lossen, maar vanavond voelde ik me echt hulpeloos.’

‘Het is altijd een teken van sterkte om dat te durven toegeven.’

Ze trok haar jas aan. Glimlachte haar bleke glimlach. Wallander vroeg zich af of ze wel genoeg sliep, maar hij zei niets.

‘Zullen we het morgen over de autosmokkel hebben?’ vroeg ze.

‘Liefst ’s middags. Vergeet niet dat we morgenochtend over die jongelui moeten praten.’

Ze nam hem onderzoekend op.

‘Je lijkt je zorgen te maken?’

‘Eva Hillström is ongerust. Daar kan ik niet omheen.’

Ze liepen samen naar buiten. Hij zag haar auto niet op de parkeerplaats staan, maar ze sloeg zijn aanbod om haar naar huis te brengen af.

‘Ik moet even lopen’, zei ze. ‘En bovendien is het warm. Wat een augustusmaand!’

'De hondsdagen', zei hij. 'Maar wat ze daar nou eigenlijk mee bedoelen?'

Ze zeiden elkaar gedag. Wallander stapte in zijn auto en reed naar huis. Hij dronk een kop thee en bladerde *Ystads Allehanda* door. Daarna ging hij naar bed. Omdat het zo warm was in de slaapkamer zette hij het raam op een kier.

Algauw sliep hij.

Hij werd met een schok wakker. Een heftige pijn deed hem opschrikken.

De kuitspier van zijn linkerbeen was op slot geslagen. Hij zette zijn been op de grond en rekte zijn kuit. De pijn verdween. Hij ging voorzichtig weer liggen, bang dat de pijn zou terugkeren. De wekker op zijn nachtkastje gaf halftwee aan.

Hij had weer over zijn vader gedroomd. Onsamenhangend, fragmentarisch. Ze hadden door de straten van een stad gelopen die Wallander niet herkende. Ze hadden gezocht naar iemand. Wie dat was, had de droom niet onthuld.

Het gordijn voor het raam bewoog traag. Hij dacht aan de moeder van Linda. Mona, met wie hij zo lang getrouwd was geweest, en die nu een heel ander leven leidde, met een nieuwe man, die golf speelde en vast geen te hoog suikergehalte in zijn bloed had.

Hij liet zijn gedachten de vrije loop. Plotseling zag hij zichzelf samen met Baiba op de oneindige stranden van Skagen.

Daarna was ze weg.

Opeens was hij klaarwakker.

Hij ging rechtop in bed zitten. Waar de gedachte vandaan was gekomen wist hij niet. Plotseling was ze er gewoon, had ze zich door alle andere gedachten heen geworsteld. Svedberg.

Het was niet natuurlijk dat hij niets van zich liet horen als hij ziek was geworden. Bovendien was hij nooit ziek. Als er iets gebeurd was, dan liet hij dat weten. Daar had hij eerder aan moeten denken. Als Svedberg niets van zich liet horen, kon dat eigenlijk maar één ding betekenen. Dat hij zich in een situatie bevond waarin hij niets van zich kón laten horen.

Wallander voelde dat hij bang werd. Het was natuurlijk maar

verbeelding. Wat zou er nou met Svedberg gebeurd kunnen zijn?

Het gevoel was echter sterk. Wallander keek weer op de klok. Daarna liep hij naar de keuken om Svedbergs telefoonnummer op te zoeken. Hij toetste het in. Nadat de bel een paar keer was overgegaan, klonk Svedbergs stem op het antwoordapparaat. Wallander legde neer. Nu wist hij zeker dat er iets was gebeurd. Hij kleedde zich aan en liep naar beneden naar zijn auto. De wind was opgestoken, maar het was nog steeds warm. Het kostte maar een paar minuten om naar Stortorget te rijden. Hij zette zijn auto weg en liep in de richting van Lilla Norregatan waar Svedberg woonde. Er brandde licht. Wallander voelde zich opgelucht, maar dat duurde maar heel even. Daarna kwam zijn ongerustheid in volle hevigheid terug. Waarom nam Svedberg niet op als hij thuis was? Wallander voelde aan de deur van de portiek. Die zat op slot. De code kende hij niet. Maar de dubbele deuren sloten in het midden niet helemaal. Wallander zocht naar zijn zakmes. Hij keek rond. Daarna stak hij het dikste lemmet tussen de deur en drukte ertegenaan. De deur sprong open.

Svedberg woonde boven in het gebouw, op de derde etage. Wallander was buiten adem toen hij de trappen opgelopen was. Hij drukte zijn oor tegen de deur. Alles was stil. Daarna keek hij door de brievenbus. Niets. Hij belde aan. Het geluid echode door de flat.

Hij belde drie keer. Daarna bonkte hij op de deur.

Wallander probeerde na te denken. Bovendien had hij er behoefte aan om niet alleen te zijn. Hij voelde in zijn zak. Zijn mobiele telefoon had hij thuis op de keukentafel laten liggen. Hij liep de trappen weer af en stak een steen tussen de twee deuren. Daarna haastte hij zich naar de telefooncel aan Stortorget. Hij toetste het privé-nummer van Martinson in. Die nam zelf op.

'Het spijt me dat ik je wakker maak,' zei Wallander, 'maar ik heb je hulp nodig.'

'Wat is er dan?'

'Heb jij Svedberg nog te pakken gekregen?'

'Nee.'

'Dan moet er iets gebeurd zijn.'

Martinson zweeg. Wallander besefte dat hij nu pas goed wakker werd.

'Ik wacht voor zijn flat aan Lilla Norregatan op je', zei Wallander.

'Tien minuten', antwoordde Martinson. 'Dan ben ik er.'

Wallander liep naar zijn auto en deed de kofferbak open. Daar lag een vuile plastic tas met een paar stukken gereedschap erin. Hij haalde er een groot breekijzer uit. Vervolgens keerde hij terug naar de flat van Svedberg.

Na negen minuten bracht Martinson zijn auto tot stilstand. Wallander zag dat hij een pyjamajasje onder zijn colbert droeg.

'Wat denk jij dat er is gebeurd?'

'Ik weet het niet.'

Ze liepen de trappen op. Wallander knikte naar Martinson dat hij moest aanbellen. Er werd nog steeds door niemand opengedaan.

Ze keken elkaar aan.

'Misschien heeft hij reservesleutels op zijn kantoor liggen?'

Wallander schudde zijn hoofd.

'Dat duurt te lang', zei hij.

Martinson deed een stap opzij. Hij wist wat er ging gebeuren.

Wallander haalde het breekijzer te voorschijn.

Daarna forceerde hij de deur.

4

De nacht van 8 op 9 augustus 1996 werd een van de langste in Kurt Wallanders leven. Toen hij rond zonsopgang de flat aan Lilla Norregatan uit kwam strompelen, had hij zich nog niet aan het gevoel weten te onttrekken dat hij zich diep in een onbegrijpelijke nachtmerrie bevond.

Alles waar hij die lange nacht mee geconfronteerd werd, was echter realiteit geweest. En die realiteit was afschuwelijk. In zijn leven als rechercheur was hij vele malen getuige geweest van de brokstukken nadat zich een bloedig en wreed drama had afgespeeld. Het had hem echter nog nooit zo geraakt als nu. Toen hij de deur van Svedbergs flat open wrikte, wist hij niet wat hem te wachten stond, maar al op het moment waarop hij het breekijzer tussen de deurpost stak, had hij het ergste gevreesd. En hij kreeg gelijk.

Ze waren geruisloos de hal binnengestapt, alsof ze bezig waren vijandelijk territorium te betreden. Martinson had zich vlak achter hem bevonden. In de hal brandden geen lampen, maar vanuit de flat sloeg het licht hun schel tegemoet. Heel even waren ze doodstil blijven staan. Wallander had achter zijn rug Martinson onrustig kunnen horen ademhalen. Vervolgens waren ze de woonkamer genaderd. In de deuropening was Wallander zo heftig teruggedeinsd dat hij tegen Martinson opbotste. Die had zich toen naar voren gebogen om te zien wat Wallander had gezien.

Naderhand zou Wallander zich Martinsons reactie als een jammerkreet herinneren. Hij zou nooit vergeten hoe Martinson jammerde als een kind bij het onbegrijpelijke dat hij voor zich op de vloer zag.

Daar lag Svedberg. Zijn ene been hing over de kapotte leuning van een omvergeworpen stoel. Zijn lichaam was vreemd verdraaid, alsof hij geen ruggengraat had.

Wallander had doodstil in de deuropening gestaan, versteend in zijn eigen afschuw. Op dat moment waren er geen onduidelijkheden geweest. Het was Svedberg die daar lag. En hij was dood. De man met wie hij jarenlang had samengewerkt, lag levenloos in een verwrongen houding op de grond en was er niet meer. Hij zou nooit meer op zijn vaste plaats zitten, aan de lange kant van de tafel, in een van de vergaderruimtes, en zich met het uiteinde van een potlood op zijn kale hoofd krabben.

Svedberg had geen kaal hoofd meer. De helft van zijn hoofd was weggeslagen.

Een eindje bij hem vandaan lag een dubbelloops jachtgeweer. Het bloed was tot op de witte muur gespat, die zich een paar meter achter de omgevallen stoel bevond.

Wallander bleef roerloos staan, met bonkend hart, en nam het beeld op. Het zou hem altijd bijblijven. Svedberg dood, met een weggeschoten hoofd, een omvergeworpen stoel en een geweer dat op een rood kleed met ingeweven lichtblauwe strepen lag.

Een verwarrende gedachte schoot door Wallanders hoofd. Nu zou Svedberg nooit meer geplaagd worden door zijn panische angst voor wespen.

'Wat is er gebeurd?' vroeg Martinson. Hij sprak met onvaste stem. Wallander besefte dat Martinson op het punt stond om in tranen uit te barsten. Zelf was hij nog lang niet aan zo'n reactie toe. Hij kon niet in huilen uitbarsten om iets wat hij niet begreep. En hij begreep niet wat hij hier voor zich zag. Svedberg dood? Dat was absurd. Svedberg was een rechercheur van in de veertig, die morgen weer op zijn vaste plaats zou zitten, wanneer ze zoals gebruikelijk een teamoverleg zouden hebben. Svedberg met zijn kale hoofd, zijn angst voor wespen, en zijn gewoonte om iedere vrijdagavond helemaal alleen de sauna in het politiebureau te bezoeken.

Het kon gewoon niet Svedberg zijn die daar lag. Het was iemand anders, die op hem leek.

Instinctief wierp Wallander een blik op zijn horloge. Het was negen minuten over twee. Misschien dat ze een paar minuten in de deuropening bleven staan. Daarna keerden ze terug naar de hal. Wallander deed een wandlamp aan. Hij zag dat Martinson stond te trillen. Hij vroeg zich af hoe hij er zelf uitzag.

'De technische dienst moet komen, en meer mensen', zei hij.

Op een tafeltje in de hal stond een telefoon, maar er was geen antwoordapparaat.

Martinson knikte en stond op het punt de hoorn op te nemen, maar Wallander hield hem tegen.

'Wacht', zei hij. 'We moeten onze hersens gebruiken.'

Maar waar moesten ze eigenlijk hun hersens voor gebruiken? Misschien hoopten ze dat er een wonder zou gebeuren? Dat Svedberg opeens achter hen zou staan en dat niets van wat ze net hadden gezien echt was?

'Ken jij Lisa Holgerssons privé-nummer uit je hoofd?' vroeg Wallander. Hij wist uit ervaring dat Martinsons geheugen voor adressen en telefoonnummers zeer goed ontwikkeld was.

Vroeger waren er twee geweest met zo'n goed geheugen. Martinson en Svedberg. En nu was er opeens nog maar één over.

Martinson noemde het nummer. Hij stotterde. Wallander toetste de cijfers in. Lisa Holgersson nam op. Ze had blijkbaar een telefoon naast haar bed.

'Met Wallander. Het spijt me dat ik je wakker maak.'

Ze leek meteen klaarwakker.

'Het is beter dat je hiernaartoe komt', zei hij. 'Ik ben samen met Martinson in Svedbergs flat aan Lilla Norregatan. Svedberg is dood.'

Hij hoorde hoe ze begon te steunen.

'Wat is er gebeurd?'

'Ik weet het niet. Maar hij is neergeschoten.'

'Wat verschrikkelijk. Het is dus moord?'

Wallander dacht aan het geweer dat op de grond lag.

'Ik weet het niet', zei hij. 'Moord of zelfmoord. Ik weet het niet.'

'Heb je Nyberg al gesproken?'

'Ik wilde jou eerst bellen.'

'Ik moet me even aankleden, dan kom ik er direct aan.'

'Wij nemen ondertussen contact op met Nyberg.'

Wallander drukte de haak met zijn vinger neer en gaf de hoorn vervolgens aan Martinson.

'Nyberg', zei hij. 'Begin daar maar mee.'

Je kon de woonkamer vanaf twee kanten bereiken. Terwijl Martinson aan de telefoon was, liep Wallander om via de keuken. Er lag een keukenlade op de grond. De deur van een hoekkastje stond open. Overal lagen papieren en bonnetjes over de vloer verspreid.

Wallander nam alles wat hij zag in zich op. Op de achtergrond hoorde hij Martinson aan Nyberg van de technische recherche uitleggen wat er gebeurd was. Wallander liep door. Hij keek goed waar hij zijn voeten neerzette. Hij kwam in Svedbergs slaapkamer. Van een kastje waren alledrie de lades eruit getrokken. Het bed was niet opgemaakt en het dekbed was op de grond gegleden. Met een oneindig verdrietig gevoel zag hij dat Svedberg onder een gebloemd overtrek had geslapen. Het bed was net een zomerweide. Hij liep door. Aangrenzend aan de woonkamer lag een werkkamertje met boekenkasten en een bureau. Svedberg was een ordelijk mens geweest. Op zijn schrijftafel op het politiebureau lagen nooit en te nimmer papieren die daar niet thuishoorden, maar bij hem thuis waren de boeken nu uit de kast getrokken. De lades van het bureau leeggegooid. Overal lag papier.

Wallander was weer bij de woonkamer aangekomen, maar nu aan de andere kant. Hij stond nu dichterbij het geweer en zag Svedbergs verwrongen lichaam op de achtergrond. Doodstil stond hij het hele tafereel in zich op te nemen. Alle details, alles wat versteend en overgebleven was na het drama dat zich in de kamer moest hebben afgespeeld. Er gingen allerlei vragen door zijn hoofd. Iemand moest het schot toch hebben gehoord? Of de schoten? Alles wees op een inbraak. Maar wanneer was het gebeurd? Wat was er eigenlijk gebeurd?

Martinson dook op in de deuropening aan de andere kant van de woonkamer.

'Ze komen eraan', zei hij.

Wallander liep langzaam terug langs dezelfde weg die hij was gekomen. Toen hij in de keuken kwam, hoorde hij opeens een herdershond die begon te blaffen en daarna de opgewonden stem van Martinson. Hij haastte zich naar de hal. In het trappenhuis stond een politieagent met hond, en daarachter stonden een paar mensen in ochtendjassen. De politieman heette Edmundsson en hij zat pas in Ystad.

'We kregen een melding', zei hij onzeker toen hij Wallander in het oog kreeg. 'Over een inbraak. In de flat van ene Svedberg.'

Wallander realiseerde zich dat Edmundsson niet begreep om welke Svedberg het ging.

'Het is goed', zei hij. 'Er is hier een ongeluk gebeurd. Rechercheur Svedberg woont hier.'

Edmundsson trok bleek weg.

'Dat wist ik niet.'

'Hoe had je dat moeten weten? Ga maar terug naar het politiebureau. De technische dienst is al onderweg.'

Edmundsson keek hem vragend aan.

'Wat is er gebeurd?'

'Svedberg is dood', zei Wallander. 'Dat is het enige wat we op dit moment weten.'

Meteen had hij spijt dat hij überhaupt iets gezegd had. De buren in het trappenhuis stonden te luisteren. Misschien kwam iemand op het idee de pers te bellen. En waar Wallander op dit moment helemaal geen behoefte aan had, was een stel journalisten dat de trap op kwam stormen.

Een politieman die onder onduidelijke omstandigheden was omgekomen, was altijd nieuws dat verkocht.

Edmundsson liep met zijn hond de trap weer af. Wallander bedacht vaag dat hij niet wist hoe de hond heette.

'Kun jij je met de buren bezig houden?' vroeg hij aan Martinson. 'Iemand moet toch op zijn minst schoten hebben gehoord. Misschien dat we nu al een tijdstip kunnen bepalen.'

'Was het meer dan één schot?'

'Dat weet ik niet. Maar iemand moet iets gehoord hebben.'

Wallander zag dat de deur tegenover Svedbergs flat openstond.

'Vraag of je daar met hen mag praten', zei hij. 'Ik wil hier liever niet meer mensen binnen hebben dan nodig is. En in het trappenhuis is er te veel geloop.'

Martinson knikte. Wallander zag dat hij rode ogen had. Bovendien trilde hij nog steeds.

'Wat is er verdomme gebeurd?' vroeg Martinson.

Wallander schudde zijn hoofd.

'Ik weet het niet.'

'Het lijkt of er is ingebroken. Alles is overhoop gehaald.'

In de portiek hoorden ze een deur slaan. Voetstappen kwamen naderbij. Martinson begon de slaperige en ongeruste mensen in de flat tegenover die van Svedberg binnen te loodsen.

Lisa Holgersson kwam haastig de trap op.

'Ik wil je wel even voorbereiden op wat je te wachten staat', zei Wallander.

'Is het zo erg?'

'Svedberg is door zijn hoofd geschoten. Met een jachtgeweer. Van dichtbij.'

Ze vertrok haar gezicht. Daarna zag hij hoe ze zich vermande. Wallander volgde haar de hal in en wees naar de woonkamer. Ze liep naar de deuropening en draaide zich met een bruuske beweging om. Ze wiebelde heen en weer alsof ze zou flauwvallen. Wallander pakte haar bij de arm en leidde haar naar de keuken. Ze liet zich zakken op een blauwe keukenstoel. Met grote ogen keek ze Wallander aan.

'Wie heeft dit gedaan?'

'Ik weet het niet.'

Wallander pakte een glas uit het afdruiprek en gaf haar water.

'Svedberg was er gisteren niet', zei hij. 'En hij had geen bericht achtergelaten.'

'Dat is niets voor hem', zei Lisa Holgersson.

'Nee, absoluut niet. Vannacht werd ik wakker met het gevoel dat er iets niet in orde was. Ik ben hiernaartoe gereden.'

'Het is dus niet zo dat het per definitie gisteravond is gebeurd?'

'Nee. Martinson probeert te achterhalen of een van de buren soms wat heeft gehoord. Dat zou eigenlijk wel moeten. Een jachtgeweer maakt veel lawaai. Maar verder is het tijdstip een vraag voor de forensische artsen in Lund.'

Wallander hoorde zijn eigen zakelijke commentaar in zijn hoofd echoën. Hij voelde zich misselijk.

'Ik weet dat hij niet getrouwd was', zei Lisa Holgersson. 'Maar had hij nog familie?'

Wallander dacht na. Hij wist dat Svedbergs moeder een paar jaar geleden was overleden. Over zijn vader wist hij niets. Het enige familielid van wiens bestaan hij zeker was, had hij een paar jaar geleden ontmoet, tijdens het onderzoek naar een moord.

'Hij had een nicht die Ylva Brink heet en die verloskundige is. Anderen ken ik eigenlijk niet.'

In de hal hoorden ze de stem van Nyberg.

'Ik blijf hier even een paar minuten zitten', zei Lisa Holgersson.

Wallander liep naar Nyberg toe die bezig was zijn regenlaarzen uit te trekken.

'Wat is er verdomme gebeurd?'

Nyberg was een goede technicus, maar hij was soms moeilijk om mee samen te werken en had een slecht humeur. Hij leek niet te hebben begrepen dat het om een collega ging. Een dode collega. Misschien was Martinson dat vergeten te vertellen?

'Weet je waar je bent?' vroeg Wallander voorzichtig.

Nyberg keek hem nijdig aan.

'Ik weet dat ik opgeroepen ben om naar een flat aan Lilla Norregatan te komen', antwoordde hij. 'Maar Martinson was warriger dan anders toen hij belde. Wat is er aan de hand?'

Wallander keek hem ernstig aan. Nyberg zag zijn blik en zweeg.

'Het is Svedberg', zei Wallander. 'Hij is dood. Het lijkt erop dat hij is vermoord.'

'Kalle?' vroeg Nyberg argwanend.

Wallander knikte en voelde de brok in zijn keel groter worden. Nyberg was een van de weinigen die Svedberg bij zijn voornaam noemde. Hij heette Karl Evert, maar Nyberg zei 'Kalle'.

'Hij ligt hierbinnen', vervolgde Wallander. 'Hij is met een jachtgeweer neergeschoten. Midden in zijn gezicht.'

Nybergs gezicht vertrok.

'Ik hoef jou niet te vertellen hoe dat eruitziet', zei Wallander.

'Nee', antwoordde Nyberg. 'Dat hoeft niet.'

Nyberg ging naar binnen. Ook hij deinsde in de deuropening terug. Wallander wachtte even, alsof hij Nyberg de kans wilde geven om tot zich door te laten dringen wat hem te wachten stond. Daarna liep hij naar hem toe.

'Ik heb nu al een vraag voor je', zei hij. 'Een cruciale vraag. Je ziet dat het geweer minstens twee meter bij het lichaam vandaan ligt. Ik heb een vraag. Stel dat Svedberg zelfmoord heeft gepleegd, kan het geweer dan daar zijn terechtgekomen?'

Nyberg dacht na. Daarna schudde hij zijn hoofd.

'Nee', zei hij. 'Dat is onmogelijk. Een geweer dat je in je handen houdt en op jezelf richt, kan niet zo ver worden weggeslagen. Dat is absoluut onmogelijk.'

Om duistere redenen voelde Wallander zich heel even opgelucht. Svedberg had zichzelf dus niet doodgeschoten.

In de hal begon het druk te worden. De arts was er, Hanson ook. Een van de technici was bezig zijn tas uit te pakken.

'Luister even', zei Wallander. 'Het is dus rechercheur Svedberg die hierbinnen ligt. Hij is dood. En hij is vermoord. Ik wil jullie waarschuwen dat het een afschuwelijk gezicht is. Wij kenden hem. Wij zullen hem missen. Hij was onze collega en vriend. Dat maakt het allemaal veel moeilijker.'

Hij zweeg. Hij had sterk het gevoel dat hij veel meer moest zeggen, maar hij wist niet wat. Terwijl Nyberg en zijn collega's aan het werk gingen, liep hij weer terug naar de keuken. Lisa Holgersson zat nog steeds op haar stoel.

'Ik moet zijn nicht bellen', zei ze. 'Als dat althans zijn naaste familie is.'

'Ik doe het wel', zei Wallander. 'Ik ken haar.'

'Geef me even een samenvatting. Wat is er nu eigenlijk gebeurd?'

'Dan moeten we Martinson erbij hebben. Ik haal hem even.'

Wallander liep naar het trappenhuis. De deur van de andere flat stond op een kier. Hij klopte aan en stapte naar binnen. Martinson bevond zich samen met vier andere mensen in de woonkamer. Een van hen was helemaal aangekleed, de anderen waren in ochtendjas. Het waren twee vrouwen en twee mannen. Hij gaf Martinson een teken om mee te komen.

'We zouden graag willen dat u hier even bleef wachten', zei hij.

Ze gingen de keuken in. Martinson was erg bleek.

'Laten we bij het begin beginnen', zei Wallander. 'Wanneer heeft iemand Svedberg voor het laatst gezien?'

'Of ik de laatste was, weet ik niet,' zei Martinson, 'maar woensdagmorgen heb ik hem heel even in de kantine gezien. Rond elf uur.'

'Hoe kwam hij toen over?'

'Omdat ik er verder niet bij stil heb gestaan, zal alles wel normaal zijn geweest.'

'Daarna heb je mij 's middags gebeld. Wij besloten om op donderdagochtend overleg te hebben.'

'Na ons gesprek ben ik direct naar Svedbergs kamer gegaan. Daar was hij toen niet. Bij de receptie zeiden ze dat hij al weg was.'

'Hoe laat was hij weggegaan?'

'Dat heb ik niet gevraagd.'

'Wat deed je toen?'

'Ik heb hem thuis opgebeld, maar ik kreeg het antwoordapparaat. Ik sprak een bericht in dat we op donderdagochtend overleg zouden hebben. Daarna heb ik nog een paar keer gebeld, maar hij belde niet terug.'

Wallander dacht na.

'In de loop van woensdag verlaat Svedberg het politiebureau. Alles lijkt normaal. Op donderdag komt hij niet. Wat ongewoon is. Ongeacht of hij nou wel of niet jouw boodschap op het antwoordapparaat heeft gehoord. Svedberg bleef nooit weg zonder dat te zeggen.'

'Met andere woorden: dat betekent dat dit al op woensdag kan zijn gebeurd', zei Lisa Holgersson.

Wallander knikte.

Op welk moment gaat het gewone over in het ongewone, dacht hij. We moeten dat punt zien te vinden.

Hij had zich opeens ook iets anders gerealiseerd, naar aanleiding van een opmerking die Martinson had gemaakt. Over het feit dat Wallanders eigen antwoordapparaat het niet deed.

'Wacht even', zei hij en hij liep de keuken uit.

Hij ging naar Svedbergs werkkamer. Het antwoordapparaat stond op het bureau. Wallander liep door naar de woonkamer. Nyberg zat geknield naast het jachtgeweer. Wallander wenkte hem en nam hem mee naar de werkkamer.

'Ik zou het antwoordapparaat graag willen beluisteren, maar ik wil natuurlijk geen sporen uitwissen.'

'We kunnen ervoor zorgen dat de band teruggaat naar het oorspronkelijke uitgangspunt', zei Nyberg.

Hij had plastic handschoenen aan. Wallander knikte. Nyberg drukte op de afspeelknop.

Er stonden drie berichten van Martinson op. Iedere keer dat hij gebeld had, had hij gezegd hoe laat het was. Het waren de enige berichten die op de band stonden.

'Ik wil graag horen wat Svedberg zegt', zei Wallander.

Nyberg drukte op een andere knop.

Wallander schrok op toen hij Svedbergs stem hoorde. Ook Nyberg was onaangenaam getroffen.

'Ik ben niet thuis, maar als u wilt kunt u een bericht inspreken.'

Dat was alles.

Wallander liep terug naar de keuken.

'Jouw boodschappen staan op de band,' zei hij, 'maar we weten natuurlijk niet of hij ze ooit heeft kunnen beluisteren.'

Het werd stil. Iedereen dacht aan wat Wallander had gezegd.

'Wat zeggen de buren?' vroeg hij.

'Niemand heeft iets gehoord', antwoordde Martinson. 'Dat is heel gek. Niemand heeft een schot gehoord. En iedereen was zo'n beetje thuis.'

Wallander fronste zijn voorhoofd.

'Het is absurd dat niemand iets zou hebben gehoord.'

'Ik ga weer met ze praten.'

Martinson ging weg. Een politieman kwam de keuken binnen.

'Er staat een journalist voor de deur', zei hij.

Godverdomme, dacht Wallander. Er had dus iemand gebeld. Hij keek Lisa Holgersson aan.

'We moeten eerst met de naaste familie praten', zei ze.

'Langer dan tot morgen rond de middag kunnen we het niet opschorten', zei Wallander.

Hij wendde zich tot de wachtende politieman.

'Op dit moment geen commentaar', zei hij. 'Maar morgen wordt er op het politiebureau informatie gegeven.'

'Om elf uur', zei Lisa Holgersson.

De politieman verdween. In de woonkamer begon Nyberg te vloeken. Daarna werd het weer stil. Nyberg was opvliegend van aard, maar zijn uitbarstingen duurden kort. Wallander liep naar de werkkamer en raapte een telefoonboek van de grond. Aan de keukentafel zocht hij het nummer van Ylva Brink op. Hij keek Lisa Holgersson vragend aan.

'Bel jij maar', zei ze.

Wallander vond niets zo moeilijk als een familielid op de hoogte brengen van een plotseling sterfgeval. Als het enigszins mogelijk was, probeerde hij een geestelijk verzorger mee te nemen. Hoewel hij vele malen gedwongen was geweest het alleen te doen, had hij er nooit aan kunnen wennen. En ook al was Ylva Brink niet meer dan een nicht van Svedberg, het zou toch moeilijk genoeg zijn. Met angst en beven hoorde hij de bel voor de eerste keer overgaan. Hij voelde hoe zijn spieren zich spanden.

Toen sloeg haar antwoordapparaat aan. Ze had vannacht dienst op de kraamafdeling.

Wallander legde de hoorn weer neer. Hij moest er opeens aan denken dat hij haar bijna twee jaar geleden samen met Svedberg in het ziekenhuis had opgezocht.

En nu was Svedberg dood. Hij kon het nog niet bevatten.

'Ze is aan het werk', zei hij. 'Ik moet er maar naartoe om met haar te praten.'

'We kunnen er niet mee wachten', zei Lisa. 'Misschien heeft Svedberg immers nog meer familie? Naaste familie? Die wij niet kennen?'

Wallander knikte. Ze had gelijk.

'Wil je dat ik meega?' vroeg ze.

'Dat is niet nodig.'

Het liefst zou Wallander Ann-Britt mee willen nemen. Op het moment dat hij dat dacht, besefte hij dat niemand contact met haar had opgenomen. Ze had er nu eigenlijk al bij moeten zijn.

Lisa Holgersson stond op en verliet de keuken. Wallander ging op haar stoel zitten en toetste het nummer van Ann-Britt in. Een slaapdronken mannenstem antwoordde.

'Ik zou Ann-Britt graag willen spreken. Met Wallander.'

'Wie?'

'Kurt. Van de politie.'

De man was nog steeds slaapdronken, maar nu klonk hij boos.

'Wat wil je, verdomme?'

'Is dit niet het nummer van Ann-Britt Höglund?'

'Het enige wijf dat hier in huis woont, is Alma Lundin', snauwde de man en hij legde op. Wallander meende de klap te kunnen horen. Hij had dus het verkeerde nummer gekozen. Hij toetste het nummer nog eens in, maar nu langzaam, en toen de bel voor de tweede keer overging nam Ann-Britt op. Net zo snel als Lisa Holgersson.

'Met Kurt.'

Ze klonk helemaal niet slaperig. Misschien had ze ook niet geslapen? Misschien hadden haar problemen haar wakker gehouden? In dat geval kreeg ze er nu nog een probleem bij, dacht Wallander.

'Wat is er gebeurd?'

'Svedberg is dood. Vermoedelijk vermoord.'

'Dat meen je niet.'

'Helaas. Thuis in zijn woning. Lilla Norregatan.'

'Ik weet waar het is.'

'Kom je?'

'Meteen.'

Wallander legde de hoorn neer en bleef aan tafel zitten. Een van de technici dook op in de deuropening. Wallander wuifde hem afwerend weg. Hij moest nadenken. Niet lang, maar hij had een minuut voor zichzelf nodig. Het kostte hem ook alleen maar die ene minuut om te beseffen dat er aan de hele situatie iets vreemds was. Iets wat absoluut niet klopte. Maar wat het was, daar kon hij geen antwoord op geven.

De technicus kwam weer naar de keuken.

'Nyberg wil je spreken.'

Wallander stond op en liep naar de woonkamer. Het werk dat gaande was, werd gekenmerkt door een nare, pijnlijke sfeer. Svedberg was er als collega altijd bij geweest. Hij was geen kleurrijke figuur, maar wel geliefd. En nu was hij vermoord.

De arts zat op zijn knieën naast het lichaam. Af en toe doorkliefde de flits van een fototoestel de ruimte. Nyberg maakte aantekeningen. Hij liep naar Wallander toe, die in de deuropening was blijven staan.

'Had Svedberg ook wapens?'

'Je bedoelt het jachtgeweer?'

'Ja.'

'Dat weet ik niet. Maar ik dacht niet dat hij een jager was.'

'Het is toch gek dat de dader zijn wapen achterlaat.'

Wallander knikte. Dat was ook een van zijn eerste gedachten geweest.

'Heb jij iets anders vreemds aan deze zaak opgemerkt?' vroeg hij.

Nyberg kneep zijn ogen toe.

'Alles is toch vreemd, wanneer het hoofd van een collega wordt weggeschoten?'

'Je weet wat ik bedoel.'

Wallander wachtte niet op het antwoord. Hij draaide zich om en vertrok. In de hal botste hij tegen Martinson op, die juist binnenkwam.

'Hoe gaat het? Hebben we al een tijdstip?'

'Niemand heeft iets gehoord. Maar als dat klopt, en dat geloof ik wel, dan is er sinds afgelopen maandag aldoor iemand in het gebouw aanwezig geweest. Vierentwintig uur per dag. Op deze etage of hieronder.'

'En niemand heeft iets gehoord? Dat kan toch niet!'

'Hieronder woont een gepensioneerde leraar van een middelbare school die een beetje doof lijkt. Maar aan het gehoor van de anderen mankeert niets.'

Wallander begreep het niet. Iemand moest het schot hebben gehoord. Of de schoten.

'Blijf met ze praten', zei hij. 'Ik moet naar het ziekenhuis. Herinner jij je Svedbergs nicht Ylva Brink nog? De verloskundige?'

Martinson knikte.

'Zij is waarschijnlijk zijn naaste familielid.'

'Had hij niet een tante ergens in Västergötland?'

'Dat zal ik aan Ylva vragen.'

Wallander liep de trap af. Hij had frisse lucht nodig.

Buiten voor het portiek stond een journalist te wachten. Wallander kende hem wel. Hij was van *Ystads Allehanda.*

'Wat is er aan de hand? Er wordt midden in de nacht met groot materieel uitgerukt. Naar een flat waar een rechercheur woont, genaamd Karl Evert Svedberg.'

'Ik kan niets zeggen', zei Wallander. 'Om elf uur is er een persconferentie op het politiebureau.'

'Kunt u het niet of wilt u het niet?'

'Ik kan het echt niet.'

De journalist, die Wickberg heette, knikte. 'Dat betekent dat er een dode is. Of niet? U kunt niets zeggen omdat u de familie nog op de hoogte moet brengen? Heb ik gelijk?'

'Als dat zo was, had ik het ook per telefoon kunnen doen.'

Wickberg glimlachte. Niet onvriendelijk, maar wel beslist.

'Dat doe je niet. Je neemt contact op met een geestelijk verzorger. Als er een is. Svedberg is dus dood?'

Wallander was te moe om boos te worden.

'Wat u raadt of denkt, is niet belangrijk', zei hij. 'Er is om elf uur een persconferentie. Tot die tijd zal noch ik noch iemand anders een woord zeggen.'

'Waar gaat u naartoe?'

'Ik ga een wandeling maken om helder te kunnen denken.'

Daarna liep hij weg. Hij volgde Lilla Norregatan. Na een paar blokken draaide hij zich om. Wickberg was hem niet gevolgd. Wallander sloeg rechts af Sladdergatan in en daarna links af naar Stora Norregatan. Hij merkte dat hij dorst had. En moest plassen. Hij hoorde geen auto's. Hij ging tegen de muur van een woonhuis staan om zijn blaas te verlichten. Daarna liep hij verder.

Er is iets mis, dacht hij. Er is iets vreselijk mis met deze zaak.

Hij kon er niet opkomen wat het was, maar het gevoel werd steeds sterker. Het knaagde in zijn buik. *Waarom was Svedberg neergeschoten? Wat was het dat helemaal niet klopte in het afschuwelijke beeld van de dode man met het weggeschoten gezicht?*

Wallander was bij het ziekenhuis aangekomen. Hij liep naar de achterkant, belde aan bij de eerste hulp en nam vervolgens de lift naar de kraamafdeling. Herinneringen schoten door zijn hoofd. Opnieuw was hij samen met Svedberg op weg om met Ylva Brink te praten. Maar er was nu geen Svedberg.

Het was net alsof hij nooit had bestaan.

Opeens zag hij Ylva Brink aan de andere kant van de glazen deuren. Zij zag hem op hetzelfde moment. Hij merkte dat het haar enkele seconden kostte om hem te plaatsen. Ze kwam op de deuren af en opende ze.

Op hetzelfde moment begreep ze ook dat er iets was gebeurd.

5

Ze gingen in het kantoor van de kraamafdeling zitten. Het was inmiddels negen minuten over drie. Wallander vertelde gewoon de waarheid. Svedberg was dood. Omgebracht door een of meerdere schoten uit een jachtgeweer. Wie die schoten had gelost, wat de reden was en wanneer het was gebeurd, wisten ze niet. Hij vermeed alle details over hoe de plaats van het misdrijf eruit had gezien.

Precies op het moment dat hij zweeg, kwam een van de verpleegkundigen die nachtdienst hadden binnen om Ylva Brink iets te vragen.

'Ik heb haar net op de hoogte gebracht van een sterfgeval', zei Wallander. 'Kan het niet even wachten?'

De verpleegkundige wilde net weer weggaan toen Wallander vroeg of hij een glas water kon krijgen. Hij had zo'n droge mond dat zijn tong aan zijn verhemelte vastkleefde.

'We zijn ontzettend ontdaan en geschokt', vervolgde Wallander toen de verpleegkundige was weggegaan. 'Het is natuurlijk totaal onbegrijpelijk wat er is gebeurd.'

Ylva Brink zei niets. Ze was wit weggetrokken, maar leek haar hoofd er nog wel bij te hebben. De verpleegkundige keerde terug met het glas water.

'Kan ik iets doen?' vroeg ze.

'Op dit moment niet', antwoordde Wallander.

Hij dronk het glas in één teug leeg. Daarna was zijn dorst nog even groot.

'Ik snap het niet', zei ze. 'Ik begrijp het niet.'

'Ik evenmin', zei Wallander. 'Het zal nog lang duren voordat ik dat doe. Als het ooit al gebeurt.'

Hij zocht in zijn jaszakken naar een pen. Een notitieblokje had hij zoals gewoonlijk weer niet bij zich gestoken. Naast zijn stoel stond een papierbak. Hij pakte er een gebruikt vel papier uit waarop iemand poppetjes had zitten tekenen, streek het glad en pakte een krant van het bureau om als onderlegger te gebruiken.

'Ik moet je een paar vragen stellen', zei hij. 'Had hij verdere familie? Ik moet bekennen dat jij de enige bent van wier bestaan ik op de hoogte ben.'

'Zijn ouders zijn overleden. Broers of zussen had hij niet. Behalve ikzelf is er nog maar één ander familielid. Ik ben zijn nicht van vaders kant. Hij heeft nog een neef van zijn moeders kant. Die heet Sture Björklund.'

Wallander schreef het op.

'Woont die hier in Ystad?'

'Op een boerderij in de buurt van Hedeskoga.'

'Hij is dus boer?'

'Hij is professor aan de universiteit van Kopenhagen.'

Dit verbaasde Wallander.

'Ik kan me niet herinneren dat ik Svedberg ooit over hem heb horen praten.'

'Ze zagen elkaar bijna nooit. Als je wilt weten met wie van de familie Svedberg contact had, dan is het antwoord: alleen met mij.'

'Die neef moet wel op de hoogte worden gebracht', zei Wallander. 'Zoals je begrijpt, zal dit in de pers grote commotie veroorzaken. Een rechercheur die onder gewelddadige omstandigheden om het leven komt.'

Ze keek hem aandachtig aan.

'"Onder gewelddadige omstandigheden"? Wat betekent dat?'

'Dat het zeer waarschijnlijk moord is.'

'Wat zou het anders zijn geweest?'

'Dat was mijn volgende vraag', zei Wallander. 'Kan hij ook zelfmoord hebben gepleegd?'

'Kan niet iedereen dat doen? Onder bepaalde omstandigheden?'

'Dat is mogelijk.'

'Kun je dat dan niet zien? Of iemand vermoord is? Of de hand aan zichzelf heeft geslagen?'

'Dat kunnen we waarschijnlijk wel zien. Maar ik moest het toch vragen.'

Ze dacht na voordat ze hem antwoord gaf.

'Ik heb zelf de mogelijkheid wel eens overwogen', zei ze toen. 'In moeilijke periodes. De goden weten dat ik zulke periodes heb gekend. Maar ik geloof niet dat ik ooit heb gedacht dat Karl daartoe in staat was.'

'Omdat er voor hem nooit aanleiding was?'
'Je kunt niet zeggen dat hij een ongelukkig mens was.'
'Wanneer heb je voor het laatst contact met hem gehad?'
'Hij heeft me afgelopen zondag nog gebeld.'
'Hoe kwam hij toen over?'
'Zoals altijd.'
'Waarom belde hij?'
'Eén keer in de week hadden we altijd contact met elkaar. Als hij niet belde, dan belde ik wel. Soms kwam hij bij mij eten. Soms ging ik naar hem toe. Zoals je misschien nog wel weet, is mijn man niet vaak thuis. Hij is machinist op een olietanker. En onze kinderen zijn groot.'
'Svedberg kookte dus?'
'Waarom zou hij dat niet doen?'
'Ik denk dat ik me hem nooit in een keuken heb voorgesteld.'
'Hij kon lekker koken. Vooral vis.'
Wallander ging weer even terug.
'Hij belde dus afgelopen zondag op. Op 4 augustus. En alles was als altijd.'
'Ja.'
'Waar hebben jullie het over gehad?'
'Over van alles en nog wat. Maar ik kan me herinneren dat hij erover klaagde dat hij moe was. Hij zei dat hij overwerkt was.'
Dit stemde Wallander tot nadenken.
'Zei hij dat echt? Dat hij overwerkt was?'
'Ja.'
'Maar hij had toch net vakantie gehad?'
'Hij heeft het echt gezegd.'
Wallander dacht na voordat hij zijn volgende vraag stelde.
'Weet je ook wat hij op vakantie heeft gedaan?'
'Je weet misschien wel dat hij het niet fijn vond om uit Ystad weg te gaan. Hij bleef altijd thuis. Misschien dat hij een korte trip naar Polen heeft gemaakt.'
'Maar wat deed hij thuis dan? Zat hij binnen?'
'Hij had natuurlijk zijn hobby's.'
'En dat waren?'
Ze schudde haar hoofd.

'Dat weet je toch wel? Dat hij in zijn leven twee grote passies had: sterren kijken en het bestuderen van de geschiedenis van de Noord-Amerikaanse indianen.'

'Over de indianen heb ik hem wel horen praten. En dat hij af en toe naar Falsterbo ging om vogels te kijken. Maar dat van die sterren is nieuw.'

'Hij had een heel mooie telescoop.'

Wallander kon zich niet herinneren dat hij die in de flat had gezien.

'Waar bewaarde hij die?'

'In zijn werkkamer.'

'Dat deed hij dus in zijn vakanties? Naar de sterren kijken? En over indianen lezen?'

'Dat denk ik wel. Maar deze zomer was het anders.'

'Hoe dan?'

'In de zomer zagen we elkaar altijd meer dan in de rest van het jaar. Maar dit jaar had hij geen tijd. Hij heeft een paar keer nee gezegd toen ik hem vroeg of hij zin had om te komen eten.'

'Waarom zei hij nee?'

Ze aarzelde voordat ze antwoord gaf.

'Het leek wel of hij geen tijd had.'

Instinctief voelde Wallander aan dat ze nu in de buurt kwamen van iets wat belangrijk was.

'Hij zei niet waarom?'

'Nee.'

'Maar dat moet je je toch hebben afgevraagd?'

'Niet echt.'

'Heb je ook een verandering bij hem opgemerkt? Of hij zich anders gedroeg? Of hij zich zorgen leek te maken?'

'Hij was net als altijd. Maar hij had dus weinig tijd.'

'Wanneer merkte je dat? Wanneer zei hij dat voor het eerst?'

Ze dacht na.

'Vlak na Midzomer. Ongeveer toen hij vakantie kreeg.'

De verpleegkundige verscheen weer in de deuropening. Ylva Brink stond op.

'Ik kom zo terug.'

Wallander zocht een toilet op. Daar dronk hij weer twee glazen water en ging plassen. Toen hij in het kantoor terugkwam, zat Ylva op hem te wachten.

'Ik ga nu', zei Wallander. 'Alle verdere vragen kunnen wachten.'

'Als je wilt kan ik Sture wel bellen', zei ze. 'We moeten de begrafenis toch regelen.'

'Ik zou het prettig vinden als je op zijn laatst over een paar uur zou willen bellen', zei Wallander. 'Om elf uur vertellen we het aan de pers.'

'Het is allemaal nog zo onwerkelijk', zei ze.

Ze had opeens tranen in haar ogen. Wallander had zelf ook het gevoel dat hij op het punt stond in huilen uit te barsten. Ze bleven zwijgend zitten, ieder zijn eigen reactie onderdrukkend. Wallander probeerde zijn blik strak op de klok aan de muur te richten, op de secondewijzer die verder tikte.

'Ik heb nog één vraag', zei hij toen. 'Svedberg was vrijgezel. Ik heb nooit iets gehoord over een vrouw in zijn leven.'

'Die is er waarschijnlijk ook niet geweest', antwoordde ze.

'Je denkt niet dat dat deze zomer wel is gebeurd?'

'Dat hij een vrouw heeft ontmoet?'

'Ja.'

'Dat hij om die reden overwerkt zou zijn?'

Wallander besefte het absurde van de hele situatie.

'Ik moet het vragen', zei hij weer. 'Anders komen we nergens.'

Ze liep met hem mee naar de glazen deuren.

'Jullie moeten degene grijpen die dit heeft gedaan', zei ze terwijl ze Wallander stevig bij zijn arm pakte.

'Een politieman ombrengen is het meest funeste wat je kunt doen', antwoordde Wallander. 'Het is bijna een ongeschreven wet dat we de dader dan pakken.'

Ze gaven elkaar een hand.

'Ik zal Sture bellen', zei ze. 'Uiterlijk om zes uur.'

In de deuropening realiseerde Wallander zich dat hij nog een vraag had. Een van de meest fundamentele die er waren.

'Weet je ook of hij thuis grote geldbedragen bewaarde?'

Ze keek hem niet-begrijpend aan.

'Waar zou hij die vandaan moeten halen? Hij klaagde altijd dat hij zo weinig verdiende.'

'Dat is ook zo.'

'Weet je wel wat een verloskundige verdient?'

'Nee?'

'Dat kan ik maar beter niet vertellen. De vraag is niet wie er het meest, maar wie er het minst verdient.'

Toen Wallander het ziekenhuis uitkwam, haalde hij diep adem. De vogels kwetterden, het was nog geen vier uur. Er stond een zwakke wind. Het was nog steeds warm. Hij begon langzaam over Stora Norregatan te lopen.

Er begon zich een vraag af te tekenen die belangrijker was dan alle andere.

Waarom had Svedberg zich overwerkt gevoeld? Ondanks het feit dat hij net vakantie had gehad?

Kon dat op de een of andere manier met de moord te maken hebben?

Wallander bleef op het smalle trottoir staan. In gedachten ging hij terug naar het moment waarop hij in de deuropening van de woonkamer had gestaan en de ravage had gezien. Martinson had achter hem gestaan. Wallander had een dode man en een geweer gezien. Maar bijna onmiddellijk had hij het gevoel gehad dat er iets niet klopte.

Zag hij nu wat dat was? Hij deed zijn best, maar slaagde er niet in.

Ik moet geduld hebben, dacht hij. Bovendien ben ik moe. Het is een lange nacht geweest. En hij is nog niet voorbij.

Hij liep weer verder. Vroeg zich af wanneer hij tijd zou krijgen om te slapen. En om zijn dieetlijsten te bestuderen. Opnieuw bleef hij staan. In zijn hoofd was opeens een vraag opgekomen. Wat gebeurt er als ik net zo plotseling doodga als Svedberg? Wie zal mij dan missen? Wat zullen ze zeggen? Dat ik een goede rechercheur was? Die een lege stoel aan de vergadertafel achterlaat? Maar wie zal mij eigenlijk missen als mens? Misschien Ann-Britt Höglund? Misschien ook Martinson?

Een duif scheerde vlak over zijn hoofd.

We weten niets van elkaar, dacht hij. De vraag is wat ik zelf eigenlijk vond van Svedberg. Als ik bij mijzelf te rade ga. Mis ik hem eigenlijk wel? Kun je verdriet hebben om iemand die je niet kende?

Hij liep weer verder, maar hij wist dat de vragen die hij zichzelf gesteld had hem zouden blijven achtervolgen.

Toen Wallander opnieuw Svedbergs flat betrad, was het alsof hij terugkeerde in een nachtmerrie. Weg was de nazomer, het gekwetter van de vogels. Hierbinnen, verlicht door sterke lampen, heerste alleen de dood. Lisa Holgersson was naar het bureau vertrokken. Wallander ging met Ann-Britt Höglund en Martinson naar de keuken. Hij stond op het punt om te vragen of een van hen Svedberg had gezien, maar hield zich nog net op tijd in. Ze gingen aan de keukentafel zitten. De andere twee zagen er grauw uit. Wallander vroeg zich af hoe hij er zelf uitzag.

'Hoe gaat het?' vroeg hij.

'Kan het iets anders zijn dan een inbraak?' vroeg Ann-Britt.

'Het kan van alles zijn', antwoordde Wallander. 'Wraak, een gek, twee gekken, drie gekken. We weten het niet. En zolang we het niet weten, moeten we uitgaan van wat we kunnen zien.'

'En nog iets', zei Martinson langzaam.

Wallander knikte. Hij vermoedde al wat Martinson zou zeggen.

'Het feit dat Svedberg bij de politie zat', zei Martinson.

'Hebben jullie ook sporen gevonden?' vroeg Wallander. 'Hoe gaat het met Nyberg? Wat zegt de dokter?'

Ze hadden aantekeningen gemaakt. Ann-Britt sloeg als eerste haar blad op.

'Uit beide lopen van het jachtgeweer zijn schoten gelost', begon ze. 'Zowel de dokter als Nyberg is er vrij zeker van dat de schoten elkaar snel zijn opgevolgd. Hoe ze dat nu kunnen vaststellen? Ze gingen recht Svedbergs hoofd in.'

Haar stem trilde. Ze haalde diep adem en vervolgde: 'Of Svedberg in zijn stoel zat toen hij werd neergeschoten, valt niet vast te stellen. We weten ook niet hoe groot de afstand was. Als je kijkt naar de kamer en de plaats waar de meubels staan, kan het hoogstens vier meter zijn geweest. Maar het kan ook van heel dichtbij zijn geweest.'

Martinson stond plotseling op en mompelde iets onverstaanbaars. Hij verdween naar de wc. Ze wachtten. Na een paar minuten kwam hij terug.

'Ik had twee jaar geleden moeten stoppen', zei hij. 'Toen ik indertijd dat besluit nam, had ik daarbij moeten blijven en met dit werk moeten stoppen.'

'Je bent nu meer nodig dan ooit', zei Wallander met een scherpe klank in zijn stem. Hij begreep echter maar al te goed wat Martinson bedoelde.

'Svedberg is aangekleed', vervolgde Ann-Britt. 'Dat duidt erop dat hij niet uit zijn bed is gehaald, maar we hebben nog steeds geen tijdstip.'

Wallander keek naar Martinson.

'Ik heb het keer op keer met de buren doorgenomen, maar geen van allen heeft iets gehoord.'

'Hoe zit het met het verkeer op straat?' vroeg Wallander.

'Ik kan me niet voorstellen dat dat het geluid van twee hagelschoten dempt.'

'Dus weten we niet wanneer het is gebeurd. We weten dat Svedberg aangekleed was. Dat wijst erop dat we de late avonduren kunnen uitsluiten. Persoonlijk heb ik altijd gedacht dat Svedberg vroeg naar bed ging.'

Martinson was het daarmee eens. Ann-Britt had er geen mening over.

'Hoe is de dader binnengekomen? Weten we dat ook?'

'Er is geen zichtbare schade aan de deur.'

'Aan de andere kant was het ook niet echt moeilijk om hem open te breken', zei Wallander.

'Waarom laat hij het wapen achter? Is hij in paniek geraakt? Of wat?'

Ze hadden geen antwoord op Martinsons vragen. Wallander keek naar zijn vermoeide en neerslachtige collega's.

'Ik zal jullie mijn persoonlijke mening geven', zei hij. 'We moeten nog maar even afwachten met vaststellen wat die waard is, maar toen ik deze flat binnenkwam en zag wat er was gebeurd, kreeg ik meteen het gevoel dat er iets niet klopte. Wat het is weet ik niet. Het is moord; dat wijst op een inbraak. Maar als het geen inbraak is, wat is het dan wel? Wraak? Of is het misschien voorstelbaar dat iemand hier was, niet om te stelen, maar om iets te zoeken?'

Hij stond op, pakte een glas van het aanrecht en dronk opnieuw water.

'Ik heb in het ziekenhuis met Ylva Brink gesproken', vervolgde hij. 'Svedberg kwam uit een heel kleine familie. Om precies te zijn: een neef en een nicht, en zij is die nicht. Ze schijnen regelmatig contact te hebben gehad. Ze zei iets wat me opviel. Ze had afgelopen zondag met Svedberg gepraat. Toen had hij geklaagd dat hij overwerkt was. Waar komt dat door? Hij had immers net vakantie gehad?'

Ann-Britt en Martinson wachtten op een vervolg.

'Ik weet niet of dat iets betekent', zei Wallander. 'We moeten uitzoeken wat erachter zit.'

'Weet iemand met wat voor onderzoek Svedberg bezig was?' vroeg Ann-Britt.

'Die verdwenen jongelui', zei Martinson.

'Hij zal toch wel met nog meer dingen bezig zijn geweest?' wierp Wallander tegen. 'Dat kan hij er alleen maar bij hebben gedaan, omdat het geen formeel onderzoek was. Alleen een lopende zaak die we in de gaten hielden. Bovendien ging hij een paar dagen nadat die bezorgde ouders bij ons kwamen al met vakantie.'

Niemand kon verder antwoord geven op Wallanders vraag.

'Een van jullie moet nakijken waar hij mee bezig was', zei Wallander.

'Denk je dat hij een geheim had?' vroeg Martinson voorzichtig.

'Heeft niet iedereen dat?'

'Dus daar moeten we naar zoeken? Naar Svedbergs geheim?'

'We moeten degene pakken die hem heeft omgebracht. Anders niks.'

Ze spraken af dat ze elkaar om acht uur op het bureau zouden zien om de zaak door te nemen. Martinson keerde terug naar de andere flat om zijn gesprekken met de buren af te ronden. Ann-Britt bleef even hangen. Wallander keek naar haar vermoeide, getekende gezicht.

'Was je wakker toen ik belde?'

Hij had meteen spijt van zijn vraag. Of ze sliep of wakker was, ging hem niets aan. Maar ze vatte het niet verkeerd op.

'Ja,' antwoordde ze, 'ik was klaarwakker.'

'Omdat je zo snel kwam, neem ik aan dat je man thuis is? Om voor de kinderen te zorgen?'

'Toen jij belde zaten we midden in een ruzie. Een stompzinnig ruzietje. Zo'n ruzie die je hebt wanneer je het niet kunt opbrengen om ruzie te maken over de grote, wezenlijke dingen.'

Ze zwegen. Af en toe hoorde je Nybergs stem.

'Ik begrijp het niet', zei ze. 'Wie zou Svedberg nou kwaad willen doen?'

'Wie kende hem het beste?' vroeg Wallander.

Ze nam hem verbaasd op.

'Was jij dat dan niet?'

'Nee. Ik kende hem niet bijzonder goed.'

'Maar hij keek wel tegen je op.'

'Dat kan ik me niet voorstellen.'

'Jij merkte het niet. Maar ik wel. De anderen misschien ook wel. Hij was altijd loyaal ten opzichte van alles wat je zei en deed. Ook als je het mis had.'

'Dat is geen antwoord op mijn vraag', zei Wallander en hij herhaalde: 'Wie kende hem het beste?'

'Niemand kende hem het beste.'

'Maar nu moeten we hem leren kennen. Nu hij dood is.'

Nyberg kwam de keuken binnen. Hij had een mok koffie in zijn hand. Wallander wist dat Nyberg altijd een thermoskan klaar had staan, voor het geval hij 's nachts zou worden opgeroepen.

'Hoe gaat het?' vervolgde Wallander.

'Het lijkt op een inbraak', zei Nyberg. 'De vraag is alleen waarom de dader het geweer hier neergooit.'

'We hebben nog geen tijdstip', vervolgde Wallander.

'Dat moeten de artsen maar uitmaken.'

'Toch wil ik jouw mening horen.'

'Ik hou niet van raden.'

'Dat weet ik. Maar jij hebt ervaring. Ik beloof je dat ik het niet tegen je zal gebruiken als je het mis hebt.'

Nyberg streek over zijn ongeschoren kin. Zijn ogen waren bloeddoorlopen.

'Misschien vierentwintig uur', zei hij. 'Meer lijkt me niet waarschijnlijk.'

Zwijgend dachten ze na over wat Nyberg had gezegd. Vierentwintig uur, dacht Wallander. Woensdagavond. Of in de loop van donderdag.

Nyberg geeuwde. Daarna verliet hij de keuken.

'Ik vind dat jij naar huis moet gaan', zei Wallander tegen Ann-Britt Höglund. 'Om acht uur moeten we maar eens kijken hoe we het onderzoek kunnen gaan coördineren.'

De keukenklok gaf kwart over vijf aan.

Ze pakte haar jas en ging weg. Wallander bleef aan de keukentafel zitten. Op de vensterbank lagen een paar rekeningen op een stapeltje. Hij bladerde ze door. Je moet altijd ergens beginnen, dacht hij. Of het nou met een paar rekeningen op de vensterbank in een keuken is of met iets anders. Er was een elektriciteitsrekening bij, een afschrift van een opname uit een geldautomaat en een bon van een herenmodezaak. Wallander zette zijn bril op. Svedberg had op 3 augustus tweeduizend kronen opgenomen. Daarna stonden er nog 19.314 kronen op zijn rekening. De elektriciteitsrekening moest eind augustus worden betaald. Op het bonnetje van de herenmodezaak zag Wallander dat Svedberg op 3 augustus een overhemd had gekocht. Op dezelfde dag als waarop hij geld uit de automaat had opgenomen. Het overhemd had 695 kronen gekost. Onverwacht duur, dacht Wallander. Hij legde de paperassen terug in de vensterbank. Daarna ging hij naar Nyberg, van wie hij een paar plastic handschoenen kreeg. Hij keerde terug naar de keuken. Keek langzaam rond. Deed systematisch de kastjes en lades open. Svedberg was in zijn keuken al net zo ordelijk geweest als in zijn werkkamer. Er was niets wat opviel, er leek niets weg te zijn. Wallander liep weer naar Nyberg om een zaklamp te halen. Hij scheen ermee onder de afvoer. Wat hij zocht, of hoopte te vinden, wist hij niet. Hij verliet de keuken en liep naar de werkkamer. Ergens moet hier een telescoop liggen, dacht hij. Hij ging in de bureaustoel zitten en keek rond. Nyberg kwam binnen om te zeggen dat ze zover waren dat Svedbergs lichaam kon worden weggebracht. Wilde hij hem nog een keer zien? Wallander schudde zijn hoofd. De aanblik van Svedberg met een half weggeschoten hoofd zat als een fotografisch beeld in zijn hoofd. Een beeld dat geen detail schuwde. Zijn blik gleed verder. De boekenkast, waar de meeste boeken uit waren getrokken die nu op de grond lagen. Op het bureau stonden het antwoordapparaat, een pennenbakje, een paar oude tinnen soldaatjes en er lag een agenda. Wallander bladerde hem door, de ene maand na de andere. Op 11 januari bezocht Svedberg om 9.30 uur de tandarts. Op 7 maart was Ylva Brink jarig. Op 18 april had Svedberg een naam opgeschreven, 'Adamsson'. De naam keerde terug op 5 en 12 mei. In juni en juli waren er helemaal geen aantekeningen. *Svedberg heeft vakantie. Hij klaagt er later over dat hij zich overwerkt voelt.* Wallander bladerde verder, nu langzamer. Geen aantekeningen. Op de dagen die de laatste van Svedbergs leven waren, was de agenda helemaal leeg. Op 18 oktober was Sture Björklund jarig. Op 14 december keerde de naam 'Adamsson' weer terug. Daarna geen notities meer. Wallander legde de agenda terug op zijn plaats. Als je wilde, zou je op grond van zijn agenda kunnen denken dat Svedberg een heel eenzaam mens was. Maar wat was nou een agenda? Wallander dacht aan die van hemzelf. Stond daar eigenlijk zoveel meer van betekenis in? Hij leunde achterover in de stoel. Die zat lekker. Hij voelde hoe moe hij was. En dat hij dorst had. Hij deed zijn ogen dicht en vroeg zich af wie 'Adamsson' was. Daarna boog hij zich weer voorover en tilde hij de bruine onderlegger op. Daar lagen een paar briefjes onder en enkele visitekaartjes. Het adres van Antiquariaat Boman in Göteborg. Een telefoonnummer van de Audi-specialist in Malmö. Svedberg was merkentrouw en reed Audi. Zoals Wallander zijn Peugeot altijd inruilde voor een andere Peugeot. Op een van de visitekaartjes stond een adres in Minneapolis van een bedrijf dat Indian Heritage heette. Er lag ook een uit een krant gescheurde advertentie. 'Natuurmedicijnen uit de Kruidentuin in Karlshamn'. Wallander legde de onderlegger terug. Twee bureaulades waren eruit getrokken en lagen op de grond. De andere twee stonden halfopen. Hij trok de eerste helemaal open. Daarin lagen een paar kopietjes van declaraties. In de andere lagen ansichtkaarten en brieven. Wallander bladerde de stapel brieven door. De meeste waren meer dan tien jaar oud. Bijna allemaal waren ze afkomstig van Svedbergs moeder. Hij legde ze terug en keek naar de ansichtkaarten. Tot zijn verwondering vond hij er een die hij zelf aan Svedberg had gestuurd. Uit Skagen. 'De stranden hier zijn fantastisch', had hij geschreven.

Wallander bleef met de kaart in zijn hand zitten.

Dat was drie jaar geleden. Hij liep in de ziektewet en had lang geaarzeld of hij ooit weer bij de recherche aan het werk zou gaan. Lange tijd had hij zijn eigen politiedistrict ingericht op de herfstige, verlaten stranden van Skagen. Hij kon zich niet herinneren dat hij die kaart had geschreven. Hij had weinig beelden van die periode, maar hij had Svedberg dus blijkbaar geschreven. Na lange tijd was hij naar Ystad teruggekeerd en weer aan het werk gegaan. Van dat moment, dat eerste ochtendoverleg op het bureau, herinnerde hij zich Svedberg. Björk had hem terug verwelkomd. Het was heel stil geworden, omdat iedereen ervan overtuigd was geweest dat hij niet terug zou komen. Degene die uiteindelijk iets had gezegd en de stilte had doorbroken, was Svedberg. Wallander kon zich letterlijk herinneren wat hij had gezegd. 'Hartstikke fijn, Kurt. Want we hadden het hier verdomme nog aan toe geen dag langer zonder jou kunnen stellen.'

Wallander bleef even bij die herinnering stilstaan. Probeerde Svedberg te zien zoals hij was geweest. Vaak zwijgzaam, maar ook degene die een drukkende stilte wist te doorbreken door het verlossende woord te spreken. Hij was een capabele rechercheur geweest. Niet vooraanstaand op een opvallende manier, maar gewoon capabel. Vasthoudend en plichtsgetrouw. Niet bijzonder fantasierijk. Ook geen man van de pen. Zijn verslagen waren vaak slecht geschreven en de officieren van justitie ergerden zich eraan. Maar hij stond voor zijn recherchewerk, had een goed geheugen en had het gevoel dat wat hij deed, belangrijk was.

Een andere herinnering kwam bij Wallander boven. Een paar jaar geleden hadden ze geworsteld met een gecompliceerd moordonderzoek, waarin een man die eigenaar was van kasteel Farnholm een griezelige rol had gespeeld. Wallander kon zich herinneren dat Svedberg een keer had gezegd: 'Een man die zoveel bezit, kan gewoon niet fatsoenlijk zijn.' Bij een andere gelegenheid, tijdens hetzelfde onderzoek, had Svedberg hem een droom onthuld. Dat hij hoopte ooit een keer 'een van die heren te kunnen vastzetten die menen dat ze onaantastbaar zijn in onze maatschappij'.

Wallander stond op en liep naar Svedbergs slaapkamer. Nergens een spoor van een telescoop. Hij liet zich op zijn knieën zakken en keek onder het bed. Svedberg had het goed schoongehouden. Er lag geen stof. En ook niets anders. Hij tilde de kussens op, een voor een. Niets. Daarna opende hij de deuren van de kledingkasten. Svedbergs kleren waren netjes opgehangen. Op de vloer van de kast stond een schoenenrek. Wallander scheen met zijn zaklamp achter de kleren. Er stonden een paar koffers. Hij haalde ze eruit en maakte ze open. Nog steeds niets. Daarna richtte hij zijn aandacht op een ladekastje dat tegen de ene korte wand stond. Daarin lagen ondergoed en lakens. Wallander voelde aan de onderkant van de lades. Hij ging op de rand van het bed zitten. Op het nachtkastje lag een opengeslagen boek. *De geschiedenis van de Sioux-indianen*, in het Engels. Svedberg sprak slecht Engels, dacht Wallander, maar misschien dat lezen beter ging.

Wallander bleef zitten en bladerde afwezig door het boek. Bij een mooie, trotse foto van Sitting Bull bleef hij steken. Daarna stond hij op en liep naar de badkamer. Hij opende een spiegelkastje aan de muur. Niets van wat hij daar vond verraste hem. Zo zag zijn eigen badkamerkastje er ook uit. Hij stapte de badkamer weer uit. Nu resteerden de hal en de woonkamer nog. Hij begon met de hal. Een van de technici kwam de keuken uit. Wallander ging op een krukje zitten en trok een lade open van een kastje dat onder de spiegel stond. Daarin lagen handschoenen en een paar petten. Een daarvan was een reclamepet van een keten van radiohandelaars die door heel Skåne zat.

Wallander stond op. Nu bleef alleen de woonkamer nog over. Het liefst wilde hij daar niet naar binnen, maar hij besefte dat hij wel moest. Hij ging eerst naar de keuken om nog een glas water te drinken. Het liep tegen zessen. Hij was erg moe. Daarna ging hij naar de woonkamer. Nyberg had kniebeschermers aangetrokken en kroop rond bij de zwartleren bank die tegen een muur stond. De stoel lag nog steeds omver. Het geweer was door niemand aangeraakt. Het enige wat nu weg was, was Svedbergs lichaam. Wallander keek de kamer rond. Hij probeerde zich voor te stellen wat zich hier had afgespeeld. *Wat was er gebeurd vlak vóór het uiteindelijke moment? Voordat de schoten werden gelost?* Hij zag echter niets. Weer werd hij overvallen door het gevoel dat er iets essentieels helemaal niet klopte. Hij bleef doodstil staan, hield zijn adem in, en probeerde zijn vermoeden naar de oppervlakte te lokken. Maar er kwam niets. Nyberg stond op. Ze keken elkaar aan.

'Begrijp jij hier iets van?' vroeg Wallander.

'Nee', antwoordde Nyberg. 'Het is een vreemd tafereel.'

Wallander keek hem onderzoekend aan.

'Wat bedoel je daarmee? Een tafereel?'

Nyberg snoot zijn neus en vouwde daarna zorgvuldig zijn zakdoek weer op.

'Het is één grote puinhoop', zie hij. 'Omvergeworpen stoelen, uitgetrokken lades, papieren en porselein die door elkaar heen liggen. Maar het is net of de rommel te groot is.'

Wallander begreep wat hij bedoelde, maar die gedachte was bij hemzelf nog niet opgekomen.

'Je bedoelt dat het misschien allemaal in scène is gezet?'

'Het is natuurlijk maar een losse veronderstelling.'

'Waardoor komt het precies dat je vermoedt dat deze chaos in scène is gezet?'

Nyberg wees naar een porseleinen haantje dat op de grond lag.

'Het is aannemelijk dat dat hier in de kast heeft gestaan', zei hij wijzend. 'Waar had het anders moeten staan. Maar als het op de grond valt wanneer iemand aan de lades staat te rukken, waarom komt het dan helemaal hier terecht?'

Wallander knikte. Hij snapte het.

'Er zal wel een aannemelijke verklaring voor zijn', zei Nyberg. 'Maar die zul jij dan moeten vinden.'

Wallander zei niets. Hij bleef nog een paar minuten in de woonkamer, maar verliet daarna de flat. Toen hij op straat kwam, was het inmiddels helemaal licht geworden. Bij de flat stond een politiewagen geparkeerd, maar er hadden zich geen nieuwsgierigen verzameld. Wallander ging ervan uit dat de politie opdracht had gekregen voorlopig niets te zeggen over wat er was gebeurd.

Hij bleef doodstil staan en haalde een paar keer diep adem. Het zou een mooie nazomerse dag worden.

Het was echter alsof hij nu pas voelde hoe overweldigend het verdriet om Svedberg zou zijn. Of dat verdriet nu echt was, of een reactie op het feit dat hij aan zijn eigen sterfelijkheid werd herinnerd. Hij voelde ook angst. De dood was hem genaderd. Niet zoals toen zijn vader overleed, maar op een andere manier.

Dat beangstigde hem.

Het was die vrijdagochtend 9 augustus inmiddels vijf voor halfzeven. Wallander liep langzaam naar zijn auto. Op de achtergrond begon een cementmolen te ratelen.

Tien minuten later stapte Wallander het politiebureau binnen.

6

Ze kwamen even over achten in de vergaderruimte bijeen voor een geïmproviseerde herdenking. Lisa Holgersson had een kaars op tafel neergezet bij de stoel waar Svedberg anders altijd zat. Allen die die ochtend op het politiebureau waren, hadden zich verzameld. De schok en het verdriet drukten een zwaar stempel op de aanwezigen. Lisa Holgersson hield een korte toespraak. Ze had moeite om haar emoties te bedwingen. Alle aanwezigen hoopten in stilte dat ze datgene wat ze wilde zeggen, tot een goed einde zou weten te brengen zonder helemaal in te storten. Dat zou de situatie voor iedereen ondraaglijk maken. Daarna namen ze een minuut stilte in acht. In Wallanders hoofd zweefden onrustige beelden rond. Hij vond het nu al moeilijk om zich Svedbergs gezicht voor de geest te halen. Hij dacht aan zijn ervaring toen zijn vader overleed, en eerder, toen Rydberg overleed. *Natuurlijk kun je je de doden herinneren. Maar toch is het net of ze nooit hebben bestaan.*

Langzaam verliet men de herdenkingsbijeenkomst. Behalve het rechercheteam bleef ook Lisa Holgersson in de kamer achter. Ze gingen aan tafel zitten. Het vlammetje van de kaars flakkerde toen Martinson een raam dichtdeed. Wallander keek Lisa Holgersson vragend aan, maar ze schudde haar hoofd. Hij nam het woord.

'We zijn allemaal moe', begon hij. 'We zijn geschokt en verdrietig en weten niet hoe we het hebben. Waarvoor we waarschijnlijk altijd het meest bang zijn, is gebeurd. Meestal zitten we hier om misdrijven te onderzoeken, soms zeer gewelddadige, die mensen hebben getroffen die niet tot onze eigen kring behoren. Maar nu is het een van ons overkomen. Toch moeten we proberen te doen alsof het wie dan ook had kunnen zijn, en denken zoals we altijd denken.'

Hij pauzeerde even en keek de kamer rond. Niemand zei wat.

'Laten we een samenvatting maken', vervolgde Wallander. 'En daarna kijken hoe we het onderzoek kunnen opzetten. We weten heel weinig. Ergens tussen woensdagmiddag en donderdagavond is Svedberg doodgeschoten. In zijn eigen flat. Door iemand die zonder zichtbare sporen na te laten is binnengekomen. We kunnen ervan uitgaan dat het wapen dat op de vloer lag, het moordwapen is. In de flat ontstaat de indruk dat er sprake is geweest van een inbraak. Dat kan erop wijzen dat Svedberg met een gewapende overvaller werd geconfronteerd. We weten niet of dat klopt, maar dat is een mogelijkheid. We moeten echter niet vergeten dat er ook andere verklaringen kunnen zijn. We moeten het breed zoeken. We kunnen ook niet om het feit heen dat Svedberg rechercheur was. Dat kan iets betekenen. Maar het hoeft niet. Een tijdstip voor de moord hebben we niet. Een verbluffende omstandigheid is dat geen van de buren de schoten heeft gehoord. We zullen dus moeten afwachten wat de artsen van het forensisch instituut in Lund voor mededelingen kunnen doen.'

Hij schonk een glas water in en dronk dat leeg voordat hij verderging.

'Dit zijn de dingen die we weten. Het enige wat we er nog aan kunnen toevoegen is dat Svedberg donderdag niet op zijn werk verscheen. Wij die hem kennen, weten dat dat vreemd is. Hij heeft niet gezegd waarom hij er niet was. De enige plausibele verklaring is dat hij dat niet kon. Wat dat betekent begrijpen we allemaal.'

Nyberg gaf Wallander een seintje.

'Ik ben weliswaar geen forensisch arts,' zei hij, 'maar ik betwijfel of Svedberg al op woensdag is overleden.'

'Dat betekent dat we ons dus ook die vraag moeten stellen', zei Wallander. Wat verhinderde Svedberg gisteren dus om naar zijn werk te gaan? Waarom liet hij geen bericht achter? Wanneer werd hij omgebracht?'

Wallander ging verder en vertelde over zijn gesprek met Ylva Brink.

'Afgezien van het feit dat ze vertelde over het enige andere familielid dat Svedberg had, zei ze nog iets opmerkelijks. Volgens haar klaagde Svedberg er de laatste tijd over dat hij zich overwerkt voelde. Hoewel hij met vakantie was geweest. Dat strookt niet helemaal met elkaar. Vooral niet gezien het feit dat hij zijn vakanties niet gebruikte voor avontuurlijke reizen of zo.'

'Ging hij ooit wel eens weg uit Ystad?' vroeg Martinson.

'Heel zelden. Hij maakte wel eens een dagtripje naar Bornholm. Of hij nam de veerboot naar Polen. Dat heeft Ylva Brink bevestigd.

Verder hield Svedberg zich in zijn vrije tijd bezig met Noord-Amerikaanse indianen en met sterren kijken. Volgens Ylva Brink moest hij thuis een geavanceerde telescoop hebben staan. Maar die heb ik niet kunnen vinden.'

'Was hij geen vogelaar?' vroeg Hanson, die er tot nu toe het zwijgen toe had gedaan.

'Blijkbaar wel', zei Wallander. 'Ik denk dat we ervan uit kunnen gaan dat Ylva Brink hem echt behoorlijk goed kende. Indianen en sterren hadden zijn grootste interesse.'

Hij keek rond.

'Waarom was hij overwerkt? Wat hield dat in? Het is misschien helemaal niet belangrijk, maar ik kan me niet aan de indruk onttrekken dat het toch betekenis heeft.'

'Ik heb net, voor het overleg, even gekeken waar hij mee bezig was', zei Ann-Britt. 'Vlak voor hij met vakantie ging, heeft hij gesprekken met de ouders van die verdwenen jongelui gevoerd.'

'Welke verdwenen jongelui?' vroeg Lisa Holgersson verwonderd.

Wallander legde het uit. Ann-Britt ging verder met haar verhaal.

'Op de twee laatste dagen voordat hij met vakantie ging, heeft hij successievelijk de families Norman, Boge en Hillström bezocht. Maar ik kon geen aantekeningen vinden van die uitstapjes. Ik heb zijn bureaulades ook doorzocht.'

Wallander en Martinson keken elkaar vragend aan.

'Dat kan toch helemaal niet', zei Wallander. 'We hebben die gezinnen gezamenlijk uitgebreid gesproken. Er is nooit sprake van geweest dat we met afzonderlijke gesprekken verder zouden gaan. Er waren helemaal geen redenen om van een misdrijf uit te gaan.'

'Ik vergis me niet', zei Ann-Britt. 'Hij heeft de tijdstippen in zijn werkagenda gezet.'

Wallander dacht na.

'Dat zou dus betekenen dat Svedberg dit op eigen initiatief heeft gedaan. Zonder de rest van ons op de hoogte te stellen.'

'Dat is niks voor hem', zei Martinson.

'Nee', zei Wallander. 'Dat is al net zo gek als het feit dat hij niet op zijn werk verscheen zonder bericht achter te laten.'

'Maar het is heel makkelijk te controleren', zei Ann-Britt.

'Doe dat', zei Wallander. 'En onderzoek meteen ook welke vragen Svedberg heeft gesteld.'

'Eigenlijk is deze situatie helemaal absurd', zei Martinson. 'Sinds woensdag zijn we op zoek naar Svedberg om even met hem te praten over die verdwenen jongelui. Nu is Svedberg dood. En zitten we hier weer over hen te praten.'

'Zijn er nieuwe ontwikkelingen?' vroeg Lisa Holgersson.

'Niet anders dan dat een van de moeders steeds ongeruster wordt. En dat er weer een ansichtkaart van haar dochter is gekomen.'

'Maar dat is dan toch goed nieuws?'

'Zij beweert dat die ansichtkaart een vervalsing is.'

'Waarom zou dat zo zijn?' vroeg Hanson. 'Wie schrijft er nou verdorie valse ansichtkaarten? Cheques kan ik nog begrijpen. Maar ansichtkaarten?'

'Ik denk dat we de zaken niet door elkaar moeten halen', zei Wallander. 'Laten we eerst bepalen hoe we het onderzoek gaan aanpakken naar degene, of degenen, die Svedberg heeft doodgeschoten.'

'Er is niets wat erop wijst dat het om meer dan één persoon gaat', zei Nyberg.

'Kunnen we daar zeker van zijn?'

'Nee.'

Wallander sloeg met zijn vlakke handen op tafel.

'We kunnen nergens zeker van zijn', zei hij. 'We moeten het onderzoek breed en onbevooroordeeld houden. Over een paar uur wordt Svedbergs dood bekendgemaakt. Dan moeten we serieus op gang zijn.'

'Dit heeft natuurlijk de hoogste prioriteit', zei Lisa Holgersson. 'Alles wat kan wachten moet aan de kant worden geschoven.'

'De persconferentie', zei Wallander. 'Laten we dat punt meteen maar bij de kop pakken.'

'Er is een rechercheur vermoord', zei Lisa Holgersson. 'We zeggen het gewoon zoals het is. Hebben we sporen?'

'Nee.'

Wallanders antwoord kwam zeer beslist.

'Dan zeggen we dat.'

'Hoe gedetailleerd moeten we zijn?'

'Hij is neergeschoten. Van dichtbij. We hebben het moordwapen. Zijn er onderzoekstechnische redenen om dat achter te houden?'

'Niet echt', zei Wallander, die de tafel rondkeek. Niemand maakte bezwaar.

Lisa Holgersson stond op.

'Ik wil graag dat jij erbij bent', zei ze tegen Wallander. 'Misschien moet iedereen erbij zijn? Het is immers wel een collega en vriend die is vermoord.'

Ze spraken af dat ze elkaar een kwartier voordat de persconferentie zou beginnen zouden treffen. Lisa Holgersson verliet de kamer. Door de trek van de geopende deur doofde de kaars. Ann-Britt stak hem opnieuw aan.

Opnieuw namen ze door wat ze wisten en ze verdeelden de verschillende taken. Langzaam begon het onderzoek op gang te komen. Ze wilden net opstaan toen Martinson hen tegenhield.

'Misschien moeten we nu beslissen of die kwestie van die drie verdwenen jongelui een van de zaken is die we aan de kant moeten schuiven. Of niet.'

Wallander voelde zich onzeker, maar hij wist dat hij een beslissing moest nemen.

'Ja', zei hij. 'Dat leggen we aan de kant. Althans de komende paar dagen. Daarna zien we wel verder. Als tenminste niet blijkt dat Svedberg opzienbarende vragen heeft gesteld.'

Het was inmiddels kwart over negen. Wallander haalde een kop koffie. Daarna liep hij naar zijn kamer, deed de deur dicht en zocht in een van de lades naar een blocnote. Bovenaan op de eerste bladzijde schreef hij één woord.

Svedberg.

Onder de naam tekende hij een kruis dat hij meteen weer doorhaalde.

Verder kwam hij niet. Hij had zich voorgenomen om al zijn gedachten van de afgelopen nacht op te schrijven, maar hij legde zijn pen weg, stond op en liep naar het raam. De augustusmorgen was mooi. Het gevoel dat hij al eerder had gehad, keerde weer terug. Er was iets aan Svedbergs dood wat helemaal niet klopte. Nyberg had de indruk gehad dat er iets in scène was gezet. De vraag was alleen wat. Door wie? Het liefst wilde Wallander dat het om een gewone inbraak ging die een verschrikkelijke afloop had gekregen. En dat ze zo snel mogelijk alle andere alternatieven konden uitsluiten. Een man die een rechercheur doodschiet en daarna het geweer weggooit, dat wees op iemand die geen zelfbeheersing had. Uit ervaring wist Wallander dat zo'n dader zich vaker liet pakken dan andere. In het beste geval zouden ze op het geweer vingerafdrukken vinden die hen via hun bestanden rechtstreeks naar hun doelwit voerden.

Hij keerde terug naar zijn bureau en schreef op dat er een vermoedelijk dure telescoop ontbrak. Daarna nam hij twee beslissingen. Meteen na de persconferentie zou hij Svedbergs neef bezoeken die in de buurt van Hedeskoga woonde. En hij zou de flat nog een keer doorzoeken. Bovendien zou daar waarschijnlijk nog een zolder- en kelderruimte bijhoren.

Hij zocht het nummer van Sture Björklund op in het telefoonboek. De bel ging heel wat keren over voordat er werd opgenomen. Toen de man opnam, noemde hij zijn naam.

'Om te beginnen wil ik u condoleren', zei Wallander.

Sture Björklunds stem klonk gespannen en ver weg.

'Ik moet waarschijnlijk hetzelfde doen. Ik vermoed dat u mijn neef beter kende dan ik. Maar Ylva heeft me om zes uur vanochtend gebeld om te vertellen wat er is gebeurd.'

'Het is onvermijdelijk dat dit groot nieuws wordt in de media', zei Wallander.

'Dat begrijp ik. Het is trouwens de tweede keer in de familiegeschiedenis dat er iemand door moordenaarshand valt.'

'O?'

'In 1847, om precies te zijn op 12 april, werd aan de rand van Eslöv de oom van Karl Everts betovergrootvader met een bijl doodgeslagen. De man die de moord pleegde, was een gardesoldaat genaamd Brun, die oneervol ontslag had gekregen omdat hij een aantal overtredingen had begaan. Wat er toen gebeurde, was een roofmoord. Ons familielid had vee verkocht en zat goed in de slappe was.'

'Wat gebeurde er daarna?' vroeg Wallander die zijn ongeduld verborgen wist te houden.

'De politie, vermoedelijk voornamelijk bestaand uit een soort politiecommissaris en zijn medewerkers, deed goed werk. Brun werd een paar dagen later opgepakt toen hij probeerde naar Denemarken te ontkomen. Hij is later ter dood veroordeeld. En hij werd ook terechtgesteld. Toen Oscar I koning werd, was het eerste wat hij deed een aantal terdoodveroordelingen laten uitvoeren, die waren blijven liggen omdat Karl XIV Johan ze niet had willen ondertekenen. Oscar I vierde zijn troonsbestijging met het laten voltrekken van veertien doodvonnissen. Brun werd onthoofd. Om precies te zijn in Malmö.'

'Een bijzonder verhaal.'

'Een paar jaar geleden heb ik wat onderzoek naar de familiegeschiedenis gedaan. Het verhaal van de gardesoldaat Brun en de moord in Eslöv waren natuurlijk al langer bekend.'

'Als het u schikt, zou ik u graag vandaag al willen ontmoeten om nog wat meer te praten.'

Wallander kreeg het gevoel dat Sture Björklund meteen op zijn hoede was.

'Waarover dan?'

'We proberen een zo duidelijk mogelijk beeld van Karl Evert te krijgen.'

Het gaf Wallander een uiterst vreemd en onwerkelijk gevoel om Svedbergs voornaam te gebruiken.

'Ik kende hem helemaal niet goed. Bovendien moet ik vanmiddag eigenlijk naar Kopenhagen.'

'Het is belangrijk en het hoeft niet lang te duren.'

Aan de andere kant werd het stil. Wallander wachtte.

'Hoe laat?'

'Zou het rond twee uur schikken?'

'Ik zal naar Kopenhagen bellen om te zeggen dat ik niet kom.'

Sture Björklund legde aan Wallander uit hoe hij moest rijden. Het was niet moeilijk te vinden.

Na zijn telefoongesprek besteedde Wallander er een halfuur aan om voor zichzelf in een blocnote een overzicht te maken. Voortdurend pijnigde hij zijn hersens om erachter te komen waar het gevoel dat er iets niet klopte vandaan kwam, een gevoel dat hij had gehad vanaf het moment waarop hij Svedberg dood op de grond zag liggen. Het gevoel dat ook Nyberg had gehad, maar niet goed onder woorden had kunnen brengen. Wallander besefte dat het ook door zoiets eenvoudigs kon komen als het feit dat het een te onverdraaglijke en onbegrijpelijke ervaring was om een van je collega's dood te zien. Maar hij was daar toch niet zeker van.

Even na tienen haalde hij nog een kop koffie. Er zaten veel mensen in de kantine. Er heerste grote verslagenheid en iedereen was geschokt. Wallander bleef staan praten met iemand van de verkeerspolitie en een secretaresse. Daarna liep hij terug naar zijn kamer om Nyberg te bellen op zijn mobiele telefoon.

'Waar zit je?' vroeg Wallander.

'Wat denk je?' antwoordde Nyberg bokkig. 'In Svedbergs flat natuurlijk.'

'Je hebt niet toevallig een telescoop gevonden?'

'Nee.'

'Verder nog nieuws?'

'Er zitten een hoop vingerafdrukken op het geweer. Er zijn er minstens een stuk of twee, drie die we zonder problemen zullen kunnen aflezen.'

'Dan moeten we maar hopen dat we hem al in onze databank hebben zitten. Verder nog iets?'

'Niets opzienbarends.'

'Na de lunch ga ik bij een neef van Svedberg langs, dicht bij Hedeskoga. Maar daarna was ik van plan de flat grondig te doorzoeken.'

'Dan zijn wij hier wel klaar. Ik ben trouwens van plan naar de persconferentie te komen.'

Wallander kon zich niet herinneren dat Nyberg ooit eerder aanwezig was geweest bij een gelegenheid waarbij politie en pers elkaar ontmoetten. De reden kon deze keer alleen maar zijn dat Nyberg zijn persoonlijke geschoktheid over het gebeurde wilde onderstrepen. Wallander was daar even door ontroerd.

'Heb je ook sleutels gevonden?' vroeg hij toen.

'Er liggen hier autosleutels en een sleutel van een kelder.'

'Maar niet van een zolderruimte?'

'Dat heb ik onderzocht. Er zijn geen zolderruimtes. Alleen een kelder. Ik geef je bij de persconferentie de sleutels wel.'

Wallander beëindigde het gesprek en liep naar Martinsons kamer.

'De auto van Svedberg', zei hij. 'De Audi. Waar staat die?'

Dat wist Martinson niet. Ze gingen het samen aan Hanson vragen. Die wist het ook niet. Ann-Britt Höglund was niet op haar kamer.

Martinson keek op zijn horloge.

'Hij zal wel op een parkeerplaats ergens in de buurt van de flat staan', zei hij. 'Ik kan dat voor elf uur nog wel even uitzoeken.'

Wallander liep terug naar zijn kamer. Bij de receptie waren de eerste bloemen al bezorgd. Ebba zag er behuild uit. Wallander zei niets. Hij liep zo snel mogelijk door.

Klokslag elf uur begon de persconferentie. Naderhand bedacht Wallander dat Lisa Holgersson alles goed in de hand had gehouden en de bijeenkomst waardig had geleid. Dat zei hij ook tegen haar, dat niemand het beter had kunnen doen.

Ze had zich verkleed en haar uniform aangetrokken en ze had zich heel helder en duidelijk uitgedrukt. Op de tafel voor haar stonden twee grote bossen rozen. Ze had er geen doekjes om gewonden en ditmaal had haar stem haar niet in de steek gelaten. Een gerespecteerde collega, rechercheur Karl Evert Svedberg, was in zijn flat vermoord. Tijdstip en motief waren nog niet bekend, maar veel wees erop dat Svedberg een gewapende inbreker had verrast. De politie had op dit moment echter nog geen harde aanwijzingen. Daarna had ze lang gesproken over de loopbaan van Svedberg bij de politie en over hem als mens. Wallander had geluisterd en vond dat haar beschrijving van Svedberg heel goed klopte, zonder dat ze overdreef.

Er waren niet veel vragen geweest. De meeste daarvan had Wallander beantwoord. Nyberg had het moordwapen beschreven, een jachtgeweer van het merk Lambert Baron. Na een halfuur was het allemaal achter de rug. Lisa Holgersson had zich laten interviewen door *Sydnytt*, terwijl Wallander een paar journalisten van avondbladen te woord stond. Toen ze wilden dat hij voor de flat aan Lilla Norregatan poseerde, had hij echter botweg geweigerd en was bijna gaan snauwen.

Het was twaalf uur toen Lisa Holgersson de mensen die deel uitmaakten van het rechercheteam meenam voor een eenvoudige lunch bij haar thuis. Zowel Wallander als Holgersson vertelde over gebeurtenissen die ze samen met Svedberg hadden meegemaakt. Wallander was degene die wist te vertellen waarom Svedberg bij de politie was gegaan.

'Hij was bang in het donker', zei Wallander. 'Dat heeft hij zelf verteld. Al vanaf zijn vroegste jeugd was hij bang in het donker, en hij begreep dat niet en het lukte hem ook niet die angst te overwinnen. Hij ging bij de politie omdat hij hem op die manier dacht te kunnen overwinnen. Maar zijn angst voor de duisternis is nooit overgegaan.'

Tegen halftwee keerden ze terug naar het bureau. Wallander reed met Martinson mee.

'Ze heeft mooi gesproken', zei Martinson.

'Lisa is een goede baas', antwoordde Wallander. 'Maar dat wist je toch al?'

Martinson gaf geen antwoord. Toen schoot Wallander iets te binnen.

'Heb je de Audi nog gevonden?'

'De bewoners van de flat hebben een eigen parkeerterrein aan de achterkant van het gebouw. Daar stond hij. Ik heb erin gekeken.'

'Er lag toevallig geen telescoop in de kofferbak?'

'Alleen een reservewiel en een paar laarzen. In het handschoenenvakje lag een insectenspray.'

'Augustus is de maand van de wespen', zei Wallander somber.

Bij het politiebureau ging ieder zijns weegs. Wallander had een stel sleutels gekregen van Nyberg, die ook bij de lunch bij Lisa Holgersson was geweest. Voordat Wallander naar Svedbergs flat terugkeerde, moest hij echter eerst naar Hedeskoga. Hij reed naar de ringweg en sloeg af naar Sjöbo. Sture Björklunds routebeschrijving was heel exact geweest. Wallander draaide het erf van het boerderijtje op dat aan de rand van het dorp lag. Voor het huis lag een groot gazon met een fontein in het midden. Overal stonden gipsen beelden op sokkels. Wallander ontdekte tot zijn verwondering dat het allemaal duivels waren, die hun mond in meer of mindere mate angstaanjagend opensperden. Hij vroeg zich even af wat hij in de tuin van een professor in de sociologie had verwacht, maar zijn gedachten werden onderbroken doordat er een man in laarzen, een versleten leren jasje en met een kapotte strooien hoed op zijn hoofd naar buiten kwam. Hij was heel lang en slank. Door de kapotte strooien hoed heen zag Wallander dat er een overeenkomst tussen Sture Björklund en Svedberg bestond: ze waren allebei vrijwel helemaal kaal. Ook al hoefde dat natuurlijk geen uitvloeisel van een verre verwantschap te zijn. Even voelde Wallander zich onzeker. Hij had zich niet echt voorgesteld dat professor Björklund er zo zou uitzien. Hij had een bruin gezicht en een baard van minstens een paar dagen. Kon een professor aan de universiteit van Kopenhagen ongeschoren college geven? dacht Wallander. Maar waarschijnlijk had hij andere dingen te doen gehad aan de overkant van de Sont. Het was nog vroeg in augustus. Het herfstsemester was nog nergens begonnen.

'Ik hoop dat het niet te veel problemen heeft opgeleverd', zei Wallander. 'Mijn komst.'

Sture Björklund gooide zijn hoofd achterover en begon luid te lachen. Wallander kreeg het gevoel dat die lach een beetje spottend was.

'Ik heb in Kopenhagen een dame zitten die ik op vrijdag altijd bezoek', zei Sture Björklund. 'Een minnares noemen ze dat. Houden Zweedse rechercheurs die op het platteland zijn gevestigd er ook minnaressen op na?'

'Nauwelijks', zei Wallander.

'Het is een uitstekende oplossing voor de fundamentele problemen van het samenwonen', vervolgde Björklund. 'Iedere keer kan de laatste zijn. Geen afhankelijkheid, geen nachtelijke discussies die gemakkelijk ontaarden in dat je samen meubels moet kopen of moet doen alsof het huwelijk een serieus alternatief is.'

Wallander merkte dat de man met de strooien hoed en de schelle lach hem begon te irriteren.

'Moord is in ieder geval wel serieus', zei hij.

Sture Björklund knikte. Daarna zette hij zijn kapotte hoed af, alsof hij wilde laten zien dat hij mogelijk ook verdriet voelde.

'Laten we naar binnen gaan', zei hij.

Wallander had nog nooit eerder in zijn leven een huis gezien als waarin hij nu binnenstapte. Van buiten gezien was het een klassiek, langgerekt Skåns huis. Maar de wereld die Wallander nu betrad was een totale verrassing. Er zaten geen binnenmuren meer in. Het hele huis was één grote ruimte, die zich uitstrekte tot aan de nok van het dak. Op verschillende plaatsen stonden torenachtige verhogingen met kronkelende trappen, van gietijzer en hout. Er stonden heel weinig meubels in de kamer en de muren waren kaal. De korte muur die op het westen lag, was omgebouwd tot een groot aquarium. Sture Björklund leidde hem naar een massief houten tafel met een oude kerkbank en een houten kruk.

'Ik ben altijd van mening geweest dat je hard moet zitten', zei Björklund. 'Omdat je ongemakkelijk zit, verricht je de dingen die je moet doen in de kortst mogelijke tijd. Of het nou om eten gaat, denken of een gesprek voeren met een rechercheur. '

Wallander ging in de kerkbank zitten. Die zat inderdaad heel ongemakkelijk.

'Als ik het goed heb begrepen, bent u hoogleraar aan de universiteit van Kopenhagen?' vroeg hij.

'Ik doceer sociologie. Maar ik probeer het aantal hoorcolleges tot een absoluut minimum te beperken. Mijn eigen onderzoek vind ik interessanter. En dat kan ik bovendien thuis doen.'

'Het heeft niet echt met de zaak te maken, maar ik vraag het toch: wat voor soort onderzoek?'

'De menselijke relatie tot monsters.'

Wallander vroeg zich af of Björklund een grapje maakte. Hij wachtte op een vervolg en dat bleef niet uit.

'De voorstellingen die men zich in de Middeleeuwen van monsters maakte, waren niet dezelfde als die in de achttiende eeuw. Mijn voorstellingen zijn niet dezelfde als die van de komende generatie. Het is allemaal een heel gecompliceerd en fascinerend universum. De hel, de plek waar de verschrikkingen gehuisvest zijn, bevindt zich in een voortdurende staat van verandering. Bovendien geeft het mij een kans op extra inkomsten die niet te versmaden zijn.'

'Hoe dan?'

'Ik werk als consulent voor Amerikaanse filmmaatschappijen die films over monsters produceren. Zonder te willen opscheppen denk ik dat ik mag zeggen dat ik een van de meest gevraagde consultants ter wereld ben op het gebied van de commercialisering van verschrikkingen. Er is nog een Japanner die in Hawaii woont, maar verder ben ik de enige.'

Wallander begon zich af te vragen of de man die op het krukje tegenover hem zat gestoord was, maar op hetzelfde moment strekte Björklund zijn hand uit naar een tekening die op tafel lag.

'Ik heb een aantal zevenjarigen in Ystad gevraagd naar hun voorstelling van monsters. Ik heb geprobeerd hun informatie te gebruiken en dit getekend. De Amerikanen zijn er wild enthousiast over. Dit krijgt de hoofdrol in een nieuwe serie tekenfilms met monsters, die bedoeld zijn om de groep van zeven- en achtjarigen angst aan te jagen.'

Wallander bekeek de afbeelding. Die zag er heel onaangenaam uit. Hij legde het blad weg.

'Wat vindt u ervan, inspecteur?'

'Zegt u maar Kurt.'

'Wat vind je ervan?'

'Onaangenaam.'

'We leven in een onaangename wereld. Ga je wel eens naar de schouwburg?'

'Niet vaak.'

'Een van mijn studenten, een getalenteerd meisje uit Gentofte, heeft de repertoires van de afgelopen twintig jaar van een aantal schouwburgen overal in de wereld doorgeworsteld. Het resultaat is interessant, maar helemaal niet verrassend. In een wereld die steeds meer wordt gekenmerkt door verval, ellende en plunderingen houdt men zich in de theaters steeds meer bezig met het vertonen van voorstellingen over relatieproblemen. Shakespeare had dus ongelijk. Zijn waarheid geldt niet meer voor onze verschrikkelijke tijd. Het theater is geen afspiegeling van de wereld meer.'

Hij zweeg en legde zijn strooien hoed op tafel. Wallander merkte dat hij naar zweet rook.

'Ik heb net besloten mijn telefoonabonnement op te zeggen', zei Björklund. 'Vijf jaar geleden heb ik mijn tv de deur uit gedaan. Nu moet de telefoon uit mijn leven.'

'Is dat niet een tikje onpraktisch?'

Björklund keek hem aan met een ernstig gezicht.

'Ik sta op mijn recht om zelf te bepalen wanneer ik contact met de buitenwereld wil hebben. Mijn computer houd ik natuurlijk wel. Maar de telefoon moet weg.'

Wallander knikte en nam het initiatief.

'Je neef Karl Evert Svedberg is dus overleden. Vermoord. Behalve Ylva Brink ben jij het enige familielid. Wanneer heb je hem nog gezien?'

'Ongeveer drie weken geleden.'

'Kun je wat preciezer zijn?'

'Op vrijdag 19 juli om 16.30 uur.'

Het antwoord kwam snel en beslist, en verraste Wallander.

'Hoe komt het dat je je de tijd nog precies herinnert?'

'Omdat we toen hadden afgesproken. Ik zou naar goeie vrienden in Schotland gaan. Kalle zou zoals gewoonlijk op mijn huis passen. Dat deed hij altijd wanneer ik weg was. Eigenlijk zagen we elkaar alleen dan. Wanneer ik op reis ging en wanneer ik thuiskwam.'

'Wat hield dat in? Dat hij op het huis paste?'

'Hij logeerde hier.'

Wallander was verbaasd over dat antwoord. Hij had echter geen reden om aan te nemen dat Björklund niet de waarheid sprak.

'Dat gebeurde dus regelmatig?'

'De laatste tien jaar. Het was een uitstekende regeling.'

Wallander dacht na.

'Wanneer ben je teruggekomen?'

'Op 27 juli. Kalle heeft me van het vliegveld gehaald. Hij heeft me hiernaartoe gereden. We namen afscheid. En daarna is hij weer teruggereden naar Ystad. Dat is de laatste keer dat ik hem gezien heb.'

'Had je het gevoel dat hij overwerkt was?'

Opnieuw gooide Björklund zijn hoofd achterover en barstte hij in een schelle lach uit.

'Ik neem aan dat dat een grapje was? Maar is dat niet wat onsmakelijk, gezien het feit dat hij dood is?'

'Mijn vraag was serieus bedoeld.'

Björklund glimlachte.

'We kunnen toch allemaal wel overwerkt raken als we wat te gepassioneerd met vrouwen omgaan? Of niet?'

Wallander staarde Björklund aan.
'Wat bedoel je daarmee?'
'Dat Kalle zijn vriendin altijd hier had wanneer ik weg was. Dat waren we overeengekomen. Ze logeerden hier in de tijd dat ik in Schotland zat. Of waar ik ook zat.'
Wallander zei niets. Hij hield zijn adem in.
'Je lijkt wel verbaasd', zei Björklund.
'Was het steeds dezelfde vrouw? Hoe heette ze?'
'Louise.'
'En verder?'
'Dat weet ik niet. Ik heb haar nooit ontmoet. Kalle deed erg geheimzinnig. Of discreet, moet je misschien zeggen.'
Wallander was totaal verrast. Niemand had er ooit iets over gehoord dat Svedberg een vriendin zou hebben die hij regelmatig zag.
'Wat weet je nog meer van haar?' vroeg Wallander.
'Niets.'
'Maar Kalle moet toch iets hebben gezegd?'
'Nooit. En ik zei natuurlijk ook niets. In onze familie zijn we niet onnodig nieuwsgierig.'
Wallander had verder geen vragen meer. Waar hij nu het meest behoefte aan had, was nadenken over wat Björklund had gezegd. Hij stond op. Björklund keek hem verwonderd aan.
'Was dat alles?'
'Voorlopig wel. Maar ik zal waarschijnlijk nog wel een keer wat van me laten horen.'
Björklund liet hem uit. Het was warm en bijna helemaal windstil.
'Heb je enig idee wie hem kan hebben omgebracht?' vroeg Wallander toen ze bij zijn auto stonden.
'Was het geen inbraak? Wie kent de gewapende dief die om de hoek van het huis staat te wachten?'
Ze gaven elkaar een hand. Wallander stapte in zijn auto. Hij had net zijn motor gestart toen Björklund zich naar het open zijraam boog.
'Er is misschien nog iets', zei hij. 'Louise had haar haren in verschillende kleuren geverfd.'

'Hoe weet je dat?'

'Van de haren in de badkamer. Het ene jaar rood, het andere zwart. Of blond. Dat wisselde steeds.'

'Maar het was dezelfde vrouw?'

'Eerlijk gezegd geloof ik dat Kalle vreselijk verliefd op haar was.'

Wallander knikte.

Daarna reed hij weg.

Het was inmiddels drie uur. Eén ding is zeker, dacht Wallander. Svedberg, onze vriend en collega, is nog maar een paar etmalen dood. Maar we weten nu al meer over hem dan toen hij nog leefde.

Om tien over drie parkeerde Wallander zijn auto in de buurt van Stortorget en wandelde hij naar Lilla Norregatan.

Zonder dat hij begreep waarom, was het bij hem vanbinnen opeens beginnen te kriebelen.

Hij had geen tijd te verliezen.

7

Wallander liep eerst naar de kelder.

De trap was erg steil. Het was alsof hij afdaalde in de onderwereld, op weg naar iets wat onder normaal kelderniveau lag. Hij kwam uit bij een blauw geverfde stalen deur, zocht tussen de sleutels die hij van Nyberg had gekregen, deed de deur van het slot en stapte naar binnen. Het was donker en er hing een muffe geur. Hij had uit zijn auto een zaklamp meegebracht waarmee hij nu over de muren scheen totdat hij de lichtschakelaar vond. Die zat vreemd laag, alsof hij was aangepast aan zeer kleine mensen. Hij was in een nauwe doorgang gekomen waarin zich aan beide zijden kooien van gaas bevonden. Hij had het al eerder gedacht: dat deze Zweedse kelderruimtes het gevoel konden geven van primitieve gevangenissen. Er zaten geen gevangenen in, maar goed bewaakte oude banken, skispullen en stapels koffers. Op sommige plaatsen zaten de oorspronkelijke muren van het gebouw er nog. De bakstenen waren heel oud. Waarschijnlijk waren die van een huis dat al honderden jaren geleden was gebouwd. In het voorjaar had Linda een keer opgebeld en verteld over een vreemde lunchgast die ze in het restaurant op Kungsholmen had bediend. Hij had een monocle gedragen en de indruk gewekt uit een heel andere tijd op bezoek te zijn, en hij had haar gevraagd waar ze vandaan kwam. Linda sprak met een Skåns accent en hij had geraden dat ze uit de omgeving van Sjöbo kwam. Toen ze vertelde dat ze in Malmö geboren was, maar in Ystad was opgegroeid, had hij enkele woorden aangehaald die de grote Strindberg aan het eind van de negentiende eeuw over die stad had gebezigd. 'Een gat voor zeerovers', had hij gezegd. En dat had ze zo leuk gevonden dat ze haar vader daarover had opgebeld om het te vertellen.

De kelderruimte van Svedberg lag helemaal achteraan, aan het eind van de nauwe doorgang. Daar was de kooi van gaas versterkt met dikke tralies aan de buitenkant. Twee kruislings aangebrachte grendels kwamen bijeen op een punt waar een heel stevig hangslot zat. Svedberg had zijn kelderbox extra beveiligd, peinsde Wallander.

Betekende dat dat hij hier iets bewaarde wat hij voor geen enkele prijs wilde kwijtraken? Wallander had eraan gedacht een paar plastic handschoenen in zijn zak te stoppen. Die trok hij nu aan, hij zocht de juiste sleutel en maakte het slot open. Daarna bestudeerde hij het hangslot zorgvuldig. Het leek nieuw. Hij deed het licht in de kelderbox aan. Er lagen dingen die meestal in dergelijke ruimtes lagen. Er stond zelfs een paar ski's van een verouderd type tegen de muur. Wallander vroeg zich af waarom. Hij kon zich onmogelijk voorstellen dat Svedberg zich van een berghelling zou storten. Het bezoek aan Sture Björklund had echter wel heel duidelijk gemaakt dat Svedbergs leven op wezenlijke punten onbekend was voor degenen die meenden dat ze hadden geweten wie hij was. Ik ben bezig in een geheim door te dringen, dacht Wallander. Wat ik zal vinden, kan ik echter onmogelijk op voorhand weten. Hij keek rond in de kleine kelderruimte. In tegenstelling tot de flat was hier alles keurig op orde. Er was niets omvergetrokken of rondgestrooid. Wallander begon de reiskoffers en een paar kartonnen dozen te doorzoeken. Het duurde niet lang voor hij besefte dat Svedberg een bewaarder was geweest. Er waren oude versleten schoenen, en jasjes die volgens Wallander meer dan twintig jaar oud moesten zijn. Systematisch werkte hij alles wat zich in de box bevond af. In een reiskoffer lagen een paar oude fotoalbums. Hij ging op een rechtopstaande koffer zitten en bladerde het eerste album door. Het zat vol ouderwetse foto's. Mensen in verschillende Skånse landschappen. Hoogtijdagen in zomerse tuinen, mensen stijf opgesteld voor onbekende fotografen. Hun gezichten vaak zo ver weg dat het onmogelijk was details te onderscheiden. Mensen die op een akker bezig waren met de bietenoogst, op de achtergrond paarden en wagens. Koetsiers die met de zweep tegen hun pet een groet brachten. Op de achtergrond wolkenpartijen. De aarde nat en zwaar. Tussen de foto's geen aantekeningen, geen namen, geen plaatsen. De drie albums waren allemaal hetzelfde. Wallander vermoedde dat de meest recente foto's uit de jaren dertig dateerden. Van na die tijd was er niets. Wallander legde de albums voorzichtig weer terug en ging verder. Even waren al deze mensen die allang dood waren weer zichtbaar geworden. Een reiskoffer zat vol met oude kleden, een andere met zestig jaar oude tijdschriften. Helemaal in een hoek, achter de kapotte resten van een oude speeltafel met grijs vilt, stond een doos waarin een lichtbruine houten sokkel zat. Eerst begreep Wallander niet wat het was, maar daarna realiseerde hij zich dat het een oude pruikenstandaard moest zijn.

Het kostte hem ruim een uur om alles door te nemen. Hij had niets gevonden waarbij hij langer had stilgestaan. Hij rechtte zijn rug en keek rond. Hij zocht de hele tijd naar iets wat misschien ontbrak. Een leegte die er niet zou moeten zijn. Of een geavanceerde telescoop. Hij verliet de kelderruimte en deed de boel op slot.

Daarna steeg hij weer op naar het licht. Omdat hij dorst had, liep hij naar het koffiehuis aan de zuidzijde van Stortorget om mineraalwater en een kop koffie te drinken. Hij vroeg zich af of hij ook een koffiebroodje zou kunnen nemen, maar besefte dat hij dat niet moest doen. Hij kocht er echter wel een. Twintig minuten later was hij terug in Lilla Norregatan. Nu liep hij naar boven, naar Svedbergs flat. In het gebouw hing een doodse stilte. Voor de deur bleef Wallander even stilstaan om op adem te komen. Er waren waarschuwingen van de politie bevestigd dat het verboden was om de plaats van het misdrijf te betreden. Hij peuterde een stuk tape los, deed de deur van het slot en ging naar binnen. Meteen hoorde hij beneden op straat de cementmolen. Die ging met een enorm lawaai tekeer. Hij ging naar de woonkamer, kon het niet laten om een blik te werpen op de plaats waar Svedberg had gelegen en liep door naar het raam. Het geluid van de cementmolen weerkaatste tussen de muren van de huizen. Er stond ook een grote vrachtauto bouwmaterialen af te laden.

Opeens kreeg Wallander een inval. Hij verliet de flat weer en liep de straat op. Een oudere man met ontbloot bovenlijf liet met een slang water in de molen lopen. De man knikte toen hij Wallander in het oog kreeg. Hij leek hem meteen als rechercheur te hebben herkend.

'Afschuwelijk, wat er is gebeurd', riep hij om de herrie te overstemmen.

'Ik moet met u praten', antwoordde Wallander.

De man met de slang riep een jongere bouwvakker die in de schaduw van een gevel stond te roken. Hij kwam en nam de slang over.

Ze sloegen de hoek van de flat om en daar was het geluid van de cementmolen zo goed als verdwenen.

'U weet dus wat er hierbinnen is gebeurd', zei Wallander.

'Een rechercheur, ene Svedberg, is doodgeschoten.'

'Dat klopt. Wat ik van u zou willen weten, is hoelang jullie hier al bezig zijn. Het ziet eruit of jullie net zijn begonnen.'

'We zijn afgelopen maandag gekomen. Er moet een nieuw trappenhuis in de flat komen.'

'Wanneer zijn jullie met die cementmolen begonnen?'

De man dacht na.

'Dat moet afgelopen dinsdag zijn geweest', zei hij. ''s Ochtends tegen elven.'

'En sindsdien heeft hij steeds gelopen?'

'Eigenlijk aan één stuk. Van zeven tot vijf. Soms nog wat langer.'

'Heeft hij de hele tijd op dezelfde plek gestaan?'

'Ja.'

'Dat betekent dat u de mensen die de flat in en uit lopen goed in de gaten hebt kunnen houden.'

Opeens begreep de man waar Wallander eigenlijk heen wilde. Hij werd meteen heel serieus.

'U weet natuurlijk niet wie daar wonen,' zei Wallander, 'maar sommige mensen hebt u vast meer dan eens in en uit zien lopen.'

'Ik weet niet hoe die rechercheur eruitzag. Als u dat bedoelt.'

Die mogelijkheid had Wallander over het hoofd gezien.

'Ik zal vragen of er iemand hier komt om u een foto te laten zien', zei hij. 'Hoe heet u?'

'Nils Linnman. Net als die man met dat natuurprogramma.'

Wallander herinnerde zich een man die jarenlang op tv was geweest.

'Hebt u iets ongewoons gezien in de dagen dat jullie hier aan het werk zijn geweest?' vroeg hij, terwijl hij vergeefs in zijn zakken zocht naar iets om aantekeningen op te kunnen maken.

'Wat had dat dan moeten zijn?'

'Iemand die zich zenuwachtig gedroeg. Iemand met veel haast. Wat niet helemaal in het plaatje past, valt meestal wel op.'

Linnman dacht na. Wallander wachtte af. Het was nog steeds warm. En hij moest nodig naar de wc.

'Nee', zei Linnman ten slotte. 'Zoiets kan ik me niet herinneren. Maar misschien heeft Robbie iets gezien.'

'Robbie?'

'Die de slang heeft overgenomen. Hoewel ik betwijfel of hem überhaupt iets is opgevallen. Die denkt alleen maar aan zijn motor.'

'We kunnen het hem beter vragen', zei Wallander. 'Mocht u nog iets te binnen schieten, dan wil ik dat u dat meteen laat horen.'

Bij uitzondering had Wallander zijn visitekaartjes bij zich. Linnman stopte er een in het borstzakje van zijn ruime overall.

'Ik zal Robbie halen.'

Het gesprek met de jonge bouwvakker was heel kort. Hij heette Robert Tärnberg en wist nauwelijks dat er in de flat een rechercheur was omgebracht. En er was hem al helemaal niets opgevallen wat van belang kon zijn. Wallander vermoedde dat Tärnberg het nog niet gemerkt zou hebben als er op straat een olifant voorbij was gekomen. Wallander nam niet eens de moeite hem een visitekaartje te geven. Hij keerde terug naar de flat. Nu had hij toch een denkbare verklaring voor het feit dat niemand in huis de schoten had gehoord. Hij liep door naar de keuken en belde het politiebureau. De enige die er was, was Ann-Britt. Wallander vroeg haar of ze met een foto van Svedberg wilde komen om aan de bouwvakkers te laten zien.

'In de omliggende huizen zijn agenten bezig met een buurtonderzoek,' zei ze, 'maar ik denk dat ze de bouwvakkers op straat zijn vergeten.'

Wallander liep terug naar het trappenhuis. Hij bleef doodstil staan en probeerde alle onbelangrijke gedachten weg te pellen. Jaren geleden, toen Wallander uit Malmö naar Ystad was gekomen, had Rydberg precies die woorden gebruikt. *Wegpellen*, had hij gezegd. *Alles wat er niet toedoet. Op iedere plaats van een misdrijf blijven afdrukken achter. Schaduwen van een toedracht. Die moet je zien te vinden.*

Wallander deed de voordeur van Svedbergs flat open. Hier was al meteen iets wat niet klopte. In een mand onder de spiegel lagen een aantal exemplaren van *Ystads Allehanda*. Svedberg was daarop geabonneerd. Maar op de mat lag geen krant. Wallander dacht na. Daar had er minstens een moeten liggen. Maar het hadden er ook twee kunnen zijn. Drie was minder waarschijnlijk, maar zelfs dat was niet uitgesloten. Iemand had die kranten dus ergens anders neergelegd. Hij liep naar de keuken. Op het aanrecht lagen de kranten van woensdag en donderdag. Het exemplaar van vrijdag lag op de keukentafel. Wallander toetste het nummer van Nybergs mobiele telefoon in. Die nam meteen op.

Wallander begon met te vertellen over de cementmolen. Nyberg had aarzelingen.

'Geluiden dringen binnen', zei hij. 'Als de cementmolen heeft aangestaan, hebben de mensen op straat de geweerschoten zeker niet kunnen horen. Maar geluiden die binnenshuis worden veroorzaakt, verplaatsen zich op een andere manier. Daar heb ik een keer iets over gelezen.'

'Misschien moeten we proefschieten', zei Wallander. 'Met en zonder cementmolen. Zonder de buren vooraf te waarschuwen.'

Nyberg was het daarmee eens.

'Eigenlijk bel ik je over de krant', vervolgde Wallander. *'Ystads Allehanda.'*

'Die heb ik op de keukentafel gelegd', zei Nyberg. 'Die kranten die op het aanrecht lagen, moet iemand anders er hebben neergelegd.'

'We moeten naar vingerafdrukken zoeken', zei Wallander. 'We weten dus niet wie ze daar heeft neergelegd.'

Nyberg zweeg even.

'Je hebt natuurlijk gelijk', zei hij toen. 'Hoe heb ik dat verdomme over het hoofd kunnen zien?'

'Ik zal ze niet aanraken', zei Wallander.

'Hoelang blijf je daar nog?'

'Nog wel een paar uur.'

'Ik kom eraan.'

Wallander trok een van de keukenlades open. Hij had het zich goed herinnerd. Daar lagen een paar pennen en een blocnote. Hij maakte wat aantekeningen als geheugensteuntje. Nils Linnman en Robert Tärnberg. Daarna schreef hij op dat iemand met de krantenjongen moest praten. Hij keerde weer terug naar de hal. *Schaduwen en afdrukken.* Hij stond doodstil en hield zijn adem in, terwijl hij langzaam zijn blik rond liet glijden. Svedbergs leren jack, dat hij bijna altijd droeg, zomer en winter, hing op een kleerhanger. Wallander voelde in alle zakken. De portemonnee zat er nog in. Nyberg is slordig geweest, dacht hij. Hij keerde weer terug naar de keuken. De portemonnee was net zo oud en versleten als het leren jack. Er zat 847 kronen in. Een bankpasje, een pasje van een tankstation en een aantal visitekaartjes. Svedberg, recherche. Een rijbewijs en een legitimatiebewijs van de politie. De foto op het rijbewijs was het oudst. Svedberg keek somber de camera in. De foto was waarschijnlijk in de zomer gemaakt. Svedberg was verbrand op zijn hoofd; dat gebeurde iedere zomer opnieuw. Louise had tegen je moeten zeggen dat je een pet moest opzetten, dacht Wallander. Vrouwen vonden het niet prettig als hun man helemaal door de zon verbrand was. Hij bleef even met die gedachte spelen. Svedberg was bijna altijd verveld op zijn hoofd. Alsof er niemand was geweest om tegen hem te zeggen dat hij iets op zijn hoofd moest zetten. Er is een Louise en er is geen Louise, dacht hij. Slechts twee mensen hadden beweerd dat zij bestond: Svedberg en zijn neef. De monstermaker. Maar hij had haar nooit gezien. Alleen haar haren. Wallander vertrok zijn gezicht. Dit had allemaal niets met elkaar te maken. Hij pakte de telefoonhoorn van de haak en belde het ziekenhuis. Ylva Brink zou 's avonds weer komen. Wallander belde haar privénummer. De telefoon was bezet. Hij wachtte en belde opnieuw. Hetzelfde liedje. Hij wierp zich weer op de inhoud van de portemonnee. De foto op het legitimatiebewijs van de politie was pasgeleden genomen; Svedberg had wat dikkere wangen, maar keek even somber. Wallander voelde in alle vakjes. Er zaten nog een paar postzegels in, maar verder niets. Wallander zocht een plastic zakje en deed daar de portemonnee met inhoud in. Daarna keerde hij voor de derde keer terug naar de hal. *Wegpellen, afdrukken zoeken.* Wallander ging naar de badkamer om te plassen. Dacht aan wat Sture Björklund had gezegd. Over de haren in verschillende kleuren. Het enige wat Wallander wist over de vrouw in Svedbergs leven die Louise heette. Ze verfde haar haren. Hij liep naar de woonkamer en ging naast de omvergeworpen stoel staan. Daarna veranderde hij van gedachten. *Je doet het te snel*, zou Rydberg hebben gezegd. *Als je te voortvarend bent, jaag je de afdrukken op de vlucht.* Hij keerde terug naar de keuken om Ylva Brink te bellen. Deze keer nam ze meteen op.

‘Ik hoop niet dat ik stoor’, zei hij. ‘Ik weet dat je de hele nacht hebt gewerkt.’

‘Ik kan toch niet slapen’, antwoordde ze.

‘Nu al zijn er veel vragen. Met een van de belangrijkste wil ik niet wachten.’

Wallander vertelde over zijn bezoek aan Sture Björklund. En over het vermeende bestaan van een vrouw met de naam Louise.

‘Daar heeft hij tegen mij nooit iets over gezegd’, antwoordde ze toen Wallander zweeg. Hij kreeg het gevoel dat het nieuwtje haar schokte.

‘Wie heeft er niets gezegd? Kalle of Sture?’

‘Geen van beiden.’

‘Laten we met Sture beginnen. Hoe is jullie relatie? Verbaast het je dat hij niets over die vrouw heeft gezegd?’

‘Ik kan gewoon niet geloven dat het waar is.’

‘Maar waarom zou hij liegen?’

‘Ik weet het niet.’

Wallander realiseerde zich dat dit gesprek eigenlijk niet over de telefoon moest worden gevoerd. Hij keek op zijn horloge. Het was twintig voor zes. Hij had minstens nog een uur in de flat nodig.

‘Misschien is het beter als we elkaar zien’, stelde hij voor. ‘Na zeven uur vanavond heb ik tijd.’

‘Op het politiebureau? Dat is dicht bij het ziekenhuis. Ik moet vannacht weer werken.’

Toen het gesprek was beëindigd keerde Wallander terug naar de woonkamer. Hij ging bij de omvergeworpen kapotte stoel staan. Keek de kamer rond. Probeerde zich voor te stellen welk drama zich hier had afgespeeld. Svedberg was recht van voren neergeschoten. Nyberg had aangestipt dat de schoten misschien een flauw omhooggerichte baan hadden afgelegd. Alsof degene die ze afvuurde het geweer bij zijn heup of op borsthoogte had gehouden. De bloedspetters achter Svedberg zaten ook op de bovenste helft van de muur. Svedberg was vervolgens naar links gevallen. Waarschijnlijk had hij de stoel in zijn val meegetrokken, waardoor de ene armleuning kapot was gegaan. Maar had hij gezeten en was hij bezig geweest om op te staan? Of had hij al gestaan? Wallander beschouwde die vraag opeens als cruciaal. Als Svedberg had gezeten, had hij de dader op de een of andere manier moeten kennen. Als hij een gewapende inbreker had verrast, was het niet waarschijnlijk dat hij in een stoel was gaan zitten of blijven zitten. Wallander liep door de kamer naar het punt waar het geweer had gelegen. Hij draaide zich om en bekeek de kamer opnieuw. Het hoefde niet de plek te zijn waarvandaan de schoten waren afgevuurd. Maar het zou redelijkerwijs wel vlakbij moeten zijn. Hij stond doodstil en probeerde de schaduwen en afdrukken op te roepen. Het gevoel dat er iets helemaal niet klopte, werd steeds sterker. Was Svedberg binnengekomen en had hij een dief betrapt? Als die dief door de hal was gekomen, bevond Svedberg zich helemaal in de verkeerde positie. Hetzelfde gold indien hij van de andere kant was gekomen, uit de slaapkamer. Het was logisch om te denken dat de dief geen geweer in handen had gehad. Dan was Svedberg hem waarschijnlijk aangevlogen. Svedberg was bang in het donker, maar hij deinsde er niet voor terug om tot actie over te gaan als dat nodig was.

Wallander bleef staan. Opeens zweeg de cementmolen. Hij luisterde. Je hoorde niet echt geluiden van het verkeer in de straat. Het andere alternatief, dacht hij. Degene die de flat binnenkomt is iemand die Svedberg kent. Zelfs zo goed kent dat een meegebracht jachtgeweer hem niets doet. Dan gebeurt er iets, Svedberg wordt omgebracht en de dader sloopt de halve flat. Waarom? Hij zoekt iets. Of hij probeert het er als een inbraak te laten uitzien. Wallander dacht weer aan de telescoop. Die was weg. Maar wie kon er antwoord geven op de vraag of er nog meer weg was? Misschien Ylva Brink.

Wallander liep naar het raam en keek naar beneden, naar de straat. Nils Linnman was bezig een bouwkeet af te sluiten. Robert Tärnberg was al verdwenen. Wallander had een paar minuten eerder een motorfiets horen starten. Er werd aangebeld. Wallander schrok op. Daarna ging hij opendoen. Het was Ann-Britt.

'Ze zijn vertrokken', zei Wallander. 'De bouwvakkers. Je komt te laat.'

'Ik heb hun al een foto van Svedberg laten zien', zei ze. 'Maar niemand heeft hem gezien. Dat konden ze zich tenminste niet herinneren.'

Ze gingen in de keuken zitten. Wallander vertelde over zijn

ontmoeting met Sture Björklund. Ze luisterde aandachtig.

'Als dat klopt, verandert het beeld van Svedberg drastisch', zei ze toen Wallander uitgesproken was.

'Hij heeft die vrouw dus heel lang verborgen gehouden', zei Wallander. 'Waarom heeft hij dat gedaan?'

'Misschien was ze getrouwd?'

'Een geheime verhouding? En blijkbaar alleen wanneer ze de beschikking hadden over Björklunds huis? Een paar weken per jaar. Het is niet waarschijnlijk dat ze hier in de flat is geweest zonder dat iemand haar heeft gezien.'

'Waarschijnlijk of niet, we moeten haar vinden', antwoordde Ann-Britt.

'Er is iets anders waar ik aan denk', vervolgde Wallander langzaam. 'Als Svedberg haar voor ons verborgen heeft gehouden, welke geheimen heeft hij dan nog meer?'

Hij zag dat ze zijn gedachte volgde.

'Jij denkt dus dat dit geen inbraak is?'

'Ik heb mijn twijfels. Er is een telescoop weg. Ylva Brink kan ons misschien vertellen of er nog meer is verdwenen. Maar het is allemaal zo vaag. Er zijn op deze plaats van het misdrijf geen *vanzelfsprekendheden*.'

'We hebben zijn bankafschriften doorgenomen', zei Ann-Britt. 'Althans van de rekeningen die we hebben gevonden. We hebben geen sporen van een verborgen vermogen gevonden, en ook niet van bijzondere schulden. Hij had 25.000 kronen geleend voor zijn Audi. Niet meer en niet minder. Volgens de bank had Svedberg zijn zaken altijd prima voor elkaar.'

'Over de doden niets dan goeds', zei Wallander. 'Ik heb hem anders wel eens als overdreven zuinig ervaren.'

'Hoe dan?'

'We gingen wel eens samen uit eten en dan deelden we de rekening natuurlijk. Maar ik was altijd degene die de fooi betaalde.'

Ann-Britt schudde langzaam haar hoofd.

'Wat ervaren we mensen toch verschillend. Ik heb zelf nooit meegemaakt dat Svedberg zuinig was.'

Wallander vertelde over zijn ontdekking van de cementmolen. Hij was net klaar toen ze een sleutel in het slot hoorden. Allebei werden ze overvallen door hetzelfde griezelige gevoel. Toen hoorden ze Nybergs bekende kuchje.

'Die verrekte kranten', zei hij. 'Hoe heb ik die kunnen vergeten?'

Hij stopte ze in een plastic zak, die hij vervolgens verzegelde.

'Wanneer weten we iets over de vingerafdrukken?' vroeg Wallander.

'Maandag. Op zijn vroegst.'

'En de forensische artsen?'

'Daar zorgt Hanson voor', zei Ann-Britt. 'Maar die werken snel.'

Wallander verzocht Nyberg om te gaan zitten. Daarna vertelde hij opnieuw over het feit dat ze een vrouw in Svedbergs leven hadden ontdekt.

'Dat klinkt totaal onwaarschijnlijk', zei Nyberg argwanend. 'Een verstokter vrijgezel dan Svedberg bestond er toch niet? Met die eenzame saunabezoeken van hem op vrijdagavond?'

'Het is nog onwaarschijnlijker dat een hoogleraar aan de universiteit van Kopenhagen tegen ons liegt', zei Wallander. 'We moeten ervan uitgaan dat hij de waarheid spreekt.'

'Misschien heeft Svedberg die vrouw zelf verzonnen? Heb ik het goed begrepen dat eigenlijk niemand haar heeft gezien?'

Wallander overwoog wat Ann-Britt zei. Kon Louise een fantasiebeeld in Svedbergs hoofd zijn?

'In Björklunds badkamer lagen haren. Dat was in elk geval geen fantasiebeeld.'

'Waarom zou je voor jezelf een vrouw verzinnen?' vroeg Nyberg.

'Eenzame mensen gaan soms ver in het verzinnen van contacten die er helemaal niet zijn', zei Ann-Britt.

'Heb jij haren in de badkamer gevonden?' vroeg Wallander.

'Nee', antwoordde Nyberg. 'Maar ik zal de badkamer nog een keer onderzoeken.'

Wallander stond op.

'Ik wil dat jullie met mij meelopen', zei hij.

Toen ze in de woonkamer waren, vatte hij de gedachten samen die hij even daarvoor had gehad.

'Ik probeer althans een voorlopige conclusie te trekken', zei hij. 'Of misschien kun je het beter een voorlopig aanknopingspunt noemen. Als dit een inbraak is, dan zijn er veel onduidelijkheden.

Hoe kwam de dader binnen? Waarom had hij een geweer bij zich? Wanneer duikt Svedberg op? Wat is er behalve de telescoop eigenlijk gestolen? Waarom wordt Svedberg überhaupt neergeschoten? Niets wijst op een handgemeen. Deze bende heb je in alle kamers, maar je kunt je niet echt voorstellen dat ze elkaar door de kamers achterna hebben gezeten. Ik kan het allemaal niet met elkaar rijmen. En dan vraag ik me af wat er gebeurt als we de inbraakhypothese tijdelijk uitsluiten. Wat zien we dan voor ons? Is het wraak? Is het pure waanzin? Als er een vrouw bij komt kijken kunnen we ons misschien jaloezie voorstellen. Maar zou een vrouw Svedberg neerschieten? Recht in zijn gezicht? Ik kan dat moeilijk geloven. Wat blijft er dan over?'

Niemand zei wat. Voor Wallander was die stilte veelbetekenend. Ze hadden gewoon geen aanknopingspunt waarop ze meteen een etiket konden plakken: een inbraak, een jaloeziedrama, of iets anders. Svedberg was vermoord in een drama dat absoluut geen herkenbare intrige had.

Hun uitgangspunt was met andere woorden een onduidelijk niemandsland.

'Kan ik gaan?' vroeg Nyberg. 'Ik heb nog een heleboel schrijfwerk dat ik eigenlijk vanavond nog moet afhandelen.'

'Morgenochtend komen we met het rechercheteam bijeen om de zaak door te nemen.'

'Hoe laat?'

Wallander wist het niet. Hij nam aan dat hij dat zou moeten bepalen omdat hij de leiding had.

'Om negen uur', zei hij. 'Laten we dat maar proberen.'

Nyberg verdween. Ann-Britt en Wallander bleven in de woonkamer achter.

'Ik heb geprobeerd een toedracht te zien', zei Wallander. 'Wat zie jij?'

Hij wist dat ze soms scherpzinnig kon zijn. Met haar systematische manier van denken en analytische vermogens was niets mis.

'Wat gebeurt er als je begint met alles wat hier in de flat ligt rondgestrooid?' zei ze.

'Ja, wat gebeurt er dan?'

'Er zijn drie denkbare verklaringen. Een inbreker die of nerveus is of haast heeft. Het kan ook iemand zijn die iets zoekt. Wat een inbreker natuurlijk ook doet, maar die weet meestal van tevoren niet wat hij zoekt. Het derde alternatief is vandalisme. Iemand trekt de kasten leeg, alleen maar om dingen te vernielen.'

Wallander volgde haar gedachtegang op de voet.

'Er is nog een vierde alternatief', zei hij. 'Iemand die een ongecontroleerde woede-uitbarsting krijgt.'

Ze keken elkaar aan en wisten allebei wat de ander dacht. Het was een paar keer voorgekomen dat Svedberg totaal buiten zinnen was geraakt. Zijn woede-uitbarstingen waren totaal onverwachts gekomen. Eén keer had hij bijna zijn eigen kantoor in puin geslagen.

'Svedberg kan deze bende natuurlijk zelf hebben veroorzaakt', zei Wallander. 'Dat is geen absurde gedachte. We weten dat dat eerder is gebeurd. Dat brengt ons bij een enorm belangrijke vraag.'

'"Waarom?"'

'Precies. Waarom?'

'Ik was erbij die laatste keer, toen Svedberg zijn kantoor kort en klein sloeg. Hanson en Peters hebben hem toen in bedwang moeten houden. Maar eigenlijk is het me nooit duidelijk geworden wat daaraan was voorafgegaan.'

'Björk was toen nog hoofdcommissaris. Hij had Svedberg bij zich geroepen en hem ervan beschuldigd dat er bewijsmateriaal was verdwenen.'

'Wat voor bewijsmateriaal?'

'Onder andere een paar waardevolle Letse iconen. Het was een omvangrijke helingzaak.'

'Svedberg werd dus beschuldigd van diefstal?'

'Van slordigheid. Maar wanneer er iets weg is, komt natuurlijk de verdenking van diefstal ook om de hoek kijken.'

'Wat gebeurde er?'

'Svedberg voelde zich gekrenkt en sloeg zijn kantoor aan diggelen.'

'En zijn die iconen nog boven water gekomen?'

'Nooit. En er waren natuurlijk ook geen bewijzen. Die heler werd overigens wel veroordeeld.'

'Maar Svedberg voelde zich dus gekrenkt?'

'Ja.'

'Hier komen we toch niet verder mee. Svedberg slaat zijn flat kort en klein. En daarna wordt hij doodgeschoten.'

'We missen een toedracht', zei Wallander.

'Is het voorstelbaar dat zich hier nog een persoon heeft bevonden?' zei ze opeens.

'Alles is voorstelbaar', antwoordde hij. 'Dat is een van onze problemen. We weten niet of de dader alleen was, of dat er meer mensen in de kamer waren. We hebben geen sporen gevonden die het een of het ander ondersteunen.'

Ze verlieten de woonkamer.

'Heb jij misschien gehoord of Svedberg werd bedreigd?' vroeg Wallander in de hal.

'Nee.'

'Is er misschien iemand anders bedreigd?'

'Rare brieven en telefoontjes komen er altijd wel binnen', zei ze. 'Maar dat wordt natuurlijk geregistreerd.'

'Neem eens door wat er de laatste tijd is binnengekomen', zei Wallander. 'En verder wil ik graag dat je met de krantenbezorger praat. Dat je vraagt of hij of zij ook dingen heeft gemerkt.'

Ann-Britt maakte aantekeningen in een blocnote.

'Waar is die verrekte telescoop?' zei Wallander.

'Hoe moeten we die vrouw vinden die Louise heet?' vroeg Ann-Britt.

'Ik heb straks een gesprek met Ylva Brink', zei Wallander. 'Dit keer moet ik diep boren.'

Hij deed de deur open.

'We kunnen er zeker van zijn dat het wapen niet van Svedberg was', zei Ann-Britt. 'Hij had geen wapens op zijn naam staan.'

'Dat is dan tenminste iets.'

Ze liep de trappen af. Wallander deed de deur dicht en keerde terug naar de keuken. Hij dronk een glas water. Bedacht dat hij snel wat moest eten.

Hij was moe. Hij ging op een stoel zitten, leunde met zijn hoofd tegen de muur en viel in slaap.

Hij bevond zich hoog in een Scandinavisch berglandschap dat glinsterde in het sterke zonlicht. Hij was aan het skiën. Zijn ski's leken op de ski's die beneden in Svedbergs kelderbox stonden. Hij ging steeds sneller. Hij was op weg naar beneden, een mistbank in. Opeens opende zich voor hem een afgrond.

Hij werd met een schok wakker. Volgens de keukenklok had hij elf minuten geslapen.

Hij bleef doodstil zitten en luisterde naar de stilte.

Toen begon de telefoon te rinkelen. Hij nam op. Het was Martinson.

'Ik ging er al van uit dat je daar was', zei hij.

'Is er iets gebeurd?'

'Eva Hillström is weer langsgekomen.'

'Wat wou ze?'

'Als we niks doen, gaat ze naar de pers. Ze was zeer vastbesloten.'

Wallander dacht na voordat hij een antwoord gaf.

'Ik denk dat ik vandaag een verkeerde beslissing heb genomen', zei hij. 'Een beslissing die ik van plan ben morgenochtend, wanneer we overleg hebben, terug te draaien.'

'Wat is dat dan?'

'Natuurlijk ligt onze prioriteit bij Svedberg, maar we kunnen die drie verdwenen jongeren niet afschrijven. Op de een of andere manier moeten we daar ook tijd aan besteden.'

'En waar halen we die tijd vandaan?'

'Dat weet ik niet. Maar het is niet de eerste keer dat we omkomen in het werk.'

'Ik heb Hillström beloofd dat ik haar zou terugbellen nadat ik jou had gesproken.'

'Doe dat. Probeer haar te kalmeren. We zullen de zaak ter hand nemen.'

'Kom je hiernaartoe?'

'Ik kom eraan. Ylva Brink komt naar het politiebureau.'

'Denk je dat we deze zaak van Svedberg zullen weten op te lossen?'

Wallander voelde Martinsons bezorgdheid.

'Ja', zei hij. 'Dat gaat ons lukken. Maar ik heb wel het gevoel dat het heel lastig kan worden.'

Ze beëindigden hun gesprek. Buiten voor het raam fladderden

een paar duiven voorbij. Wallander realiseerde zich opeens iets.

Ann-Britt had gezegd dat het wapen dat op de grond had gelegen, niet op Svedbergs naam stond geregistreerd. Dus had Svedberg geen wapen gehad. Dat was de logische conclusie. De realiteit was echter zelden logisch. Hoeveel niet-geregistreerde wapens dobberden er eigenlijk rond in de Zweedse samenleving? Dat was bij de politie een bron van voortdurende zorg. Wat pleitte er eigenlijk tegen dat een politieman een illegaal wapen in zijn bezit had?

En wat betekende dat dan?

Als het wapen toch van Svedberg was geweest?

Wallander bleef roerloos op zijn stoel zitten. Het gevoel dat hij eerder gehad had, kwam weer terug. Dat hij geen tijd te verliezen had.

Hij stond snel op en verliet de flat.

8

István Kecskeméti was precies veertig jaar geleden naar Zweden gekomen. Hij had deel uitgemaakt van de stroom Hongaarse vluchtelingen die na het neergeslagen oproer Hongarije had moeten verlaten. Toen hij in Zweden arriveerde, was hij veertien jaar. Hij was samen met zijn ouders en zijn drie jongere broers en zussen in Trelleborg aangekomen. Zijn vader was ingenieur en had ooit, aan het eind van de jaren twintig, de fabrieken van Separator vlak bij Stockholm bezocht. Hij hoopte daar nu werk te vinden. Hij kwam echter niet verder dan Trelleborg. Op de trap van de veerterminal had hij een hartaanval gekregen. Zijn tweede ontmoeting met Zweeds grondgebied vond plaats toen zijn lichaam op het natte asfalt viel. Hij was op het kerkhof van Trelleborg begraven. De familie was in Skåne gebleven en István, inmiddels vierenvijftig jaar, was nu al geruime tijd eigenaar van een van de pizzeria's aan Hamngatan in Ystad.

Wallander had Istváns levensverhaal jaren geleden al gehoord. Af en toe at hij bij hem. Als er op zo'n avond weinig gasten waren, schoof István graag even aan om over zijn leven te vertellen.

Het was halfzeven toen Wallander naar binnen stapte. Hij had nog een halfuur voordat hij Ylva Brink zou ontmoeten. Er waren geen gasten in het restaurant, precies zoals hij al verwacht had. Uit de keuken hoorde je een radio en het geluid van iemand die vlees plette. István beëindigde aan de bar net een telefoongesprek en zwaaide naar hem. Wallander ging aan een hoektafel zitten. István hing op en kwam naar hem toe. Zijn gezicht stond ernstig.

'Wat heb ik gehoord? Is er een rechercheur dood?'

'Helaas', antwoordde Wallander. 'Karl Evert Svedberg. Weet je wie dat was?'

'Ik geloof niet dat hij hier ooit is geweest', zei István ernstig. 'Wil je een biertje? Van het huis.'

Wallander schudde zijn hoofd.

'Ik wil iets eten wat snel klaar is', zei hij. 'En dat geschikt is voor iemand met te veel suiker in zijn bloed.'

István keek bedenkelijk.

'Ben je diabeticus?'

'Nee, maar ik heb te veel suiker in mijn bloed.'

'Maar dan ben je toch een diabeticus?'

'Het kan tijdelijk zijn. Maar ik heb haast.'

'Een stukje in olie gebakken vlees', zei István. 'En een salade. Is dat goed?'

'Dat is prima.'

István liep weg. Wallander was verbaasd over zijn eigen reactie. Suikerziekte was geen ziekte waarvoor je je hoefde te schamen. Hij wist echter wel waarom hij zich zo gedroeg. Hij vond zijn overgewicht niet prettig. Hij wilde daar liever zijn ogen voor sluiten en net doen alsof het niet bestond.

Hij at zoals gewoonlijk veel te snel, en dronk daarna een kop koffie. István had het druk gekregen met een behoorlijk grote groep Poolse toeristen. Wallander was blij dat hij nu geen vragen kreeg over de moord op Svedberg, die anders zeker waren gekomen. Hij betaalde de rekening, stond op en ging weg. Het was nog steeds warm. Het was ongewoon druk op straat. Wallander knikte af en toe naar voorbijgangers die hij kende. Hij probeerde te bedenken hoe hij het gesprek met Ylva Brink zou aanpakken. Hij was ervan overtuigd dat zij eerlijk antwoord zou geven op zijn vragen en haar best zou doen om zich dingen te herinneren. Het moeilijke was haar dingen te laten vertellen waarvan ze niet wist dat ze die wist. Een van de kernvragen ging over de vrouw die Louise heette. Misschien dat Ylva ondanks alles toch iets over haar wist, zonder dat ze zich daar eerder van bewust was geweest?

Even over zevenen liep Wallander naar het politiebureau. Ylva Brink was nog niet gearriveerd. Hij liep meteen door naar het kantoor van Martinson. Hanson zat daar ook.

'Hoe gaat het?' vroeg Wallander.

'Er zijn opmerkelijk weinig tips binnengekomen', zei Martinson.

'Nog geen voorlopig rapport uit Lund?'

'Nog niet', antwoordde Hanson. 'Maar vóór maandag kunnen we eigenlijk ook niks verwachten.'

'Het tijdstip', zei Wallander. 'Dat is belangrijk. Als we dat hebben, dan hebben we een houvast.'

‘Ik heb de bestanden doorzocht’, zei Martinson. ‘Oppervlakkig gezien doen deze moord en inbraak niet denken aan eerdere moorden en inbraken.’

‘We weten niet of het een inbraak was’, merkte Wallander op.

‘Wat zou het dan moeten zijn?’

‘Dat weten we niet. Ik ga nu met Ylva Brink praten. Ik stel voor dat we elkaar morgenochtend om negen uur zien.’

Hij liep naar zijn kamer. Er lag een briefje van Lisa Holgersson op zijn bureau. Ze wilde hem zo snel mogelijk spreken. Wallander belde naar haar kamer, maar er werd niet opgenomen. Met enige moeite wist hij zichzelf met de receptie in verbinding te stellen. Ebba was al weg. Wallander legde neer en liep naar de meldkamer.

‘Lisa is naar huis’, antwoordde de agent die de centrale bemande.

Wallander besloot later op de avond opnieuw te bellen. Hij ging bij de receptie staan wachten. Na een paar minuten kwam Ylva Brink eraan. Op weg naar zijn kamer vroeg Wallander of zij koffie wilde. Ze sloeg die af.

Bij wijze van uitzondering had Wallander besloten een bandrecorder te gebruiken. Toen de band draaide, was het net of er iemand onrechtmatig meeluisterde. Het gebeurde wel eens dat zijn oplettendheid hem in de steek liet, maar deze keer wilde hij de beschikking hebben over ieder woord dat zij zei. Hij wilde de opname uitgeschreven hebben, als geheugensteun, direct van de band. Hij vroeg of zij er bezwaar tegen had dat hij een bandrecorder gebruikte. Ze zei van niet.

‘Dit is natuurlijk geen verhoor,’ zei hij, ‘maar een gesprek om herinneringen op te halen. Een bandrecorder herinnert zich de dingen echter beter dan ik.’

De spoelen draaiden. Het was inmiddels negentien minuten over zeven.

‘Vrijdag 9 augustus 1996’, zei Wallander. ‘Gesprek met Ylva Brink. Zaak: het overlijden van inspecteur Karl Evert Svedberg, waarbij de verdenking van moord of doodslag bestaat.’

‘Wat moet het anders zijn?’ vroeg ze.

‘Politiemensen drukken zich soms onnodig formeel uit’, antwoordde Wallander. Zijn onhandige manier van spreken was hem zelf ook opgevallen.

‘Er zijn een paar uur verstreken’, vervolgde hij. ‘Jij hebt tijd gehad om na te denken. Je hebt je afgevraagd waarom dit gebeurd is. Een moord is altijd voor iedereen zinloos behalve voor degene die hem pleegt.’

‘Ik kan nog steeds moeilijk begrijpen dat het waar is. Een paar uur geleden heb ik met mijn man gepraat. Je kunt per satelliet naar het schip bellen. Hij dacht dat ik wartaal sprak. Maar pas op dat moment, toen ik het aan een ander vertelde, drong het goed tot me door dat het echt is gebeurd.’

‘Het was natuurlijk goed geweest als dit gesprek had kunnen wachten, maar dat gaat niet. We moeten de dader zo snel mogelijk pakken. De moordenaar heeft een voorsprong. En die voorsprong wordt de hele tijd groter.’

Zij zat te wachten op zijn eerste echte vraag.

‘Een vrouw genaamd Louise’, zei Wallander. ‘Die Karl Evert jarenlang geregeld moet hebben ontmoet. Jij hebt haar nooit getroffen?’

‘Nee.’

‘Heb je wel eens over haar horen praten?’

‘Nee.’

‘Wat was je reactie toen ik haar voor het eerst noemde?’

‘Dat het niet waar was.’

‘Wat denk je nu?’

‘Dat het waarschijnlijk wel waar is. Maar volkomen onbegrijpelijk.’

‘Karl Evert en jij moeten in de loop der jaren over vrouwen hebben gepraat. Over waarom hij niet trouwde. Wat zei hij dan?’

‘Dat hij een verstokte vrijgezel was. En dat hem dat beviel.’

‘Je merkte niets aan hem wanneer jullie het daarover hadden?’

‘Wat had dat dan moeten zijn?’

‘Dat hij onzeker werd. Dat hij niet de waarheid sprak.’

‘Hij was altijd erg overtuigend.’

Heel even bespeurde Wallander onzekerheid bij haar.

‘Ik krijg het gevoel dat je ergens aan moet denken?’

Haar antwoord kwam aarzelend. De spoelen draaiden.

‘Af en toe heb ik me natuurlijk afgevraagd of het ook kon zijn dat hij anders was...’

'Je bedoelt dat hij homoseksueel was?'

'Ja.'

'Waarom vroeg je je dat af?'

'Is dat niet logisch?'

Bij Wallander zelf was de gedachte ook een keer vluchtig opgekomen.

'Het lijkt me heel natuurlijk.'

'Het is een keer ter sprake gekomen. Al heel wat jaren geleden. Ik geloof dat het een keer tijdens een kerstdiner bij ons thuis was. Niet dat híj homoseksueel zou zijn. Maar iemand anders. Iemand die we allebei kenden. Ik kan me herinneren dat hij toen onverwacht heftig was in zijn veroordeling.'

'Van die vriend die homoseksueel was?'

'Van alle homoseksuelen. Het was niet prettig. Ik had altijd gedacht dat hij ruimdenkend was.'

'Wat gebeurde er daarna?'

'Niets. We hebben het er nooit meer over gehad.'

Wallander dacht na.

'Heb jij enig idee hoe we die Louise te pakken kunnen krijgen?'

'Nee.'

'Omdat hij Ystad bijna nooit verliet, zou ze hier in de stad moeten wonen. Of althans in de buurt.'

'Ik weet het niet.'

Ze keek op haar horloge.

'Hoe laat moet je op je werk zijn?'

'Over een halfuur. Ik hou er niet van om te laat te komen.'

'Net als Karl Evert. Hij was een zeer punctuele rechercheur.'

'Dat weet ik. Hoe zeggen ze dat ook alweer? Dat hij een man was op wie je de klok gelijk kon zetten?'

'Hoe was hij eigenlijk?'

'Dat heb je al eerder gevraagd.'

'Ik vraag het weer. Hoe was hij als mens?'

'Hij was aardig.'

'Op welke manier?'

'Gewoon aardig. Een aardig mens. Ik weet niet hoe ik dat verder moet uitleggen. Een aardig mens, die kwaad kon worden. Al gebeurde dat niet vaak. Hij was verlegen. Plichtsgetrouw. Een heleboel mensen zullen hem wel saai hebben gevonden. Een nogal onopvallend iemand. Een beetje traag, misschien. Maar niet dom.'

Wallander vond dat haar beschrijving van Svedberg heel goed klopte. Als de rollen omgedraaid waren geweest, zou hij zelf waarschijnlijk dezelfde karakterisering hebben gegeven.

'Wie was zijn allerbeste vriend?'

Haar antwoord verraste hem.

'Ik denk dat jij dat was.'

'Ik?'

'Dat zei hij altijd. Kurt Wallander is mijn beste vriend.'

Wallander wist niet wat hij zeggen moest. Voor hem kwamen haar woorden als een totale verrassing. Hij had Svedberg gewoon als een collega als alle andere beschouwd. Ze waren nooit privé met elkaar omgegaan, hadden nooit echt vertrouwelijkheden uitgewisseld. Rydberg was een vriend geweest, Ann-Britt Höglund begon langzamerhand een vriendin te worden. Maar Svedberg was geen vriend. Daar was nooit sprake van geweest.

'Dat komt als een grote verrassing', zei hij ten slotte. 'Ik heb dat nooit zo ervaren.'

'Dat doet niets af aan het feit dat hij jou echt als zijn beste vriend beschouwde.'

'Natuurlijk niet.'

Wallander kreeg het gevoel dat hij recht in Svedbergs grote eenzaamheid keek. Waarbij de voorwaarde voor vriendschap stoelde op de kleinste van alle gemene delers. Dat ze geen onenigheid hadden.

Hij staarde naar de bandrecorder. Vervolgens dwong hij zichzelf ertoe verder te gaan.

'Had hij ook andere vrienden? Mensen met wie hij regelmatig omging?'

'Hij had contact met een vereniging die zich bezighield met Noord-Amerikaanse indianen. Maar ik geloof dat het vooral een kwestie van corresponderen was. Ik meen dat die vereniging Indian Science heette, maar helemaal zeker ben ik daar niet van.'

'Dat kunnen we wel uitzoeken. Was er verder niemand?'

Ze dacht na.

'Hij had het soms over een gepensioneerde bankdirecteur. Die hier in de stad woont. Ze keken vaak samen naar de sterren.'

'Hoe heet hij?'

Ze dacht opnieuw na.

'Sundelius. Bror Sundelius. Maar ik heb hem nooit ontmoet.'

Wallander schreef de naam op in zijn blocnote.

'Was er verder nog iemand?'

'Mijn man en ik.'

Wallander gooide het over een andere boeg.

'Kun je je herinneren dat hij de laatste tijd op de een of andere manier veranderde? Of hij ook een onrustige indruk maakte? Of hij afwezig was?'

'Dan was dat al doordat hij zei dat hij overwerkt was.'

'Maar hij heeft dus niet uitgelegd waardoor?'

'Nee.'

Wallander bedacht dat hij een vervolgvraag zou moeten stellen.

'Verbaasde je dat? Dat hij vertelde dat hij zich overwerkt voelde?'

'Helemaal niet.'

'Hij nam jou dus in vertrouwen over hoe het met hem ging?'

'Ik had daar eigenlijk al eerder aan moeten denken', zei ze. 'Toen je me vroeg om te beschrijven hoe hij was. Er is nog iets. Hij was denk ik een behoorlijke hypochonder. Bij het minste pijntje maakte hij zich al zorgen. Als hij verkouden werd, dan dacht hij meteen dat hij door een ernstige virusinfectie was getroffen. Ik denk dat hij aan angst voor bacillen leed.'

Wallander zag hem voor zich. Hoe hij steeds naar de wc ging om zijn handen te wassen. Hoe hij de mensen ontweek die op dat moment verkouden waren.

Ze keek opnieuw op haar horloge. De tijd was bijna om.

'Had hij ook een wapen?'

'Niet dat ik weet.'

'Kun je op dit moment nog iets anders bedenken wat van belang kan zijn?'

'Ik heb verdriet om hem. Hij was misschien niet zo'n bijzonder mens, maar ik zal hem missen. Hij was de meest fatsoenlijke persoon die ik kende.'

Wallander zette de bandrecorder uit. Hij liep met Ylva Brink mee naar de receptie. Even leek ze hulpeloos.

'Wat moet ik doen met de uitvaart?' zei ze. 'Sture vindt dat je de as van de doden in de wind moet verstrooien. Zonder ceremonie of dominees, maar ik weet helemaal niet wat hij zelf had gewild.'

'Een testament had hij dus niet?'

'Niet dat ik weet. Als hij dat had gehad, dan zou hij dat vast aan mij hebben verteld.'

'Had hij ook een bankkluis?'

'Nee.'

'Want dat zou je ook hebben geweten?'

'Ja.'

'Wij van de recherche doen natuurlijk mee aan de uitvaart', zei Wallander. 'Ik zal het er met Lisa Holgersson over hebben en haar vragen contact met je op te nemen.'

Ylva Brink verdween door de glazen deuren van het politiebureau. Wallander keerde terug naar zijn kamer. Er was nog een naam bovengekomen. Bror Sundelius, gepensioneerd bankdirecteur. Wallander zocht zijn naam op in het telefoonboek. Hij woonde aan Vädergränd, midden in het centrum. Wallander noteerde zijn telefoonnummer. Daarna nam hij in gedachten zijn gesprek met Ylva Brink nog eens door. Wat had ze hem eigenlijk verteld? Wat hij niet al wist? De vrouw genaamd Louise was een goed bewaard geheim. Goed bewaakt, dacht Wallander. Dat is de juiste omschrijving. Hij maakte aantekeningen in zijn blocnote. Waarom houdt een man een vrouw jarenlang geheim? Ylva Brink had verteld dat Svedberg zich fel distantieerde van homoseksuelen. Hij was bang voor bacillen. En hij zag dus af en toe een gepensioneerde bankdirecteur met wie hij de sterren van de nachtelijke hemel bekeek. Wallander legde zijn pen weg en leunde achterover in zijn stoel. Er verandert niets, dacht hij. Over het geheel genomen is Svedberg nog steeds degene die hij bij leven ook was. Met die ene uitzondering: de vrouw die Louise heet. Er is niets wat ons naar een middelpunt voert van waaruit zijn dood kan worden verklaard.

Hij had opeens het gevoel dat hij het allemaal voor zich zag, helder en duidelijk. Svedberg was niet op zijn werk verschenen, omdat hij al dood was. Hij betrapt een inbreker die hem doodschiet. Die daarna op de vlucht slaat, met een telescoop in zijn armen. Het drama dat zich had afgespeeld, was toevallig, banaal en echt verschrikkelijk.

Er was gewoon geen andere verklaring.

Het was inmiddels twintig over acht. Wallander belde Lisa Holgersson thuis op. Het bleek dat ze met hem had willen praten over de manier waarop ze zouden deelnemen aan de uitvaart. Wallander verwees haar naar Ylva Brink. Daarna gaf hij een uiteenzetting van wat er die middag was gebeurd. Hij vertelde ook dat hij er steeds meer toe neigde te denken dat Svedberg het slachtoffer was geworden van een gewelddadige, misschien gedrogeerde, inbreker.

'De chef van de rijkspolitie heeft gebeld', zei ze. 'Hij condoleert ons en hij maakt zich zorgen.'

'In die volgorde?'

'Godzijdank wel, ja.'

Wallander vertelde dat ze elkaar de volgende dag om negen uur zouden zien. Hij beloofde haar op de hoogte te houden als er die avond iets cruciaals zou gebeuren.

Wallander drukte de haak in en koos vervolgens het nummer van bankdirecteur Sundelius. Daar werd niet opgenomen; hij kreeg ook geen antwoordapparaat.

Toen wist hij niet goed wat hij moest doen. Hoe zou hij nu verder te werk gaan? Zijn ongeduld joeg hem op, maar hij wist dat hij moest wachten. Op de uitspraken van de forensische artsen, op de resultaten van het technisch onderzoek, wanneer die eenmaal bekend werden.

Hij ging weer achter zijn bureau zitten, spoelde de band terug en begon naar zijn gesprek met Ylva Brink te luisteren. Nadat hij de band helemaal had afgespeeld dacht hij aan haar laatste woorden. Dat Svedberg een door en door fatsoenlijk mens was geweest.

'Ik zoek naar lijken in de kast die er niet zijn', zei hij hardop tegen zichzelf. 'Waar we naar zoeken is een pleger van een geweldsmisdrijf die een inbraak heeft gepleegd.'

Er werd aangeklopt. Martinson stapte binnen.

'Bij de receptie staan ongeduldige journalisten te wachten', zei hij. 'Hoewel het al laat is.'

Wallander vertrok zijn gezicht.

'We hebben helemaal geen nieuws voor hen.'

'Ik denk dat ze ook tevreden zijn met iets ouds. Als ze maar wat hebben.'

'Kun je ze niet wegsturen? Zeg maar dat er een persconferentie komt zodra er iets te vertellen valt.'

'Er is van de hoogste regionen een bevel uitgevaardigd dat we op goede voet moeten blijven met de media', zei Martinson ironisch. 'Ben je dat vergeten?'

Wallander was niets vergeten. Er waren herhaaldelijk richtlijnen van de top van de rijkspolitie gekomen dat de verschillende politiedistricten hun relatie met de media moesten verbeteren en intensiveren. Journalisten mochten nooit worden weggestuurd. Er moest flink tijd aan hen worden besteed en ze moesten zo goed mogelijk worden ontvangen.

Wallander kwam moeizaam overeind van achter zijn bureau.

'Ik zal wel met hen praten', zei hij.

Het kostte hem twintig minuten om de twee journalisten ervan te overtuigen dat hij echt geen nieuws te vertellen had. Tegen het eind van het gesprek verloor hij bijna zijn zelfbeheersing toen hij besefte dat ze hem met onverholen wantrouwen bekeken. Ze gingen ervan uit dat hij niet de waarheid sprak. Hij slaagde er echter in zijn kalmte te bewaren en de journalisten dropen weer af. Hij haalde een kop koffie in de kantine en keerde terug naar zijn kamer. Opnieuw belde hij het nummer van Sundelius, maar weer kreeg hij geen gehoor.

Het was kwart voor tien. De thermometer die hij zelf aan de buitenkant van zijn raam had bevestigd, gaf vijftien graden aan. Op straat reed een auto voorbij met de stereo voluit. Hij voelde zich rusteloos en maakte zich zorgen. De conclusie die hij had getrokken, dat de moord op Svedberg onderdeel was van een banale inbraak, stelde hem niet gerust. In de hele zaak lag iets anders verscholen.

En wie was die Louise?

De telefoon ging. Nog meer journalisten, dacht hij gelaten. Maar het was Sten Widén.

'Ik zit hier te wachten', zei hij. 'Waar blijf je? Ik snap natuurlijk wel dat je veel te doen hebt. Heel vervelend, wat er is gebeurd.'

Wallander vloekte inwendig. Dat was hij helemaal vergeten, dat hij beloofd had die avond bij Sten Widén langs te gaan op zijn manege vlak bij de kasteelruïne van Stjärnsund. Ze kenden elkaar al vanaf hun jeugd en ze deelden hun belangstelling voor operamuziek. Later waren ze geleidelijk uit elkaar gegroeid. Wallander was bij de politie gegaan en Sten Widén had zijn vaders manege overgenomen, waar hij renpaarden trainde. Een paar jaar geleden hadden ze hun vriendschap hervat. Ze zagen elkaar nu met een zekere regelmaat. Ze hadden afgesproken dat Wallander juist die avond bij Widén op bezoek zou gaan. Dat was hem helemaal ontschoten.

'Ik had je moeten bellen,' zei Wallander, 'maar dat ben ik helemaal vergeten.'

'Ik hoorde het op de radio. Dat je collega is vermoord. Dat het moord was, of doodslag.'

'We weten het nog niet. Het is nog te vroeg daar een antwoord op te geven. Maar het is een afschuwelijk etmaal geweest.'

'We spreken wel een andere keer af', zei Sten Widén.

Zonder te aarzelen nam Wallander een besluit.

'Ik kom nu', zei hij. 'Ik ben er over een halfuur.'

'Je hoeft je niet verplicht te voelen.'

'Ik heb er wel behoefte aan om hier even weg te zijn.'

Wallander verliet het politiebureau zonder iets te zeggen. Voordat hij Ystad uitreed, reed hij even langs Mariagatan om zijn mobiele telefoon op te halen. Daarna reed hij in westelijke richting over de E65, passeerde Rydsgård en Skurup, en sloeg links af. Hij reed langs de kasteelruïne en draaide het erf van Sten Widén op, dat aan alle kanten door gebouwen was omgeven. In een paardenwei hinnikte een eenzame hengst. Verder was het heel stil.

Sten Widén kwam naar buiten lopen. Wallander was eraan gewend hem in vuile werkkleding te zien, maar nu droeg hij een wit overhemd en zijn haar was vochtig. Toen ze elkaar een hand gaven, rook Wallander een dranklucht. Hij wist dat Sten Widén te veel dronk, maar hij had hem daar nooit op aangesproken. Hij had nooit gevonden dat hij daar reden toe had.

'Het is een mooie avond', zei Widén. 'Augustus heeft de zomer gebracht. Of misschien moet je het andersom zeggen? Dat de zomer augustus heeft gebracht? Wat brengt wat eigenlijk voort?'

Een vlaag van afgunst ging door Wallander heen. Dít was waarvan hij had gedroomd: buiten wonen, met een hond, en misschien ook met Baiba. Van die droom was echter niets gekomen.

'Hoe gaat het met je paarden?' vroeg hij.

'Niet zo goed. De jaren tachtig waren gouden jaren. Het leek wel of iedereen zich een paard kon veroorloven. Vandaag de dag is dat niet meer zo. De mensen blijven op hun geld zitten. Ze bidden 's avonds tot hun goden dat zij de volgende dag niet aan de beurt zijn om hun baan te verliezen.'

'Ik dacht dat het rijke mensen waren die er renpaarden op na houden? En die komen toch meestal niet zonder werk te zitten?'

'Die zijn er ook bij', zei Widén. 'Maar niet meer zo veel als vroeger. Het is net als met golf. De gewone mensen klimmen over het hek naar de grasmat van de rijken.'

Ze waren naar de stal gelopen. Een meisje kwam in rijkleding de hoek om en leidde een paard aan de teugels.

'Sofia is de enige die ik nog heb', zei Widén. 'De anderen heb ik helaas moeten ontslaan.'

Wallander herinnerde zich dat er een paar jaar geleden op de manege een meisje was geweest met wie Widén een verhouding had gehad. Hij kon zich echter haar naam niet herinneren. Het kon zijn dat ze Jenny had geheten.

Widén en het meisje wisselden een paar woorden. Wallander ving op dat het paard Black Triangle heette. Hij bleef zich verbazen over die wonderlijke namen.

Ze gingen de stal binnen. Widén bleef staan voor een box waarin een paard stond te stampen.

'Zij heet Dreamgirl Express', zei hij. 'In feite is zij degene die er op dit moment in haar eentje voor zorgt dat ik mijn hoofd boven water kan houden. Verder is het moeilijk. De paardeneigenaars klagen erover dat alles zo duur is. Mijn boekhouder belt steeds vaker en steeds vroeger in de ochtend. Ik weet eigenlijk niet hoelang ik het nog kan volhouden.'

Wallander klopte het paard voorzichtig op haar snoet.

'Er is altijd nog een oplossing gekomen', zei hij.

Widén schudde zijn hoofd.

'Op dit moment weet ik het niet', zei hij. 'Maar ik kan denk ik nog wel een goeie prijs voor de gebouwen en de grond krijgen. En dan vertrek ik.'

'Waarheen dan?'

'Ik pak gewoon mijn koffers. Dan ga ik een nacht ongestoord lekker lang slapen. En wanneer ik dan wakker word, beslis ik waar ik heen ga.'

Ze verlieten de stal en liepen naar het huis waarin Widén zijn woonruimte en kantoor had. Alles was altijd één grote puinhoop, maar toen Wallander binnenstapte zag hij tot zijn verbazing dat het netjes opgeruimd was.

'Een paar maanden geleden heb ik ontdekt dat opruimen een goede therapie kan zijn', zei Widén, die Wallanders verbaasde gezicht zag.

'Bij mij werkt het niet', antwoordde Wallander. 'En de goden kunnen getuigen dat ik het wel heb geprobeerd.'

Sten Widén wees naar een tafel waarop flessen stonden. Wallander aarzelde, maar daarna knikte hij. Die dokter Göransson zou het wel niet goed vinden, maar op dit moment kon hij de verleiding niet weerstaan.

Tegen middernacht begon Wallander zich aangeschoten te voelen. Ze zaten in de tuin aan de achterkant van het huis. Door een open raam weerklonk muziek. Sten Widén zat met gesloten ogen met één hand de finale van *Don Juan* te dirigeren. Wallander dacht aan Baiba. Het eenzame paard in de wei tegenover de tuin stond hen roerloos op te nemen.

De muziek hield op. Alles was doodstil.

'De dromen uit onze jeugd vergaan, maar de muziek blijft altijd bestaan', zei Widén. 'Maar ik denk dat het tegenwoordig wel moeilijk is om op te groeien. Als ik kijk naar die meisjes die hier bij mij in de stal hebben gewerkt. Wat hebben die eigenlijk waar ze op kunnen hopen of van kunnen dromen? Ze zijn slecht opgeleid, hebben weinig gevoel van eigenwaarde. Wie kan hen gebruiken wanneer ik gedwongen ben de zaak te sluiten?'

'Zweden is een hard land geworden', zei Wallander. 'Hard en wreed.'

'Hoe hou jij het in vredesnaam uit bij de politie?' vroeg Widén.

'Ik weet het niet', antwoordde Wallander. 'Maar ik vrees voor een maatschappij waarin privé-bewakingslegers het overnemen. En ik geloof niet dat ik de slechtste politieman van dit land ben.'

'Dat vroeg ik niet.'

'Dat weet ik. Maar met dit antwoord zul je het moeten doen.'

Ze gingen naar binnen. Het begon vochtig te worden. Ze hadden afgesproken dat Sten Widén de volgende dag Wallanders auto naar Ystad zou rijden. Zelf zou hij nu een taxi nemen. Hij wilde niet blijven slapen.

'Herinner jij je die keer nog dat we naar Duitsland gingen om naar Wagner te luisteren?' vroeg Sten Widén. 'Dat is nou vijfentwintig jaar geleden. Ik heb daar een poosje geleden nog foto's van gevonden. Wil je ze zien?'

'Graag.'

'Ik behandel ze als kostbaarheden', zei Widén. 'Daarom heb ik ze verborgen in mijn geheime doos.'

Wallander zag hoe Widén een houten paneel naast een van de ramen losmaakte. Daarachter zat een nis. Hij haalde een blikken trommel te voorschijn en overhandigde daarna een paar foto's aan Wallander, die verbijsterd was toen hij zichzelf zag. De eerste foto was ergens in de buurt van Lübeck genomen, op een parkeerplaats. Wallander had een bierflesje in zijn hand. Het leek alsof hij iets naar de fotograaf stond te brullen. De andere foto's waren net zo. Hij schudde zijn hoofd en gaf ze terug.

'We hadden lol', zei Widén. 'Misschien wel meer dan we daarna ooit nog gehad hebben.'

Wallander schonk nog een whisky voor zichzelf in. Widén had gelijk. Meer lol hadden ze in hun leven nooit gehad.

Het liep al tegen enen toen ze naar Skurup belden om een taxi te bestellen. Wallander had hoofdpijn gekregen. Bovendien was hij misselijk. En hij was erg, erg moe.

'We zouden die reis naar Duitsland nog eens een keer moeten overdoen', zei Sten Widén toen ze op het erf op de taxi stonden te wachten.

'Niet overdoen', zei Wallander. 'We zouden een nieuwe reis moeten maken. Hoewel ik geen huis in de verkoop heb.'

De taxi arriveerde. Wallander stapte in en zei waar hij naartoe moest. Sten Widén keek de auto na. Wallander was achterin gaan zitten, installeerde zich in een hoekje en sloot zijn ogen. Hij viel in slaap en begon meteen te dromen.

Net toen ze de afslag naar Rydsgård waren gepasseerd, was er echter iets wat hem weer naar de oppervlakte trok. Eerst wist hij niet wat het was. Het was iets wat in zijn droom voorbij was geflakkerd. Maar toen wist hij het: *Sten Widén had bij het raam gestaan en het houten paneel losgemaakt.*

Wallander was meteen klaarwakker. Jarenlang had Svedberg een geheim bewaard. Een vrouw genaamd Louise. Toen Wallander zijn bureau doorzocht, had hij niets anders gevonden dan een paar oude brieven die Svedberg met zijn ouders had gewisseld.

Svedberg heeft een geheime ruimte, dacht Wallander. Net als Sten Widén.

Hij boog zich naar voren om te zeggen dat hij niet naar Mariagatan wilde, maar naar Stortorget. Het was al halftwee geweest toen hij uit de taxi stapte. De sleutels van Svedbergs flat had hij op zak. Hij kon zich herinneren dat hij in Svedbergs badkamerkastje aspirines had zien liggen.

Hij deed de deur van de flat van het slot. Hield zijn adem in en luisterde. Vervolgens nam hij een paar aspirientjes in met een glas water. Vanaf de straat drong het geluid van een paar brullende jongelui door. Daarna was het weer stil. Hij zette zijn glas op het aanrecht en begon naar Svedbergs geheime ruimte te zoeken. Om kwart voor drie 's ochtends vond hij die. Onder het ladekastje in de slaapkamer kon je een stuk van het zeil optillen. Wallander richtte zijn zaklamp zo, dat de opening daaronder verlicht werd. Er lag een bruine envelop. Hij pakte die op en liep ermee naar de keuken. De envelop zat niet dichtgeplakt. Hij maakte hem open.

Net als Sten Widén had ook Svedberg foto's als kostbaarheden behandeld.

Het waren er twee. Op de ene was het gezicht van een vrouw te zien. Een portretfoto, waarschijnlijk in een fotostudio gemaakt.

De andere foto stelde een paar jongelui voor die in de schaduw van een boom zaten en hun wijnglazen ophieven naar een onbekende fotograaf.

Het zag er allemaal erg idyllisch uit. Er was echter ook iets bijzonders met die foto.

De jongelui leken verkleed. Alsof hun feest zich ergens in het verleden afspeelde.

Wallander had zijn bril opgezet.

Hij had een beetje maagpijn gekregen.

Hij herinnerde zich dat hij in een van de lades van Svedbergs bureau een vergrootglas had zien liggen. Dat haalde hij nu om de foto nauwkeurig te bestuderen.

Die jongelui kwamen hem ergens bekend voor. Vooral het meisje dat helemaal rechts zat.

Opeens herkende hij haar. Hij had pas nog een foto van haar gezien, maar toen was ze niet verkleed.

Het meisje rechts op de foto was Astrid Hillström.

Zachtjes legde Wallander de foto op tafel.

In de verte sloeg een klok drie uur.

9

Om zes uur 's ochtends op zaterdag 10 augustus hield Wallander het niet langer uit. Hij had door zijn flat lopen ijsberen, te onrustig om na te denken en ook te onrustig om naar bed te gaan. Op de keukentafel lagen de twee foto's die hij een paar uur daarvoor in Svedbergs flat had gevonden. Toen hij door de nachtelijke, verlaten stad naar Mariagatan was gelopen, hadden ze in zijn binnenzak gebrand. Pas toen hij zijn jack ophing, realiseerde hij zich dat het moest hebben gemotregend, maar hij had het niet gemerkt.

De foto's die hij in Svedbergs geheime nis had gevonden waren cruciaal, zonder dat hij kon zeggen op welke manier. Maar de onrust en de angst die hij eerder had gevoeld, misschien eigenlijk voornamelijk als een vaag vermoeden, troffen hem nu met volle kracht. Een zaak die geen zaak was geweest, de drie verdwenen jongeren, van wie werd aangenomen dat ze ergens in Europa op reis waren, dook opeens op in het moeilijkste moordonderzoek waarmee de recherche in Ystad ooit was geconfronteerd. Een van hen, iemand uit hun eigen kring, was vermoord. In de nachtelijke uren nadat Wallander zijn ontdekking had gedaan, waren er veel gedachten door zijn hoofd geschoten, allemaal even verwarrend, onduidelijk en tegenstrijdig. Hij had een beslissende doorbraak in handen, maar hij wist niet wat die inhield.

Wat vertelden die foto's eigenlijk? De foto van Louise was in zwart-wit, die van de jongelui in kleur. Bij beide foto's ontbrak op de achterkant een machinale datumstempel. Betekende dit dat ze in een privé-doka waren ontwikkeld? Of waren er ook fotobedrijven waar ze geen datumstempels gebruikten? Het formaat van de foto's was normaal. Hij probeerde vast te stellen of ze door een beroepsfotograaf of door een amateur waren genomen. Hij wist uit ervaring dat foto's die thuis waren ontwikkeld gemakkelijk bobbelig werden. Er waren veel vragen en hij besefte dat hij niet in staat was die met zekerheid te beantwoorden.

Hij had er ook over nagedacht wat voor sfeer de foto's opriepen. Wat vertelden ze over de fotografen? Hij meende dat hij ervan uit mocht gaan dat dat niet dezelfde persoon was geweest. Had Svedberg zelf een foto van Louise genomen? Haar blik verraadde niets. De foto van de jongelui was ook moeilijk te duiden. Hij dacht niet dat hij er een bewuste compositie in kon ontdekken. Het belangrijkste was geweest dat iedereen erop stond. Iemand had een fototoestel gepakt, om aandacht geroepen en daarna afgedrukt. De gedachte schoot door zijn hoofd dat er ergens misschien nog meer foto's zouden liggen, dat de foto die hij voor zich op tafel had, deel uitmaakte van een hele serie vrolijke feestfoto's. Maar waar waren die?

Wat hem echter het meest zorgen baarde, was het absurde van het verband zelf. Ze hadden al aanwijzingen dat Svedberg vlak voordat hij met vakantie ging onderzoek had gedaan naar de verdwenen jongelui. Maar waarom had hij dat gedaan? En waarom stiekem?

Waar kwam de foto met de proostende jongelui vandaan? Waar was hij genomen?

En dan had je dus dat vrouwengezicht. Het moest haast wel die Louise zijn. Wallander had de foto in het licht van de keukenlamp zitten bestuderen. Het was een vrouw van in de veertig. Een paar jaar jonger dan Svedberg. Als ze elkaar ongeveer tien jaar geleden hadden ontmoet, was zij dertig geweest en Svedberg vijfendertig. Dat zou heel goed kunnen. De vrouw op de foto had steil donker haar, een kapsel waarvan Wallander wist dat het een pagekapsel werd genoemd. Het was een zwartwitfoto. De kleur van haar ogen kon je niet vaststellen. Ze had een smalle neus, heel haar gezicht was smal en haar lippen waren samengeknepen, maar verrieden een glimlach.

Een Mona Lisa-glimlach. De vrouw op de foto had echter geen lachende glinstering in haar ogen. Of de foto in een fotostudio was geretoucheerd of dat ze zwaar opgemaakt was, kon Wallander niet vaststellen.

Er was ook nog iets anders met de foto. Iets waar hij de vinger niet op kon leggen. Het gezicht van de vrouw had iets ongrijpbaars. Het was vastgelegd op de gevoelige plaat, maar toch was het er niet.

Op de achterzijde van de foto's stond niets geschreven. De beide foto's waren niet beduimeld of gevouwen.

Ik heb twee ongebruikte foto's gevonden, dacht Wallander. Twee foto's zonder vingerafdrukken, twee foto's die zijn als nog niet opengesneden boeken.

Tot zes uur wist hij zich te bedwingen, maar toen belde hij Martinson, die er 's ochtends altijd vroeg bij was. Martinson nam inderdaad zelf op.

'Ik hoop dat ik je niet wakker heb gemaakt', zei Wallander.

'Als je me 's avonds om tien uur belt, kan het gebeuren dat je me wakker maakt, maar niet om zes uur 's ochtends. Ik wilde net naar buiten om een beetje onkruid te gaan wieden in de tuin.'

Wallander wond er geen doekjes om. Hij vertelde over de foto's. Martinson luisterde zonder vragen te stellen.

'Ik wil dat we elkaar zo snel mogelijk zien', zei Wallander ten slotte. 'Niet om negen uur, maar over een uur, om zeven uur.'

'Heb je al met de anderen gepraat?'

'Jij bent de eerste die ik bel.'

'Wie wil je erbij hebben?'

'Iedereen. Ook Nyberg.'

'Die mag je zelf bellen. Die is 's ochtends zo humeurig. Voordat ik mijn koffie heb gehad, kan ik mensen die zo nijdig zijn niet verdragen.'

Martinson zou Hanson en Ann-Britt Höglund bellen, Wallander de rest.

Hij begon met Nyberg, die inderdaad snauwerig en slaapdronken klonk.

'We komen om zeven uur bij elkaar', zei Wallander. 'Niet om negen uur.'

'Is er wat gebeurd? Of doe je dit gewoon om te pesten?'

'Zeven uur', zei Wallander. 'Zodra jij vindt dat het rechercheteam bijeengeroepen wordt om te pesten, dan moet je maar contact opnemen met de vakbond.'

Hij ging koffiezetten. Hij had spijt van zijn laatste woorden tegen Nyberg. Daarna belde hij Lisa Holgersson, die beloofde te zullen komen.

Wallander nam zijn koffiekopje mee naar het balkon. Een wolkenbank dreef uiteen. De thermometer gaf aan dat het opnieuw een warme dag zou worden.

Hij ging gebukt onder zijn vermoeidheid. Met afkeer stelde hij zich opeens voor hoe eilandjes witte suiker in zijn aderen ronddreven.

Even na halfzeven verliet hij zijn flat. In het trappenhuis kwam hij de krantenbezorger tegen, een oudere man die Stefansson heette en klemmen aan zijn broekspijpen had.

'Ik ben vandaag wat later', verontschuldigde hij zich. 'Maar er was iets mis met de drukpersen.'

'Bezorgt u de krant ook in Lilla Norregatan?' vroeg Wallander.

Stefansson begreep meteen waarop hij doelde.

'U bedoelt bij die rechercheur die is doodgeschoten?'

'Ja.'

'Dat doet een vrouw die Selma heet. De oudste krantenbezorger van de stad. Ze is in 1947 begonnen. Hoelang is dat? Negenenveertig jaar?'

'Hoe heet ze verder?'

'Nylander.'

Stefansson stak Wallander de krant toe.

'U staat er ook in', zei hij.

'Stop hem boven maar in de brievenbus', zei Wallander. 'Vóór vanavond heb ik toch geen tijd om hem te lezen.'

Als hij nu vertrok, zou hij nog op tijd op het politiebureau zijn.

Toen hij het politiebureau naderde, stapte Ann-Britt Höglund net uit haar auto.

'De krantenbezorger bij Svedberg heet Selma Nylander', zei hij. 'Maar je hebt misschien al met haar gesproken?'

'Zij is een van de weinigen die geen telefoon hebben.'

Wallander dacht aan Sture Björklund en diens besluit de telefoon de deur uit te doen. Begon dit soms een trend te worden?

Ze liepen naar de vergaderruimte. Bij de deur draaide Wallander zich om om een kop koffie te halen. Daarna bleef hij op de gang staan. Hij probeerde te bedenken hoe hij het overleg zou inkleden. Normaal was hij altijd goed voorbereid, maar nu wist hij niets anders te verzinnen dan dat hij de foto's zou laten zien en de discussie zou openen.

Hij deed de deur achter zich dicht en ging op zijn vaste plaats zitten. Svedbergs plek was leeg. Niemand was daar gaan zitten. Wallander haalde de envelop met de foto's uit zijn binnenzak. In het kort vertelde hij over zijn ontdekking. Dat hij in een taxi op weg van Sten Widén naar huis in aangeschoten toestand op het idee was gekomen, hield hij echter voor zich. Sinds hij bijna zes jaar geleden een keer dronken auto had gereden en door een paar collega's was aangehouden, vermeed hij het sowieso om over de drank te praten die hij af en toe naar binnen goot.

De foto's lagen voor hem op tafel. Hanson was bezig de episcoop te pakken.

'Ik wil nu al ergens op wijzen', zei Wallander. 'Het meisje dat helemaal rechts op de grootste foto zit, is Astrid Hillström. Een van die jongeren die sinds Midzomer verdwenen zijn.'

Hij legde de foto's in de episcoop. Rond de tafel heerste stilte. Wallander bestudeerde zelf afwachtend de afbeeldingen. Nieuwe details kwamen er eigenlijk niet aan het licht. Hij had tijdens de onrustige nachtelijke uren zijn vergrootglas intensief gebruikt.

Degene die uiteindelijk de stilte verbrak was Martinson.

'Je mag toch wel zeggen dat Svedberg een goede smaak had', zei hij. 'Het is een mooie vrouw. Herkent iemand haar? Ystad is een kleine plaats.'

Niemand had haar eerder gezien.

Ook herkende niemand de drie jongelui op de andere foto. Dat het meisje rechts Astrid Hillström was, was iedereen wel duidelijk. De foto die er van haar in het dunne onderzoeksdossier zat, leek sprekend. Behalve dan dat ze daarop niet verkleed was.

'Is dit een gemaskerd bal of zo?' vroeg Lisa Holgersson. 'Welke tijd moet dit voorstellen?'

'De zeventiende eeuw', zei Hanson resoluut.

Wallander keek hem verbaasd aan.

'Waarom denk je dat?'

'Misschien is het toch eerder de achttiende eeuw', zei Hanson daarop aarzelend.

'Ik denk meer aan de zestiende eeuw', zei Ann-Britt Höglund. 'De tijd van Gustav Vasa. Toen gingen ze zo gekleed. Met pofmouwen en strakke wambuizen.'

'Weet je dat zeker?' vroeg Wallander.

'Natuurlijk weet ik dat niet zeker. Ik zei wat ik dacht dat het was.'

'Al dit gegis kunnen we wel even achterwege laten. Het belangrijkste is ook niet hóé ze zich verkleed hebben. De vraag is vooral waaróm ze zich verkleed hebben. Maar daar zijn we nog lang niet aan toe.'

Voordat hij verderging, keek hij de kamer rond.

'Een foto van een vrouw van in de veertig. En een foto van een groep verklede jongelui. Van wie er eentje Astrid Hillström is. Die vanaf midzomeravond verdwenen is. Ook al is ze vermoedelijk ergens in Europa op reis samen met die andere twee. Dat is ons uitgangspunt. Ik vind die foto's in een verborgen nis bij Svedberg thuis, die is vermoord. Maar we moeten met de gebeurtenissen op midzomeravond beginnen. Nergens anders.'

Het kostte hun drie uur om het materiaal dat ze tot hun beschikking hadden door te nemen. De meeste tijd ging heen met het formuleren van nieuwe vragen en het aanwijzen van degene die verantwoordelijk was om daar zo snel mogelijk een antwoord op te krijgen. Na twee uur stelde Wallander voor dat ze een korte pauze zouden houden. Iedereen behalve Lisa Holgersson haalde koffie. Daarna gingen ze weer verder. Het rechercheteam begon te draaien. Toen het kwart over tien was, was Wallander van mening dat ze niet verder zouden komen.

Lisa Holgersson had er de meeste tijd zwijgend bij gezeten, zoals meestal wanneer ze bij een overleg van het rechercheteam aanwezig was. Wallander wist dat ze veel respect had voor hun gezamenlijke kunnen.

Nu hief ze echter haar hand op ten teken dat ze wat wilde zeggen.

'Wat zou er eigenlijk met deze jongelui gebeurd kunnen zijn?' vroeg ze. 'Een ongeluk bijvoorbeeld zou na zo'n lange tijd toch al ontdekt moeten zijn?'

'Ik weet het niet', antwoordde Wallander. 'Als je zegt dat er iets gebeurd is, moet je uitgaan van een heel bijzondere vooronderstelling: dat die ansichtkaarten waar hun namen op staan, vervalst zijn. Waar we nog steeds helemaal geen motief voor hebben. Waarom zou iemand ansichtkaarten vervalsen?'

'Om een misdrijf te camoufleren', zei Nyberg.

Het werd stil in de kamer. Wallander keek Nyberg aan en knikte langzaam.

'En niet zomaar een misdrijf', zei hij. 'Verdwenen mensen zijn voor altijd verdwenen. Of ze keren terug. Er is maar één denkbare verklaring waarom iemand die ansichtkaarten zou hebben vervalst. Om zo lang mogelijk verborgen te houden dat die drie jongelui, Boge, Norman en Hillström, dood zijn.'

'Dat vertelt ons nog iets', zei Ann-Britt Höglund. 'Dat degene die de kaarten heeft geschreven, weet wat er is gebeurd.'

'Niet alleen dat', zei Wallander. 'Het is degene die hen heeft vermoord. Iemand die hun handtekeningen kan imiteren, die hun namen en adressen kent.'

Het was alsof Wallander een aanloop moest nemen om tot zijn onvermijdelijke conclusie te komen.

'Zo komen we via een paar vervalste ansichtkaarten uit op een moord met voorbedachten rade', zei hij. 'Als dit blijkt te kloppen, moeten we er rekening mee houden dat deze drie jongelui het slachtoffer zijn geworden van een koelbloedige en berekenende moordenaar.'

Het duurde lang voordat iemand de stilte die volgde doorbrak. Wallander wist al wat hij zou zeggen, maar hij wilde wachten om te zien of een van de anderen hem voor zou zijn.

Buiten op de gang lachte iemand luid. Nyberg snoot zijn neus. Hanson zat naar het tafelblad te staren, Martinson met zijn vingers te trommelen. Ann-Britt Höglund keek Wallander aan, evenals Lisa Holgersson. Mijn twee vrouwelijke bondgenoten, dacht hij.

'We worden tot speculeren gedwongen', zei hij. 'We kunnen er niet omheen dat een van die speculaties onaangenaam is, en moeilijk om ons überhaupt voor te stellen, maar we kunnen er niet omheen dat we in dit geval over Svedberg moeten praten. We weten dat hij een foto heeft, stiekem weggestopt, van Astrid Hillström samen met een paar vrienden. We weten dat hij in het geheim doorgaat met het onderzoek. We weten niet wat hem drijft. Die jongelui zijn nog steeds weg. En Svedberg is vermoord. Het kan een inbraak zijn geweest, het kan iemand zijn geweest die iets heeft gezocht. Misschien deze foto. Maar we mogen een andere mogelijkheid helaas ook niet uitsluiten. Dat Svedberg er op de een of andere manier zelf bij betrokken is geweest.'

Hanson liet zijn pen op tafel vallen.

'Dat kan gewoon niet waar zijn!' zei hij geschokt. 'Een van onze collega's wordt op beestachtige wijze vermoord. Wij zitten hier om te kijken hoe we te werk zullen gaan om de dader te vinden. En nu praten we over de mogelijkheid dat Svedberg zelf bij een nog ernstiger misdrijf betrokken is!'

'Dat is precies zoals we moeten denken', zei Wallander. 'Het is een van de hypotheses.'

'Je hebt natuurlijk gelijk', zei Nyberg. 'Hoe onaangenaam het ook is. Maar sinds de gebeurtenissen in België heb ik het gevoel dat er ook in ons land van alles kan gebeuren.'

Wallander wist dat Nyberg gelijk had. De macabere kindermoorden in België hadden onthuld dat er zowel politiële als politieke verbanden bestonden. Alles was nog heel onduidelijk, maar niemand twijfelde eraan dat er steeds meer dramatische onthullingen zouden volgen.

Hij knikte tegen Nyberg dat hij verder moest gaan.

'Wat ik me nou afvraag, is hoe die vrouw van wie we aannemen dat ze Louise heet, in het plaatje past', vervolgde Nyberg.

'Dat weten we niet', zei Wallander. 'Waar we nu mee moeten beginnen, is dat we op het breedst denkbare front te werk gaan om te proberen een antwoord op de allerbelangrijkste vragen te krijgen. Daar hoort ook de vraag bij wie die vrouw is.'

De weerzin lag als een zware mist over de vergaderruimte. Ze verdeelden de verschillende taken. Iedereen besefte dat ze nu vierentwintig uur per dag aan het werk zouden zijn. Lisa Holgersson zou ervoor zorgen dat er nog meer personeel zou worden ingezet.

Rond halfelf gingen ze uiteen. 's Avonds zouden ze opnieuw bij elkaar komen. Martinson stond al met de telefoon in de hand om tegen zijn vrouw te zeggen dat hij niet mee kon naar een receptie. Wallander was op zijn plaats blijven zitten. Eigenlijk moest hij vreselijk nodig naar de wc, maar het leek wel of hij zich zelfs daarvoor te moe voelde. De jacht is geopend, dacht hij. Ieder onderzoek is als het organiseren van een klopjacht. Niet om iemand te vinden die in een groot bos is verdwenen, maar een klopjacht naar duidelijkheid.

Hij gaf Ann-Britt Höglund een teken dat ze nog even moest blijven. Toen ze alleen waren, knikte hij dat ze de deur moest dichtdoen.

'Zeg eens hoe jij de zaak beoordeelt', zei hij toen ze was gaan zitten.

'Sommige gedachten zijn natuurlijk zo onaangenaam dat ik me ertegen verzet.'

'Dat doen we allemaal. Een paar uur geleden was Svedberg een collega die beestachtig vermoord is. Opeens is het hele perspectief veranderd. Nu zien we een mogelijkheid dat hij zelf betrokken is geweest bij iets wat een nog erger misdrijf kan blijken te zijn.'

'Denk jij dat dat zo is?'

'Nee. Maar ik moet zelfs datgene denken wat me ondenkbaar lijkt. Wat niet zo gek is als het klinkt.'

'Wat kan er eigenlijk gebeurd zijn?'

'Daar wil ik van jou een antwoord op.'

'Er is een verband vastgesteld. Tussen Svedberg en die verdwenen jongelui.'

'Dat is niet correct. Er bestaat een verband tussen hem en Astrid Hillström. Verder nog niets.'

Ze knikte.

'Je hebt gelijk. Svedberg en Astrid Hillström. De dochter van de moeder die het meest ongerust is.'

'Wat zie je verder?'

'Dat Svedberg iemand anders is dan we hadden gedacht.'

Wallander beet zich vast.

'Wat dachten we van hem?'

Ze dacht na voordat ze antwoordde.

'Dat hij was wie hij leek te zijn.'

'En hoe leek hij te zijn?'

'Toegankelijk, open. Betrouwbaar.'

'In plaats daarvan zou hij dus ontoegankelijk, gesloten en onbetrouwbaar zijn? Bedoel je dat?'

'Niet helemaal. Een beetje maar.'

'Hij hield er in het geheim een vrouw op na. Die mogelijk Louise heet. We weten hoe ze eruitziet.'

Wallander stond op, zette de episcoop aan en stopte de foto met het vrouwengezicht in het apparaat.

'Ik heb het gevoel dat er iets vreemds is met deze foto. Met het gezicht. Maar ik kan er maar niet opkomen wat het is.'

Ann-Britt Höglund aarzelde, maar Wallander kreeg het gevoel dat zijn opmerking voor haar niet totaal onverwacht kwam.

'Er is iets met haar haar', zei ze aarzelend. 'Ik weet niet wat het is.'

'We moeten haar vinden', zei Wallander. 'En we zullen haar vinden.'

Hij legde de andere foto in het apparaat en keek haar aan. Ze antwoordde bedachtzaam.

'Ik ben er redelijk van overtuigd dat ze kleren aan hebben die in de zestiende eeuw werden gedragen. Ik heb thuis een boek over de veranderende mode door de eeuwen heen. Maar ik kan me natuurlijk vergissen.'

'Wat zie je nog meer?'

'Jongelui, ze lijken vrolijk. Opgetogen en aangeschoten.'

Wallander dacht opeens aan de foto's die Sten Widén hem had laten zien van de reis die ze een keer naar Duitsland hadden gemaakt. Wallander had met een bierflesje in zijn handen gestaan en was erg dronken geweest.

Er bestond een overeenkomst in de manier waarop deze jongelui keken.

'Wat zie je nog meer?'

'De tweede jongen van links lijkt iets naar de fotograaf te roepen.'

'Waar bevinden ze zich ergens?'

'Op de foto is een schaduw van links te zien. De foto is buiten genomen. Op de achtergrond staan struiken, misschien ook een paar bomen.'

'Ze zitten op een kleed waar eten op ligt. En ze zijn verkleed. Wat betekent dat?'

'Een verkleedpartij. Een feest.'

'Laten we aannemen dat het een zomerfeest is', zei Wallander. 'Het hele plaatje wekt de indruk dat het warm is. Het zou een midzomerfeest kunnen zijn, maar dit jaar kan het niet geweest zijn. Omdat Lena Norman er niet bij is, maar Astrid Hillström wel.'

'Ze ziet er ook wel wat jonger uit.'

Daar was Wallander het mee eens.

'Dat denk ik ook. De foto is misschien een of twee jaar geleden genomen.'

'Niets op de foto wekt de indruk van een dreiging', zei ze. 'Zo vrolijk kon je op die leeftijd gewoon zijn. Het leven is oneindig, veel verdriet is er nog niet.'

'Ik heb het gevoel,' zei Wallander, 'dat ik nog nooit aan het begin van een onderzoek als dit heb gestaan. Natuurlijk ligt het zwaartepunt bij Svedberg, maar ik zie niet welke kant we op moeten. De kompasnaald draait als een dolle.'

'Er komt natuurlijk ook angst bij kijken', zei ze. 'Dat zal blijken als Svedberg bij iets betrokken is geweest waar we ons maar liever geen voorstelling van maken.'

'Toen ik gisteren met Ylva Brink praatte, zei ze iets vreemds. Zij beweerde dat Svedberg had gezegd dat ik zijn allerbeste vriend was.'

Ze keek hem vragend aan.

'Verbaast je dat?'

'Natuurlijk.'

'Maar het was niet alleen dat; hij keek ook tegen je op. Dat wisten we allemaal.'

Wallander zette de episcoop uit en stopte de foto's terug in de envelop.

'Als nu blijkt dat Svedberg heel anders was dan wij dachten, dan moet dat ook zijn kijk op mij betreffen.'

'Wat zou betekenen dat hij je eigenlijk haatte.'

Wallander vertrok zijn gezicht.

'Ik geloof niet dat hij dat deed, maar zeker weet ik het natuurlijk niet.'

Ze verlieten de kamer. Ann-Britt Höglund nam de envelop met de foto's mee om ze aan Nyberg te geven, die ze op vingerafdrukken zou onderzoeken. Eerst zou ze echter een aantal fotokopieën van beide afbeeldingen maken.

Wallander ging naar de wc en plaste lang en kleurloos. Daarna dronk hij in de kantine bijna een liter water.

Ze hadden de verschillende taken verdeeld. Wallander zelf zou beginnen met een gesprek met Eva Hillström en opnieuw een bezoek afleggen aan Sture Björklund in Hedeskoga. Hij ging naar zijn kamer en strekte zijn hand uit naar de hoorn van de telefoon. Hij bedacht zich echter en besloot met Eva Hillström te beginnen. Zonder haar eerst te bellen. Ann-Britt Höglund klopte aan en bracht de fotokopieën binnen. De foto met de jongelui had ze vergroot zodat hun gezichten zo duidelijk mogelijk naar voren kwamen.

Het was twaalf uur toen Wallander het politiebureau verliet. Bij de receptie had hij iemand horen zeggen dat het drieëntwintig graden was. Sten Widén had Wallanders auto inmiddels naar Ystad teruggebracht en op de parkeerplaats van het politiebureau gezet. Voordat Wallander instapte trok hij zijn jack uit.

Eva Hillström woonde aan Körlings väg, vlak in de buurt van de oostelijke toegangsweg tot de stad. Wallander parkeerde bij het hek. Het huis was heel groot, in het begin van de twintigste eeuw gebouwd, en had een flinke tuin. Hij liep naar de deur om aan te bellen. Eva Hillström deed open. Ze schrok toen ze hem zag.

'Er is niets gebeurd', zei Wallander, bezorgd dat zij misschien dacht dat hij haar ergste voorgevoelens kwam bevestigen. 'Ik kom omdat ik nog een paar vragen heb.'

Ze liet hem binnen in een grote hal. Er hing een doordringende geur van schoonmaakmiddelen. Eva Hillström droeg een trainingspak. Ze had blote voeten. Haar ogen gleden onrustig over zijn gezicht.

'Ik hoop niet dat ik ongelegen kom', zei Wallander.

Ze mompelde iets onverstaanbaars. Daarna volgde hij haar naar een grote woonkamer. De meubels en schilderijen maakten een dure indruk. Hij kon zich niet voorstellen dat er met de financiële situatie van de familie Hillström iets mis was. Hij ging gehoorzaam op de bank zitten die zij aanwees.

'Kan ik u iets aanbieden?' vroeg ze.

Wallander schudde zijn hoofd. Hij had dorst, maar om de een of andere reden wilde hij niet om een glas water vragen.

Ze ging op het uiterste puntje van een stoel zitten. Wallander kreeg het eigenaardige gevoel dat ze net een hardloper was, die zich juist in het startblok heeft laten zakken en zich voorbereidt op het startschot. Hij haalde de fotokopieën uit zijn zak en overhandigde haar eerst de afbeelding met het vrouwengezicht. Ze wierp er een snelle blik op en keek hem daarna vragend aan.

'Wie is dat?'

'U herkent haar dus niet?'

'Heeft ze iets met Astrid te maken?'

Ze sprak op agressieve toon. Wallander realiseerde zich dat hij op een zeer resolute manier op haar moest reageren.

'Soms moet de politie helaas een aantal routinevragen stellen', zei hij. Ik laat u een foto zien. En ik vraag of u haar herkent.'

'Wie is dat?'

'Geeft u antwoord op mijn vraag.'

'Ik heb haar nog nooit gezien.'

'Dan hoeven we het daar niet meer over te hebben.'

Ze wilde net een nieuwe vraag stellen toen Wallander haar de tweede fotokopie gaf. Ze bekeek die snel. Daarna stond ze op van haar stoel, alsof het startsein eindelijk had geklonken, en verliet de kamer. Na ongeveer een minuut was ze terug bij Wallander, die zich al begon af te vragen waar ze was gebleven. Ze overhandigde hem een foto.

'Kopieën zijn nooit zo goed als het origineel', zei ze.

Wallander bekeek de foto. Het was dezelfde als waarvan hij haar net een kopie had laten zien, dezelfde als de foto die hij thuis bij Svedberg had gevonden.

Meteen kreeg hij het gevoel dat hij in de buurt van iets cruciaals kwam.

'Vertelt u eens over die foto', zei hij. 'Wanneer is hij genomen? En wie zijn die andere jongelui?'

'Waar hij is genomen weet ik niet', antwoordde ze. 'Ergens in Österlen. Misschien bij Brösarps backar. Ik heb hem van Astrid gekregen.'

'Wanneer is hij genomen?'

'Vorige zomer. In juli. Met Magnus zijn verjaardag.'

'Magnus?'

Ze wees. Magnus was de jongen die op de foto iets naar de onbekende fotograaf riep. Wallander had er voor de verandering een keer aan gedacht een blocnote mee te nemen.

'Hoe heet hij verder?'

'Holmgren. Hij woont in Trelleborg.'

'En wie zijn die anderen?'

Wallander noteerde de namen en adressen. Opeens kreeg hij een ingeving.

'Wie heeft de foto genomen?' vroeg hij.

'Astrid heeft een toestel met een zelfontspanner.'

'Zij heeft hem dus genomen?'

'Ik zeg toch dat het een camera is met een zelfontspanner!'

Wallander ging verder.

'Het is een verjaardagsfeest. Magnus is jarig. Maar ze zijn ook verkleed.'

'Dat doen ze altijd. Ik kan daar niets vreemds in zien.'

'Ik ook niet. Maar ik moet deze vragen toch stellen.'

Ze stak een sigaret op. Wallander had de hele tijd het gevoel dat ze zich gevaarlijk dicht in de buurt van een zenuwinzinking bevond.

'Astrid heeft dus veel vrienden', zei hij.

'Niet veel', antwoordde Eva Hillström. 'Maar wel goede.'

Ze pakte de foto op en wees naar het andere meisje.

'Isa zou er ook bij zijn', zei ze. 'Nu, met Midzomer. Maar zij werd ziek.'

Het duurde even voordat het tot Wallander doordrong. Daarna begreep hij het verband. Hij wees naar de foto.

'Dat andere meisje had er dus ook dit jaar bij zullen zijn?'

'Zij werd ziek.'

'En daarom waren ze maar met z'n drieën? Drie jongelui, die ergens een feestje vieren. En die daarna besluiten Europa in te trekken?'

'Ja.'

Hij keek zijn aantekeningen na.

'Isa Edengren woont dus in Skårby?'

'Haar vader is zakenman.'

'Wat heeft zij over die reis gezegd?'

'Dat er van tevoren niets was afgesproken. Maar zij is er zeker van dat ze zijn vertrokken. Ze hadden altijd hun paspoorten bij zich wanneer ze elkaar zagen.'

'Heeft zij ook ansichtkaarten gekregen?'

'Nee.'

'Vindt ze dat niet gek?'

'Ja.'

Eva Hillström drukte haar sigaret uit.

'Er is iets gebeurd', zei ze. 'Ik weet niet wat, maar er is iets ernstigs gebeurd. Isa vergist zich. Ze zijn helemaal niet op reis gegaan. Ze zijn er nog.'

Wallander zag dat ze tranen in haar ogen had.
'Waarom wil niemand mij geloven?' zei ze. 'Eén iemand heeft geluisterd, maar daar heb ik nu niks meer aan.'
Wallander hield zijn adem in.
'Eén persoon heeft geluisterd', zei hij zachtjes. 'Heb ik u goed begrepen?'
'Ja.'
'Ik neem aan dat u de rechercheur bedoelt die u eind juni heeft bezocht?'
Ze keek hem verbaasd aan.
'Hij is hier verschillende keren geweest', zei ze. 'Niet alleen toen. In juli is hij hier iedere week geweest. En nu in augustus is hij ook verschillende keren geweest.'
'U bedoelt rechercheur Svedberg?'
'Waarom moest hij sterven?' vroeg ze. 'Hij was de enige die naar mij luisterde. Hij was net zo ongerust als ik.'
Wallander bleef zwijgend zitten.
Hij wist opeens niet meer wat hij zeggen moest.

10

De wind was zwak.

Soms voelde je die haast helemaal niet.

Om de tijd te verdrijven had hij de windstoten geteld die hij op zijn gezicht voelde. Hij was van plan om die te noteren op de lijst waarop hij alle geneugten van het leven bijhield. Alles wat hoorde bij de gelukkige mens.

Hij had urenlang onder een hoge boom verborgen gestaan. Ruim op tijd zijn gaf hem ook een gevoel van tevredenheid.

Het was nog steeds warm, die zaterdagavond in augustus.

Toen hij die ochtend wakker werd, wist hij dat hij niet langer zou wachten. De tijd was rijp. Zoals gewoonlijk had hij precies acht uur geslapen, niet meer en niet minder. Ergens in zijn dromen en zijn onderbewuste was het besluit gevallen. Vandaag zou hij de werkelijkheid herscheppen, precies zoals die eenenvijftig dagen geleden was geweest. Het moment was aangebroken waarop hij die werkelijkheid ten aanschouwen van iedereen zou presenteren.

Toen hij opstond, was het vijf uur. Ook al was het dan toevallig zijn vrije dag, dat was nog geen reden om zijn gewoontes te veranderen. Nadat hij een kopje had gedronken van de speciale thee die hij rechtstreeks uit Shanghai importeerde, had hij het rode vloerkleed in de woonkamer opgerold en zijn ochtendgymnastiek gedaan. Na twintig minuten nam hij zijn pols op; hij noteerde het resultaat in zijn trainingsschrift en nam een douche. Om kwart over zes ging hij achter zijn bureau zitten en begon hij met zijn werk. Op die dag nam hij een dik rapport door dat hij besteld had bij het Ministerie van Werkgelegenheid, waarin verschillende maatregelen werden besproken om de grote werkloosheid te bestrijden. Hij had een pen in zijn hand, streepte passages aan en maakte af en toe zelfs aantekeningen in de kantlijn. Er stond echter niets nieuws of onverwachts in. Alles wat de ambtenaar aan conclusies uit statistieken en analyses had gevist, wist hij al.

Hij legde zijn pen weg en dacht aan de onbekende mensen die de inhoud van dit zinloze rapport hadden samengesteld. Die liepen niet het risico dat ze werkloos zouden worden, dacht hij. Zij zouden nooit het geluk mogen smaken het bestaan totaal te doorzien, te zien wat nou eigenlijk betekenis had. Wat een mens zijn feitelijke waarde verschafte.

Hij ging door met lezen tot tien uur. Toen kleedde hij zich aan om boodschappen te gaan doen. Daarna bereidde hij een lunch en rustte hij een paar uur, tot het twee uur was.

Hij had een geluiddichte slaapkamer. Dat was heel duur geweest, maar het was het geld waard. Vanaf de straat drongen geen geluiden tot hem door. De ramen waren eruitgehaald en dichtgemetseld. Een geruisloze airconditioning verschafte hem de lucht die hij wilde inademen. Aan een van de muren hing een lichtbeeld dat de wereld voorstelde. Daarop kon hij volgen hoe de zon over de aardbol wandelde. Deze kamer was zijn centrum. Hier kon hij glashelder nadenken. Aan wat er was gebeurd en wat er zou gebeuren.

De geluiddichte kamer was een middelpunt. Hier heerste een duidelijkheid die hij nergens anders kon ervaren.

Hier hoefde hij er nooit over na te denken wie hij was. Ook niet over het feit dat hij gelijk had.

Gelijk in het feit dat er geen rechtvaardigheid bestond.

Er was een congres in een hotel ergens in de bergen van de provincie Jämtland. De directeur van het ingenieursbureau waar hij destijds werkte, had opeens in zijn deuropening gestaan om te zeggen dat hij daarnaartoe moest. Er was iemand ziek geworden. Natuurlijk had hij toegestemd, hoewel hij eigenlijk andere plannen had voor het weekeinde waarin het congres werd gehouden. Hij had toegestemd, omdat hij het met zijn baas eens wilde zijn. Dat hij inderdaad de juiste man was om ernaartoe te gaan. Het congres ging over de nieuwe digitale technieken. Het werd geleid door een oudere man die zich ooit had beziggehouden met de mechanische kassa's die in Åtvidaberg werden geproduceerd. Hij sprak over de nieuwe tijd en alle deelnemers hadden over hun blocnotes gebogen gezeten.

Op een van de avonden, misschien de laatste, waren ze naar de sauna gegaan. Hij hield echter niet van sauna's. Hij hield er niet van om zich naakt aan andere mannen te vertonen. Hij wist niet hoe hij zou reageren. Daarom had hij in de bar gewacht terwijl de anderen zaten te zweten. Naderhand waren ze aan de drank gegaan. Iemand was met een verhaal gekomen. Over hoe je mensen het best kon ontslaan. Het waren allemaal mannen in leidinggevende posities, behalve hijzelf; hij was maar een gewone ingenieur. Ze hadden verhalen verteld, van het een kwam het ander, en ten slotte hadden ze hem aangekeken, en hij had niet geweten wat hij moest zeggen. Hij had nooit iemand ontslagen. De gedachte dat hijzelf een keer zijn baan zou kwijtraken, was ook nog nooit bij hem opgekomen. Hij had gestudeerd, hij was goed in zijn werk, hij betaalde zijn studieschuld af. En hij was het met iedereen eens.

Naderhand, toen de ramp zich voltrok, was hem opeens een van die verhalen te binnen geschoten. Een klein, onaangenaam, dik mannetje van een productiebedrijf in Torshälla had verteld hoe hij een oudgediende op zijn kantoor had geroepen en had gezegd: 'Ik weet niet hoe we ons al die jaren zonder jou hadden moeten redden.'

Daarna was hij beginnen te lachen.

'Dat was een uitstekende manier', zei hij. 'Die ouwe vent was trots en blij, en verloor zijn waakzaamheid. Toen ging het gemakkelijk. Ik zei gewoon: "Maar vanaf morgen gaan we het zonder jou proberen." En zo werd hij ontslagen.'

Vaak had hij aan dat verhaal gedacht. Als hij had gekund, dan was hij naar Torshälla gegaan om de vent om te brengen die die oude man had ontslagen en daarop had lopen pochen.

Om drie uur verliet hij zijn flat. Hij reed met zijn auto in oostelijke richting de stad uit. Op een parkeerplaats in Nybrostrand stopte hij en wachtte tot er niemand in de buurt was. Toen liep hij snel naar een andere auto, die daar geparkeerd stond, en reed weg. Voordat hij de hoofdweg op draaide, zette hij een bril op en een pet, die hij diep over zijn voorhoofd trok. Het was warm maar hij hield de zijraampjes dicht. Hij had gevoelige bijholtes. Het risico dat hij door de tocht verkouden werd was altijd groot.

Toen hij bij het natuurgebied aankwam, besefte hij dat hij geluk had. Er stonden geen auto's. Dat betekende dat het niet nodig was om de valse kentekenplaten op de auto te zetten. Omdat het al over vieren was en een zaterdag verwachtte hij niet dat er 's avonds nog bezoekers zouden komen. Drie zaterdagen achter elkaar had hij de ingang van het natuurgebied in de gaten gehouden. 's Avonds kwamen er weinig tot geen bezoekers. Degenen die er kwamen hadden het gebied allemaal vóór acht uur weer verlaten. Uit de kofferbak haalde hij de plastic tas met het gereedschap. Hij had ook een paar broodjes en een thermoskan met thee meegenomen. Hij keek rond. Luisterde. Daarna verdween hij langs een van de paden.

Er waren zwakke windstoten, maar hij had ze gevoeld. Dit was de zevenentwintigste, had hij geteld. Hij keek op zijn horloge. Het was drie minuten voor acht. Gedurende de uren dat hij had gewacht, was er niemand voorbijgekomen over het pad naast de boom waaronder hij zich verstopt had. Rond zeven uur had hij ergens een hond horen blaffen, maar dat was alles. Hij wist wat dat betekende. Het natuurgebied was verlaten. Hij zou in alle rust te werk kunnen gaan.

Precies zoals hij al had gepland en voorzien.

Hij keek weer op zijn horloge. Eén minuut over acht. Hij besloot te wachten tot kwart over acht.

Toen het zover was, liet hij zich voorzichtig langs de helling naar beneden glijden en door het dichte struikgewas opslokken. Het kostte hem daarna nog een paar minuten om de plek te bereiken. Hij zag meteen dat er niemand was geweest. Tussen de twee bomen die in feite de opening naar de kleine open plek vormden, had hij een draad gespannen. Hij liet zich op zijn knieën zakken en zag dat die onaangeroerd was. Vervolgens haalde hij de opvouwbare schop uit de tas en begon te graven. Hij deed dat systematisch, zonder zichzelf op te jagen. Hij wilde vooral niet bezweet raken. Hij liep dan het risico dat hij verkouden werd. Na iedere acht keer dat hij de schop in de grond had gestoken, stopte hij even om te luisteren. Het kostte hem twintig minuten om de bovenste laag van stevig samengeperste zoden af te graven. Toen stootte hij op het zeildoek. Voordat hij dat openvouwde, smeerde hij menthol in zijn neusgaten en deed hij een mondkapje voor. Hij haalde het zeildoek weg en stopte dat in de tas. In de kuil lagen de drie rubberzakken. Er kwam geen stank vanaf. Ze waren dus niet gescheurd. Hij pakte een van de zakken op en droeg die weg van de open plek. Door zijn voortdurende training was hij sterk. Het kostte hem een kleine tien minuten om de drie zakken naar hun oorspronkelijke plaats te dragen. Daarna legde hij de graszoden terug en stampte hij de grond aan, zodat alles weer glad werd. Op gezette tijden stopte hij even om te luisteren.

Toen hij klaar was, verliet hij de open plek en liep naar de boom waar de zakken onder lagen. Uit zijn tas haalde hij het kleed, de glazen en een paar plastic zakken, waarin de verrotte etensresten zaten die hij in zijn voorraadkast had bewaard.

Daarna maakte hij de rubberzakken open en haalde de doden te voorschijn. Hun pruiken hadden iets van hun witte kleur verloren. De bloedvlekken waren grijs geworden. Hij legde de lichamen op hun plek en moest geweld gebruiken om het er te laten uitzien zoals op de foto die hij op midzomeravond had genomen.

Het laatste wat hij deed, was wat wijn in een van de glazen schenken.

Opnieuw luisterde hij. Alles was stil.

Hij nam de zakken onder zijn arm, liep terug naar de tas, propte de zakken erin en verliet de plek. Eerst had hij echter zijn mondkapje afgedaan en de menthol uit zijn neus geveegd. Op weg terug naar zijn auto kwam hij geen mens tegen. Ook de parkeerplaats was leeg. Hij reed naar Nybrostrand, pakte de andere auto en was even voor tienen weer terug in Ystad. Hij ging niet rechtstreeks naar huis, maar reed door naar Trelleborg. Op een plaats waar hij met de auto tot aan het water kon rijden en die uit het zicht lag, stopte hij twee van de rubberzakken in de derde. Hij deed er een paar oude ijzeren pijpen in die hij in zijn auto had liggen en gooide de zakken vervolgens in het water. Ze zonken meteen.

Toen keerde hij terug naar huis. In de open haard verbrandde hij het mondkapje. De schoenen die hij die avond had aangehad, stopte hij in een vuilniszak. De pot met mentholbalsem zette hij in het badkamerkastje. Daarna nam hij een warme douche en waste zijn hele lichaam met een desinfecterend middel.

Toen hij klaar was ging hij theedrinken. Hij keek in het theeblikje en ontdekte dat hij de volgende week al een nieuwe bestelling moest plaatsen. Hij schreef het op het krijtbord dat in de keuken hing. Daarna keek hij een poosje naar de tv. Er was een praatprogramma over thuislozen. Zoals gewoonlijk had niemand iets te vertellen wat hij niet al wist.

Toen het tegen middernacht liep, ging hij aan de keukentafel zitten. Voor hem lag een stapel brieven.

Het werd tijd dat hij vooruit begon te kijken.

Voorzichtig maakte hij de eerste brief open en begon te lezen.

*

Die zaterdag 10 augustus verliet Wallander tegen halftwee het huis van de familie Hillström aan Körlings väg. Hij had besloten rechtstreeks naar Skårby te rijden, waar Isa Edengren woonde, het meisje dat volgens Eva Hillström bij de midzomerviering aanwezig had zullen zijn. Wallander had haar gevraagd waarom ze dat nu pas vertelde, maar hij had ook een knagend schuldgevoel over het feit dat hij niet eerder had vermoed dat er iets ergs met de drie jongelui gebeurd kon zijn.

Hij stopte bij het koffiehuis dat bij het busstation lag om een broodje te eten en een glas water te drinken. Te laat bedacht hij dat hij om een broodje zonder boter had moeten vragen. Die probeerde hij er nu met het mes af te schrapen. Aan een tafel tegenover hem zat een man die hem gadesloeg. Wallander nam aan dat hij herkend werd. Er zouden nu wel geruchten de ronde gaan doen dat de politiemensen boter van hun brood zaten te schrapen in plaats van te zoeken naar de moordenaar van een van hun collega's. Inwendig slaakte Wallander een zucht. Met het roddelcircuit had hij nooit leren leven.

Hij dronk een kop koffie, ging naar het toilet en verliet vervolgens het koffiehuis. Toen hij buiten de stad kwam, besloot hij binnendoor te rijden, via Bjäresjö. Net toen hij van de hoofdweg was afgeslagen, ging zijn mobiele telefoon. Hij stopte langs de kant van de weg. Het was Ann-Britt Höglund.

'Ik ben bij Lena Normans ouders geweest', zei ze. 'Ik denk dat ik op iets belangrijks ben gestuit.'

Wallander drukte zijn telefoon wat steviger tegen zijn oor.

'Het lijkt erop dat er nog iemand aan dat feest had zullen deelnemen', zei ze.

'Dat weet ik. Ik rij net naar haar toe.'

'Isa Edengren?'

'Precies. Eva Hillström liet me de foto zien waar Svedberg een kopie van had. Het is een foto die haar dochter met de zelfontspanner heeft gemaakt. Vorig jaar.'

'Ik heb het gevoel dat Svedberg ons de hele tijd een stap voor is', zei ze.

'Op een bepaald punt halen we hem in', antwoordde Wallander. 'Verder nog iets?'

'Er zijn wat tips binnengekomen. Maar nauwelijks iets wat cruciaal lijkt.'

'Wil je wat voor me doen?' zei Wallander. 'Bel Ylva Brink en vraag haar hoe groot die telescoop van Svedberg was. En of hij zwaar was. Ik snap niet waar dat ding gebleven is.'

'Hebben we alle ideeën dat het een inbraak was dan al afgeschreven?'

'We hebben niets afgeschreven. Maar als er iemand met een telescoop aan komt lopen, dan zou iemand anders dat misschien moeten zijn opgevallen.'

'Is het belangrijk of kan het wachten? Ik ga zo naar Trelleborg om te praten met een van die jongens op de foto.'

'Dan kan het wel wachten', zei Wallander. 'Wie gaat er naar die andere jongen?'

'Martinson en Hanson zouden samen gaan. Ik heb hun het adres gegeven. Ze zitten nou in Simrishamn bij de familie Boge.'

Wallander knikte tevreden.

'Het is goed dat we iedereen vandaag al te pakken krijgen', zei hij. 'Ik denk dat we vanavond beduidend meer weten dan nu.'

Ze beëindigden het gesprek. Wallander arriveerde in Skårby en volgde de routebeschrijving die Eva Hillström hem gegeven had. Hij had begrepen dat Isa Edengrens vader een heel grote boerderij had en dat hij bovendien een aantal graafmachines verhuurde.

Wallander reed langs een allee het erf op en stopte. Het huis voor hem telde twee verdiepingen. Op het erf stond een BMW geparkeerd. Hij stapte uit en belde aan. Er deed niemand open. Hij bonkte op de deur en belde opnieuw. Het was twee uur. Hij merkte dat hij zweette. Hij belde nog een keer zonder dat erop gereageerd werd. Toen liep hij om het huis heen. Het had een grote ouderwetse tuin, met goed onderhouden fruitbomen. Er was een zwembad met een aantal ligstoelen waarvan Wallander vermoedde dat ze duur waren. Helemaal achter in de tuin stond een paviljoen, halfverborgen onder struiken en overhangende takken. Wallander keek rond en liep toen door naar het paviljoen. De groengeverfde deur stond op een kier. Hij klopte aan, maar er kwam geen reactie. Hij duwde de deur open. De gordijnen voor de raampjes zaten dicht. Het duurde even voordat Wallanders ogen aan het donker gewend waren.

Toen zag hij dat er iemand was. Iemand die op een divan lag te slapen. Hij zag donker haar dat boven de opgetrokken deken uitstak. De slaper lag met zijn rug naar hem toe. Wallander liep weer naar buiten, deed voorzichtig de deur dicht en klopte opnieuw aan. Er gebeurde echter niets.

Hij deed de deur open, ging naar binnen en draaide de lichtschakelaar om. Het werd licht in het paviljoen. Hij liep naar de slapende toe, pakte diens schouder en begon eraan te schudden. Toen een reactie uitbleef, besefte hij dat er iets niet in orde was. Hij draaide de slaper om en zag dat het Isa Edengren was. Eerst probeerde hij met haar te praten, daarna gaf hij haar een duwtje tegen haar schouder. Ze ademde langzaam en zwaar. Hij schudde haar onzacht door elkaar en hees haar op in zittende houding. Ze reageerde nog steeds niet. Hij legde haar weer neer en zocht in zijn jaszak naar zijn mobiele telefoon. Die had hij na het gesprek met Ann-Britt Höglund op de passagiersstoel naast zich neergelegd. Hij rende naar zijn auto om de telefoon te halen. Al op de terugweg toetste hij het alarmnummer in en gaf een routebeschrijving.

'Ik neem aan dat het om een ziekte of een poging tot zelfmoord gaat', zei hij. 'Wat moet ik ondertussen doen?'

'Zorg ervoor dat ze blijft ademen', was het antwoord. 'Jij zit bij de politie, dus je weet wel hoe je dat moet doen.'

Zestien minuten later was de ambulance er. Wallander had Ann-Britt Höglund, die nog niet naar Trelleborg vertrokken was, toen al te pakken gekregen. Hij vroeg haar naar het ziekenhuis te rijden en daar de ambulance op te wachten. Zelf zou hij in Skårby blijven. Hij zag de ambulance verdwijnen. Daarna voelde hij aan de buitendeur van het huis. Die zat op slot. Hij liep naar de achterkant en voelde daar aan de deur. Ook die zat dicht. Op dat moment hoorde hij aan de voorkant een auto naderen. Hij liep terug. Een man in rubberlaarzen en een overall stapte uit een Fiatje.

'Ik zag de ambulance', zei hij.

Hij had een heel ongeruste blik in zijn ogen. Wallander stelde zich voor en vertelde dat Isa Edengren vermoedelijk ziek was. Meer wilde hij niet zeggen.

'Waar zijn haar ouders?' vroeg hij.

'Die zijn op reis.'

Wallander merkte dat het antwoord ontwijkend was.

'Kunt u ook zeggen waar ze zijn? Ze moeten op de hoogte worden gebracht.'

'Misschien zitten ze in Spanje', zei de man. 'Of in Frankrijk. Ze hebben daar huizen.'

Wallander dacht aan de afgesloten deuren.

'Ik neem aan dat Isa hier ook woont als zij weg zijn?'

De man schudde zijn hoofd.

'Wat bedoelt u daarmee?'

'Ik bemoei me niet met dingen die me niet aangaan', zei de man terwijl hij terugliep naar zijn auto.

'Dat hebt u al gedaan', zei Wallander op resolute toon. 'Hoe is uw naam?'

'Erik Lundberg.'

Lundberg wees naar een boerderij die zuidelijk lag ten opzichte van de plaats waar ze zich bevonden.

'Ik wil dat u antwoord geeft op mijn vraag: woonde Isa hier ook als haar ouders op reis waren?'

'Dat mocht ze niet.'

'Wat bedoelt u daarmee?'

'Ze mocht in het paviljoen achter in de tuin slapen.'

'Waarom mocht ze niet in het huis komen?'

'Er is wel eens rotzooi geweest. Toen haar ouders weg waren. Ze gaf feesten. Er verdwenen dingen.'

'Hoe komt het dat u dat allemaal weet?'

Het antwoord kwam als een verrassing voor Wallander.

'Ze behandelen haar niet goed', zei Lundberg. 'Afgelopen winter, het was toen tien graden, gingen ze op reis en deden de boel op slot. Het paviljoen kun je niet verwarmen. Ze kwam toen bij ons, helemaal onderkoeld, en heeft bij ons gelogeerd. Toen heeft ze het een en ander verteld. Niet aan mij. Maar aan mijn vrouw.'

'Dan gaan we naar uw huis', zei Wallander. 'Ik wil graag horen wat ze heeft verteld.'

Hij zei tegen Lundberg dat die alvast vooruit moest gaan. Zelf wilde hij terug naar het paviljoen. Hij vond geen sporen van slaaptabletten en ook geen brieven. Haar handtas bevatte niets wat hem verraste. Voordat hij naar zijn auto liep, keek hij nog een keer rond. Zijn telefoon ging.

'Ze is hier nu binnen', zei Ann-Britt Höglund.

'Wat zeggen de artsen?'

'Voorlopig nog niet veel.'

Ze beloofde te bellen zodra ze nieuws had. Wallander ging naast zijn auto staan om te plassen en reed daarna naar Lundbergs boerderij. Naast de stoep lag een argwanende hond hem op te nemen. Lundberg kwam naar buiten om het beest weg te jagen. Wallander stapte binnen in een gezellige keuken. De vrouw van Lundberg had koffiegezet. Haar naam was Barbro en ze sprak met een uitgesproken Göteborgse tongval.

'Hoe is het met haar?' vroeg ze.

'Een collega van mij zit in het ziekenhuis en zij zal bellen.'

'Heeft ze geprobeerd de hand aan zichzelf te slaan?'

'Het is nog te vroeg om daar een antwoord op te geven', zei Wallander. 'Maar ik ben er niet in geslaagd haar bij haar positieven te brengen.'

Hij ging aan de keukentafel zitten en legde zijn telefoon naast zich neer.

'Ik neem aan dat het niet de eerste keer is', zei hij. 'Omdat u direct vraagt of ze geprobeerd heeft zelfmoord te plegen.'

'Het is een familie van zelfmoordenaars', zei Lundberg met afschuw in zijn stem.

Hij zei verder niets meer, alsof hij meteen spijt had van zijn woorden.

Barbro Lundberg zette de koffiekan op tafel.

'Isa's broer is twee jaar geleden overleden', zei ze. 'Hij was pas negentien. Ze scheelden een jaar, Isa en Jörgen.'

'Wat is er gebeurd?'

'Hij ging in de badkuip liggen', zei Lundberg. 'Eerst had hij een brief aan zijn ouders geschreven. Daarin schreef hij dat ze naar de bliksem konden lopen. Daarna stopte hij de stekker van de broodrooster in het stopcontact van het scheerapparaat en liet hem in het badwater vallen.'

Wallander luisterde met afschuw. Hij meende zich het voorval vagelijk te kunnen herinneren.

Toen herinnerde hij zich opeens dat Svedberg het onderzoek had gedaan en had vastgesteld dat het inderdaad om zelfmoord ging. Of een ongeluk. Vaak kon je niet vaststellen of het het een of het ander was.

Er lag een krant op een ouderwetse bank voor het raam. Wallander had die al zien liggen toen hij in de keuken binnenkwam. Op de voorkant had hij een foto van Svedberg zien staan. Nu pakte hij de krant. Er was een vraag waarop hij meteen een antwoord wilde hebben. Hij vouwde de krant open en wees naar de foto.

'U hebt misschien gelezen dat er een rechercheur is omgebracht', zei hij.

Het antwoord kwam al, nog voordat Wallander zijn vraag had kunnen stellen.

'Ongeveer een maand geleden is hij hier geweest.'

'Bij jullie of bij de familie Edengren?'

'Eerst bij hen. Daarna hier. Net als u.'

'Waren de ouders toen al vertrokken?'

'Nee.'

'Hij heeft Isa's ouders dus ontmoet?'

'Wij weten natuurlijk niet wie hij heeft gesproken', zei de man. 'Maar ze waren in ieder geval nog niet vertrokken.'

'Waarom kwam hij hier? Bij u? Wat vroeg hij?'

De vrouw met het zangerige Göteborgse accent was aan tafel gaan zitten.

‘Hij vroeg naar de feesten’, zei ze. ‘De feesten die Isa altijd gaf wanneer haar ouders er niet waren. Voordat ze haar buitensloten.’

‘Dat was het enige wat hem interesseerde’, zei de man.

Wallanders aandacht verscherpte. Hij besefte dat hij nu feitelijk een mogelijkheid had om iets te begrijpen van Svedbergs wonderlijke gedrag van de afgelopen zomer.

‘Ik wil dat u zich precies probeert te herinneren wat hij vroeg.’

‘Een maand is lang’, zei de vrouw.

‘Maar u zat hier aan de keukentafel?’

‘Ja.’

‘En ik neem aan dat u koffiedronk?’

De vrouw glimlachte.

‘Hij zei dat hij mijn cake lekker vond.’

Wallander ging voorzichtig te werk.

‘Dat moet dan vlak na Midzomer zijn geweest?’

De man en de vrouw keken elkaar aan. Wallander zag dat ze houvast bij elkaars herinneringen zochten.

‘Het moet een van de eerste dagen in juli zijn geweest’, zei de vrouw. ‘Daar ben ik zeker van.’

‘Hij kwam hier dus begin juli. Eerst bezocht hij de familie Edengren. En daarna kwam hij hier.’

‘Isa was bij hem. Maar ze was ziek.’

‘Hoezo?’

‘Ze had een week met een of andere buikgriep gelegen. Ze was heel bleek.’

‘Dus Isa was erbij hier in de keuken?’

‘Ze wees hem alleen de weg. Daarna ging ze weer naar huis.’

‘En hij vroeg naar die feesten?’

‘Ja.’

‘Wat vroeg hij?’

‘Of we de mensen ook kenden die er meestal bij waren. Maar die kennen wij natuurlijk niet.’

‘Waarom is dat zo natuurlijk?’

‘Het waren immers jongelui. Die met hun auto’s overal vandaan kwamen. En daarna weer verdwenen.’

‘Wat vroeg hij nog meer?’

‘Of er ook verkleedpartijen waren gehouden’, zei de man.

'Drukte hij dat zo uit?'

'Ja.'

De vrouw schudde haar hoofd.

'Nee hoor. Hij vroeg of de mensen die op die feesten kwamen verkleed waren.'

'En waren ze dat?'

Ze keken verbaasd naar Wallander.

'Hoe moeten wij dat in vredesnaam weten?' vroeg de man. 'Wij waren er niet bij. We staan niet achter de gordijnen te gluren. We zagen alleen wat we toevallig zagen.'

'Maar u hebt toch wel iets gezien?'

'Die feesten waren meestal in het najaar. Het was donker. Je kon helemaal niet zien of die mensen zich hadden uitgedost.'

Wallander luisterde en dacht na.

'Wat vroeg hij nog meer?' zei hij toen.

'Niets. Hij zat zich voornamelijk met een pen op zijn voorhoofd te krabben. Hij is hier misschien een halfuur geweest. Toen verontschuldigde hij zich en ging weg.'

De mobiele telefoon ging. Het was Ann-Britt Höglund.

'Ze pompen haar maag leeg.'

'Was het inderdaad een poging tot zelfmoord?'

'Mensen krijgen zelden bij vergissing zoveel slaapmiddelen binnen.'

'Kan de dokter dat nu al zeggen?'

'Haar bewusteloosheid duidt op vergiftiging. Dan wordt daar wel van uitgegaan.'

'Gaat ze het redden?'

'Ik heb in ieder geval niets anders gehoord.'

'Dan kun je net zo goed naar Trelleborg rijden.'

'Dat was ik al van plan. We zien elkaar later.'

Het gesprek was voorbij. De Lundbergs keken Wallander ongerust aan.

'Ze redt het wel', zei Wallander. 'Maar ik moet contact opnemen met haar ouders.'

'Wij hebben een paar telefoonnummers', zei Lundberg terwijl hij opstond.

'Ze wilden dat we zouden opbellen als er iets met het huis was', zei mevrouw Lundberg. 'Maar ze hebben er niets over gezegd dat we anders ook moesten bellen.'

'Als Isa bijvoorbeeld ziek werd?'

Ze schudde haar hoofd. Lundberg gaf Wallander een briefje waarop hij de twee nummers had genoteerd.

'Mogen we haar in het ziekenhuis bezoeken?' vroeg de vrouw.

'Zeker', antwoordde Wallander. 'Maar wacht tot morgen. Dat lijkt me beter.

De man liet hem uit.

'Hebben jullie sleutels van het huis?' vroeg Wallander.

'Die zouden ze ons nooit toevertrouwen.'

Wallander nam afscheid. Daarna reed hij terug naar de boerderij van Edengren, waar hij naar het paviljoen liep. Het volgende halfuur doorzocht hij dat zorgvuldiger. Wat hij zocht wist hij niet. Hij ging op het bed zitten waarop hij Isa Edengren had gevonden.

Er herhaalt zich iets, dacht hij. Svedberg bezoekt het meisje dat niet bij het midzomerfeest was. En dat daarom niet is verdwenen. Svedberg vraagt naar feesten. Feesten en verklede mensen.

En nu probeert Isa Edengren zich van het leven te beroven en Svedberg is vermoord.

Wallander stond op en verliet het paviljoen.

Hij maakte zich zorgen. Het leek alsof hij nergens logische aanwijzingen kon vinden over de richting waarin hij het moest zoeken. Alles wees tegelijkertijd in alle richtingen en in geen enkele richting.

Hij stapte in zijn auto en reed terug naar Ystad. Zijn volgende doel was nu een hernieuwd bezoek aan Sture Björklund in Hedeskoga.

Het liep tegen vieren toen hij diens erf opreed. Hij klopte aan de deur en wachtte. Er werd niet opengedaan. Sture Björklund was waarschijnlijk naar Kopenhagen vertrokken. Of misschien bevond hij zich in de Verenigde Staten om zijn laatste monsterideeën te bespreken? Wallander bonkte harder, maar nam niet de moeite om op een reactie te wachten. In plaats daarvan liep hij naar de achterkant van het huis. De tuin daar zag er onverzorgd uit. Een paar halfverrotte tuinmeubelen lagen rondgestrooid in het ongemaaide gras. Wallander liep naar het huis en gluurde door een raam naar binnen. Hij liep door. Het achterste gedeelte van het langgerekte huis werd gebruikt als schuur. Wallander voelde aan de deur. Die zat niet op slot. Hij deed de deur open en stapte naar binnen. Vergeefs zocht hij naar een lichtknopje. Hij deed de deur wijd open en zette hem vast met een stuk hout. In de schuur was het een grote bende. Hij wilde net weggaan toen zijn aandacht getrokken werd door een dekzeil in een hoek, waaronder iets verborgen stond. Hij liet zich op zijn hurken zakken en tilde voorzichtig een hoekje op. Er stond een soort apparaat onder. Voorzichtig maakte hij het hele dekzeil los.

Er stond werkelijk een apparaat onder. Of beter gezegd: een instrument.

Wallander kon zich niet herinneren dat hij ooit eerder iets dergelijks had gezien.

Toch wist hij meteen wat het was.

Een telescoop.

II

Toen Wallander weer buiten kwam, merkte hij dat de wind was opgestoken. Hij bleef doodstil staan met zijn rug in de wind, en probeerde na te denken. Hoeveel mensen hadden er thuis een telescoop staan? Veel konden dat er niet zijn. Bovendien zou Ylva Brink het naar alle waarschijnlijkheid hebben geweten als de twee neven een gedeelde interesse voor de nachtelijke hemel hadden gehad. Wallander kon maar één conclusie trekken. De telescoop die hij zojuist had ontdekt, was van Svedberg. Een andere verklaring was er eenvoudig niet.

Dat betekende ook dat er een heel andere vraag opkwam: waarom had Sture Björklund niets gezegd? Had hij iets te verbergen? Of wist hij niet dat de telescoop zich in zijn huis bevond?

Wallander keek op zijn horloge. Kwart voor vijf. Zaterdag 10 augustus. De wind die tegen zijn rug blies was warm. Het najaar bleef nog op afstand.

Hij liep naar zijn auto. Hij was nog steeds bezorgd. Kon Sture Björklund ondanks alles zijn eigen neef hebben omgebracht? Dat kon hij moeilijk geloven.

Hij moest zo snel mogelijk helderheid krijgen in wat Sture Björklund wist of verborgen hield. Toen hij bij zijn auto kwam, belde hij naar het politiebureau. Noch Martinson noch Hanson was op zijn kamer. Toen vroeg hij de dienstdoende agent of hij een auto naar Hedeskoga wilde sturen.

'Wat is er gebeurd?' vroeg de man.

'Ik heb personeel nodig om een huis te bewaken', antwoordde Wallander. 'Voorlopig kun je noteren dat dat met Svedberg te maken heeft.'

'Weten we wie hem heeft doodgeschoten?'

'Nee. Dit is zuiver routine.'

Wallander vroeg om een anonieme auto. Hij legde uit bij welke kruising hij de auto zou opwachten.

Toen Wallander de kruising naderde, was de auto uit Ystad al gearriveerd. Wallander vertelde waar ze hem moesten neerzetten.

Zodra Björklund zich vertoonde moesten ze contact met hem opnemen.

Daarna reed hij naar Ystad. Hij had veel trek. Zijn mond was kurkdroog. Bij een snackbar aan Malmövägen stopte hij. Terwijl hij op zijn eten wachtte, dronk hij een sodawater. Toen hij klaar was met eten, wat hij zoals gewoonlijk weer veel te snel had gedaan, kocht hij een literfles mineraalwater om mee te nemen.

Hij realiseerde zich dat hij nu tijd nodig had om na te denken. Op het politiebureau was het risico groot dat hij werd gestoord. Daarom reed hij de stad uit en parkeerde zijn auto bij Saltsjöbadens hotel. De wind was wat frisser geworden, maar hij vond een plek in de luwte. Bovendien stond er om een of andere reden een oude stepslee. Hij ging erop zitten en deed zijn ogen dicht.

Ergens moet een sleutel tot dit alles te vinden zijn, dacht hij. Een raakpunt dat ik over het hoofd zie of dat ik niet weet te identificeren. Hij probeerde alles wat er was gebeurd en wat hij eerder had gedacht grondig door te nemen. Hoewel hij zijn best deed, bleef het echter allemaal even onduidelijk en verwarrend. Hij stelde zich de vraag wat Rydberg zou hebben gedaan. Tijdens zijn leven had Wallander hem altijd om raad kunnen vragen. Ze hadden vaak een strandwandeling gemaakt of 's nachts op het bureau gezeten om al redenerend uit te komen op iets wat hun houvast bood. Maar Rydberg leefde niet meer. Wallander slaagde er niet in diens stem in zijn binnenste te horen. Het bleef stil.

Hij had wel eens het gevoel gehad dat Ann-Britt Höglund zijn nieuwe gesprekspartner zou kunnen worden. Iemand die net zo goed luisterde als Rydberg had gedaan, die niet aarzelde zich in onverwachte richtingen te begeven om een punt te vinden waar ze door de muur heen konden breken.

Misschien kan dat best, dacht hij. Ann-Britt is een goede rechercheur. Maar de dingen hebben hun tijd nodig.

Moeizaam stond hij op van de stepslee en begon terug te lopen naar zijn auto.

Eén ding onderscheidt zich in dit onderzoek als een terugkerend thema, dacht hij.

Verklede mensen. Die overal opduiken.

Svedberg trekt rond en vraagt naar feesten waarbij de mensen verkleed waren. We hebben een foto met een paar jongelui die verkleed zijn.

Overal die verklede mensen.

Rond zes uur was hij terug op het bureau. Hij rekende erop dat Ann-Britt Höglund rond zeven uur uit Trelleborg zou terugkeren. Hanson en Martinson waren net weggegaan om te eten. Hij nam aan dat ze naar Martinsons huis gingen. Wanneer die twee samenwerkten, nam Martinson Hanson altijd mee naar huis.

Wallander wist dat het een lange avond zou worden. Zodra iedereen er was, zouden ze de deuren achter zich dichttrekken. Hij hing zijn jack weg en belde naar het ziekenhuis. Met enige moeite wist hij een arts te pakken te krijgen die hem kon vertellen dat de toestand van Isa Edengren stabiel was en dat het goed zou aflopen.

Hij kende de arts. Ze hadden elkaar bij een eerdere gelegenheid ontmoet.

'Zeg me eens iets wat je niet mag zeggen', zei Wallander. 'Was dit een schreeuw om hulp of probeerde ze zichzelf echt van het leven te beroven?'

'Als ik het goed heb begrepen, ben jij degene die haar heeft gevonden', zei de dokter.

'Dat klopt.'

'Laat ik dan eens diplomatiek zijn', vervolgde hij. 'Het was een geluk dat je haar vond. En dat je niet veel later kwam.'

Wallander begreep het. Hij wilde juist neerleggen toen er nog een vraag door zijn hoofd schoot.

'Weet je ook of er iemand is geweest om haar te bezoeken?'

'Ze mag nu natuurlijk nog niemand ontvangen.'

'Dat begrijp ik. Maar heeft er ook iemand belangstelling voor haar getoond?'

'Ik zal eens even informeren.'

Wallander bleef aan de telefoon wachten. Ondertussen zocht hij in zijn zakken naar het papiertje waarop Lundberg de telefoonnummers van Isa's ouders in Frankrijk en Spanje had genoteerd.

De dokter kwam weer aan de telefoon.

'Er is niemand geweest', zei hij. 'Er heeft ook niemand gebeld.

Wie neemt er overigens contact op met haar ouders?'

'Dat doen wij.'

Wallander drukte de haak in. Daarna draaide hij het eerste nummer, zonder te weten of dat in Frankrijk of in Spanje was. De bel ging over. Hij telde tot vijftien. Toen legde hij neer en draaide hij het andere nummer. Er werd meteen opgenomen door een vrouw. Wallander zei wie hij was. Zij antwoordde dat zij Berit Edengren was.

Wallander vertelde wat er was gebeurd. Ze luisterde zwijgend. Wallander dacht aan de jongen met de naam Jörgen, de broer van Isa. Hij probeerde zo ingehouden mogelijk een beeld te geven van wat er was gebeurd. Maar een poging tot zelfmoord was wat het was; dat kon en mocht ook niet verborgen blijven.

Toen ze antwoordde klonk ze beheerst.

'Ik zal met mijn man praten', zei ze. 'We moeten natuurlijk bekijken of we naar huis komen.'

Ze houdt echt van haar dochter, dacht Wallander, die merkte dat hij geschokt was.

'Ik hoop dat het u duidelijk is dat het slecht had kunnen aflopen.'

'Maar dat is kennelijk niet gebeurd. En daar moeten we blij om zijn.'

Wallander gaf haar het telefoonnummer van het ziekenhuis en de naam van de arts. Hij besloot om voorlopig geen vragen over Svedberg te stellen, maar hij had wel informatie nodig over het midzomerfeest waar Isa bij had zullen zijn.

'Isa is niet erg mededeelzaam', antwoordde ze. 'Natuurlijk wist ik niets van een midzomerfeest.'

'Ze heeft misschien met haar vader gesproken?'

'Dat betwijfel ik.'

'Martin Boge, Lena Norman en Astrid Hillström', zei Wallander. 'Ik neem aan dat u die namen kent?'

'Dat zijn vrienden van Isa', antwoordde ze.

'Isa heeft dus niets gezegd over waar ze op midzomeravond heen zouden gaan?'

'Nee.'

'Het is een belangrijke vraag. Het is noodzakelijk dat u goed nadenkt. Heeft ze ook een plaats genoemd?'

'Met mijn geheugen is niets mis. Isa heeft niets gezegd.'

'Weet u ook of ze thuis verkleedkleren heeft?'

'Is dat werkelijk van belang?'

'Ja. Geeft u antwoord op mijn vraag.'

'Ik kom nooit in haar kasten.'

'Is er ook een sleutel van het huis?'

'Er ligt een reservesleutel in de dakgoot van de rechterzijmuur. Maar dat weet Isa niet.'

'Ze zal hem de komende dagen ook wel niet nodig hebben.'

Wallander had nog één vraag.

'Heeft Isa het erover gehad dat ze plannen had om na Midzomer op reis te gaan?'

'Nee.'

'Zou ze het hebben verteld als ze dat van plan was?'

'Alleen als ze geld nodig had. En dat was altijd zo.'

Wallander had nu moeite om zich in te houden.

'Wij zullen zeker opnieuw contact met u opnemen', zei hij.

Met een klap sloeg hij de hoorn op de haak. Ondertussen besefte hij dat hij niet wist of hij nu met Spanje of Frankrijk had gebeld.

Hij liep naar de kantine om koffie te halen. Op weg terug naar zijn kamer bedacht hij dat hij nog een telefoontje moest plegen. Hij zocht het nummer op. In tegenstelling tot de vorige keren werd er nu wel opgenomen.

'Bror Sundelius?'

'Dat ben ik.'

Aan de telefoon was een oudere man. Hij sprak met een zeer resolute stem.

Wallander vertelde wie hij was. Hij wilde net over Svedberg beginnen toen hij werd onderbroken.

'Ik verwachtte al dat de politie zou bellen. Ik heb de indruk dat dat erg lang geduurd heeft.'

'Ik heb u al eerder gebeld, maar er werd niet opgenomen. Waarom verwachtte u al dat wij contact zouden opnemen?'

Sundelius gaf meteen antwoord.

'Karl Evert had niet veel goede vrienden. Ik was een van hen.

Daarom leek het mij vanzelfsprekend dat u contact met me zou opnemen.'

'Waar zou ik dan naar moeten vragen?'

'Dat weet u beter dan ik.'

Klopt helemaal, dacht Wallander. Deze gepensioneerde bankdirecteur gaat niet gebukt onder zware geestelijke ouderdomskwaaltjes.

'Ik zou u graag willen ontmoeten', zei Wallander. 'Hier of bij u thuis. Het liefst morgenochtend.'

'Vroeger ging ik naar mijn werk. Tegenwoordig vlieg ik tegen de muren op', zei Sundelius. 'Ik heb oneindig veel tijd, die nutteloos wegvloeit. Morgenochtend na halfvijf is prima. Hier aan Vädergränd. Mijn benen zijn niet zo goed meer. Hoe oud bent u, inspecteur?'

'Ik word binnenkort vijftig.'

'Dan zult u wel betere benen hebben dan ik. Op die leeftijd moet je ook bewegen. Anders is het risico groot dat je problemen met je hart krijgt. Of suikerziekte.'

Wallander luisterde verbouwereerd.

'Bent u er nog, inspecteur?'

'Ja', zei Wallander. 'Ik ben er nog. Is het goed als ik morgenochtend om negen uur kom?'

Om halfacht kwamen ze bijeen in de vergaderruimte. Lisa Holgersson was vlak daarvoor gearriveerd. Ze had de officier van justitie bij zich die dit jaar inviel voor Per Åkeson, die zich in Oeganda bevond. Na jarenlang te hebben geaarzeld, had deze eindelijk besloten verlof te nemen. Nu werkte hij voor het Hoge Commissariaat voor de Vluchtelingen. Hij was al bijna acht maanden weg. Af en toe schreef hij Wallander een brief. Hij vertelde over zijn leven en wat voor uitwerking deze ingrijpende verandering van omgeving en arbeidstaken op hem had.

Wallander miste Åkeson vaak, ook al waren ze nooit nauw bevriend geweest. Af en toe werd hij ook door een onduidelijke afgunst overvallen, wanneer hij dacht aan de radicale keuze die Per Åkeson had gemaakt. Zou hij zich er zelf ooit toe kunnen zetten iets anders te doen dan bij de recherche te werken? Het duurde niet lang meer of hij werd vijftig. De marges werden kleiner. En dat gebeurde in een steeds sneller tempo.

De naam van de officier van justitie was Thurnberg en hij kwam uit de buurt van Örebro. Wallander had nog niet zoveel met hem te maken gehad, omdat hij pas midden mei in Ystad was aangetreden. Hij was een paar jaar jonger dan Wallander, goed getraind en een snelle denker. Wallander wist nog niet goed wat hij nu eigenlijk van hem moest denken. De man wekte af en toe de indruk heel arrogant te kunnen zijn.

Wallander tikte met een potlood op tafel en keek de kamer rond. De stoel van Svedberg was nog steeds leeg. Wallander vroeg zich af wanneer iemand die weer zou gaan bezetten.

Omdat hij er rekening mee hield dat Björklund ieder moment uit Kopenhagen kon terugkeren, begon Wallander te vertellen over zijn vondst en de gedachten die hij daarbij had.

'We zaten zonet voor het overleg even te praten', zei Martinson. 'Ik heb iets ontdekt wat ik in elk geval heel eigenaardig vind. Er zijn geen dagboeken. Ik heb het ook aan de anderen gevraagd. Precies hetzelfde: niemand van die jongelui schijnt een dagboek te hebben bijgehouden. Agenda's kunnen we ook niet vinden.'

'Maar er is nog meer', zei Hanson. 'Er zijn ook geen brieven.'

'Dat vind ik ook vreemd', zei Ann-Britt Höglund. 'Op de een of andere manier wissen die jongeren hun sporen achter zich uit.'

'Geldt dat ook voor de jongelui die jullie vandaag hebben gesproken? Die op die andere foto stonden?'

'Ja', zei Martinson. 'Misschien moeten we hun op dat punt de duimschroeven nog wat harder aandraaien.'

'Even terug naar het begin', zei Wallander. 'Isa Edengren komt langzaam weer tot leven. Over een paar dagen moeten we ook met haar praten. Tot die tijd moeten we twee dingen voor ogen houden. Dat ze een serieuze zelfmoordpoging heeft gedaan. En dat haar broer Jörgen een jaar of wat geleden zelfmoord heeft gepleegd, nadat hij een afscheidsbrief had geschreven waarin hij in heel heftige bewoordingen tegen zijn ouders zei dat ze naar de bliksem konden lopen.'

Martinson zat in zijn aantekeningen te bladeren. Hij wilde net wat gaan zeggen toen er aan de deur werd geklopt. De agent die

daar stond, gaf Wallander een knikje.
'Björklund is thuisgekomen', zei hij.
Wallander stond op.
'Ik ga er alleen naartoe', zei hij. 'Er is immers geen sprake van een aanhouding. Wanneer ik terug ben, gaan we hier verder.'
Ook Nyberg was opgestaan.
'Ik denk dat ik die telescoop nu al moet bekijken', zei hij.
Ze reden samen in Nybergs auto naar Hedeskoga. De auto van de politie wachtte bij de kruising. Wallander stapte uit om te praten met de man achter het stuur.
'Hij is twintig minuten geleden aangekomen. Hij rijdt in een Mazda.'
'Dan kunnen jullie nu gaan', zei Wallander.
'Moeten we niet blijven wachten?'
'Dat is niet nodig.'
Wallander stapte weer in.
'Hij is thuis', zei Wallander. 'Geen twijfel over mogelijk.'
Ze parkeerden naast de oprit van Björklunds erf. Uit een open raam stroomde muziek naar buiten. Zuid-Amerikaanse ritmes. Wallander belde aan. De muziek werd zachter gezet. Björklund deed open. Afgezien van een korte broek was hij naakt.
'Ik heb een paar vragen die niet kunnen wachten', zei Wallander.
Björklund leek na te denken. Toen begon hij te glimlachen.
'Nu begrijp ik het beter', zei hij.
'Hoezo beter?'
'Die auto die daar bij de afslag stond.'
Wallander knikte.
'Ik ben hier vandaag al eerder geweest. En mijn vragen kunnen dus niet wachten.'
Björklund liet hen binnen. Wallander stelde Nyberg voor.
'Ooit in mijn verre jeugd heb ik overwogen om technicus bij de recherche te worden', zei Björklund. 'Het leek me aantrekkelijk om je leven te wijden aan het duiden van sporen.'
'Het is minder avontuurlijk dan je denkt', zei Nyberg.
Björklund keek hem verbaasd aan.
'Ik heb het niet over avontuurlijk', zei hij. 'Ik heb het over een leven van pionieren.'

Bij de ingang van de grote kamer bleven ze staan. Wallander zag dat Nyberg Björklunds meubels met grote verwondering bekeek.

'Ik zal er geen doekjes om winden', zei Wallander. 'Aan de oostelijke kant van het huis heb je een schuur. In een hoek onder een dekzeil staat een instrument dat geloof ik een telescoop is. Nu vraag ik me af of dat de telescoop kan zijn die we missen in Svedbergs flat.'

Björklund deed of hij van niets wist.

'Een telescoop? In mijn schuur?'

'Ja.'

Björklund deed een stap achteruit, alsof hij behoefte voelde afstand te nemen van de twee rechercheurs.

'Wie is hier wezen rondsnuffelen?'

'Zoals ik al zei ben ik hier vandaag geweest om je op te zoeken. De deur van de schuur stond open. Ik ben naar binnen gegaan. Toen heb ik de telescoop gevonden.'

'Is dat werkelijk toegestaan? Dat politiemensen zomaar andermans woning binnengaan?'

'Als je denkt dat dat niet mag, kun je natuurlijk aangifte doen bij de ombudsman van justitie.'

Björklund keek hem lang aan. Zijn blik was vijandig.

'Ik denk dat ik dat inderdaad zal doen', zei hij.

'Verdomme', zei Nyberg nijdig. 'Laten we ter zake komen.'

'Je weet dus niet dat er een telescoop in je schuur staat?'

'Nee.'

'Je beseft natuurlijk wel dat dat niet bepaald geloofwaardig klinkt?'

'Het kan me niet schelen hoe het klinkt. Voorzover ik weet staat er geen telescoop in mijn schuur.'

'We zullen er zo eens even gaan kijken', zei Wallander. 'Als je ons de toegang weigert, laat ik Nyberg hier om de boel te bewaken. Dan vraag ik bij de officier van justitie een huiszoekingsbevel. En je kunt er verzekerd van zijn dat ik dat krijg.'

Björklund deed nog steeds vijandig en afwerend.

'Word ik ergens van verdacht?'

'Voorlopig wil ik alleen een antwoord op mijn vraag.'

'Dat heb ik al gegeven.'

'Je weet dus niets van de telescoop? Heeft Svedberg die daar misschien zelf neergezet?'

'Waarom zou hij dat hebben gedaan?'

'De vraag is of hij dat misschíén gedaan heeft. Niet anders.'

'Natuurlijk kan hij hem daar de afgelopen zomer toen ik weg was hebben neergezet. Ik loop verdomme niet te controleren wat er in mijn schuur ligt.'

Wallander was er nu van overtuigd dat Björklund de waarheid sprak. Hij realiseerde zich dat hem dat in feite opluchtte.

'Zullen we even gaan kijken?'

Björklund knikte en deed een paar klompen aan zijn voeten. Zijn bovenlichaam was nog steeds ontbloot.

Toen ze de deur van de schuur hadden opengezet en het licht aan hadden gedaan, hield Wallander hen tegen en wendde hij zich tot Björklund.

'Kun je zien of er hier ook iets is veranderd?'

'Wat zou dat dan moeten zijn?'

'Het is jouw schuur. Dat zou jij moeten weten.'

Björklund keek rond en haalde toen zijn schouders op.

'Volgens mij ziet het er net zo uit als anders.'

Wallander nam hen mee naar de hoek. Daar tilde hij het dekzeil op.

Björklunds verbazing leek echt.

'Hoe dat ding hier is gekomen, weet ik niet', zei hij.

Nyberg liet zich op zijn hurken zakken om het instrument te bekijken. Hij had een sterke zaklamp bij zich waarmee hij erop scheen.

'Er bestaat weinig twijfel wiens eigendom dit is', zei hij terwijl hij wees.

Wallander keek in de richting die Nyberg aanwees. Op een vastgeschroefd metalen plaatje stond Svedbergs naam.

Björklunds nijdigheid was verdwenen. Hij keek Wallander vragend aan.

'Ik begrijp dit niet', zei hij. 'Waarom zou Svedberg zijn telescoop hier bij mij hebben verstopt?'

'Laten wij maar weer naar binnen gaan', zei Wallander. 'Nyberg blijft hier nog even.'

Toen ze over het erf liepen, vroeg Björklund of Wallander koffie wilde. Die sloeg dat af. Voor de tweede maal liet Wallander zich op de ongemakkelijke bank zakken.

'Heb je enig idee hoelang die telescoop hier al kan hebben gestaan?'

'Mijn geheugen omtrent hoe ruimtes eruitzien is heel slecht. Mijn geheugen omtrent voorwerpen en dingen is nog slechter. Ik weet dus niet hoelang hij daar al staat.'

Wallander realiseerde zich dat hij de vraag anders moest stellen. Daar had hij echter Ylva Brinks hulp voor nodig. Zij zou hem kunnen vertellen wanneer ze de telescoop voor het laatst bij Svedberg thuis had gezien.

'Ik kom later op die vraag terug', zei Wallander. 'Nyberg zal de telescoop vanavond nog bekijken. Daarna nemen we hem mee naar het bureau.'

Björklund leek opeens niet meer te luisteren. Hij werd door iets anders in beslag genomen. Wallander wachtte.

'Is het ook mogelijk dat het anders is gegaan?' zei hij. 'Dat iemand anders hem hier heeft neergezet?'

'Dan zou dat iemand moeten zijn die weet dat Karl Evert en jij familie van elkaar zijn.'

Wallander merkte dat Björklund zich zorgen begon te maken.

'Jij denkt ergens aan', zei hij. 'Waaraan?'

'Ik weet niet of het iets te betekenen heeft,' zei Björklund aarzelend, 'maar ik had een keer het gevoel dat hier iemand geweest was.'

'Hoe merkte je dat?'

'Ik merkte het niet. Het was een gevoel.'

'Dat gevoel moet toch door iets teweeg zijn gebracht?'

'Dat probeer ik me nou juist te herinneren.'

Wallander wachtte. Björklund dacht nu diep na.

'Een paar weken geleden was het', zei hij. 'Ik was in Kopenhagen geweest en kwam 's ochtends terug. Het had geregend. Toen ik over het erf liep, was er iets wat mijn aandacht trok. Eerst wist ik niet wat het was, maar toen zag ik dat er iemand aan een van de beelden had gezeten.'

'Aan een van de monsters?'

'Het zijn kopieën van de middeleeuwse duivelsfiguren die aan de kathedraal van Rouen zitten.'

'Toen we in jouw schuur stonden, zei je dat je een slecht geheugen had wat betreft voorwerpen en dingen.'

'Maar dat geldt niet voor als er iemand aan mijn standbeelden heeft gezeten. Ik wist het absoluut zeker. Tijdens mijn afwezigheid was er iemand op het erf geweest.'

'En dat was dus niet Svedberg.'

'Nee. Hij kwam hier niet, behalve wanneer we hadden afgesproken.'

'Maar dat kun je toch niet zeker weten?'

'Nee. Maar ik kan er wel van overtuigd zijn. Ik kende hem. En hij kende mij.'

Wallander knikte dat hij moest doorgaan.

'Iemand was hier onrechtmatig geweest.'

'Je hebt dus niet iemand die op je huis past wanneer Svedberg niet kon?' Of wanneer je maar een paar dagen weg bent?'

'Behalve de postbode kwam hier verder niemand.'

Björklund was daar zeker van. Wallander had geen reden om hem niet te geloven.

'Een onrechtmatige bezoeker', zei hij. 'En jij denkt nu dat diegene misschien de telescoop in jouw schuur heeft gezet?'

'Het is natuurlijk een absurde gedachte.'

'Wanneer was dat?'

'Een paar weken geleden.'

'Wanneer precies?'

Björklund pakte een kleine zakagenda en begon de datum te zoeken.

'Ik was op 14 en 15 juli weg.'

Wallander knoopte die datums goed in zijn oren. Op dat moment kwam Nyberg binnen. Hij had zijn telefoon in de hand.

'Ik heb naar Ystad gebeld voor een koffer', zei hij. 'Ik denk dat ik dat instrument vanavond al ga onderzoeken. Rij jij maar met mijn auto terug. Wanneer ik klaar ben, laat ik me wel door een surveillancewagen ophalen.'

Nyberg verdween. Wallander stond op. Björklund liet hem uit.

'Je zult wel veel hebben nagedacht', zei Wallander. 'Over wat er is gebeurd.'

'Ik snap niet waarom iemand mijn neef zou willen doden. Ik kan me geen zinlozer daad voorstellen.'

'Nee', antwoordde Wallander. 'Dat is het 'm nou net. Wie kan hem hebben willen doden? En waarom?'

Op het erf gingen ze uiteen. De duivelsbeelden glommen onheilspellend in het licht van het huis. Wallander keerde in Nybergs auto terug naar Ystad.

Er was niets opgehelderd.

Tegen negenen gingen ze verder met hun overleg en namen ze door wat de andere jongelui hadden verteld. De eerste die het woord nam was Martinson, af en toe aangevuld door Hanson. Wallander luisterde aandachtig. Een paar keer vroeg hij aan Martinson om wat duidelijker te zijn, één keer vroeg hij hem opnieuw te beginnen. Daarna luisterden ze naar Ann-Britt Höglund. Wallander had een lijst gemaakt met de namen van alle jongelui die nu bij het onderzoek betrokken waren. Toen het tegen elven liep, namen ze een korte pauze. Wallander ging naar de wc en dronk een paar glazen water. Om kwart over elf gingen ze weer verder.

'We kunnen eigenlijk maar één ding doen', begon Wallander. 'We moeten een opsporingsbericht voor Boge, Norman en Hillström laten uitgaan. Ze moeten weer thuiskomen. Zo snel mogelijk.'

Iedereen was het hierover eens en er werd niet verder over gediscussieerd. Lisa Holgersson zou er de volgende dag samen met Martinson voor zorgen.

Wallander besefte dat iedereen moe was, maar hij wilde ze nog niet laten gaan.

'Het lijkt erop dat die jongelui iets aan het doen waren', zei hij. 'Jullie hebben er niets anders uit gekregen dan dat ze elkaar kenden. Dat ze bevriend waren en met elkaar omgingen. Toch hebben jullie allemaal beschreven dat jullie de indruk hadden dat ze iets achterhielden. Dat ze een of ander geheim bewaren. Heb ik dat goed begrepen?'

'Ja', zei Ann-Britt Höglund. 'Er is iets wat er niet uit komt.'

'Maar ze lijken ook niet ongerust', zei Martinson. 'Ze zijn ervan overtuigd dat Boge, Norman en Hillström op vakantie zijn.'

'Laten we hopen dat ze gelijk hebben', zei Hanson. 'Ik vind dat het onaangenaam begint te worden.'

'Ik ook', zei Wallander.

Hij liet zijn pen vallen.

'Waar was Svedberg nou verdomme mee bezig? Daar moeten we zo snel mogelijk achter zien te komen. En wie is die vrouw?'

'We laten die foto door alle bestanden lopen die we hebben', zei Martinson.

'Dat is niet genoeg', antwoordde Wallander. 'We moeten de foto in de openbaarheid brengen. We hebben hier wel te maken met een moord op een rechercheur die we moeten oplossen. We zetten die foto in de krant. Maar ze wordt natuurlijk nergens van verdacht. In ieder geval nog niet echt.'

'Het komt heel zelden voor dat vrouwen jachtgeweren in iemands gezicht afschieten', zei Ann-Britt Höglund.

Daar zei verder niemand iets op.

Ze gingen door tot kort voor middernacht. Hoewel het de volgende dag zondag was, zouden ze met onverminderde energie verdergaan. Wallander zou de dag beginnen met een bezoek aan bankdirecteur Sundelius.

Op de parkeerplaats bleef hij even met Martinson staan praten.

'Die jongelui moeten weer naar huis komen', zei Wallander. 'En we moeten met Isa Edengren praten. Die anderen laten we hier komen, naar het bureau, die jongelui met wie jullie vandaag hebben gepraat. Ze moeten hun geheimen onthullen.'

Ze liepen naar hun auto's. Wallander was erg moe.

Het laatste waaraan hij dacht voordat hij in slaap viel, was of Nyberg nog steeds in Björklunds schuur bezig zou zijn.

Vlak voor de dageraad viel er een rustige motregen over Ystad. Daarna trokken de wolken weg.

Het zou een mooie warme zondag worden.

12

Rosmarie Leman en haar man Mats kozen voor hun zondagse wandelingen telkens een ander wandelgebied uit, afhankelijk van het weer en het jaargetijde. Die ochtend, zondag 11 augustus, hadden ze het erover gehad om naar Fyledalen te rijden, maar uiteindelijk waren ze op Natuurgebied Hagestad uitgekomen. Doorslaggevend was dat ze daar al een hele tijd niet meer waren geweest, na midden juni niet meer. Ze waren 's ochtends altijd vroeg op, en ze verlieten hun woning in Ystad al rond zeven uur. Zoals gewoonlijk waren ze van plan de hele dag in de buitenlucht door te brengen. In de kofferbak hadden ze twee rugzakken gestopt, waarin alles zat wat ze nodig hadden. Ze hadden ook regenkleding meegenomen. Het leek een zonnige dag te worden, maar je kon nooit weten. Ze leidden een goed georganiseerd leven: zij als lerares en hij als ingenieur. Ze lieten nooit iets aan het toeval over.

Ze parkeerden bij het natuurgebied. Het was nog geen acht uur. Bij de auto dronken ze koffie. Daarna pakten ze hun rugzakken en begonnen aan hun wandeling. Toen het kwart over acht was, besloten ze een plek te zoeken waar ze konden ontbijten. In de verte hadden ze honden horen blaffen, maar ze waren nog geen mens tegengekomen. Het was warm en vrijwel windstil. Ze hadden het erover gehad dat de zomer in deze augustusmaand maar bleef aanhouden. Toen ze een geschikte plek hadden gevonden, bleven ze daar en spreidden een deken uit waarop ze gingen zitten eten. 's Zondags bespraken ze altijd dingen waar ze anders niet aan toekwamen. Die dag hadden ze het erover of ze hun auto moesten inruilen, want die begon slecht te worden. De vraag was of ze zich dat konden permitteren. Ten slotte werden ze het erover eens dat ze beter nog een maand of wat konden wachten, tot later in het najaar. Toen ze hadden gegeten strekte Rosmarie Leman zich op de deken uit en sloot haar ogen. Mats Leman zou dadelijk tot hetzelfde overgaan, maar eerst moest hij nog even zijn behoefte doen. Hij nam toiletpapier mee en liep weg. Aan de andere kant van het pad waarlangs ze waren gekomen, liep het steil af naar dicht struikgewas.

Daar ging hij heen. Voordat hij op zijn hurken ging zitten, keek hij rond maar er was natuurlijk niemand. Toen hij klaar was, bedacht hij dat nu het beste moment van de zondag wachtte. Dat hij zich op de deken naast Rosmarie zou uitstrekken om een halfuur te slapen. Op hetzelfde moment meende hij iets tussen de struiken te ontwaren. Wat het was wist hij niet. Het was iets fels dat afstak tegen al het groen. Meestal was hij niet erg nieuwsgierig, maar nu kon hij het niet laten om de dichtstbijzijnde struiken aan de kant te duwen en te gaan kijken.

Zolang hij leefde zou hij nooit vergeten wat hij zag.

Rosmarie, die al in slaap was gevallen, werd wakker doordat er iemand gilde.

Er schreeuwde iemand.

Eerst begreep ze niet wat het was, maar vervolgens realiseerde ze zich verschrikt dat haar man om hulp riep. Ze was net van de deken overeind gekomen toen hij kwam aanrennen. Ze wist niet wat er was gebeurd en ook niet wat hij had gezien, maar zijn gezicht was doodsbleek. Struikelend kwam hij naar de deken, terwijl hij iets probeerde uit te brengen.

Toen viel hij flauw.

Om vijf minuten over negen kwam de melding binnen op het politiebureau in Ystad. De agent die het telefoontje aannam, had eerst moeite om te begrijpen wat er aan de hand was. Degene die belde klonk zo opgewonden dat het bijna onmogelijk was om te verstaan wat hij zei. Ten slotte slaagde de agent er echter in de man te kalmeren en hem te laten herhalen wat er was gebeurd. Na nog enkele minuten was het beeld de agent ongeveer duidelijk. Iemand met de naam Mats Leman beweerde dat hij dode mensen had gevonden in Natuurgebied Hagestad. Hij wist het niet zeker, maar hij dacht dat daar drie mensen lagen. Zelf bevond hij zich op dit moment samen met zijn vrouw in een auto bij de ingang van het natuurgebied en hij belde met zijn mobiele telefoon. Hoewel degene die belde heel verward klonk, besefte de agent dat het serieus was. Hij noteerde het telefoonnummer van de man en zei tegen hem dat hij daar moest blijven wachten. Daarna liep hij naar de kamer van Martinson. Hij had hem vlak daarvoor in de gang voorbij zien komen. Martinson zat in zijn kamer achter de computer. De agent bleef in de deuropening staan en vertelde over het telefoontje. Martinson begreep meteen dat het ernst was. Eén detail van wat hij hoorde maakte echter dat zijn maag zich samentrok.

'Zei hij dat het er drie waren?' vroeg hij. 'Drie dode mensen?'

'Dat dacht hij.'

Martinson stond op van zijn stoel.

'Ik ga er meteen naartoe', zei hij. 'Heb je Wallander al gezien?'

'Nee.'

Toen herinnerde Martinson zich dat Wallander die ochtend iemand zou bezoeken. Een bankdirecteur genaamd Sundberg. Of Sundelius, of zoiets. Hij toetste het nummer in van Wallanders mobiele telefoon.

Wallander was van Mariagatan naar Vädergränd gewandeld. Het was een mooi huis, dat hij al vaak was gepasseerd en dat hem was opgevallen. Hij had aangebeld en was binnengelaten. Gekleed in een keurig geperst kostuum had Sundelius hem ontvangen. Ze waren juist in de woonkamer gaan zitten toen Wallanders mobiele telefoon ging. Wallander zag dat Sundelius afkeurend keek toen hij die met een verontschuldiging uit zijn binnenzak haalde.

Daarna had hij geluisterd naar wat Martinson te zeggen had. Vervolgens had hij dezelfde vraag gesteld als Martinson zelf had gedaan.

'Zei hij dat het om drie personen ging?'

'Dat is niet bevestigd, maar hij dacht van wel.'

Wallander kreeg een gevoel alsof iemand zijn hoofd in een bankschroef stopte.

'Je weet wat dat kan betekenen', zei hij toen.

'Ja', antwoordde Martinson. 'We kunnen alleen maar hopen dat degene die belde zich vergist heeft.'

'Wekte hij die indruk?'

'Volgens de dienstdoende agent die het gesprek aannam niet.'

Wallander keek op de klok die bij Sundelius aan de muur hing. Negen minuten over negen.

'Haal mij op aan Vädergränd', zei hij. 'Nummer zeven.'

'Moet ik vragen of iedereen uitrukt?'

'We moeten eerst kijken wat er aan de hand is.'

Martinson zou meteen komen. Wallander stond op.
'Ons gesprek moet helaas wachten', zei hij.
Sundelius begreep het.
'Ik neem aan dat er een ongeluk is gebeurd?'
'Ja', antwoordde Wallander. 'Een verkeersongeluk. En dat kan je niet zien aankomen wanneer je een afspraak met iemand maakt op een vroege zondagochtend. Ik neem weer contact met u op.'
Sundelius liet hem uit. Martinson kwam eraan met de auto. Wallander sprong erin en zette het blauwe zwaailicht op het dak.
'Ik heb Hanson al te pakken gekregen', zei Martinson. 'Hij blijft op het bureau voor nader nieuws.'
Vervolgens wees hij naar een briefje dat in een klem op het handschoenenvakje zat.
'Dat is het telefoonnummer van degene die heeft gebeld.'
'Hebben we een naam?'
'Leman. Zijn voornaam is Max of Mats.'
Wallander belde het nummer. Martinson reed hard. De telefoonverbinding kraakte. Er nam een vrouw op. Wallander wist niet zeker of hij wel het goede nummer had gekozen.
'Met wie spreek ik?'
'Rosmarie Leman.'
'Dit is de politie. We komen eraan.'
'U moet opschieten', zei ze. 'Zo snel u kunt.'
'Is er nog meer gebeurd? Waar is uw man?'
'Hij moet overgeven. U moet zich haasten.'
Wallander vroeg haar om een zo exact mogelijke beschrijving van waar ze zich bevond.
'Pleegt u geen andere telefoontjes', zei hij. 'Misschien moeten we weer contact met u opnemen.'
Wallander beëindigde het gesprek.
'Er is iets gebeurd', zei hij. 'Daar kunnen we in ieder geval zeker van zijn.'
Martinson ging nog harder rijden. Ze waren al in Nybrostrand.
'Je weet waar we heen moeten?' vroeg Wallander.
Martinson knikte.
'Vroeger gingen we daar vaak wandelen. Toen de kinderen nog klein waren.'

Hij zweeg abrupt, alsof hij iets ongepasts had gezegd. Wallander staarde door het autoraampje naar buiten. Wat hem te wachten stond wist hij niet, maar hij vreesde het ergste.

Toen ze bij het natuurgebied aankwamen, kwam er een vrouw op hun auto af rennen. Op de achtergrond zag Wallander een man op een steen zitten, met zijn hoofd in zijn handen. Wallander stapte uit. De vrouw was erg opgewonden en begon te wijzen en te gillen. Wallander pakte haar bij haar schouders en zei dat ze moest kalmeren. De man op de steen bleef zitten. Toen Wallander en Martinson naar hem toe kwamen, keek hij op. Wallander liet zich op zijn hurken zakken.

'Wat is er gebeurd?' vroeg hij.

De man wees het natuurgebied in.

'Daar liggen ze', mompelde hij. 'Ze zijn dood. En ze zijn al een hele tijd dood.'

Wallander keek Martinson aan. Daarna wendde hij zich weer tot de man.

'U zei dat het er drie waren?'

'Dat geloof ik wel.'

Eén vraag bleef over. De ergste van allemaal.

'Hebt u kunnen zien of de mensen die daar lagen jong waren?'

De man schudde zijn hoofd.

'Dat weet ik niet.'

'Ik begrijp dat het een afschuwelijk gezicht was', zei Wallander. 'Maar u moet ons wijzen waar het is.'

'Ik ga daar nooit meer naartoe', zei Leman. 'Nooit.'

'Ik weet waar het is.'

Het was de vrouw die dat zei. Ze stond achter haar man en pakte hem bij zijn schouders.

'Maar u hebt hen zelf niet gezien?'

'Onze rugzakken staan er nog. En de deken ligt er nog. Ik weet waar het is.'

Wallander kwam overeind.

'Dan gaan we', zei hij.

De vrouw leidde hen het natuurgebied in. Het was er heel stil. In de verte meende Wallander het ruisen van de zee te horen, maar het konden net zo goed zijn onrustige gedachten zijn die geluiden in zijn hoofd afgaven. Ze liepen snel. Wallander merkte dat hij moeite had om het tempo van de andere twee bij te houden. Het zweet liep langs de binnenkant van zijn overhemdboord. Bovendien moest hij nodig plassen. Een haas sprong over het pad. Beelden zonder kop of staart schoten door Wallanders hoofd. Wat hem te wachten stond wist hij niet. Behalve dan dat het iets was wat hij nog nooit eerder had gezien. Dode mensen leken net zomin op elkaar als levende. Ieder was uniek, net zoals in het leven. Niets herhaalde zich, niets was ooit hetzelfde. Net zoals met zijn ongerustheid. Hij herkende die wel, de knoop in zijn maag. Maar toch was het elke keer weer nieuw.

Opeens begon de vrouw langzamer te lopen. Wallander begreep dat ze de plek nu naderden. Ze kwamen bij de deken en de twee rugzakken. Ze draaide zich om en wees naar een helling aan de andere kant van het pad. Haar hand trilde. Tot nu toe was Martinson degene geweest die voorop had gelopen. Nu was het Wallanders beurt om de leiding te nemen. Rosmarie Leman wachtte bij de rugzakken. Wallander keek langs de helling naar beneden. Niets anders dan dicht struikgewas. Daarna kwam hij in beweging, met Martinson vlak achter zich. Ze kwamen bij de struiken en keken rond.

'Zou ze zich misschien hebben vergist?' vroeg Martinson.

Hij fluisterde, alsof hij bang was dat iemand hem zou horen. Wallander gaf geen antwoord. Zijn aandacht was door iets anders getrokken. Eerst wist hij niet wat het was, maar toen drong het tot hem door.

Het stonk. Hij keek Martinson aan, die nog niets rook. Wallander begon zich een weg te banen door de struiken. Hij kon nog steeds niets ontdekken. Iets verderop stonden een paar hoge bomen. Even was de stank weg, maar toen kwam die weer terug. Nu was hij heviger.

'Wat stinkt daar toch zo?' vroeg Martinson.

Op hetzelfde moment drong tot hem door wat het antwoord moest zijn.

Wallander liep langzaam verder met Martinson achter zich.

Opeens bleef hij staan. Hij voelde dat Martinson opschrok. Er blonk iets op tussen de struiken links voor hem. De stank was nu heel sterk. Martinson en Wallander keken elkaar aan. Vervolgens deden ze een hand voor hun mond en neus.

Wallander voelde de misselijkheid opkomen. Hij probeerde een paar keer diep door zijn mond te ademen, terwijl hij zijn neus dichthield.

'Wacht hier', zei hij tegen Martinson.

Hij hoorde zelf hoe zijn stem trilde.

Hij dwong zichzelf echter verder te lopen. Hij duwde wat struiken aan de kant en zette nog een paar stappen.

Op een uitgespreid kleed van blauw linnen lagen drie in elkaar verstrengelde jongelui. Ze waren verkleed en droegen pruiken. Alledrie waren ze in hun voorhoofd geschoten. En ze waren in staat van ontbinding.

Wallander deed zijn ogen dicht en liet zich op zijn hurken zakken.

Na een poosje kwam hij overeind en keerde hij op onvaste benen terug naar Martinson. Daarna duwde hij hem weg van de plek, alsof iets hen dreigde te achtervolgen. Pas toen ze weer op het pad kwamen, bleven ze stilstaan.

'Ik heb nog nooit zoiets verschrikkelijks gezien', stamelde Wallander.

'Zijn ze het?'

'Absoluut.'

Ze bleven zwijgend staan. Achteraf herinnerde Wallander zich dat hij in een boomtop vlakbij een vogel had horen zingen. Alles was net een vreemde nachtmerrie geweest, terwijl het tegelijkertijd de vreselijke realiteit was.

Met de grootst mogelijke inspanning dwong Wallander zich ertoe weer rechercheur te worden, zijn beroep weer te gaan uitoefenen. Hij pakte zijn telefoon uit zijn zak en belde naar het bureau. Na ongeveer een minuut hoorde hij de stem van Ann-Britt Höglund.

'Met Kurt.'

'Moest jij vanochtend niet naar een bankdirecteur?'

'We hebben ze gevonden. Alledrie. En ze zijn dood.'

Hij hoorde hoe ze naar adem snakte.

'Boge en de anderen?'

'Ja.'

'En ze zijn dood?'

'Doodgeschoten.'

'Jezus christus.'

'Luister! Iedereen moet uitrukken. We bevinden ons in Natuurgebied Hagestad. Martinson zal bij de ingang gaan staan om jullie op te vangen. Lisa moet hiernaartoe komen. En we hebben veel mensen nodig om de boel af te zetten.'

'Wie neemt contact op met de ouders?'

Wallander voelde een wroeging zoals hij nog nooit eerder had meegemaakt. Natuurlijk moesten de ouders meteen op de hoogte worden gebracht. Ze moesten hun kinderen identificeren. Maar hij kon het gewoon niet.

'Ze zijn al een hele tijd dood', zei hij. 'Begrijp je wel hoe ze eruitzien? Ze zijn misschien al wel meer dan een maand dood.'

Ze begreep het.

'Ik moet hier met Lisa over praten', zei hij. 'Maar we kunnen die ouders echt niet vragen om hiernaartoe te komen.'

Ze zei niets meer. Het gesprek was voorbij. Wallander bleef naar zijn telefoon staan staren.

'Het is het beste dat jij naar de ingang gaat', zei hij.

Martinson knikte in de richting van Rosmarie Leman.

'Wat doen we met haar?'

'Noteer het belangrijkste. Het tijdstip en hun adres. Stuur hen dan maar naar huis. Maar met een spreekverbod.'

'Dat kunnen we toch niet maken.'

Wallander staarde Martinson aan.

'Op dit moment kunnen we alles maken.'

Martinson en Rosmarie Leman verdwenen. Wallander was alleen. De vogel bleef zingen. Een paar meter bij hem vandaan, verborgen door dicht struikgewas, lagen drie dode jonge mensen. Wallander vroeg zich af hoe eenzaam een mens eigenlijk kon zijn. Hij ging op een steen naast het pad zitten. De vogel was naar een boom wat verderop gevlogen.

Het is ons niet gelukt ze naar huis te halen, dacht hij. Ze waren nooit Europa in getrokken. Ze waren thuisgebleven. En ze waren al dood. Misschien was het al op midzomeravond gebeurd. Eva Hillström had aldoor gelijk gehad. Iemand anders had die ansichtkaarten verstuurd. Ze waren de hele tijd hier geweest. Op de plaats waar ze hun midzomerfeest vierden.

Hij dacht aan Isa Edengren. Had zij begrepen wat er was gebeurd? Had ze daarom geprobeerd zelfmoord te plegen? Omdat ze wist dat de anderen al dood waren? Net zoals zijzelf zou zijn geweest als ze niet toevallig ziek was geworden?

Maar al op dit punt klopte er iets niet. Hoe kwam het dat in een hele maand tijd niemand de dode lichamen had ontdekt? In een natuurgebied, tijdens de vakantieperiode? Ook al lag de plaats die ze hadden gekozen om hun kleed uit te spreiden goed verborgen, dan nog moest iemand hen hebben gezien. Of de stank hebben geroken.

Wallander begreep het niet. Maar eigenlijk kon hij het niet opbrengen om na te denken. Wat hij had gezien, verlamde hem. Wie kon drie jongeren ombrengen die zich hadden verkleed en hadden besloten samen midzomeravond te vieren? Het was een volslagen gruwelijke daad van waanzin. En in die daad van waanzin, of het nu aan de rand ervan was of vlak bij het centrum, had zich nog iemand bevonden die nu dood was.

Svedberg. Wat had hij ermee te maken? Op welke manier was hij erbij betrokken?

Wallander voelde zijn onmacht toenemen. Ook al had hij maar een paar seconden naar de dode jongelui gekeken, toch was hem niet ontgaan dat ze schotwonden in hun voorhoofd hadden. Degene die het wapen had vastgehouden, had geweten waarop hij richtte.

Svedberg was van hen allemaal de beste pistoolschutter geweest.

De vogel was verdwenen. Af en toe ging er een windvlaag door het gebladerte. Daarna werd het weer stil.

Svedberg was van hen allemaal de beste pistoolschutter geweest. Wallander dwong zich die gedachte goed tot zich te laten doordringen. Kon Svedberg degene zijn die het bloedbad had aangericht? Wat pleitte er eigenlijk tegen dat dit een even plausibele mogelijkheid was als alle andere?

Was er überhaupt een alternatief?

Wallander stond op en begon over het pad heen en weer te lopen. Hij wou dat Rydberg ergens was waar hij hem telefonisch kon bereiken. Maar Rydberg was dood. Net zo dood als de drie jongelui.

In wat voor wereld leven we eigenlijk? dacht hij. Waarin iemand drie jonge mensen ombrengt die nog nauwelijks een kans hebben gehad om met hun leven te beginnen?

Opeens bleef Wallander staan, midden op het pad. Hoelang zou hij het nog volhouden? Hij was nu al bijna dertig jaar bij de politie. Ooit had hij in zijn geboorteplaats Malmö gesurveilleerd. Een dronken man had hem neergestoken, vlak naast zijn hart. Daarna was alles in zijn leven veranderd. *Leven heeft zijn tijd, dood zijn ook*, dacht hij altijd. Het litteken aan de linkerkant van zijn borstkas zat er nog. En hij leefde. Maar hoelang zou hij het nog volhouden? Hij dacht aan Per Åkeson die zich in Oeganda bevond. Soms vroeg hij zich af of Åkeson ooit nog naar huis zou terugkeren.

Daar op het pad werd Wallander heel even door een enorme verbittering overvallen. Hij was zijn hele leven al bij de politie en hij had gedacht dat hij bijdroeg aan het instandhouden van de veiligheid van de burgers. Maar om hem heen was alles alleen maar erger geworden. Het geweld nam toe en werd zwaarder. Zweden werd een land met steeds meer gesloten deuren.

Hij dacht af en toe aan zijn sleutelbos. Met het jaar kwamen er meer sleutels en toegangscodes bij. Het aantal sloten dat je moest openen en sluiten groeide gestaag. En tussen al die sleutels was een maatschappij aan het ontstaan waarin hij zich steeds minder thuis voelde.

Hij voelde zich zwaarmoedig, moe en neerslachtig. Hij kon niet vaststellen wat verdriet was en wat verontwaardiging, maar diep in zijn bewustzijn voelde hij onverbloemde angst.

Iemand was met voorbedachten rade een idylle binnengestapt en had drie jonge mensen doodgeschoten. Een paar dagen geleden had hij Svedberg dood op de vloer van zijn flat aangetroffen. Op de een of andere manier hadden die gebeurtenissen met elkaar te maken, ook al was nog onduidelijk wat het raakvlak was.

Toen hij daar op het pad stond, kreeg hij de impuls om te vluchten. Hij dacht niet dat hij de druk nog veel langer zou aankunnen. Iemand anders moest het maar overnemen. Martinson of

Hanson. Zelf was hij opgebrand. Bovendien had hij nu suikerziekte. Het ging bergafwaarts met hem.

Hij hoorde ze aankomen. Auto's in de verte, die zich een weg baanden over de smalle paden. Takken werden afgebroken. Opeens stonden ze om hem heen en moest hij de leiding wel op zich nemen, iets waaraan hij zich het liefst had onttrokken. Hij kende hen allemaal, de mensen die zich in een halve cirkel om hem heen hadden verzameld. Velen van hen kende hij al tien of vijftien jaar. Lisa Holgersson was bleek. Wallander vroeg zich af hoe hij er zelf uitzag.

'Ze liggen daar', zei hij wijzend. 'Ze zijn neergeschoten. Ook al zijn ze nog niet geïdentificeerd, ik durf te stellen dat het om de drie jongelui gaat die al sinds Midzomer verdwenen zijn. We dachten, of hoopten althans, dat ze Europa in waren getrokken. Nu weten we dat dat niet klopte.'

Hij pauzeerde even voordat hij verderging.

'Ik wil jullie er allemaal op voorbereiden dat ze hier al vanaf Midzomer kunnen hebben gelegen. Dan begrijpen jullie zelf wel hoe het eruitziet. Er is alle reden om mondbeschermers te dragen.'

Hij keek naar Lisa Holgersson. Wilde ze het zien? Ze knikte.

Wallander ging voorop. Het enige wat je hoorde, waren takken die afbraken en ritselende bladeren. Toen de stank van de doden hen tegemoetkwam, begon iemand te steunen. Lisa Holgersson pakte Wallander bij zijn arm. Ze waren er. Wallander wist dat het altijd gemakkelijker was om met een macabere plaats van een misdrijf geconfronteerd te worden wanneer je niet alleen was. Alleen een van de jongere politiemensen draaide zich om om over te geven.

'Dit kunnen we niet aan de ouders laten zien', zei Lisa Holgersson met onvaste stem. 'Het is gewoon gruwelijk.'

Wallander wendde zich tot de arts die erbij was. Ook die zag heel bleek.

'Het onderzoek hier ter plekke moet snel gaan', zei Wallander. 'We moeten de lichamen weghalen en opknappen. Voordat de ouders ze mogen zien.'

De dokter schudde zijn hoofd.

'Hier ga ik niet aan prutsen', zei hij. 'Ik bel naar Lund.'

Hij stapte opzij om Martinsons telefoon te gebruiken.

'Eén ding moet ons duidelijk zijn', zei Wallander tegen Lisa Holgersson. 'We hebben al een dode rechercheur. Nu hebben we drie vermoorde jongelui. We moeten dus vier sterfgevallen onderzoeken. De hel zal losbreken. Er zal ontzettend veel druk op ons worden uitgeoefend dat we snel resultaat boeken. Bovendien moeten we het feit onder ogen zien dat dit naar ons idee allemaal op de een of andere manier met elkaar te maken heeft. Je begrijpt vast wel dat daar een groot risico aan kleeft.'

'Dat iemand de verdenking zal krijgen dat Svedberg hen misschien heeft omgebracht?'

'Ja.'

'Denk jij dat hij het heeft gedaan?'

Die vraag kwam zo snel dat Wallander erdoor overrompeld werd.

'Ik weet het niet', zei hij. 'Er is niets wat erop wijst dat Svedberg een motief zou hebben gehad. Er is niets wat erop wijst dat hij deze mensen zou hebben omgebracht voordat hij zelf werd vermoord. Ergens is er een raakvlak, maar er ontbreekt een cruciale tussenschakel. Wat die ook mag zijn.'

'De vraag is dus hoeveel we kunnen en moeten zeggen?'

'Ik denk dat dat er helaas niet zo veel toe zal doen. Tegen speculaties kan de politie zich nooit wapenen.'

Ann-Britt Höglund had erbij gestaan en gehoord wat hij zei. Wallander zag dat ze stond te trillen.

'Er is nog iets van belang', zei ze. 'Eva Hillström zal zeker in aanklachten tegen ons uitbarsten. Omdat we de tijd hebben laten verstrijken. En niets hebben gedaan.'

'Misschien heeft ze daar gelijk in', zei Wallander. 'Dan moeten wij ook toegeven dat we een foute inschatting hebben gemaakt. Die verantwoordelijkheid moet ik op me nemen.'

'Waarom jij?'

Die vraag kwam van Lisa Holgersson.

'Iemand moet het doen', zei Wallander simpelweg. 'Wie dat is, is minder belangrijk.'

Wallander kreeg van Nyberg een paar plastic handschoenen. Ze begonnen met hun werk. Ze moesten bepaalde procedures volgen, taken moesten in de juiste volgorde worden verricht. Wallander liep naar Nyberg, die bezig was instructies te geven aan de politieman die foto's nam.

'Ik wil dit op video hebben vastgelegd', zei Wallander. 'Van dichtbij en van wat verder weg.'

'Doen we.'

'Het liefst door iemand wiens handen niet te veel trillen.'

'Het is altijd gemakkelijker om de dood door een lens te bekijken', antwoordde Nyberg. 'Maar voor de zekerheid zullen we een statief gebruiken.'

Wallander verzamelde zijn naaste medewerkers om zich heen. Martinson, Hanson en Ann-Britt Höglund. Hij stond op het punt rond te kijken waar Svedberg bleef, maar wist zich nog net in te houden.

'Ze zijn verkleed', zei Hanson. 'En ze dragen pruiken.'

'De achttiende eeuw', zei Ann-Britt Höglund. 'Dit keer weet ik het zeker.'

'Het is dus op midzomeravond gebeurd', zei Martinson. 'Dat is al bijna twee maanden geleden.'

'Dat weten we niet', zei Wallander. 'We weten niet eens of dit de plaats van het misdrijf is.'

Hij hoorde zelf hoe absurd dat klonk. Maar nog vreemder was dat gedurende zo'n lange tijd niemand de doden had ontdekt.

Wallander begon rond het kleed te lopen. Hij probeerde te zien wat er was gebeurd. Langzaam sloot hij al het andere buiten.

Ze zijn bij elkaar gekomen voor een feest. In principe zijn ze met z'n vieren. Maar er wordt iemand ziek. Ze hebben eten, flessen drank en een radio in twee grote manden hiernaartoe meegebracht.

Wallander onderbrak zijn gedachtegang. Hij liep naar Hanson die stond te bellen. Wallander wachtte tot hij klaar was met zijn gesprek.

'Die auto's', zei hij. 'Die auto's waarvan wij dachten dat die door Europa reden. Waar zijn die? Die jongelui moeten toch op de een of andere manier hier naar het natuurgebied zijn gekomen.'

Hanson beloofde dat hij dat op zich zou nemen. Wallander hervatte zijn langzame wandeling rond het kleed waar de doden lagen. *Ze zetten alles klaar, gaan eten en drinken.* Wallander bukte zich. In een van de manden lag een lege wijnfles, ernaast in het gras nog twee. Drie lege flessen.

Ergens vandaan kwam de dood en toen hadden jullie drie flessen wijn op. Dat betekent dat jullie aangeschoten moeten zijn geweest.

Wallander kwam peinzend overeind. Nyberg stond vlak naast hem.

'Het zou mooi zijn als we erachter konden komen of er hier ook wijn op de grond is gelopen', zei hij. 'Of dat ze alles hebben opgedronken.'

Nyberg wees naar een vlek op het kleed.

'In ieder geval heeft hier iemand geknoeid', zei hij. 'Dat is geen bloed, als je dat soms dacht.'

Jullie eten en drinken en jullie raken aangeschoten. Jullie hebben een radio, jullie luisteren naar muziek. Er komt iemand die jullie ombrengt. Dan liggen jullie met je armen om elkaar heen op het kleed. Een van jullie, Astrid Hillström, in een positie die erop wijst dat ze slaapt. Het kan heel laat zijn geweest. Waarschijnlijk is het dan al midzomerdag. Misschien de vroege ochtend.

Wallander bleef staan.

Zijn blik viel op een wijnglas dat naast een van de manden stond. Hij liet zich weer op zijn hurken zakken, daarna op zijn knieën. Hij wenkte de fotograaf dat hij een foto van dichtbij moest nemen. Het glas leunde tegen de mand. De voet ervan steunde op een steentje. Wallander keek rond. Hij tilde het uiterste randje van het kleed op. Nergens zag hij steentjes. Hij probeerde te begrijpen wat dat betekende. Toen Nyberg langskwam hield hij hem tegen.

'Er ligt een steentje onder de voet van het wijnglas. Als je een steen vindt die op deze lijkt, wil ik dat je het zegt.'

Nyberg haalde zijn blocnote uit zijn zak en maakte een aantekening. Wallander ging verder met zijn tocht. Daarna ging hij wat verder weg staan om rond te kijken.

Jullie hebben een kleed uitgespreid onder een boom. En jullie hadden een plaats gekozen die uit het zicht lag.

Wallander drong door de struiken heen en ging tegenover de boom staan.

Ergens vandaan moest iemand gekomen zijn. Geen van hen had geprobeerd te vluchten. Jullie liggen te rusten op het kleed, misschien dat een van jullie in slaap is gevallen. Misschien waren er twee wakker.

Wallander liep weer terug. Lange tijd stond hij de doden op te nemen.

Er was iets wat helemaal niet klopte.

Toen drong tot hem door wat het was.

Het beeld dat hij voor zich zag, was niet echt. Iemand had het in scène gezet.

13

Toen op die zondag 11 augustus de schemering inviel en de schijnwerpers hun naargeestige licht over de open plek in het natuurgebied verspreidden, deed Wallander iets wat iedereen verraste. Hij vertrok gewoon. De enige tegen wie hij wat zei was Ann-Britt Höglund. Hij had haar ongemerkt meegetrokken het pad op, dat er nu al kapotgereden en vertrapt bij lag van alle voertuigen die waren uitgerukt. Hij wilde haar auto lenen, omdat die van hem nog in Mariagatan stond. Waar hij heen ging, vertelde hij echter niet. Als er iets bijzonders gebeurde, konden ze hem gewoon bereiken. Hij had zijn mobiele telefoon bij zich. Daarna verdween hij langs het pad. Ann-Britt keerde terug naar de plaats van het misdrijf, waar het werk in volle gang was. De stoffelijke overschotten lagen er toen niet meer. Die waren even na vieren met een auto afgevoerd. Na een poosje ontdekte Martinson Wallanders afwezigheid en vroeg waar hij gebleven was. Ook Hanson en Nyberg vroegen zich dat af. Ann-Britt antwoordde naar waarheid: dat ze het niet wist. Hij had haar auto geleend, dat was alles.

Maar eigenlijk was het helemaal niet vreemd. Wallander had er opeens, na al die uren tussen de macabere resten van een midzomerfeest, genoeg van gekregen. Wilde hij er überhaupt in slagen een overzicht te krijgen, dan moest hij afstand creëren. Hij wist dat hij de uiteindelijke verantwoordelijkheid voor de onderzoeken droeg. Of het onderzoek, zoals hij het al was gaan noemen. Als hij ergens zeker van was, dan was het wel dat het allemaal met elkaar te maken had: de dode jongelui, Svedberg, de verdwenen telescoop, alles. Toen de lichamen werden weggedragen, was hij bijna op van vermoeidheid en wroeging. Hij had zichzelf er echter toe gedwongen door te gaan en een paar uur lang was hij opnieuw in de weer om te proberen zich een voorstelling te vormen van wat er nu eigenlijk gebeurd was. Opeens kwam de behoefte bij hem op om van de plek te verdwijnen. Toen hij aan Ann-Britt vroeg of hij haar auto mocht lenen, wist hij ook waar hij heen moest. Hij sloeg niet in het wilde weg op de vlucht. Hoe moe en terneergeslagen hij ook was, hij verloor zelden de controle over zijn innerlijke kompas. Toen hij in de schemering langs het pad voortstapte, had hij haast. Er was iets wat hij wilde zien, een spiegel die hij zichzelf moest voorhouden. Bij de ingang van het natuurgebied stonden een paar journalisten te wachten. Het gerucht dat er hier tussen de bomen iets was gebeurd, had zich als een lopend vuurtje verspreid.

Wallander wuifde afwerend toen ze naar hem toe kwamen om vragen te stellen. De volgende dag zouden ze de pers inlichten. Op dit moment konden ze niets zeggen. Om onderzoekstechnische redenen, en misschien ook om andere redenen, die hij niet eens kon noemen. Dat laatste was natuurlijk niet waar, maar op dat moment kon hem dat helemaal niets schelen. Het enige wat ertoe deed, was dat hij de degene, of degenen, vond die de drie jongelui had omgebracht. Als vervolgens zou blijken dat Svedberg er op wat voor manier dan ook eveneens bij betrokken was, dan was daar niets aan te doen. Hij moest het onderzoek in de juiste richting sturen. Hoe de waarheid er uitzag wanneer ze die eenmaal hadden achterhaald, kon hem op dat moment niet schelen.

Hij reed weg en toen hij bij de hoofdweg naar Ystad en Malmö aankwam, stopte hij om te controleren of hij niet werd gevolgd door een van de journalisten die bij het natuurgebied hadden gestaan.

Hij parkeerde bij Svedbergs flat aan Lilla Norregatan. De cementmolen stond er nog steeds. Svedbergs sleutels had hij in zijn zak sinds hij ze van Nyberg had gekregen. Er zat een waarschuwing op de deur dat de flat door niemand anders dan door de politie mocht worden betreden. Wallander rukte de tape van het slot en deed de deur open. Net als de eerste keer dat hij daar kwam, met Martinson vlak achter zich, bleef hij in de hal staan luisteren. Het was er benauwd en bedompt. Hij liep naar de keuken om het raam open te zetten. Daarna dronk hij water bij het aanrecht. Hij bedacht dat hij de volgende dag, op maandagochtend, een afspraak had bij dokter Göransson. Maar hij wist ook dat hij die niet zou nakomen. Sinds de diagnose gesteld was, had er bij hem toch geen verbetering kunnen optreden. Hij at nog even slecht en slordig als daarvoor. Hij bewoog minimaal. Zoals het nu was, moest alles wachten, ook zijn eigen gezondheid.

Het licht van de straat stroomde de woonkamer binnen. In dit schemergebied bleef Wallander roerloos staan. Hij had de vindplaats in het natuurgebied verlaten, omdat hij er behoefte aan had afstand te creëren tot wat er was gebeurd. Maar er had ook een gedachte bij hem postgevat, een gedachte die al vroeg in de middag bij hem was opgekomen en waarvan hij zich realiseerde dat hij die nog niet eerder had gehad. Ze hadden de hele tijd gepraat over raakvlakken, dat Svedberg er op de een of andere manier bij betrokken was. Ze hadden zelfs de moeilijkste gedachte van allemaal even aangeroerd: dat hij dit misdrijf misschien had begaan. Maar opeens had Wallander bedacht dat ze tot nu toe een heel andere mogelijkheid buiten beschouwing hadden gelaten, een mogelijkheid die eigenlijk vanaf het begin het meest voor de hand had gelegen. Svedberg was aan een geheel eigen onderzoek begonnen. Hij had dat gedaan zonder iemand op de hoogte te brengen van waar hij mee bezig was. Er waren tal van aanwijzingen dat hij een groot deel van zijn vakantie had gebruikt om de sporen van de verdwenen jongelui te volgen. Natuurlijk kon dat erop wijzen dat hij iets te verbergen had, maar je kon het net zo goed, en misschien juist nog eerder, als het tegendeel uitleggen. Svedberg had misschien echt een spoor gevonden. Mogelijk had hij reden gehad om te vermoeden dat Boge, Norman en Hillström niet op reis waren gegaan. Had hij gedacht dat er iets gebeurd kon zijn. Misschien dat hij vervolgens ergens onderweg het pad van een onbekende had gekruist. En daarna zelf op een avond of nacht werd omgebracht. Voor Wallander was het duidelijk dat dat allerminst verklaarde waarom Svedberg niet met een van zijn collega's had gesproken over de dingen waarmee hij bezig was. Maar daar zouden misschien redenen voor zijn die nu nog in het duister lagen.

De stoel waar Svedberg uit was gevallen, lag nog steeds omvergeworpen op de grond. Wallander ging in de uiterste hoek van de bank zitten, zonder een lamp aan te doen. De gebeurtenissen van die dag kwamen in zijn hoofd terug als een langzaam wisselende diaserie. Al in een vroeg stadium, minder dan een uur nadat hij de doden ontdekt had, was Wallander ervan overtuigd geweest dat er iets niet klopte. Wat hem verontrustte, had hij pas begrepen toen de patholoog uit Lund een voorlopig oordeel uitsprak over hoelang ze al dood waren. Hij kon niet zeggen hoeveel tijd er was verstreken sinds de schoten waren gelost, maar dat dat al vijftig dagen geleden zou zijn, wees hij als volstrekt onmogelijk van de hand. Wallander had meteen gedacht dat dat het rechercheteam en hem twee mogelijke uitgangspunten bood: of de schoten waren op een later tijdstip dan Midzomer gelost, of de stoffelijke overschotten waren ergens anders bewaard, waar ze in betere staat bleven dan in de buitenlucht. Er kon niet worden uitgesloten dat de vindplaats en de plaats van het misdrijf niet dezelfde waren. Voor Wallander en zijn collega's was het natuurlijk het moeilijkst om zich voor te stellen dat iemand eerst de drie personen had omgebracht op de plek waar ze nu waren gevonden, daarna de lijken naar een onbekende bewaarplaats had verplaatst, en ze vervolgens naar de oorspronkelijke plaats van het misdrijf terug had gebracht. Hanson had het idee geopperd dat de jongelui misschien toch op reis waren gegaan, maar dat die korter was geweest en dat ze eerder dan gepland waren teruggekeerd, zonder hun ouders en vrienden op de hoogte te brengen.

Wallander realiseerde zich dat dat mogelijk was. Ook al leek het niet waarschijnlijk. Hij sloot echter niets uit. Hij deed zijn waarnemingen, luisterde naar degenen die iets te zeggen hadden, en kreeg het gevoel alsof hij steeds dieper een oneindige mistbank werd ingedreven.

De warme augustusdag had zich voortgesleept. Ze hadden houvast gezocht in hun vaste procedures, en hun onderzoek van de plaats van het misdrijf gedaan. Wallander had gezien hoe zijn collega's in een neerslachtige en van afschuw doortrokken stilte deden wat er van hen werd verwacht. Hij had hen gezien en zich afgevraagd of ze op die dag niet allemaal, ergens en op hun eigen manier, hadden gewenst dat ze niet bij de politie werkten. Ze namen vaak een pauze en verlieten dan de onmiddellijke omgeving van de plaats van het misdrijf. Op het pad waren een campingtafeltje en een paar stoelen neergezet. Daar dronken ze koffie, die naarmate de thermoskannen vaker opengingen steeds kouder werd. Maar gedurende die hele lange dag zag Wallander niemand van hen iets eten.

Het meest onder de indruk was hij geweest van het uithoudingsvermogen van Nyberg. Koppig had hij in de halfverrotte en stinkende etensresten zitten wroeten. Hij had de fotograaf aangestuurd, en de agent die de videocamera bediende, hij had dingen in plastic zakken verpakt en de vindplaatsen op een ingewikkeld kaartsysteem gemarkeerd. Wallander wist dat Nyberg degene haatte die dit, waarin hij nu moest rondwroeten, op zijn geweten had. Hij wist ook dat niemand nauwkeuriger kon zijn dan juist Nyberg. Op een gegeven moment in de loop van de dag had Wallander ontdekt dat Martinson het helemaal gehad had. Hij had hem apart genomen en gezegd dat hij naar huis moest gaan. Of althans even in de auto van de technici moest gaan liggen om te rusten. Maar Martinson had zwijgend zijn hoofd geschud en was verdergegaan met het onderzoek van de directe omgeving van het uitgespreide kleed. Uit Ystad waren de agenten met de honden gearriveerd. Edmundsson was er met zijn hond Kall ook bij geweest. De honden hadden in verschillende richtingen sporen gezocht. Achter een paar struiken hadden ze ontlastingsresten gevonden. Elders hadden bierblikjes en papierafval gelegen. Alles werd verzameld en op Nybergs kaarten gemarkeerd. Op een andere plek, onder een boom die wat apart stond, had Kall aangegeven dat hij wat rook. Ze hadden echter niets kunnen vinden. Wallander keerde die dag verschillende malen naar juist die boom terug. Hij had ontdekt dat het een van de meest beschermde plekken was voor iemand die ongezien wilde uitkijken over de plaats waar het feest gaande was geweest. Een kille wind was door hem heen gegaan. Had de moordenaar hier vóór hem gestaan? Wat had hij gezien?

Even na twaalven die dag had Nyberg tegen Wallander gezegd dat hij de radiocassetterecorder die omvergeworpen naast het kleed lag moest onderzoeken. In een van de manden hadden ze een aantal onbeschreven cassettebandjes gevonden. Het was doodstil geworden toen Wallander de cassetteknop van het toestel indrukte. Een donkere mannenstem zong. Het was muziek die iedereen kende: Fred Åkerström zong een van *Fredmans Epistels.* Wallander keek Ann-Britt Höglund aan.

Zij had gelijk. Het feest had zich afgespeeld in de tijd van Bellman.

Buiten op straat reed een auto voorbij. Ergens vandaan, misschien uit de flat onder die van Svedberg, was het geluid van een televisie hoorbaar. Wallander liep naar de keuken om nog een glas water te drinken. Daarna ging hij aan de keukentafel zitten, nog steeds zonder licht aan te doen.

In de loop van de middag had Wallander een indringend gesprek met Lisa Holgersson gevoerd. Zodra de lichamen naar Lund onderweg waren, moesten de ouders op de hoogte worden gebracht. Hij had aangeboden om mee te gaan naar Lund, maar zij had gezegd dat ze het zelf zou doen. Hij had aan haar gezien dat ze echt meende wat ze zei. Daarom had hij ook niet geprotesteerd, maar hij had er wel op aangedrongen dat er verplegend personeel en een geestelijk verzorger bij aanwezig zouden zijn.

'Het zal verschrikkelijk zijn', had hij ter afsluiting gezegd. 'Erger dan je je kunt voorstellen.'

Wallander stond op en liep naar Svedbergs werkkamer. Eerst bleef hij staan om rond te kijken. Daarna ging hij achter het bureau zitten. Hij dacht aan de afbeeldingen die in het onderzoek ronddobberden. Je had de drie ansichtkaarten die Eva Hillström al vanaf het begin niet had vertrouwd. Wallander had zijn twijfels gehad, iedereen had zijn twijfels gehad. Niemand vervalste een tekst op een ansichtkaart. Maar nu was haar dochter dood. Die kaarten moesten door iemand anders zijn geschreven. Iemand die in Europa op reis was geweest, naar Hamburg, Parijs en Wenen was gegaan om valse ansichtkaarten te versturen, had een dwaalspoor uitgezet. De vraag was alleen waarom. Ook als de drie jongelui niet in de nacht van Midzomer waren omgebracht, dan nog moesten ze zijn doodgeschoten voordat de laatste ansichtkaart uit Wenen was verzonden. Maar waarom dat dwaalspoor?

Wallander staarde de donkere kamer in. Ik ben bang, dacht hij. Ik heb nooit in het kwaad geloofd. Er bestaan geen slechte mensen, niemand wordt met wreedheid in zijn genen geboren. Er bestaan wel slechte omstandigheden. Maar het kwaad bestaat niet. Toch bespeur ik hier iets wat zich in een verduisterde geest afspeelt.

Hij dacht aan Svedberg. Kon hij door Europa zijn gereisd om ansichtkaarten met daarop de namen van Astrid Hillström en de anderen in diverse brievenbussen te stoppen? Hoe onwaarschijnlijk ook, je kon het niet echt uitsluiten. Hij had vakantie gehad. Ze moesten een overzicht maken van de data waarvan met zekerheid kon worden vastgesteld dat hij zich in Zweden had bevonden. Maar hoeveel tijd kostte het eigenlijk om naar Parijs heen en weer te vliegen? Of naar Wenen? Het onwaarschijnlijke gebeurde, dacht Wallander. En Svedberg was een goede schutter.

De vraag was of hij ook nog gestoord was geweest.

Wallander trok Svedbergs agenda naar zich toe. Bladerde die opnieuw door. Daar had je die terugkerende notities. De naam 'Adamsson'. Zou de vrouw op de foto die hij had gevonden, degene van wie Sture Björklund dacht dat ze Louise heette, ook die achternaam hebben? Louise Adamsson. Hij stond op en liep terug naar de keuken. Hij bladerde het telefoonboek door. Een Louise Adamsson kon hij niet vinden. Maar ze kon getrouwd zijn. Ze ging misschien schuil achter iemand anders met dezelfde achternaam. Hij liep weer terug naar de werkkamer. Hij zou aan Martinson vragen om de oude dienstlijsten door te nemen om te zien waar Svedberg mee bezig was geweest op de dagen dat hij 'Adamsson' in zijn agenda had staan.

Hij leunde achterover in Svedbergs stoel. Het was een heel gemakkelijke stoel. Een stuk lekkerder dan de stoelen die ze op het politiebureau hadden. Hij stond abrupt op. Hij mocht hier niet zitten en in slaap vallen. Hij liep naar de slaapkamer en deed het plafondlicht aan. Daarna opende hij de deuren van de kleerkast. Hij zocht in Svedbergs kleding. Er was niets wat hem opviel en waar hij langer bij bleef stilstaan.

Hij deed het licht uit en keerde terug naar de woonkamer. Hier was iemand binnengestapt met een jachtgeweer in de hand. Een jachtgeweer dat recht op Svedbergs hoofd was afgevuurd. En dat daarna was achtergelaten. Wallander probeerde zich voor te stellen of dat het begin of het eind van een handelingsverloop was. Of was het iets wat ook nog een vervolg kreeg?

Hij kon die gedachte bijna niet verdragen. Was er misschien iemand daarbuiten in het duister die van plan was met het zinloze doden door te gaan?

Hij wist het niet. Alles gleed weg. Nergens leek hij het houvast te kunnen vinden dat hij zocht. Hij ging op de plaats staan waar het geweer had gelegen. Stelde zich Svedberg in de stoel voor. Of bezig om op te staan. De cementmolen beneden op straat stond te dreunen. Twee schoten, Svedberg wordt omvergeworpen en is al dood voordat hij de grond raakt. Maar hij hoorde geen gesprek, geen opgewonden stemmen. Alleen de doffe knallen van het geweer. Hij veranderde van positie en ging nu naast de omvergeworpen stoel staan. *Je hebt iemand in je flat binnengelaten die je kent. Iemand voor wie je in ieder geval niet bang bent. Of iemand die zelf een sleutel heeft. Maar het kan ook iemand zijn geweest die een loper heeft gebruikt. Maar geen koevoet, er zaten geen sporen van braak op de deur. Hij heeft een geweer bij zich. Als het althans een man is. Of misschien was er in de flat een geweer, waar jij geen vergunning voor had. Een geweer dat bovendien geladen was. Wat deze persoon die jij hebt binnengelaten of die is binnengedrongen wist. Er zijn oneindig veel vragen. Maar uiteindelijk is er eigenlijk alleen maar een wie en een waarom. Eén wie. En ook maar één waarom.*

Hij liep terug naar de keuken. Ging aan de tafel zitten om naar het ziekenhuis te bellen. Hij had geluk en kreeg de arts te pakken met wie hij eerder had gesproken.

'Het gaat goed met Isa Edengren. Morgen of overmorgen mag ze naar huis.'

'Wat zegt ze?'

'Niet veel. Maar ik geloof wel dat ze blij is dat jij langskwam.'

'Weet ze dat ik het was?'

'Hadden we dat niet mogen vertellen?'

'Hoe reageerde ze?'

'Ik geloof dat ik je niet helemaal kan volgen.'

'Op het feit dat er iemand van de politie kwam om met haar te praten?'

'Dat weet ik niet.'

'Ik moet haar zo snel mogelijk spreken.'

'Morgen is prima.'

'Liever vanavond nog. Ik moet jou ook spreken.'

'Dat klinkt alsof er haast bij is.'

'Dat is ook zo.'

'Ik wilde net naar huis. Mij zou het beter uitkomen als het tot morgen kon wachten.'

'Mij zou het beter uitkomen als dit gesprek helemaal niet nodig was', zei Wallander. 'Ik moet je vragen om te blijven. Binnen tien minuten ben ik er.'

'Is er iets gebeurd?'

'Ja. Iets wat je voorstellingsvermogen volledig te boven gaat.'

Wallander dronk nog een glas water. Daarna verliet hij de flat en reed naar het ziekenhuis. Het was nog steeds warm en er stond een matige wind.

Toen Wallander op de afdeling kwam waar Isa Edengren lag, stond de dokter hem al op te wachten op de gang. Ze gingen een kantoor binnen waar niemand was. Wallander deed de deur dicht. In de auto onderweg naar het ziekenhuis had hij besloten er geen doekjes om te winden. Hij vertelde over de vondst van de lijken in het natuurgebied, dat de drie jongelui waren vermoord, en dat Isa Edengren bij hen had zullen zijn. Het enige dat hij wegliet was hun kleding, hun pruiken. De dokter luisterde ongelovig.

'Ooit was ik van plan forensisch arts te worden', zei hij toen. 'Maar als ik dit hoor, ben ik dankbaar dat ik dat niet heb gedaan.'

'Je hebt helemaal gelijk. Het was een afschuwelijk gezicht', zei Wallander.

De dokter stond op.

'Ik neem aan dat je haar nu wilt zien?'

'Nog één ding. Van wat ik nu heb gezegd, moet je natuurlijk niets verder vertellen.'

'Artsen hebben een zwijgplicht, hoor.'

'Dat hebben agenten ook. Maar toch is het verbazingwekkend hoeveel er uitlekt.'

In de gang bleef de dokter voor een deur staan.

'Ik ga even kijken of ze wakker is.'

Wallander wachtte. Hij had een hekel aan ziekenhuizen. Hij wilde er zo snel mogelijk weg.

Op dat moment kreeg hij een ingeving. Hij moest denken aan iets wat Göransson gezegd had. Over de eenvoudige methodes om het bloedsuikergehalte in het menselijk bloed vast te stellen. De dokter kwam naar buiten.

'Ze is wakker', zei hij.

'Iets heel anders', zei Wallander. 'Sorry dat ik het vraag, maar zou je mijn bloedsuiker ook kunnen meten?'

De dokter keek hem verbaasd aan.

'Waarom?'

'Omdat ik morgen een afspraak heb met een van je collega's om dat te laten doen. Maar ik weet dat ik daar geen tijd voor zal hebben.'

'Ben je diabeticus?'

'Nee. Maar ik heb een te hoge bloedsuiker.'

'Dan ben je diabeticus.'

'De vraag is of je mijn bloedsuiker kunt meten of niet. Een verzekeringspasje heb ik niet bij me, maar misschien kun je een uitzondering maken.'

Er kwam een verpleegkundige door de gang aanlopen. De dokter sprak haar aan.

'Hebben we hier ook een bloedsuikermeter?'

'Natuurlijk hebben we die.'

Wallander las op haar naambordje dat ze Brundin heette.

'Kun jij de bloedsuiker van Wallander meten? Daarna gaat hij praten met Isa Edengren.'

Ze knikte. Wallander bedankte de dokter voor zijn hulp.

De verpleegkundige nam hem mee voor een vingerprik en liet het bloed op een strip druppelen in een apparaat dat eruitzag als een walkman.

'15,5', zei ze. 'Dat is aan de hoge kant.'

'Dat is veel te hoog', zei Wallander. 'Maar dat wilde ik even weten.'

Ze keek hem onderzoekend aan, maar helemaal niet onvriendelijk.

'U bent waarschijnlijk wat te zwaar.'

Wallander knikte. Hij schaamde zich opeens. Als een betrapt kind.

Daarna ging hij naar de kamer van Isa Edengren. Hij had verwacht dat ze in bed zou liggen, maar ze zat in een stoel met een deken opgetrokken tot aan haar kin. Het enige licht kwam van het bedlampje. Wallander kon met moeite haar gezicht onderscheiden. Toen hij dichterbij kwam, kon hij haar ogen zien. Die keken hem aan met iets wat op angst leek. Hij stak zijn hand uit en stelde zich voor. Daarna ging hij op een krukje naast haar zitten.

Ze weet nog niet wat er is gebeurd, dacht hij. Dat drie van haar naaste vrienden dood zijn. Of is het misschien zo, dat ze dat al begrijpt? Dat ze daarop heeft zitten wachten? En dat ze het ten slotte niet langer uithield?

Hij trok het krukje nog wat dichter naar haar toe. De hele tijd hield ze haar ogen op hem gevestigd. Op het moment dat hij de kamer was binnengekomen, had ze hem heel even aan Linda doen denken. Ook zij had een keer, toen ze pas vijftien was, een zelfmoordpoging gedaan. Wallander had achteraf beseft dat dit een van de gebeurtenissen was die voor Mona van doorslaggevende betekenis waren geweest om te willen scheiden. Maar het was ook een van de gebeurtenissen in zijn leven die hij in wezen nooit had begrepen. Ook al had hij er met Linda zelf over gepraat, de laatste jaren herhaalde malen. Maar er was iets waar hij nooit de vinger op wist te leggen. Hij vroeg zich af of hij nu wel zou kunnen begrijpen waarom het meisje naast hem had geprobeerd zich van het leven te beroven.

'Ik ben degene die je heeft gevonden', zei hij. 'Dat weet je al. Maar je weet niet waarom ik naar Skårby kwam. Je weet niet waarom ik rond het gesloten huis liep en het paviljoentje binnenstapte waar jij lag te slapen.'

Hij zweeg even om haar de kans te geven iets te zeggen, maar ze bleef hem alleen maar aankijken.

'Jij had bij een midzomerfeest zullen zijn', vervolgde hij. 'Samen met Martin, Astrid en Lena. Maar jij werd ziek. Je kreeg buikgriep en bleef thuis. Zo was het toch?'

Ze reageerde nog steeds niet. Wallander wist opeens niet meer hoe hij verder moest gaan. Hoe zou hij aan haar kunnen vertellen wat er was gebeurd? Anderzijds zou het morgen in alle kranten staan. De shock kwam toch wel, wat hij ook deed. Ik had Ann-Britt moeten meenemen, dacht hij. Die zou beter hebben geweten hoe ze deze situatie moest aanpakken dan ik.

'Daarna heeft Astrids moeder ansichtkaarten gekregen', zei hij. 'Met de namen van alledrie erop. Of alleen met die van Astrid. Uit Hamburg, Parijs en Wenen. Hadden jullie het over die reis gehad? Dat jullie na het midzomerfeest stiekem zouden vertrekken?'

Nu gaf ze antwoord. Maar haar stem klonk zo zachtjes dat

Wallander haar bijna niet kon verstaan.

'Nee', fluisterde ze. 'Er was niets afgesproken.'

Wallander kreeg een brok in zijn keel. Haar stem leek zo teer dat hij ieder moment kon breken. En hij dacht aan datgene wat ze nu zou horen. Hoe een buikgriep haar het leven had gered.

Het liefst had Wallander de dokter met wie hij net had gesproken thuis opgebeld om te vragen wat hij moest doen. Hoe moest hij het haar vertellen? Er was echter iets wat hem daarvan weerhield, iets wat hem in een andere richting dreef.

'Vertel eens over dat midzomerfeest', zei hij.

'Waarom zou ik dat doen?'

Hij vroeg zich af hoe zo'n tere stem zo resoluut kon klinken. Maar helemaal afwerend klonk ze niet. De antwoorden zouden volledig afhangen van de manier waarop hij zijn vragen stelde.

'Omdat ik me dat afvroeg. Omdat Astrids moeder zich zorgen maakt.'

'Het was gewoon een feest.'

'Maar jullie zouden je verkleden. Als mensen uit de tijd van Bellman.'

Zij kon niet weten hoe hij dat wist. Er zat een risico aan het stellen van die vraag. Misschien dat ze zich afsloot. Maar misschien zou het helemaal onmogelijk worden om met haar te praten als ze zo meteen zou horen wat er met haar vrienden was gebeurd.

'Dat deden we af en toe. Ons verkleden.'

'Waarom deden jullie dat?'

'Dan was het anders.'

'Om uit het ene tijdperk te stappen? En een ander te betreden?'

'Ja.'

'Verkleedden jullie je altijd als in de tijd van Bellman?'

Hij proefde een vlaag van verachting in haar antwoord.

'We vervielen nooit in herhaling.'

'Waarom niet?'

Op die vraag gaf ze geen antwoord. Wallander besefte meteen dat die vraag belangrijk was. Hij probeerde een stap achteruit te zetten en de zaak van een andere kant te benaderen.

'Is het echt bekend hoe de mensen in de twaalfde eeuw gekleed waren?'

'Ja. Maar die periode hebben we nooit betreden.'

'Hoe kozen jullie de tijden?'

Ook daarop gaf ze geen antwoord. Wallander bespeurde het eerste teken dat er een patroon bestond in de vragen waarop ze geen antwoord gaf.

'Vertel eens wat er op midzomeravond gebeurde.'

'Ik werd ziek.'

'Dat moet dan plotseling zijn opgekomen.'

'Dat is met diarree meestal zo.'

'Wat gebeurde er?'

'Martin kwam me ophalen. Ik zei dat ik niet meekon.'

'Hoe reageerde hij toen?'

'Zoals hij moest doen.'

'Hoe dan?'

'Hij vroeg of het waar was. Zoals hij moest doen.'

Wallander begreep haar antwoord niet.

'Wat bedoel je eigenlijk?'

'Of je spreekt de waarheid. Of niet. Als je niet de waarheid spreekt, word je verstoten.'

Wallander dacht na. Ze gaf geen antwoord op de vraag waarom ze nooit in herhalingen vervielen. Ook niet op hoe ze de tijdperken kozen die ze wilden betreden. Vervolgens zei ze dat je door een gebrek aan eerlijkheid verstoten kon worden. Verstoten waaruit, dan?

'Jullie namen je vriendschap dus heel serieus? Niemand mocht liegen. Een leugentje, en je lag eruit?'

Ze keek hem oprecht verbaasd aan.

'Hoe moet vriendschap anders zijn?'

Hij knikte.

'Natuurlijk moet vriendschap gebaseerd zijn op vertrouwen.'

'Iets anders is er toch niet?'

'Ik weet het niet', zei Wallander. 'Liefde misschien.'

Ze trok de deken op tot haar kin.

'Wat dacht je toen je begreep dat ze Europa in waren getrokken? Zonder iets tegen jou te zeggen?'

Ze keek hem lang aan zonder een antwoord te geven.

'Op die vraag heb ik al een antwoord gegeven.'

Het duurde even voordat Wallander het verband zag.

'Je bedoelt dat de rechercheur die jou van de zomer kwam opzoeken dezelfde vraag heeft gesteld?'

'Wat zou ik anders bedoelen?'

'Weet je nog wanneer hij bij je thuis kwam?'

'Op 1 of 2 juli.'

'Wat vroeg hij nog meer aan jou?'

Opeens leunde ze naar Wallander over. Het gebeurde zo snel dat hij opschrok.

'Ik weet dat hij dood is. Die man die Svedberg heet. Bent u hier gekomen om dat te vertellen?'

'Niet direct', zei Wallander. 'Maar ik wil graag weten wat hij verder nog vroeg.'

'Niets.'

Wallander fronste zijn voorhoofd.

'Hij moet toch iets gevraagd hebben?'

'Dat deed hij niet. Ik heb het op de band.'

Wallander begreep eerst niet wat ze bedoelde.

'Heb je het gesprek met Svedberg op de band opgenomen?'

'Stiekem. Dat doe ik vaak. Wanneer mensen het niet weten. Ik neem hen op de band op.'

'En dat deed je ook toen Svedberg langskwam?'

'Ja.'

'Waar is die band?'

'Die ligt in het paviljoen. Waar u mij hebt gevonden. Er staat een blauwe engel op het cassettedoosje.'

'Een blauwe engel?'

'Ik ontwerp de omslagen zelf.'

Wallander knikte.

'Heb je er iets op tegen als we dat bandje ophalen?'

'Waarom zou ik?'

Wallander belde naar het bureau. Hij gaf instructies aan de dienstdoende agent om een surveillancewagen te sturen en het cassettebandje op te halen. En de walkman die Wallander op het tafeltje naast het bed meende te hebben gezien.

'Een blauwe engel?' vroeg de agent.

'Een blauwe engel op het omslag. En er is haast bij.'

Het kostte precies negenentwintig minuten. Terwijl ze wachtten, had zij meer dan een kwartier in de toiletruimte doorgebracht. Toen ze terugkeerde ontdekte Wallander tot zijn verbazing dat ze haar haren had gewassen. Hij realiseerde zich opeens ook dat hij misschien ongerust had moeten worden dat ze een nieuwe zelfmoordpoging had willen doen.

De agent kwam de kamer binnen en overhandigde het bandje en de walkman. Ze knikte. Dat was de cassette die ze bedoelde. Met de koptelefoon op luisterde ze tot ze de juiste plek had gevonden.

'Hier', zei ze terwijl ze Wallander de walkman overhandigde.

Svedbergs stem trof hem met een enorme kracht. Hij voelde hoe hij opschrok, alsof hij door iets was gestoken. Toen hoorde hij Svedberg zijn keel schrapen en zijn vraag stellen. Haar antwoord verdween in een onduidelijke afstandsruis. Hij spoelde terug en luisterde opnieuw.

Hij had zich niet vergist.

Ze had zowel gelijk als ongelijk. Svedberg stelde echt dezelfde vraag als hij. Maar toch ook niet. Er was een belangrijk verschil.

'Wat dacht je toen je begreep dat ze Europa in waren getrokken? Zonder iets tegen jou te zeggen?'

Dat was wat Wallander had gevraagd. Svedberg had zijn vraag op een manier gesteld die de inhoud ingrijpend wijzigde.

Wallander luisterde opnieuw naar de stem die hij zo vaak had gehoord, toen die vervolgde: *'Geloof je echt dat ze Europa in zijn getrokken?'*

Wallander luisterde opnieuw. Op het bandje had Isa geen antwoord gegeven op Svedbergs vraag. Hij zette de koptelefoon af.

Svedberg wist het, dacht hij.

Al op 1 of 2 juli.

Svedberg wist dat ze niet naar het buitenland waren vertrokken.

14

Ze hadden hun gesprek voortgezet. De walkman had op de tafel naast haar gelegen, samen met het cassettebandje dat met een blauwe engel was versierd en de laatste overblijfselen bevatte van Svedbergs stem. Wallander was doorgegaan met vragen stellen, ook al kostte het hem moeite zich te concentreren. Bovendien werd hij gepijnigd door het besluit dat hij snel moest nemen. Wie zou aan Isa Edengren vertellen wat er met haar vrienden was gebeurd in het natuurgebied? Wie zou dat doen? En wanneer? Wallander had het onduidelijke gevoel dat hij haar al had verraden. Had hij haar eigenlijk niet meteen de waarheid moeten vertellen? Nu het al na negen uur 's avonds was en Wallander niet verwachtte dat hij verderkwam, was dat ten slotte het enige wat nog overbleef. Hij verontschuldigde zich en zei dat hij wilde zien of hij een kop koffie te pakken kon krijgen. Op de gang belde hij Martinson. Ze waren langzamerhand aan het terugkeren naar Ystad, werd hem verteld. De technici van de recherche en degenen die de plaats van het misdrijf zouden bewaken waren zo'n beetje de enig overgeblevenen. Nyberg en zijn mannen zouden 's nachts met hun werk doorgaan. Wallander vertelde waar hij zich bevond en vroeg daarna of hij Ann-Britt Höglund ook even kon spreken. Ze kwam aan de telefoon en hij wond er geen doekjes om: hij had haar hulp nodig.

'We hebben er nog een', zei hij. 'Isa Edengren. Haar moet ook verteld worden dat haar vrienden dood zijn. Hoe ze zal reageren weten we niet.'

'Ze ligt in elk geval al in een ziekenhuis. Wat zou er kunnen gebeuren?'

Dat antwoord verbaasde Wallander. Het kwam nogal kil op hem over. Hij besefte echter dat ze zichzelf in bescherming nam. Niets kon erger zijn dan die onheilspellende en weerzinwekkende plaats van het misdrijf die zij die lange augustusdag onder ogen had gehad.

'Toch zou het goed zijn als jij hiernaartoe kwam', zei hij. 'Dan hoef ik het tenminste niet alleen te doen. Ze heeft per slot van rekening wel net een poging tot zelfmoord gedaan.'

Daarna zocht hij de verpleegkundige op die had vastgesteld dat zijn bloedsuikergehalte te hoog was en hij vroeg haar naar het privételefoonnummer van de dokter. Hij maakte ook van de gelegenheid gebruik haar te vragen naar de indruk die Isa Edengren op haar maakte.

'Velen die zelfmoord proberen te plegen hebben een geweldige kracht', zei ze. 'Het tegenovergestelde komt natuurlijk ook voor. Maar mijn indruk van Isa Edengren is dat ze tot de eerste categorie hoort.'

Hij vroeg of er ook een mogelijkheid bestond om koffie te krijgen. Ze verwees hem naar een automaat op de begane grond van het ziekenhuis.

Wallander belde de dokter thuis op. Eerst kreeg hij een kind aan de lijn, daarna een vrouw en ten slotte de dokter zelf.

'Ik dacht veel te traag', zei Wallander. 'We moeten haar vertellen wat er is gebeurd. Anders komt ze er morgen achter. Misschien op een manier die wij niet in de hand hebben. De vraag is hoe ze zal reageren.'

De dokter begreep het en beloofde dat hij zou komen. Wallander ging op jacht naar de koffieautomaat. Toen hij die vond, had hij natuurlijk geen muntgeld in zijn zakken. Een oudere man kwam langzaam achter zijn rollator aansloffen. Toen Wallander hem voorzichtig vroeg of hij ook geld kon wisselen, schudde hij zijn hoofd en gaf hij hem de munten die hij nodig had. Wallander bleef met het bankbiljet in zijn hand staan.

'Ik ga toch gauw dood', zei de man. 'Over drie weken of zo. Wat moet ik met geld?'

De man slofte verder. Hij wekte de indruk in een stralend humeur te zijn. Wallander staarde hem verbaasd na. Daarna drukte hij op de verkeerde knop en kreeg koffie met melk, iets wat hij zeer zelden dronk. Hij keerde met de beker terug naar de afdeling waar Isa Edengren lag. Ann-Britt Höglund was juist gearriveerd. Ze zag bleek en had donkere kringen onder haar ogen. Cruciale sporen die het onderzoek op een ingrijpende manier richting konden geven, hadden ze niet gevonden. Hij hoorde hoe moe ze klonk. We zijn allemaal moe, dacht hij. Al moe, nog voordat we überhaupt diep hebben kunnen doordringen in de nachtmerrie die ons omringt.

Hij vertelde haar over zijn gesprek met Isa Edengren. Ze luisterde verwonderd toen hij vertelde over Svedbergs stem die hij op de walkman had gehoord. Hij gaf haar ook zonder verdere omhaal de enig denkbare conclusie die hij kon trekken. Svedberg had geweten, of althans vermoed, dat de drie nooit op reis waren gegaan.

'Hoe kan hij dat nou hebben geweten?' vroeg ze. 'Of hij moet heel erg dicht op de gebeurtenissen hebben gezeten.'

'Er zijn vooral andere dingen aan het licht gekomen', zei Wallander. 'Op de een of andere manier zit hij dicht in de buurt van wat er gebeurt. Maar hij weet niet alles. Als dat wel zo was, dan had hij geen vragen hoeven stellen.'

'Dat wijst er in ieder geval op dat Svedberg hen niet heeft vermoord', zei ze. 'Maar dat heeft denk ook niemand ooit serieus gedacht?'

'De gedachte is door mijn hoofd gegaan', zei Wallander. 'Dat geef ik toe. Nu is het beeld anders. Ik denk ook dat je een stap verder mag durven gaan. Een paar dagen na Midzomer begint Svedberg al vragen te stellen die erop wijzen dat hij iets weet. Maar wat weet hij eigenlijk?'

'Dat ze dood zijn?'

'Niet noodzakelijkerwijs. Het enige wat hij zeker weet, is hetzelfde als wat de rest van ons wist, voordat we ze dood vonden.'

'Maar hij is ergens bang voor?'

'Daar komen we bij de belangrijkste vraag. Waar komt de ongerustheid die Svedberg voelt vandaan? Of die angst? Of het wantrouwen?'

'Hij weet iets wat wij niet weten?'

'Iets maakt dat hij in ieder geval een verdenking koestert. Of misschien slechts een vaag vermoeden heeft. Dat weten we niet. Maar hij deelt het niet met ons. Hij wil die verdenking zelf onderzoeken. Hij gaat op vakantie en begint met zijn eigen onderzoek. Hij is energiek en nauwkeurig.'

'De vraag is dus wat hij weet.'

'Dat is het raakvlak dat wij zoeken. Niets anders.'

'Maar dat verklaart niet waarom hij wordt neergeschoten.'

'Dat verklaart ook niet waarom hij iets voor ons wil verbergen.'

Ze fronste haar voorhoofd.

'Waarom verberg je iets?'

'Omdat je niet wilt dat het aan het licht komt. Of omdat je niet ontdekt wilt worden.'

'Misschien is er een tussenschakel.'

'Dat heb ik ook gedacht. Het kan zijn dat er personen tussen Svedberg en deze gebeurtenissen zitten.'

'Een vrouw genaamd Louise?'

'Misschien. We weten het niet.'

Aan het eind van de gang sloeg een deur dicht. De dokter kwam eraan. Het was zover. Toen Wallander binnenstapte, zat Isa Edengren nog steeds in haar stoel.

'Ik moet je iets vertellen', zei hij toen hij naast haar was gaan zitten. 'Iets wat ontzettend moeilijk voor je zal zijn. Daarom wil ik graag dat de dokter die jou behandelt er ook bij is. En een collega van mij, Ann-Britt.'

Hij zag dat ze bang werd, maar er was nu geen weg terug meer. De twee anderen kwamen binnen. Wallander wond er geen doekjes om. Haar drie vrienden waren teruggevonden. En ze waren dood. Iemand had hen omgebracht.

Wallander wist dat de reactie meteen kon komen, maar dat die ook op zich kon laten wachten.

'We willen je dat nu al vertellen', zei hij. 'Zodat je het niet in de kranten hoeft te lezen.'

Ze reageerde niet.

'Ik weet dat het moeilijk is', zei hij. 'Maar ik moet het je toch vragen. Kun jij je voorstellen wie dit gedaan heeft?'

'Nee.'

Haar stem klonk zacht, maar het antwoord was duidelijk. Wallander ging verder.

'Was er iemand die wist waar jullie je feest zouden houden?'

'We spraken er nooit over met iemand die er niet bij zou zijn.'

Even schoot het door Wallanders hoofd dat dit klonk alsof ze een regel uitsprak. Misschien was dat ook precies wat ze deed.

'Niemand wist het, behalve jij?'

'Niemand.'

'En jij was er niet bij omdat je ziek werd. Maar je wist waar jullie naartoe zouden gaan?'

'Naar het natuurgebied.'

'En jullie zouden verkleed zijn?'

'Ja.'

'Maar niemand wist ervan? Alle voorbereidingen hadden jullie in het geheim getroffen?'

'Ja.'

'Waarom moest het geheim zijn?'

Ze gaf geen antwoord. Ik ben weer op verboden terrein gekomen, dacht Wallander. Dan wil ze geen antwoord geven. Tegelijkertijd wist hij dat ze gelijk had. Niemand had geweten waar ze feest zouden vieren.

Hij had verder geen vragen meer.

'We gaan nu weg', zei hij. 'Als je nog iets te binnen schiet, dan weten de mensen die hier werken wel waar ze mij te pakken kunnen krijgen. Ik wil ook dat je weet dat ik met je moeder heb gesproken.'

Ze schrok op.

'Waarom? Wat heeft zij met mij te maken?'

Haar stem klonk plotseling schel. Wallander voelde zich onaangenaam getroffen.

'Ik moest wel', zei hij. 'Ik heb je bewusteloos gevonden. Dan moet ik de familie inlichten.'

Ze maakte aanstalten om nog meer te zeggen, misschien alleen om te protesteren, maar ze liet het achterwege. Toen begon ze te huilen. De dokter gaf Wallander en Ann-Britt een teken dat ze beter weg konden gaan. Toen ze op de gang stonden en de deur was dichtgevallen, voelde Wallander dat hij doornat was van het zweet.

'Het wordt iedere keer erger', zei hij. 'Ik hou dit niet veel langer vol.'

Ze verlieten het ziekenhuis. Het was een warme avond. Wallander gaf de autosleutels aan Ann-Britt.

'Heb je al gegeten?' vroeg ze.

Hij schudde zijn hoofd.

Ze reed naar de snackbar aan Malmövägen waar Wallander een dag eerder ook gegeten had. Ze wachtten geduldig en zwijgend tot de laatste leden van een of ander sportteam uit Vadstena hun bestellingen hadden gedaan. Daarna gingen ze in de auto zitten eten.

Wallander voelde hoeveel honger hij had, maar het eten smaakte hem toch niet echt.

Na het eten bleven ze in de auto zitten.

'Morgen zal alles in de openbaarheid komen', zei ze. 'Wat gebeurt er dan?'

'In het beste geval krijgen we informatie die nuttig voor ons kan zijn. In het ergste geval worden we van incompetentie beschuldigd.'

'Jij denkt aan Eva Hillström?'

'Ik weet niet waar ik aan denk. Maar er zijn vier mensen dood. Neergeschoten. Met twee verschillende soorten wapens.'

'Wat zie jij voor je? Wat voor iemand zoeken we?'

Wallander dacht na voordat hij antwoord gaf.

'Een ander mens ombrengen houdt altijd een of andere vorm van gekte in', zei hij. 'Iemand verliest zijn zelfbeheersing. Maar hier zit ook allemaal iets opzettelijks in. Ik verbeeld me dat je extra lang aarzelt voordat je een politieman vermoordt. Ik denk ook aan wat dat meisje in het ziekenhuis zonet zei. Dat niemand wist waar ze hun feest zouden houden. Maar toch moet iemand het hebben geweten. Dat het een gelegenheidsmoord is, wil er bij mij absoluut niet in.'

'We zoeken dus iemand die weet dat een paar jongelui in het geheim een feestje hebben?'

'Bovendien iemand die door Svedberg misschien al verdacht werd.'

Hun gesprek bloedde dood. Het is absurd, dacht Wallander. We zien in dit alles iets cruciaals over het hoofd, maar ik kan er maar niet opkomen wat dat is.

'Morgen is het maandag', zei Ann-Britt. 'Dan wordt de foto van Louise ook gepubliceerd. Hopelijk krijgen we informatie van het forensisch instituut in Lund. En tips van het publiek.'

'Ik ben te ongeduldig', zei Wallander. 'Dat is altijd mijn fout. En mijn ongeduld neemt met de jaren alleen nog maar toe.'

Het liep tegen halfelf toen ze op het bureau aankwamen. Het verwonderde Wallander dat daar geen journalisten stonden. Hij was ervan overtuigd geweest dat de ontdekking van de dode jongelui in het natuurgebied al zou zijn uitgelekt. Op zijn kamer hing hij zijn jack weg en daarna liep hij naar de kantine. Daar zaten vermoeide en zwijgzame agenten over hun koffiekopjes en half verbrokkelde pizza's gebogen. Wallander bedacht dat hij iets opbeurends zou moeten zeggen, maar hoe kon je een stemming verlichten die werd gekenmerkt door het feit dat er drie jongelui doodgeschoten waren gevonden op een blauw kleed in een zomers bos? Met ergens op de achtergrond de nog verse moord op een van hun eigen collega's.

Wallander zei niets. Hij gaf hier en daar een knikje om te laten zien dat hij er was.

Hanson nam hem met een vermoeide blik op.

'Wanneer begint het overleg?' vroeg hij.

Wallander wierp een blik op zijn horloge.

'Om halfelf. Is Martinson er al?'

'Hij is onderweg.'

'En Lisa?'

'Op haar kamer. Ik denk dat ze het moeilijk heeft gehad in Lund. Met die ouders. Ze moesten paarsgewijs hun kind identificeren. Maar ik geloof dat Eva Hillström alleen kwam.'

Wallander luisterde zonder iets te zeggen. Daarna liep hij meteen door naar de kamer van Lisa Holgersson. De deur stond op een kier. Hij zag dat ze roerloos achter haar bureau zat. Haar ogen leken vochtig. Hij klopte aan en duwde de deur open. Ze knikte naar hem dat hij binnen moest komen.

'Ik hoop dat je er geen spijt van hebt dat je naar Lund bent gegaan?'

'Daar kun je geen spijt van hebben. Maar het was inderdaad zo afschuwelijk als jij had voorspeld. Er zijn immers geen woorden voor. Ouders die opeens op een dag in augustus hun dode kinderen moeten identificeren. De mensen die de boel hadden voorbereid hadden hun werk heel goed gedaan, maar het was natuurlijk onmogelijk om helemaal te camoufleren dat ze al een tijdje dood waren.'

'Hanson zei dat Eva Hillström alleen was?'

'En zij was nog wel het meest beheerst van allemaal. Waarschijnlijk omdat ze dit had verwacht.'

'Ze zal een aanklacht tegen ons indienen. Misschien terecht. Omdat we niets hebben gedaan.'

'Is dat jouw oprechte mening?'

'Nee. Maar ik weet niet of mijn mening er wel toedoet. Als we meer personeel hadden gehad, was de situatie anders geweest. Als het geen vakantietijd was geweest, had alles ook anders kunnen lopen. Er zijn altijd excuses. Maar uiteindelijk staat daar een alleenstaande moeder die haar bangste voorgevoelens ziet uitkomen.'

'Ik wilde het er met jou over hebben dat we versterking moeten aanvragen. Assistentie van buiten. Zo snel mogelijk.'

Wallander was te moe om haar tegen te spreken. Diep in zijn hart was hij het echter niet met haar eens. De hoop bestond altijd dat een groter aantal agenten sneller een bepaald doel bereikte. Maar zijn eigen ervaring leerde iets anders. Het kleine hecht verbonden rechercheteam bleek vaak het meest efficiënt te kunnen opereren.

'Wat is jouw mening?'

Wallander haalde zijn schouders op.

'Je weet wat ik ervan vind. Maar ik ben niet van plan tegen te stribbelen als jij versterking wilt aanvragen.'

'Ik had gedacht dat we het daar eigenlijk vanavond al over zouden moeten hebben.'

Dat raadde hij af.

'Iedereen is moe', zei hij. 'Je krijgt geen fatsoenlijke antwoorden. Wacht tot morgen.'

Het was inmiddels kwart voor elf. Wallander stond op. Samen liepen ze naar de vergaderruimte. Martinson kwam er ook net aan in de gang. De modder zat tot hoog op zijn broekspijpen.

'Wat is er gebeurd?' vroeg Wallander.

'Ik heb geprobeerd een kortere weg te nemen', zei Martinson somber. 'Door het natuurgebied. Maar dat is niet goed gegaan. Ik heb op mijn kamer een schone broek liggen. Ik kom er zo aan.'

Wallander ging naar het toilet om water te drinken. In de spiegel zag hij zijn gezicht. Hij sloeg zijn ogen neer.

Om tien over elf ging de deur dicht. Svedbergs stoel was nog steeds leeg. Nyberg was ook van de plaats van het misdrijf naar het bureau gekomen. Toen Wallander hem aankeek, schudde hij zijn hoofd. Geen cruciale vondsten.

Wallander begon met zijn bezoek aan het ziekenhuis. Hij had eraan gedacht het cassettebandje mee te nemen. Er hing een mist van onbehagen in de kamer toen ze naar Svedbergs stem luisterden, maar toen Wallander daarna zeer geconcentreerd zijn conclusie presenteerde, voelde hij dat de vermoeide stemming even verdween. Svedberg had iets geweten. De vraag was nu alleen of hij vanwege die kennis was vermoord.

Wallander schoof de cassetterecorder aan de kant en sloeg met zijn handen op tafel. Toen hij zijn mond opendeed om te gaan praten, wist hij helemaal niet wat hij moest zeggen. Langzaam aftastend zocht hij zijn weg totdat hij de draad weer gevonden had.

Het doornemen van de zaak zou tot ver na middernacht duren. Ergens onderweg overwonnen ze zowel hun vermoeidheid als hun onbehagen.

Een zoekactie, dacht Wallander, kan net zo goed in een innerlijk als in een uiterlijk landschap plaatsvinden. En dat doen wij nu. We kammen geen moeilijk doordringbaar struikgewas uit, maar onze observaties. Toch heeft het wel wat van elkaar weg.

Na twaalven die nacht pauzeerden ze. Toen ze weer bijeenkwamen, ging Martinson per ongeluk op Svedbergs stoel zitten. Hij ontdekte zijn vergissing echter meteen en ging op een andere plaats zitten. Wallander ging plassen en water drinken. Hij had een droge mond en hoofdpijn, maar hij klemde zijn kiezen op elkaar en ging door. In de pauze was hij even naar zijn kamer gelopen om het ziekenhuis te bellen. Na lang wachten had hij met de verpleegkundige gesproken die hem eerder die avond een vingerprik had afgenomen.

'Het meisje slaapt', zei ze. 'Ze wilde een slaapmiddel. Maar dat konden we haar natuurlijk niet geven. Niettemin is ze blijkbaar toch in slaap gevallen.'

'Hebben haar ouders ook gebeld? Haar moeder?'

'Alleen een man die zei dat hij de buurman was.'

'Lundberg?'

'Dat was zijn naam.'

'De reactie zal vermoedelijk morgen pas komen', zei Wallander.

'Wat is er eigenlijk gebeurd?'

Wallander zag geen reden om het haar niet te vertellen. Ze deed er lang het zwijgen toe.

'Je kunt gewoon niet geloven dat dat waar is', zei ze. 'Hoe kunnen zulke dingen toch gebeuren?'

'Ik weet het niet', zei hij naar waarheid. 'Ik begrijp het zelf ook niet.'

Daarna keerde hij terug naar de vergaderkamer. Het was tijd geworden dat hij de zaak samenvatte.

'Ik weet niet waarom het is gebeurd', begon hij. 'Ik begrijp net zomin als jullie wat voor waanzin ertoe leidt dat iemand in koelen bloede drie jongeren doodschiet die Midzomer zitten te vieren. Ik zie geen motief en daardoor ook geen mogelijke dader. Ik zie daarentegen wel een handelingsverloop. Dat zien jullie ook. Het is niet helemaal duidelijk en er zijn nog gaten, maar ik zie wat ik zie. Ik neem het nog een keer door. Verbeter me als ik fouten maak. Vul me aan als ik iets vergeet.'

Hij pakte een flesje Ramlösa-bronwater en vulde zijn glas bij, waarna hij verderging.

'Ergens in de loop van de middag van 21 juni komen drie jongelui aan bij Natuurgebied Hagestad. Ze moeten met twee auto's zijn gekomen, maar die zijn verdwenen. Dat is een van vele vragen waarop we snel een antwoord moeten vinden. Volgens Isa Edengren, die er ook bij zou zijn geweest, maar die ziek werd, wat haar waarschijnlijk het leven heeft gered, hadden ze de plaats al van tevoren bepaald. Ze doen een soort maskeradespel. En niet voor het eerst. We hebben alle reden om te trachten te begrijpen waar ze nou eigenlijk mee bezig waren. Ik heb het sterke vermoeden dat er een bijzonder hechte band tussen hen bestond. Iets wat misschien meer was dan alleen maar vriendschap. Maar wat dat was, weten we nog niet. Ze maken er een feestelijke picknick van zoals in de tijd van Bellman. Ze zijn verkleed en dragen pruiken. De muziek is *Fredmans Epistels*. We weten nog niet of iemand hen in de gaten heeft gehouden, toen ze bij het natuurgebied aankwamen of in de loop van de avond. Het is een goed verborgen plek die uit het zicht ligt. Dan gebeurt er opeens iets. Een dader stapt naar voren en brengt hen om. Ieder van hen is door één schot getroffen, midden in het voorhoofd. Welk type wapen is gebruikt, kunnen we nu nog niet zeggen. Alles wijst er echter op dat de schutter wist wat hij deed en ook niet lijkt te hebben geaarzeld. Eenenvijftig dagen later vinden wij hen. Dat is de waarschijnlijke toedracht. Maar zolang we nog niet weten hoelang ze dood zijn, kunnen we niet uitsluiten dat het op een andere manier is gegaan. Het hoeft niet eens een midzomerfeest te zijn geweest. Het kan later zijn gebeurd. We weten het gewoon niet. Ongeacht wanneer het is gebeurd, kunnen we echter vaststellen dat de dader bepaalde informatie moet hebben gehad. Het is absurd om te denken dat het om een driedubbele gelegenheidsmoord gaat. We kunnen een gek natuurlijk niet uitsluiten. We kunnen niets uitsluiten. Maar toch is er veel dat ervoor pleit dat deze jongelui zijn omgebracht als onderdeel van een van tevoren uitgestippeld plan. Maar wat voor plan dat is, kan ik me niet eens voorstellen. Wie wil er nou jonge mensen het leven benemen, terwijl ze zo'n plezier hebben? Wat voor motief kan er zijn? Ik begrijp het niet. Ik heb het gevoel dat ik zoiets als dit nog nooit eerder heb meegemaakt.'

Hij zweeg. Hij was nog niet klaar met het doornemen van de zaak, maar hij wilde ruimte laten voor vragen. Niemand zei wat. Hij hernam het woord.

'Er is een vervolg', zei hij. 'De vraag of dat een begin is of een einde, een tussenschakel of iets wat zich parallel met de activiteiten van deze jongeren rond Midzomer afspeelt, kunnen we niet beantwoorden. Maar Svedberg wordt vermoord. We vinden in zijn flat een foto waarop een van deze jongelui staat. Een foto die is genomen tijdens een van hun feesten. We weten dat Svedberg met een onderzoek bezig is; daar begint hij aan zodra Eva Hillström en de andere ouders blijk geven van hun ongerustheid over het feit dat hun kinderen zijn vertrokken. Waarom hij in zijn eentje zijn recherchewerk verricht, weten we niet. Er bestaat echter een raakvlak en dat mogen we niet buiten beschouwing laten. Daar moeten we mee beginnen. We moeten in vele richtingen tegelijk kijken.'

Hij legde zijn potlood weg en leunde achterover in zijn stoel. Hij had pijn in zijn rug. Hij keek naar Nyberg.

'Misschien loop ik op de zaken vooruit,' zei Wallander, 'maar Nyberg en ik hadden allebei absoluut het gevoel dat er aan de plaats van het misdrijf iets was wat in scène gezet leek te zijn.'

'Ik kan niet begrijpen dat ze daar eenenvijftig dagen hebben gelegen zonder dat iemand hen heeft gevonden', zei Hanson gelaten. 'Het barst daar in de zomer toch van de mensen.'

'Dat begrijp ik ook niet', zei Wallander. 'Dat biedt ons drie alternatieven. Of we hebben het al mis bij ons uitgangspunt. Dit was geen midzomerfeest, maar iets wat later is gebeurd. Een ander feest. Of de plaats van het misdrijf en de vindplaats zijn niet dezelfde. Het derde alternatief zou zijn dat de plaats van het misdrijf en de vindplaats wel dezelfde zijn, maar dat de lijken zijn verplaatst. En daarna weer zijn teruggelegd.'

'Wie doet nou zoiets?' zei Ann-Britt Höglund. 'En waarom?'

'Toch denk ik dat dat is gebeurd', zei Nyberg.

Iedereen keek hem aan. Het gebeurde niet vaak dat Nyberg zich in de beginfase van een onderzoek zo gedecideerd uitliet.

'Ik had hetzelfde gevoel als Kurt toen ik het zag', zei hij. 'Het leek net in scène gezet. Ongeveer zoals je je voorstelt dat het toegaat voordat een fotograaf zijn foto neemt. Vervolgens heb ik een paar dingen ontdekt waarvan ik me achter de oren ben gaan krabben.'

Wallander wachtte in spanning af, maar opeens leek het of Nyberg de draad kwijt was.

'We luisteren', zei Wallander.

Nyberg schudde zijn hoofd.

'Toch moet ik het met jullie eens zijn dat het totaal absurd lijkt. Waarom verplaats je iemand die dood is? En leg je daarna het lichaam weer terug?'

'Er kunnen veel redenen zijn', zei Wallander. 'Om de ontdekking uit te stellen. Om jezelf tijd te geven te ontsnappen.'

'Of om een aantal ansichtkaarten te kunnen versturen', zei Martinson.

Wallander knikte.

'Nu even stap voor stap. Geen van die gedachten hoeft fout te zijn. Maar ze kunnen wel meer of minder juist zijn.'

'Het waren de glazen', sprak Nyberg langzaam. 'In twee ervan zaten nog wijnresten. In het ene een beetje depot. In het andere wat meer. Dat had natuurlijk al lang verdampt moeten zijn. Maar wat mij nog het meest verbaasde, was wat er níét was. Geen mugjes of andere dode insecten. Die hadden er toch moeten zijn. Iedereen weet wat er gebeurt als je 's nachts een glas buiten laat staan waar wijn in heeft gezeten.

Daar liggen de volgende ochtend dode insecten in. Maar in deze glazen lag niks.'

'Hoe interpreteer je dat?'

'Dat die glazen daar nog maar een paar uur hebben kunnen staan toen Leman de lichamen ontdekte.'

'Hoeveel uur?'

'Daar kan ik natuurlijk geen antwoord op geven.'

'De etensresten spreken dat weer tegen', bracht Martinson daartegen in. 'Rotte kip, beschimmelde salade, ranzige boter, brood dat hard en droog is. Zo snel verandert voedsel niet, in paar uur tijd.'

Nyberg keek hem aan.

'Is dat niet precies de mogelijkheid waar wij het over hebben? Dat wat Mats en Rosmarie Leman daar in het natuurgebied ontdekten, in scène was gezet? Je zet glazen neer en schenkt er een bodempje wijn in. Het bedorven voedsel kan ergens anders zijn voorbereid. En daarna op de borden gelegd.'

Nyberg was nu even zeker van zijn zaak als toen hij begon.

'Het meeste hiervan zullen we kunnen bewijzen', zei hij. 'We zullen kunnen vaststellen hoelang de wijn, waarvan we de restanten in de glazen hebben gevonden, aan de invloed van de lucht blootgesteld is geweest. We zullen dat kunnen vaststellen en we zullen dat kunnen bewijzen. Maar ik heb er nu al een idee over. Als de familie Leman eergisterochtend had besloten een wandeling te maken, dan hadden ze niets gevonden.'

Het werd stil in de kamer. Wallander realiseerde zich dat Nyberg al langer met zijn ideeën rondliep dan hijzelf. Wallander had zich voorgesteld dat de lichamen minder dan een etmaal buiten hadden gelegen voordat ze werden ontdekt. Qua tijd was de dader dus heel dicht bij hen in de buurt actief geweest. Wat Nyberg nu zei, veranderde Svedbergs relatie tot het misdrijf ook wezenlijk. Hij had hen kunnen doden en de lichamen kunnen verplaatsen. Maar hij had hen niet weer te voorschijn kunnen halen.

'Ik merk dat je overtuigd bent', zei Wallander. 'Welke kans is er dat je het helemaal mis hebt?'

'Geen. Ik kan me vergissen in tijdstippen en tijdsbestekken. Maar in wezen moet het zijn gegaan zoals ik heb gezegd.'

'Er is nog een vraag onbeantwoord gebleven', zei Wallander. 'Of de plek van het misdrijf en de vindplaats dezelfde zijn.'

'We zijn nog niet klaar,' zei Nyberg, 'maar het lijkt erop of er bloed door het kleed in de grond is getrokken.'

'Jij denkt dus dat ze daar zijn neergeschoten? Maar dat ze misschien verplaatst zijn?'

'Precies.'

'De vraag is dan: waar zijn ze naartoe verplaatst?'

Iedereen in de kamer besefte dat dat een cruciale vraag was. Ze waren bezig de bewegingen van een dader in kaart te brengen. Ook al konden ze hem niet voor zich zien, ze hadden nu wel een idee van zijn bewegingen. En dat was een grote stap.

'Wij stellen ons iemand voor die alleen opereert', zei Wallander. 'Maar het kunnen natuurlijk meerdere personen zijn geweest. Dat is des te aannemelijker als we ons voorstellen dat de lichamen een paar keer zijn verplaatst.'

'Misschien gebruiken we een verkeerd woord', zei Ann-Britt Höglund. 'Misschien kun je beter "verbergen" zeggen dan "verplaatsen".'

Wallander had op het punt gestaan hetzelfde te zeggen.

'De plek ligt niet zo ver in het natuurgebied', zei hij. 'Je kunt er best met de auto komen. Maar dat is verboden. Dat zou de aandacht trekken. Het alternatief is heel simpel. De lichamen zijn in het natuurgebied verborgen geweest. Misschien ergens in de buurt van de plaats van de moord.'

'De honden hebben niets gevonden', zei Hanson. 'Maar dat hoeft niets te betekenen.'

Wallander had een besluit genomen.

'We kunnen niet wachten op de resultaten van de diverse technische onderzoeken. Ik wil dat er al met zoeken wordt begonnen zodra het licht wordt. Naar een plek waar de lichamen kortere of langere tijd verborgen hebben kunnen liggen. Als wij gelijk hebben met onze gedachtegang, dan denk ik dat die plek vlak in de buurt ligt.'

Het was al na enen. Wallander wist dat iedereen nu een kans moest krijgen om een paar uur te slapen. Weldra zouden ze alweer aan het werk zijn.

Hij was de laatste die de kamer verliet. Hij pakte zijn papieren bij elkaar en legde ze in de lade van zijn bureau. Daarna trok hij zijn jack aan en verliet het politiebureau. Buiten was het nu helemaal windstil. Nog steeds warm. Hij haalde diep adem en ging achter een politieauto staan om te plassen. De volgende ochtend had hij een afspraak bij dokter Göransson, maar hij wist dat hij daar niet naartoe zou gaan. Zijn bloedsuiker was veel te hoog: 15,5. Maar hoe moest hij nu tijd vinden om aan zijn gezondheid te denken?

Hij begon door de verlaten stad naar huis te lopen.

Er was iets waarover ze tijdens het lange overleg met geen woord hadden gesproken. Wallander wist echter dat hij niet de enige was die met de gedachte rondliep. Of met de zorg.

Ze hadden vermoedens over een dader en zijn bewegingen. Maar ze wisten helemaal niet wat hij dacht. Wat hem dreef.

En het minst van alles wisten ze of hij van plan was om opnieuw toe te slaan.

15

Die nacht zou Wallander zijn bed niet zien. Toen hij in Mariagatan bleef staan en in zijn zakken naar zijn sleutels zocht, vlamde zijn zorg weer in volle hevigheid op. Ergens in de schaduwen bevond zich een dader die zeer doelbewust te werk ging. Wat dreef hem? Zou hij zich weer vertonen? Wallander bleef met de sleutels in zijn hand staan. Daarna nam hij zijn besluit; hij stak de huissleutels in zijn zak en liep naar zijn auto. Toen hij door de verlaten stad reed, stopte hij een cassettebandje met operamuziek in de cassetterecorder, maar hij zette de muziek bijna meteen weer uit. De nacht was heel stil. Het was die stilte die hij nodig had. Hij draaide het zijraam naar beneden en liet de nachtlucht over zijn gezicht stromen. Zijn ongerustheid kwam en ging in golven. Hij zocht ergens een bezwering, een manier om zichzelf ervan te overtuigen dat de dader niet terug zou keren. Maar nergens was een punt waar hij rust vond. De dader zou zich daarbuiten in het duister bevinden totdat ze hem hadden gegrepen. En grijpen moesten ze hem. Hij mocht niet een van die misdadigers worden die buiten schot wisten te blijven, die Wallander jaar in, jaar uit in zijn dromen zou achtervolgen.

Hij dacht aan een gebeurtenis die hem was overkomen in het begin van de jaren tachtig, vlak nadat hij met Mona en Linda uit Malmö naar Ystad was verhuisd. Op een late avond had Rydberg hem gebeld om te vertellen dat er een melding was binnengekomen dat er in de buurt van Borrie een jong meisje dood op een akker was aangetroffen. Ze had een grote slagwond op haar voorhoofd en een natuurlijke doodsoorzaak was er in feite niet. Ze waren er 's nachts naartoe gereden; het was november en sneeuwvlokken dwarrelden door de lucht. Het leed geen twijfel dat het meisje was vermoord. Ze was met de bus uit Ystad gekomen, waar ze naar de bioscoop was geweest, was bij de halte uitgestapt en had vervolgens een kortere weg over de akkers genomen naar de boerderij waar ze woonde. Toen ze niet volgens afspraak thuiskwam, had haar vader zijn zaklamp gepakt en was hij naar de weg gelopen. Toen had hij haar gevonden. Ze hadden een onderzoek verricht dat zich over meerdere jaren uitstrekte. Duizenden A-viertjes hadden ordner na ordner gevuld, maar ze waren er nooit in geslaagd een dader te pakken. Ze hadden niet eens een mogelijk motief kunnen ontdekken. Het enige spoor dat ze hadden gehad, was een kapotte wasknijper. Die had vlak naast het lichaam van het meisje gelegen en daarop hadden bloedspetters gezeten. Dat was echter alles. Ze waren er nooit in geslaagd de moord op te lossen. Vele malen nadien was Rydberg Wallanders kamer binnengestapt om over dat meisje te praten. Hij had dan opeens een inval gekregen waar hij met Wallander over wilde overleggen. Wallander wist dat Rydberg op zijn vrije dagen af en toe in zijn eentje op het bureau zat om stukken van het oude onderzoeksmateriaal opnieuw door te lezen. Tot op het eind had Rydberg naar een oplossing gezocht. In de laatste periode, toen hij met kanker in het ziekenhuis lag, had hij opnieuw de kwestie van het dode meisje op de akker opgepakt. Wallander begreep dat Rydberg hem aanspoorde niet te vergeten wat er was gebeurd. Wanneer hij dood was, zou Wallander misschien degene zijn die de zaak ooit wist op te lossen. Hij was echter nooit naar het archief gegaan om de oude ordners op te zoeken. Hij dacht zelden aan haar. Maar hij was haar ook nooit helemaal vergeten en nog steeds dook ze af en toe op in zijn dromen. Het beeld was altijd hetzelfde. Wallander stond over haar heen gebogen, Rydberg bevond zich ergens vaag op de achtergrond, en zij keek hem aan, maar ze was verlamd en kon niet praten.

Wallander sloeg van de hoofdweg af. Ik wil niet nog drie jongeren die in mijn dromen komen spoken, dacht hij. Ik wil Svedberg daar ook niet. Degene, of degenen, die dit gedaan heeft, moeten we vinden.

Hij stopte bij het natuurgebied. Er stond een politieauto geparkeerd. Tot zijn verbazing ontdekte Wallander Edmundsson, die uit de auto stapte en naar hem toe kwam.

'Waar is je hond?' vroeg hij.

'Thuis', zei Edmundsson. 'Waarom zou hij hier in de auto moeten liggen slapen?'

Wallander knikte.

'Alles rustig?'

'Alleen Nyberg. En de collega's die in het natuurgebied zijn.'

'Is Nyberg hier?'

'Hij is net gekomen.'

Ook hij wordt opgejaagd door zijn ongerustheid, dacht Wallander. Dat zou me eigenlijk niet moeten verbazen.

'Het is warm voor augustus', zei Edmundsson.

'De herfst komt heus wel', antwoordde Wallander. 'En die kan plotseling komen.'

Hij deed zijn zaklamp aan en stapte over de afzetlijnen.

Daarna liep hij het natuurgebied in.

*

De man had lang in de schaduwen gestaan. Zodra het donker genoeg was geworden, was hij ernaartoe gegaan. Om ongemerkt het natuurgebied binnen te komen, was hij het vanaf de zeekant genaderd. Hij was langs het strand gelopen, tegen de rotsen omhoog geklauterd en tussen de struiken en bomen verdwenen. Omdat hij er niet zeker van kon zijn dat er geen politiemensen met honden waren, had hij een ruime omtrekkende beweging gemaakt en was hij pas blijven staan toen hij in de buurt van het hoofdpad kwam dat het wandelgebied inliep. Daarvandaan zou hij gemakkelijk op de weg kunnen komen als er plotseling een hond begon te blaffen of onraad begon te ruiken. Hij maakte zich echter geen zorgen. Ze verwachtten vast niet dat hij daar zou zijn.

Beschermd door de duisternis had hij langs het pad politiemensen zien komen en gaan. Er waren ook een paar auto's langsgekomen. Twee vrouwelijke agenten had hij ook gezien. Rond tien uur 's avonds waren er een heleboel tegelijk uit het natuurgebied vertrokken. Hij had toen de tijd genomen om van de thee te drinken die hij in zijn thermoskan had meegenomen. De bestelling die hij in Shanghai had geplaatst, was al aangekondigd. De volgende dag zou hij het pakje al vroeg gaan ophalen. Toen hij zijn thee ophad en de thermoskan had teruggestopt in zijn rugzak, was hij langzaam de plaats genaderd waar hij hen had doodgeschoten. Hij was er toen zeker van dat er geen honden op het terrein waren. Van een afstand had hij de schijnwerpers gezien die met hun onwerkelijke licht het bos in schenen. Hij had gedacht dat het net was of hij een theatervoorstelling bezocht die niet voor het publiek toegankelijk was. Hij was in de verleiding geweest om zo dichtbij te sluipen dat hij zou kunnen horen wat de politiemensen zeiden. En hun gezichten zou kunnen zien. Maar hij kwam tot bezinning. Dat deed hij altijd. Zonder je zelfbeheersing te bewaren, kon je je nooit beschermen, kon je nooit garanderen dat je wist te ontsnappen.

In het licht van de schijnwerpers hadden schaduwen bewogen.

De politiemensen torenden als reuzen boven alles uit. Hij wist echter dat dat maar illusie was. Ze tastten rond als blinde dieren in een onbegrijpelijke wereld. De wereld die hij had geschapen. Heel even had hij zich het genot van een tevreden gevoel gegund. Hij wist echter dat overmoed gevaarlijk was. Die maakte de mens kwetsbaar.

Daarna was hij teruggekeerd naar zijn plek bij het hoofdpad. Hij had het besluit om te vertrekken al genomen, toen er een man in z'n eentje over het pad aankwam. Zijn zaklamp scheen over de grond. Heel even was zijn gezicht zichtbaar. Toen had hij hem herkend. Er had een keer een foto van hem in de krant gestaan. Hij wist dat de man Nyberg heette en dat hij van de technische recherche was. Hij had in de duisternis in stilte geglimlacht. Nyberg zou nooit begrijpen waarmee hij te maken had. Hij zou misschien in staat zijn de verschillende onderdelen te identificeren, maar hij zou nooit het verborgen patroon ontdekken.

Hij had zijn rugzak omgedaan en wilde net het pad oversteken toen hij opnieuw iemand hoorde naderen. Daarna zag hij het licht van een zaklamp. Hij gleed weer terug in de schaduw. De man die hem passeerde was groot en leek zich met vermoeide stappen voort te bewegen. Opnieuw voelde hij de verleiding zich kenbaar te maken, als een nachtdier langs te schieten en weer te verdwijnen, opgeslokt door de duisternis.

Opeens bleef de man staan. Hij liet het licht van zijn zaklamp over de struiken langs de beide kanten van het pad schijnen. In een moment dat uitgroeide tot een oneindige ruimte van angst meende degene die zich daar verborg dat hij gevangenzat. Hij kon niet ontkomen. Toen verdween de lichtkegel weer. De man op het pad begon verder te lopen. Maar nogmaals bleef hij staan en hij scheen achter zich. Opeens deed hij de lamp uit en bleef roerloos in het duister staan. Daarna ging de lamp weer aan en de man verdween.

Hij bleef een hele poos achter de struiken liggen. Zijn hart bonkte. Waardoor kwam het dat de man op het pad was blijven staan? Hij had niets kunnen horen. Er waren ook geen andere sporen.

Hoelang hij bleef liggen wist hij niet. Voor de verandering liep zijn innerlijke klok niet op tijd. Misschien was het een uur, misschien meer. Uiteindelijk stond hij op, stak het pad over en verdween naar beneden, naar het strand en de zee.

Het begon toen al licht te worden.

*

Wallander zag het lichtschijnsel van een afstand. De schijnwerpers straalden tussen de bomen. Hij kon Nybergs vermoeide en geïrriteerde stem al horen. Op het pad stond een politieman te roken.

Wallander bleef opnieuw staan om te luisteren. Waar het gevoel vandaan kwam wist hij niet. Misschien kwam het door de gedachten die hij onderweg in de auto had gehad? De dader die zich daar in het duister bevond, de schaduw die hij niet kon zien. Opeens had hij gemeend dat hij iets hoorde. Hij was blijven staan, overvallen door een heftige angst. Daarna had hij zichzelf voorgehouden dat hij het zich verbeeldde. Hij was nog een keer blijven staan, had zijn zaklamp uitgedaan en geluisterd. Maar het enige wat je hoorde was het ruisen van de zee.

Hij liep op de rokende agent af om hem te begroeten. Toen deze Wallander in het oog kreeg, maakte hij een beweging alsof hij zijn sigaret wilde doven, maar Wallander maakte een afwerend gebaar. Ze bevonden zich precies aan de rand van het schijnwerperlicht. De agent was nog jong. Hij was een klein halfjaar geleden naar Ystad gekomen. Zijn naam was Bernt Svensson en hij was lang en roodharig. Wallander had tot nu toe nog niet veel met hem te maken gehad, maar hij kon zich herinneren dat de agent hem had aangesproken toen hij een jaar of wat geleden in Stockholm was geweest om een lezing te geven op de politieacademie.

‘Alles rustig?’ informeerde hij.

‘Ik denk dat er hier in de buurt ergens een vos zit’, antwoordde Svensson.

'Waarom denk je dat?'

'Ik meende dat ik een schaduw zag. Groter dan een kat.'

'Er zijn geen vossen in Skåne. Die zijn met de pest verdwenen.'

'Toch denk ik dat het een vos was.'

Wallander knikte.

'Dan houden we het daar op. Het was een vos. Niets anders dan een vos.'

Hij stapte in het licht van de schijnwerpers en liet zich voorzichtig langs de helling naar beneden zakken. Nyberg stond de boom te bekijken aan de voet waarvan de drie dode jongelui hadden gelegen. Nu lag zelfs het blauwe kleed er niet meer. Hij vertrok zijn gezicht toen hij Wallander in de gaten kreeg.

'Wat doe jij hier?' vroeg hij. 'Jij moet slapen. Iemand moet voldoende energie houden.'

'Dat weet ik. Maar soms lukt het gewoon niet.'

'Iedereen zou moeten slapen', zei Nyberg. Zijn stem klonk gebroken van vermoeidheid. Wallander voelde hoe slecht gehumeurd hij was.

'Iedereen zou moeten slapen', herhaalde hij. 'En dit soort dingen zou niet mogen gebeuren.'

Ze bleven zwijgend staan kijken naar een rechercheur in overall die met een minischep in de grond naast de boomstam peuterde.

'Ik zit nou veertig jaar bij de politie', zei Nyberg opeens. 'Over twee jaar kan ik met pensioen.'

'Wat ga je dan doen?'

'Tegen de muren opvliegen, misschien', zei Nyberg. 'Maar ik zal in ieder geval niet in het bos staan met de halfverrotte lijken van jonge mensen aan mijn voeten.'

Wallander moest denken aan de woorden van bankdirecteur Sundelius. *Vroeger ging ik naar mijn werk. Tegenwoordig vlieg ik tegen de muren op.*

'Je verzint vast wel wat', zei Wallander bemoedigend.

Nyberg mompelde iets onverstaanbaars terug. Wallander geeuwde. Daarna probeerde hij de vermoeidheid uit zijn lichaam te schudden.

'Eigenlijk ben ik hiernaartoe gekomen om na te denken over wat er moet gebeuren', zei hij.

'Je bedoelt met het graven?'

'Als we gelijk hebben, dan zouden we ons de vraag moeten stellen wat voor hem een logische plek was om de lichamen te verbergen.'

'De vraag is nog steeds of hij alleen was', wierp Nyberg tegen.

'Dat denk ik wel. Het is niet logisch dat twee mensen de handen ineenslaan om een slagveld als dit aan te richten. We gaan er bovendien van uit dat het een man is. Om de eenvoudige reden dat een vrouw heel zelden mensen recht in het hoofd schiet. Vooral geen jonge mensen.'

'Je vergeet wat er het afgelopen jaar is gebeurd.'

Nyberg had gelijk met zijn opmerking. Vorig jaar hadden ze een zaak gehad waarbij meerdere mensen waren omgebracht. Toen bleek de dader een vrouw te zijn, die ze uiteindelijk ook hadden weten te grijpen. Maar dat deed niets af aan Wallanders uitgangspunt.

'Naar wie zoeken we? Een in de steek gelaten gek?'

'Misschien. Maar helemaal zeker is dat niet.'

'Maar het biedt ons wel een aanknopingspunt.'

'Precies. Hij is alleen. Hij heeft drie lichamen te verbergen. Hoe denkt hij? Wat doet hij?'

'Hij beperkt de afstand waarover de lichamen verplaatst moeten worden. Om praktische redenen. Hij zal ze vermoedelijk moeten dragen. Als hij geen kruiwagen bij zich heeft gehad. Maar dat zou de aandacht hebben kunnen trekken. Ik denk dat we met een voorzichtig man te maken hebben.'

'Hij beperkt niet alleen de afstand', zei Wallander. 'Hij moet ook met de tijd rekening houden. Hij bevindt zich in een algemeen toegankelijk wandelgebied. Het is zomer. Ook 's nachts kunnen hier andere mensen zijn.'

'Hij begraaft ze dus vlak in de buurt?'

'Als hij al graaft', zei Wallander peinzend. 'Wat voor alternatief zou hij kunnen hebben?'

'Met een talie en een blok zou hij ze in een boomtop hebben kunnen hijsen. Maar dan zouden de lichamen er nog beroerder aan toe zijn geweest.'

Opeens kwam een gedachte bij Wallander op.

'Had jij de indruk dat ze aan dieren blootgesteld waren geweest? Aan de snavels van vogels?'

'Nee. Maar dat moeten de forensische artsen bepalen.'

'Dat betekent dat ze met de grootste waarschijnlijkheid buiten hun bereik zijn bewaard. Maar dieren graven in de grond. Toch brengt dat ons verder. De lichamen waren niet alleen verstopt, ze hebben ook ergens in gezeten. In kisten of plastic zakken.'

'Daar weet ik allemaal niet zoveel van', zei Nyberg. 'Van hoe verschillende temperaturen het normale ontbindingsproces beïnvloeden. Maar ik weet wel dat lichamen die in afgesloten ruimtes liggen zich anders gedragen dan wanneer ze rechtstreeks in de grond liggen. Wat zou betekenen dat ze langer buiten hebben gelegen dan wij denken.'

Wallander besefte dat ze nu in de buurt kwamen van iets wat van beslissende betekenis kon zijn.

'Waar komen we dan uit?' zei Wallander.

Nyberg spreidde zijn ene arm uit.

'Hij zal wel geen plaats hebben uitgezocht waarbij hij tegen de heuvel op moest lopen', zei hij, terwijl hij naar de helling wees.

'Hij steekt ook niet onnodig een pad over.'

Ze keerden de helling de rug toe en keken de duisternis in, langs het schijnwerperlicht waarin insecten voor de warme lenzen dansten.

'Links loopt het verder door naar beneden', zei Nyberg. 'Maar het gaat bijna meteen weer behoorlijk omhoog. Ik denk niet dat het daar is. Het loopt daar te snel op.'

'Recht vooruit?'

'Daar is het vlak. Dichte struiken. Bosjes.'

'En rechts?'

'Eerst bosjes. Maar niet zo dicht. Daarna een stuk grond dat in de wintertijd waarschijnlijk af en toe nogal nat is. Daarna weer bosjes.'

'Vermoedelijk is het daar', zei Wallander. 'Recht vooruit of rechts.'

'Rechts', zei Nyberg. 'Ik ben nog iets vergeten. Als je rechtdoor loopt, dan kom je bij een pad. Maar dat is niet het belangrijkste.'

Nyberg riep de rechercheur in de overall bij zich die aan de voet van de boom stond te graven.

‘Vertel eens wat je zag toen je vanaf hier het terrein recht overstak’, zei Nyberg.

‘Daar heb je veel paddestoelen.’

Wallander begreep het.

‘Hij vermijdt een plek met paddestoelen die mensen kan aantrekken? Zelfs in de zomer?’

Nyberg knikte.

‘Ik pluk zelf ook veel paddestoelen. Vaak ga ik even langs mijn favoriete plekjes, ook al is het niet het seizoen.’

De rechercheur in de overall ging weer terug naar de boom.

‘Laten we dus rechts beginnen’, zei Wallander. ‘Zodra het licht wordt. Een plaats waar de grond lijkt te zijn omgewoeld.’

‘Als we gelijk hebben, dan hebben de lichamen daar gelegen’, zei Nyberg. ‘Maar het risico bestaat natuurlijk dat we het helemaal mis hebben.’

Wallander was nu zo moe dat hij geen fut meer had om antwoord te geven. Hij besloot terug te keren naar zijn auto om op de achterbank nog een paar uur te slapen. Nyberg liep met hem mee naar het pad.

‘Toen ik hier aankwam, had ik het gevoel dat er iemand in de duisternis stond’, zei Wallander. ‘En Svensson was ervan overtuigd dat hij een vos had gehoord.’

‘Gewone mensen hebben nachtmerries wanneer ze slapen’, zei Nyberg. ‘Wij moeten hier op onze kop staan en maken onze nachtmerries in wakende toestand mee.’

‘Ik maak me zorgen’, zei Wallander. ‘We weten niet of deze man misschien opnieuw toeslaat.’

Nyberg dacht na voordat hij antwoord gaf.

‘We weten in ieder geval dat hij het vermoedelijk niet eerder heeft gedaan’, zei hij. ‘Een moord, een executie als deze heeft zich in ons land niet eerder voorgedaan. Want als dat wel zo was, zouden we daarvan op de hoogte zijn en er zeker ook aan denken.’

‘Toch moet Martinson maar eens in het buitenland informeren’, zei Wallander. ‘Of er elders soms iets dergelijks heeft plaatsgevonden.’

‘Jij maakt je zorgen dat het nog een keer zal gebeuren?’

‘Jij niet, dan?’

'Ik maak me altijd zorgen. Maar ik heb toch de hele tijd het gevoel dat wat hier is gebeurd, eenmalig was.'

'We mogen hopen dat jij gelijk hebt', zei Wallander. 'Ik ben over een paar uur terug.'

Hij liep terug naar de uitgang van het natuurgebied, maar had deze keer niet het gevoel dat er iemand in de duisternis stond. Hij kroop op de achterbank van zijn auto in elkaar en viel meteen in slaap.

Toen hij ontwaakte was het volop dag. Er klopte iemand op het autoraam om hem wakker te maken. Hij zag het gezicht van Ann-Britt Höglund. Slaapdronken kroop hij uit de auto. Zijn hele lichaam deed zeer.

'Hoe laat is het?'

'Net zeven uur geweest.'

'Dan heb ik me verslapen. Ze moeten al een plaats hebben gezocht om te gaan graven.'

'Ze zijn al bezig', zei ze. 'Daarom heb ik je wakker gemaakt. Hanson komt er ook aan.'

Ze haastten zich voort over het pad.

'Ik heb daar zo'n hekel aan', zei Wallander. 'Aan slapen in een auto. En dan opstaan, ongewassen, vreselijk. Daar ben ik te oud voor. Hoe kun je nou iets zinnigs bedenken zonder dat je überhaupt een kop koffie hebt gehad?'

'Er is koffie', zei ze. 'Als het korps het niet aanbiedt, dan heb ik wel een eigen thermoskan. Je kunt zelfs een broodje krijgen als je wilt.'

Wallander begon nog harder te lopen. Toch leek zij de hele tijd sneller te lopen dan hij. Hij merkte dat hem dat irriteerde. Ze kwamen langs de plek waar Wallander een paar uur eerder het gevoel had gehad dat er iemand in de duisternis had gestaan. Hij bleef staan en keek rond. Als je precies wilde weten wie er over het pad kwamen, realiseerde hij zich opeens, dan was er nauwelijks een betere plek dan juist hier. Ann-Britt keek hem vragend aan. Wallander had op dat moment geen zin om uitleg te geven. Toen hij klaar was met kijken had hij een besluit genomen.

'Wil je wat voor me doen?' zei hij. 'Zorg ervoor dat Edmundsson met zijn hond deze plaats eens onderzoekt. Twintig meter van het pad, aan beide kanten.'

'Waarom?'

'Omdat ik dat wil. Voorlopig moet dat reden genoeg zijn.'

'Maar wat moet de hond dan zoeken?'

'Dat weet ik niet. Iets wat er niet zou moeten zijn.'

Ze vroeg niet verder. Hij had al spijt dat hij niet wat duidelijker was geweest, maar nu was het te laat. Ze liepen verder. Ze gaf hem een krant. Op de voorkant stond de foto van de vrouw die misschien Louise heette. Zonder stil te blijven staan las hij de kop.

'Wie gaat hierover?'

'Martinson zou het regelen en ook de tips die binnenkomen natrekken.'

'Het is belangrijk dat het goed gebeurt.'

'Martinson is altijd nauwkeurig.'

'Niet altijd.'

Hij hoorde zelf hoe geïrriteerd en afwerend hij klonk. Er was geen reden om haar de dupe te laten worden van zijn eigen vermoeidheid, maar er was niemand anders in de buurt. Ik moet later maar met haar praten, dacht hij gelaten. Wanneer dit allemaal achter de rug is.

Op hetzelfde moment zag hij een hardloper die hen tegemoetkwam. Hij reageerde meteen.

'Hebben ze het niet afgezet? Hier mag toch geen mens komen, behalve de politie?'

Hij ging midden op het pad staan. De hardloper was een man van in de dertig. Hij had een walkman op. Hij probeerde Wallander te passeren, maar die stak zijn hand op en hield hem tegen. Daarna ging het allemaal heel snel. De hardloper, die meende dat hij werd overvallen, draaide zich om en sloeg Wallander met zijn vuist. De klap was hard en kwam geheel onverwacht. Wallander viel op het pad. Toen hij weer bijkwam, waren er slechts een paar seconden verstreken. Ann-Britt Höglund had de hardloper tegen de grond gewerkt en was net bezig zijn armen op zijn rug te draaien. De koptelefoon, die nog steeds aan de walkman vastzat, lag vlak naast Wallander op het pad. Tot zijn verbazing meende hij te horen dat de man naar operamuziek had geluisterd. Op hetzelfde moment kwamen er een paar politiemensen in uniform langs het pad aanrennen. Ann-Britt Höglund had hen opgeroepen. Toen de politiemensen er waren, sloegen ze de man in de boeien. Wallander was in de tussentijd voorzichtig overeind gekomen. Zijn kaak deed pijn en hij had zich op de binnenkant van zijn wang gebeten, maar zijn gebit was nog heel. Hij keek de man die hem had neergeslagen aan.

'Het natuurgebied is afgezet', zei hij. 'Dat kan u toch niet ontgaan zijn?'

'Afgezet?'

De verbazing van de man leek echt.

'Noteer zijn naam', zei Wallander. 'En zorg ervoor dat de afzettingen in het vervolg ook echt werken. Daarna kun je hem laten gaan.'

'Ik ga hier werk van maken', zei de hardloper geschokt.

Wallander had zich afgewend en voelde met zijn vinger in zijn mond. Hij draaide zich langzaam om.

'Wat is uw naam?'

'Hagroth.'

'En verder.'

'Nils.'

'Waar wilt u werk van maken?'

'Dit is mishandeling. Ik ben gewoon aan het joggen en doe geen mens kwaad. En dan word ik neergeslagen.'

'Fout', zei Wallander. 'Degene die werd neergeslagen was ik. Niet u. Ik ben van de recherche en probeerde u tegen te houden, omdat u zich in een gebied bevindt dat is afgezet.'

De hardloper wilde protesteren, maar Wallander stak zijn hand op.

'Daar kunt u een jaar gevangenisstraf voor krijgen', zei hij. 'Mishandeling van een politieman in functie. Dat is ernstig. Bovendien bent u verplicht de aanwijzingen van een politieman op te volgen. En u bevond zich in een afgezet gebied. Dat wordt meer dan een jaar. Drie. Denkt u maar niet dat u er met een voorwaardelijke straf van afkomt. Hebt u een strafblad?'

'Natuurlijk niet.'

'Dan wordt het drie jaar. Maar als u dit vergeet en u hier niet meer laat zien, dan zal ik kijken of ik het door de vingers kan zien.'

De hardloper wilde nogmaals protesteren. Meteen stak Wallander zijn hand weer op.

'U hebt tien seconden om een beslissing te nemen.'

De hardloper knikte.

'Doe zijn handboeien af', zei Wallander. 'Loop met hem mee naar de uitgang. En schrijf zijn adres op.'

Wallander begon verder te lopen langs het pad. Zijn wang deed pijn, maar de klap had de vermoeidheid uit zijn lichaam verjaagd.

'Daar had hij toch geen drie jaar voor gekregen', zei Ann-Britt Höglund.

'Maar dat weet hij niet', antwoordde Wallander. 'En ik denk niet dat hij gaat uitzoeken of het wel waar is wat ik zei.'

'Dit zijn nou de dingen die de chef van de rijkspolitie wil vermijden', zei ze ironisch. 'Het vertrouwen van de burgers in de politie kan geschaad worden.'

'Dat is nog niks vergeleken met wat er geschaad kan worden als we de moordenaar van Boge, Norman en Hillström niet vinden. En bovendien van een van onze collega's.'

Toen ze op de plaats van het misdrijf aankwamen, pakte Wallander een plastic beker met koffie en ging hij op zoek naar Nyberg, die bezig was met de voorbereidingen voor de zoekactie naar de bergplaats. Nybergs haar stond rechtovereind, hij had rode ogen en was boos.

'Eigenlijk ben ik helemaal niet degene die dit hoeft te organiseren', zei hij nijdig. 'Waar zit iedereen, verdomme? En waarom zit er bloed op je gezicht?'

Wallander voelde met zijn hand. Er was bloed uit zijn mondhoek gelopen.

'Ik heb gevochten met een hardloper', zei hij. 'Hanson komt eraan.'

'Gevochten met een hardloper?'

'Laat maar', zei Wallander.

Vervolgens bracht hij Ann-Britt Höglund snel op de hoogte van de afwegingen die Nyberg en hij tijdens hun nachtelijke gesprek hadden gemaakt.

'Jij moet dit regelen', zei hij. 'We zoeken een plek waar drie lichamen begraven hebben kunnen liggen. Nyberg en ik hebben een idee over waar we in ieder geval met zoeken kunnen beginnen.'

Het was inmiddels halfacht. De hemel was helder. Het is goed zolang we maar geen regen krijgen, dacht Wallander. De sporen blijven droog.

Hanson liet zich langs de helling naar beneden zakken. Hij leek al even moe als de anderen.

'Heb jij nog gehoord wat voor weer we krijgen?'

Hanson had in de auto naar het weerbericht geluisterd.

'Geen regen. Vandaag niet en morgen ook niet.'

Wallander maakte een snelle inschatting van de situatie. Met Ann-Britt Höglund en Hanson op de plaats van het misdrijf hoefde hij zelf niet te blijven. Als Martinson het werk op het bureau coördineerde, kon Wallander de andere dingen doen die zo snel mogelijk moesten worden opgepakt.

'Er zit bloed op je wang', zei Hanson.

Wallander gaf geen antwoord. Hij belde Martinson.

'Ik kom eraan', zei hij. 'Het is voldoende als Hanson en Ann-Britt hier blijven.'

'Al resultaat?'

'Daar is het nog te vroeg voor. Wanneer kunnen we in Lund iemand te pakken krijgen?'

'Ik kan nu al proberen te bellen.'

'Doe dat. En zeg ze dat er haast bij is. We hebben vooral tijdstippen nodig. Het zou ook mooi zijn als ze verder nog een idee hebben over wie er als eerste werd vermoord.'

'Waarom is dat belangrijk?'

'Ik weet niet of het belangrijk is. Maar we mogen niet uitsluiten dat het de dader maar om een van die jongeren te doen was.'

Martinson begreep het. Hij beloofde dat hij meteen naar Lund zou bellen. Wallander stopte zijn telefoon weer in zijn zak.

'Ik rij naar Ystad', zei hij. 'Zodra er iets gebeurt, moeten jullie het laten weten.'

Op weg terug naar zijn auto kwam Wallander Edmundsson tegen met zijn hond. Ann-Britt Höglund moest meteen hebben gebeld, zonder dat Wallander dat had gemerkt. En Edmundsson moest al even snel hebben gereageerd.

'Heb je die hond binnen laten vliegen?' vroeg Wallander.

'Een collega heeft hem opgehaald. Wat wil je dat we doen?'

Wallander wees en legde het uit.

'We hoeven dus niet naar iets speciaals te zoeken?'

'Alleen naar dingen die er niet thuishoren', zei Wallander. 'Verder niets. Als de hond iets vindt, neem dan contact op met Nyberg. Wanneer je hier klaar bent, moet je daar gaan helpen. Ze zoeken naar een plaats waar gegraven kan worden.'

Edmundsson trok bleek weg.

'Denk je dat er nog meer lijken liggen?'

Er ging een steek door Wallander heen. Die gedachte was nog niet eens bij hem opgekomen. Maar hij realiseerde zich toen dat die kans nauwelijks bestond.

'Niet nog meer lijken', zei hij. 'Maar een kuil waarin ze verborgen zijn geweest.'

'In afwachting waarvan?'

Wallander gaf geen antwoord. Hij liep het pad af. Edmundsson heeft helemaal gelijk, dacht hij. In afwachting waarvan? Waarom was het voor de dader zo belangrijk om de lijken te verbergen? En ze vervolgens weer op te graven? Die vraag hebben we al eerder geopperd, en we hebben al geprobeerd een denkbaar antwoord daarop te formuleren. Toch is die vraag misschien wel belangrijker dan we dachten.

Wallander stapte in zijn auto. Zijn kaak deed pijn. Hij wilde net de motor starten toen de telefoon ging. Het was Martinson.

Antwoord uit Lund, dacht Wallander, die voelde hoe de spanning steeg.

'Wat zeiden ze?'

'Wie?'

'Heb je niet met Lund gebeld?'

'Daar ben ik nog niet aan toe gekomen. Er kwam een ander gesprek tussendoor. Daarom bel ik.'

Wallander had inmiddels gemerkt dat Martinson bezorgd klonk. Dat was bij hem meestal niet zonder reden.

Niet nog een, dacht hij. Niet nog meer doden. Dat kunnen we niet hebben.

‘Het ziekenhuis heeft gebeld’, zei Martinson. ‘Het ziet ernaar uit dat Isa Edengren is weggelopen.’

Het klokje in Wallanders auto stond op drie minuten over acht. Het was maandag 12 augustus.

16

Wallander reed rechtstreeks naar het ziekenhuis. Hij reed bovendien veel te hard. Toen hij arriveerde stond Martinson hem al op te wachten. Wallander parkeerde slordig en liet zijn auto staan op een plek waar dat niet mocht.

'Wat is er gebeurd?'

Martinson had een blocnote in zijn hand.

'Eigenlijk weet niemand dat precies,' zei hij, 'maar ze heeft zich blijkbaar aangekleed en is al heel vroeg in de ochtend vertrokken. Niemand heeft haar zien weggaan.'

'Heeft ze ook telefoongesprekken gevoerd? Heeft iemand haar misschien opgehaald?'

'Het is moeilijk om heldere informatie te krijgen. Er liggen veel patiënten op die afdeling en er is 's nachts bijna geen personeel. Er zijn verschillende telefoontoestellen. Maar ze moet vóór zessen vertrokken zijn. Om vier uur is er nog iemand bij haar wezen kijken en die heeft gezien dat ze lag te slapen.'

'Wat ze dus niet deed', zei Wallander. 'Ze lag te wachten. En daarna is ze ervandoor gegaan.'

'Waarom?'

'Ik weet het niet.'

'Denk jij dat ze misschien weer een zelfmoordpoging zal doen?'

'Dat kan. Maar bedenk: wij vertellen haar wat er met haar vrienden is gebeurd. En daarna vertrekt ze halsoverkop uit het ziekenhuis. Waar wijst dat op?'

'Dat ze bang is?'

'Precies. De vraag is alleen: waar is ze bang voor?'

Wallander wist maar één punt waar ze met zoeken naar Isa konden beginnen. Het huis in Skårby. Martinson was in zijn eigen auto van het bureau gekomen. Wallander wilde dat hij meeging, al was het maar om niet alleen te hoeven zijn.

Toen ze in Skårby kwamen, stopten ze eerst bij het huis van de Lundbergs. Meneer Lundberg stond op het erf en was bezig met zijn tractor. Hij keek verbaasd op toen de twee auto's zijn erf opreden.

Wallander stelde Martinson voor en vertelde snel wat er aan de hand was.

'U hebt gisteren naar het ziekenhuis gebeld en kreeg te horen dat het naar omstandigheden goed met haar ging. Vanochtend vroeg is ze daar op een bepaald moment verdwenen. Je zou kunnen zeggen dat ze is weggelopen. Het moet na vieren maar vóór zessen zijn gebeurd. Mijn vraag is nu of u haar hebt gezien. Hoe laat staat u 's ochtends op?'

'Vroeg. Mijn vrouw en ik zijn meestal allebei rond halfvijf op.'

'Isa is hier dus niet geweest?'

'Nee.'

'Hebt u hier vanochtend vroeg ook een auto gehoord?'

Het antwoord kwam snel en resoluut.

'Åke Nilsson, die hier verderop aan de weg woont, rijdt even na vijven langs. Hij werkt drie dagen in de week bij de slachterij. Maar afgezien van hem is er verder niemand langs gekomen.'

Lundbergs echtgenote was nu ook naar buiten gekomen. Ze had het laatste deel van het gesprek gevolgd.

'Isa is hier niet geweest', zei ze. 'En er is ook geen auto geweest.'

'Kan ze ook via een andere weg zijn gekomen?' vroeg Martinson.

'Niet dat wij weten.'

'Als ze contact met u opneemt, moeten wij dat meteen weten', zei Wallander. 'We moeten weten waar ze zit. Is dat duidelijk?'

'Bellen doet ze niet vaak', zei de vrouw.

Wallander was alweer op weg naar zijn auto. Ze reden nu naar de boerderij van Edengren. Wallander voelde met zijn hand in de dakgoot. De sleutels lagen er. Vervolgens nam hij Martinson mee naar het paviljoen achter het huis. Alles zag er nog net zo uit als hij het had achtergelaten. Ze liepen terug naar de voorkant van het grote huis. Wallander deed de deur van het slot. Vanbinnen wekte het huis de indruk nog groter te zijn dan vanbuiten. Het zag er allemaal duur maar kil uit. Wallander kreeg een gevoel alsof hij zich in een museum bevond. Er waren weinig sporen die erop wezen dat hier echt mensen woonden. Ze liepen door de kamers op de begane grond en gingen toen verder naar de bovenverdieping. In een van de slaapkamers hing een groot modelvliegtuig aan het plafond. Op een bureau stond een computer. Daar had iemand een trui overheen gelegd. Wallander vermoedde dat deze kamer van Jörgen was geweest, de broer van Isa, die zelfmoord had gepleegd. Hij liep naar de badkamer. Naast de spiegel zat een stopcontact. Met een gevoel van weerzin vertelde hij aan Martinson dat Isa's broer hier waarschijnlijk was gestorven.

'Dat komt vast niet vaak voor,' zei Martinson, 'dat iemand zelfmoord pleegt met behulp van een broodrooster.'

Wallander was de badkamer al uit. Vlak daarnaast lag nog een slaapkamer. Toen hij binnenstapte, dacht hij meteen dat dit Isa's kamer moest zijn.

'We moeten grondig zoeken', zei hij.

'Waarnaar?'

'Dat weet ik niet. Maar Isa had er in het natuurgebied bij zullen zijn. Ze heeft geprobeerd zelfmoord te plegen. En ze is weggelopen. We denken allebei dat ze bang is.'

Wallander ging aan haar bureau zitten terwijl Martinson een ladekast begon te doorzoeken en daarna de grote kleerkast die een hele wand besloeg. De bureaulades zaten niet op slot. Dat verwonderde hem. Maar toen hij ze een voor een opende, besefte hij dat dat niet zo vreemd was. De lades waren bijna helemaal leeg. Hij fronste zijn voorhoofd. Waarom lag er niets in? Behalve dan een paar haarspelden, kapotte pennen en munten uit verschillende delen van de wereld. Wees dat er misschien op dat iemand het bureau had leeggehaald? Isa of iemand anders? Hij tilde de groene bureaulegger op. Eronder lag een onhandig geschilderde aquarel. 'Isa Edengren 95', stond er in de rechterbenedenhoek. De aquarel stelde een kustlandschap voor. Zee en rotsen. Hij legde hem weer terug onder de bureaulegger. In een boekenkast naast het bed stonden een paar rijen boeken. Hij ging met zijn vinger over de ruggen en las de titels. Sommige ervan had Linda ook gelezen, wist hij. Hij voelde achter de boeken. Daar lagen er nog twee, die erachter waren gevallen. Of waren weggestopt. Hij haalde ze te voorschijn. Het waren boeken met Engelse titels. *Journey to the Unknown* was de titel van het ene. Geschreven door een zekere Timothy Neil. Het andere heette *How to Cast Yourself in the Play of Life.* Door Rebecka Stanford. De omslagen leken op elkaar. Geometrische tekens, cijfers en letters, die vrij in een of andere ruimte leken te zweven. Wallander ging weer aan het bureau zitten. De boeken waren vaak gelezen. Ze vielen vanzelf open. De bladzijden waren beduimeld en hadden omgevouwen hoekjes. Hij zette zijn bril op om de teksten op de achterflap te bestuderen. Timothy Neil had het erover hoe belangrijk het was dat je in je leven de geestelijke kaarten volgde, die je 's nachts te voorschijn kon leren dromen. Wallander vertrok zijn gezicht en legde het boek weg. Hij pakte het andere. Rebecka Stanford schreef over iets wat zij 'de chronologische ontknoping' noemde. Opeens begon hij aandachtiger te lezen. Het boek leek te gaan over hoe je in het gezelschap van vrienden kunt leren de tijd te beheersen en je te verplaatsen tussen verschillende verdwenen en nog komende tijdperken. Zij leek van mening te zijn dat dit de juiste manier was om je leven te verwezenlijken 'in een tijd van toegenomen zinloosheid en verwarring'.

'Heb jij wel eens gehoord van een schrijfster die Rebecka Stanford heet?' vroeg hij aan Martinson, die op een stoel was gaan staan om op de bovenste plank van de kleerkast te kunnen zoeken.

Martinson klom van zijn stoel en bekeek het omslag. Daarna schudde hij zijn hoofd.

'Het zal wel een soort jeugdboek zijn', zei hij. 'Dat kun je misschien beter aan Linda vragen.'

Wallander knikte. Martinson had natuurlijk gelijk. Hij zou het aan Linda vragen; die las veel. Toen ze afgelopen zomer op Gotland waren, had hij de boeken bekeken die zij bij zich had. Hij had nog nooit van een van de schrijvers ervan gehoord.

Martinson keerde terug naar de kleerkast. Wallander ging verder met de boekenkast naast het bed. Daar lagen ook een paar fotoalbums in. Hij ging weer aan het bureau zitten en begon te bladeren. Foto's van Isa en haar broer. De kleuren waren al wat verbleekt. Foto's genomen in een kamer en in een landschap. Op één foto had het gesneeuwd. Isa en haar broer naast een sneeuwpop. Ze stonden er allebei stijf bij en geen van beiden leek blij of trots te zijn. Daarna een paar bladzijden met foto's van Isa alleen. Schoolfoto's. Een foto van Isa met een paar vrienden in Kopenhagen. Daarna keerde Jörgen weer terug. Hij was nu ouder. Vijftien jaar, en hij keek somber. Of die zwaarmoedigheid echt was of gespeeld kon Wallander niet beoordelen. De komende zelfmoord zat al in de foto, dacht hij met een gevoel van onbehagen. Maar is hij zichzelf daar ook al van bewust? Isa glimlachte op de foto's. Jörgen was somber. Daarna kustlandschappen. Foto's van zee en rotsen. Wallander pakte de aquarel. De landschappen leken op elkaar. Op een van de bladzijden stonden een naam en een jaartal: Bärnsö 1989. Wallander bladerde verder. Nergens foto's van de ouders. Alleen van Jörgen en Isa. Vrienden. En landschappen. De zee en eilandjes. Maar geen ouders.

'Waar ligt Bärnsö?' vroeg Wallander.

'Wordt dat niet altijd in de scheepvaartberichten genoemd?'

Wallander wist het niet. Hij nam het volgende album door. Foto's van de laatste jaren. Nog steeds geen ouders. Überhaupt geen volwassenen. Met één uitzondering. De Lundbergs, staande voor hun huis. De tractor was ook nog net te zien. Het was zomer. Ze lachten. Wallander was ervan overtuigd dat Isa die foto had gemaakt. Daarna volgden er weer foto's van de zee en de rotsen. Op een van die foto's kwam Isa zelf ook voor. Ze stond op een rots die nauwelijks boven het zeeniveau uitkwam.

Hij bekeek de foto lange tijd.

Het was net of Isa op het water liep. Wie had die foto genomen?

Bij de kast begon Martinson opeens te fluiten.

'Ik vind dat je hier eens naar moet kijken', zei hij.

Wallander stond snel op.

Martinson hield een pruik in zijn hand. De pruik leek op de pruiken die Boge, Norman en Hillström hadden gedragen. Aan een van de haarslierten hing een papiertje dat met een elastiekje vastzat. Wallander maakte het voorzichtig los.

'"Holmsted kledingverhuur"', las hij. 'Kopenhagen. Het adres en een telefoonnummer.'

Hij draaide het papiertje om. De pruik was op 19 juni gehuurd en had op 28 juni teruggebracht moeten worden.

'Zullen we ze meteen bellen?' vroeg Martinson.

'Misschien moeten we er zelf naartoe gaan', zei Wallander. 'Maar begin maar met bellen.'

'Dat kun jij beter doen', zei Martinson. 'Die Denen verstaan mij nooit.'

'Jij bent degene die hen niet verstaat', zei Wallander vriendelijk.

'Omdat je nooit de moeite neemt om goed te luisteren.'

'Ik zal wel kijken of ik erachter kan komen waar Bärnsö ligt. Waarom is dat zo belangrijk?'

'Dat vraag ik me ook af', zei Wallander, terwijl hij het nummer van Kopenhagen intoetste op zijn mobiele telefoon. Een vrouw nam op. Wallander stelde zich voor en legde uit waar het om ging. Een pruik die op 19 juni was gehuurd en die niet op tijd was teruggebracht.

'Hij is gehuurd door Isa Edengren', zei hij. 'In Skårby, Zweden.'

'Een ogenblikje', antwoordde ze. 'Ik kijk het even na.'

Wallander wachtte. Martinson was de kamer uitgegaan. Hij sprak met iemand over het telefoonnummer van de Reddingsmaatschappij. De vrouw kwam weer aan de lijn.

'Er is geen pruik verhuurd aan Isa Edengren', zei ze. 'Niet op die dag en ook niet daarvoor.'

'Probeert u eens een andere naam', zei Wallander.

'Ik sta alleen in de zaak en er zijn klanten', zei de vrouw. 'Kan dit niet wachten?'

'Nee. Dan moet ik contact opnemen met de Deense politie.'

Ze protesteerde niet. Hij noemde haar de overige namen: Martin Boge, Lena Norman en Astrid Hillström. Daarna wachtte hij. Martinson klonk geïrriteerd. Hij sprak met een onbekende die bleef volhouden dat hij iemand anders moest hebben. De vrouw kwam weer aan de telefoon.

'Het klopt', zei ze. 'Ene Lena Norman heeft op 19 juni vier pruiken gehuurd en betaald. En ook een aantal kledingstukken. Het had allemaal op 28 juni terug moeten zijn, maar we hebben niets binnengekregen. We hebben net een herinnering verstuurd.'

'Kunt u zich haar herinneren? Was ze alleen?'

'Mijn collega was hier toen. Meneer Sörensen.'

'Kan ik hem ook spreken?'

'Hij is tot eind augustus op vakantie.'

'Waar is hij nu?'

'Op Antarctica.'

'Waar?'

'Hij is onderweg naar de zuidpool. Verder gaat hij oude Noorse stations van de walvisvangst bezoeken. De vader van meneer Sörensen was walvisjager. Ik geloof zelfs dat hij degene was die de harpoen vasthield.'

'Er is dus niemand bij u die Lena Norman kan identificeren? Of die kan vertellen of ze alleen was toen ze de pruiken kwam huren?'

'Helaas niet. Maar we willen ze wel graag terug. Ze zullen natuurlijk wel een boete moeten betalen.'

'Dat kan nog wel even duren. We zijn op dit moment bezig met een rechercheonderzoek.'

'Is er iets gebeurd?'

'Dat kun je wel zeggen. Maar daar wil ik graag op een later tijdstip op terugkomen. Bovendien wil ik dat Sörensen contact opneemt met de politie in Ystad zodra hij terug is.'

'Dat zal ik hem zeggen. Uw naam is Wallander?'

'Kurt Wallander.'

Wallander legde zijn telefoon op het bureau. Lena Norman was dus in Kopenhagen geweest. De vraag was nu of ze daar alleen naartoe was gegaan of niet.

Martinson kwam de kamer weer binnen.

'Bärnsö ligt in Östergötland', zei hij. 'Aan de scherenkust van Gryt, om precies te zijn. Verder ligt er nog een Bärnsö aan de kust van Norrland. Maar dat is meer visserijwater.'

Wallander bracht verslag uit van zijn gesprek met het kledingverhuurbedrijf in Kopenhagen.

'Eigenlijk moeten we dus met Lena Normans ouders praten', zei Martinson.

'Ik had daar liever nog een paar dagen mee gewacht,' zei Wallander, 'maar ik geloof niet dat dat gaat.'

In stilte overpeinsden ze hoe vervelend het was dat ze rouwende ouders moesten lastigvallen.

De deur op de benedenverdieping ging open. Ze werden allebei door dezelfde gedachte getroffen: dat het Isa Edengren kon zijn. Maar toen ze naar de overloop liepen, was het Lundberg, die in zijn overall onderaan de trap stond. Toen hij hen zag, schopte hij zijn laarzen uit en liep hij de trap op.

'Heeft Isa wat van zich laten horen?' vroeg Wallander.

'Nee. Het is ook niet mijn bedoeling om te storen. Er was alleen iets wat u zei. Zonet, buiten. Dat ik had gebeld om te vragen hoe het met Isa was.'

Wallander kreeg het gevoel dat Lundberg dacht dat hij iets ongepasts had gedaan door naar het ziekenhuis te bellen.

'Het was heel normaal dat u zich afvroeg hoe het ging.'

Lundberg keek Wallander met een bezorgde blik aan.

'Maar ik heb helemaal niet gebeld. Mijn vrouw ook niet. We hebben niet naar het ziekenhuis gebeld om te vragen hoe het met haar ging, hoewel we dat misschien wel hadden moeten doen.'

Wallander en Martinson keken elkaar aan.

'U hebt niet gebeld?'

'Nee.'

'En uw vrouw ook niet?'

'Geen van beiden.'

'Is er een andere Lundberg die gebeld kan hebben?'

'Wie zou dat moeten zijn?'

Wallander keek de man die voor hem stond peinzend aan. Er was totaal geen reden om aan te nemen dat hij niet de waarheid sprak. Dus had er iemand anders naar het ziekenhuis gebeld. Iemand die wist dat Isa nauw contact met de familie Lundberg onderhield. En die bovendien wist dat ze naar het ziekenhuis was gebracht. Maar wat had de persoon die had gebeld eigenlijk willen weten? Of Isa weer beter werd? Of dat ze was overleden?

'Ik begrijp het niet', zei Lundberg. 'Wie kan er nou gebeld hebben en hebben gezegd dat hij mij was?'

'Daar zou u eigenlijk zelf een antwoord op moeten kunnen geven', zei Wallander. 'Wie wist dat Isa altijd naar u toe kwam wanneer ze problemen met haar ouders had?'

'Hier in het dorp wist iedereen wel dat Isa bij ons over de vloer kwam', zei Lundberg. 'Maar ik kan me niet voorstellen wie er heeft gebeld en mijn naam heeft gebruikt.'

'Ze zullen de ambulance wel hebben gezien', zei Martinson. 'Was er niemand die u heeft gebeld om te vragen wat er was gebeurd?'

'Karin Persson heeft gebeld', zei Lundberg. 'Zij woont in het dalletje vlak bij de hoofdweg. Die is nogal nieuwsgierig. Die volgt alles wat er gebeurt. Maar die kan aan de telefoon niet echt als een man klinken.'

'Verder niemand?'

'Åke Nilsson is even gestopt toen hij van zijn werk kwam. Hij had karbonades bij zich. Toen hebben we het verteld. Maar hij kende Isa niet, dus hij kan niet naar het ziekenhuis hebben gebeld.'

'Verder niemand?'

'De postbode kwam met een bericht van de giro. Het bleek dat we driehonderd kronen hadden gewonnen bij de Lotto. Hij vroeg of de Edengrens thuis waren. Toen vertelden we dat Isa in het ziekenhuis lag. Maar waarom zou hij hebben gebeld?'

'Maar verder dus niemand?'

'Nee.'

'Het is goed dat we dat nu weten', zei Wallander, die heel duidelijk liet blijken dat het gesprek nu voorbij was. Lundberg liep de trap af, trok zijn laarzen aan en verdween.

'Ik ben vannacht naar het natuurgebied gereden', zei Wallander. 'Opeens kreeg ik het gevoel dat daar iemand was. In het duister, onzichtbaar. Iemand die ons in de gaten hield. Dat was natuurlijk alleen maar verbeelding, maar nou begin ik het me toch af te vragen. Ik heb Edmundsson trouwens vanochtend gevraagd of hij met zijn hond op die plek wil zoeken. Worden we soms door iemand gevolgd?'

'Ik weet wat Svedberg zou hebben gezegd.'

Wallander keek Martinson verwonderd aan.

'Wat zou hij dan hebben gezegd?'

'Svedberg vertelde af en toe over zijn indianen. Ik kan me een nacht herinneren toen hij en ik de veerterminal in de gaten moesten houden. In 1988, geloof ik, vroeg in het voorjaar. Het was een omvangrijk smokkelgebeuren, misschien herinner je je dat nog wel. We zaten in de auto en Svedberg hield ons wakker met verhalen over indianen. Ik kan me onder andere nog herinneren dat hij vertelde over hun manier om sporen te zoeken. Hoe ze zelf onderzochten of ze ook gevolgd werden. Belangrijk was dat je dan moest stoppen. Dat je moest weten wanneer je een manoeuvre moest onderbreken, dekking moest zoeken en dan moest wachten op degenen die achter je aan slopen.'

'Maar wat zou Svedberg dan hebben gezegd?'

'Dat we af en toe zouden moeten stoppen om een blik over onze schouder te werpen.'

'Wat zouden we dan zien?'

'Iemand die daar niet hoort te zijn.'

Wallander dacht na.

'Met andere woorden: dat betekent dat we dit huis moeten laten bewaken. Om te zien of er ook iemand is die besluit hetzelfde te doen als wij. Isa's kamer doorzoeken. Bedoel je dat?'

'Min of meer.'

'Min of meer bestaat niet. Bedoel je dat wel of bedoel je dat niet?'

'Ik heb het over wat Svedbergs mening zou zijn geweest.'

Wallander besefte hoe moe hij was. Zijn irritatie kon ieder moment de kop opsteken. Hij bedacht dat hij Martinson eigenlijk zijn excuses moest aanbieden, zoals hij ook eerder, op het pad in het natuurgebied, met Ann-Britt Höglund had moeten praten. Hij zei echter niets. Ze keerden terug naar Isa's kamer. De pruik lag op het bureau, naast Wallanders telefoon. Hij liet zich op zijn knieën zakken om onder het bed te kijken. Daar lag niets. Toen hij overeind kwam, werd hij opeens door duizeligheid overvallen. Hij wankelde en greep Martinson bij de arm.

'Voel je je niet lekker?'

Wallander schudde zijn hoofd.

'Het is jaren geleden dat ik een paar nachten achter elkaar op kon blijven zonder dat me dat wat deed. Dit zul jij ook nog wel krijgen.'

'We moeten tegen Lisa zeggen dat we nog meer personeel moeten hebben.'

'Ze heeft er al met mij over gepraat', antwoordde Wallander. 'Ik heb gezegd dat we daarop terug zullen komen. Is hier nog meer te zien?'

'Ik geloof het niet. In de kleerkast ligt niets wat er niet hoort te zijn.'

'Ontbreekt er ook iets? Wat je normaal wel in een kast van een jonge vrouw aantreft?'

'Voorzover ik kan zien niet.'

'Dan gaan we.'

Toen ze buitenkwamen was het bijna halftien. Wallander wierp een blik naar de hemel. Er kwamen geen regenwolken naderbij.

'Ik zal zelf wel bellen met Isa's ouders', zei hij. 'De rest van jullie moet contact opnemen met de ouders van Boge, Norman en Hillström. Ik durf de verantwoordelijkheid niet op me te nemen voor wat er gebeurt als we Isa niet te pakken krijgen. Het kan toch zijn dat die ouders iets weten. Hetzelfde geldt voor de anderen die op die foto stonden die we bij Svedberg hebben gevonden.'

'Denk jij dat er iets is gebeurd?'

'Ik weet het niet.'

Ze stapten in hun auto's en reden weg. Wallander dacht aan het gesprek met Lundberg. Er had dus iemand gebeld. Maar wie? Hij had ook het knagende gevoel dat Lundberg nog meer had gezegd, misschien in een bijzin, wat van belang was. Maar hij wuifde dat weg. Ik ben moe, dacht hij. Ik luister niet goed naar wat de mensen zeggen en later denk ik dat ik iets belangrijks over het hoofd heb gezien.

Toen ze bij het politiebureau aankwamen, ging Martinson zijns weegs. Wallander werd bij de receptie door Ebba tegengehouden.

'Mona heeft gebeld', zei ze.

Wallander bleef meteen staan.

'Wat wou ze?'

'Dat heeft ze natuurlijk niet tegen mij gezegd.'

Ebba gaf hem een briefje met Mona's telefoonnummer in Malmö. Wallander had dat in zijn hoofd, maar de zorg van Ebba kende meestal geen grenzen. Hij kreeg ook nog een stapel andere berichten mee.

'Vooral van journalisten', zei Ebba troostend. 'Om hen hoef jij je verder niet druk te maken.'

Wallander ging koffie halen en verdween naar zijn kantoor. Hij had net zijn jack weggehangen toen de telefoon ging. Het was Hanson.

'Geen nieuws', zei hij. 'Nog niet. Ik dacht dat je dat wel zou willen weten.'

'Ik zou willen dat jij of Ann-Britt hiernaartoe komt', zei Wallander. 'Martinson en ik kunnen alles wat er aangepakt moet worden niet helemaal aan. Wie is er bijvoorbeeld verantwoordelijk voor het opsporen van hun auto's?'

'Ik. En daar wordt ook aan gewerkt. Is er iets gebeurd?'

'Isa Edengren is weggelopen uit het ziekenhuis. En daar maak ik me zorgen over.'

'Wie wil je het liefst hebben?'

Wallander wilde dat Ann-Britt Höglund zou komen. Zij was een betere rechercheur dan Hanson. Maar dat zei hij natuurlijk niet.

'Dat maakt niet uit. Een van jullie twee.'

Hij drukte de haak van het toestel neer en toetste vervolgens het nummer van Mona in Malmö in. Iedere keer dat ze belde, wat niet bijzonder vaak voorkwam, was hij ongerust dat er iets met Linda was.

Toen de bel twee keer was overgegaan nam ze op. Wallander voelde altijd een vlaag van verdriet door zich heen gaan wanneer hij haar stem hoorde. Soms meende hij dat dat gevoel met de jaren minder was geworden, maar hij was er niet zeker van dat dit zo was.

'Ik hoop dat ik je niet stoor', zei ze. 'Hoe gaat het met je?'

'Ik heb jou gebeld', antwoordde hij. 'Met mij gaat het goed.'

'Je klinkt anders wel moe.'

'Ik ben ook moe. Het zal jou niet ontgaan zijn dat er in de kranten heeft gestaan dat een van mijn collega's dood is. Svedberg. Kun je je die nog herinneren?'

'Niet echt.'

'Wat was er?'

'Ik wou je vertellen dat ik weer ga trouwen.'

Wallander bleef doodstil zitten. Heel even stond hij op het punt de hoorn op de haak te smijten, maar hij bleef zitten, roerloos, sprakeloos.

'Ben je er nog?'

'Ja', antwoordde hij. 'Ik ben er nog.'

'Ik vertel je dus dat ik weer ga trouwen.'

'Met wie dan?'

'Met Clas-Henrik. Met wie anders?'

'Ga jij met een golfspeler trouwen?'

'Wat een onnodige en onnozele opmerking.'

'Sorry. Weet Linda er al van?'

'Ik wilde het eerst aan jou vertellen.'

'Ik weet niet wat ik moet zeggen. Misschien moet ik je feliciteren.'

'Bijvoorbeeld. We hoeven dit gesprek niet langer te maken dan nodig is. Ik wilde alleen dat je het wist.'

'Maar ik wil verdomme helemaal niets weten! Over jouw leven en die verrekte golfspeler van je!'

Opeens was Wallander furieus. Waar zijn woede vandaan kwam wist hij niet. Misschien was het zijn vermoeidheid, of de laatste onuitgesproken teleurstelling over het feit dat Mona hem nu definitief in de steek liet. De eerste keer gebeurde dat op de dag dat ze vertelde dat ze wilde scheiden. En nu opnieuw, nu ze vertelde dat ze weer ging trouwen.

Hij gooide de hoorn op de haak. Hij deed dat zo hard dat die brak. Op dat moment stapte Martinson door de openstaande deur naar binnen. Hij schrok op toen de telefoonhoorn kapotging. Wallander rukte de hele telefoon los en smeet hem in de prullenbak. Martinson keek hem aan, bang dat hijzelf het voorwerp van Wallanders woede zou worden. Hij spreidde zijn armen uit en draaide zich om om weg te gaan.

'Wat wil je?'

'Het kan wel wachten.'

'Dat ik zo kwaad ben, heeft een privé-reden', zei Wallander. 'Zeg maar wat je komt doen.'

'Ik ga naar de familie Norman. Daar wilde ik beginnen. Bovendien weet Lillemor Norman misschien waar Isa Edengren gebleven kan zijn.'

Wallander knikte.

'Hanson of Ann-Britt komt eraan. Vraag hun maar of zij die anderen op zich nemen.'

Martinson knikte. Aarzelend bleef hij in de deuropening staan.

'Je hebt wel een nieuwe telefoon nodig', zei hij. 'Ik regel dat wel.'

Wallander gaf geen antwoord. Hij maakte alleen een gebaar met zijn hand dat Martinson kon vertrekken.

Hoelang hij doelloos bleef zitten wist hij niet, maar opnieuw moest hij onder ogen zien dat Mona nog steeds de vrouw was die voor hem het meest betekende.

Pas toen er in de deuropening een agent met een telefoontoestel onder zijn arm opdook, stond hij op en verliet hij zijn kamer. In de gang bleef hij staan zonder te weten wat hij zou gaan doen. Toen merkte hij dat hij voor Svedbergs kamer was blijven staan. De deur stond op een kier. Hij duwde hem met zijn voet verder open. De zon scheen door het raam naar binnen en onthulde een dun laagje stof op het bureau. Wallander stapte de kamer in en deed de deur achter zich dicht. Aarzelend ging hij in Svedbergs stoel zitten. Ann-Britt had alle papieren al doorgenomen. Opeens bedacht hij dat Svedberg in de kelder ook nog een kast had staan. Waarschijnlijk had Ann-Britt die al doorgenomen, maar daar had ze niets over gezegd. Wallander had nog steeds de sleutelbos van Svedbergs flat bij zich, die Nyberg hem gegeven had. Er zat geen sleutel bij die kon passen op de kast in de kelder. Wallander liep naar de receptie om er bij Ebba naar te vragen.

'Hier hangen zijn reservesleutels', zei ze met iets van onbehagen in haar stem.

Wallander pakte ze aan en wilde net weggaan toen zij hem tegenhield.

'Wanneer is de uitvaart?'

'Dat weet ik niet.'

'Het zal pijnlijk zijn.'

'Gelukkig zijn er geen huilende weduwe en kleine kinderen bij', zei Wallander. 'Maar zwaar zal het zeker worden.'

Hij liep de trap af en keek waar Svedbergs kast stond. Toen hij die openmaakte, wist hij niet wat hij hoopte te vinden. Vermoedelijk helemaal niets. Er hingen een paar handdoeken in. Svedberg ging iedere vrijdagavond naar de sauna. Er stonden ook een zeepdoos en een fles shampoo in. Verder een paar oude sportschoenen. Wallander voelde met zijn hand op de bovenste plank. Daar lag een plastic mapje met papier erin. Hij pakte het, zette zijn bril op en bladerde de papieren door. Hij vond een herinnering dat Svedberg zijn auto voor een beurt moest wegbrengen en een paar handgeschreven briefjes die met enige moeite als boodschappenlijstjes konden worden geduid. Maar er zaten ook een paar trein- en buskaartjes in. Op 19 juli had Svedberg, als hij het althans was geweest, een vroege ochtendtrein naar Norrköping genomen. Op 22 juli was hij weer in Ystad teruggekeerd. Aan de gaatjes kon Wallander zien dat het kaartje helemaal was verbruikt. De buskaartjes waren heel wazig. Hij hield ze tegen het licht, maar kon er niets aan aflezen. Hij deed de kast op slot en nam het plastic mapje mee naar zijn kamer. Met behulp van een vergrootglas probeerde hij te lezen wat er stond. Er stonden echter alleen een prijs op en de naam 'Östgötatrafiken'. Hij fronste zijn voorhoofd en legde de kaartjes op zijn bureau. Wat had Svedberg in Norrköping gedaan? Of althans in de buurt van die stad? Drie dagen was hij weg geweest, midden in zijn vakantie. Hij toetste het nummer van Ylva Brink in. Toevallig was ze thuis. Waarom Svedberg naar de provincie Östergötland was gereisd, begreep ze niet. Hij had daar geen familie.

'Misschien dat die vrouw Louise daar woont', zei ze. 'Weten jullie al wie dat is?'

'Nog niet', antwoordde Wallander. 'Maar misschien heb je wel gelijk.'

Hij ging een kop koffie halen. Nog steeds moest hij aan het gesprek met Mona denken. Hij begreep niet hoe ze kon trouwen met dat magere golfspelertje, dat blijkbaar leefde van de import van sardientjes. Hij keerde terug naar zijn kantoor. De kaartjes lagen voor hem op het bureau. Opeens verstijfde hij, het koffiekopje halverwege zijn mond.

Daar had hij meteen aan moeten denken. Aan wat er in Isa Edengrens fotoalbum had gestaan. Hoe heette dat eiland ook alweer? Bärnsö? En wat had Martinson uitgezocht? Dat Bärnsö ergens voor de scherenkust van Östergötland lag.

Hij zette zijn kopje zo heftig neer dat de koffie eroverheen ging, en hij wijdde zijn nieuwe telefoon in door Martinson te bellen.

'Waar zit je?' vroeg hij.

'Ik zit koffie te drinken samen met Lillemor Norman. Haar man komt ook zo.'

Wallander kon aan Martinsons stem horen dat het een moeilijk bezoek was.

'Ik wil dat je haar iets vraagt', zei hij. 'Nu, terwijl ik aan de telefoon blijf wachten. Ik wil weten of ze ook iets weet over dat eiland Bärnsö. Of Isa Edengren op de een of andere manier daarmee te maken heeft.'

'Alleen dat?'

'Alleen dat. Nu.'

Wallander wachtte. Ann-Britt Höglund dook op in de deuropening. Hanson had misschien wel begrepen wie Wallander het liefst in zijn buurt wilde hebben. Ze wees naar het koffiekopje en verdween.

Martinson kwam weer aan de lijn.

'Het antwoord is nogal verrassend', zei hij. 'Zij beweert dat de familie Edengren niet alleen zomerhuizen heeft in Spanje en Frankrijk, maar ook een huis op Bärnsö.'

'Mooi', zei Wallander. 'Nu is er eindelijk eens iets wat met elkaar in verband staat.'

'Er is nog iets', zei Martinson. 'Lena is daar blijkbaar ook verschillende keren geweest. En die andere vrienden, Boge en Hillström, ook.'

'Ik ken nog iemand die er is geweest', zei Wallander.

'Wie dan?'

'Svedberg. Tussen 19 en 22 juli.'

'Potverdomme. Hoe ben je daarachter gekomen?'

'Dat hoor je wel wanneer je terug bent. Ga nu maar verder met wat je moet doen.'

Wallander legde de hoorn neer. Deze keer voorzichtig. Ann-Britt Höglund dook weer op.

Ze voelde meteen dat er wat was gebeurd.

17

Wallander had gelijk. Ann-Britt Höglund had er nooit aan gedacht om beneden in de kelder in Svedbergs kast te gaan kijken. Wallander kon een vage tevredenheid over het feit dat ze die fout had gemaakt niet onderdrukken. In zijn ogen was ze een goede rechercheur, maar uit het feit dat ze de kast in de kelder had vergeten bleek dat ook zij niet onfeilbaar was.

Ze namen snel door wat er was gebeurd. Isa Edengren was verdwenen. Wallander vond dat het zoeken naar haar de hoogste prioriteit moest krijgen.

Ann-Britt Höglund wilde weten hoe hij zich dat eigenlijk voorstelde. Wallander wist het niet. Maar Isa had bij dat feest zullen zijn. Zij had bovendien geprobeerd zelfmoord te plegen zonder dat ze een antwoord op de vraag hadden gekregen waarom. En nu was ze weggelopen.

'Er is natuurlijk nog een mogelijkheid', zei Ann-Britt Höglund. 'Ook al is die niet prettig en vermoedelijk ook niet waarschijnlijk.'

Wallander had wel een vermoeden van wat ze bedoelde.

'Je bedoelt dat Isa degene is die haar vrienden heeft omgebracht? Daar heb ik ook aan gedacht. Maar ze was aantoonbaar ziek op midzomeravond.'

'Als het toen gebeurd is', zei Ann-Britt Höglund. 'Dat weten we natuurlijk nog niet.'

Wallander realiseerde zich dat ze gelijk had.

'In dat geval is er nog een reden om er zo snel mogelijk achter te komen waar ze zich bevindt. En we moeten die man die heeft opgebeld en zich heeft uitgegeven voor Lundberg ook niet vergeten.'

Ze verliet zijn kamer om contact op te gaan nemen met de families Hillström en Boge. En verder met de andere jongelui die op de foto stonden die ze bij Svedberg hadden gevonden. Wallander had er zich van vergewist dat ze niet zou vergeten om te vragen naar dat eiland Bärnsö voor de scherenkust van Östergötland. Net nadat Ann-Britt het kantoor had verlaten belde Nyberg.

Wallanders eerste gedachte was dat ze de plaats in het natuurgebied die ze zochten hadden gevonden.

'Nog niet', zei Nyberg. 'Dat kan trouwens best lang gaan duren. Ik bel voor iets heel anders. We hebben bericht gekregen over het geweer dat bij Svedberg thuis lag.'

Wallander trok een blocnote naar zich toe.

'Wapenregisters zijn effectief', vervolgde Nyberg. 'Het geweer waarmee Svedberg is omgebracht werd twee jaar geleden gestolen. In Ludvika.'

'Ludvika?'

'Van de diefstal is op 19 februari 1994 bij de politie in Ludvika aangifte gedaan. De aangifte werd gedaan bij een collega die Wester heet. De man die aangifte deed is iemand met de naam Hans-Åke Hammarlund. Hij had zijn wapens volgens alle voorschriften bewaard, achter slot en grendel. Op 18 februari was hij naar Falun vanwege een juridische kwestie bij Provinciale Staten. Uit zijn aangifte blijkt dat hij een eigen bedrijf in de elektriciteitsbranche heeft. En hij is jager. In de nacht van 18 op 19 februari is er bij hem thuis ingebroken. Zijn vrouw, die boven lag te slapen, heeft niets gehoord. Toen Hammarlund de volgende dag uit Falun terug kwam, ontdekte hij de diefstal en hij heeft diezelfde dag nog aangifte gedaan. Het jachtgeweer is een Lambert Baron, in Spanje geproduceerd. De registratienummers kloppen. Geen van de wapens werd ooit teruggevonden. Er kon ook niemand als verdachte van de diefstal worden aangehouden.'

'Hij raakte dus tegelijkertijd nog andere wapens kwijt?'

'De dief had gek genoeg een heel kostbaar elandengeweer laten hangen. Maar hij nam wel twee pistolen mee. Of om nauwkeuriger te zijn: een revolver en een pistool. Welke merken dat waren is niet duidelijk. Maar ik neem aan dat je begrijpt tegen welke mogelijkheid we hier aankijken?'

'Dat een van die andere wapens in het natuurgebied is gebruikt? Daar moeten we dan ook zo gauw het maar enigszins kan een antwoord op krijgen.'

'Ludvika ligt in Dalarna', zei Nyberg. 'Ver weg. Maar wapens kunnen overal opduiken.'

'Het is anders niet waarschijnlijk dat Svedberg het wapen heeft gestolen waarmee hij zelf werd neergeschoten.'

'Wanneer het om diefstal van wapens gaat, bestaan er zelden rechtstreekse verbindingen', zei Nyberg. 'Wapens worden gestolen, gebruikt en weer doorverkocht. Er kan een lange keten van eigenaars zijn geweest voordat het wapen in Svedbergs flat terechtkwam.'

'Het is hoe dan ook belangrijk', zei Wallander. 'Ik heb het gevoel dat we in de mist aan het navigeren zijn.'

'Hier is het anders mooi weer', zei Nyberg. 'Maar het is verdomme niet bepaald leuk om naar een plaats te zoeken die als provisorisch graf is gebruikt.'

'Dat hoef je allemaal na je pensioen niet meer te doen', zei Wallander. 'Jij en ik en alle anderen die zich hiermee bezig moeten houden.'

Nyberg beloofde ervoor te zullen zorgen dat de identificatie van de gestolen wapens en het controleren van de munitie die in het natuurgebied gebruikt was de hoogste prioriteit zou krijgen. Wallander had zich juist over zijn blocnote gebogen om een samenvatting te maken van de situatie, toen de telefoon opnieuw ging. Het was dokter Göransson.

'U bent vanochtend niet gekomen', zei hij verwijtend.

'Het spijt me', antwoordde Wallander. 'Ik heb er eigenlijk geen excuus voor.'

'Ik begrijp dat u veel te doen hebt. Afschuwelijk, wat er allemaal gebeurt. Je kunt de krant bijna niet meer openslaan. Ik heb een paar jaar in een ziekenhuis in Dallas gewerkt. De koppen in *Ystads Allehanda* beginnen al aardig te lijken op die van de kranten in Texas.'

'We werken vierentwintig uur per dag', zei Wallander. 'Dat is onvermijdelijk.'

'Ik vind toch dat u een beetje tijd moet nemen voor uw gezondheid', zei Göransson. 'Een verwaarloosde diabetes in combinatie met een te hoge bloeddruk is niet iets om mee te spotten.'

Wallander vertelde over zijn nacht in het ziekenhuis en over zijn bloedsuikergehalte.

'Dat versterkt natuurlijk wat ik net heb gezegd. We moeten u eens goed onderzoeken. Lever en nieren, het functioneren van de alvleesklier. En ik vind dat we daar niet mee kunnen wachten.'

Wallander realiseerde zich dat hij er niet onderuit zou komen. Ze spraken af dat hij de volgende dag absoluut naar de kliniek zou komen, om acht uur. Hij beloofde dat hij niets zou eten en dat hij zou proberen wat op te vangen van zijn eerste ochtendurine.

'Ik neem aan dat u geen tijd hebt om hier een urinepotje op te halen', zei Göransson.

Wallander legde de hoorn neer en schoof zijn blocnote weg. Opeens besefte hij heel duidelijk hoelang hij zichzelf verwaarloosd had. Eigenlijk was dat al begonnen toen Mona wilde scheiden en bij hem wegging. Dat was bijna zeven jaar geleden. Even gaf hij haar nu de schuld. Maar natuurlijk was het uitsluitend zijn eigen fout.

Hij stond op en keek door het raam naar buiten. Het was een warme augustusdag. Göransson had gelijk. Hij moest zijn gezondheid serieus nemen. Als hij nog tien jaar wilde leven. Waarom hij die grens precies bij tien jaar trok, wist hij niet goed.

Hij keerde terug naar zijn bureau en staarde een poosje naar de lege blocnote. Daarna zocht hij de telefoonnummers op van de huizen in Frankrijk en Spanje. Hij controleerde in het telefoonboek waar hij Isa Edengrens moeder te pakken had gekregen. Dat was in Spanje. Hij toetste het nummer in en wachtte. Hij wilde juist neerleggen toen er door een man werd opgenomen. Wallander stelde zich voor.

'Ik heb gehoord dat u had gebeld. Ik ben Isa's vader.'

Wallander kreeg het gevoel dat de man spijt had van dat laatste. Opnieuw was hij geschokt.

'U bent natuurlijk van plan zo snel mogelijk naar huis te komen om u om Isa te bekommeren', zei hij.

'Eigenlijk niet. Er lijkt immers geen acuut risico te bestaan.'

'Hoe weet u dat?'

'Ik heb het ziekenhuis gebeld.'

'U hebt toen u belde niet toevallig gezegd dat u Lundberg heette?'

'Waarom zou ik dat hebben gedaan?'

'Het was maar een vraag.'

'Heeft de politie werkelijk niets beters te doen dan idiote vragen stellen?'

'Jawel hoor', zei Wallander, die zijn nijdigheid niet langer probeerde te verbloemen. 'We kunnen bijvoorbeeld contact opnemen met de Spaanse politie om hun bijstand te vragen om u op het eerste het beste vliegtuig terug naar huis te zetten.'

Dat was natuurlijk niet waar, maar Wallander had genoeg van Isa Edengrens ouders. Hun totale kilte tegenover hun dochter, hoewel ze al een zoon door zelfmoord hadden verloren. Hij vroeg zich af hoe mensen zich eigenlijk tegenover hun kinderen konden gedragen.

'Ik vind dit beledigend.'

'Drie van Isa's vrienden zijn vermoord', zei Wallander. 'Isa had erbij kunnen zijn toen dat gebeurde. Ik heb het over moord. Nu geeft u antwoord op mijn vragen. Of ik neem contact op met de Spaanse politie. Hebt u dat begrepen?'

De man leek te gaan twijfelen.

'Wat is er eigenlijk gebeurd?'

'Voorzover ik weet zijn er Zweedse kranten te koop aan de Spaanse costa's. Ik neem aan dat u kunt lezen?'

'Wat bedoelt u daar verdomme mee?'

'Precies wat ik zeg. U hebt een zomerhuis op een eiland dat Bärnsö heet. Heeft Isa daar sleutels van? Of mocht ze daar ook niet in?'

'Ze heeft sleutels.'

'Is daar ook telefoon?'

'We gebruiken onze mobieltjes.'

'Heeft Isa een eigen telefoon?'

'Heeft niet iedereen dat?'

'Wat is haar nummer?'

'Dat weet ik niet. Ik geloof trouwens niet dat ze een telefoon heeft.'

'Wat is het nou? Heeft ze nou wel of geen mobiele telefoon?'

'Ze heeft me nooit om geld gevraagd om er een te kopen. Hoe zou ze zich die dan hebben kunnen permitteren? Ze werkt niet, ze doet niets om wat van haar leven te maken.'

'Is het mogelijk dat Isa naar Bärnsö is vertrokken? Gaat ze daar wel eens heen?'

'Ik had anders begrepen dat ze in het ziekenhuis lag?'

'Daar is ze vertrokken.'

'Waarom?'

'Dat weten wij niet. Is het mogelijk dat ze naar Bärnsö is gegaan?'

'Dat is heel goed mogelijk.'

'Hoe kom je daar?'

'Je moet bij Fyrudden de boot nemen. Er is geen vaste oeververbinding.'

'Heeft ze de beschikking over een boot?'

'Die van ons ligt op dit moment op een werf in Stockholm; de motoren krijgen een beurt.'

'Zijn er op het eiland ook buren met wie we contact kunnen opnemen?'

'Er woont daar niemand. Ons huis is het enige.'

Wallander had tijdens het gesprek aantekeningen gemaakt. Op dit moment wilden hem geen andere vragen te binnen schieten.

'Ik moet u verzoeken om op dit telefoonnummer bereikbaar te blijven', zei hij. 'Is er trouwens nog een andere plaats waar Isa misschien naartoe is gegaan?'

'Niet dat ik weet.'

'Als u op een later tijdstip misschien nog iets te binnen schiet dat van belang kan zijn voor ons, reken ik erop dat u contact opneemt.'

Wallander gaf hem het telefoonnummer van het politiebureau in Ystad en van zijn eigen mobiele telefoonnummer. Daarna beëindigde hij het gesprek. Hij merkte dat hij zweterige handen had gekregen.

Na lang zoeken in zijn lades en kasten vond Wallander de autoatlas die hij nodig had. Al bladerend vond hij de scherenkust van Östergötland. Fyrudden stond er wel in, maar Bärnsö niet. Omdat er maar één huis op het eiland stond, nam hij aan dat het heel klein moest zijn. Hij liep naar de receptie om te vragen of ze voor hem wilden uitzoeken of Isa Edengren een mobiel telefoonnummer had. Toen besefte hij dat haar vrienden dat nummer zouden moeten kennen. Hij belde Martinson. Die zat nog steeds bij de familie Norman. Wallander benijdde hem niet. Na een poosje werd hem verteld dat geen van de ouders een mobiel telefoonnummer kende. Wallander vroeg aan Martinson of hij contact wilde opnemen met de jongelui die op Svedbergs foto hadden gestaan. Na twintig minuten kreeg hij een antwoord. Niemand wist of Isa een mobiele telefoon had.

Inmiddels was het al middag geworden. Wallander had hoofdpijn en honger. Hij bestelde telefonisch een pizza, die een halfuur later bezorgd werd. Zittend aan zijn bureau at hij die op. Nyberg had nog steeds niets van zich laten horen. Hij overwoog of hij zelf naar het natuurgebied zou rijden, maar hij zou niets kunnen bijdragen. Nyberg wist wat hem te doen stond. Wallander veegde zijn mond af, gooide de pizzadoos weg en liep naar het toilet om zijn handen te wassen. Daarna verliet hij het politiebureau en stak de weg over, naar de watertoren. Daar ging hij in de schaduw zitten om vat te krijgen op een gedachte die hem maar niet los wilde laten.

Hij had het idee dat er een patroon bestond. Maar dat idee had geen vorm, geen gezicht. Het was meer een zwevend beeld, waarbij sommige momenten terugkeerden. Zijn ergste vrees, dat Svedberg de drie jongeren had omgebracht, begon af te nemen. Svedberg behoorde tot de achtervolgers, net als hijzelf. Hij had het idee dat Svedberg zich ergens vóór hem bevond. Ze hadden hem nog niet helemaal ingehaald.

Svedberg kon geen moordenaar zijn die zelf werd doodgeschoten. Daarmee verdween de ene vrees, maar die werd meteen vervangen door een andere. Wie hield Wallanders bewegingen in de gaten? Of die van Martinson? Of van Ann-Britt?

Ergens in hun buurt bevond zich iemand die heel goed op de hoogte was.

Wallander wist dat hij gelijk had, ook al bestond er nog maar weinig samenhang tussen de beelden.

Degene die Svedberg had omgebracht en die ook de drie jongeren had omgebracht, beschikte voortdurend over de informatie die hij nodig had. Het midzomerfeest was in het diepste geheim voorbereid. Zelfs de ouders wisten er niets van. Maar toch was er iemand die wel op de hoogte was. Iemand die ook had ontdekt dat Svedberg zijn sporen volgde.

Svedberg moest te dicht in de buurt zijn gekomen, dacht Wallander. Zonder dat hij zich daar zelf van bewust was geweest, was hij op verboden terrein gekomen. Daarom werd hij vermoord. Een andere verklaring kon er gewoon niet zijn.

Tot zover kon hij zijn eigen gedachten volgen toen hij daar in het gras bij de watertoren zat. Maar verder was alles heel onduidelijk. Waarom stond de telescoop in de schuur van Björklund? Waarom had iemand vervalste ansichtkaarten uit diverse delen van Europa verstuurd? Waarom dat oponthoud? Er waren tal van vragen en ze waren onsamenhangend.

Ik moet Isa vinden, dacht hij. Ik moet haar aan de praat krijgen. Ik moet haar laten vertellen over dingen waarvan ze zelf misschien niet eens weet dat ze die weet. En ik moet Svedbergs sporen vinden. Wat heeft hij ontdekt dat ons ontgaat? Of koesterde hij meteen al een verdenking, die wij gewoon niet kúnnen koesteren?

Wallander dacht aan Louise. De vrouw met wie Svedberg in het geheim een relatie had gehad.

Die foto had iets verontrustends. Hij wist nog steeds niet wat het was. Die verontrusting spoorde hem echter aan om zich niet gewonnen te geven en niet te ongeduldig te worden.

Toen hij daar zo met zijn rug tegen de stenen muur van de watertoren zat, trof het hem opeens dat er een overeenkomst bestond tussen de vier jongelui en Svedberg. Ze hadden allemaal geheimen gekoesterd. Misschien dat daar, nog verborgen, het raakvlak was waar hij naar zocht?

Wallander stond op. Zijn lichaam deed nog steeds overal zeer na de uren dat hij in elkaar gekropen op de achterbank van zijn auto had liggen slapen. Hij liep terug naar het politiebureau.

Zijn grootste zorg was hij nog steeds niet kwijtgeraakt. De angst dat de dader die zij zochten opnieuw zou toeslaan.

Hij bleef op de parkeerplaats bij het bureau staan. Opeens zag hij de situatie heel helder voor zich. Hij moest naar Bärnsö om te zien of Isa Edengren daar was. Uit alle dingen die belangrijk waren, moest hij iets kiezen. En dat was haar vinden.

De tijd begon meteen te dringen. Hij keerde terug naar zijn kamer en slaagde erin Martinson te pakken te krijgen, die eindelijk was vertrokken bij de familie Norman aan Käringvägen.

'Is er iets gebeurd?' vroeg Martinson.

'Veel te weinig. Waarom horen we niets van de pathologen? Als we geen tijdstippen krijgen, zijn we nergens. Waarom komen er geen fatsoenlijke tips binnen? Waar zijn de verdwenen auto's? We moeten eens praten. Kom zo snel mogelijk hiernaartoe.'

Om vier uur hadden ze ook Ann-Britt Höglund te pakken gekregen, die inmiddels met zowel Eva Hillström als de ouders van Martin Boge in Simrishamn had gesproken. Terwijl ze op haar zaten te wachten, belden Wallander en Martinson met de jongelui die ze op Svedbergs foto hadden geïdentificeerd. Het bleek dat ze Isa allemaal bij verschillende gelegenheden op Bärnsö hadden bezocht. Voordat Ann-Britt kwam, had Martinson ook nog tijd om het forensisch instituut in Lund te bellen. Het was nog steeds onmogelijk om de tijdstippen van de moorden op Svedberg of de jongelui vast te stellen. Wallander nam een lijst door met de tips die er uit het publiek waren binnengekomen. Martinson had een jonge brigadier de opdracht gegeven die te verzamelen. Niets wees erop dat iemand belangrijke waarnemingen had gedaan, noch aan Lilla Norregatan, noch in het natuurgebied. Het vreemdst was echter dat zich niemand had gemeld die de vrouw herkende van wie ze aannamen dat ze Louise heette. Dat was ook het eerste wat Wallander zei toen hij met zijn twee collega's in een van de kleinere vergaderkamers was gaan zitten. Hij had de foto in de episcoop gelegd.

'Iemand moet haar toch herkennen', zei hij. 'Of althans denken dat hij weet wie ze is. Maar er heeft zich niemand gemeld.'

'Er zijn ook nog niet zo heel veel uren verstreken sinds de foto in de kranten heeft gestaan', zei Martinson.

Wallander wees die verklaring van de hand.

'Het is wat anders als we van de mensen vragen of ze zich gebeurtenissen herinneren', zei hij. 'Dat kan tijd kosten. Maar hier gaat het om een gezicht.'

'Zou het misschien een buitenlandse zijn?' opperde Ann-Britt. 'Het zou al voldoende zijn als ze in Denemarken woonde. Wie leest daar Skånse kranten? De foto komt morgen pas in de landelijke bladen.'

'Daar heb je misschien gelijk in', zei Wallander, die dacht aan Sture Björklund die tussen Hedeskoga en Kopenhagen pendelde. 'We nemen contact op met de Deense politie.'

Ze bekeken het beeld van Louise dat op de muur scheen.

'Ik kan me maar niet aan het gevoel onttrekken dat er iets

vreemds is met die foto', zei Wallander. 'Maar ik heb geen idee wat.'

Ze konden er geen van allen op komen wat dat kon zijn. Wallander zette de episcoop uit.

'Ik ben van plan om morgen naar Östergötland te gaan', zei hij. 'Er zijn redenen om aan te nemen dat Isa daarnaartoe is gegaan. We moeten haar vinden en haar aan de praat zien te krijgen.'

'Wat denk je eigenlijk dat ze ons kan vertellen? Ze was er toch niet bij toen de ramp plaatsvond?'

Martinsons vraag was meer dan redelijk, dat wist Wallander. Hij wist echter niet zeker of hij wel een goed antwoord had. Er waren nog veel lacunes, gedachten die meer vage aannames waren dan duidelijke punten die houvast boden.

'In zekere zin is ze een soort getuige', zei hij. 'We zijn ervan overtuigd dat dit geen gelegenheidsmisdrijf was. De dood van Svedberg kan dat nog steeds blijken te zijn. Ook al is dat niet echt waarschijnlijk. Maar de dood van die jongelui is een schakel in iets wat goed voorbereid moet zijn. Cruciaal is dus dat ze hun plannen in het geheim hebben gemaakt. Toch is er iemand die toegang lijkt te hebben gehad tot de belangrijkste informatie. Wat ze dachten, waar ze naartoe zouden gaan, de dag, misschien zelfs het tijdstip. Iemand die door te spioneren hun geheim heeft ontdekt. Of die er op een andere manier achter is gekomen waar ze zouden feestvieren. Als blijkt dat wij gelijk hebben, dat die jongelui een poos vlak bij de plaats van de moord begraven hebben gelegen, dan weten we dat met zekerheid. Een kuil ontstaat niet vanzelf. Isa was erbij toen de plannen gemaakt werden, maar net op het moment dat het feest gaat beginnen wordt ze ziek. We hoeven er niet aan te twijfelen dat ze zich echt niet goed voelde. Als ze had gekund, dan was ze er ook bij geweest. Maar haar buikgriep redt haar waarschijnlijk het leven. Zij is met andere woorden degene die ons de weg kan wijzen in de reconstructie die we moeten maken. Ergens zijn zij en de andere drie de persoon tegengekomen die besloot een einde aan hun leven te maken. Ze hebben niets gemerkt. Maar zo moet het gegaan zijn.'

'Denk jij dat Svedberg er ook zo over dacht?' vroeg Martinson.

'Ja. Maar hij moet ook iets anders hebben geweten. Of hebben vermoed. Argwaan hebben gekoesterd. Waarover, dat weten we niet. Ook niet over de manier waarop dit vermoeden of die argwaan

aan de oppervlakte kwamen en alleen voor hem zichtbaar werden. We weten ook niet waarom hij in het geheim naspeuringen deed. Maar het moet belangrijk zijn geweest. Hij gebruikte zijn vakantie voor zijn werk. Hij zorgde ervoor dat hij al zijn vrije dagen in één keer opnam. Dat is nog nooit eerder gebeurd.'

'Er ontbreekt iets', zei Ann-Britt Höglund. 'Een motief. Wraak, haat, jaloezie. Het klopt niet. Wie neemt er nou wraak op drie jongelui? Of eigenlijk vier. Wie kan hen hebben gehaat? Wie kan er zo afgunstig zijn geweest? Er zit een wreedheid in dit misdrijf die alles te boven gaat waarover ik eerder heb gehoord. Het is nog erger dan die stakker die zich verleden jaar als indiaan verkleedde.'

'Hij kan dat feest bewust hebben gekozen', zei Wallander. 'Het kan zo onverdraaglijk vreselijk zijn geweest dat hij een moment uitkoos waarop ze het meeste plezier hadden. En denk eraan hoe extra eenzaam iemand zich kan voelen op midzomeravond of oudejaarsavond.'

'Dan blijft er alleen maar een gek over', zei Martinson, die zijn afkeer niet onder stoelen of banken stak.

'Dan is het wel een gek die systematisch te werk gaat', zei Wallander. 'Wat natuurlijk ook mogelijk is. Maar belangrijker is toch dat we ons afvragen wat de onzichtbare gemene deler in dit alles is. De moordenaar heeft zijn informatie ergens vandaan. Hij heeft toegang gehad tot hun leven. Die deler zoeken wij. We moeten met ons onderzoek naar het leven van die jongelui de diepte in gaan. Vroeg of laat zullen we het raakvlak vinden. Het is niet uitgesloten dat we daar al op gestuit zijn, maar het over het hoofd hebben gezien.'

'Jij stelt je dus voor dat Isa Edengren de eigenlijke leider van het onderzoek wordt', zei Ann-Britt Höglund. 'Zij is degene die dan de voorhoede moet vormen. Terwijl de rest van ons voorzichtig haar voetsporen volgt.'

'Zo ongeveer. We kunnen het feit niet buiten beschouwing laten dat ze een zelfmoordpoging heeft gedaan. De vraag is waarom. We weten ook niet hoe de onzichtbare dader ertegenaan kijkt dat ze het overleefd heeft.'

'Degene die het ziekenhuis opbelde en zich voor Lundberg uitgaf?' vroeg Martinson.

Wallander knikte ernstig.

'Ik wil dat een van jullie gaat praten met degene die dat telefoontje heeft aangenomen. Hoe klonk de man die belde? Wat voor tongval had hij? Was hij jong of oud? Alles kan belangrijk zijn.'

Martinson beloofde die taak op zich te zullen nemen. Het volgende uur besteedden ze aan het afstemmen van het onderzoek. Lisa Holgersson kwam op een gegeven moment ook even binnen om over Svedbergs begrafenis te praten. Die zou dinsdag over een week plaatsvinden. Ze had zowel met Ylva Brink als met Sture Björklund gesproken. Wallander zag dat ze bleek was en getekend door vermoeidheid. Hij wist dat ze een groot deel van haar tijd besteedde aan het op afstand houden van journalisten.

'Weet iemand van welke muziek Svedberg hield?' vroeg ze. 'Ylva Brink beweerde vreemd genoeg dat ze dat niet wist.'

Tot zijn verwondering realiseerde Wallander zich dat hij dat ook niet wist. Er was geen muziek die hij onmiddellijk met Svedberg als mens in verband bracht.

Ann-Britt Höglund had echter wel een antwoord.

'Hij hield van rockmuziek', zei ze. 'Dat heeft hij een keer verteld. Ik geloof dat zijn grote favoriet een zanger was die Buddy Holly heette. Volgens mij is die langgeleden bij een vliegtuigongeluk omgekomen.'

Wallander kon hem zich vaag uit zijn eigen jeugd herinneren.

'Was hij niet degene die een liedje zong dat "Peggy Sue" heette?' vroeg hij.

'Dat klopt. Maar dat is misschien niet zo geschikt om op een begrafenis te spelen.'

'"Heerlijk is de aarde"', zei Martinson. 'Dat kan altijd. Ook al kun je erover van mening verschillen of de aarde echt zo heerlijk is als in dat gezang beweerd wordt. Als je nagaat waar wij nou mee opgescheept zitten.'

Lisa Holgersson verliet de kamer nadat Wallander haar een overzicht van de situatie had gegeven.

'Ik zou willen dat we wisten wat er gebeurd is en waarom, wanneer we Svedberg gaan begraven', zei ze.

'Ik denk niet dat we dat redden', antwoordde Wallander. 'Maar we willen natuurlijk hetzelfde als jij.'

Het was inmiddels vijf uur. Ze wilden er net mee stoppen toen de telefoon ging. Het was Ebba.

'Geen journalisten?' vroeg Wallander.

'Het is Nyberg. Ik geloof dat het belangrijk is.'

Wallander merkte hoe hij door de spanning gegrepen werd. De twee anderen in de kamer voelden zijn reactie. Even was er gekraak op de lijn, maar toen hoorden ze Nybergs stem.

'Ik geloof dat wij gelijk hadden.'

'Heb je de plek gevonden?'

'We denken van wel. We zijn op dit moment bezig om foto's te maken. En we proberen de sporen eromheen veilig te stellen.'

'Zaten we in de goeie richting?'

'Het is ongeveer tachtig meter van de plaats waar we hen hebben gevonden. Het is bovendien een zeer goed gekozen plek. Tussen dicht struikgewas. Iedereen die in de buurt kwam, zou waarschijnlijk een omweg nemen.'

'Wanneer beginnen jullie met graven?'

'Ik wilde alleen even vragen of jij het nog wilt zien voordat we de spades in de grond zetten.'

'Ik kom eraan.'

Wallander legde de hoorn neer.

'Ze hebben waarschijnlijk de plek gevonden', zei hij. 'Waar de lichamen verborgen hebben gelegen.'

Snel besloten ze dat alleen Wallander ernaartoe zou gaan. Er lag nog genoeg ander werk dat zo snel mogelijk opgepakt moest worden.

Wallander zette het zwaailicht op het dak van zijn auto en verliet Ystad. Toen hij bij de afzettingen kwam, reed hij met zijn auto door tot aan de plaats van het misdrijf. Een van de technici stond hem al op te wachten.

Nyberg had een gebied van ongeveer dertig vierkante meter afgezet. Wallander zag meteen dat de plek zeer goed gekozen was. Zoals ze al hadden voorspeld. Hij ging op zijn hurken naast Nyberg zitten. Op de achtergrond stonden een paar rechercheurs in overall met spades in hun handen te wachten.

Nyberg wees.

'Hier is de aarde omgewoeld', zei hij. 'Zoden die zijn opgepakt en weer zijn teruggelegd. Als je tussen de bladeren kijkt, zie je aarde die is weggeschoven. Je maakt een kuil en legt er iets anders in. Dan houd je grond over.'

Wallander streek met zijn hand over een van de graszoden.

'Dat lijkt heel zorgvuldig gedaan', zei hij.

Nyberg knikte.

'Er zit een meetkundig patroon in. Niets slordigs. We hadden deze plek nooit gevonden als we niet hadden besloten dat hij er moest zijn. En dat hij dan heel dicht in de buurt moest zijn.'

Wallander stond op.

'Dan gaan we graven', zei hij. 'We hoeven nergens meer op te wachten.'

Het werk ging langzaam. Nyberg had de leiding. Voordat ze de eerste laag graszoden hadden weggehaald was het al avond. Er waren schijnwerpers neergezet en die brandden nu. Onder de graszoden was de grond poreus. Ze groeven verder en zagen ten slotte een vierkante opening. Het was toen al over negenen. Lisa Holgersson was samen met Ann-Britt Höglund naar het natuurgebied gekomen. Zwijgend bekeken ze het werk. Toen Nyberg tevreden was en zei dat het graven kon ophouden, had Wallander een helder beeld voor ogen. Het vierkante gat dat hij voor zich had, was een graf.

Ze verzamelden zich in een halve cirkel rond de opening.

'Het is groot genoeg', zei Nyberg.

'Ja', zei Wallander. 'Het is groot genoeg. Zelfs voor vier lichamen.'

Wallander begon te rillen. Voor het eerst tijdens dit onderzoek waren ze erin geslaagd de onbekende dader dicht op de hielen te komen. En ze hadden gelijk gehad met hun aanname.

Nyberg zat op zijn knieën naast de kuil.

'Er ligt hier niets', zei hij. 'Maar je kunt je voorstellen dat de lichamen vacuüm verpakt in zakken hebben gezeten. Als er dan ook nog een plastic zeil onder de graszoden heeft gelegen, betwijfel ik of zelfs de hond van Edmundsson hier iets zou hebben geroken. Maar we moeten iedere kluit aarde goed onderzoeken.'

Wallander keerde met Lisa Holgersson en Ann-Britt Höglund terug naar het pad.

'Wat wil deze dader eigenlijk?' vroeg Lisa Holgersson. Ze sprak vol afkeer en angst.

'Ik weet het niet', zei Wallander. 'Maar we hebben in ieder geval een overlevende.'

'Isa Edengren?'

Wallander zei niets. Dat hoefde ook niet. Ze wisten het alledrie.

Het graf was ook voor haar bedoeld geweest.

18

De volgende ochtend om vijf uur, op dinsdag 13 augustus, verliet Wallander Ystad in zijn auto. Hij had besloten dat hij de kustweg zou nemen, langs Kalmar, en hij was Sölvesborg al gepasseerd toen hij erachter kwam dat hij zijn belofte aan dokter Göransson om die ochtend naar de kliniek te komen, totaal vergeten was. Hij reed naar de kant van de weg en belde Martinson. Het was inmiddels al halfzeven geweest en het warme heldere weer hield aan. Wallander vertelde over zijn afspraak bij de dokter en vroeg aan Martinson of hij hem wilde bellen om te zeggen dat hij niet kon komen.

'Zeg maar dat ik dringend voor mijn werk weg moest', zei Wallander.

'Ben je ziek?' vroeg Martinson.

'Het is gewoon een routineonderzoek', zei Wallander. 'Niets bijzonders.'

Later, toen hij de weg alweer was opgedraaid en met normale snelheid verderreed, bedacht hij dat Martinson zich nu wel zou afvragen waarom hij dokter Göransson zelf niet belde. Wallander vroeg zich dat ook af. En waarom zei hij niet gewoon de waarheid tegen de mensen die het wilden weten: dat hij door een volksziekte getroffen was die diabetes heette? Hij vond het moeilijk om zijn eigen motieven te begrijpen.

Vlak voor Brömsebro werd hij zo moe dat hij wel een pauze moest nemen. Hij draaide van de hoofdweg af en stopte bij een steen die de plaats aangaf waar ooit vrede tussen de Denen en de Zweden was gesloten. Hij ging in de schaduw van een boom staan plassen. Daarna ging hij weer achter het stuur zitten. Hij sloot zijn ogen en viel in slaap.

In zijn dromen bewogen zich onrustige gestaltes in combinaties en patronen die hij niet herkende. De hele tijd regende het. Wallander zocht Ann-Britt Höglund, maar hij kon haar niet vinden. Opeens dook zijn vader op. Linda was er ook bij, maar hij herkende haar nauwelijks. En de hele tijd die aanhoudende regen.

Hij werd langzaam wakker. Voordat hij zijn ogen opendeed, wist hij alweer waar hij was. De zon begon op zijn gezicht te schijnen. Hij voelde zich zweterig. Maar niet uitgerust. Bovendien had hij dorst. Hij keek op zijn klok. Tot zijn verbazing zag hij dat hij meer dan een halfuur geslapen had. Zijn lichaam deed zeer. Hij startte de motor en reed de weg weer op. Na ongeveer twintig kilometer kwam hij bij een wegrestaurant. Daar stopte hij om te ontbijten. Bij het weggaan kocht hij twee literflessen mineraalwater om mee te nemen, waarna hij verder reed naar Kalmar. Even voor negenen was hij die stad gepasseerd. De telefoon ging. Het was Ann-Britt Höglund, die had beloofd zijn aankomst in Östergötland voor te bereiden.

'Ik heb gesproken met een collega in Valdemarsvik', zei ze. 'Het leek me het beste om het zo te laten overkomen dat het klonk alsof ik hem om een privé-dienst vroeg.'

'Goed gedacht', antwoordde Wallander. 'Collega's vinden het meestal niet prettig als je zomaar hun grenzen overschrijdt.'

'Vooral jij niet', zei ze lachend.

Wallander wist dat ze gelijk had. Hij hield er niet van om politiemensen uit andere districten in Ystad te hebben.

'Hoe kom ik op Bärnsö?' vroeg hij.

'Dat hangt ervan af waar je je op dit moment bevindt. Moet je nog ver?'

'Ik ben net Kalmar voorbij. Het is nog honderd kilometer naar Västervik. En daarna nog ongeveer honderd kilometer.'

'Dan ben je aan de late kant', zei ze.

'Laat waarvoor dan?'

'De collega in Valdemarsvik stelde voor dat je de postboot zou nemen. Maar die vertrekt al tussen elf en halftwaalf uit Fyrudden.'

'Is er geen andere mogelijkheid?'

'Vast wel. Maar dan moet je het bij de haven regelen.'

'Misschien red ik het wel. Kan er niet naar het postkantoor gebeld worden om te zeggen dat ik eraan kom? Waar wordt de post gesorteerd? In Norrköping?'

'Ik heb hier een kaart voor me liggen', zei ze. 'Dat zal wel in Gryt zijn. Als daar tenminste een postkantoor is.'

'Waar ligt dat?'

'Tussen Valdemarsvik en de haven die Fyrudden heet. Heb je geen kaart bij je?'

'Die heb ik helaas op mijn kantoor laten liggen.'

'Ik bel je nog', zei ze. 'Maar ik dacht dat het goed zou zijn dat je met de postboot ging. Als je mijn collega moet geloven, is dat de meest gebruikelijke manier waarop de mensen naar de eilanden gaan. Als ze geen eigen boot hebben. Of iemand die hen kan ophalen.'

Wallander begreep het.

'Goed gedacht', zei hij. 'Je bedoelt dat Isa Edengren misschien met de postboot naar het eiland is gevaren?'

'Het was maar een ingeving.'

Wallander dacht na.

'Maar kan ze daar om elf uur geweest zijn? Als ze het ziekenhuis vlak voor zessen verliet?'

'Dat zou kunnen', zei ze. 'Als ze een auto had. Isa Edengren heeft wel een rijbewijs. Bovendien kan ze ook al vlak na vieren het ziekenhuis hebben verlaten.'

Ze beloofde terug te bellen. Wallander ging harder rijden. Er was nu meer verkeer. Er waren veel caravans op pad. Hij besefte dat het nog steeds zomer was en vakantietijd. Even overwoog hij of hij zijn blauwe zwaailicht op het dak zou zetten, maar dat liet hij achterwege. In plaats daarvan ging hij nog harder rijden. Ann-Britt Höglund belde hem na twintig minuten weer op.

'Ik had gelijk', zei ze. 'De post wordt in Gryt gesorteerd. Het is me zelfs gelukt degene te pakken te krijgen die de post naar de eilanden brengt. Hij klonk heel vriendelijk.'

'Hoe heet hij?'

'Dat heb ik niet goed verstaan. Maar hij wacht op je. Op voorwaarde dat je er vóór twaalf uur bent. Anders kan hij je later in de middag ophalen. Maar ik heb het vermoeden dat het dan duurder is.'

'Ik was anders van plan deze reis te declareren', zei Wallander. 'Maar voor twaalf uur ben ik er wel.'

'Aan de haven is een parkeerplaats', vervolgde ze. 'De postboot ligt er vlak naast.'

'Heb je zijn telefoonnummer?'

Wallander reed naar de kant van de weg om het op te schrijven. Ondertussen werd hij gepasseerd door een vrachtwagen met oplegger die hijzelf een poosje eerder met veel moeite had weten in te halen.

Het was negentien minuten voor twaalf toen Wallander de weg naar de haven van Fyrudden afreed. Hij vond een lege parkeerplaats en liep daarna de pier op. Er stond een matige wind. De haven lag vol boten. Een man van een jaar of vijftig was bezig de laatste dozen aan boord te brengen van een grote overkapte motorboot. Wallander aarzelde. Hij had zich een postboot anders voorgesteld. Misschien met het logo van de post wapperend op een vlaggetje. De man, die net twee aan elkaar gebonden pallets met sodawater had weggezet, keek naar Wallander.

'Bent u degene die naar Bärnsö moest?'

'Dat ben ik.'

De man stapte aan land en stak zijn hand uit.

'Lennart Westin.'

'Sorry dat ik wat aan de late kant ben.'

'Zoveel haast heb ik niet.'

'Er is nog iets', zei Wallander. 'Ik weet niet of de vrouw die u gebeld heeft ook heeft duidelijk gemaakt dat ik op de een of andere manier hier ook weer terug moet zien te komen. Later op de dag. Of vanavond.'

'U blijft daar dus niet overnachten?'

Wallander realiseerde zich dat de situatie een beetje lastig begon te worden. Hij wist niet eens of Ann-Britt Höglund wel had gezegd dat hij van de politie was.

'Ik zal het uitleggen', zei hij, terwijl hij zijn legitimatiebewijs te voorschijn haalde. 'Ik werk bij de recherche in Ystad. Ik ben bezig met een onderzoek dat zowel lastig als onaangenaam is.'

De postbode met de naam Westin was een snelle denker.

'Heeft het met die jongelui te maken? Waar ik in de krant over heb gelezen? Was daar ook geen politieman bij betrokken?'

Wallander knikte.

Westin keek opeens peinzend.

'Ik dacht al dat ik hen herkende', zei hij. 'Op de foto's in de krant. Althans een paar ervan. Ik had het gevoel dat ze een jaar of wat geleden een keer met mij mee waren gevaren.'

‘Samen met Isa?’

‘Precies. Samen met haar. Ik geloof dat het twee jaar geleden is, laat in het najaar. Er stond een zuidwesterstorm. Ik wist niet eens of we wel bij de steiger op Bärnsö zouden kunnen aanleggen. Wanneer de wind uit het zuidwesten komt, is de ligging slecht. Maar ze zijn aan land gekomen. Hoewel er wel een koffer van hen van de steiger in zee viel. Die hebben we met een bootshaak weer opgevist. Daarom herinner ik me hen. Als dat tenminste klopt. Je kunt niet altijd op je geheugen vertrouwen.’

‘U hebt vast gelijk’, zei Wallander. ‘Hebt u Isa de afgelopen dagen ook gezien? Vandaag of gisteren?’

‘Nee.’

‘Maar ze vaart altijd met u mee?’

‘Wanneer haar ouders er zijn, halen die haar op. Anders vaart ze met mij mee.’

‘Maar ze is hier dus niet?’

‘Als ze vandaag of gisteren naar Bärnsö is gegaan, dan is ze met iemand anders meegevaren.’

‘Met wie dan?’

Westin haalde zijn schouders op.

‘Er is natuurlijk altijd wel iemand op de eilanden die je een lift wil geven. Isa weet wie ze moet bellen. Maar ik denk wel dat ze het mij het eerst zou vragen.’

Westin keek op zijn horloge. Wallander haastte zich terug naar zijn auto om het weekendtasje te halen dat hij bij zich had. Daarna stapte hij aan boord. Westin wees op een zeekaart die naast het roer lag.

‘Ik kan direct naar Bärnsö varen’, zei hij. ‘Maar dat is voor mij een omweg. Hebt u haast? Als ik Bärnsö op de gewone route pak, dan zijn we er over ruim een uur. Ik moet daarvoor drie andere poststeigers aandoen.’

‘Dat is prima.’

‘Wanneer wilt u worden opgehaald?’

Wallander dacht na. Isa was zeer waarschijnlijk niet op het eiland. Dat was dus een foute inschatting en een teleurstelling. Maar nu hij hier toch naartoe was gereisd, wilde hij het huis doorzoeken. Hij nam aan dat hij daar een paar uur voor nodig had.

'U hoeft me nu nog geen antwoord te geven', zei Westin, die hem een kaartje gaf. 'U kunt mij telefonisch bereiken. Vanmiddag en vanavond kan ik u ophalen wanneer het u schikt. Ik woon op een eiland daar niet zo ver vandaan.' Hij wees met zijn vinger weer iets aan op de kaart. Deze keer was het het eiland waar hij woonde.

'Ik bel u', zei Wallander, die het kaartje in zijn zak stopte.

Westin startte de motor en maakte de meertouwen los. In het ruim en op de passagiersplaats lagen pakken met kranten en tijdschriften. Daar stond ook een kassa. Hoewel de boot groot was, leek het Wallander dat hij gemakkelijk hanteerbaar was. Of misschien dat de man aan het roer hem heel handig bestuurde. Toen ze de haven uit waren, zette hij de motoren helemaal open. De boot liet de steven langzaam omhoogkomen en planeerde daarna.

'Hoelang brengt u de post al rond?' vroeg Wallander. Hij moest schreeuwen om het gebulder van de motoren te overstemmen.

'Te lang', riep Westin. 'Al meer dan vijfentwintig jaar.'

'Wat doet u in de winter? Wanneer er ijs ligt?'

'Hydrokopter.'

Wallander voelde hoe zijn aanhoudende vermoeidheid hem even verliet. De snelheid, de sensatie op zee te zijn, gaven hem een verrassend lekker gevoel. Wanneer had hij dat voor het laatst gehad? Misschien tijdens de dagen op Gotland samen met Linda? Hij twijfelde er niet aan dat het zwaar werk moest zijn om de post rond te brengen in een scherenkustgemeenschap. Maar op dit moment waren de stormen en het herfstduister ver weg. Westin keek hem aan met toegeknepen ogen. Het leek of hij Wallanders gedachten kon raden.

'Is dat leuk werk?' vroeg hij. 'Bij de recherche?'

Normaal zou Wallander zijn beroepsgroep meteen zijn gaan verdedigen, maar samen met Westin in de boot die over het bijna gladde wateroppervlak voort schoot, veranderde de vraag van karakter.

'Ik heb wel eens mijn twijfels', riep hij. 'Maar als je bijna vijftig bent, dan sta je behoorlijk alleen op het station. De meeste treinen zijn al vertrokken.'

'Ik ben afgelopen voorjaar vijftig geworden', zei Westin. 'Iedereen die ik hier ken heeft meegedaan om een feest te organiseren.'

'Hoeveel mensen kent u hier op de eilanden?'

'Iedereen. Het was dus een behoorlijk groot feest.'

Westin maakte een bocht en minderde vaart. Naast een hoge rotsrug lagen een rood geverfd boothuis en een steiger, die op een rij ouderwetse steenkisten rustte.

'Båtsmansö', zei Westin. 'In mijn jeugd woonden hier negen gezinnen. Meer dan dertig mensen. Nu in de zomer zijn er veel zomergasten, maar wanneer de herfst komt, blijft er maar één persoon over. Hij heet Zetterqvist en is drieënnegentig jaar. Maar hij kan zich 's winters nog steeds in zijn eentje redden. Hij is drie keer weduwnaar geworden. Hij is zo'n soort man dat tegenwoordig haast niet meer bestaat. Misschien dat die door de Nationale Gezondheids- en Welzijnsraad zijn verboden?'

Dat laatste commentaar verraste Wallander, die in lachen uitbarstte.

'Was hij visser?'

'Hij heeft van alles gedaan. Hij is ook loods geweest.'

'U kent iedereen. En iedereen kent u?'

'Zo gaat dat. Zo moet het ook. Als hij op een dag niet op de steiger verschijnt, dan ga ik natuurlijk naar zijn huis om te kijken of hij ziek is. Of gevallen is. Als je op het platteland postbode bent, of het nou aan de wal is of op het water, dan weet je hoe het met de mensen is. Wat ze doen, waar ze heen gaan, wanneer ze thuiskomen. Of je dat nou wilt of niet.'

Westin had de boot zachtjes naast de steiger geloodst. Hij legde alleen het achterschip met een touw vast en zette toen kratten aan land. Er hadden zich heel wat mensen verzameld. Westin pakte de postzakken en verdween naar een rood gebouwtje. Wallander stapte op de steiger. Een aantal ouderwetse stenen zinkloden lag op een stapel. De lucht was fris.

Na een paar minuten was Westin klaar. Ze voeren weer uit, door het afwisselende landschap van de scherenkust. Na nog twee poststeigers naderden ze Bärnsö. Ze kwamen in een water waarvan Wallander op de zeekaart zag dat het Vikfjärden heette. Bärnsö lag vreemd eenzaam, alsof het eiland uit de gemeenschap van de archipel was verstoten.

'U kent natuurlijk de hele familie Edengren', zei Wallander, toen ze al zachter waren gaan varen en de boot de steiger naderde.

'Kennen is een groot woord', zei Westin. 'Met de ouders heb ik niet zoveel te maken. Die lijken me eerlijk gezegd een beetje hooghartig. Maar Isa en Jörgen zijn natuurlijk vaak met mij meegevaren.'

'U weet natuurlijk dat Jörgen dood is', zei Wallander voorzichtig.

'Ik heb gehoord dat hij zich doodgereden heeft', zei Westin. 'Dat heeft zijn vader geloof ik verteld. Ik moest hem een keer ophalen toen de schroef van hun eigen boot kapot was.'

'Het is altijd tragisch wanneer kinderen sterven', zei Wallander.

'Ik had altijd gedacht dat Isa degene was die misschien een ongeluk zou krijgen.'

'Waarom?'

'Die leeft nogal ruig. Tenminste, als je haarzelf mag geloven.'

'Ze vertelde u dus wel eens dingen? Als je de post rondbrengt betekent dat misschien ook wel dat je zielzorger wordt.'

'Om de dooie dood niet', zei Westin. 'Maar ik heb een zoon die net zo oud is als Isa. Een paar zomers geleden hadden ze een beetje verkering. Maar dat ging weer uit, zoals dat gaat op die leeftijd.'

De boot stootte tegen de steiger. Wallander pakte zijn tas en stapte aan land.

'Ik bel u', zei hij. 'In de loop van de middag.'

'Om zes uur eet ik,' zei Westin, 'maar daarvoor of daarna is prima.'

Wallander bleef op de steiger staan en keek de boot na toen die rond de punt van het eiland verdween. Hij dacht aan wat Westin had gezegd, over Jörgens dood. De ouders hadden dus de eigenlijke oorzaak verzwegen. Een broodrooster in een badkuip was veranderd in een auto-ongeluk.

Wallander ging de wal op. Het eiland was bedekt met een weelderig groene vegetatie. Naast de steiger stonden een boothuis en een gastenhuisje. De vorm ervan deed denken aan het paviljoen in Skårby waar Wallander het bewusteloze meisje had gevonden. Een oude roeiboot was uit het water gehaald en lag omgekeerd op een paar houten bokken. Wallander rook een vage geur van teer. Op de helling die naar het woonhuis leidde, stonden hoge eiken. Het was een rood geverfd huis van twee verdiepingen, oud, maar goed onderhouden. Wallander liep ernaartoe. Hij luisterde en keek rond. In de verte op zee was een zeilboot te zien, van een afstand hoorde je het wegstervende geluid van een buitenboordmotor. Wallander zweette. Hij zette zijn tas neer, trok zijn jack uit en hing dat over de balustrade van de buitentrap. De gordijnen zaten dicht. Hij liep de trap op en klopte aan. Hij wachtte. Daarna bonkte hij op de deur. Er werd niet opengedaan. Hij voelde aan de klink. De deur zat op slot. Even was hij onzeker wat hij moest doen. Daarna liep hij rond het huis. Hij had het gevoel dat hij iets herhaalde van wat hij tijdens zijn eerste bezoek in Skårby ook had gedaan. Aan de achterkant lag een boomgaard. Er stonden appel- en pruimenbomen en een eenzame kersenboom. De tuinmeubels stonden opgestapeld onder een afdak van kunststof.

Een pad voerde weg van het huis, verder het eiland op, waar de vegetatie dichter werd. Wallander volgde het. Na ongeveer honderd meter draaide hij zich om. Hiervandaan kon je het woonhuis niet meer zien liggen. Hij was omsloten door struiken en bomen. Het pad slingerde verder. Een wesp begon zich voor zijn gezicht te interesseren. Hij sloeg hem weg. Naast het pad lagen een oude waterput en een aardappelkelder. Boven de deur van de kelder stond het jaartal 1897 gegraveerd. Een sleutel stak in de deur. Wallander maakte hem open. Binnen was het donker en koel. Hij rook de geur van aardappels. Toen zijn ogen aan de duisternis gewend waren, stapte hij naar binnen. De kelder was leeg. Hij sloot de deur en liep verder langs het pad. Het slingerde nu omhoog. Links ving hij door het groen een glimp op van het water. Door de stand van de zon realiseerde hij zich dat hij recht naar het noorden liep. Hij had misschien een halve kilometer afgelegd. Hij liep verder. Een smaller pad sloeg af naar links. Hij liep rechtdoor. Na nog een paar honderd meter hield het pad op. Recht voor zich had hij gladgeslepen rotsplateaus die overgingen in rotsen. Daarachter lag de open zee. Het eiland hield op. Hij liep naar de rotsen. Boven zijn hoofd schreeuwde een meeuw, die steeg en daalde op de thermiek. Wallander ging op een steen zitten en veegde het zweet van zijn gezicht. Hij had spijt dat hij niet een van de flessen water had meegenomen die in zijn tas zaten. Weg waren al zijn gedachten aan Svedberg en de dode jongelui.

Daarna stond hij op en volgde hij dezelfde weg terug. Toen hij bij de splitsing van de twee paden kwam, nam hij het smallere pad en volgde dat. Het eindigde bij een natuurlijk haventje. In een rotsplateau waren een paar roestige ijzeren ringen geslagen. Het water lag er spiegelglad bij. De hoge bomen werden in het oppervlak weerspiegeld. Hij liep terug naar het woonhuis en controleerde of zijn telefoon, die in zijn jaszak zat, aan stond. Daarna ging hij onder een eik staan plassen. Hij pakte uit zijn tas een van de waterflessen en ging op de trap zitten. Zijn mond was helemaal uitgedroogd. Toen hij de plastic fles naast zich neerzette, was er opeens iets wat zijn aandacht deed verscherpen. Hij keek rond. Alles was even stil als daarvoor. Er was niets veranderd. Hij fronste zijn voorhoofd. Iets binnen in hem had nauwelijks merkbaar alarm geslagen. Hij staarde naar zijn tas die op de onderste traptrede stond. Hij was er absoluut zeker van dat hij die een trede hoger had neergezet. Hij liep de trap af om te kijken hoe het er in zijn herinnering uitzag. *Eerst had hij zijn tas neergezet. Daarna had hij zijn jack uitgetrokken en over de balustrade gehangen. Daarna had hij zijn tas op de tweede traptrede gezet.*

Tijdens zijn wandeling over het eiland had iemand zijn zwarte weekendtas verplaatst. Waakzaam keek hij rond. Eerst bestudeerde hij de bomen en struiken, toen het huis. De gordijnen zaten nog steeds dicht. Hij liep de trap weer op om aan de deur te voelen. Hij dacht aan de steiger waar Westin hem had afgezet. Het boothuis en het paviljoen. Het paviljoen dat deed denken aan dat in Skårby. Hij liep de trap af, naar de steiger. De zwart geverfde deur van het boothuis zat alleen maar met een houten grendel dicht. Hij deed de deur open. Er lag niets in het waterbassin. De touwen wezen erop dat daar anders altijd een grote boot lag. Aan de muren hingen vis- en schepnetten. Hij ging naar buiten en deed de grendel weer voor de deur. Het paviljoen stond half boven het water. Er was ook een neergeklapt badtrapje. Hij bleef roerloos staan om het huis te bekijken. Daarna liep hij naar de deur en voelde aan de klink. Hij zat op slot. Hij klopte zachtjes aan.

'Isa', zei hij. 'Ik weet dat jij daar bent.'

Hij deed een paar passen achteruit en wachtte.

Toen ze de deur opendeed, herkende hij haar eerst niet. Haar lange haren had ze in een knot opgestoken. Ze was gekleed in het zwart, in iets wat op een overall leek. Wallander vond dat ze een vijandige blik had. Maar het kon net zo goed angst zijn.

'Hoe wist u dat ik hier was?'

Haar stem klonk hees en gespannen.

'Dat wist ik niet. Voordat jij het mij vertelde.'

'Ik heb toch niks gezegd. En u kunt mij niet hebben gezien.'

'De politie heeft de nare gewoonte om details op te merken. Of iemand misschien per ongeluk een tas heeft opgepakt en niet meer op dezelfde plek heeft teruggezet.'

Ze staarde hem aan alsof wat hij zei totaal onbegrijpelijk was. Hij zag dat ze blote voeten had.

'Ik heb honger', zei ze.

'Ik ook.'

'In het huis is eten', zei ze terwijl ze in beweging kwam. 'Waarom bent u gekomen?'

'Omdat jij uit het ziekenhuis verdween, moesten we je zoeken.'

'Waarom?'

'Omdat jij weet wat er is gebeurd, hoef ik die vraag nauwelijks te beantwoorden.'

Ze liep zwijgend door. Wallander nam haar van opzij op. Ze zag heel bleek. Haar gezicht was ingevallen als bij een oude vrouw.

'Hoe ben je hier gekomen?' vroeg hij.

'Ik heb Lage op Wettersö gebeld.'

'Waarom ben je niet met Westin meegevaren?'

'Ik dacht dat er een risico bestond dat jullie zouden informeren of ik hier ook was.'

'En dat mochten wij niet weten?'

Weer gaf ze geen antwoord. Ze had de sleutel in haar hand en deed de deur van het slot. Daarna deed ze overal de gordijnen open. Ze deed dat slordig en onverschillig, alsof ze het liefst alles om zich heen kapot zou willen maken. Wallander liep met haar mee naar de keuken. Ze deed een deur aan de achterkant open en begon een gasslang aan een kookplaat vast te maken. Het was Wallander al opgevallen dat er geen elektriciteit in het huis was. Ze draaide zich om en keek hem aan.

'Een van de weinige dingen die ik kan, is koken', zei ze.

Ze wees naar een grote vrieskist en een koelkast, die ook allebei op gas werkten.

'Er is hier eten genoeg', zei ze, met een stem vol verachting. 'Mijn ouders willen dat zo. Ze betalen een man die hier de gasflessen komt vervangen. Er moet hier ook eten zijn. Voor het geval ze opeens besluiten dat ze hier een paar dagen naartoe gaan. Wat ze nooit doen.'

'Het klinkt alsof jouw ouders heel welgesteld zijn. Kun je echt zoveel verdienen met de landbouw en de verhuur van graafmachines?'

Toen ze antwoordde klonk het alsof ze spuugde.

'Mijn moeder is een idioot', zei ze. 'Ze is dom en bekrompen. Maar daar kan ze niet echt wat aan doen. Maar mijn vader is niet dom. Die is meedogenloos.'

'Ik luister graag.'

'Nu niet. Straks onder het eten.'

Wallander begreep dat ze liever had dat hij de keuken uitging. Hij liep naar de achterkant van het huis om naar Ystad te bellen. Hij kreeg Ann-Britt Höglund op haar mobiele telefoon te pakken.

'Ik had gelijk', zei hij. 'Isa Edengren is hier, zoals we al dachten.'

'Zoals jij al dacht', zei ze. 'Eerlijk gezegd hadden wij er onze twijfels over.'

'Ook ik moet af en toe gelijk krijgen. Ik neem aan dat we vanavond of vannacht naar Ystad terugkeren.'

'Heb je al met haar gepraat?'

'Nog niet.'

Zij gaf hem een overzicht van de situatie. Er waren wat tips binnengekomen van mensen die de vrouw van wie de politie aannam dat ze Louise heette, meenden te herkennen. Ze waren nu bezig om die tips na te trekken. Ze beloofde dat ze hem zou terugbellen.

Wallander ging weer naar binnen. Hij bleef lang staan voor een mooi model van een oud zeilschip. Het begon in het huis naar eten te ruiken. Wallander had erg veel trek. Sinds hij die ochtend onderweg was gestopt, had hij nog niet weer gegeten. In gedachten nam hij door wat hij haar zou vragen. Wat moest hij vooral te weten zien te komen?

Hij keerde steeds opnieuw naar hetzelfde uitgangspunt terug.

Hij moest achter iets zien te komen waarvan ze vermoedelijk zelf niet eens wist dat ze het wist.

Ze had de tafel gedekt op de grote veranda met glaspui, die aan het huis was aangebouwd. Ze vroeg wat hij wilde drinken. Hij nam water. Zelf dronk ze wijn. Wallander vroeg zich af of er een risico bestond dat ze dronken zou worden. Dan zou het gesprek dat hij verwachtte mislukken. Maar ze dronk tijdens de maaltijd slechts één glas. Ze aten zwijgend. Daarna zette ze koffie. Ze schudde haar hoofd toen Wallander de tafel begon af te ruimen. In een hoek van de veranda stond een zithoek. Door de ruit kon hij de steiger zien. Een eenzame zeilboot voer langzaam voorbij met neerhangende zeilen.

'Het is hier mooi', zei hij. 'Het is een stuk van Zweden dat ik nog nooit heb gezien.'

'Ze hebben dit bijna dertig jaar geleden gekocht', antwoordde ze. 'Ze beweren altijd dat ik hier verwekt ben. Ik ben in februari geboren, dus dat kan kloppen. Ze hebben het huis gekocht van een oud stel dat hier zijn hele leven had gewoond. Hoe mijn vader erover had gehoord, weet ik niet, maar hij is hier op een dag naartoe gegaan met een zak vol briefjes van honderd kronen. Dat ziet er misschien imponerend uit in een koffer, maar het hoeft geen duizelingwekkend bedrag te zijn. Die oudjes hadden natuurlijk geen van beiden ooit zoveel geld bij elkaar gezien. Het kostte een paar maanden om hen te overtuigen, maar daarna tekenden ze het koopcontract. Het bedrag moest natuurlijk geheim blijven. Maar mijn vader heeft dit ongetwijfeld voor niks gekregen.'

'Je bedoelt dus dat hij hen heeft opgelicht?'

'Ik bedoel dat mijn vader altijd al een schurk is geweest.'

'Als het allemaal volgens het boekje is gegaan, hoef je nog geen schurk te zijn. Dan ben je misschien een enthousiaste zakenman.'

'Mijn vader heeft over de hele wereld zakengedaan. Hij heeft diamanten en ivoor gesmokkeld in Afrika. Niemand weet eigenlijk precies waar hij allemaal mee bezig is. Tegenwoordig heeft hij wel eens Russen op bezoek in Skårby. Je kunt mij niet wijsmaken dat het legaal is waar hij mee bezig is.'

'Voorzover ik weet, is hij nooit met ons in aanraking geweest', zei Wallander.

'Hij is handig', zei ze. 'En een volhouder. Je kunt veel dingen van hem zeggen, maar niet dat hij lui is. Gewetenloze mensen hebben nooit tijd om uit te rusten.'

Wallander zette zijn koffiekopje op tafel.

'Laten we jouw vader even laten rusten', zei hij. 'Laten we het liever over jou hebben. Daarom ben ik hier. Het was een lange reis. Vanavond gaan we terug.'

'Waarom denkt u dat ik met u meega?'

Wallander nam haar een hele tijd op voordat hij antwoord gaf.

'Drie van jouw beste vrienden zijn vermoord', zei hij. 'Toen dat gebeurde, had jij er ook bij kunnen zijn. Als je niet ziek was geworden. Wat dat betekent, begrijpen wij allebei.'

Ze zat in elkaar gekropen in haar stoel. Wallander zag dat ze bang was.

'Omdat we niet weten waarom dat gebeurde, moeten we voorzichtig zijn', vervolgde hij.

Eindelijk drong tot haar door wat hij bedoelde.

'Ik ben dus in gevaar?'

'Dat kunnen we niet uitsluiten. We hebben geen motief. We moeten dus met alle mogelijkheden rekening houden.'

'Maar waarom zou iemand mij willen vermoorden?'

'Waarom wilde iemand jouw vrienden vermoorden? Martin, Lena, Astrid?'

Ze schudde haar hoofd.

'Ik begrijp het niet', zei ze.

Wallander schoof zijn stoel wat naar haar toe.

'Toch ben jij degene die ons kan helpen', zei hij. 'We moeten de dader pakken. Om iemand te kunnen pakken, moeten we weten wat er is gebeurd. Jij bent er nog. Jij bent degene die ons kan helpen.'

'Maar het is toch totaal onbegrijpelijk?'

'Je moet nadenken', zei Wallander. 'Terugdenken. Wie kan jullie als groep hebben willen ombrengen? Wat verbindt jullie? Waarom? Ergens moet er een antwoord zijn. Het moet er zijn.'

Daarna stapte hij snel over op iets anders. Ze begon nu naar hem te luisteren. Daar moest hij gebruik van maken.

'Je moet mijn vragen beantwoorden', vervolgde hij. 'En je moet de waarheid spreken. Ik merk het als je liegt. Dat wil ik niet.'

'Waarom zou ik liegen?'

'Toen ik je vond, ging je bijna dood', zei hij. 'Waarom probeerde je zelfmoord te plegen? Wist je soms al wat er met je vrienden gebeurd was?'

Ze keek hem verbaasd aan.

'Hoe had ik dat dan moeten weten? Ik had net zoveel vragen als iedereen.'

Wallander kreeg de indruk dat ze de waarheid sprak.

'Waarom wilde je zelfmoord plegen?'

'Ik wilde niet langer leven. Is er soms een andere reden? Mijn ouders hebben mijn leven kapotgemaakt. Net zoals bij Jörgen. Ik wilde niet langer leven.'

Wallander wachtte. Misschien zou er een vervolg komen, maar ze zei niets meer. Hij kwam daarom terug op wat er in het natuurgebied was gebeurd. Bijna drie uur lang nam hij haar bij de hand en wandelden ze heen en terug door het verleden. Hij liet geen steen onaangeroerd, hoe klein en onbeduidend die ook was. Hij draaide ze allemaal om, soms meerdere keren. Er waren geen grenzen aan hoever hij haar terugvoerde. Wanneer had ze Lena Norman voor het eerst ontmoet? In welk jaar, welke maand, welke dag? Hoe hadden ze elkaar ontmoet? Waarom waren ze vrienden geworden? Hoe raakte ze bevriend met Martin Boge? Wanneer ze zei dat ze zich iets niet kon herinneren, of er niet zeker van was, stopte hij en begon hij van voren af aan. Onzekerheid en een slecht geheugen kon je altijd overwinnen. Als je maar geduld had. De hele tijd spoorde hij haar aan om te proberen zich te herinneren of er ook iemand anders was geweest. Iemand die ze misschien over het hoofd zag. *Een schaduw in de hoek*, zei hij. *Was er geen schaduw in de hoek? Iemand die je nu vergeet?* Hij vroeg naar allerlei dingen, onverwachte gebeurtenissen misschien. Na een tijdje begon ze hem te begrijpen en volgde ze hem steeds gemakkelijker.

Omdat het inmiddels al vijf uur was geweest, besloten ze om tot de volgende dag op Bärnsö te blijven. Wallander belde Westin om dat door te geven. Die beloofde hen de volgende dag af te halen zodra Wallander hem belde. Westin vroeg hem niet naar Isa, maar Wallander had het gevoel dat hij al wist dat zij zich op Bärnsö bevond. Later maakten ze een wandeling over het eiland. Ondertussen ging hun gesprek verder. Af en toe onderbrak Isa dat, om te vertellen over de plaatsen waar ze als kind had gespeeld. Ze liepen helemaal door in noordelijke richting, tot de laatste rotsen. Tot zijn verbazing wees ze hem opeens op een rotsspleet en beweerde ze dat ze daar in een zomer haar maagdelijkheid had verloren. Met wie vertelde ze er niet bij.

Ze keerden terug, de schemering was inmiddels ingevallen, en zij stak overal in huis petroleumlampen aan. Wallander belde naar Ystad om met Martinson te praten. In het onderzoek waren geen echt belangrijke dingen gebeurd. Louise was nog steeds niet geïdentificeerd. Wallander vertelde dat hij die nacht op Bärnsö bleef. De volgende dag zou hij met het meisje naar Ystad terugkeren.

Ze vervolgden hun gesprek.

Af en toe pauzeerden ze, om thee te drinken en brood te eten. Of gewoon om even te rusten. Wallander ging naar buiten om in het donker te plassen. De boomtoppen ruisten. Verder was alles heel stil. Daarna gingen ze weer verder. Wallander begon langzamerhand hun spelletjes te begrijpen. Hun rollenspelen. Hoe ze zich verkleedden, feesten hielden en tussen verschillende tijdsperiodes heen en weer trokken. Toen ze op hun gezamenlijke terugtocht door het verleden bij het feest kwamen dat het laatste van de jongelui zou worden, ging Wallander oneindig langzaam te werk. Wie had van hun plannen kunnen weten? Niemand? Dat antwoord kon hij niet accepteren. Iemand moest het hebben geweten.

'We beginnen opnieuw. Nog een keer. Wanneer besloten jullie een feest te houden in de stijl van Bellmans tijd?'

Het was al halftwee toen ze hun gesprek beëindigden. Wallander was toen zo moe dat hij er misselijk van was. Ze had hem nog steeds niet op het spoor gezet waarop hij had gehoopt. Maar ze zouden de volgende dag verdergaan. Ze hadden de lange autotocht naar Ystad nog. Wallander was niet van plan het op te geven.

Ze bracht hem naar een slaapkamer op de eerste verdieping. Zelf sliep ze op de begane grond. Ze zei welterusten en gaf hem een petroleumlamp. Hij maakte zijn bed op en zette het raam op een kier. Het was buiten aardedonker.

Hij ging tussen de lakens liggen en blies het licht uit. In de keuken hoorde hij haar stommelen. Een deur ging op slot. Daarna werd het stil.

Wallander viel meteen in slaap.

Geen van beiden had de boot opgemerkt die laat in de avond met gedoofde lichten over Vikfjärden was gevaren. Ook had niemand gehoord hoe die boot met uitgezette motor geruisloos de natuurlijke haven aan de westkant van Bärnsö binnengleed.

19

Linda gilde.

Ze bevond zich ergens in zijn buurt. De gil drong door in zijn dromen. Toen hij in het donker zijn ogen opsloeg, wist hij niet waar hij was, maar de geur van de petroleumlamp hing nog in de kamer. Het was dus niet Linda die had gegild. Hij voelde hoe zijn hart bonkte. Het was stil. Door het raam dat op een kier stond, hoorde je alleen het vage ruisen van de bomen buiten. Hij luisterde. Nu was er geen gegil meer te horen. Had hij gedroomd? Voorzichtig kwam hij overeind. Hij zocht naar de lucifers die hij naast de petroleumlamp had gelegd. Nog steeds geen geluid. Hij stak de lamp aan en kleedde zich snel aan. Hij had zijn schoen in de hand toen hij het hoorde. Eerst meende hij dat het van buiten kwam. Iets wat tegen de gevel sloeg. Misschien een waslijn tegen de dakgoot. Daarna drong tot hem door dat het geluid afkomstig was van de benedenverdieping. Hij stond op, nog steeds met zijn schoen in zijn hand, en liep naar de deur. Voorzichtig deed hij die op een kier open. Het geluid was nu duidelijker. Het kwam uit de keuken. Toen begreep hij het. De achterdeur stond te klapperen. Zijn angst kwam in volle hevigheid terug. Hij had het zich niet verbeeld. Hij had het ook niet gedroomd. De gil was echt geweest.

In plaats van de schoen die hij in zijn hand had aan te trekken, schopte hij de andere uit. Met de petroleumlamp in de hand liep hij de trap af. Midden op de trap bleef hij staan om te luisteren. Het licht van de lamp flakkerde op de muren. Dat kwam door het trillen van zijn hand. Als het nodig was, had hij niets om zich mee te verdedigen. Ondertussen probeerde hij na te denken. Het was absurd dat hier op het eiland iets zou gebeuren. Zij waren de enige twee hier. Vermoedelijk had hij gedroomd. Of er had buiten een nachtvogel geschreeuwd. Er was nog een andere mogelijkheid. Dat niet hijzelf een nachtmerrie had gehad, maar Isa Edengren.

Hij was nu op de begane grond aangekomen. Haar slaapkamer lag naast de keuken. Hij bleef staan om te luisteren. Daarna klopte hij aan. Ze gaf geen antwoord. Hij probeerde haar ademhaling te horen. Het is te stil, dacht hij. Hij voelde aan de deur. Die zat op slot. Nu aarzelde hij niet langer. Hij bonkte op de deur en schudde aan de klink. Vervolgens liep hij de keuken in. De achterdeur stond op een kier. Hij deed hem dicht en begon in de keukenlades te zoeken naar een stuk gereedschap. Hij vond een grote schroevendraaier en brak de deur open. Het bed was leeg. Het raam stond open, was niet op de haak. Hij probeerde te bedenken wat er gebeurd kon zijn. Daarna herinnerde hij zich dat hij in de keuken een grote zaklamp had gezien. Die pakte hij en ook een hamer, die in dezelfde lade lag als waar hij de schroevendraaier had gevonden. Hij nam hem mee. Hij deed de achterdeur open en scheen het donker in.

Toen hij buiten stond, merkte hij dat hij geen schoenen aanhad. Een vogel vloog op in de duisternis. De wind streek door de toppen van de bomen. Hij riep Isa's naam maar kreeg geen antwoord. Hij liep naar het raam en scheen op de grond. Er stonden voetafdrukken. Ze waren echter zo vaag dat hij ze niet kon volgen. Hij bleef de duisternis in schijnen. Opnieuw riep hij, maar hij kreeg geen antwoord. Zijn hart bonkte. Hij was bang. Hij keerde terug naar de achterdeur en richtte zijn zaklamp op het slot. Precies wat hij gedacht had. De deur was opengebroken. Hij werd steeds banger. Hij draaide zich om en hief de hamer op. Er was echter niemand. Daarna ging hij weer naar binnen. Zijn telefoon lag op het tafeltje naast het bed. Hij probeerde het verloop van de gebeurtenissen te reconstrueren. *Iemand was via de achterdeur binnengedrongen. Isa was wakker geworden doordat iemand haar slaapkamer probeerde binnen te komen. Toen was ze door het raam gevlucht.* Een andere verklaring kon hij zich niet indenken. Hij keek op zijn horloge. Het was kwart voor drie. Hij toetste het privé-nummer van Martinson in, die na het tweede signaal opnam. Wallander wist dat hij een telefoon naast zijn bed had.

'Met Kurt. Sorry dat ik je wakker maak.'

'Wat is er gebeurd?'

Martinson was nog niet goed wakker.

'Sta op', zei Wallander. 'Spoel je gezicht af. Ik bel je over drie minuten terug.'

Martinson begon te protesteren. Wallander brak het gesprek af en keek op zijn horloge. Precies drie minuten later belde hij opnieuw. Hij maakte zich inmiddels zorgen dat de batterij van zijn telefoon leeg begon te raken. Natuurlijk was hij vergeten een reserve mee te nemen.

'Luister goed', zei hij. 'Ik kan niet lang praten. Mijn batterij is bijna leeg. Heb je pen en papier bij de hand?'

Martinson was nu klaarwakker.

'Ik schrijf al.'

'Er is hier op het eiland iets gebeurd. Ik weet niet wat. Maar Isa Edengren begon te gillen. Daardoor werd ik wakker. Nu is ze weg. De achterdeur van het huis is opengebroken. Er is dus nog iemand op het eiland. Wie dat ook is, hij is gekomen om haar te pakken. De kans bestaat dat hij niet weet dat ik hier ben. Ik maak me zorgen over haar veiligheid. Het graf in het natuurgebied was immers voor vier personen bestemd.'

'Wat wil je dat ik doe?'

'Voorlopig niets, behalve dat je het telefoonnummer van de kustwacht op Fyrudden moet achterhalen. En wees erop voorbereid dat ik je weer bel.'

'Wat ben je van plan?'

'Haar zoeken.'

'Als daar een pleger van een geweldsmisdrijf is, kan het gevaarlijk worden. Je hebt assistentie nodig.'

'Waar moet ik die vandaan halen? Uit Norrköping? Hoelang duurt dat?'

'Je kunt toch niet in je eentje een heel eiland afzoeken?'

'Zo groot is het niet. Ik hang nu op. Ik ben bang dat mijn batterij bijna leeg is.'

'Ik zal doen wat je zegt. Wees voorzichtig.'

Wallander trok zijn schoenen aan en stopte zijn telefoon in zijn borstzakje. Daarna verliet hij het huis, maar niet nadat hij eerst de hamer bij zijn riem had ingestoken. Eerst liep hij naar de steiger. Hij scheen met de zaklamp over het donkere water. Er was geen boot. Hij bleef roepen. Het boothuis en het paviljoen waren leeg. Hij rende weer naar het huis en liep het pad aan de achterkant van het huis af. De struiken en bomen lichtten op in het felle schijnsel van de zaklamp. In de aardappelkelder was niemand.

Hij ging door, de hele tijd haar naam roepend. Toen hij bij de plek kwam waar het pad zich vertakte en één stuk verderging naar de natuurlijke haven, bleef hij staan. Welke weg zou hij kiezen? Hij scheen op de grond. Hij meende geen sporen te zien. Hij liep door naar de noordelijke punt van het eiland. Toen hij op de rotsen stond, was hij buiten adem. De wind die hem vanaf de open zee pal tegemoetkwam, was kil. Hij liet de lichtkegel van de zaklamp over de rotsen gaan. Een paar glimmende ogen bleven in het licht hangen. Het was een diertje dat in een rotsspleet verdween. Een nerts. Hij liep verder langs de uiterste rand van de rotsen en scheen tussen de spleten. Niets. Hij riep weer. Hij draaide zich om en keerde terug naar het pad.

Iets maakte dat hij opeens bleef stilstaan. Hij luisterde. De golven deinden en sloegen tegen het strand. Maar er was ook een ander geluid. Eerst wist hij niet wat het was. Daarna besefte hij dat het klonk als de motor van een boot. Het geluid kwam uit het westen. Het haventje, dacht hij, ik had het andere pad moeten nemen. Hij begon te rennen, maar voordat hij het laatste bosje bereikte, bleef hij plotseling staan. Hij luisterde en scheen met zijn zaklamp over het water. Er was niets te zien en het motorgeluid was verdwenen. Er is net een boot vertrokken, dacht hij. Zijn angst nam toe. Wat was er eigenlijk met haar gebeurd? Hij keerde langs het pad terug en probeerde te bedenken hoe hij verder moest zoeken. Had de kustwacht de beschikking over honden? Ook al was het eiland niet groot, voordat hij het in zijn eentje had afgezocht zou het allang ochtend zijn. Hij probeerde zich voor te stellen hoe Isa had gereageerd. Ze was in paniek het raam uit gevlucht. Degene die bezig was haar slaapkamerdeur open te breken, blokkeerde ook de weg naar de kamer boven waar hij zelf lag te slapen. Ze was uit het raam gesprongen en de duisternis in gerend. Ze had vast niet eens een zaklamp bij zich gehad. Wallander was bij het punt gekomen waar de paden bij elkaar kwamen.

Opeens wist hij het. Toen ze over het eiland waren gelopen, had zij verteld over een schuilplaats waar haar broer Jörgen en zij als kind hadden gespeeld. Hij probeerde zich te herinneren wat ze precies had bedoeld toen ze naar een berghelling wees die het hoogste punt van het eiland vormde. Het was dichter in de buurt van het huis, ergens tussen de aardappelkelder en de plek waar hij zich nu bevond. Het pad liep tussen twee jeneverstruiken door, dat wist hij nog. Daar was ze blijven staan om het aan te wijzen. Hij haastte zich het pad af. Omgevallen bomen en dicht struikgewas maakten dat hij slechts langzaam vooruitkwam. Overal lagen grote rotsblokken. Hij scheen ertussen. Toen naderde hij de rots. Opeens meende hij achter hoge varens een spleet te ontwaren. Hij liep voorzichtig op de rotswand af, duwde de varens opzij en liet het licht over de wand schijnen.

Ze zat in elkaar gekropen tegen de rots, slechts gekleed in een nachthemd. Ze had haar armen om haar opgetrokken benen geslagen en haar hoofd leunde tegen haar schouder. Het leek net of ze sliep. Maar hij zag meteen dat ze dood was. Iemand had haar doodgeschoten. Recht in haar voorhoofd.

Wallander zakte op de grond in elkaar. Het bloed stroomde naar zijn hoofd. Hij dacht dat hij doodging. En dat hem dat niets kon schelen. Hij had gefaald. Hij was er niet in geslaagd het meisje te beschermen. Ook de schuilplaats waar ze als kind had gespeeld, had haar niet kunnen redden. Een schot had hij niet gehoord. Dus had er een geluiddemper op het wapen gezeten.

Wallander stond op en leunde tegen een boom. Zijn telefoon gleed uit zijn borstzakje. Hij pakte hem op en strompelde toen terug naar het huis om Martinson te bellen.

'Ik was te laat', zei hij.

'Te laat voor wat?'

'Ze is dood. Doodgeschoten, net als de anderen.'

Martinson leek het eerst niet goed te begrijpen. Wallander herhaalde wat hij had gezegd.

'Grote god', zei Martinson. 'Wie heeft haar omgebracht?'

'Een man in een boot', zei Wallander. 'Bel de politie in Norrköping. Ze moeten uitrukken. Praat met de kustwacht.'

Martinson beloofde te doen wat Wallander zei.

'Je kunt maar beter de anderen wekken', vervolgde hij. 'Lisa Holgersson, iedereen. Mijn batterij is zo leeg. Ik bel weer als ik hier assistentie heb.'

Ze beëindigden het gesprek. Wallander ging op een stoel in de keuken zitten. De zaklamp scheen op een wandversiering. 'Oost west, thuis best'. Na een poosje dwong hij zichzelf om op te staan en een deken uit haar kamer te halen. Daarmee liep hij de duisternis weer in. Toen hij bij de rotsspleet kwam, sloeg hij de deken om haar heen.

Hij ging op een steen zitten naast de varens die de opening bedekten. Het was inmiddels twintig over drie.

In de bleke dageraad begon de wind aan te wakkeren. Wallander had gehoord hoe de boot van de kustwacht naderbij kwam en was naar de steiger gelopen. Er waren agenten geweest, gespannen gezichten die hem aarzelend en argwanend opnamen. Wallander begreep hen wel. Wat deed een rechercheur uit Skåne eigenlijk op een van hun eilanden? Als hij een zomergast was geweest, dan hadden ze er wel begrip voor gehad. Hij bracht hen naar de rotsspleet en keerde zich af toen ze de deken weghaalden. Toen kwam een van de politiemensen uit Norrköping op Wallander af om naar zijn legitimatiebewijs te vragen. Wallander raakte helemaal buiten zinnen, wat niet vaak gebeurde. Hij trok zijn portefeuille uit zijn binnenzak en gooide zijn legitimatiebewijs voor de voeten van de agent die erom had gevraagd. Daarna liep hij weg. Zijn plotselinge verontwaardiging zakte meteen weer af om plaats te maken voor een verlammende vermoeidheid. Hij ging op de trap van het woonhuis zitten met een van zijn waterflessen in de hand.

Daar vond Harry Lundström hem. Hij was erbij geweest toen Wallander bij de rotsspleet woest was geworden, en hij had meteen gedacht dat het buitengewoon ontactisch was om naar de legitimatie te vragen. Het was toch wel duidelijk dat ze met een collega te maken hadden. De melding was immers van het politiebureau in Ystad gekomen.

Het bericht was heel duidelijk geweest. Een rechercheur genaamd Kurt Wallander zat op een eiland dat Bärnsö heette. Hij had een dood meisje gevonden. Hij had meteen assistentie nodig.

Harry Lundström was zevenenvijftig jaar. Hij was in Norrköping geboren en werd door iedereen behalve door zichzelf als de beste rechercheur van de stad beschouwd. Toen Wallander zijn uitbarsting kreeg, begreep hij hem wel. Wat er achter de gebeurtenissen op Bärnsö zat, wist hij niet. De informatie uit Ystad was vanzelfsprekend niet volledig. Dat het met de moord op de collega en op drie jongelui te maken had, had hij wel begrepen. Verder was het allemaal erg onduidelijk.

Harry Lundström beschikte echter over inlevingsvermogen. Hij kon zich voorstellen hoe het voelde om een meisje in een nachthemd in elkaar gekropen in een rotsspleet te vinden. Met een schotwond in haar voorhoofd.

Hij had een paar minuten gewacht. Daarna was hij achter Wallander aangelopen en naast hem op de trap gaan zitten.

'Dat was verschrikkelijk onhandig', zei hij. 'Om jou om je legitimatie te vragen.'

Hij stak zijn hand uit en stelde zich voor. Wallander had meteen vertrouwen in hem.

'Ben jij degene met wie ik moet praten?' vroeg hij.

Harry Lundström knikte.

'Dan gaan we naar binnen', zei Wallander.

Ze gingen in de woonkamer zitten. Nadat Wallander Lundströms telefoon even had gebruikt om met Martinson te bellen en hem te vragen of hij ervoor wilde zorgen dat Isa's ouders op de hoogte werden gebracht, kostte het hem bijna een uur om te vertellen wie het dode meisje was en in welk verband je haar dood moest zien. Lundström luisterde zonder aantekeningen te maken. Af en toe werden ze gestoord door politiemensen die binnenkwamen om vragen te stellen. Lundström stuurde het werk aan met eenvoudige en heldere opdrachten. Toen Wallander uitgesproken was, had hij nog enkele vragen. Wallander bedacht dat hij zelf precies dezelfde vragen zou hebben gesteld.

Het liep tegen zevenen. Door het raam zagen ze hoe de boot van de kustwacht aan de steiger afmeerde.

'Ik kan er maar beter naartoe gaan', zei Lundström. 'Jij hoeft natuurlijk niet mee te komen, als je niet wilt. Je hebt al genoeg gezien.'

Het woei nu hard. Wallander huiverde.

'Herfstwind', zei Lundström. 'Het tij is gekeerd.'

'Ik ben nog nooit eerder aan deze kust geweest', zei Wallander. 'Het is hier erg mooi.'

'Ik heb in mijn jeugd handbal gespeeld', zei Lundström. 'Ik had een poster van de handbalploeg uit Ystad aan de muur hangen, maar ik ben zelden in Skåne geweest.'

Ze liepen langs het pad. In de verte hoorden ze een hond blaffen.

'Het leek me het beste om het eiland af te zoeken', zei Lundström. 'Voor het geval degene die dit heeft gedaan er nog is.'

'Hij is met een eigen boot gekomen', zei Wallander. 'Hij heeft aan de westkant aangelegd.'

'Als we meer tijd hadden gehad, dan hadden we in de havens hier in de buurt bewaking kunnen neerzetten', zei Lundström. 'Maar daar is het nu te laat voor.'

'Misschien heeft iemand toch iets gezien', zei Wallander. 'Een boot die op het vasteland bij een steiger is aangekomen.'

'Daar wordt aan gewerkt', zei Lundström. 'Ik heb natuurlijk ook aan die mogelijkheid gedacht. Dat iemand midden in de nacht een boot heeft zien aanmeren.'

Wallander stond op een afstandje te wachten toen Lundström naar de rotsspleet liep om met zijn collega's te praten. Even was hij verdwenen achter de varens. Wallander was misselijk. Hij wilde zo snel mogelijk van dit eiland af. Het gevoel dat hij medeschuldig was aan wat er was gebeurd, was heel sterk. Ze hadden het eiland natuurlijk gisteravond al moeten verlaten. Hij had moeten voorzien dat er een risico aan vastzat om te blijven. Ze hadden te maken met een dader die de hele tijd op de hoogte leek te zijn. Het was ook een vergissing geweest dat zij op de begane grond had geslapen.

Hij besefte dat zijn zelfverwijten absurd waren, maar hij kon zich er niet aan onttrekken.

Lundström dook weer op tussen de varens. Tegelijkertijd kwam uit de tegenovergestelde richting een politieman met een hond. Lundström hield hem tegen.

'Iets gevonden?'

'Er is hier niemand op het eiland', zei de politieman. 'Ze heeft een spoor gevolgd naar een baai aan de westkant, maar daar hield het op.'

Lundström keek Wallander aan.

'Dan had jij gelijk', zei hij. 'Hij is met een boot gekomen. En met een boot vertrokken.'

Ze liepen weer naar het woonhuis. Wallander dacht aan wat Lundström zojuist had gezegd.

'Die boot is belangrijk', zei hij. 'Waar heeft hij die vandaan gehaald?'

'Daar dacht ik ook net aan', zei Lundström. 'Als we ervan uitgaan dat degene die dit gedaan heeft van buiten komt. En dat zal wel moeten. Dan is dus de vraag waar hij die boot vandaan heeft.'

'Hij steelt er een', zei Wallander.

Lundström was op het pad blijven stilstaan.

'Maar hoe vindt hij hier de weg? Midden in de nacht?'

'Hij kent Bärnsö misschien. En bovendien zijn er toch zeekaarten?'

'Denk je dat hij hier eerder is geweest?'

'Dat is niet uit te sluiten.'

Lundström liep weer verder.

'Een gestolen of stiekem geleende boot', zei hij. 'En dat moet hier in de buurt zijn gebeurd. In Fyrudden, Snäckvarp of Gryt. Voorzover hij hem niet bij een privé-steiger heeft weggehaald.'

'Veel tijd heeft hij niet gehad', zei Wallander. 'Isa is gisterochtend uit het ziekenhuis weggelopen.'

'Dieven die weinig tijd hebben gehad, zijn altijd het gemakkelijkst op te sporen', zei Lundström.

Ze waren bij de steiger gekomen. Lundström sprak met een agent die bezig was een meertouw strakker te trekken. Wallander hoorde dat het over de mogelijk gestolen boot ging.

Daarna bleven ze in de luwte van het boothuis staan.

'Eigenlijk zijn er geen redenen om jou nog hier te houden', zei Lundström. 'Ik neem aan dat je nu het liefst naar huis wilt.'

Wallander voelde een plotselinge behoefte om te zeggen wat hij voelde.

'Het had niet mogen gebeuren', zei hij. 'Ik voel me medeplichtig. We hadden hier gisteren al moeten vertrekken. En nu is ze dood.'

'Ik zou hetzelfde hebben gedaan', antwoordde Lundström. 'Ze is weggelopen hiernaartoe. In deze omgeving kon je haar aan de praat krijgen. Je kon niet weten wat er zou gebeuren.'

Wallander schudde zijn hoofd.

'Ik had me moeten realiseren hoe riskant het was', zei hij.

Ze liepen weer terug naar het huis. Lundström beloofde er persoonlijk voor te zorgen dat er geen samenwerkingsproblemen tussen Norrköping en Ystad zouden ontstaan.

'Er zullen er wel een paar zijn die gaan zeuren dat we niet zijn ingelicht dat je hiernaartoe kwam. Maar die leg ik het zwijgen wel op.'

Wallander haalde zijn tas. Ze keerden terug naar de steiger. De boot van de kustwacht zou Wallander naar het vasteland brengen. Vanaf de steiger keek Lundström de boot na. Wallander stak groetend zijn hand op.

Hij zette zijn tas in de auto en liep naar de havenmeester om zijn parkeergeld te betalen. Toen hij weer op de kade stond, ontdekte hij Westin die net met zijn boot de haven binnenvoer. Wallander liep de pier op om hem op te wachten. Westin keek ernstig toen hij aan land stapte.

'Ik neem aan dat je het hebt gehoord', zei Wallander.

'Isa is dood.'

'Het is vannacht gebeurd. Ik werd wakker van haar gillen. Maar het was allemaal al te laat.'

Westin keek hem afwachtend aan.

'Als jullie gisteren waren teruggegaan, zou het dus niet gebeurd zijn?'

Daar heb je het, dacht Wallander. Het verwijt. Waar ik eigenlijk geen verweer tegen heb.

Hij pakte zijn portemonnee.

'Hoeveel ben ik je schuldig voor de reis van gisteren?'

'Niets', zei Westin.

Westin begon terug te lopen naar zijn boot. Op hetzelfde moment bedacht Wallander dat hij hem nog iets moest vragen.

'Nog één ding', zei hij.

Westin bleef staan en draaide zich om.

'Ergens tussen 19 en 22 juli denk ik dat je een passagier naar Bärnsö hebt gehad.'

'In juli neem ik iedere dag mensen mee.'

'Een rechercheur', zei Wallander. 'Genaamd Karl Evert Svedberg. Die met een nog vetter Skåns accent praatte dan ik. Kun je je hem herinneren?'

'Droeg hij een uniform?'
'Ik durf bijna met zekerheid te zeggen van niet.'
'Kun je hem beschrijven?'
'Bijna helemaal kaal. Ongeveer net zo lang als ik. Stevig, maar niet dik.'
Westin dacht na.
'Tussen 19 en 22 juli?'
'Waarschijnlijk is hij de negentiende 's middags of 's avonds naar het eiland vertrokken. Ik weet niet wanneer hij is teruggekomen. Maar op z'n laatst op de tweeëntwintigste.'
'Dat moet ik nakijken', zei Westin. 'Misschien heb ik het opgeschreven, maar ik herinner me hem niet.'
Wallander liep met hem mee naar de boot. Westin haalde een agenda te voorschijn, die onder de zeekaart in de stuurhut lag. Hij kwam weer naar buiten.
'Er staat niets in', zei hij. 'Maar er staat me toch vaag bij dat ik hem aan boord heb gehad. Die dagen waren er veel mensen. Misschien verwissel ik hem wel met iemand anders.'
'Heb je de beschikking over een fax?' vroeg Wallander. 'We kunnen je een foto van hem sturen.'
'Ik heb een fax op het postkantoor staan.'
Wallander bedacht dat er ook nog een andere mogelijkheid was.
'Misschien heb je wel een foto van hem gezien', zei hij. 'In de krant. Of op tv. Het is de rechercheur die een paar dagen geleden in Ystad vermoord werd.'
Westin fronste zijn voorhoofd.
'Ik weet ervan', zei hij. 'Maar ik kan me geen beeld voor de geest halen.'
'Dan sturen we de foto per fax', zei Wallander. 'Als je mij het nummer geeft.'
Westin schreef het op in zijn agenda en scheurde het blaadje eruit.
'Kun je je ook herinneren of Isa tussen 19 en 22 juli op Bärnsö was?'
'Nee. Maar ze is deze zomer wel veel hier geweest.'
'De kans bestaat dus?'
'Ja.'

Wallander verliet Fyrudden. In Valdemarsvik stopte hij om te tanken. Daarna reed hij over de kustweg naar het zuiden. De hemel was wolkeloos. Hij had zijn raampje naar beneden gedraaid. Toen hij Västervik naderde, besefte hij dat hij het niet langer volhield. Hij moest iets eten. En slapen. Vlak voor de afslag naar Västervik reed hij de parkeerplaats van een wegrestaurant op. Hij bestelde een omelet, mineraalwater en koffie. De vrouw die zijn bestelling opnam glimlachte.

'Op uw leeftijd zou je 's nachts moeten slapen', zei ze vriendelijk.

Wallander keek haar verbaasd aan.

'Is het zo duidelijk te zien?'

Ze boog zich voorover om haar handtas te pakken, die onder de bar stond. Ze haalde er een zakspiegeltje uit en hield dat voor hem op. Wallander realiseerde zich dat ze gelijk had. Hij was bleek en had wallen onder zijn ogen. Zijn haar stond rechtovereind.

'U hebt gelijk', zei hij. 'Ik zal mijn omelet opeten. En daarna ga ik een poosje in de auto slapen.'

Hij liep naar buiten en ging onder een parasol zitten. Zij bracht zijn eten op een dienblad.

'Ik heb hier achter de keuken een kamer', zei ze. 'Daar staat een bed. Dat kunt u gebruiken.'

Zonder op een antwoord te wachten liep ze weer weg. Wallander keek haar verbaasd na.

Toen hij klaar was met eten liep hij naar de deur die naar de keuken voerde. Die stond open.

'Geldt het aanbod nog?' vroeg hij.

'Ik verander nooit van gedachten.'

Ze wees hem de kamer waar het bed stond. Het was een eenvoudig veldbed, waar een sprei op lag.

'Dat is in ieder geval beter dan een achterbank', zei ze. 'Maar politiemensen zijn natuurlijk gewend om overal te slapen.'

'Hoe weet u dat ik van de politie ben?'

'Toen u betaalde, deed u uw portefeuille open. Toen zag ik uw legitimatie. Ik ben met een politieman getrouwd geweest. Daarom herkende ik die.'

'Ik ben Kurt. Kurt Wallander.'

'Erika. Slaap lekker.'

Wallander ging op het bed liggen. Zijn hele lichaam deed zeer. Zijn hoofd was helemaal leeg. Hij bedacht dat hij eigenlijk naar Ystad zou moeten bellen om te zeggen dat hij onderweg was, maar hij kon het niet opbrengen. Hij deed zijn ogen dicht en viel in slaap.

Toen hij wakker werd, had hij geen idee waar hij was. Hij keek op zijn horloge. Het was al zeven uur. Hij kwam snel overeind. Hij had dus meer dan vijf uur geslapen. Vloekend pakte hij zijn telefoon om naar Ystad te bellen. Martinson nam niet op. Hij belde Hanson.

'Waar heb je verdomme gezeten? We proberen je de hele dag al te pakken te krijgen. En waarom heb je je telefoon niet aan staan?'

'Er moet iets met de batterij zijn. Is er iets gebeurd?'

'Niets anders dan dat we ons afvroegen waar jij zat.'

'Ik kom er zo snel mogelijk aan. Tegen elven moet ik wel in Ystad kunnen zijn.'

Wallander beëindigde het gesprek zo snel mogelijk. Toen de vrouw die Erika heette in de deuropening opdook, schrok hij op.

'Ik denk dat u de slaap wel nodig had', zei ze.

'Een uur was wel genoeg geweest. Ik had u moeten vragen om mij te wekken.'

'Er is koffie. Maar ik heb geen warm eten meer. We zijn gesloten.'

'U bedoelt dat u hier hebt zitten wachten totdat ik wakker werd?'

'Er is altijd wel iets aan de boekhouding te doen.'

Ze liepen het nu lege restaurant in. Zij pakte koffie en zette een schaal met broodjes voor hem neer. Daarna ging ze tegenover hem zitten.

'Ik heb het op de radio gehoord', zei ze. 'Dat er op de eilanden een meisje is vermoord. En dat een rechercheur uit Skåne haar gevonden heeft. Ik neem aan dat u dat bent?'

'Ja. Maar ik wil er liever niet over praten. U zei dat u met een politieman getrouwd was?'

'Ik woonde toen nog in het centrum van Kalmar. Na mijn scheiding ben ik hierheen verhuisd. Ik had genoeg geld om dit wegrestaurant te kunnen kopen.'

Ze vertelde over de eerste jaren, toen het restaurant niet rendabel was. Maar nu ging het beter. Wallander luisterde wel, maar hij zat vooral naar haar te kijken. Het liefst had hij haar beet willen pakken.

Om zich aan iets werkelijks, iets aards te kunnen vastklampen.

Hij bleef een halfuur zitten. Daarna betaalde hij en liep hij naar zijn auto. Ze liep met hem mee naar buiten.

'Ik weet niet goed hoe ik u moet bedanken', zei hij.

'Waarom moet je altijd bedanken?' zei ze. 'Rij voorzichtig.'

Tegen elven was Wallander in Ystad. Hij reed rechtstreeks naar het politiebureau, waar het werk in volle gang was. In de grootste vergaderkamer verzamelde hij iedereen om zich heen. Ook Nyberg en Lisa Holgersson waren erbij. Tijdens zijn rit uit Västervik had Wallander opnieuw alles doorgenomen wat er was gebeurd, vanaf de nacht waarin hij ongerust over wat er met Svedberg was gebeurd wakker was geworden. Het gevoel dat hij Isa Edengren in de steek had gelaten, raakte hij maar niet kwijt. Hij had echter ook woede gevoeld over de gebeurtenissen. Verschillende keren was hij zonder dat hij het merkte in zijn kwaadheid harder gaan rijden. Eén keer had hij meer dan 150 kilometer per uur gereden.

Zijn woede had niet alleen met het zinloze doden te maken. Er kwam ook een gevoel van falen bij. Nog steeds wisten ze niet in welke richting ze het moesten zoeken. En nu was Isa Edengren doodgeschoten op Bärnsö. Onder zijn ogen.

Wallander vertelde over de gebeurtenissen op het eiland. Nadat hij vervolgens op vragen had geantwoord en had geluisterd naar een overzicht van de situatie in Ystad, gaf hij een uiterst bondige samenvatting. Het was toen inmiddels al na middernacht.

'Morgen moeten we weer bij het begin beginnen', sloot hij af. 'Bij het begin beginnen en dan verder werken. Vroeg of laat zullen we degene pakken die deze daden van waanzin heeft begaan. Dat moet gewoon. Maar ik denk dat het op dit moment het beste is dat iedereen naar huis gaat om te slapen. Het is tot nu toe bewerkelijk geweest, en het wordt alleen maar erger.'

Wallander zweeg. Martinson leek iets te willen zeggen, maar hij veranderde van gedachten.

Toen het overleg afgelopen was, verliet Wallander als eerste de kamer. Hij deed de deur van zijn eigen kantoor dicht. Het was voor iedereen duidelijk dat hij met rust gelaten wilde worden.

Hij ging in zijn stoel zitten en dacht aan wat hij tijdens het overleg niet had gezegd. Aan waar ze het de volgende dag over moesten hebben.

Isa Edengren was nu dood. Betekende dat ook dat de moordenaar zijn eindpunt had bereikt? Of zou hij opnieuw toeslaan?

Noch Wallander, noch een van de anderen wist het antwoord.

Deel II

20

Nadat hij zijn afspraak bij dokter Göransson al verscheidene keren had geannuleerd, ging Wallander op donderdagochtend 15 augustus eindelijk naar diens praktijk. Deze keer had hij geen tijd afgesproken, maar de dokter ontving hem vrijwel meteen. Hoewel Wallander heel moe was en die nacht onrustig had geslapen, liet hij de auto staan toen hij 's ochtends naar buiten stapte. Hij wist dat er iedere dag wel een nieuw excuus te bedenken was om niet méér te gaan bewegen. Deze dag was net zo ongeschikt als alle andere, dus kon hij net zo goed meteen beginnen.

Het was nog steeds mooi weer en er stond geen wind. Terwijl hij door de stad liep, probeerde hij zich te herinneren wanneer ze voor het laatst zo'n augustusmaand hadden gehad. Die gedachte was hij echter snel kwijt. Het onderzoek waarmee ze bezig waren eiste al zijn aandacht op. Niet alleen wanneer hij wakker was, ook wanneer hij sliep.

Hij had over Bärnsö gedroomd. Opnieuw had hij haar horen gillen. Toen hij wakker werd, was hij al half uit bed geweest, doornat van het zweet en met hartkloppingen. Hij had daarna slechts met de grootste moeite de slaap weer kunnen vatten.

Eerst was hij een poosje aan de keukentafel gaan zitten. De dageraad was nog ver weg. Hij kon zich niet herinneren dat hij deze lusteloosheid eerder had meegemaakt. En het was geen vermoeidheid die alleen maar kwam van de witte eilanden van suiker waarvan hij zich voorstelde dat die in zijn bloedvaten ronddreven. Die vermoeidheid kwam evenzeer voort uit het gevoel dat hij door de tijd ver was ingehaald. Misschien was hij te oud geworden? Ook al was hij nog geen vijftig?

Hij vroeg zich echter ook af of het soms zo was dat al die verantwoordelijkheid hem bang begon te maken. Of hij, zonder zich daar eigenlijk bewust van te zijn geweest, zijn piek al gehad had en nu op weg was naar beneden, naar een punt waar uiteindelijk alleen angst resteerde. Hij wist het niet. Maar het scheelde niet veel of hij had het besluit genomen om het op te geven. Om Lisa

Holgersson te vragen of ze iemand anders als leider van het onderzoek wilde benoemen.

De vraag was alleen wie. Het lag het meest voor de hand dat het Martinson of Hanson zou zijn, maar Wallander realiseerde zich dat geen van beiden het eigenlijk aan zou kunnen. En dan bleef er niets anders over dan iemand van buiten aan te trekken. Wat niet goed zou zijn. Daarmee zou het net zijn of je de capaciteit die ze intern hadden een onvoldoende gaf. Onder dergelijke omstandigheden zou het werk nooit goed functioneren.

Wallander kwam niet tot een conclusie. Toen hij besloot naar de dokter te gaan, was dat in het diepst van zijn hart misschien wel om van hem de verlossende woorden te horen. Dat zijn conditie zo slecht was dat hij meteen de ziektewet in moest.

Dokter Göransson had echter helemaal niet zulke bedoelingen. Nadat hij opnieuw had vastgesteld dat Wallanders bloedsuiker te hoog was, dat er ook suiker in zijn urine zat en dat zijn bloeddruk zorgwekkend was, schreef hij medicijnen voor en verlangde hij van Wallander dat hij zijn rampzalige eetgewoontes radicaal wijzigde.

'We moeten uw symptomen op veel verschillende fronten tegelijk aanpakken', zei hij. 'Alles hangt met elkaar samen en het moet ook als één geheel worden opgelost. Maar dat lukt allemaal niet als u zelf niet een doorslaggevende bijdrage levert.'

Wallander kreeg het telefoonnummer van een diëtist. Met een recept in handen verliet hij de praktijk. Het was even over achten. Hij bedacht dat hij eigenlijk meteen naar het politiebureau moest, maar daar voelde hij zich nog niet helemaal klaar voor. Hij liep naar het koffiehuis aan Stortorget om koffie te drinken. Deze keer weerstond hij de verleiding om er een koffiebroodje bij te nemen.

Wat moet ik nu doen? dacht hij. Ik ben er verantwoordelijk voor dat de meest brute meervoudige moord die Zweden in jaren heeft meegemaakt wordt opgelost. Ik voel de kritische en vragende blikken van iedere agent op mij gericht, omdat een van de doden een politieman was. De media zitten me op de nek. Bovendien is het zeer waarschijnlijk dat ik kritiek van de ouders van de vermoorde jongelui over me heen krijg. Iedereen zal van mij verlangen dat ik binnen een paar dagen, maar het liefst uren, een dader pak en met een bewijsvoering kom waar zelfs de meest gepokt en gemazelde officier van justitie zijn petje voor afneemt. Het probleem is dat de werkelijkheid er heel anders uitziet. Ik heb niets. Vanochtend moet ik mijn collega's om me heen verzamelen en moeten we weer bij het begin beginnen. Ook al kun je dat begin nooit herhalen. Maar dat gevoel hebben we allemaal. We zijn nog niet eens in de buurt van iets wat op een doorbraak zou kunnen lijken. We tasten totaal in het duister.

Hij dronk zijn koffie op. Aan een tafeltje naast hem zat een man een ochtendblad te lezen. De koppen waren groot en vet. Wallander verliet snel het koffiehuis. Omdat het nog niet zo laat was, besloot hij eerst nog wat dingen te doen voordat hij naar het bureau ging. Hij liep naar Vädergränd en belde aan bij bankdirecteur Sundelius. Het risico bestond dat Sundelius geen bezoek ontving dat niet van tevoren was aangekondigd. Aan de andere kant wist Wallander dat hij niet de kans liep dat Sundelius nog niet was opgestaan.

De deur ging open. Hoewel het pas halfnegen was, was Sundelius al in kostuum. De knoop van zijn stropdas was een wonder van perfectie. Zonder verdere plichtplegingen deed hij de deur voor Wallander open en vroeg hem om binnen te komen. Daarna liep hij naar de keuken om een dienblad met koffie te halen.

'Ik heb altijd kokend water klaarstaan', zei hij. 'Voor het geval er onverwacht bezoek komt. De laatste keer dat dat gebeurde, was een jaar geleden. Maar je kunt nooit weten.'

Wallander ging op een bank zitten en trok zijn kopje naar zich toe. Sundelius was tegenover hem gaan zitten.

'De vorige keer werden we onderbroken', zei Wallander.

'De reden is me volkomen duidelijk geworden', antwoordde Sundelius. 'Wat zijn dat eigenlijk voor mensen die we in dit land toelaten?'

Wallander was verbijsterd door deze reactie.

'Er is niets wat erop wijst dat deze wandaden door buitenlanders zouden zijn begaan', zei hij. 'Waarom denkt u dat?'

'Dat ligt toch voor de hand', zei Sundelius. 'Een Zweed doet zoiets toch niet?'

Wallander besefte dat hij het gesprek maar het beste in een andere richting kon sturen. Sundelius was er niet echt de man naar die zich zonder meer van zijn meningen of vooroordelen liet afbrengen.

Toch kon Wallander het niet laten om ertegen in te gaan.

'Niets wijst op een dader van buitenlandse afkomst. Dat is absoluut duidelijk. Laten we het liever over Karl Evert hebben. U kende hem dus behoorlijk goed?'

'Voor mij was hij gewoon Kalle.'

'Hoelang kende u elkaar?'

'Op welke dag is hij gestorven?'

Opnieuw was Wallander verbaasd.

'Dat weten we nog niet. Hoezo?'

'In dat geval had ik u het exacte antwoord kunnen geven. Laat ik dan voorlopig antwoorden dat we elkaar negentien jaar, zeven maanden en ongeveer vijftien dagen kenden toen hij zo tragisch om het leven kwam. Ik houd mijn hele leven al nauwkeurig aantekeningen bij. Het enige wat ik niet zal kunnen noteren is het tijdstip waarop ik zelf overlijd. Als ik althans niet besluit zelfmoord te plegen. Hetgeen op dit moment niet aan de orde is. Maar de notaris die verantwoordelijk is voor mijn nalatenschap, zal ervoor zorgen dat mijn agenda's worden verbrand. Die zijn voor mij waardevol. Niet voor iemand anders.'

Wallander vermoedde dat Sundelius een van de vele bejaarden was die veel te weinig mogelijkheden hadden om met andere mensen te praten. Iemand bij wie dat niet zo was geweest, was zijn eigen vader.

'Als ik het goed heb begrepen, deelde u een gemeenschappelijke belangstelling voor de sterrenhemel?'

'Dat klopt.'

'U spreekt niet met een Skåns accent. U komt hier waarschijnlijk niet vandaan?'

'Ik ben op 12 mei 1959 uit Vadstena hiernaartoe verhuisd. De verhuiswagen arriveerde op 14 mei. Ik dacht dat ik een paar jaar zou blijven, maar het is dus veel langer geworden.'

Wallander wierp een blik op de boeken- en ladekasten die zich in zijn blikveld bevonden. Nergens zag hij familiefoto's. Sundelius droeg ook geen ring.

'Bent u getrouwd?'

'Nee.'

'Bent u misschien gescheiden?'

'Ik ben vrijgezel.'
'Net als Svedberg.'
'Ja.'
Wallander bedacht dat hij er maar beter geen doekjes om kon winden. Hij had nog steeds een kopie in zijn zak van de foto van de vrouw die mogelijk Louise heette. Hij legde die voor Sundelius op tafel.
'Hebt u deze vrouw eerder gezien?'
Sundelius zette een bril op, nadat hij eerst de glazen met een zakdoek had opgepoetst. Hij bestudeerde de foto zorgvuldig.
'Is dit niet dezelfde foto die een paar dagen geleden in de krant heeft gestaan?'
'Dat klopt.'
'Waarbij de politie de mensen opriep om contact op te nemen als je wist wie dit was?'
Wallander knikte. Sundelius legde de foto weer op tafel.
'Dan had ik al contact met de politie moeten opnemen', zei hij. 'Als ik haar had herkend.'
'Maar u herkent haar niet?'
'Nee. En ik heb een goed geheugen voor gezichten. Dat moet wel als je bij een bank werkt.'
Wallander kon de verleiding niet weerstaan om even van het ingeslagen pad af te wijken. Hij was nieuwsgierig geworden. Waarom moesten bankdirecteuren een goed geheugen voor gezichten hebben?
Hij vroeg het en kreeg opnieuw omstandig antwoord.
'Er was in mijn jeugd een tijd waarin dat de enige kredietinformatie was die je kon krijgen', zei Sundelius. 'Voordat de maatschappij veranderde in één grote en allesomvattende burgerregistratie. Er wordt altijd gesproken over voor en na Christus. Maar het is eerder zo, dat je de tijd beter kunt indelen in de periode vóór en na de invoering van het persoonsnummer. Was degene die voor mij stond en geld wilde lenen eerlijk? Meende hij wat hij zei? Was hij van onbesproken gedrag? Of stond hij daar te liegen? Ik kan me een oude hoofdboekhouder uit Vadstena herinneren die over geen enkele klant die geld wilde lenen ooit kredietinformatie inwon. Ook niet nadat het gemakkelijker was geworden om informatie te

verzamelen en de regels voor het verstrekken van krediet beduidend strenger waren geworden. Om hoeveel geld het ook ging, hij concentreerde zich op het gezicht. Hij verleende krediet of deed dat niet, afhankelijk van de indruk die hij kreeg. En in zijn hele leven als bankemployé heeft hij zich niet één keer vergist. De schurken kregen geen lening. De fatsoenlijke en hardwerkende mensen wel. Zonder enige aarzeling. Wie er pech zou hebben, kon hij noch iemand anders van tevoren voorspellen.'

Wallander knikte en ging verder.

'Op de een of andere manier heeft deze vrouw met Kalle te maken', zei hij. 'Volgens betrouwbare inlichtingen die we hebben gekregen, gingen ze al bijna tien jaar met elkaar om. Met elkaar omgaan is misschien niet helemaal de juiste uitdrukking. Ze hadden een relatie. Kalle was en bleef vrijgezel. Maar kennelijk heeft hij gedurende lange tijd een liefdesrelatie met deze vrouw onderhouden.'

Sundelius was met zijn kopje halverwege zijn mond blijven steken. Toen Wallander zweeg, zette hij het langzaam terug op het schoteltje.

'Dat zijn helemaal geen betrouwbare inlichtingen', zei hij. 'Dat klopt absoluut niet.'

'Hoezo niet?'

'Gewoon absoluut niet. Kalle had geen verloofde.'

'We weten dat het in het grootste geheim was.'

'Het was helemaal niet zo.'

Wallander merkte dat Sundelius hiervan overtuigd was, maar hij meende ook een ander gevoel in zijn stem te horen doorklinken. Eerst kon hij niet vaststellen wat het was, maar daarna besefte hij dat Sundelius een beetje uit zijn doen was. Hij hield zich in, maar iets ervan sijpelde toch door.

'Laat ik u een belangrijke omstandigheid duidelijk maken', zei Wallander. 'Geen van zijn collega's, ik noch iemand anders, wist van het bestaan van deze vrouw, die blijkbaar in zijn leven was gekomen. Er was maar één persoon op de hoogte. Voor veel mensen was de verrassing dus erg groot.'

'Wie kende haar dan?'

'Dat wil ik voorlopig liever niet zeggen.'

Sundelius keek Wallander aan. Er lag tegelijkertijd iets verbetens en afwezigs in zijn blik. Wallander wist het zeker. Sundelius was uit zijn doen. Dat had hij zich niet verbeeld.

'Laten we deze onbekende vrouw even laten voor wat het is', zei hij. 'Hoe hebt u elkaar leren kennen?'

Sundelius was nu veranderd. De antwoorden kwamen schoorvoetend, met horten en stoten. Wallander begreep dat hij een terrein had betreden waarop Sundelius niet had verwacht te zullen terechtkomen.

'We hebben elkaar leren kennen bij gemeenschappelijke vrienden in Malmö.'

'Dat is dus de eerste aantekening in uw agenda?'

'Ik zie niet in dat het voor de politie van belang is wat er wel of niet in mijn agenda's staat.'

Helemaal in het defensief, dacht Wallander. Een foto van een onbekende vrouw verandert alles. Hij ging voorzichtig verder.

'Maar daarna begon u dus met elkaar om te gaan?'

Sundelius leek te hebben gemerkt dat zijn agressie heel even voelbaar was geweest. Hij antwoordde nu weer vriendelijk en rustig, maar het gevoel dat hij er met zijn gedachten niet helemaal bij was, liet Wallander niet los.

'We keken samen naar de sterren. Verder niets.'

'Waar deed u dat?'

'Op het platteland. Waar het donker was. Vooral in het najaar. Soms in Fyledalen.'

Wallander dacht na.

'Toen ik contact met u opnam, was u verbaasd', zei hij. 'Dat we dat nog niet eerder hadden gedaan. U zei dat u dat vreemd vond, omdat Kalle niet veel goede vrienden had. En u was een van die weinigen?'

'Ik weet wel dat ik dat heb gezegd.'

'Maar u beschrijft uw omgang door te vertellen dat u af en toe samen naar de sterrenhemel keek? Verder niets?'

'Wij waren geen van beiden erg opdringerig van aard.'

'Ik heb er alleen wat moeite mee om dat een hechte vriendschap te noemen. En dat u ervan uitgaat dat wij als zijn collega's daarvan op de hoogte waren.'

'Toch was dat wat het was.'

Nee, dacht Wallander. Dat was het niet. Maar wat het wel was, weet ik niet.

'Wanneer hebt u elkaar voor het laatst gezien?'

'Midden juli. De zestiende, om precies te zijn.'

'Toen hebt u samen naar de sterren gekeken?'

'We zijn naar Österlen gereden. Het was een heldere nacht. Ook al is de zomer niet de beste tijd van het jaar om naar de hemel te kijken.'

'Hoe was hij toen?'

Sundelius snapte de vraag niet.

'Ik begrijp uw vraag niet?'

'Was hij net als anders? Zei hij iets ongewoons?'

'Hij was net als anders. Bovendien kijk je altijd in stilte naar de sterren. Dat deden wij althans.'

'En daarna?'

'Hebben we elkaar niet meer gezien.'

'Had u dat wel afgesproken?'

'Hij zei dat hij een paar dagen wegging. Hij zei ook dat hij veel te doen had. We zouden begin augustus weer contact met elkaar opnemen. Wanneer hij vakantie had.'

Wallander hield zijn adem in. Drie dagen later reisde Svedberg naar Bärnsö. Wat Sundelius zei kon erop duiden dat Svedberg die reis al gepland had. Bovendien zei hij dat hij veel te doen had. Hij zei dat hij begin augustus vakantie kreeg. Terwijl hij in werkelijkheid midden in zijn vakantie zat.

Svedberg liegt, dacht Wallander. Voor Sundelius, een vriend van hem, houdt hij zijn vakantie geheim. Tegen ons zegt hij er niets over dat hij met een onderzoek bezig is. Voor het eerst had Wallander het gevoel dat hij zich in de buurt bevond van iets wat hem in de goede richting zou kunnen leiden. Hij wist echter nog niet wat dat was.

Svedberg had tegen Sundelius gelogen, die nu op zijn beurt weer tegen Wallander zat te liegen. Ergens moet er in dit alles toch ook een waarheid zitten, dacht Wallander. De vraag is alleen hoe ik daarachter kom.

Wallander bedankte voor de koffie. Sundelius liet hem uit.

'We zullen elkaar zeker weer ontmoeten', zei Wallander ten

afscheid. Sundelius had nu zijn zelfbeheersing hervonden.

'Ik zou het fijn vinden om te horen wanneer de uitvaart precies plaatsvindt.'

Wallander beloofde dat hij daar bericht van zou krijgen. Hij liep Vädergränd uit en ging op een bankje voor café Bäckahästen zitten. Hij keek naar de eenden die in de vijver zwommen. In gedachten nam hij zijn gesprek met Sundelius nog eens door. Er waren twee kritieke momenten geweest. Het eerste toen hij hem de foto liet zien, het tweede toen hij besefte dat Sundelius loog. Hij dacht na over de foto. Het was niet die foto op zichzelf waardoor Sundelius geschokt was, maar het feit dat Wallander het had over een tienjarige liefdesrelatie.

Is het misschien zo eenvoudig, dacht Wallander, dat er niet één langdurige liefdesrelatie heeft bestaan, maar dat het er twéé waren? Was de waarheid misschien dat Sundelius en Svedberg samen iets hadden gehad? Dat het idee dat Svedberg homoseksueel was toch een grond had? Wallander pakte een hand vol steentjes van de grond en liet die door zijn vingers glijden. Toch aarzelde hij. De foto was die van een vrouw. Sture Björklund was zeker van zijn zaak geweest. Louise had jarenlang deel uitgemaakt van Svedbergs leven. In dat verband was er natuurlijk nog een vraag belangrijk. Hoe kwam het dat Sture Björklund van het bestaan van deze vrouw afwist, terwijl verder niemand op de hoogte was?

Wallander wreef zijn handen schoon en stond op. Hij dacht aan het recept dat hij in zijn zak had en liep naar de apotheek. Hij moest even wachten, maar daarna kreeg hij de medicijnen mee die Göransson had voorgeschreven. Hij liep door naar het politiebureau. Toen hij in de apotheek zijn recept te voorschijn had gehaald, had hij gemerkt dat zijn telefoon niet aanstond. Hij begon sneller te lopen. Ondanks alles had het gesprek met Sundelius hem toch verder gebracht. Niet dat de dingen er helderder van werden, maar hij was wel gestuit op iets wat dieper zat.

Toen Wallander bij het bureau naar binnen stapte, zei Ebba dat iedereen naar hem vroeg. Hij vroeg haar door te geven dat ze over een halfuur overleg konden hebben. Op weg naar zijn kantoor liep hij Hanson tegen het lijf.

'Ik was jou net aan het zoeken. Er zijn wat uitslagen binnen uit Lund.'

'Kunnen de artsen ons tijdstippen geven?'

'Daar lijkt het wel op.'

'Dan nemen we die meteen door.'

Wallander liep met Hanson mee naar diens kamer. Toen ze langs de kamer liepen die van Svedberg was geweest, ontdekte Wallander tot zijn verbazing dat diens naambordje weg was. Zijn verbazing ging bijna meteen over in een gevoel van ontzetting. En daarna woede.

'Wie heeft Svedbergs naambordje weggehaald?'

'Dat weet ik niet.'

'Daar hadden ze verdomme toch wel mee kunnen wachten tot na zijn begrafenis?'

'Hij wordt aanstaande dinsdag begraven', zei Hanson. 'De minister van Justitie heeft laten weten dat ze ook komt.'

Wallander wist dat dat een vrouw was die vaak op de televisie was en resoluut en zelfverzekerd overkwam. Op dit moment wilde haar naam hem echter niet te binnen schieten. Hanson schoof snel wat lottoformulieren op zijn bureau aan de kant en pakte de papieren van het forensisch instituut in Lund. Wallander leunde afwachtend tegen de muur terwijl Hanson aan het bladeren was.

'Hier heb ik het', zei hij ten slotte.

'We beginnen met Svedberg.'

'Hij is recht van voren getroffen door twee schoten. Hij moet meteen dood zijn geweest.'

'Wanneer is het gebeurd?' vroeg Wallander ongeduldig. 'Sla de rest maar over, als het niet belangrijk is. Ik wil een tijdstip.'

'Toen Martinson en jij hem vonden, was hij hoogstens vierentwintig uur dood. En minstens tien.'

'Zijn ze daar zeker van? Of kunnen ze nog van mening veranderen?'

'Ze lijken behoorlijk zeker. Net zo zeker als van het feit dat Svedberg nuchter was toen hij stierf.'

'Heeft daar dan iemand aan getwijfeld?'

'Ik lees gewoon voor wat hier staat. Zijn laatste maaltijd, die hij waarschijnlijk een paar uur voor zijn dood heeft genuttigd, bestond uit umer.'

'Wat ons vertelt dat hij waarschijnlijk 's ochtends is overleden.'

Hanson knikte. Iedereen wist dat Svedberg 's ochtends altijd umer at. Wanneer de rechercheurs bij tijd en wijle 's nachts moesten werken, zette Svedberg zijn umer altijd in de koelkast in de kantine.

'Dat weten we dan', zei Wallander.

'Er staat hier nog veel meer', vervolgde Hanson. 'Moet ik de details voorlezen?'

'Die lees ik zelf wel', zei Wallander. 'Wat zeggen ze over de drie jongelui?'

'Dat het moeilijk is om het tijdstip van hun dood vast te stellen.'

'Dat wisten we al. Maar wat voor conclusie trekken ze?'

'Een conclusie die in afwachting van nauwkeuriger onderzoek provisorisch is. Maar ze sluiten niet uit dat de jongelui al op 21 juni zijn omgebracht. Dus op midzomeravond. Echter wel onder één voorwaarde.'

'Dat ze vanaf die tijd niet in de buitenlucht hebben gelegen?'

'Precies. Maar zoals gezegd, ze zijn daar niet zeker van.'

'Maar ik wel. Nu hebben we eindelijk een mogelijkheid om een tijdpad op te stellen. Daar beginnen we tijdens het overleg mee.'

'Ik kan die auto's niet vinden', klaagde Hanson. 'Degene die in dat natuurgebied heeft toegeslagen, moet ook iets met die auto's hebben gedaan.'

'Misschien zijn die ook ergens begraven', zei Wallander. 'We moeten die auto's hoe dan ook vinden. Zo snel mogelijk.'

Hij liep naar zijn kantoor en las de tekst op de bijsluiter van zijn medicijnen. Amaryl voor de bloedsuiker. Er stond dat de tabletten bij de maaltijd moesten worden ingenomen. Wallander vroeg zich af wanneer hij weer tijd zou hebben om te eten. Hij stond zuchtend op en liep naar de kantine. Daar lagen op een schaal een paar harde broodjes. Hij at ze op en slikte daarna een paar tabletten. Op weg naar zijn kamer botste hij bijna tegen Nyberg op.

'Ik heb gehoord dat er uitslagen uit Lund binnen zijn', zei hij.

Wallander zette heel in het kort uiteen wat Hanson had verteld.

'Dat betekent dus dat wij gelijk hadden', zei Nyberg. 'We hebben te maken met een dader die drie jongelui overvalt, hen wegsleept en begraaft, om hen vervolgens weer op te graven.'

'We hebben met iemand te maken die de tijd, de mogelijkheden en de behoefte heeft om te plannen', zei Wallander. 'Dat we dat nu met zekerheid weten, is een grote stap voorwaarts.'

Nyberg beloofde dat hij bij het overleg zou zijn. Wallander liep door naar zijn kamer. Zijn bureau was bedekt met briefjes waarop stond dat er mensen hadden gebeld. Na het overleg zou hij daarnaar kijken. Hij ging voor het raam staan. Opnieuw probeerde hij een gezicht voor zich te zien. Ergens bevond zich een man die mensen ombracht. Goed gepland en koelbloedig. Niemand behalve hijzelf wist waarom.

Wallander pakte zijn papieren bij elkaar en liep naar de vergaderkamer. Precies op het moment dat Martinson de deur wilde dichtdoen, dook Lisa Holgersson op, samen met de officier van justitie, Thurnberg. Wallander realiseerde zich dat hij hem nog geen goed overzicht van de stand van zaken had gegeven. Thurnberg keek dan ook ontevreden toen hij aan tafel ging zitten, zo ver mogelijk bij Wallander vandaan. Lisa Holgersson nam het woord en deelde mee dat de begrafenis van Svedberg op dinsdag 20 augustus om twee uur zou plaatsvinden. Ze keek Wallander aan.

'Ik zal een toespraak houden', zei ze. 'De minister van Justitie en de chef van de rijkspolitie doen dat ook. Maar de vraag is of niet ook iemand van jullie zou moeten spreken. Ik denk dan aan Kurt, die hier het langst werkt.'

Wallander wimpelde het af.

'Ik kan niet speechen', zei hij. 'Als ik in de kerk naast de kist van Svedberg sta, komt er geen woord uit.'

'Je hebt mooi gespeecht toen Björk wegging', zei Martinson. 'Natuurlijk moet er iemand van ons speechen. En eigenlijk moet jij dat doen.'

Wallander wist dat hij het niet kon. Zijn weerzin tegen begrafenissen was enorm.

'Het is niet de vraag of ik wil', zei hij smekend. 'Ik wil het best op me nemen om een toespraak te schrijven, maar om daar zelf te staan en hem dan te houden, dat lukt me niet.'

'Ik wil het wel doen', zei Ann-Britt Höglund. 'Als jij hem schrijft. Ik vind niet dat je iemand kunt dwingen om op een begrafenis te spreken. Je kunt zo aangeslagen zijn dat het gewoon niet gaat. Ik houd die toespraak wel. Als niemand daar iets op tegen heeft.'

Wallander was ervan overtuigd dat noch Hanson noch Martinson dit een goede oplossing vond, maar geen van beiden zei wat. Daarmee was het besluit genomen.

Om niet meer aan de ophanden zijnde begrafenis te hoeven denken begon Wallander snel aan het eigenlijke overleg. Thurnberg zat roerloos en met een uitdrukkingsloos gezicht aan zijn kant van de tafel. Wallander werd nerveus van zijn aanwezigheid. Hij had iets minachtends, misschien zelfs vijandigs, over zich.

Ze begonnen met een algemene afstemming. Zijn eigen gesprek met Sundelius vatte Wallander korter samen dan het eigenlijk was geweest. Met geen woord sprak hij over de verandering die er bij de gepensioneerde bankdirecteur was opgetreden toen hij te horen had gekregen dat Svedberg een tienjarige liefdesrelatie had gehad met een onbekende vrouw.

Er kwam een gestage stroom tips bij de politie binnen, maar het leek erop dat niemand de vrouw op de foto serieus had herkend. Alle aanwezigen vonden dat vreemd. Iemand had haar toch moeten herkennen? Ze besloten de foto nu ook in Denemarken te publiceren en via Interpol te verspreiden. Verder waren er geen nieuwe resultaten te melden en na twee uur kwamen ze toe aan de forensische verslagen. Wallander stelde voor om kort te pauzeren en de ramen open te zetten. Thurnberg stond op en verliet snel de kamer. Hij had nog geen woord gezegd. Lisa Holgersson bleef wat hangen tot de anderen de kamer hadden verlaten.

'Hij kijkt niet vrolijk', zei Wallander, met een verwijzing naar Thurnberg.

'Dat zal hij ook wel niet zijn', antwoordde ze. 'Ik denk dat je met hem moet praten. Hij vindt dat het te langzaam gaat.'

'Het gaat zo snel als het kan.'

'De vraag is of we geen assistentie van buitenaf nodig hebben.'

'Die vraag moeten we natuurlijk bespreken. Maar ik kan je nu al zeggen dat ik me niet tegen een dergelijk voorstel zal verzetten.'

Zijn antwoord luchtte haar op. Wallander ging koffie halen. Daarna gingen ze weer zitten. Thurnberg op dezelfde plaats, nog even uitdrukkingsloos als daarvoor.

Ze namen de forensische verslagen door. Op een bord noteerde Wallander vervolgens de verschillende tijdpaden die ze nu hadden.

'Svedberg is dus op zijn vroegst een etmaal voordat wij hem vonden omgebracht. Alles wijst erop dat hij 's ochtends vroeg vermoord is. Of althans in de loop van de ochtend. Wat betreft de drie jongelui blijkt dat onze voorlopige conclusies boven verwachting juist bleken te zijn. Het motief is nog niet bekend en een indicatie wie de dader is, hebben we ook nog niet, maar deze uitslagen vertellen ons toch iets cruciaals.'

Hij ging aan tafel zitten en vervolgde daarna zijn verhaal.

'Deze jongeren hebben hun feest in het geheim voorbereid. Ze hebben een plek gekozen waar ze verwachten met rust gelaten te worden. Maar iemand kent hun plan. Iemand houdt zich uitstekend op de hoogte en heeft de tijd om voorbereidingen te treffen. We hebben nog steeds geen motief voor de moorden in het natuurgebied, maar de dader geeft het niet op voordat hij er tevens in is geslaagd om degene op te sporen die er ook bij had zullen zijn. Isa Edengren. Hij weet dat ze naar Bärnsö is vertrokken. Hij kent daar de weg tussen de eilanden. Dat geeft ons een paar doorslaggevende aanknopingspunten: het moet iemand zijn die van hun feestplannen afwist. Wij zoeken iemand die goed op de hoogte is.'

Een hele poos zei er niemand wat.

'De vraag is waar we iemand kunnen vinden die de beschikking heeft over al die informatie', vervolgde Wallander. 'Aan die kant moeten we beginnen. Vroeg of laat zullen we dan ook het raakvlak vinden waar Svedberg in beeld komt.'

'Hij is er al', zei Hanson. 'Omdat hij al een paar dagen na Midzomer met dit onderzoek begint.'

'Ik denk dat er meer bij komt kijken', zei Wallander. 'Ik denk dat Svedberg een verdenking in een bepaalde richting koesterde. De vraag die we ons moeten stellen maar waar we nooit antwoord op zullen krijgen, is of Svedberg niet al wist wie die jongelui had vermoord. Of wie dat zou gaan doen.'

'Waarom heeft de dader zo lang gewacht met de moord op Isa Edengren?' vroeg Martinson. 'Hij heeft meer dan een maand de tijd gehad.'

'Dat weten we niet', antwoordde Wallander. 'Ze was niet moeilijk te vinden.'

'Er is nog iets', vervolgde Martinson. 'Waarom graaft hij de lijken eigenlijk weer op? Doet hij dat omdat hij ontdekt wíl worden? Of wat?'

'Er kan nauwelijks een andere verklaring voor zijn', zei Wallander. 'Maar dat leidt weer tot nieuwe vragen over wat deze dader eigenlijk drijft. En op welke manier Svedberg en hij met elkaar te maken hadden.'

Wallander keek de kamer rond.

Toen deze jongelui niet terugkeerden wist Svedberg wat er was gebeurd, dacht hij. Svedberg wist bovendien wie de moordenaar was. Of hij had in ieder geval zeer sterke verdenkingen.

Dat was ook de reden waarom hij zelf werd vermoord.

Een andere verklaring kan er gewoon niet zijn.

Wat ons bij de belangrijkste vraag van allemaal brengt.

Waarom wilde hij niet aan ons vertellen wie hij verdacht?

21

Die middag stelde Wallander even na tweeën een vraag aan Martinson. Het ging om een toelichting bij een tip die was binnengekomen. Een tip die in dit geval afkomstig was van de eigenaar van een kiosk in Sölvesborg die op de middag voorafgaand aan midzomeravond bij Natuurgebied Hagestad was gestopt. Hij was op weg geweest naar een feest in Falsterbo en had zich gerealiseerd dat hij veel te vroeg zou aankomen als hij geen pauze nam. Hij meende zich te kunnen herinneren dat er bij de ingang van het natuurgebied twee auto's geparkeerd hadden gestaan. Wat de man in detail was opgevallen, zou Wallander echter nooit te weten komen.

Toen hij zijn vraag aan Martinson gesteld had, viel hij flauw.

Dat gebeurde natuurlijk allemaal heel onverwacht. Het ene moment zwaaide hij met zijn pen in de richting van Martinson, het volgende moment lag hij achterover in zijn stoel met zijn kin op zijn borst. Even begreep niemand wat er was gebeurd. Daarna reageerde Lisa Holgersson, vrijwel tegelijk met Ann-Britt Höglund, en vervolgens kwamen de anderen in actie. Hanson bekende later dat hij had gedacht dat Wallander een hartaanval kreeg en overleed. Wat de anderen hadden gedacht, of beter gezegd gevreesd, vertelden ze niet. Ze hadden de stoel weggetrokken, Wallander op de grond gelegd, zijn overhemdboordje opengemaakt en zijn pols gevoeld. Iemand stond toen al met de telefoon in de hand om een ambulance te waarschuwen. Voordat die echter was gearriveerd, was Wallander alweer bijgekomen. Ze hadden hem overeind geholpen. Zelf had hij al bedacht dat zijn bloedsuiker plotseling zo laag was geworden dat hij was flauwgevallen. Ze gaven hem wat water te drinken en hij nam een paar suikerklontjes van een schoteltje dat op tafel stond. Daarna voelde hij zich weer de oude. Rond de tafel had iedereen hem ongerust zitten opnemen. Hij zou eigenlijk naar het ziekenhuis moeten gaan om zich te laten onderzoeken of althans even thuis moeten gaan liggen. Maar Wallander wilde niet naar het ziekenhuis en ook niet naar huis. Als excuus voor zijn flauwte gaf hij aan dat hij slecht geslapen had, en hij pakte het overleg daarna zo energiek op dat hij de anderen daarmee de mond snoerde.

De enige die niet met zorg of vrees had gereageerd, was Thurnberg. Hij had bijna helemaal niet gereageerd. Hij was van zijn stoel opgestaan toen Wallander op de grond werd gelegd, maar hij was verder niet van zijn plaats gekomen. Ook kon niemand zich herinneren dat hij een spier had vertrokken.

Toen ze pauzeerden, liep Wallander naar zijn kantoor om Göransson te bellen. Hij vertelde dat hij was flauwgevallen. Göransson leek daar niet noemenswaardig door verrast.

'Uw bloedsuiker zal schommelen,' zei hij, 'totdat we die tot een stabiel niveau naar beneden hebben weten te krijgen. Maar als u weer flauwvalt, moeten we de medicijnen misschien verminderen. Zorg ervoor dat u een appel bij de hand hebt voor het geval u weer duizelig wordt.'

Na die dag had Wallander altijd een handvol suikerklontjes in zijn zak. Hij voelde zich net een man die voortdurend op een paard liep te wachten. Hij vertelde echter nog steeds niemand over zijn diabetes. Dat bleef zijn geheim.

Het overleg duurde voort tot vijf uur in de middag, maar toen hadden ze dan ook de tot dan toe meest grondige doorloop van de stand van zaken achter de rug. Wallander was ervan overtuigd dat er nieuwe energie in het rechercheteam was gepompt. Ze hadden ook besloten dat ze assistentie uit Malmö zouden vragen, maar Wallander wist dat de groep die om hem heen was verzameld het hart van het opsporingsteam zou blijven vormen.

Toen het overleg voorbij was, bleef Thurnberg aan tafel zitten. Wallander besefte dat hij een gesprek verwachtte. Met een gevoel van gemis dacht Wallander aan Per Åkeson, die zich ergens onder de Afrikaanse zon bevond. Hij ging tegenover Thurnberg aan tafel zitten, op de plek waar Ann-Britt Höglund meestal zat.

'Ik zit al behoorlijk lang op een verslag te wachten', zei Thurnberg. Hij had een hoge stem, die voortdurend op het punt leek te staan uit te schieten.

'Dat had natuurlijk moeten gebeuren,' zei Wallander vriendelijk, 'maar de laatste etmalen is de stand van zaken in het onderzoek drastisch veranderd.'

Thurnberg negeerde Wallanders commentaar.

'In het vervolg ga ik ervan uit dat er doorlopend verslag wordt uitgebracht', vervolgde hij. 'Zonder dat ik erom hoef te vragen. De procureur-generaal toont automatisch zijn belangstelling wanneer er een politieman in functie wordt omgebracht.'

Wallander zag geen reden om te antwoorden. Hij wachtte op het vervolg.

'Het onderzoek tot nu toe is nauwelijks efficiënt te noemen, of zo uitgebreid als je zou mogen verwachten', zei Thurnberg, terwijl hij wees op een lange lijst van punten die hij in een blocnote had genoteerd. Wallander had het gevoel alsof hij weer een schooljongen was die een onvoldoende had gehaald.

'Als die kritiek terecht is, zullen we daar natuurlijk rekening mee houden', zei hij.

Hij deed zijn best om vriendelijk en onaangedaan te zijn, maar hij wist dat hij zijn nijdigheid niet lang meer verborgen zou kunnen houden. Wat verbeeldde die officier van justitie uit Örebro die hier kwam waarnemen zich eigenlijk wel? Hoe oud was hij eigenlijk helemaal? Drieëndertig? Ouder kon hij nauwelijks zijn.

'Ik zal ervoor zorgen dat er morgen een lijst van mijn bezwaren tegen het opsporingswerk klaarligt', zei Thurnberg. 'Ik verwacht vervolgens van u een schriftelijke reactie.'

Wallander keek hem vragend aan.

'Bedoelt u dat we met elkaar moeten gaan zitten corresponderen? Terwijl er een dader die vijf brute moorden heeft gepleegd vrij rondloopt?'

'Ik bedoel alleen dat het opsporingswerk tot nu toe niet gebeurt op de manier die je zou mogen verwachten.'

Wallander sloeg met zijn vuist op tafel en stond zo heftig op dat de stoel waarop hij had gezeten omviel.

'Er bestaat geen perfecte blauwdruk voor opsporingswerk', brulde hij. 'Maar er moet hier niemand komen zeggen dat mijn collega's en ik er niet alles aan doen.'

Thurnbergs uitdrukkingsloze gezicht veranderde. Hij werd lijkbleek.

'Kom maar op met je briefje', zei Wallander. 'Als je gelijk hebt in wat je schrijft, dan zullen we daar rekening mee houden. Maar je hoeft van mij geen brief terug te verwachten.'

Wallander verliet de kamer en smeet de deur achter zich dicht. Ann-Britt Höglund was net op weg naar haar kamer en draaide zich om bij de klap.

'Wat is er?' vroeg ze.

'Die verdomde officier van justitie', zei Wallander. 'Hij zit te zeuren.'

'Waarom?'

'Wij zijn niet efficiënt. Wij werken niet breed genoeg. Hoe kunnen we op een andere manier werken dan we doen?'

'Hij wil waarschijnlijk gewoon laten zien wie de baas is.'

'In dat geval is hij aan het verkeerde adres.'

Wallander stapte haar kamer binnen en liet zich in haar bezoekersstoel ploffen.

'Wat gebeurde er nou eigenlijk?' vroeg ze. 'Zonet? Toen je flauwviel?'

'Ik slaap slecht', antwoordde Wallander ontwijkend. 'Maar ik voel me goed.'

Hij kreeg hetzelfde gevoel als hij in de zomer gehad had, toen hij samen met Linda op Gotland was. Dat ze hem helemaal niet geloofde.

Martinson dook op in de deuropening.

'Stoor ik?' vroeg hij.

'Het is goed dat je komt', zei Wallander. 'We moeten eens even bijpraten. Waar is Hanson?'

'Die is bezig met die auto's. Die moeten toch ergens zijn.'

'Hij moet er eigenlijk ook bij zijn', zei Wallander. 'Maar jullie moeten er maar voor zorgen dat hij op de hoogte wordt gebracht.'

Hij knikte tegen Martinson dat hij de deur moest dichtdoen. Daarna vertelde hij hoe hij het gesprek met Sundelius had ervaren. Zijn gevoel dat het misschien toch zo was dat Svedberg homoseksueel was geweest.

'Dat is op zichzelf natuurlijk helemaal niet belangrijk', benadrukte hij. 'Politiemensen kunnen alle mogelijke seksuele geaardheden hebben. Dat ik dit zo intern mogelijk wil houden, is alleen omdat ik niet wil dat er allerlei rare geruchten de ronde gaan doen. Omdat Svedberg zelf nooit over zijn seksuele geaardheid sprak, welke die ook mocht zijn, moet dat nu na zijn dood ook niet worden rondgebazuind.'

'Dat maakt dat gedoe met die vrouw wel gecompliceerder', zei Martinson.

'Misschien was hij een man met biseksuele belangstelling. De vraag is alleen wat Sundelius eventueel weet. Ik kreeg de stellige indruk dat hij mij niet alles vertelde. Dat betekent dat we verder moeten horen. Dieper. In Sundelius' leven. En in dat van Svedberg. Zijn er nog andere geheimen? Met die jongelui moeten we hetzelfde doen. Ergens zit dat raakvlak. Iemand die nu alleen nog een schaduw is. Maar hij bestaat.'

'Mij staat vaag bij dat er tegen Svedberg jaren geleden een keer aangifte bij de ombudsman van justitie is gedaan,' zei Martinson, 'maar ik ben vergeten waar het nou eigenlijk om ging.'

'Dat moet worden onderzocht', zei Wallander. 'Het is een van de vele dingen. Ik had gedacht dat we dat zouden moeten verdelen. Ik neem Svedberg. En Sundelius. Bovendien moet ik weer met Björklund praten. Hij is wel de enige die de vrouw kende.'

'Het is absurd dat niemand haar heeft gezien', zei Ann-Britt.

'Het is niet alleen absurd', zei Wallander. 'Het is onmogelijk. Dus moeten we ons afvragen waardoor dat komt.'

'Hebben we die professor in de sociologie niet te gemakkelijk laten vallen?' vroeg Martinson. 'Het was wel mooi bij hem thuis dat we Svedbergs telescoop hebben aangetroffen.'

'Zolang we niemand op het oog hebben, zijn alle aanwijzingen evenveel waard', zei Wallander. 'Dat is een waarheid als een koe, maar er zit nog steeds wat in.'

Hij stond op.

'Zorg ervoor dat jullie Hanson hierover vertellen', zei hij, waarna hij de kamer verliet.

Het was inmiddels al halfzes geweest. Hij had niets anders gegeten dan een paar harde broodjes die ochtend. De gedachte om naar huis te gaan om eten te koken schrikte hem af. In plaats daarvan reed hij naar een Chinees restaurant aan Stortorget. Terwijl hij op zijn bestelling wachtte, dronk hij een pilsje. Tijdens het eten nam hij er nog een. Zoals gewoonlijk at hij veel te snel. Hij stond op het punt een nagerecht te bestellen, maar bedacht zich. Hij reed naar huis. Het was een warme avond. Hij zette de balkondeur open. Drie keer probeerde hij Linda te bellen, maar de lijn leek voortdurend bezet te zijn. Hij was te moe om na te denken. De tv stond aan, maar hij had het geluid zacht gezet. Hij ging op de bank naar het plafond liggen staren. Toen het tegen negenen liep, ging de telefoon. Het was Lisa Holgersson.

'Ik geloof dat we een probleem hebben', zei ze. 'Thurnberg is bij mij gekomen na jouw ruzie met hem.'

Wallanders gezicht betrok. Hij vermoedde al wat er zou volgen.

'Thurnberg zal wel overstuur zijn geweest, omdat ik hem heb uitgescholden. Met mijn vuist op tafel heb geslagen en herrie heb geschopt.'

'Het is nog erger', zei ze. 'Hij zet er vraagtekens bij of jij wel geschikt bent om leiding te geven aan het rechercheteam.'

Dat kwam als een verrassing. Wallander had niet verwacht dat Thurnberg zo ver zou gaan.

Hij bedacht dat hij boos zou moeten worden. Maar hij werd bang. Dat hij zelf vaak, misschien zelfs steeds vaker, had gedacht dat hij niet in staat was om leiding aan het onderzoek te geven was één ding. Maar dat het voorbehoud dat hij zelf inwendig maakte opeens zou veranderen in een bedreiging van buitenaf en dat hij zijn leidinggevende positie zou kunnen kwijtraken, was nooit bij hem opgekomen.

'Wat voor zakelijke redenen voerde Thurnberg aan?'

'Het zijn vooral formele dingen. Hij vindt het vooral heel storend en ernstig dat hij niet actiever en regelmatiger op de hoogte wordt gehouden van de ontwikkelingen in het onderzoek.'

Wallander protesteerde. Wat hadden ze eigenlijk kunnen doen?

'Ik stel je alleen maar op de hoogte van wat hij heeft gezegd. Verder vindt hij het een ernstige zaak dat je geen contact met de politie in Norrköping hebt opgenomen voordat je naar Östergötland ging. Hij zet trouwens vraagtekens bij die hele reis.'

'Maar ik heb Isa toch gevonden?'

'Hij vindt dat de politie in Norrköping dat ook wel had kunnen doen. Terwijl jij hier bleef om leiding aan het onderzoek te geven. Ik heb het vermoeden dat hij indirect bedoelt dat ze dan misschien nog geleefd had.'

'Dat is absurd', zei Wallander. 'Ik hoop dat je dat toch tegen hem gezegd hebt?'

'Er is nog iets', zei ze. 'Jouw gezondheidstoestand.'

'Ik ben niet ziek.'

'We kunnen er niet omheen dat je onder zijn ogen bent flauwgevallen. En onder die van mij. Midden in een overleg.'

'Dat kan iedereen gebeuren die tijdelijk overwerkt is.'

'Ik vertel alleen maar wat hij heeft gezegd.'

'Maar wat heb jij hem geantwoord?'

'Dat ik natuurlijk met jou zou praten. En over de zaak zou nadenken.'

Opeens kreeg Wallander het gevoel dat hij er niet zeker van kon zijn wat haar eigen mening was. Kon hij er echt van op aan dat zij achter hem stond?

Hij werd meteen heel argwanend.

'Praten met mij heb je nu gedaan', zei hij. 'Resteert de vraag wat jouw mening is.'

'Wat vind je zelf?'

'Dat Thurnberg een onaangenaam officiertje van justitie is, dat veel te hoog van de toren blaast en mij niet mag en ook niemand van de anderen. Wat trouwens wederzijds is. Ik denk dat hij dit als een springplank ziet voor zijn eigen schitterende toekomst.'

'Dat is niet echt een zakelijke mening.'

'Maar wel waar. Ik vind natuurlijk dat ik er heel goed aan heb gedaan om naar Bärnsö te gaan. Het onderzoek hier liep volgens plan. Er was helemaal geen reden om aan de politie in Norrköping over die reis te vertellen. Er was immers geen misdrijf gepleegd. En er had ook niemand kunnen voorspellen dat dat zou gaan gebeuren. Bovendien is er een evidente reden om er van tevoren met niemand over te praten: dat had Isa Edengren nog verder kunnen afschrikken.'

'Ik denk dat dat Thurnberg allemaal wel duidelijk is', zei ze. 'Ik ben het trouwens met je eens dat hij arrogant kan overkomen. Ik denk dat hij zich nog het meest zorgen maakt over jouw gezondheidstoestand.'

'Ik denk dat hij zich nauwelijks zorgen maakt over iemand anders dan over zichzelf. Op de dag dat ik het niet meer aankan om leiding te geven aan het team, beloof ik dat ik het je zal laten weten.'

'Met dat antwoord zal Thurnberg genoegen moeten nemen. Maar ik denk dat het goed is als we er in het vervolg voor zorgen dat hij de informatie krijgt die hij moet hebben.'

'Voor mij zal het heel moeilijk worden om in de toekomst vertrouwen in hem te tonen', zei Wallander. 'Ik kan een hoop verdragen, maar ik heb een gloeiende hekel aan mensen die dingen achter mijn rug om doen.'

'Hij heeft niets achter jouw rug om gedaan. Het is vanzelfsprekend dat hij bij mij komt wanneer het niet lukt om met jou te praten.'

'Niemand kan mij dwingen om hem te mogen.'

'Dat vraagt hij ook niet. Maar ik denk dat hij actie zal ondernemen als het rechercheteam tekenen van zwakte vertoont.'

'Wat bedoel je daar verdomme mee?'

Zijn felle reactie kwam uit het niets. Wallander slaagde er niet in zich te beheersen.

'Je hoeft niet boos op mij te worden. Ik vertel je alleen maar wat er is gebeurd.'

'We moeten vijf moorden oplossen', zei Wallander. 'Een dader pakken die koelbloedig is en die goed georganiseerd te werk gaat. Duidelijke motieven zijn er niet. We weten ook niet of deze man opnieuw zal toeslaan. Een van de doden is een naaste collega. Ik denk dat we er dan rekening mee moeten houden dat er af en toe iemand fel reageert. Dit onderzoek is niet bepaald een theevisite. Waarbij we de pinkjes in de lucht steken.'

Zij schoot in de lach.

'Dat is een nieuwe variant op die vergelijking met theevisites. Meestal wordt die gebruikt bij revoluties.'

'Als we elkaar maar goed begrijpen', zei Wallander. 'Anders niets.'

'Ik wilde alleen maar dat je het zo snel mogelijk wist.'

'Daar ben ik je dankbaar voor.'

Toen het gesprek voorbij was, liep Wallander terug naar de bank in de woonkamer. Hij was zijn argwaan nog niet kwijt. In gedachten begon hij al plannen te maken hoe hij Thurnberg terug kon pakken. Hij voelde iets wat misschien de wil tot zelfverdediging was, maar eveneens zelfmedelijden. De gedachte dat zijn verantwoordelijkheid hem misschien zou worden ontnomen beangstigde hem. Leidinggeven aan een gecompliceerd onderzoek naar een misdrijf betekende vaak een ondraaglijke inspanning, maar het gevoel om gedegradeerd te worden, die last ontnomen te worden, was nog erger.

Wallander voelde dat hij met iemand moest praten. Iemand die hem de morele steun kon geven die hij nu miste. Het was kwart over negen. Wie kon hij bellen? Martinson of Ann-Britt Höglund? Het liefst had hij contact opgenomen met Rydberg. Maar die was dood en begraven en kon niets meer zeggen. Ook al was Wallander er zeker van dat hij op dezelfde manier zou hebben gereageerd op de waarnemend officier van justitie die Thurnberg heette.

Toen dacht hij aan Nyberg. Ze wisselden zelden of nooit vertrouwelijkheden uit, maar Wallander wist dat Nyberg hem zou begrijpen. Hij was bovendien opvliegend en openhartig genoeg om in deze situatie van pas te kunnen komen. Het belangrijkste was echter dat Wallander wist dat Nyberg hem een goede rechercheur vond. Hij betwijfelde of Nyberg het eigenlijk wel zou kunnen uithouden om onder een andere teamleider te werken. Ook al zat er officieel dan een officier van justitie die alle touwtjes in handen had, Nyberg was een rechercheur. Officieren van justitie waren schimmen in de verre periferie met wie hij eigenlijk niks te maken had.

Wallander belde Nybergs privé-nummer. Nyberg klonk zoals gewoonlijk geïrriteerd toen hij opnam. Verscheidene keren had Wallander daar met Martinson over gepraat; dat het echt nooit gebeurde dat Nyberg vriendelijk klonk wanneer hij de telefoon opnam.

'We moeten even bijpraten', zei Wallander.

'Wat is er gebeurd?'

'Niets wat het onderzoek betreft, maar ik wil je graag even zien.'

'Kan dat niet tot morgen wachten?'

'Nee.'

'Ik kan over een kwartier op het bureau zijn.'

'Liever niet. Laten we ergens anders afspreken. Ik had gedacht dat we wel even een pilsje zouden kunnen pakken.'

'Moeten we naar de kroeg? Wat is er eigenlijk gebeurd?'

'Heb jij een voorstel waar we naartoe kunnen gaan?'

'Ik kom nooit in de horeca', zei Nyberg afwerend. 'Althans niet in Ystad.'

'Aan Stortorget ligt een klein eetcafé', zei Wallander. 'Naast een antiekzaak. Dan zien we elkaar daar.'

'Moet je daar een pak aan en een stropdas om?' vroeg Nyberg.

'Dat dacht ik niet', antwoordde Wallander.

Nyberg beloofde dat hij er over een halfuur zou zijn. Wallander trok een schoon overhemd aan en verliet daarna zijn flat. Hij liet zijn auto staan en ging lopend naar het centrum. In het eetcafé zaten niet veel mensen. Toen hij ernaar vroeg werd hem verteld dat het café tot elf uur open was. Hij merkte dat hij honger had. Toen hij in de menukaart zat te bladeren, was hij verbaasd over de prijzen. Wie kon het zich eigenlijk nog permitteren om uit eten te gaan? Hij bedacht echter dat hij zin had om Nyberg iets te eten aan te bieden.

Nyberg kwam precies op tijd. Hij was gekleed in een kostuum met stropdas. Bovendien had hij een natte kam door zijn haren gehaald, die anders altijd rechtovereind stonden. Zijn kostuum was oud en leek te groot. Nyberg ging tegenover Wallander zitten.

'Ik wist helemaal niet dat hier een eetcafé zat', zei hij.

'Ik geloof dat het er ook nog niet zo lang is', antwoordde Wallander. 'Vijf jaar of zo. Ik wou je een hapje eten aanbieden.'

'Ik heb geen honger', zei Nyberg.

'Er is ook een kleine kaart', hield Wallander vol.

'Dan laat ik jou kiezen', zei Nyberg, die zijn menukaart wegschoof.

Terwijl ze op hun eten wachtten, dronken ze een biertje. Wallander vertelde over zijn telefoongesprek met Lisa Holgersson. Hij gaf het tot in detail weer, maar hij voegde er ook aan toe wat hij zelf had gedacht maar niet had gezegd.

'Eigenlijk is er niet zoveel om je druk over te maken', zei Nyberg toen Wallander uitgesproken was. 'Maar ik begrijp natuurlijk best dat je geschokt bent. Interne trammelant is het laatste wat we kunnen gebruiken. Als we tenminste een kans willen maken om dit op te lossen.'

Wallander staakte zijn verzet en deed net of hij aan de kant van Thurnberg ging staan.

'Misschien heeft hij gelijk? Misschien moet iemand anders het overnemen?'

'Wie zou dat dan moeten zijn?'

'Martinson?'

Nyberg keek hem wantrouwend aan.

'Dat meen je toch niet serieus, hè?'

'Hanson dan?'

'Over tien jaar misschien. Maar dit is het beroerdste onderzoek waarmee we ooit zijn geconfronteerd. Dan kun je er niet mee beginnen om de leiding van het rechercheteam te verzwakken.'

Hun eten werd geserveerd. Wallander bleef over Thurnberg praten, maar Nyberg zei weinig terug en gaf geen commentaar meer. Ten slotte besefte Wallander dat hij nu te ver ging. Nyberg had gelijk. Je hoefde er verder geen woorden meer aan vuil te maken. Als het moest, dan zou Nyberg Wallander alle steun geven die hij nodig had. Enkele jaren geleden had Wallander Nybergs absurde werkdruk persoonlijk met Lisa Holgersson opgenomen, vlak nadat zij Björk was opgevolgd. Nybergs situatie was verbeterd sinds Wallander de kwestie ter sprake had gebracht. Ze hadden het er nooit over gehad, maar Wallander was ervan overtuigd dat Nyberg wist van het gesprek dat hij toen had gevoerd.

Nyberg had gelijk. Ze moesten niet meer tijd en energie dan nodig besteden aan het koesteren van hun verontwaardiging over Thurnberg. De energie die ze hadden kon wel beter worden gebruikt.

Na het eten bestelden ze nog een paar biertjes. De serveerster kondigde de laatste ronde aan. Wallander vroeg of Nyberg koffie wilde, maar dat sloeg hij af.

'Ik drink meer dan twintig koppen koffie per dag', zei hij. 'Om het vol te houden. Of misschien om het uit te houden.'

'Zonder koffie zou er geen politiewerk mogelijk zijn', zei Wallander.

'Ander werk ook niet.'

Zwijgend overpeinsden ze de rol van koffie in het maatschappelijk bestaan. Aan een tafeltje naast hen stonden een paar gasten op om weg te gaan.

'Ik geloof dat ik nog nooit zoiets raars als deze moorden heb meegemaakt', zei Nyberg. 'Een moordenaar die het allemaal met plezier plant. Iemand die zijn afschuwelijke misdrijven in scène zet en arrangeert.'

'Ik sluit niet uit dat je misschien gelijk hebt', zei Wallander. 'Maar hoe kan Svedberg nou zo snel een spoor of een verdenking hebben opgepikt? Dat kan ik maar niet begrijpen.'

'Daar is maar één redelijke verklaring voor. Dat Svedberg wist wie het was. Of dat hij althans een gefundeerde verdenking had. De vraag waarom hij het niet aan ons vertelde, is dan nog belangrijker. Die is dan gewoon cruciaal.'

'Dat het iemand was die wij kenden?'

'Niet noodzakelijkerwijs. Er is in feite nog een mogelijkheid. Niet dat Svedberg wist wie het was. Of dat hij iemand verdacht. Maar dat hij báng was dat het iemand was die hij kende.'

Wallander besefte dat Nyberg gelijk had. Verdenken en vrezen hoefden niet hetzelfde te zijn.

'Dat verklaart zijn geheime onderzoek', vervolgde Nyberg. 'Hij is bang dat het iemand is die hij kent. Waarschijnlijk iemand die hem na staat. Maar hij weet het niet. Voordat hij ons op de hoogte brengt, wil hij er zeker van zijn. Of hij wil het allemaal rustig laten doodbloeden, als blijkt dat zijn angst ongegrond was.'

Wallander zat Nybergs gezicht aandachtig op te nemen. Opeens had hij het idee dat hij een handelingsverloop bespeurde dat nog niet eerder zichtbaar was geweest.

'Laten we eens van een veronderstelling uitgaan', zei hij. 'Svedberg hoort dat er een stel jongelui is verdwenen. Een paar dagen later is hij bezig met een onderzoek dat hij stiekem uitvoert. Hij gaat daar zijn hele vakantie mee door. Totdat hij zelf wordt vermoord. Laten we aannemen dat hij wordt gedreven door een angst die op een concrete verdenking is gebaseerd. Laten we verder aannemen dat hij gelijk heeft. Hij beseft dat hij weet wie er achter de verdwijning van de jongelui zit. Hij hoeft niet eens te weten dat ze dood zijn.'

'Dat laatste is ook niet echt waarschijnlijk', voegde Nyberg eraan toe. 'Dan had hij wel met ons moeten praten. Het was Svedberg nooit gelukt om zo'n geheim te bewaren.'

Wallander knikte. Nyberg had gelijk.

'Hij weet dus niet dat ze dood zijn. Maar hij is wel heel bang. Zijn angst wijst in een bepaalde richting. Laten we aannemen dat hij overtuigd raakt van zijn gelijk. Hij confronteert die persoon daarmee. En wat gebeurt er?'

'Hij wordt vermoord.'

'Aan de plaats van de moord wordt gerommeld. Onze eerste gedachte was dat er was ingebroken. Er is ook iets weg. Een telescoop. Die we later bij Sture Björklund thuis terugvinden.'

'De deur', zei Nyberg. 'Ik ben ervan overtuigd dat degene die Svedberg heeft omgebracht, in de flat werd binnengelaten. Of misschien zelfs een eigen sleutel had.'

'Het is dus iemand die Svedberg kent. Iemand die er eerder is geweest.'

'Iemand die bovendien weet dat hij een neef heeft die Björklund heet. Degene die Svedberg ombrengt, besluit de aandacht af te leiden. Door de telescoop in de schuur van Björklund te verstoppen.'

De serveerster kwam met de rekening. Wallander wilde hun gesprek nog niet beëindigen.

'Wat is de gemene deler die we hebben? We hebben eigenlijk maar twee personen: Bror Sundelius en een onbekende vrouw genaamd Louise.'

Nyberg schudde zijn hoofd.

'Die moord is niet door een vrouw gepleegd', zei hij. 'Ook al zeiden we dat een paar jaar geleden ook en hadden we toen ongelijk.'

'Bror Sundelius kan het toch ook niet echt zijn geweest', zei Wallander. 'Hij is slecht ter been. Met zijn hoofd is niets mis, maar zijn gezondheid is volgens mij niet optimaal.'

'Dan is het iemand van wie wij het bestaan nog niet kennen', zei Nyberg. 'Svedberg moet nog met andere mensen nauw contact hebben gehad.'

'Ik bereid een terugtocht voor', zei Wallander. 'Vanaf morgen ga ik terugzoeken door Svedbergs leven.'

'Dat is waarschijnlijk de juiste weg', zei Nyberg. 'In de tussentijd zullen we kijken wat het technisch onderzoek voor resultaten oplevert. Vooral ook wat de vingerafdrukken vertellen. Ik hoop dat we morgen meer weten.'

'De wapens', zie Wallander. 'Die zijn belangrijk. Het pistool en de revolver.'

'Wester in Ludvika is erg vriendelijk', zei Nyberg. 'Ik krijg de best denkbare assistentie.'

Wallander trok de rekening naar zich toe. Nyberg wilde meebetalen.

'We kunnen dit ook declareren', zei Wallander.

'Dat accepteren ze nooit', zei Nyberg.

Wallander voelde in zijn zak naar zijn portemonnee. Die was weg. Meteen zag hij hem voor zich. Thuis op de keukentafel.

'Ik wil jou nog steeds trakteren, maar ik heb helaas mijn portemonnee thuis laten liggen.'

Nyberg haalde zijn eigen portemonnee uit zijn binnenzak. Hij had tweehonderd kronen. De rekening bedroeg bijna het dubbele.

'Om de hoek zijn bankautomaten', zei Wallander.

'Dat soort kaarten gebruik ik niet', zei Nyberg.

De serveerster had al lichten uitgedaan en kwam nu naar hun tafel toe. Ze waren inmiddels de laatste gasten. Nyberg liet zijn legitimatiebewijs van de politie zien. De serveerster bekeek dat met scepsis.

'We bedienen niet op rekening', zei ze.

'We zijn echt van de politie', protesteerde Wallander. 'Ik heb gewoon per ongeluk mijn portemonnee thuis laten liggen.'

'We bedienen niet op rekening', herhaalde de serveerster. 'Als u niet kunt betalen, moet ik aangifte doen.'

'Aangifte bij wie dan?'

'Bij de politie.'

Wallander begon zijn geduld te verliezen, maar Nyberg maande hem tot kalmte.

'Dit kan nog interessant worden.'

'Gaat u nog betalen of niet?' vroeg de serveerster.

'Ik denk dat u het beste de politie kunt bellen', zei Wallander vriendelijk.

De serveerster ging bellen, maar eerst deed ze de buitendeur op slot. Daarna keerde ze terug naar hun tafel.

'De politie komt eraan', zei ze. 'Tot die tijd mag u niet weg.'

Het duurde vijf minuten. Toen stopte er buiten op het plein een surveillancewagen. Er kwamen twee agenten binnen. Een ervan was Edmundsson. Hij staarde Wallander en Nyberg aan.

'We hebben een probleempje', zei Wallander. 'Ik heb mijn portemonnee vergeten en Nyberg heeft niet genoeg contant geld op zak. De dame die hier bedient wil het niet op rekening zetten. Ze is ook niet erg onder de indruk van Nybergs legitimatie.'

Edmundsson begreep het. Hij barstte in lachen uit.

'Hoeveel is het?' vroeg hij.

'Vierhonderd kronen.'

Edmundsson haalde zijn portemonnee te voorschijn en betaalde.

'Dit is niet mijn schuld', zei de serveerster. 'Mijn baas heeft gezegd dat we nooit op rekening mogen bedienen.'

'Wie is de eigenaar van dit eetcafé?' vroeg Nyberg.

'Fredriksson. Alf Fredriksson.'

'Groot en dik?' vroeg Nyberg. 'Woont hij in Svarte?'

De serveerster knikte.

'Die ken ik wel', zei Nyberg. 'Dat is een aardige kerel. Doe hem de groeten van Nyberg en Wallander.'

Toen ze buitenkwamen, was de surveillancewagen al vertrokken.

'Een rare augustusmaand', zei Nyberg. 'Het is al de vijftiende. En nog steeds is het warm.'

Bij de hoek van Hamngatan gingen ze uiteen.

'We weten niet of hij opnieuw zal toeslaan', zei Wallander. 'Dat is nog het ergste.'

'Daarom moeten we hem pakken', zei Nyberg. 'Zo snel als maar enigszins kan.'

Wallander liep langzaam naar huis. Het gesprek met Nyberg was inspirerend geweest, maar hij voelde geen blijdschap. Hij wilde dat niet helemaal toegeven, maar Thurnbergs reactie en het gesprek met Lisa Holgersson hadden hem somber gestemd. Misschien was hij onrechtvaardig tegenover de officier van justitie? Misschien had die wel gelijk? Dat iemand anders de verantwoordelijkheid voor het onderzoek eigenlijk zou moeten overnemen?

Toen Wallander thuiskwam, zette hij koffie en ging aan de keukentafel zitten. De thermometer naast het raam stond op negentien graden. Wallander pakte een blocnote en een pen. Daarna zocht hij een bril. De eerste die hij tegenkwam, lag onder de bank.

Met zijn koffiekopje in de hand drentelde hij een paar keer rond de keukentafel, alsof hij in de juiste stemming wilde komen voor de opdracht die hem wachtte.

Hij had dat nog nooit eerder gedaan. Een toespraak schrijven voor een omgebrachte collega.

Nu had hij spijt dat hij die taak op zich had genomen. Hoe moest je een gevoel beschrijven dat zijn oorsprong vond in het feit dat hij een week geleden 's nachts zijn collega met een weggeschoten gezicht op de vloer van zijn flat had aangetroffen?

Ten slotte ging hij toch zitten om een poging te doen. Hij kon zich nog herinneren hoe hij Svedberg voor het eerst had ontmoet. Dat was al meer dan twintig jaar geleden. Svedberg was toen al kaal geweest.

Hij kwam halverwege. Toen verscheurde hij alles en begon opnieuw.

Het was al na enen toen hij klaar was. Dit keer kon wat hij had geschreven zijn goedkeuring wegdragen.

Hij stapte het balkon op. De stad zweeg. Het was nog steeds erg warm. Hij dacht aan zijn gesprek met Nyberg. Zijn gedachten gingen alle kanten op. Opeens was Isa Edengren er, in elkaar gekropen in de rotsspleet die haar had kunnen beschermen toen ze nog klein was. Maar nu niet meer.

Wallander ging weer naar binnen. De balkondeur liet hij openstaan.

Hij kon de gedachte maar niet van zich afzetten. Dat de man die zich daarbuiten in het donker bevond opnieuw zou toeslaan.

22

Het was een lange dag geweest.

Hij had veel pakjes gehad. Er waren aangetekende brieven bij en bovendien geldzendingen uit het buitenland. Pas toen het al tegen tweeën liep, was hij klaar met de administratie die hij de volgende dag moest inleveren.

In zijn vroegere leven zou het hem hebben geïrriteerd dat het werk langer duurde dan berekend. Nu maakte hem dat niets meer uit. De grote verandering die hij had doorgemaakt, had onder andere betekend dat hij zich onkwetsbaar had gemaakt voor de tijd. Hij had beseft dat er niet zoiets bestond als verleden tijd. Ook geen toekomstige tijd. Er bestond dus ook geen tijd die je kon verliezen. Of nog te goed had. Het enige wat telde, was wat hij deed.

Hij zette zijn posttas en het geldkistje weg. Daarna nam hij een douche en trok hij andere kleren aan. Hij had vanochtend vroeg voor het laatst gegeten, voordat hij naar het postkantoor reed om zijn post te sorteren, maar hij had geen honger.

Het was een gevoel dat hij nog kende uit zijn kindertijd. Wanneer er iets spannends ging gebeuren, verloor hij altijd zijn eetlust.

Hij liep naar de geluiddichte kamer en deed alle lampen aan. Zijn bed had hij zorgvuldig opgemaakt voordat hij die ochtend zijn flat verliet. Nu spreidde hij de brieven uit op de donkerblauwe sprei. Hij ging in kleermakerszit midden op het bed zitten. Hij had al eerder brieven gelezen. Dat was de eerste stap geweest. Brieven uitkiezen die er aanlokkelijk uitzagen. Voorzichtig maakte hij ze open, zonder de envelop te beschadigen. Daarna kopieerde hij ze en las hij ze. Hoeveel brieven hij het laatste jaar had geopend, gekopieerd en gelezen wist hij niet, maar het moesten er zo'n tweehonderd geweest zijn. De meeste hadden niet veel inhoud gehad. Ze waren nietszeggend geweest, saai. Tot hij de eerste brief van Lena Norman aan Martin Boge openmaakte.

Hij onderbrak zijn eigen gedachtegang. Dat was voorbij. Daar hoefde hij niet meer aan te denken. De laatste fase was lastig en vermoeiend geweest. Eerst een lange reis met de auto helemaal naar Östergötland. Daarna met een zaklamp in de hand rondsluipen totdat hij een boot had gevonden die groot genoeg was om ermee naar het eilandje te varen dat midden in zee lag.

Het was ongemakkelijk geweest. En hij hield niet van ongemak. Ongemak betekende weerstand. En dat wilde hij het allerliefst vermijden.

Hij keek naar de brieven die om hem heen op het bed lagen.

Het idee om een paar uit te kiezen dat ging trouwen, was pas in mei bij hem opgekomen. Het was eigenlijk puur toeval. Zoals zo veel dingen in het leven. In de jaren van zijn vroegere leven, als ingenieur, mocht het toeval nooit een rol spelen. Dat was in zijn bestaan verboden. Dat was nu anders. Het spel van de toevallige omstandigheden kwam in het leven als een voortdurende stroom van onverwachte aanbiedingen op de mens af. Hij kon kiezen welke aanbieding hij accepteerde. Of naast zich neerlegde.

Het klemmetje dat op de brievenbus zat en liet weten dat iemand wilde dat hij contact opnam, had niets verraden, maar toen hij had aangeklopt en de keuken was binnengestapt, hadden er meer dan honderd enveloppen klaargelegen met uitnodigingen voor een bruiloft. De vrouw die hem had binnengelaten zou gaan trouwen. Hij kon zich haar naam niet meer herinneren, maar hij wist nog wel hoe vrolijk ze was geweest en dat had hem razend gemaakt. Hij had de uitnodigingen meegenomen en gepost. Als hij niet zo vergevorderd was geweest met de ingewikkelde voorbereidingen om te kunnen deelnemen aan het midzomerfeest dat ze aan het plannen waren, dan had hij zich misschien in de bruiloft gemengd waarvoor die uitnodigingen bestemd waren.

Uit de toevallige omstandigheden waar hij tegen aanliep, kwamen echter steeds nieuwe aanbiedingen voort. Alle zes enveloppen bevatten uitnodigingen voor een bruiloft. Hij had hun post gelezen. De mensen die zouden gaan trouwen, leren kennen. Hij wist waar ze woonden, hoe ze eruitzagen en waar ze zouden gaan trouwen. De uitnodigingen zelf waren alleen maar heel formele kaarten. Die gebruikte hij alleen om te onthouden wie de verschillende bruidsparen waren.

Nu zou hij gaan doen wat het belangrijkst was.

Bepalen wie van deze paren het gelukkigst was.

Hij nam de inhoud van de enveloppen door, een voor een. Dacht aan het uiterlijk van de mensen, aan andere brieven die ze hadden geschreven, aan elkaar en aan vrienden. Hij stelde zijn besluit zo lang mogelijk uit. Zijn gevoel van welbehagen was heel groot.

Hij heerste. In de geluiddichte kamer was hij ontsnapt aan alles wat hem vroeger in zijn leven had dwarsgezeten. Het gevoel een buitenstaander te zijn. Niet begrepen te worden. Hierbinnen kon hij het ook opbrengen aan de grote ramp te denken. Toen hij werd buitengesloten, ze hem niet meer nodig hadden.

Niets was nog moeilijk. Of bijna niets. Nog steeds kon hij de herinnering niet verdragen aan de wijze waarop hij zichzelf meer dan twee jaar lang had vernederd. Op advertenties had gereageerd, zijn diploma's had opgestuurd, naar een oneindig aantal sollicitatiegesprekken was gegaan.

Dat was voordat hij zich met één klap had losgemaakt. Al het oude achter zich had gelaten. Een ander was geworden.

Hij wist dat hij geluk had gehad. Tegenwoordig zou hij er nooit als invalkracht bij de posterijen zijn tussen gekomen. Overal was een personeelsstop. Er werden mensen ontslagen. Dat had hij wel gemerkt wanneer hij rondreed op de verschillende trajecten waar hij als invaller de post moest bezorgen. Mensen zaten in hun huis op brieven te wachten. Steeds meer mensen werden buitengesloten. En die hadden niet geleerd dat je kon ontsnappen. Door je los te breken.

Uiteindelijk viel zijn keuze op het paar dat op zaterdag 17 augustus zou gaan trouwen. Ze vierden hun bruiloft in de buurt van Köpingebro. Er zouden veel gasten komen. Hoeveel uitnodigingen hij had meegekregen kon hij zich niet meer herinneren, maar toen hij was binnengekomen waren ze allebei thuis geweest. Hun geluk was grenzeloos geweest. Het had hem toen veel moeite gekost zich te beheersen. Hij had ze wel ter plekke willen vermoorden. Maar zoals gewoonlijk was hij er toch in geslaagd zich te bedwingen. Hij had hun veel geluk toegewenst. Niemand had kunnen merken wat hij eigenlijk dacht.

Die kunst was heel belangrijk voor een mens. De kunst om zich te beheersen.

Het zou een gedenkwaardige dag worden. Net zoals midzomeravond was geweest.

En niemand begreep het. Niemand vermoedde iets. Opnieuw had hij bewezen hoe belangrijk het was dat je wist te ontsnappen.

Hij legde de brieven weg en strekte zich op bed uit. Dacht aan al die brieven die mensen op dit moment zaten te schrijven. Brieven die later in zijn handen zouden komen wanneer hij de brievenbussen lichtte. En die hij dan misschien zou uitkiezen, openen en lezen.

De toevallige omstandigheden zouden hem tegemoet blijven stromen.

En het enige wat hij hoefde te doen, was dat aanvaarden.

*

Op vrijdagochtend maakte Wallander een serieus begin met het in kaart brengen van Svedbergs leven. Hij was rond zeven uur op het bureau gearriveerd en met een gevoel van grote weerzin aan het werk gegaan. Wat hij zocht wist hij niet, alleen dat het iets was wat hij nodig had. Ergens in Svedbergs leven was een punt waar hij de sleutel kon vinden tot de reden van de moord. Het was alsof hij naar leven zocht in een mens die al dood was.

Maar voordat hij aan zijn moeizame en onaangename terugtocht door Svedbergs leven begon, klopte hij aan bij Ann-Britt Höglund. Hoewel het nog vroeg was, was zij al aanwezig. Hij gaf haar de tekst die hij die nacht geschreven had en vroeg haar of ze commentaar wilde geven als ze hem in alle rust had doorgelezen. Zij was degene die de toespraak moest houden, niet hij. Toen hij haar kamer al uit was, bedacht hij dat hij misschien met haar over Thurnberg had moeten praten, maar hij liet het rusten. Iemand anders zou het haar wel vertellen. Geruchten gingen snel rond op het bureau.

De eerste stap in Svedbergs leven zette hij door Ylva Brink te bellen. Ze was net thuisgekomen van haar werk in het ziekenhuis. Hij vroeg of ze soms net naar bed wilde gaan. Ze stond hem echter meteen te woord. Ze sliep slecht, vertelde ze. Vooral in haar dromen werd ze overvallen door gedachten aan wat er met Svedberg was gebeurd. Ze hoopte dat dat minder zou worden wanneer haar man volgende week thuiskwam. Met de begrafenis was hij er echter nog niet; het was niet gelukt om dat te regelen.

'Wanneer hij hier is, kan ik weer slapen', zei ze. 'Ik ben bang geworden door alles wat er is gebeurd.'

Wallander zei dat hij dat wel begreep. Daarna vroeg hij haar om over Svedbergs leven te vertellen. Over zijn ouders en jeugd. Eigenlijk had hij haar het liefst willen zien, hij wilde het liever niet over de telefoon doen. Hij overwoog ook of hij haar zou vragen om te komen. Ze konden haar met een auto ophalen. Maar uiteindelijk hield hij het bij het telefoongesprek. Hij zat de hele tijd aantekeningen te maken; in zijn moeilijk leesbare handschrift vulde hij het ene na het andere vel van zijn blocnote. Twee keer dook Martinson in de deuropening op, Nyberg één keer. Het telefoongesprek duurde bijna een uur. Wallander luisterde de hele tijd geconcentreerd. Maar pas toen zij toekwam aan de periode die twintig jaar geleden had gespeeld, verscherpte hij zijn aandacht echt. Hij onderbrak haar alleen wanneer hij vond dat zij te snel ging of wanneer hij wilde controleren of hij een naam wel goed had verstaan. Tijdens het gesprek besefte hij dat ze in gedachten Svedbergs leven moest hebben doorgenomen, moest hebben gezocht naar herinneringen, misschien ook naar een verklaring voor wat er was gebeurd. Toen het gesprek afgelopen was, had Wallander een zweterige wang. Hij liep naar de toiletten om zich te wassen. Daarna las hij snel zijn aantekeningen door en noteerde hij welke mensen hij wilde proberen te pakken te krijgen. Degene die hem het meest interesseerde was een man genaamd Jan Söderblom. Volgens Ylva Brink was Svedberg veel met hem opgetrokken in de tijd dat hij zijn dienstplicht vervulde en daarna, toen hij bij de politie ging. Dat was opgehouden toen Söderblom was getrouwd en verhuisd. Hij was naar Malmö of Landskrona vertrokken; dat wist ze niet precies meer. Wat Wallander ook interesseerde was het feit dat Söderblom op dezelfde manier agent was geworden als Svedberg. Hij wilde net naar het politiebureau in Malmö bellen toen Nyberg in de deuropening stond. Aan diens gezicht zag hij meteen dat er iets was gebeurd.

'Er zit beweging in de zaak', zei Nyberg, die met een paar faxen zwaaide. 'We kunnen met de wapens beginnen. Het pistool dat in Ludvika samen met het jachtgeweer werd gestolen, kan hetzelfde zijn geweest als dat wat in het natuurgebied is gebruikt.'

'"Kan hetzelfde zijn geweest"?'

'In mijn taal betekent dat dat het hetzelfde pistool is.'

'Mooi', zei Wallander. 'Dit hadden we nodig.'

'Dan hebben we de vingerafdrukken', vervolgde Nyberg. 'We hebben een mooie rechterduim op het jachtgeweer gevonden. Het is ons gelukt een andere mooie duim veilig te stellen op een van de wijnglazen die daar stonden toen we die jongelui vonden.'

'Dezelfde duim?'

'Ja.'

'Is die al bij ons bekend?'

'Niet in de Zweedse bestanden. Maar die duim gaat de wereld over voordat wij het opgeven.'

'Het is dus dezelfde man', zei Wallander zachtjes. 'Dat weten we dan in elk geval.'

'Op de telescoop die we bij Björklund hebben gevonden, zaten geen vingerafdrukken. Behalve dan die van Svedberg zelf.'

'Betekent dat dat hij de telescoop zelf heeft verstopt?'

'Niet noodzakelijkerwijs. Degene die dat heeft gedaan, kan natuurlijk handschoenen hebben gedragen.'

'Jij hebt het over de duim op het jachtgeweer', zei Wallander. 'Maar zit die duim ook op andere plaatsen in Svedbergs flat? We moeten erachter zien te komen wie die bende veroorzaakt heeft. Of dat de dader is, of Svedberg zelf. Of allebei.'

'Daar moeten we nog even op wachten, maar er wordt aan gewerkt.'

Wallander was opgestaan en leunde tegen de muur. Hij voelde dat er nog meer was.

'Wat voor type wapen was het?'

'Van het merk Astra Constable. Daar zijn waarschijnlijk behoorlijk wat pistolen van in het land. In Duitsland komen ze veel voor.'

'Gestolen in Ludvika? En er is nooit een verdachte gevonden?'

'Ik heb al verscheidene keren met Wester gepraat. Hij spreekt het dialect van Dalsland, dus af en toe is hij moeilijk te verstaan. Maar hij heeft de papieren die hij heeft gevonden hiernaartoe gefaxt. Het dossier werd uiteindelijk door de politie gesloten. Er waren geen sporen. Ze hebben het nog wel gekoppeld aan een andere wapendiefstal, die een paar dagen eerder in Orsa was gepleegd, maar ook daar lukte het niet om een dader te vinden.'

'Wapens zijn gemakkelijk te verkopen.'

'Ze proberen het pistool door de verschillende bestanden te halen om te zien of het bij een andere gelegenheid is gebruikt. Een bankoverval of zo. Dat kan misschien ook nog iets voor ons opleveren.'

'Het moet in ieder geval uitgesloten worden geacht dat Svedberg in Ludvika en Orsa inbraken heeft gepleegd', zei Wallander. 'Of hij heeft de wapens gekocht, of ze waren niet van hem.'

'We hebben geen vingerafdrukken van Svedberg op het jachtgeweer gevonden', zei Nyberg. 'Dat kan iets betekenen. Maar dat hoeft niet.'

'Toch zijn we nu een grote stap verder', zei Wallander. 'We hebben een gemeenschappelijke dader.'

'Misschien moeten we daar een briefje over aan de officier van justitie sturen', zei Nyberg glimlachend. 'Dan is die ook blij.'

'Of teleurgesteld. Dat we de slechte naam die hij ons aanwrijft niet waarmaken. Maar er moet natuurlijk wel aan hem gerapporteerd worden.'

Nyberg verliet de kamer. Wallander pakte de telefoon om naar Malmö te bellen. Daar werkte inderdaad een politieman met de naam Jan Söderblom. Hij was rechercheur en hield zich voornamelijk bezig met eigendomsdelicten. Toen Wallander vroeg of hij hem kon spreken, bleek echter dat hij vakantie had. Na een paar minuten te hebben gewacht kreeg Wallander te horen dat hij zich op een Grieks eiland bevond en pas aanstaande woensdag weer zou terugkeren. Wallander liet weten dat hij hem zo snel mogelijk wilde spreken. Hij noteerde ook Söderbloms privé-nummer. Hij had juist neergelegd toen Ann-Britt Höglund aan de deur klopte die half openstond. Ze hield zijn toespraak in haar handen.

'Ik heb hem al gelezen', zei ze. 'En ik vind dat hij zowel waarheidsgetrouw als ontroerend is. En die dingen zijn met elkaar verbonden. Om valse praat over de eeuwigheid en het licht die de duisternis overwinnen, hoeft niemand te huilen.'

'Is hij niet te lang?' vroeg Wallander ongerust.

'Ik heb de tekst hardop voorgelezen. Dat kostte iets minder dan vijf minuten. Ik ben niet gewend om op begrafenissen toespraken te houden, maar volgens mij is dit prima.'

Ze wilde net weer weggaan toen Wallander vertelde met welk nieuws Nyberg was gekomen.

'Dat is echt een grote stap vooruit', zei ze. 'Als we nou degene of degenen maar konden vinden die die wapens hebben gestolen.'

'Ik denk dat dat moeilijk wordt. Maar we moeten het natuurlijk proberen. Ik zit net te denken of we geen foto's van die wapens moeten publiceren. Zowel van het pistool als van het geweer.'

'Om elf uur is er een persconferentie', zei ze. 'Lisa wordt helemaal suf gebeld door journalisten. Ik vraag me af of we dat met die wapens niet dan al moeten opnemen. Wat hebben we eigenlijk te verliezen? Als we de moord op Svedberg koppelen aan die op die jongelui? Dan is het een wespennest van moord dat we in dit land lang niet hebben meegemaakt.'

'Je hebt gelijk', zei Wallander. 'Ik ben erbij om elf uur.'

Ze bleef in de deuropening staan.

'Die vrouw', zei ze. 'Die geheime Louise. Die door niemand lijkt te zijn gesignaleerd. Ik heb net met Martinson gepraat. Er beginnen nu veel tips binnen te komen, maar er zit niets bij wat erop lijkt dat ze is geïdentificeerd.'

'Dat is toch gek', zei Wallander. 'Om niet te zeggen onbegrijpelijk. We hebben het erover gehad om het in Denemarken te proberen.'

'Waarom niet in heel Europa?'

'Ja', zei hij. 'Waarom niet? Maar laten we met Denemarken beginnen. Nu. Op dit moment.'

'Ik ga naar Lund', zei ze. 'Om de studentenflat van Lena Norman door te nemen. Maar ik kan Hanson vragen of hij dit op zich neemt.'

'Hanson niet', zei Wallander. 'Die is nog steeds bezig om die verdwenen auto's op te sporen. Er zal toch wel iemand anders zijn?'

'We hebben die versterking nu echt wel gauw nodig', zei Ann-Britt Höglund. 'Volgens Lisa komen er vanmiddag al mensen uit Malmö.'

'We missen Svedberg', zei Wallander. 'Zo eenvoudig is dat. We zijn er nog niet aan gewend dat we hem niet meer hier onder ons hebben.'

Ze deden er allebei een hele poos het zwijgen toe. Daarna verliet Ann-Britt de kamer. Wallander zette het raam open. De warmte hield aan. Er stond bovendien weinig wind. De telefoon ging. Het was Ebba. Ze klonk moe. Wallander bedacht dat ze de laatste jaren snel ouder werd. Vroeger had ze altijd haar best gedaan om de stemming er bij hen in te houden. Nu was ze vaak zwaarmoedig. Het gebeurde ook wel dat ze vergat om berichten door te geven. Volgend jaar in de zomer zou ze met pensioen gaan, maar eigenlijk kon niemand zich voorstellen wat dat zou betekenen.

'Ik heb hier ene Larsson aan de lijn, van de politie in Valdemarsvik', zei ze. 'Iedereen is verder bezet. Kun jij het gesprek aannemen?'

Larsson was brigadier en sprak met een Östgötse tongval.

'We hebben van Harry Lundström in Norrköping gehoord dat u het wilde weten als er in Gryt een boot was gestolen', zei Larsson. 'In dat etmaal dat dat meisje op Bärnsö werd doodgeschoten.'

'Dat klopt.'

'We hebben er misschien een die het zou kunnen zijn. De boot is ontvreemd in Snäckvarp. De eigenaar kan niet precies zeggen wanneer, omdat hij niet thuis was. Maar hij is gisteren in een baai iets ten zuiden van Snäckvarp weer teruggevonden. Een kunststofboot van zes meter met stuurbank.'

Wallander voelde zich zoals gewoonlijk onzeker wanneer het om boten ging.

'Is hij groot genoeg om ermee naar Bärnsö te kunnen varen?'

'Als het niet waait, zou je er wel mee naar Gotland kunnen komen.'

Wallander dacht na.

'Zijn er vingerafdrukken te vinden op de stuurinrichting?' vroeg hij.

'Daar heb ik al naar gekeken', zei Larsson. 'Er was olie op het stuur gekomen. Daar konden we een paar duidelijke vingerafdrukken vinden. Ik denk dat die al onderweg zijn naar jullie toe. Hoewel dat via Norrköping gaat. Harry coördineert dat allemaal.'

'Kun je met de auto bij de plek komen waar die boot is gevonden?' vroeg Wallander.

'De boot was in een rietkraag geduwd. Maar naar Snäckvarp zelf loop je in tien minuten. Er is daar een grindweg.'

'Dit is belangrijk nieuws', zei Wallander.

'Hoe gaat het anders? Krijgen jullie de moordenaar te pakken?'

'Dat doen we zeker. Maar het kan wel even duren.'

'Ik heb dat meisje nooit ontmoet, maar met Edengren zelf heb ik een aantal jaren geleden wel eens te maken gehad.'

'Hoe dat zo?'

'Illegaal vissen. Hij gooide zijn netten en palingfuiken in andermans water uit.'

'Is vissen niet vrij?'

'De wateren hier zijn verdeeld onder verschillende eigenaars. Maar daar trok hij zich niets van aan. Als ik het eerlijk mag zeggen, dan was het een grote klootzak. Maar het is natuurlijk wel naar voor hem, nu, met zijn dochter.'

'Verder was er niets? Behalve dat illegale vissen?'

'Niet dat ik weet.'

Wallander bedankte hem voor het bellen. Daarna belde hij Harry Lundström in Norrköping. Hij werd doorverwezen naar diens mobiele nummer.

Lundström was met de auto onderweg ergens in Vikbolandet. Wallander vertelde dat ze een positieve identificatie van het moordwapen in het natuurgebied hadden. Weldra zouden ze bericht krijgen of dat wapen ook op Bärnsö was gebruikt. Lundström kon vertellen dat ze er niet in waren geslaagd om op het eiland sporen te vinden, maar hij ging ervan uit dat de boot die uit

Snäckvarp was gestolen dezelfde was die de dader had gebruikt.

'De mensen hier op de eilanden maken zich ongerust', zei hij. 'Jullie moeten de man die dit gedaan heeft pakken.'

'Ja', zei Wallander. 'We moeten hem pakken. En we zullen hem pakken.'

Nadat hij het gesprek had beëindigd ging hij koffie halen. Het was al halftien. Er was een gedachte bij hem opgekomen. Hij liep terug naar zijn kantoor en zocht het telefoonnummer van de Lundbergs in Skårby op. Mevrouw Lundberg nam op. Het drong tot Wallander door dat hij hen nog niet had gesproken sinds Isa was vermoord. Daarom betuigde hij eerst zijn medeleven.

'Erik komt zijn bed niet meer uit', zei mevrouw Lundberg. 'Hij kan het gewoon niet meer opbrengen. Hij heeft het erover dat we de boel moeten verkopen en hier weggaan. Wie kan een kind nou zoiets aandoen?'

Zoveel betekende Isa dus voor hen, dacht Wallander. Ze was net een eigen dochter. Dat had ik eerder moeten bedenken.

Hij wist niet goed wat hij moest zeggen, maar hij merkte wel dat ze hem niet kwalijk nam wat er was gebeurd.

'Ik bel u om te vragen of Isa's ouders al zijn thuisgekomen', zei hij.

'Die zijn gisteravond aangekomen.'

'Dat wilde ik even weten', zei hij, waarna hij haar nog een keer zijn medeleven betuigde en het gesprek beëindigde.

Direct na de persconferentie zou hij naar Skårby rijden. Het liefst was hij nu meteen vertrokken, maar daarvoor was de tijd te krap. Hij pakte de telefoon en belde Thurnberg. Zonder in te gaan op wat hij de vorige avond had gehoord, gaf hij hem een korte samenvatting van het nieuws dat het forensisch onderzoek had opgeleverd. Thurnberg luisterde zwijgend. Wallander sloot af met de belangrijkste conclusie: dat ze het zoeken konden concentreren op één dader. Thurnberg wilde een rapport op schrift. Wallander beloofde dat dat zou komen.

'Er is om elf uur een persconferentie', zei Wallander. 'Het lijkt mij goed om deze informatie naar buiten te brengen. Ik vind bovendien dat we foto's van de gebruikte wapens zouden moeten publiceren.'

'Hebben we nu al de beschikking over die foto's?'

'We krijgen ze morgen op z'n laatst.'

Thurnberg maakte geen bezwaren. Hij zou zelf ook bij de persconferentie aanwezig zijn. Het gesprek was kort en formeel, desondanks merkte Wallander dat hem het zweet was uitgebroken.

De persconferentie moest worden gehouden in de grootste vergaderzaal die ze hadden. Wallander kon zich niet herinneren wanneer de belangstelling van de media voor het laatst zo groot was geweest. Zoals altijd werd hij door nervositeit bevangen toen hij het kleine podium betrad. Tot zijn verbazing vroeg Thurnberg het eerst het woord. Het was nooit eerder gebeurd dat een officier van justitie dat deed. In al zijn jaren had Per Åkeson dat of aan Wallander of aan de hoofdcommissaris overgelaten. Thurnberg leek het gewend om met journalisten te praten. De nieuwe tijd, dacht Wallander. Of die gedachte alleen maar vals was, of ook jaloezie bevatte, kon hij niet helemaal inschatten. Maar hij luisterde goed naar wat Thurnberg vertelde. Hij kon ook niet ontkennen dat de officier van justitie in welgekozen bewoordingen sprak.

Daarna was hijzelf aan de beurt. Hij had een paar woorden als geheugensteuntje op papier geklad. Nu kon hij dat briefje natuurlijk nergens vinden, maar hij vertelde over de wapens. Volgde het spoor van Ludvika, noemde de verbinding met een andere inbraak in Orsa, zei dat ze nog wachtten op een bevestiging dat hetzelfde wapen ook op Bärnsö, voor de kust van Östergötland, was gebruikt. Terwijl hij sprak, moest hij opeens aan Westin denken, de postbode die hem had weggebracht. Waarom hij aan hem moest denken wist hij niet. Hij sprak ook over de vondst van de gestolen boot. Toen hij zweeg kwamen de vragen. Het waren er veel. De meeste werden door Thurnberg beantwoord. Af en toe voegde Wallander kort iets toe. Helemaal achter in de zaal stond Martinson te luisteren.

Ten slotte vroeg een vrouwelijke journalist van een van de avondbladen het woord. Wallander had haar nooit eerder gezien.

'De politie heeft dus in feite helemaal geen sporen', zei ze, terwijl ze zich rechtstreeks tot Wallander wendde.

'We hebben heel veel sporen', zei Wallander. 'Maar dat wil niet zeggen dat we al snel een verdachte kunnen arresteren.'

'Ik interpreteer het beeld toch zo, dat de politie nog niets heeft bereikt. Ik vraag me ook af of er geen groot risico bestaat dat degene die dit op zijn geweten heeft, opnieuw zal toeslaan. Het zal iedereen toch duidelijk zijn dat we hier met een gek te maken hebben.'

'Dat weten we niet', antwoordde Wallander. 'Daarom gaan we ook zo breed mogelijk en zonder voorbehoud te werk.'

'Dat klinkt alsof het een strategie is', zei de journaliste. 'Maar is dat misschien niet net zo goed een teken van machteloosheid?'

Wallander wierp een blik naar Thurnberg, die hem met een bijna onzichtbaar knikje liet weten dat hij moest doorgaan.

'De politie is nooit machteloos', zei Wallander. 'Als we dat zouden zijn, dan waren we geen rechercheurs.'

'Maar u bent het met mij eens dat u naar een gek zoekt?'

'Nee.'

'Wat moet het dan zijn?'

'Dat weten we nog niet.'

'Denkt u dat u degene die dit gedaan heeft zult pakken?'

'Absoluut.'

'Zal hij opnieuw toeslaan?'

'Dat weten we niet.'

Er viel een korte stilte. Wallander maakte van de gelegenheid gebruik om op te staan. Dat werd als een algemeen teken gezien dat de persconferentie afgelopen was. Wallander vermoedde dat het Thurnbergs bedoeling was geweest om deze op een iets formelere manier af te sluiten, maar Wallander was de zaal al uit voordat Thurnberg de kans kreeg om met hem te praten. Bij de receptie stonden mensen van de tv hem op te wachten voor een interview. Wallander verwees hen door naar Thurnberg. Ebba wist hem later te vertellen dat deze zich met alle plezier voor diverse televisiecamera's had laten interviewen.

Wallander zelf was naar zijn kamer gelopen om zijn jas op te halen. Voordat hij naar Skårby zou rijden, moest hij ook iets eten. De hele tijd vroeg hij zich af waarom de gedachte aan Westin tijdens de persconferentie bij hem was opgekomen. Hij wist dat dat iets te betekenen had. Hij ging aan zijn bureau zitten en probeerde zijn gedachte naar de oppervlakte te lokken, maar hij kon er niet opkomen. Hij gaf het op. Toen hij zijn jack had aangetrokken, begon het in zijn jaszak te zoemen. Hanson belde.

'Ik heb de auto's gevonden', zei hij. 'Die van Norman en die van Boge. Een Toyota uit '91 en een Volvo die een paar jaar ouder is. Op een parkeerplaats bij Sandhammaren. Ik heb Nyberg al gesproken. Hij is onderweg.'

'Ik ook.'

Bij de uitvalsweg uit Ystad stopte Wallander bij een snackbar om te eten. Hij had er een gewoonte van gemaakt om grote literflessen mineraalwater te kopen voor onderweg. De medicijnen die Göransson hem had voorgeschreven, was hij natuurlijk vergeten in te nemen. Hij had ze ook niet bij zich. Nijdig en veel te hard reed hij terug naar Mariagatan. Er lag post in de hal. Een ansichtkaart van Linda, die bij vrienden in Hudiksvall zat. Een andere kaart in een envelop van zijn zus Kristina. Wallander nam de post mee naar de keuken. Op de achterkant van de envelop had zijn zus het adres van een hotel in Kemi geschreven. Wallander wist dat dat in Noord-Finland lag. Hij vroeg zich af wat ze daar deed, maar hij liet de brief en de ansichtkaart liggen. In plaats daarvan nam hij zijn medicijnen in en dronk hij een glas water. Toen hij de keuken wilde verlaten, bleef hij staan om te kijken naar de post die hij op tafel had gelegd. De gedachte aan Westin keerde weer terug. Nu kreeg hij er vat op.

Het was iets wat Westin tijdens de bootreis naar Bärnsö had gezegd. Iets waarmee Wallanders onderbewuste aan de slag was gegaan en weer naar de oppervlakte had gestuurd.

Hij probeerde het gesprek in de lawaaierige stuurhut opnieuw te beleven, maar slaagde daar niet in. Iets van wat Westin had gezegd, was echter wel degelijk van belang. Al had hij dat op dat moment niet begrepen. Hij besloot de postbode op te bellen. Maar eerst wilde hij naar de twee auto's kijken die Hanson had gevonden.

Nyberg was er al toen Wallander uit zijn auto stapte. De Toyota en de Volvo stonden naast elkaar geparkeerd. Eromheen waren afzetlijnen gespannen. De auto's werden net gefotografeerd. De portieren en bagagekleppen stonden open. Wallander liep naar Nyberg toe, die net een koffer uit zijn eigen auto haalde.

'Nog bedankt voor gisteravond', zei hij.

'In 1973 had ik een oude vriend uit Stockholm op bezoek hier in Ystad', zei Nyberg. 'Toen gingen we op een avond naar een café, maar ik geloof dat ik sindsdien niet meer uit ben geweest.'

Het schoot Wallander te binnen dat hij Edmundsson nog niet had terugbetaald.

'Hoe dan ook, het was gezellig', zei hij.

'Het gerucht gaat al rond,' zei Nyberg, 'dat we bijna werden aangehouden omdat we de rekening niet wilden betalen.'

'Als Thurnberg het maar niet hoort. Hij neemt het misschien nog serieus ook.'

Wallander liep naar Hanson, die aantekeningen stond te maken.

'Geen twijfel?'

'De Toyota is van Lena Norman. De Volvo van Martin Boge.'

'Hoelang staan die auto's hier al?'

'Dat weten we niet. In juli staat de parkeerplaats meestal vol met steeds wisselende auto's. Pas in augustus, wanneer het minder druk wordt, valt op welke er blijven staan.'

'Is er een andere manier om erachter te komen of ze hier al vanaf midzomeravond staan?'

'Ik denk dat je dat aan Nyberg moet vragen.'

Wallander liep naar Nyberg die naar de Toyota stond te staren.

'Het belangrijkst zijn de vingerafdrukken', zei Wallander. 'Iemand moet die auto's vanaf het natuurgebied hiernaartoe hebben gereden.'

'Iemand die vingerafdrukken op het roer van een boot achterlaat, brengt misschien ook een groet over via een autostuur.'

'Laten we het hopen.'

'Dat betekent waarschijnlijk ook dat deze persoon er zeker van is dat zijn vingerafdrukken niet in een bestand voorkomen. Noch hier in Zweden, noch elders.'

'Daar heb ik ook aan gedacht', zei Wallander. 'We zullen maar hopen dat jij ongelijk hebt.'

Wallander hoefde niet langer te blijven. Toen hij bij de afslag kwam die naar het huis van zijn vader leidde, kon hij de impuls niet weerstaan om af te slaan. Bij de oprit stond een bord dat het huis te koop was. Hij stopte niet. Het bord gaf hem een onprettig gevoel.

Hij had net Ystad bereikt toen zijn mobiele telefoon ging, die hij op de stoel naast zich had gelegd.

Het was Ann-Britt Höglund.

'Ik ben in Lund', zei ze. 'In de flat van Lena Norman. Ik denk dat jij hiernaartoe moet komen.'

'Wat is er dan?'

'Dat zul je wel zien wanneer je hier bent. Laat ik alleen maar zeggen dat het naar mijn idee belangrijk is.'

Wallander noteerde het adres.

Daarna reed hij weg.

23

De flat lag aan de invalsweg naar Lund. Hij telde vier verdiepingen en maakte deel uit van een groepje van in totaal zes gebouwen. Jaren geleden was Wallander een keer met Linda in Lund geweest, en zij had hem toen die gebouwen aangewezen en gezegd dat dat studentenflats waren. Als zij ooit in Lund zou gaan studeren, zou ze misschien ook in zo'n flat komen te wonen. Wallander rilde bij de gedachte aan hoe zijn reactie zou zijn geweest als Linda daar in het natuurgebied had gelegen.

Hij hoefde niet naar de juiste flat te zoeken. Voor een van de gebouwen stond een politieauto geparkeerd. Wallander stak zijn telefoon in zijn jaszak en stapte uit. Op het gras voor de flat lag een vrouw te zonnen. Wallander zou graag naast haar zijn gaan liggen om een poosje te slapen. Zijn vermoeidheid kwam en ging in zware golven. In het portiek stond een politieagent te geeuwen. Wallander wuifde met zijn legitimatie. De agent wees ongeïnteresseerd naar de trap.

'Helemaal boven. Er is geen lift.'

Daarna geeuwde hij weer. Wallander voelde geheel onverwacht de plotselinge behoefte om bij de agent de teugels wat aan te halen. Hij was een meerdere, een collega uit een andere stad. Ze joegen op een dader die vijf mensen had omgebracht. Dan wilde hij niet worden ontvangen door een agent die stond te geeuwen en te beroerd was om te groeten.

Hij zei echter niets en liep de trappen op. Afgezien van muziek die, heel hard, uit een flat kwam, leek het gebouw stil en verlaten. Het was natuurlijk nog maar augustus. De opleidingen waren nog niet begonnen. De deur van Lena Normans flat stond op een kier. Wallander belde aan.

Ann-Britt verscheen zelf in de deuropening. Hij probeerde aan haar gezicht af te lezen wat hij kon verwachten, maar slaagde daar niet in.

'Het was niet mijn bedoeling om aan de telefoon zo dramatisch over te komen', zei ze verontschuldigend. 'Maar ik denk dat je zo wel zult begrijpen waarom ik wilde dat jij kwam.'

Hij liep achter haar aan naar binnen. Het was te ruiken dat er lange tijd niet geventileerd was. Hier had je die droge en moeilijk te definiëren lucht die hem al zo vaak in ongeventileerde betonnen huizen tegemoet was geslagen. Hij had ooit eens in een Amerikaans politietijdschrift gelezen dat de FBI nu methodes had ontwikkeld om exact vast te kunnen stellen hoelang een huis niet was geventileerd. Of Nyberg ook over die techniek beschikte, wist hij niet.

Toen hij aan Nyberg dacht, herinnerde hij zichzelf er ook meteen weer aan dat hij Edmundsson die dag nog moest terugbetalen.

De flat bestond uit twee kamers en een klein keukentje. Ze waren de woon-studeerkamer binnengestapt. De zon scheen door de ramen naar binnen. Het stof wervelde langzaam op in de stilstaande lucht. Ann-Britt Höglund was naar een van de muren gelopen. Wallander volgde haar. Aan de muur was met punaises een groot aantal foto's bevestigd. Wallander zocht naar zijn bril en boog zich voorover. Hij herkende haar meteen. Lena Norman. Verkleed als deelnemer aan iets waarvan Wallander dacht dat het misschien een negentiende-eeuws evenement was. Martin Boge stond ook op de foto. Die was buiten genomen, in een kasteeltuin. De gevel van het kasteel op de achtergrond was van rode baksteen. De volgende foto. Een ander feest. De omgeving was ook anders. Lena Norman stond er opnieuw op. Daar had je opeens ook Astrid Hillström. Nu waren ze ergens binnen. Halfnaakt. Wallander vermoedde dat het een bordeel moest voorstellen, maar Norman en Hillström waren geen van beiden erg overtuigend in hun rol. Wallander rechtte zijn rug en wierp een blik op de muur.

'Ze houden rollenspelen en hebben feesten', zei hij.

'Ik denk dat het verdergaat', zei ze, terwijl ze naar een bureau liep dat in een hoek bij een van de ramen stond. Het lag vol ordners en plastic mapjes.

'Ik heb dit allemaal doorgenomen', zei ze. 'Niet heel grondig en ook niet gedetailleerd, maar wat ik tot nu toe heb gezien baart me zorgen.'

Wallander zwaaide afwerend met zijn hand.

'Wacht even voordat je begint. Ik moet even een glas water drinken. En ik moet naar de wc.'

'Mijn vader had diabetes', zei ze plotseling.

Wallander bleef opeens staan.

'Wat bedoel je daarmee?'

'Als ik niet beter had geweten, zou ik hebben gedacht dat jij dat ook had. Zoveel water als jij drinkt. En steeds dat geloop naar de wc.'

Het had niet veel gescheeld of Wallander had zijn verdediging laten zakken. Had zijn stilzwijgen doorbroken en de waarheid verteld. Dat ze helemaal gelijk had. Maar in plaats daarvan mompelde hij iets onverstaanbaars en ging doen wat hij gezegd had. Toen hij in keuken water stond te drinken, hoorde je het toilet nog lopen.

'Er is blijkbaar iets mis met de vlotter', zei hij. 'Maar dat is niet echt ons probleem.'

Ze keek hem aan alsof ze nog steeds verwachtte dat hij zou vertellen wat er eigenlijk aan de hand was.

'Jij maakt je zorgen', zei hij. 'Waarom?'

'Ik zal je een overzicht geven', zei ze. 'Van wat ik er tot nu toe uithaal. Maar ik ben ervan overtuigd dat er méér is. Wanneer we dit goed hebben doorgenomen.'

Wallander was op een stoel naast het bureau gaan zitten. Zij bleef staan.

'Ze verkleden zich', zei ze. 'Ze houden feesten. Ze pendelen heen en weer tussen verschillende tijdperken uit het verleden en onze eigen tijd. Af en toe maken ze ook uitstapjes naar de toekomst. Maar niet zo vaak. Waarschijnlijk omdat dat veel moeilijker is. Er is niemand die weet hoe we over duizend jaar gekleed zullen zijn. Of over vijftig jaar. Dat weten we allemaal van hen. We hebben met hun vrienden gesproken die er met Midzomer niet bij waren. Jij hebt nog gesproken met Isa Edengren. We weten zelfs dat ze af en toe in Kopenhagen kleding gingen huren. Maar er zit meer achter, het gaat dieper.'

Ze pakte een ordner van het bureau. Op de voorkant stonden allerlei geometrische tekens.

'Het lijkt wel of ze lid waren van een sekte', zei ze. 'Met wortels in Amerika. Het lijkt om precies te zijn of er een soort hoofdkantoor in Minneapolis zit. Je krijgt bijna het gevoel alsof dit de vrijmetselaarsloge van de toekomst is. Of de Ku-Klux-Klan. Of iets dergelijks. In deze ordner zitten voorschriften die ronduit afschuwelijk zijn. Ongeveer zoals die dreigbrieven die wij af en toe binnenkrijgen van mensen. Wanneer we kettingbrieven of piramidespelen oprollen. Op degene die het geheim onthult, zal gewelddadig wraak worden genomen. En die wraak is altijd een doodvonnis. Ze betalen contributie aan dat hoofdkantoor, dat hun behulpzaam is met allerlei voorstellen over hoe ze hun feesten kunnen organiseren. Hoe de geheimen moeten worden bewaakt en bewaard. Maar er zit ook een soort geestelijke dimensie aan het geheel. Als ik het allemaal goed heb begrepen, dan zullen mensen die zich in de tijd bewegen, op het moment van hun overlijden kunnen kiezen in welke tijd ze opnieuw geboren willen worden. Het is heel onaangename lectuur. Maar wat ik er wel uit heb opgemaakt, is dat Lena Norman een soort leider was van de Zweedse afdeling van deze beweging.'

Wallander had zeer aandachtig zitten luisteren. Ann-Britt Höglund had inderdaad een goede reden gehad om hem te vragen naar Lund te komen.

'Heeft die beweging ook een naam?'

'Wat het in het Zweeds is weet ik niet, maar in de Verenigde Staten heten ze Divine Movers. Als ik het allemaal goed begrepen heb, zit het religieuze element in henzelf. Wanneer je het geheim bewaart, is dat alsof je een soort mis opdraagt. Als je de contributie aan dat hoofdkantoor in Minneapolis niet betaalt, staat dat gelijk aan het begaan van een misdaad tegen de onderliggende religieuze gedachte. Het is allemaal heel troebel.'

'Zoals meestal wanneer het om sektes van dit type gaat.'

Wallander bladerde de ordner door die ze hem gegeven had. Overal stonden geometrische tekens, maar ook afbeeldingen van oude godenmaskers en van gefolterde, in stukken gesneden mensen. Met een gevoel van afkeer legde hij de ordner weg.

'Jij stelt je dus voor dat wat er in het natuurgebied is gebeurd, het resultaat is van die dreigende rechtspraak? Dat ze op de een of andere manier misschien het geheim hebben verraden? En daarom omgebracht zijn?'

'Dat kun je in onze tijd als mogelijkheid niet echt buiten beschouwing laten.'

Wallander wist dat ze gelijk had. Nog niet zo heel lang geleden had een aantal mensen in Zwitserland gezamenlijk zelfmoord gepleegd. Dezelfde sekte had vervolgens in Frankrijk eenzelfde soort mensenoffer gebracht. Naarmate de tijden verslechterden, nam het aantal sektes en sekteleden overal in Europa met grote snelheid toe. Zweden bleef daar volstrekt niet van verschoond. In mei had Martinson nog deelgenomen aan een congres in Stockholm, waar was gesproken over alle mogelijke aspecten van het politiebeleid inzake de toegenomen, verwoestende uitwerking die deze sektes hadden. Op veel ervan kon je moeilijk de vinger leggen. Sekteleden verzamelden zich niet langer uitsluitend rond een enkele verwarde gek. Tegenwoordig waren het goedgeorganiseerde ondernemingen die er advocaten en een geautomatiseerde boekhouding op na hielden. De leden staken zich vrijwillig in de schulden om contributies te betalen die ze zich eigenlijk helemaal niet konden veroorloven. Het was ook niet vanzelfsprekend dat de mentale chantage, die vaak onderdeel was van de methodes van sektes, geclassificeerd kon worden als crimineel gedrag. Toen Martinson van dat congres was teruggekomen had hij tegen Wallander gezegd dat er een heel nieuwe wetgeving nodig was, wilde je enige kans maken om deze mentale oplichters die profiteerden van de toegenomen onmacht in de samenleving te pakken te krijgen.

Wallander wist nog wat hij had geantwoord. Dat occultisme, religieus gedweep en wereldvreemdheid altijd toenamen in tijden van economische achteruitgang. Jaren geleden had hij eens een avond op Rydbergs balkon zitten discussiëren over de beruchte Sala-bende uit de jaren dertig. Daar hadden elementen van bijgeloof in gezeten, van een Magische cirkel. Ze waren het erover eens geweest dat de Sala-bende juist in de jaren dertig mogelijk was geweest, maar tien jaar eerder of later niet echt.

Misschien waren ze nu weer op weg in de richting van de jaren dertig, dacht hij. Ditmaal alleen nog gewelddadiger.

'Dit is natuurlijk een belangrijke ontdekking', zei hij. 'We zullen hulp nodig hebben. Bij de rijksrecherche zitten mensen die in die nieuwe sektes gespecialiseerd zijn. We hebben hulp uit de Verenigde Staten nodig met deze Divine Movers. Maar we moeten vooral die andere jongelui aan de praat krijgen. Ook al verraden ze daarmee hun goed bewaarde geheimen.'

'Ze leggen een eed af', zei Ann-Britt Höglund, die in een ordner bladerde. 'En daarna moeten ze een stuk rauwe paardenlever opeten.'

'Bij wie leggen ze die eed af?'

'Hier in Zweden zal dat wel bij Lena Norman zijn geweest.'

Wallander schudde zijn hoofd.

'Maar zij is toch dood? Zou zij als leider zelf het geheim hebben verraden? Had ze ook een opvolger?'

'Dat weet ik niet. Maar dat blijkt misschien wel uit die papieren. Wanneer we alles grondig lezen.'

Wallander was opgestaan en keek door het raam naar buiten. De vrouw lag nog steeds alleen bij het portiek te zonnen. Hij moest opeens denken aan de vrouw die hij in het wegrestaurant had ontmoet, in de buurt van Västervik. Hij moest even nadenken voordat hij zich haar naam weer herinnerde. Erika. De herinnering vervulde hem met een vaag verlangen.

'Misschien moeten we ons hier niet te veel op vastpinnen', zei hij afwezig. 'We moeten de alternatieven in ieder geval niet uit het oog verliezen.'

'Wat voor alternatieven?'

Omdat het antwoord vanzelf sprak, zei hij niets. Ze hadden geen alternatieven. Behalve een eenzame gek. Het alternatief waarnaar altijd gegrepen werd wanneer er niets anders voorhanden was.

'Ik kan Svedberg niet in dit plaatje inpassen', vervolgde hij. 'Svedberg actief in een vreemde reïncarnatiesekte. Die zich verkleedt, eden aflegt en rauwe paardenlever eet. Dat vind ik echt een onmogelijke gedachte. Ook al blijkt hij duidelijk anders te zijn geweest dan wij dachten.'

'Hij hoeft er toch niet direct bij betrokken te zijn geweest', zei Ann-Britt. 'Maar misschien wist hij van iemand die dat wel was.'

Wallander moest opeens weer aan Westin denken. De zeevarende postbode. Hij had tijdens de boottocht iets gezegd en Wallander probeerde zich te herinneren wat, maar hij kon er nog steeds niet opkomen.

Hij vroeg of ze nog een keer wilde herhalen wat ze zojuist had gezegd. Hij dacht na voordat hij antwoord gaf.

'Het kan natuurlijk zijn zoals jij zegt. Svedberg is ergens in de buurt. In de periferie. Iemand die zijn pad kruist, heeft op de een of andere manier te maken met deze sekte. Er wordt een geheim verraden. Er wordt een doodseskader op uitgestuurd. Svedberg bevindt zich alleen in het terrein en is bezig sporen te zoeken. Hij is ongerust. Hij is bevreesd, en hij is bang dat die vrees bewaarheid zal worden. Daarna wordt zijn pad nog een keer gekruist. En dan sterft hij.'

'Het klinkt niet bepaald geloofwaardig.'

'Het is ook niet bepaald geloofwaardig dat vier jongeren worden vermoord. En nog een rechercheur bovendien.'

'Hoe kun je aan paardenlever komen? Misschien moeten we contact opnemen met de slachterijen hier in Skåne?'

'Eigenlijk hoeven we maar één ding te weten', zei Wallander. 'Net als in alle gecompliceerde onderzoeken naar een misdrijf. Die ene vraag die op zichzelf staat en waarop een antwoord moet komen, dat vervolgens een lawine veroorzaakt.'

'Wie stond er bij Svedberg voor de deur?'

Hij knikte.

'Precies. Dat is de vraag. Als we daar een antwoord op hebben, hebben we overal een antwoord op. Misschien geen motief, maar dat kunnen we in omgekeerde richting wel ontrafelen.'

Wallander was weer naar de stoel teruggelopen en ging zitten.

'Heb je nog met de Denen gesproken over onze onbekende Louise?'

'De foto wordt morgen de wereld ingestuurd. Er heeft blijkbaar al heel wat over deze vermoorde jongeren in de kranten gestaan. Niet alleen in Denemarken, maar in heel Europa. En in de Verenigde Staten. Lisa is vannacht wakker gebeld door iemand van een krant in Texas.'

'Vroeger belden ze mij altijd', zei Wallander ironisch. '*Expressen* om kwart voor drie, *Aftonbladet* om halfvier. Of precies andersom. En daarna bleef de telefoon maar gaan.'

Hij stond op uit zijn stoel.

'We moeten deze flat grondig uitkammen', zei hij. 'Met kelder en zolder. De vraag is alleen of ik niet nuttiger ben in Ystad. Als we eraan toekomen, moeten we dit eigenlijk vandaag nog via Interpol en de Amerikanen verspreiden. Martinson zal die taak fantastisch vinden.'

'Hij droomt er vast van om FBI-agent in Amerika te zijn. En niet rechercheur in Ystad.'

'Dromen doen we allemaal', zei Wallander, in een onhandige en overbodige poging Martinson te verdedigen. Ondertussen was hij bezig om de ordners en mappen van het bureau te verzamelen. Ann-Britt haalde plastic tassen uit de keuken. Bij Wallanders vertrek bleven ze in het halletje staan.

'Ik heb de hele tijd het gevoel dat ik iets over het hoofd zie', klaagde Wallander. 'We hebben het er steeds over dat we een punt moeten vinden waar de sporen elkaar kruisen. Het raakvlak dat ergens moet zijn. Ik heb de hele tijd het gevoel dat ik dat vlak voor me heb, maar het niet zie. Dat heeft te maken met iets wat Westin tegen me zei.'

'Westin?'

'De man die me naar Bärnsö bracht. Hij is postbode op de eilanden. Toen we in zijn stuurhut stonden, zei hij iets, maar ik kan er maar niet opkomen wat het was.'

'Waarom bel je hem niet?'

'Hij zal zich nauwelijks herinneren wat hij heeft gezegd.'

'Maar jullie kunnen het gesprek misschien reconstrueren? Alleen het feit al dat je zijn stem hoort, zorgt er misschien voor dat wat er weggezakt is weer aan de oppervlakte opduikt.'

'Misschien heb je gelijk', zei Wallander aarzelend. 'Ik zal hem bellen.'

Daarna herinnerde hij zich nog een andere stem die in het onderzoek voorkwam.

'Wat is er eigenlijk met Lundberg gebeurd? Althans de man die zich voor hem uitgaf? Die naar het ziekenhuis belde om te vragen hoe het met Isa ging?'

'Dat heb ik aan Martinson doorgegeven. We hebben wat taken geruild. Ik kan me niet meer precies herinneren wat. Ik heb iets gedaan waar hij geen tijd voor had. Hij heeft beloofd dat hij met de verpleegster in het ziekenhuis zou praten.'

Wallander bespeurde in haar stem verborgen kritiek. Ze hadden te veel hooi op hun vork. De taken waar ze nog niet aan waren begonnen, stapelden zich op.

'We zouden er vandaag mensen uit Malmö bij krijgen', zei hij. 'Misschien zijn die al in Ystad bezig om zich in de situatie in te werken.'

'Eigenlijk gaat het zo niet langer', zei ze. 'Je hebt geen tijd om na te denken, om eens even te gaan zitten om een detail beter te bekijken en te zien of je ook iets vergeten bent. Wie wil er nou bij de politie als het enige belangrijke is, dat je zo goed mogelijk slordig bent?'

'Niemand', zei Wallander, die de plastic tassen pakte en de trappen afliep.

De vrouw op het gras was verdwenen. Wallander reed terug naar Ystad. In gedachten ging hij weer alle gebeurtenissen langs. Wat betekende de ontdekking in Lena Normans flat? Dat deze feesten deel uitmaakten van iets wat veel diepere wortels had dan wat ze tot nu toe hadden kunnen bespeuren?

Hij dacht ook terug aan de periode toen Linda een paar jaar geleden had verkeerd in iets wat je een religieuze crisis zou kunnen noemen. Dat was vlak na zijn scheiding van Mona. Linda was het spoor al net zo bijster als hijzelf. Hij had 's avonds laat stiekem voor de deur van haar kamer staan luisteren naar een zacht gemompel dat hij als bidden had geïnterpreteerd. Hij had op haar kamer ook boeken gevonden waarin werd geschreven en verteld over de activiteiten van de scientologychurch. Toen was hij pas echt ongerust geworden. Hij had geprobeerd er met haar over te praten, maar dat was niet gelukt. Ten slotte had Mona de zaak op zich genomen. Wat er eigenlijk was gebeurd, wist hij niet, maar op een dag was het gemompel achter haar gesloten deur opgehouden. Ze had zich weer geconcentreerd op wat ze eerder had besloten: meubelstoffeerder worden.

Hij rilde bij de gedachte. Veel van de sektes die de laatste tientallen jaren waren ontstaan, waren keiharde handelsorganisaties. Religie en occultisme waren handelswaar geworden als alle andere. Hij kon zich herinneren hoe zijn eigen vader altijd vol verachting had gesproken over zieltjeswinnerij. Mensen die zich in hun eigen ongeluk lieten verschalken en zich dood spartelden in de netten van de valse profeten.

Zou de oplossing ondanks alles misschien toch liggen in het

materiaal dat hij in de plastic zakken had verpakt?

Hij trapte het gaspedaal nog wat steviger in. Hij had haast.

Het eerste wat hij deed toen hij op het bureau kwam, was Edmundsson opzoeken om hem het geld terug te geven dat hij de vorige avond van hem had geleend. Daarna liep hij naar de vergaderkamer, waar drie rechercheurs uit Malmö onder leiding van Martinson bezig waren zich in het onderzoek in te werken. Een van hen, een inspecteur van in de zestig genaamd Rytter, had Wallander al eerder ontmoet. De twee anderen, die allebei jonger waren, kende hij niet. Wallander groette hen, maar bleef niet. Omdat het in de Verenigde Staten minstens zes uur vroeger was dan in Zweden, vroeg hij Martinson om in de loop van de avond even contact met hem op te nemen. Van de vergaderkamer liep hij meteen door naar zijn kantoor, waar hij de inhoud van de ordners en plastic mappen die ze in Lena Normans flat hadden gevonden grondig begon door te lezen. Grote delen van de tekst waren in het Engels. Hij moest veel woorden opzoeken. Het was vermoeiend werk en hij kreeg een zeurende hoofdpijn. Toen Martinson aanklopte, was hij ongeveer op de helft. Het was inmiddels al over elven. Martinson zag bleek en had kringen onder zijn ogen. Wallander vroeg zich heel even af hoe hij er zelf uitzag.

'Hoe gaat het?' vroeg hij.

'Het zijn goeie rechercheurs', antwoordde Martinson. 'Vooral die oudere, denk ik. Rytter.'

'We zullen gauw merken dat we ze hier hebben', zei Wallander bemoedigend. 'Het geeft flink wat verlichting.'

Met een vermoeid gebaar deed Martinson zijn stropdas af en het bovenste knoopje van zijn overhemd open.

'Ik heb een taak voor je', zei Wallander.

Hij vertelde uitvoerig over de vondst in Lena Normans flat. Martinson begon langzaam weer bij te trekken. De gedachte dat hij weldra contact zou opnemen met Amerikaanse collega's gaf hem nieuwe energie.

'Het belangrijkste is dat we een beeld van deze organisatie krijgen', zei Wallander ter afsluiting. 'Natuurlijk is het ook belangrijk dat jij beschrijft wat er hier bij ons is gebeurd. De dood van Svedberg, de vier jongelui. Geef ze een gedetailleerd beeld van hoe de plaats van het misdrijf eruitzag. Gebruik maar een van de overzichtskaarten van Nyberg. Wat we vooral moeten weten, is of er bij hen ook een belletje gaat rinkelen. Hebben zij iets dergelijks gehad? Het belangrijkste is dat we nu dit contact leggen. We kunnen het dan morgen wel verder aanvullen. We moeten natuurlijk ook met de politie in de rest van Europa praten. Vermoedelijk zit deze sekte niet alleen in Amerika en Zweden.'

Martinson keek op zijn horloge.

'Dit is misschien niet de beste tijd van de dag om contact met hen op te nemen. Maar ik kan een poging wagen.'

Wallander stond op en begon zijn ordners te verzamelen. Samen gingen ze de papieren kopiëren waarvoor Wallander nog geen tijd had gehad om ze te lezen.

'Behalve voor drugs ben ik denk ik het meest bang voor sektes', zei Martinson opeens. 'Voor mijn kinderen. Dat ze worden meegezogen in een religieuze nachtmerrie waar ze zich vervolgens niet meer uit kunnen losmaken. En waar ik hen ook niet meer kan bereiken.'

'Er is een tijd geweest waarin ik me zorgen maakte om Linda', antwoordde Wallander. 'En dat ging precies om wat jij nou zegt.'

Meer zei hij niet. Martinson stelde ook geen vragen. Het kopieerapparaat deed het opeens niet meer. Martinson stopte er een nieuwe stapel papier in. Wallander dacht aan Svedberg.

'Tegen Svedberg is een keer aangifte gedaan bij het OM. Daar hebben we het gisteren over gehad. Heb je daar al iets over boven water gekregen?'

Martinson keek hem vragend aan.

'Heb je de papieren dan niet gekregen?'

'Welke papieren?'

'De kopie van de aangifte die bij het OM binnenkwam. Die hebben ze hiernaartoe gestuurd. Samen met de slotverklaring van het OM.'

'Ik heb niks gezien.'

'Ze zouden het op je kamer leggen.'

Terwijl Martinson doorging met kopiëren liep Wallander terug naar zijn kamer. Hij tilde alle ordners op die verspreid lagen over zijn bureau. Iets van het OM kon hij niet vinden. Martinson kwam met de gekopieerde stapels papier binnen.

'Heb je het gevonden?'

'Hier ligt niks.'

Martinson legde de stapels op Wallanders bureau.

'Papieren hebben de bijzondere eigenschap te verdwijnen. Wanneer iedereen een computer heeft, zal dat niet meer gebeuren.'

'Dat is dan na mijn tijd', zei Wallander, die computers nog met scepsis bekeek.

'Al in september gaan ze proefdraaien met GOP', zei Martinson. 'Dan zul je de nieuwe procedures wel moeten leren.'

Wallander wist dat GOP stond voor 'Geautomatiseerde Onderzoeks Procedures'. Maar wat dat eigenlijk zou gaan inhouden wist hij niet. Er werd van uitgegaan dat de politie door de automatisering minstens een half miljoen arbeidsuren zou kunnen vrijmaken voor ander werk. Wallander vroeg zich echter af hoeveel tijd er verloren zou gaan doordat rechercheurs als hij waarschijnlijk nooit zouden leren het systeem volledig te benutten.

Wallander staarde somber in de prullenbak naast zijn bureau. Hij las het woord 'DWINDOC' op een vel papier dat hij daar pas in had gegooid.

'DWINDOC', zei hij. 'Heeft dat met dat nieuwe systeem te maken?'

'Ken jij dat?' vroeg Martinson blij verrast. '"Dwangmiddelen- en interventiedocumentatiesysteem"?'

'Ik heb erover gehoord', zei Wallander ontwijkend.

'Wanneer het eenmaal draait, zal ik het je leren', zei Martinson. 'Het is veel eenvoudiger dan jij denkt.'

Martinson verdween. Na ongeveer vijf minuten was hij terug. Hij had wat papieren in zijn hand.

'Ze lagen op mijn kamer', zei hij. 'Een misverstand. De mensen luisteren ook niet.'

Martinson snelde weg om contact op te gaan nemen met de Amerikaanse politie. Wallander nam aan dat dat wel via Interpol zou gaan. Of had Zweden misschien rechtstreeks contact met de FBI? Zijn kennis op het gebied van internationale politiecontacten was zeer beperkt. Ondanks het feit dat hij de laatste jaren zowel met de Zuid-Afrikaanse als de Letse politie had samengewerkt. Hij ging achter zijn bureau zitten en las de aangifte door die ooit tegen Karl Evert Svedberg bij het Openbaar Ministerie was gedaan. De aangifte was gedateerd 19 september 1985. Dus al meer dan tien jaar oud. Schrijver van de brief was een man met de naam Stig Stridh, woonachtig in Ystad. De tekst was geschreven op een typemachine waarvan de e-toets het niet deed. Stig Stridh had het volgende te melden: op 24 augustus was hij 's avonds door zijn broer in zijn eigen huis mishandeld. De broer, die af en toe drankproblemen had, was gekomen om geld te lenen. Toen hem dat werd geweigerd, was hij driftig geworden en overgegaan tot fysiek geweld. Hij had Stridh twee tanden uit zijn mond geslagen en hem een diepe jaap boven zijn linkeroog toegebracht. Daarna had hij de woonkamer kort en klein geslagen en een fototoestel gestolen. Toen zijn broer vertrokken was, had Stridh de politie gebeld. Twee agenten, van wie er eentje Andersson heette, waren naar zijn flat gekomen om proces-verbaal op te maken. Vervolgens was Stridh op eigen gelegenheid naar het ziekenhuis gegaan om zijn wond te laten behandelen. Toen hij zijn aangifte bij het OM deed, had hij inmiddels de tandarts bezocht, die was begonnen met het inzetten van twee nieuwe tanden. Op 26 augustus was Stridh naar het politiebureau geroepen voor een gesprek met brigadier Karl Evert Svedberg. Svedberg had laten weten dat er niet echt een onderzoek zou komen, omdat er geen bewijzen tegen de broer waren. Stig Stridh was geschokt en had met klem geprotesteerd. Er was een fototoestel gestolen, de woonkamer was vernield. Twee agenten hadden zijn verwondingen gezien. Svedberg had echter voet bij stuk gehouden en gezegd dat er geen nader onderzoek zou worden ingesteld. Volgens Stridh was Svedberg tijdens het hele gesprek onaangenaam geweest, en had hij hem bovendien op dreigende toon gewaarschuwd dat de eventuele kosten voor een rechtszaak tegen zijn broer hoog zouden kunnen worden. Stridh was daarop naar huis gegaan en had een brief geschreven aan hoofdcommissaris Björk in Ystad, waarin hij klaagde over de manier waarop hij behandeld was. Enkele dagen later had brigadier Svedberg hem thuis bezocht, waarbij hij opnieuw agressief was opgetreden. Stridh was toen bang geworden, maar na een gesprek met enkele vrienden had hij besloten aangifte tegen Svedberg te doen bij het Openbaar Ministerie. Wat hij hiermee deed en ondertekende.

Wallander had de brief met stijgende verbazing gelezen. Dat Svedberg agressief zou hebben opgetreden, kon hij zich niet voorstellen. Hij vond Svedbergs gedrag überhaupt wonderlijk. Er was alle reden geweest om een onderzoek in te stellen en de broer van Stridh door de officier van justitie voor de rechter te laten brengen. Hij bladerde verder. Er was een brief gedateerd 4 november 1985 waarin het OM een antwoord van Svedberg verlangde. Dat antwoord was heel kort. Svedberg verwees naar het feit dat hij alle procedures had gevolgd. Hij ontkende met kracht dat hij op enigerlei manier agressief zou hebben opgetreden, of anderszins in strijd zou hebben gehandeld met wat als fatsoenlijk politieoptreden zou mogen worden beschouwd.

Als laatste zat de slotverklaring van het Openbaar Ministerie erbij. Er waren geen gronden om Stig Stridhs klacht niet af te wijzen en er zouden geen verdere maatregelen worden getroffen.

Fronsend legde Wallander de papieren op zijn bureau. Daarna stond hij op om naar de kamer van Martinson te lopen, die achter zijn computer zat te schrijven.

'Kun jij je iets van de zaak met Stridh herinneren?' vroeg hij. 'Wat ertoe leidde dat er bij de ombudsman aangifte tegen Svedberg werd gedaan?'

Martinson dacht na voordat hij antwoord gaf.

'Er staat me bij dat Svedberg er niet over wou praten. Hij was natuurlijk opgelucht dat de ombudsman geen maatregelen nam.'

'Als Stridh de waarheid spreekt, is het gedrag van Svedberg onbegrijpelijk.'

'Hij vond precies het tegenovergestelde.'

'Ik wil dat we morgen die papieren er eens bij zoeken. Het proces-verbaal dat op die avond van 24 augustus werd opgemaakt.'

'Is dat echt de moeite waard?'

'Dat weet ik nog niet. Een van de agenten die die avond bij Stridh kwamen, heette Andersson.'

'Hugo Andersson.'

'Wat is er van hem geworden?'

'Hij is gestopt en ergens chef bij een beveiligingsbedrijf geworden. In 1988 geloof ik. Maar er is natuurlijk wel achter te komen waar hij nu zit.'

'Uit de aangifte van Stridh blijkt niet wie die andere agent was, maar dat zal wel in het proces-verbaal staan dat ze die avond hebben opgemaakt. De vraag is wie zich dit nog meer kan herinneren.'

'Dat zou Björk moeten zijn.'

'Ik zal met hem praten. Maar ik denk dat ik met Stridh begin. Als hij nog leeft.'

'Ik heb nog steeds moeite om te begrijpen dat dit van belang kan zijn. Een elf jaar oud onderzoek van het OM? Dat nergens toe heeft geleid?'

'Het gedrag van Svedberg is onbegrijpelijk', hield Wallander vol. 'Hij staakt een onderzoek dat hij had moeten oppakken. Hij treedt agressief op. Dat vind ik vreemd. En we zijn op zoek naar de afwijkende kanten van Svedberg.'

Martinson knikte. Hij begreep het.

'Ik zal wel hulp vragen van een van de mensen uit Malmö', zei Wallander.

Hij liep terug naar zijn kamer. Het was al na middernacht. Van zijn bezoek aan Isa Edengrens ouders was niets gekomen en nu was het te laat. Hij ging aan zijn bureau zitten en begon in het telefoonboek te bladeren. Er stond geen Stig Stridh tussen de abonnees. Hij stond op het punt de inlichtingendienst te bellen, toen hij besefte dat hij geen puf meer had. Het moest maar wachten tot de volgende dag. Eerst moest hij slapen. Hij pakte zijn jack en verliet het politiebureau. Er stond een matige wind, maar de warmte hield nog steeds aan. Hij zocht zijn autosleutels en deed het portier van het slot. Opeens schrok hij op en draaide zich om.

Wat hem angst aanjoeg wist hij niet. Hij luisterde en probeerde in de duisternis van de parkeerplaats te kijken, waar het licht van de lantaarns niet doordrong.

Natuurlijk was er niemand. Hij stapte in.

Mijn angst komt van binnenuit, dacht hij. Ik ben bang dat degene die dit allemaal op zijn geweten heeft, in de buurt is.

Wie het ook is, hij beschikt over goede informatie.

Mijn angst komt van binnenuit. De angst dat hij het opnieuw zal doen.

24

Op zaterdagochtend 17 augustus werd Wallander wakker door getik op de vensterbank van zijn slaapkamer. De wekker op het nachtkastje gaf halfzeven aan. Wallander luisterde naar het geluid van de regendruppels. Door een spleet tussen de gordijnen streek zwak ochtendlicht naar binnen. Hij probeerde zich te herinneren wanneer het voor het laatst had geregend. Dat moest geweest zijn vóór de nacht waarin Martinson en hij Svedberg dood in diens flat hadden gevonden. Dat was nu acht dagen geleden. Een onwerkelijke tijd, dacht hij. Of die nu kort was of lang. Hij ging naar de wc om te plassen. Daarna dronk hij water bij het aanrecht en ging hij weer naar bed. De angst van de vorige avond zat er nog. Nog even vaag van aard. Maar nog even sterk.

Om kwart over zeven had hij gedoucht en was hij aangekleed. Als ontbijt nam hij een tomaat en koffie. Het was inmiddels opgehouden met regenen. De thermometer stond op vijftien graden. Het wolkendek was al bezig op te lossen. Hij besloot vanuit zijn flat telefoontjes te plegen. Eerst naar Westin, daarna zou hij de inlichtingendienst bellen om Stig Stridh op te sporen. Het kaartje met Westins telefoonnummer had hij al opgezocht. Hij nam aan dat Westin op zaterdag niet met post rondvoer, maar hij lag waarschijnlijk ook niet te slapen. Wallander nam zijn koffiekopje mee naar de woonkamer en belde het eerste van de drie nummers die hij had gekregen. Toen de bel drie keer was overgegaan, werd er opgenomen door een vrouw. Wallander stelde zich voor en verontschuldigde zich dat hij zo vroeg belde.

'Ik zal mijn man even roepen', antwoordde ze. 'Hij is hout aan het zagen.'

Wallander meende op de achtergrond iets te kunnen horen dat leek op een cirkelzaag. Het geluid stierf weg. Nu hoorde hij een paar kinderen roepen. Daarna kwam Westin aan de telefoon. Ze begroetten elkaar.

'Ben je aan het zagen?' vroeg Wallander.

'De kou komt eerder dan je denkt', zei Westin. 'Hoe gaat het? Ik probeer de kranten te volgen en het nieuws op tv. Meer dan normaal. Weten jullie al wie het gedaan heeft?'

'Nog niet. Het kost tijd. Maar vroeg of laat pakken we de dader.'

Westin zweeg. Waarschijnlijk doorzag hij het optimisme dat Wallander probeerde uit te stralen. Dat was hol. Maar niettemin noodzakelijk. Pessimistische rechercheurs slaagden er heel zelden in zulke gecompliceerde misdrijven op te lossen.

'Herinner je je ons gesprek op weg naar Bärnsö nog?' vroeg Wallander.

'Welk gesprek?' antwoordde Westin. 'Er staat me bij dat we onderweg naar de diverse steigers voortdurend aan de praat waren.'

'Een van die gesprekken was wat langer dan de rest. Ik denk dat het ons eerste gesprek was.'

Opeens wist Wallander het weer. *Westin had vaart verminderd. Ze waren op weg naar de eerste steiger. Of misschien de tweede. Het eiland had een naam die aan Bärnsö deed denken.*

'Het was bij een van de eerste steigers', zei Wallander. 'Hoe heetten die eilanden ook alweer?'

'Dat moet Harö of Båtmansö geweest zijn.'

'Båtmansö. Daar woonde een oude man.'

'Zetterqvist.'

Wallander begon het zich nu weer te herinneren. De details kwamen boven.

'We waren op weg naar de steiger', zei hij. 'Jij vertelde over Zetterqvist, die zich daar ook 's winters wist te redden. Weet je nog wat je verder zei?'

Westin begon te lachen, maar het klonk niet onvriendelijk.

'Dat kan van alles zijn geweest.'

'Ik kan me voorstellen dat je dit raar vindt,' zei Wallander, 'maar het is belangrijk.'

Westin leek te begrijpen dat Wallander het meende.

'Ik geloof dat je vroeg hoe het was om postbode te zijn', zei hij.

'Dan vraag ik dat weer. Hoe is het om postbode te zijn op de eilanden? Wat antwoord jij dan?'

'Dat het vrijheid geeft. Maar dat het af en toe hard werken is. En niemand weet hoelang ik van de posterijen nog mag blijven. Ze zullen binnenkort het laatste wat er nog aan service voor de eilandbewoners is ook wel schrappen. Zetterqvist zei eens een keer tegen mij dat hij zijn eigen vervoer naar het kerkhof alvast wilde reserveren. Anders liep hij de kans dat hij daar op het eiland in zijn huis zou moeten blijven liggen.'

'Dat laatste heb je niet gezegd. Dat had ik wel onthouden. Ik stel de vraag opnieuw: hoe is het om postbode te zijn op de eilanden?'

Westin leek te aarzelen.

'Voorzover ik me kan herinneren, heb ik verder niets gezegd.'

Wallander wist dat er nog iets was geweest. Een alledaagse opmerking. Over wat het betekende om met de post en levensmiddelen tussen de eilanden heen en weer te varen.

'We waren op weg naar de steiger', herhaalde Wallander. 'Dat weet ik nog. We voeren langzaam. Jij had het gehad over Zetterqvist. Daarna zei je nog iets.'

'Ik heb misschien gezegd dat je een oogje in het zeil houdt. Voor het geval iemand niet komt opdagen. Dan ga je ernaartoe om te kijken of er niets gebeurd is.'

Bijna, dacht Wallander. We zijn er bijna. *Maar je hebt nog iets gezegd, Lennart Westin. Dat weet ik zeker.*

'Iets anders kan ik me niet voorstellen', zei Westin.

'We geven het niet op. Nog niet althans. Probeer het nog eens.'

Maar Westin kon zich verder niets herinneren. Wallander slaagde er niet in hem verder te helpen, en ook niet om het gat dat daar zat te vullen met de inhoud die hij zocht.

'Denk er nog eens over na', zei Wallander. 'En bel mij als je iets te binnen schiet.'

'Ik ben niet nieuwsgierig van aard, maar waarom is dit zo belangrijk?'

'Ik weet het niet', zei Wallander gewoonweg. 'Maar wanneer ik het wel weet, zal ik het je uitleggen. Dat beloof ik.'

Na het gesprek werd Wallander overvallen door een gevoel van wanhoop. Niet alleen omdat het hem niet gelukt was het geheim van Westin aan hem te ontfutselen, maar evenzeer omdat hij zich waarschijnlijk verbeeldde dat de woorden die ontbraken van belang waren. De gedachte om het op te geven, om Lisa Holgersson te vragen de verantwoordelijkheid aan een ander te geven, werd sterker. Maar toen moest hij aan Thurnberg denken en voelde hij zijn strijdlust weer toenemen. Hij belde de inlichtingendienst en vroeg om het telefoonnummer van Stig Stridh. Hij kreeg meteen antwoord. Stig Stridh had ervoor gekozen niet in het telefoonboek te worden opgenomen, maar hij had geen geheim nummer. Wallander noteerde het. Het was een nieuwe woonwijk. Stig Stridh was verhuisd naar Cardellgatan. Hij toetste het nummer in, liet de bel overgaan en telde tot negen voordat er werd opgenomen, door iemand met een oudere, lijzige stem.

'Stridh.'

'U spreekt met Kurt Wallander, van de recherche.'

Het klonk alsof Stridh spuugde toen hij antwoord gaf.

'Ik heb Svedberg niet doodgeschoten. Maar dat had ik misschien wel moeten doen.'

Wallander was geschokt. Wat Stridh zei was kwetsend. Ook al had Svedberg zich ooit schuldig gemaakt aan een foute inschatting. Hij wist zich met moeite te beheersen.

'Tien jaar geleden hebt u aangifte gedaan bij het Openbaar Ministerie. Daar werden toen geen maatregelen op genomen.'

'Dat was totaal onbegrijpelijk', zei Stridh. 'Svedberg had moeten worden ontslagen.'

'Ik bel u niet om over de beslissing van het OM te praten', zei Wallander bits. 'Ik bel u omdat ik met u moet praten over wat er destijds werkelijk is gebeurd.'

'Wat valt daarover te praten? Mijn broer was dronken.'

'Hoe heet hij?'

'Nisse.'

'Woont hij hier in Ystad?'

'Hij is in 1991 gestorven. Waardoor zal wel niemand verbazen. Een verzopen lever.'

Wallander wist even niet meer wat hij moest doen. Het contact met Stig Stridh was bedoeld geweest als een eerste stap. Naar een ontmoeting met de broer, die de hoofdrol had gespeeld bij de gebeurtenissen die tot Svedbergs vreemde optreden hadden geleid.

'Dat spijt me voor u', zei Wallander.

'Dat interesseert je geen donder. Maar dat doet er niet toe. Mij ook niet. Ik kan nou tenminste in alle rust van mijn woonkamer genieten. En nou komt er ook niemand meer te pas en te onpas langs om geld te lenen. Althans niet zo vaak meer.'

'Wat bedoelt u daarmee?'

'Nisse heeft een weduwe. Of hoe moet je dat noemen.'

'Hij heeft een weduwe of hij heeft geen weduwe.'

'Ze noemt zich zo. Maar ze zijn nooit getrouwd.'

'Hadden ze kinderen?'

'Zij had kinderen. Maar samen hadden ze geen kinderen. Wat denk ik ook maar beter was. Een van die blagen van haar moet trouwens op dit moment zitten.'

'Waarvoor?'

'Een bankoverval.'

'Hoe heet hij?'

'Het is een zij. Ze heet Stella.'

'Heeft een stiefdochter van je broer een bankoverval gepleegd?'

'Is dat zo gek?'

'In ons land komen vrouwelijke bankrovers niet zo vaak voor. Dus is het nogal bijzonder. Waar was die overval?'

'In Sundsvall. Ze heeft een paar keer in de lucht geschoten.'

Wallander begon zich de gebeurtenis te herinneren, zij het vaag. Ondertussen was hij aan het zoeken naar iets om mee te schrijven.

'We moeten dit eens goed doorspreken', zei hij. 'Dat kan op het bureau of bij u thuis.'

'Waar moeten we het dan over hebben?'

'Dat vertel ik u wel wanneer we elkaar zien.'

'U begint al net zo onaangenaam te klinken als Svedberg.'

Wallander voelde dat hij nijdig werd, maar hij beheerste zich.

'Ik kan een politieauto sturen om u te halen', zei hij. 'Maar we kunnen dat gesprek ook bij u thuis hebben.'

'Nu? Op zaterdagochtend om halfacht?'

'Moet u soms naar uw werk?'

'Ik zit in de WAO.'

'U woont aan Cardellgatan', zei Wallander. 'Over een halfuur ben ik er.'

'Mag de politie de mensen echt op ieder moment lastigvallen?'

'Ja', zei Wallander. 'Als dat nodig is. We kunnen zelfs mensen van hun bed lichten als we vinden dat dat nodig is.'

Stridh begon te protesteren. Wallander legde de hoorn neer.

Daarna at hij nog een tomaat. Hij verschoonde zijn bed en verzamelde de vuile was die door zijn flat verspreid lag. Hij dacht aan Lennart Westin die op zijn eiland hout stond te zagen. Aan Erika en haar wegrestaurant. Zo lekker als in haar kamertje had hij in lange tijd niet geslapen. Hij kon zich nog wel herinneren wanneer dat voor het laatst was geweest. De keren dat Baiba in Ystad was. Of hijzelf op bezoek in Riga.

Om vijf voor acht verliet hij zijn flat. Hij liet de auto staan. Onderweg stopte hij bij de verschillende makelaars waar hij langskwam. Hij zag ook de foto van zijn vaders huis in Löderup. Een gevoel van melancholie, misschien van verdriet, overviel hem. Bovendien had hij een slecht geweten. Hij had dat huis moeten kopen, al was het maar om het aan Linda te kunnen geven. Maar hij wist dat het al te laat was. Dat zou nooit gebeuren.

Om tien over acht belde hij aan bij de flat van Stridh in Cardellgatan. Pas na de derde keer werd de deur geopend. Stridh was een man van in de zestig en hij had zich niet geschoren. Zijn overhemd stak naar buiten door zijn gulp die openstond en hij stonk naar vermouth.

'Ik wil graag een politiepenning zien', zei Stridh vijandig.

'Ik neem aan dat u een legitimatie bedoelt', zei Wallander, die zijn kaart aan Stridh toonde.

Ze kwamen in een flat die minstens even onopgeruimd was als die van Wallander. Twee katten namen hem wantrouwend op. Wallander zag meteen dat Stridh een gokker was. Overal lagen oude drafsporttijdschriften. In een overvolle prullenbak lagen verscheurde lottoformulieren. De gordijnen in de woonkamer zaten dicht en teletekst stond aan.

'Ik ben niet van plan u koffie te geven', zie Stridh. 'Ik hoop dat dit gesprek niet lang duurt.'

Wallander duwde een van de katten aan de kant en ging in een van de weinige stoelen zitten die niet vol kranten en lottoformulieren lagen. Hij had eraan gedacht om een blocnote en een pen mee te nemen. Stridh verdween even naar de keuken. Wallander hoorde zachtjes een kroonkurk op het aanrecht rinkelen. Daarna kwam de man de woonkamer weer in.

Wallander stelde zijn vragen. Stridh gaf moeizaam en onwillig antwoord. Het duurde oneindig lang. Wallanders geduld werd danig op de proef gesteld door de afwijzende houding van de man. Hij vroeg zich af of Svedberg dit tien jaar geleden soms ook had ondervonden. Toen het tien voor negen was, meende hij zich echter toch een beeld te hebben gevormd van het totaal van de omstandigheden rond Stig Stridh en zijn broer. Stig had vroeger bij Lantmännen gewerkt. Vlak nadat hij vijftig was geworden, had hij een hernia gekregen. Lange periodes in de ziektewet en een operatie hadden ertoe geleid dat hij in de WAO belandde. Hij was getrouwd geweest en had twee volwassen zoons; de een woonde in Malmö en de andere in Laholm. Zijn broer Nils was drie jaar jonger en al vroeg aan de drank geraakt. Hij was aan een loopbaan in het leger begonnen, maar uit dienst ontslagen na herhaalde overtredingen als gevolg van zijn drankverslaving. In het begin had Stig geprobeerd geduld met zijn broer te hebben, maar hun relatie was steeds slechter geworden, niet in de laatste plaats doordat zijn broer steeds geld wilde lenen, dat hij vervolgens niet terugbetaalde. De gebeurtenis van elf jaar geleden was het toppunt geweest. Enkele jaren later was bij zijn broer leverbeschadiging aan het licht gekomen en nog weer een paar jaar later was hij overleden. Het viel Wallander op dat hij op hetzelfde kerkhof was begraven als zijn eigen vader en Rydberg. Over het privé-leven van Nisse Stridh wist Wallander uit Stig Stridh te trekken dat hij jarenlang, maar onder op zijn zachtst gezegd chaotische omstandigheden, had samengewoond met een vrouw die Rut Lundin heette. Ook zij had grote drankproblemen en kwam af en toe bij de broer van haar overleden man om geld vragen. Als ze dat niet kreeg schold ze hem uit, had Stig Stridh verklaard. Maar ze sloeg de flat niet kort en klein. En stelen deed ze ook niet. Uit eerdere relaties had ze een zoon en een dochter. De zoon deed het goed en was stuurman op een van de veerboten naar Åland. Met de dochter was het dus slechter afgelopen. Zij bevond zich nu in de vrouwengevangenis Hinseberg nadat ze voor twee gewapende bankovervallen was veroordeeld. Wallander had het adres van Rut Lundin genoteerd. Zij woonde in een huurhuis vlak in de buurt, bij Malmövägen. Tijdens het gesprek ging de telefoon twee keer. Wallander begreep dat Stridh het over paarden en mogelijke spelcombinaties had. Na elk telefoontje verdween hij naar de keuken. De kroonkurken rinkelden op het aanrecht.

Ten slotte waren ze aangekomen bij datgene waarvoor Wallander gekomen was: de gebeurtenissen van elf jaar geleden.

'We hoeven het verloop niet in detail door te nemen', zei hij. 'Wat ik wil weten is heel eenvoudig: waarom denkt u dat Svedberg dat onderzoek eigenlijk heeft gestaakt?'

'Hij zei dat er geen bewijzen waren. Wat natuurlijk pure onzin was.'

'Dat weten we. Dat hoeven we niet te herhalen. De vraag is waarom u denkt dat hij dat deed.'

'Omdat hij een idioot was.'

Wallander was erop voorbereid dat de antwoorden die hij zou krijgen hem zouden schokken, maar hij realiseerde zich ook dat Stridh reden had om kwaad te zijn. De manier waarop Svedberg destijds had gehandeld was vreemd. De vraag was nu of je dat vreemde kon duiden en begrijpen.

'Svedberg was geen idioot', zei Wallander. 'Dus moet er een andere verklaring zijn. Had u hem al eerder ontmoet?'

'Waarom zou ik hem eerder hebben ontmoet?'

'Geeft u antwoord op mijn vragen', zei Wallander scherp.

'Ik had hem nog nooit eerder gezien.'

'Bent u zelf met justitie in aanraking geweest?'

'Nee.'

Dat antwoord kwam te snel, dacht Wallander. Het kwam te snel en het is niet waar. Hij besloot zijn tanden erin te zetten.

'Ik wil antwoorden die waar zijn', zei hij. 'Als u liegt, gaan we rechtstreeks naar het bureau.'

Stridh nam hem serieus.

'Ik heb destijds een beetje gehandeld in auto's', zei hij. 'In de jaren zestig. Er was wat trammelant over een auto die gestolen was. Maar verder is er niks geweest.'

Wallander besloot dit te geloven.

'Kan Svedberg uw broer bij een eerdere gelegenheid hebben ontmoet?' vervolgde hij.

'Dat is wel waarschijnlijk. Zo vaak als hij voor dronkenschap werd opgepakt.'

'Had u het gevoel dat dat zo was? Dat Svedberg op de een of andere manier al contact met uw broer had gehad?'

'Het enige gevoel dat ik had was pijn in mijn mond.'

Stridh deed zijn mond wijd open en tikte met zijn vinger tegen twee tanden in zijn bovenkaak.

'Hier', zei hij. 'Hier deed het pijn.'

'Dat wil ik wel geloven', antwoordde Wallander. 'Maar we hebben het nu over uw broer. En over Svedberg. Had uw broer het wel eens over hem?'

'Nooit. Dat zou ik nog wel hebben geweten.'

'Maakte uw broer zich ook schuldig aan andere misdrijven?'

'Dat deed hij zeker. Maar hij heeft nooit voor wat anders in de bak gezeten dan voor dronkenschap.'

Wallander had het gevoel dat Stridh de waarheid sprak. Hij wist echt niets over zijn broer en Svedberg. Of er nog een andere, verborgen link bestond.

Dit is zinloos, dacht hij. Ik loop tegen de muur. Ik kom nergens.

Wallander beëindigde het gesprek. Hij had al besloten dat hij met Rut Lundin zou praten.

'Denkt u dat de weduwe thuis is?'

'Dat is ze zeker. Maar ik kan niet garanderen dat ze nuchter is.'

Wallander stond op. Hij wilde deze benauwde flat zo snel mogelijk uit.

'Ik had dus gelijk', zei Stridh toen ze naar de hal liepen.

'Gelijk waarin?'

'Dat Svedberg een idioot was. Want een andere verklaring was er niet.'

Wallander draaide zich snel om en stak dreigend zijn vinger op naar Stridh.

'Iemand heeft hem doodgeschoten', zei hij. 'Recht in zijn gezicht. Met een jachtgeweer. Svedberg was een goede rechercheur. Hij zorgde er bijvoorbeeld voor dat mensen zoals jij een min of meer rustig leven kunnen leiden. Wat er elf jaar geleden precies is gebeurd, weet ik niet. Ik weet slechts twee dingen. Dat Svedberg een goede rechercheur was. En dat hij mijn vriend was.'

Stridh zei niets meer. Wallander trok de deur hard achter zich dicht. De muren trilden.

Beneden op straat haalde hij diep adem om de stank uit de flat die zich in zijn longen had vastgezet kwijt te raken. Het was kwart over negen. Hij belde naar het bureau, waar hij Hanson te pakken kreeg. Uiterlijk halfelf zou hij op het bureau terug zijn. Daarna sloeg hij Malmövägen in, naar Rut Lundins adres. Met in zijn achterhoofd hoe het er bij Stridh binnen had uitgezien, zag hij een beetje op tegen dit bezoek.

Er wachtte hem echter een verrassing. De vrouw die opendeed nadat hij had aangebeld, zag bleek maar was wel nuchter. Haar flat zag er ook netjes uit. Er stonden een paar ramen open. Rut Lundin was mager en klein. Wanneer ze glimlachte, onthulde ze haar verkleurde tanden. Wallander probeerde zich voor te stellen hoe het zou zijn om een dochter te hebben die in de gevangenis zat vanwege een bankroof. Hij slaagde daar echter niet in, ook al had hij wel een vermoeden van de pijn.

Ze bood hem een stoel aan de keukentafel aan. Een kopje koffie wilde hij ook wel en daarna ging hij recht op zijn doel af. Wat kon zij zich herinneren van de gebeurtenissen die ruim tien jaar geleden hadden plaatsgevonden? Wat had haar man gezegd? Had ze ooit over een politieman met de naam Svedberg gehoord?

'U bedoelt die man die werd doodgeschoten?'

'Ja.'

'Ik heb nooit iets anders gehoord dan wat ik toen hoorde.'

'Vertelt u eens wat er gebeurde toen Stig werd aangevallen.'

'Nils kwam mij midden in de nacht wakker maken. Hij was bang. Hij dacht dat hij zijn broer had doodgeslagen. Je kunt misschien zeggen dat hij dronken en nuchter tegelijk was. We zaten midden in een van zijn ergste periodes. Hij was al weken stevig aan het drinken. Dan kon hij enorm agressief worden. Maar nooit tegen mij. Toen hij die nacht thuiskwam, besefte hij wel wat hij had gedaan. En hij was bang.'

'Volgens zijn broer zou hij een fototoestel hebben gestolen.'

'Dat had hij onderweg weggegooid. Of iemand het ooit heeft gevonden weet ik niet.'

'Wat gebeurde er nadat hij was thuisgekomen?'

'Hij had het erover dat hij wou weglopen. Hij zei dat hij iemand kende die zijn uiterlijk kon veranderen. Hij was helemaal van zijn stuk.'

'Maar hij is nooit vertrokken?'

'Dat hoefde niet. Ik heb me natuurlijk zitten afvragen wat ik moest doen. Ten slotte bedacht ik dat er maar één ding op zat, en dat was Stig opbellen. En dat heb ik toen gedaan.'

'U hebt hem 's nachts thuis opgebeld?'

'Ik dacht: als hij opneemt leeft hij nog. En dat was dus ook zo. Daardoor kalmeerde Nils. Toen ik 's ochtends wakker werd, was Nils al weg. Ik dacht dat hij drank was gaan kopen, maar toen hij later in de ochtend thuiskwam, was hij helemaal nuchter. En in een goed humeur. Hij zei dat we ons geen zorgen hoefden te maken over wat er 's nachts was gebeurd. Hij had met de politie gepraat. Ze zouden hem niet vervolgen. Het muisje zou helemaal geen staartje krijgen.'

Wallander fronste zijn voorhoofd.

'Zei hij ook met welke agenten hij contact had gehad? Noemde hij Svedberg ook in dit verband?'

'Niet dat ik me kan herinneren. Hij zei alleen "agenten". Hij noemde geen namen.'

'En hij was er zeker van dat er geen vervelende gevolgen van kwamen?'

'Nils kon soms nogal lopen te pochen. Op die manier verborg hij zijn grote onzekerheid. Het gevoel van minderwaardigheid waar de meeste alcoholisten mee rondzeulen. "Je moet gewoon je contacten hebben", zei hij. "Zonder aanknopingspunten kom je er niet."'

'Wat dacht u daarvan?'

'Ik dacht daar helemaal niets van. Ik dacht gewoon dat het waarschijnlijk allemaal wel was meegevallen, wat er die nacht was gebeurd. Dat was natuurlijk wel een opluchting.'

'U weet dus niet of hij ooit contact met Svedberg heeft gehad? Of met een andere agent van wie u de naam kent? Behalve deze ene keer?'

'Nee.'

'Wat gebeurde er daarna?'

'Niets. Nisse begon weer te drinken. En ik ook.'

'Bleef hij proberen om geld van zijn broer te lenen?'

Opeens begreep ze het verband.

'Hebt u met Stig gepraat?' vroeg ze. 'Zo is het, hè? Daarom bent u zeker hier.'

'Ja.'

'Hij zal wel niet veel goeds over zijn broer te vertellen hebben gehad. Of over mij.'

'Over Svedberg ook niet. U weet misschien dat hij aangifte tegen hem deed bij het Openbaar Ministerie. Maar dat het allemaal niet-ontvankelijk werd verklaard.'

'Daar heb ik over gehoord.'

'Maar Nils bleef geld van hem lenen?'

'Waarom zou hij dat niet hebben gedaan? Stig was rijk. Dat is hij nog steeds. Wanneer ik mijn periodes heb, ga ik ook naar hem toe.'

'Wat bedoelt u ermee dat hij rijk is? Word je dat als je bij Lantmännen werkt? Of als je in de WAO loopt?'

'Hij heeft miljoenen kronen gewonnen met de paardenraces. En hij is zuinig. Hij spaart. Hij verstopt zijn geld. Ik geloof ook niet dat hij echt veel problemen met zijn rug heeft.'

Wallander ging even een stapje terug.

'Laten we teruggaan naar het gesprek van die nacht', zei hij. 'Nils komt thuis. Hij was uit zijn doen en dacht dat hij zijn broer had doodgeslagen. Hij dacht erover na om weg te lopen. Als ik u goed begrepen heb, zei hij dat hij iemand kende die zijn uiterlijk kon veranderen. Wat bedoelde hij daarmee?'

'Nisse kende een hoop mensen.'

'Iemand die iemands uiterlijk verandert moet wel een arts zijn.'

Ze bleef met haar koffiekopje in haar hand zitten en nam hem op.

'Wat weet u eigenlijk van alcoholisten?'

'Dat het er veel zijn.'

Ze zette haar kopje weer op het schoteltje.

'We zijn met veel. En we zijn verschillend. We kunnen herrie zitten maken buiten bij de slijterij. We zitten op bankjes met plastic zakken en honden. Dat is dronkenschap, dat is de onderklasse, dat is wat je het liefst niet wilt zien. Maar hoeveel mensen weten er eigenlijk dat er mensen op die banken zitten die vroeger arts waren? Of advocaat? Of misschien politieagent? Door de drank is alles ontspoord. Hun hele identiteit zit nu in die plastic zak. Maar daarachter zit iets anders. Op een bepaald punt worden alcoholisten lid van een maatschappij waarin geen verschillende sociale groepen meer bestaan. Er zijn maar twee groepen. Degenen met de drank. En degenen die hun drank al ophebben en geen nieuwe te pakken hebben kunnen krijgen.'

'Nils kan dus een arts hebben gekend?'

'Natuurlijk kan dat. Hij kende advocaten en zakenlieden en bankdirecteuren. Sommigen dronken in het geniep. Hun lukte het om zich op hun werk staande te houden. Soms zonder dat iemand wist dat ze alcoholist waren. En sommigen hebben er zich ook van weten te bevrijden. Ook al waren dat er niet veel.'

'Herinnert u zich ook namen van die mensen?'

'Van sommigen misschien. Maar lang niet van allemaal.'

'Ik zou willen dat u een lijst voor mij maakte.'

'Een heleboel hadden alleen een bijnaam.'

'Schrijft u alles op wat u zich kunt herinneren.'

'Dan moet ik wel tijd hebben om na te denken.'

Wallander dronk zijn laatste restje koffie op.

'Ik kan vanmiddag wel terugkomen', zei hij.

'Maar niet na zessen. Ik denk niet dat ik langer dan tot die tijd nuchter kan blijven.'

Ze keek hem strak aan. Wallander beloofde dat hij op tijd terug zou komen. Hij bedankte haar voor de koffie en stond op.

'Ik vraag me af of u kunt begrijpen dat je iemand als Nisse echt kunt missen', zei ze langzaam. 'Hij heeft bijna zijn hele leven gedronken. Hij heeft eigenlijk nooit wat nuttigs gedaan, maar maakte des te meer trammelant. En toch mis ik hem.'

'Ik denk dat ik dat wel kan begrijpen', zei Wallander. 'Een mens heeft altijd kanten die slechts door enkelen worden opgemerkt.'

Hij zag dat ze blij was met zijn woorden. Wat is er toch weinig nodig, dacht hij toen hij weer op straat stond. Weinig, om een groot verschil te maken. Tussen afstand nemen en iets wat in elk geval op een poging tot begrip lijkt.

Hij liep naar het bureau. De lucht was warm en het was windstil. Bij de kiosk aan de andere kant van het ziekenhuis schreeuwden de aanplakbiljetten van de kranten hem tegemoet: 'Politie betrokken bij georganiseerde misdaad'. Wallander liep verder. Was hij verdergekomen? Wat had deze ochtend hem eigenlijk opgeleverd? Niet veel. Lennart Westin had op zijn eiland hout staan zagen.

Ze waren er niet achtergekomen wat Wallander nou zocht. En waarvan hij niet eens zeker wist of het wel bestond. Het gesprek met Stig Stridh had hem alleen maar naar Rut Lundin geleid. En zij zou proberen een lijst met namen op te schrijven van mensen met wie haar man was omgegaan. Wallander bleef op het trottoir staan. Hij werd overvallen door het gevoel dat hij helemaal op de verkeerde weg was. Was hij soms bezig het hele onderzoek een doodlopend steegje in te leiden? Maar welke richting konden ze dan eigenlijk inslaan? Met een hoofd vol vragen liep hij naar het bureau. Ondanks alles waren er zowel vragen die nog steeds onbeantwoord waren als ideeën die nog verder uitgewerkt moesten worden. Wat hij vooral niet mocht doen was zijn geduld verliezen.

Toen hij op het bureau kwam, waren al zijn naaste medewerkers ook binnen. De drie rechercheurs uit Malmö waren er eveneens. Wallander maakte van de gelegenheid gebruik om hen tegen elven te verzamelen in de vergaderkamer. Hij begon met te vertellen hoe hij probeerde helderheid te brengen in een elf jaar oude aangifte tegen Svedberg bij het Openbaar Ministerie. Martinson wist in dat verband te vertellen dat Hugo Andersson, de agent die die avond bij Stridh proces-verbaal had opgemaakt, nu als conciërge op een school in Värnamo werkte. De agent die de bewuste avond met hem had samengewerkt heette Holmström en was nu wijkagent in Malmö. Wallander zou contact met hen opnemen voordat hij naar Isa Edengrens ouders ging.

Na het overleg deelde Wallander een pizza met Hanson. Hij probeerde die dag bij te houden hoeveel water hij dronk en hoe vaak hij naar het toilet moest, maar hij was de tel allang kwijt.

Met enige moeite slaagde hij erin Hugo Andersson en Harald Holmström te pakken te krijgen. Het leverde niet veel op. Geen van beiden kon zich iets herinneren waardoor Svedbergs rol in het geheel duidelijker werd. Ze hadden het allebei raar gevonden dat Nisse Stridh niet werd vervolgd, maar het was langgeleden; de details wisten ze niet meer. Wallander besefte dat ze geen kwaad wilden spreken over een gestorven collega. Als er al iets negatiefs te zeggen viel. Met behulp van Martinson had Wallander het proces-verbaal boven water gehaald. Ook daarin vond hij niets wat hij niet al wist.

Het was al vier uur geweest toen hij zijn vroegere baas Björk belde, die nu in Malmö woonde. Nadat ze wat geroddeld hadden en Björk had laten weten erg begaan te zijn met de situatie waarin Wallander en zijn collega's zich bevonden met de vijf moorden, spraken ze lang over Svedberg. Björk vertelde dat hij van plan was naar de begrafenis te gaan. Wallander was verbaasd, zonder voor zichzelf precies te kunnen verklaren waarom. Over de aangifte bij het OM had Björk evenwel niets te zeggen. Waarom Svedberg het onderzoek had gestaakt, kon hij zich niet meer herinneren, maar aangezien de ombudsman verder geen maatregelen had getroffen zou het wel volgens de regels zijn verlopen.

Om halfvijf verliet Wallander het politiebureau om naar Skårby te rijden. Eerst zou hij echter de lijst ophalen die Rut Lundin hopelijk had gemaakt. Toen hij bij haar aanbelde, deed ze bijna onmiddellijk de deur open, alsof ze al in de hal had staan wachten. Hij zag dat ze niet meer nuchter was. Ze stak hem een handgeschreven briefje toe. Dit was wat zij zich kon herinneren. Verder niets. Wallander begreep dat ze hem niet wilde binnenlaten. Daarom bedankte hij haar en ging weg.

Hij ging op het trottoir in de schaduw van een boom staan om door te lezen wat zij in haar kinderlijk ronde handschrift had geschreven.

Meteen ontdekte hij een naam die hij herkende. Die stond ongeveer in het midden van de lijst.

Bror Sundelius.

Wallander hield zijn adem in.

Eindelijk was er nu iets wat verband hield met iets anders. Svedberg, Bror Sundelius, Nisse Stridh. Verder kwam hij niet in zijn gedachtegang. De telefoon in zijn jaszak begon te rinkelen.

Het was Martinson. Zijn stem trilde.

'Het is weer gebeurd', zei hij. 'Het is weer gebeurd.'

Het was negen minuten voor vijf. Zaterdag 17 augustus.

25

Hij wist dat hij een risico nam.

Dat had hij nog niet eerder gedaan. Risico's waren er voor onwaardige mensen. Zelf besteedde hij al zijn hele leven aan ontsnappen, maar toch kon hij het niet laten zichzelf uit te dagen. Ook voorzichtigheid was een snaar die kon breken als hij niet af en toe tot het uiterste werd gespannen.

Er was een risico. Maar hij had berekend dat dat uiterst klein was. Zo klein, dat het bijna niet bestond.

Bovendien was het doel veel te verleidelijk. Toen hij de uitnodigingen voor hun trouwerij had opgehaald, had hij zich bijna niet kunnen bedwingen. Hun geluk was zo groot geweest, dat hij erdoor werd overvallen, alsof hij slachtoffer werd van een vernederende gewelddaad. Wat het in feite ook was.

Daarna had hij de brief gelezen die bepalend was. Toen hem duidelijk was geworden dat ze, na de huwelijksvoltrekking in de kerk maar vóór het diner, alleen met de fotograaf naar het strand zouden gaan om trouwfoto's te maken, had hij zijn besluit genomen. De fotograaf was erg nauwkeurig geweest in de brief waarin hij zijn voorstel deed. Hij had een kaartje getekend van de plaats die hij in gedachten had. En het bruidspaar had ja gezegd. Om vier uur zouden ze de foto's gaan maken. Als het mooi weer was.

Hij was naar de plek toe gegaan. De beschrijving van de fotograaf was zo duidelijk geweest dat hij die niet kon missen. Het strand was weids. Vlak in de buurt bevond zich een grote camping. Bij de eerste aanblik had hij niet gedacht dat het mogelijk zou zijn om zijn wens uit te voeren, maar toen hij vervolgens bij de plek kwam die de fotograaf had uitgekozen, besefte hij dat de kans op ontdekking heel klein was. De reportage zou worden gemaakt tussen een paar hoge duinen. Natuurlijk zouden er ook andere mensen op het strand zijn, maar die zouden vast op afstand blijven wanneer de foto's werden genomen.

Zijn enige probleem was uit welke richting hij zelf moest komen. Verdwijnen zou eenvoudiger zijn. Het was minder dan tweehonderd meter naar een plaats waar hij zijn auto kon neerzetten. Als het allemaal fout liep, als ze hem zagen, als iemand hem zou volgen, had hij een wapen bij de hand. Zijn auto kon ook worden gesignaleerd. Daarom plande hij drie alternatieve voertuigen waartussen hij zou kunnen wisselen.

Toen hij het strand de eerste keer verliet, wist hij nog niet van welke kant hij zou komen. De tweede keer zag hij echter dat er een mogelijkheid was die hij helemaal over het hoofd had gezien. Het zou een opkomst betekenen die deze gelukkige komedie die hij in een tragedie zou veranderen waardig was.

Opeens was alles duidelijk. De tijd begon te dringen. Er moesten auto's worden gestolen en worden klaargezet. Een met een plastic zeil en een dunne laag zand overdekte kuil zou hij de nacht ervoor voorbereiden. Daar zou het wapen in liggen. En de handdoek.

Het enige waarop hij niet kon vertrouwen was het weer. Maar augustus was dit jaar een mooie maand.

Vroeg in de ochtend van de zeventiende augustus stapte hij zijn balkon op. Een regenbui trok langzaam weg. In de middag zou die zeker zijn verdwenen. Alles zou gaan zoals hij had bedacht. Hij keerde terug naar zijn geluiddichte kamer, ging op bed liggen en nam in gedachten door wat er die middag zou gaan gebeuren.

Ze waren in de echt verbonden in dezelfde kerk waar zij negen jaar eerder belijdenis had gedaan. De dominee van toen was overleden, maar haar aanstaande echtgenoot had een ver familielid die dominee was, en die had zich bereid verklaard hen in de echt te verbinden. Alles was volgens plan verlopen, de kerk zat vol met familie en vrienden, en wanneer de trouwfoto's eenmaal waren genomen wachtte het grote feest. De fotograaf was er in de kerk bij geweest en had de hele tijd foto's gemaakt. In gedachten had hij de belangrijkste foto's al gepland, de foto's die aan het strand zouden worden gemaakt. Hij had die plek al een paar keer eerder gebruikt, maar hij had nog nooit zo'n geluk gehad met het weer als nu. Tegen vieren arriveerden ze. Er waren veel mensen bij de tenten en caravans op de camping. Op het strand speelden kinderen. Een eindje bij het strand vandaan was een eenzame zwemmer in het water. Ze parkeerden de auto en liepen naar de plek die de fotograaf gekozen had. Om niet te struikelen deed de bruid haar schoenen uit en trok ze haar jurk wat op. De sluier zat rond haar hals gewikkeld. Het kostte de fotograaf maar een paar minuten om een statief neer te zetten, en een scherm dat het licht moest reflecteren en de schaduwen zou verzachten. Ze werden volledig met rust gelaten. In de verte hoorde je het geluid van kinderen en een radio op de camping. De eenzame zwemmer was nog steeds in het water. Hij was nu dichter bij het strand gekomen, maar hij stoorde hen niet.

Alles was klaar. De fotograaf wachtte bij zijn camera. De bruidegom hield een zakspiegeltje op voor het gezicht van de bruid, zodat ze haar sluier goed kon doen en kon zien hoe ze eruitzag. De eenzame zwemmer was nu bezig uit het water te komen. Zijn handdoek lag op het zand. Daar ging hij zitten met zijn rug naar hen toe. In de spiegel van de bruid leek het of hij een kuil in het zand aan het graven was.

Alles was klaar. De fotograaf liet zien hoe hij zich de eerste posities voorstelde. Ze bespraken of ze ernstig zouden kijken of zouden lachen. De fotograaf stelde voor dat ze verschillende variaties zouden uitproberen. Het was pas negen minuten over vier. Ze hadden tijd genoeg.

Ze hadden net de eerste foto gemaakt toen de man met de handdoek opeens opstond en over het strand begon te lopen. De fotograaf bereidde zich voor om de volgende foto te nemen. Toen ontdekte de bruid dat de man opeens van richting veranderde. De fotograaf wilde net afdrukken, maar hij hief zijn hand op. Ze konden beter even wachten totdat de man gepasseerd was. Die liep nu recht op hen af. Zijn handdoek hield hij met één hand tegen de voorkant van zijn lichaam. De fotograaf knikte glimlachend en wendde zich weer naar het bruidspaar. De man glimlachte terug. Tegelijkertijd haalde hij de handdoek die om het wapen was gewikkeld weg en schoot de fotograaf in de nek. Hij deed snel een paar passen naar voren en schoot het bruidspaar neer. Het enige wat je hoorde waren een paar doffe knallen. Hij keek rond. Er was niemand, er was niemand die iets had gezien.

Daarna liep hij rustig naar het dichtstbijzijnde duin. Achter het duin kon niemand hem vanaf de camping zien. Toen begon hij te rennen tot hij bij zijn auto was. Hij deed het portier van het slot en reed weg.

Het had allemaal nog geen twee minuten geduurd. Hij voelde dat hij rilde. Dat was nóg een risico dat hij had genomen. Dat hij verkouden zou worden. Maar de verleiding was te groot geweest. Om uit het water op te stijgen als de ongrijpbare man die hij werkelijk was.

Precies bij de afslag naar Ystad stopte hij om het trainingspak aan te trekken dat hij op de achterbank had klaarliggen.

Daarna ging hij zitten wachten.

Het duurde langer dan hij had gedacht voordat iemand ontdekte wat er was gebeurd. Misschien was het een van de spelende kinderen op het strand geweest? Of iemand van de camping die een wandeling had gemaakt? Hij zou het binnenkort wel in de kranten lezen.

Eindelijk hoorde hij dan toch in de verte de sirenes. Ze kwamen snel dichterbij. Het was nu inmiddels drie minuten voor vijf. Hij zag ze met grote snelheid langskomen. Er was ook een ambulance bij. Hij had zin om naar ze te wuiven, maar hield zich in. Daarna reed hij naar huis. Opnieuw had hij gedaan wat hij had besloten te doen. En daarna was hij kalm en waardig ontsnapt.

*

Ze waren Wallander met loeiende sirenes komen ophalen toen hij in de schaduw onder de boom voor Rut Lundins huis stond. De eerste informatie was verwarrend en tegenstrijdig. Zijn gesprek met Martinson werd afgebroken. De agenten die opdracht hadden gekregen om hem op te halen, wisten niets anders dan dat ze naar Nybrostrand moesten. Er was sprake van doden, hoorde hij op de politieradio. Hij slaagde er niet in opnieuw telefonisch contact met Martinson te krijgen. Hij was achterin gaan zitten. Martinsons stem echode nog door zijn hoofd: 'Het is weer gebeurd.'

Wat hij gevreesd had. Hij sloot zijn ogen en probeerde heel rustig adem te halen. De sirenes gilden in zijn hoofd. De auto reed heel hard. Toen ze in Nybrostrand aankwamen, sloegen ze rechts af en reden een weg op die niet veel breder was dan een wandelpad.

Wallander zag Martinson en Ann-Britt Höglund uit een auto voor hem stappen. Hij opende het portier nog voordat de auto goed en wel had afgeremd. Er stond een vrouw met haar handen voor haar gezicht te huilen. Ze droeg een bermuda en een T-shirt dat opriep om voor Zweedse toetreding tot de NAVO te stemmen.

'Wat is er gebeurd?' zei Wallander.

Geschokte campinggasten begonnen te zwaaien en te gebaren. Ze renden naar de duinen. Wallander arriveerde als eerste. Abrupt bleef hij staan. Hij beleefde de nachtmerrie opnieuw. Eerst begreep hij niet wat hij zag, maar daarna drong tot hem door dat er drie mensen dood voor hem lagen. Op een statief stond een fototoestel.

'Een bruidspaar', hoorde hij Ann-Britt Höglund ergens van opzij zeggen. Wallander kwam dichterbij en ging op zijn hurken zitten. Ze waren alledrie neergeschoten. De schoten hadden de bruid en de bruidegom recht in het voorhoofd getroffen. De witte sluier van de vrouw was rood van het bloed. Voorzichtig raakte hij even haar blote arm aan. Ze was nog warm. Hij stond langzaam op, hopend dat hij niet door duizeligheid zou worden overvallen. Hanson was er nu ook, evenals Nyberg. Hij liep naar hen toe.

'Het is weer gebeurd. En het moet pas gebeurd zijn. Zijn er sporen? Heeft iemand iets gezien? Wie heeft dit ontdekt?'

Iedereen om hem heen leek verlamd. Alsof ze verwachtten dat hij zelf zou verklaren wat er nu eigenlijk gebeurd was. Of dat hij de antwoorden al had op de vragen die hij stelde.

'We moeten aan de slag', snauwde hij. 'Het is net gebeurd. Dit keer moeten we hem pakken.'

De verlamming die even had geduurd was voorbij. Binnen een paar minuten was het Wallander duidelijk wat er was gebeurd. Een bruidspaar was hier met een fotograaf naartoe gekomen. Ze waren tussen de duinen verdwenen. Een kind dat samen met andere kinderen op het strand aan het spelen was, was even gaan plassen. Hij had de doden ontdekt en was gillend naar de camping gerend. Niemand had schoten gehoord. Ook had niemand iemand zien weggaan. Verschillende getuigen waren er bovendien zeker van dat het bruidspaar en de fotograaf alleen waren geweest toen ze naar de duinen liepen. Hanson en Ann-Britt Höglund probeerden in allerijl deze geschokte en verwarde observaties te bundelen. Martinson regelde de afzettingen, terwijl Wallander de zaak snel met Nyberg doornam. Iedere minuut vroeg hij waarom er nog geen politiehond was. Toen Edmundsson uiteindelijk met zijn hond Kall verscheen, probeerden Hanson en Ann-Britt Höglund zich even aan de chaos te onttrekken om een eerste inschatting te maken van wat er gebeurd kon zijn.

'Een paar van die kinderen hebben een man zien zwemmen', zei Hanson. 'Hij kwam uit het water en ging op het zand zitten. Daarna verdween hij.'

'Verdween?' Wallander slaagde er niet goed in zijn ongeduld te verbergen.

'Toen het bruidspaar arriveerde, stond een vrouw bij haar caravan de was op te hangen', zei Ann-Britt Höglund. 'Ze meende dat ze hier in zee een man zag zwemmen, maar opeens was hij weg.'

Wallander schudde zijn hoofd.

'Wat betekent dat? Dat hij is verdronken? Of zich in het zand heeft begraven?'

Hanson wees naar het strand, recht aan de voet van de duinen waar de dode lichamen lagen.

'Daarbeneden zat hij', zei hij. 'Volgens dat kind. Dat trouwens geloofwaardig overkomt. Hij had zijn ogen niet in zijn zak.'

Ze liepen het strand op. Hanson rende vooruit om een jongen met donker haar op te halen die bij zijn vader stond. Wallander maande hen een grote omweg te nemen om te voorkomen dat ze sporen zouden vertrappen en het werk van de hond zouden bemoeilijken. Ze zagen afdrukken van iemand die in het zand had gezeten. Alsmede de restanten van een kuil en een stukje afgescheurd plastic zeil. Wallander riep Edmundsson en Nyberg.

'Dit plastic zeil doet me ergens aan denken', zei Wallander.

Nyberg knikte.

'Het kan hetzelfde soort zijn als de afgescheurde stukken die we in het natuurgebied hebben gevonden.'

Wallander wendde zich tot Edmundsson.

'Laat je hond hier eens aan ruiken', zei hij. 'Daarna zullen we zien of hij ook begint te zoeken.'

Ze gingen opzij. De hond werd enthousiast. Nadat hij aan het plastic had geroken, begon hij meteen aan de lijn te trekken in de richting van de duinen. Daarna sloeg hij links af. Wallander en Martinson volgden op een afstand. De hond was nog steeds enthousiast. Ze kwamen bij een afslag. Daar bleef de hond staan. Het spoor liep dood. Edmundsson schudde zijn hoofd.

'Een auto', zei Martinson.

'Die misschien door iemand is gezien', zei Wallander. 'Zet iedere agent die hier is aan het werk. Eén vraag. Een man in een zwembroek, met een gestreepte handdoek en een auto. Een auto die hier geparkeerd heeft gestaan. Die ongeveer een uur geleden is vertrokken.'

Wallander rende terug naar de plaats van de moord. Een van de technici was bezig om gipsafdrukken van de voetafdrukken in het vochtige zand te maken. Edmundsson zocht verder met zijn hond.

'Een zwemmende man', zei Wallander tegen Ann-Britt Höglund. 'Een zwemmende man die verdwijnt.'

Hanson beëindigde net een gesprek met een vrouw die aan de rand van de camping stond. Wallander wenkte hem.

'Er zijn nog meer mensen die hem hebben gezien', zei Hanson.

'De zwemmende man?'

'Hij was in het water toen het bruidspaar arriveerde. Daarna is hij het strand opgegaan. Iemand beweerde dat het net leek of hij een zandkasteel aan het bouwen was. Daarna is hij opgestaan en verdwenen.'

'Ze hebben niemand anders gezien? Niemand die achter het bruidspaar aan liep?'

'Een man die duidelijk gedronken had, wist te vertellen dat er twee gemaskerde mannen op de fiets over het strand waren aan komen rijden. Maar ik denk dat we hem kunnen afschrijven.'

'Laten we dan eens een voorlopige evaluatie maken', zei Wallander. 'Weten we wie de doden zijn?'

'De man die bij het fototoestel lag, had een uitnodiging in zijn zak', zei Ann-Britt Höglund. Ze gaf de kaart aan Wallander. Zijn weerzin en wroeging waren nu zo groot dat hij er het liefst gillend vandoor was gegaan.

'Malin Skander en Torbjörn Werner', zei hij. 'Ze zijn vanmiddag om twee uur getrouwd.'

Hanson had tranen in zijn ogen, Ann-Britt Höglund staarde naar de grond.

'Ze waren dus twee uur getrouwd', zei hij. 'Daarna kwamen ze hier om foto's te maken. Weten we wie de fotograaf is?'

'Zijn naam staat aan de binnenkant van zijn cameratas', zei Hanson. 'Hij heet Rolf Haag en heeft een fotostudio in Malmö.'

'We moeten de familie vinden', vervolgde Wallander. 'Het zal hier zo dadelijk wemelen van andere fotografen.'

'Moeten we geen wegversperringen neerzetten?' vroeg Martinson, die er nu ook bij was gekomen.

'Wegversperringen waartegen? We weten toch niet hoe die auto eruitzag? Wat moeten we versperren? Moeten we zoeken naar een man in een zwembroek? Ook al hebben we dan een tijdstip, met wegversperringen zullen we hem niet vinden. Dat is al te laat.'

'Ik wil die klootzak gewoon pakken', zei Martinson.

'Dat willen we allemaal', zei Wallander. 'We willen hem pakken en we zullen hem pakken. Daarom moeten we doornemen wat we nu weten. Een zwemmende man. Dat is het enige spoor. We moeten ervan uitgaan dat het dezelfde man is. En hij gaat onder twee voorwaarden te werk: hij is goed op de hoogte en hij plant goed.'

'Hij zou dus in zee aan het zwemmen zijn geweest terwijl hij wachtte?' zei Hanson weifelend.

Wallander probeerde te visualiseren wat er was gebeurd.

'Hij weet dat het bruidspaar op deze plek foto's zal gaan maken', zei hij. 'Op de uitnodiging staat dat het diner om vijf uur begint. Dat betekent dat hij een tijdstip heeft. Het maken van de foto's zal rond vier uur op deze plek plaatsvinden. Hij gebruikt zijn wachttijd om te zwemmen. Zijn auto heeft hij een stukje verderop geparkeerd. Op een plek van waaruit hij bij het water kan komen zonder langs de camping te hoeven lopen.'

'Heeft hij zijn wapen dan meegenomen in het water?'

Hanson was duidelijk wantrouwig, maar Wallander begon al in te zien hoe het allemaal gegaan was.

'We moeten aan ons uitgangspunt blijven vasthouden', herhaalde hij. 'We weten dat hij goed op de hoogte is en dat hij goed plant. Hij wacht in het water op het bruidspaar en de fotograaf. Iemand die aan het zwemmen is, heeft bijna niets aan. Nat haar verandert iemands uiterlijk. Van iemand die aan het zwemmen is, trekt niemand zich eigenlijk iets aan. Iedereen heeft hem gezien en weet dat hij er was, maar eigenlijk lukt het niemand om een signalement van hem te geven.'

Hij keek rond en zag hen bevestigend knikken. Geen van de getuigen met wie ze tot dusver hadden gepraat, had kunnen zeggen hoe zijn gezicht eruitzag.

'Het bruidspaar arriveert', vervolgde Wallander. 'Samen met de fotograaf. Hij komt het water uit en gaat op het strand zitten.'

'Hij heeft een handdoek', zei Ann-Britt Höglund. 'Een gestreepte handdoek. Verschillende mensen lijken zich die handdoek te herinneren.'

'Dat is goed', zei Wallander. 'Alle details zijn belangrijk. Hij gaat op zijn handdoek zitten. Een gestreepte. En we hebben een getuige die meent dat hij iets doet. Wat?'

'Hij zit in het zand te graven', antwoordde Hanson.

Wallander realiseerde zich nu dat hij gelijk had. Er begon zich vaag een eerste patroon af te tekenen. De man volgde zijn eigen regels. Hij had er wel variaties op, maar Wallander meende dat hij die nu wel begon te herkennen.

'Hij graaft niet om een zandkasteel te bouwen', zei hij. 'Hij maakt een stuk plastic vrij dat een wapen bedekt.'

Nu konden de anderen hem ook volgen. Wallander ging voorzichtig verder.

'Dat wapen heeft hij al eerder gepland', zei hij. 'Het enige wat hij nu hoeft te doen is wachten op het goede moment. Wanneer het bruidspaar en de fotograaf in beslag worden genomen door hun eigen bezigheden. Wanneer er niemand in de buurt is. Dan staat hij op. Het wapen heeft hij vermoedelijk in zijn handdoek gewikkeld. Niemand trekt zich iets van hem aan. Hij is een eenzame zwemmer die het strand gaat verlaten. Daarna vuurt hij drie schoten af. De slachtoffers zijn op slag dood. Hij moet een geluiddemper hebben gebruikt. Hij schiet hen dood en loopt dan verder langs de duinen en verdwijnt in zijn auto. Het is allemaal binnen een paar minuten achter de rug. Waar hij dan blijft, weten we niet.'

Nyberg was tijdens het gesprek ook bij de groep komen staan.

'We weten niet meer van deze man dan wat hij gedaan heeft,' sloot Wallander af, 'maar we zullen nog meer raakvlakken ontdekken.'

'Ik weet nog iets over hem', zei Nyberg. 'Hij gebruikt pruimtabak. Hij heeft daar bij die kuil pruimtabak uitgespuugd. Het lijkt wel alsof hij daar zand overheen heeft willen strijken, maar de hond heeft het opgegraven. We verzamelen het nu. In speeksel kun je veel dingen vinden die iets over iemand vertellen.'

Wallander zag dat Lisa Holgersson naar hen toe kwam. Vlak achter haar liep Thurnberg. In een jaloerse flits zag Wallander een droombeeld met Per Åkeson voor zich, ergens in een ver paradijs, ver van de macabere resten die een gek had achtergelaten. Hij dacht dat nu het moment gekomen was waarop hij de verantwoordelijkheid voor het opsporingswerk aan een ander zou moeten overdragen. Hij had gefaald. Ook al had hij zijn werk wel goed gedaan, dan nog was zijn falen een feit. Ze hadden de dader die hun collega, drie jongelui in een natuurgebied, een eenzaam meisje in een rotsspleet op een eiland voor de kust van Östergötland, en nu een bruidspaar, samen met een fotograaf, had vermoord niet gevonden.

Er zat maar één ding op. Aan Lisa Holgersson vragen of ze de verantwoordelijkheid aan iemand anders wilde overdragen. Of onder ogen zien dat Thurnberg iemand van de rijksrecherche erbij zou halen om het onderzoek over te nemen.

Hij kon het niet eens opbrengen hen op de hoogte te brengen van wat er was gebeurd. In plaats daarvan liep hij naar Nyberg, die bij het statief stond.

'Hij heeft een foto genomen', zei Nyberg. 'Eentje. Daarna niets meer. Maar die ene zullen we natuurlijk zo snel mogelijk ontwikkelen.'

'Ze waren nog maar twee uur getrouwd', zei Wallander.

'Het lijkt of deze gek niet van gelukkige mensen houdt. Of dat hij het als zijn levenstaak ziet om blijdschap in verdriet te veranderen.'

Wallander luisterde afwezig naar Nybergs woorden, maar hij zei niets. Op het strand was Edmundsson met Kall bezig. Verderop op het strand was een andere politiehond bezig. Bij de afzettingen hadden zich al veel mensen verzameld. Aan de rand van zijn gezichtsveld zag Wallander een vaartuig naar het westen stevenen. Over een paar uur zou dat door de Sont zijn gevaren en dan verder door naar open zee.

Nog steeds kon hij het niet opbrengen met het gebeurde aan de slag te gaan. Hij had vermoed dat het opnieuw zou gebeuren, maar hij had iets heel anders gehoopt. *Een goede rechercheur hoopt altijd,* had Rydberg vaak gezegd. *Een goede rechercheur hoopt dat een moord niet zal plaatsvinden. Dat een dader zal missen wanneer hij zijn wapen richt op een weerloos mens. Maar een goede rechercheur hoopt ook dat het misdrijf dat heeft plaatsgevonden, op zo'n manier zal worden opgelost dat de officieren van justitie tevreden zijn en dat de rechtbanken hun vonnis kunnen vellen. Een goede rechercheur hoopt vooral dat de misdaad zal afnemen. Maar een goede rechercheur weet ook dat dat niet echt zal gebeuren. Zolang de maatschappij eruitziet zoals op dit moment. Met ingebouwde onrechtvaardigheid als feitelijke voorwaarde voor het krachtenspel van de maatschappelijke mechanismen.*

Hij zei ook altijd nog iets anders, bedacht Wallander. *Misdaadbestrijding is altijd een kwestie van doorzettingsvermogen. Wie houdt het het langst vol?*

Lisa Holgersson en Thurnberg doken naast hem op. Wallander was zo diep in gedachten verzonken dat hij opschrok.

'Er hadden hier wegversperringen moeten worden geplaatst', zei Thurnberg.

Wallander keek hem aan. Hij had niet eens gegroet, zelfs niet geknikt.

Op dat moment nam Wallander twee beslissingen. Hij zou de leiding van het onderzoek niet vrijwillig uit handen geven. En hij zou precies zeggen hoe hij erover dacht. En daar zou hij nu mee beginnen.

'Nee', antwoordde hij. 'Er hoefden helemaal geen wegversperringen te worden geplaatst. Daar had je natuurlijk opdracht voor kunnen geven. Maar dan had je ook moeten uitleggen waarom. Hulp van mij had je daar niet bij gekregen.'

Thurnberg had een dergelijk antwoord van Wallander niet verwacht. Heel even leek hij zijn zelfvertrouwen te verliezen.

Hij had zich te veel opgeschroefd, dacht Wallander tevreden. Hij had zich zo opgeschroefd dat de veer knapte.

Wallander keerde Thurnberg demonstratief de rug toe. Lisa Holgersson was bleker dan hij haar ooit had gezien. In haar angst zag hij die van zichzelf weerspiegeld.

'Het is dus dezelfde man?' zei ze.
'Ja. Geen twijfel over mogelijk.'
'Maar een bruidspaar?'
Dat was ook de eerste gedachte die hemzelf had getroffen, maar hij wist ook dat er maar één antwoord mogelijk was.
'Ook een bruidspaar valt te beschrijven als verklede mensen.'
'Daar is hij dus op uit?'
'Ik weet het niet.'
'Wat moet het anders zijn?'
Wallander gaf geen antwoord. Omdat hij het niet wist. Ook al was het nog veel te vroeg om conclusies te trekken, hij ervoer het alsof de basis voor een verklaring die ze zo moeizaam hadden geprobeerd op te bouwen nu was weggeslagen.
Hij zag alleen maar een gek voor zich. Een gek die geen gek was. Maar die nu acht mensen had vermoord. Van wie er één een rechercheur was.
'Ik geloof dat ik nog nooit zoiets onaangenaams heb meegemaakt', zei ze.
'Ooit stond Zweden bekend om zijn knappe uitvinders', zei Wallander. 'Daarna raakten we bekend om wat de verzorgingsstaat werd genoemd. Bovendien hadden we een tijdlang hardnekkig de reputatie van iets wat foutief de "Zweedse zonde" werd genoemd. Nu is het de vraag of we niet de aandacht zullen trekken vanwege een moordenaar die zich gedraagt op een manier die nog nooit eerder is vertoond.'
Hij had meteen spijt van wat hij had gezegd. Die vergelijkingen misten elke grond, de omstandigheden waren er niet naar, de situatie was helemaal verkeerd.
'De familie', zei ze. 'Hoe vertel je dit aan familie en vrienden van een bruidspaar dat nog maar een paar uur geleden uit de kerk is gekomen? Dat het bruidspaar niet meer leeft?'
'Ik weet het niet', zei Wallander. 'Ik voel me net zo verlamd als jij. We weten ook niet of die fotograaf een gezin heeft.'
'Ik heb begrepen dat ze hier in de buurt zijn getrouwd?'
'In Köpingebro. Het diner gaat zo beginnen.'
Ze keek hem aan. Hij wist wat die blik betekende.
'Ik stel voor dat Martinson de familie van de fotograaf voor zijn

rekening neemt', zei hij. 'Met hulp van de collega's uit Malmö. Jij en ik moeten naar Köpingebro.'

Thurnberg stond in zijn mobiele telefoon te praten. Wallander vroeg zich even af met wie. Daarna verzamelde hij snel zijn naaste medewerkers om zich heen. Hanson moest de leiding op zich nemen tot hij terug was.

'Geef antwoord op alles waar Thurnberg naar vraagt', zei Wallander. 'Maar als hij dingen begint te regelen, dan moet je telefonisch contact met mij opnemen.'

'Waarom zou een officier van justitie zich met het recherchewerk op de plaats van het misdrijf beginnen te bemoeien?'

Hansons vraag was terecht, maar Wallander nam niet de moeite die te beantwoorden. In plaats daarvan nam hij Ann-Britt Höglund apart.

'Ik weet niet hoelang dit zal gaan duren', zei hij. 'Maar wanneer ik weer terugkom, wil ik dat jij over de situatie hebt nagedacht. Hoe moeten we vanaf dit moment dit onderzoek eigenlijk opzetten? Buiten alle gangbare procedures om? Wat we altijd doen. Geen enkel onderzoek lijkt op elkaar. Op wat voor manier moet dit onderzoek zich onderscheiden? Wat voor invloed heeft het gebeurde op al het andere? Is er iets wat duidelijker is geworden? Is er op dit moment een spoor dat belangrijker is dan de rest? Of andersom?'

'Ik weet niet of me dat lukt', antwoordde ze. 'Dat is jouw werk.'

'Niet van mij. Van ons. En ik moet familieleden van een bruidspaar dat elkaar een paar uur geleden het jawoord heeft gegeven op de hoogte gaan brengen. Ik heb geen mogelijkheid om aan iets anders te denken. Daarom moet jij dat in mijn plaats doen.'

'Ik weet nog steeds niet of ik dat wel kan.'

'Je kunt het in ieder geval proberen.'

Hij liet haar alleen en liep naar de auto waarin Lisa Holgersson al zat te wachten.

Ze reden zwijgend weg. Wallander keek naar het landschap waar ze doorheen reden. In de verte zag hij dat er een onweersfront aan het ontstaan was. Dat zou Skåne zeker vóór de avond hebben bereikt.

Na tienen begon het te regenen, die zaterdagavond 17 augustus. Wallander was toen al naar de plaats van de moord teruggekeerd. De ontmoeting met de familie, het gevoel dat hij binnendrong in een gelukkige ruimte om dood en verderf te zaaien, was erger geweest dan hij ooit eerder had meegemaakt. Toch had hij door de jaren heen al heel wat overlijdensberichten moeten overbrengen. Lisa Holgersson was onverwacht passief geweest, alsof ze het niet had kunnen opbrengen nog eens te herhalen wat ze een aantal dagen geleden ook had moeten doen. Misschien heeft iemand die bij de politie werkt in zijn leven een bepaald aantal overlijdensberichten over te brengen, had Wallander gedacht. In dat geval heb ik nu mijn grens bereikt. Er zit geen rek meer in.

Het was alsof hij in een nachtmerrieachtig toneelspel had moeten meedoen. De onwerkelijke setting, het accordeontrio, een café-restaurant, een feestzaal met slingers, de etensgeuren uit een keuken waar het eten al klaarstond. Mensen in groepjes, afwachtend. En toen was er een politieauto het terrein op gedraaid.

Hij was opgelucht toen hij eindelijk weer naar Nybrostrand kon gaan. Lisa Holgersson was al naar Ystad teruggekeerd. Wallander had verschillende keren telefonisch contact gehad met Hanson, maar er was niets doorslaggevends gebeurd. Hanson had wel weten te vertellen dat fotograaf Rolf Haag alleenstaand was. Martinson had een verpleeghuis bezocht waar Haags oude vader werd verzorgd. Het overlijdensbericht was overgebracht door een ziekenverzorgster, die Martinson eerst had verzekerd dat de oude man al lang was vergeten dat hij überhaupt een zoon had die Rolf heette en fotograaf was.

Nyberg had de regen zien aankomen. Hij had snel een plastic zeil laten spannen over de plaats waar de dode lichamen waren gevonden en de plek op het strand waar de man met de gestreepte handdoek had gezeten. Toen Wallander weer arriveerde, stonden er nog steeds een hoop mensen bij de afzettingen. Verschillende journalisten hadden hem om commentaar gevraagd, maar hij had alleen maar zijn hoofd geschud en was haastig doorgelopen. Hanson had hem een overzicht van de situatie gegeven, terwijl Martinson en de rechercheurs uit Malmö bezig waren mogelijke getuigen op de camping te verhoren. Tot nu toe hadden ze nog niemand gesproken die zich een auto kon herinneren die op het zijweggetje geparkeerd had gestaan. Nyberg beschikte inmiddels over een afdruk van de enige foto die Rolf Haag had kunnen maken. Het bruidspaar lachte recht in de camera. Wallander bekeek het beeld. Ondertussen schoot hem te binnen dat Nyberg eerder op die dag iets had gezegd.

'Wat zei je ook weer precies?' vroeg hij. 'Toen we bij het statief stonden? En jij had ontdekt dat hij een foto had genomen?'

'Heb ik toen wat gezegd?'

'Je gaf commentaar.'

Nyberg dacht na.

'Ik geloof dat ik zei dat deze gek niet van gelukkige mensen houdt.'

'Wat bedoelde je daarmee?'

'Svedberg kun je niet echt karakteriseren als een uitbundig en levensblij persoon. Maar die jongelui in het natuurgebied wel. Je kunt er toch wel van uitgaan dat hun feestje vrolijk was.'

Wallander had meer een vermoeden van wat Nyberg bedoelde dan dat hij het echt begreep. Hij keek opnieuw naar de trouwfoto.

Hij gaf hem aan Nyberg terug en knikte daarna tegen Ann-Britt Höglund dat ze moest meekomen. Ze gingen in een van de lege politieauto's zitten.

'Waar is Thurnberg?' vroeg Wallander.

'Die is al vrij snel vertrokken.'

'Heeft hij nog wat gezegd?'

'Niet dat ik weet.'

Het begon nu flink te regenen. De druppels kletterden op het dak van de auto.

'Even heb ik overwogen of ik de verantwoordelijkheid zou neerleggen', zei Wallander. 'We hebben acht lijken. En we zijn geen stap dichter in de buurt van iets wat misschien een doorbraak zou kunnen worden.'

'Wordt het er beter van als jij de verantwoordelijkheid aan iemand anders overlaat? En aan wie trouwens?'

'Misschien had ik er gewoon geen zin meer in.'

'Maar je bent van gedachten veranderd?'

'Ja.'

Wallander wilde haar net vragen of ze al kon antwoorden op de dingen die hij haar gevraagd had voordat hij naar Köpingebro vertrok, toen er op de ruit werd getikt. Het was Martinson. Hij was nat en ging voorin zitten.

'Ik vond dat jij moest weten dat er een man aangifte tegen jou heeft gedaan.'

Wallander keek hem niet-begrijpend aan.

'Tegen mij? Waarom?'

'Wegens vermeende mishandeling.'

Martinson krabde bezorgd op zijn voorhoofd.

'Herinner jij je die hardloper in het natuurgebied nog? Nils Hagroth?'

'Hij had daar niets te maken.'

'Hij heeft in ieder geval aangifte tegen je gedaan wegens mishandeling. Thurnberg heeft daar lucht van gekregen. En hij vat dat kennelijk heel serieus op.'

Wallander wist niet wat hij moest zeggen.

'Ik wilde het je alleen maar even laten weten', zei Martinson. 'Verder niets.'

De regen kletterde neer. Martinson verdween.

In de verte verlichtte een schijnwerper de plek waar het bruidspaar een paar uur eerder was omgebracht.

Het was inmiddels halfelf 's avonds.

26

Vlak na middernacht hield het op met regenen.

In de verte, in de richting van Bornholm, kon je bliksemflitsen zien, maar het onweer had Skåne niet bereikt. Toen de laatste druppels vielen, liep Wallander uit het licht van de schijnwerpers naar het strand waar het donker was. Er stonden nog steeds mensen bij de afzettingen, maar daarachter was het strand verlaten. Hij draaide zich om en keek omhoog naar de brandende schijnwerpers. De lichamen waren nu weg, maar Nyberg en zijn mensen werkten nog door.

Wallander was naar het strand gelopen om te doen waar hij het meest behoefte aan had. Nadenken. Proberen een idee te krijgen van wat er eigenlijk was gebeurd en hoe ze nu verder moesten.

Het rook fris na de regen. De stank van verrot zeewier was weg. Het droge warme weer hield al meer dan veertien dagen aan. De regen was weggetrokken, maar de warmte was er nog. Opnieuw was het windstil. Er was bijna geen golfslag van de zee. Wallander plaste in het water. In gedachten meende hij de witte suikereilanden als ijsbergjes in zijn aderen te zien torenen. Hij had voortdurend een droge mond, had soms moeite om scherp te zien en had het gevoel dat zijn bloedsuikerniveau steeds hoger werd.

Hij kon daar op dit moment echter niets aan doen. Maar later, wanneer en als ze er eenmaal in waren geslaagd om de moordenaar te pakken, zou hij zich ziek melden totdat hij zijn gezondheid onder controle had.

Als hij althans geen hartaanval kreeg en zo dood neerviel.

Hij dacht terug aan hoe hij een jaar of vijf geleden een keer 's nachts was wakker geworden met een heftige pijn in zijn borst en had gemeend dat hij een hartaanval had gekregen. In het ziekenhuis hadden ze vastgesteld dat dat niet het geval was, maar hij was wel door een arts gewaarschuwd. En hij had er vervolgens alles aan gedaan om die waarschuwing categorisch te vergeten.

Hij keek uit over het water. Heel in de verte meende hij de bleke weerschijn van de lichten van een vaartuig te zien.

Toen dwong hij zichzelf ertoe om weer rechercheur te worden.

Terwijl hij langzaam langs het donkere strand wandelde, nam hij door wat er allemaal was gebeurd. Hij ging voorzichtig te werk, zowel op het strand als in zijn hoofd, bang dat hij iets zou vergeten, bang om af te wijken van de onzichtbare kompasrichting die hij in zijn binnenste had. Hij bouwde verschillende gedachtegangen op en verwierp die weer, probeerde diverse theorieën op elkaar te laten aansluiten. Hij verbeeldde zich dat hij in de sporen van de dader voortsloop. Probeerde hem vlak naast zich te voelen. Rydberg had nooit geaarzeld wanneer hij het had over de onzichtbare afdrukken die een moordenaar altijd achterliet. De vingerafdrukken die je moest raden.

Vaak waren die van doorslaggevend belang.

Wallander was ervan overtuigd dat de man die uit zee was opgedoken, de man met de gestreepte handdoek, degene was die ze zochten. Er was geen andere denkbare kandidaat. Hij was degene die zich een keer in het natuurgebied had bevonden, waarschijnlijk achter de boom die Wallander had gevonden. Eerst was hij daar geweest, daarna in Svedbergs flat. En nu was hij uit zee opgestaan. Op het strand, in een kuiltje, had hij zijn wapen gelegd. Op een pad naast het strand had hij zijn auto neergezet.

Hierover had Wallander allemaal al met de anderen gepraat. Hij had erop gewezen dat het belangrijk was dat ze alle mensen bij wie ze nu inlichtingen inwonnen, herinnerden aan een omstandigheid: de man die uit zee kwam, was daar minstens één keer eerder geweest. Waarschijnlijk zelfs meerdere keren. Hij moest op dezelfde plek in het zand hebben zitten graven. Het kon 's nachts zijn gebeurd, maar het kon ook overdag zijn geweest. Ze hadden een signalement van hem nodig. Hoe lang was hij? Bewoog hij zich op een bepaalde manier? Alles was belangrijk.

Ergens is hij, dacht Wallander. Het fysieke speurwerk moet worden vervlochten met het geestelijke. Als we hem niet op straat vinden, dan vinden we hem uiteindelijk in ons onderzoek. Ergens tussen de steeds groeiende stapels papier zal hij zich vertonen.

Ergens is hij.

Wallander probeerde de allereenvoudigste en meest basale logica te volgen. Ze wisten dat ze de sporen van dezelfde dader volgden. Er was niets wat erop wees dat het om meer dan één persoon ging. Ze wisten bovendien dat hij goed geïnformeerd was. Over zijn slachtoffers, hun leven, hun gewoontes. En niet in de laatste plaats over hun geheimen. Wallander had al opdracht gegeven dat de politie van Malmö Rolf Haags fotostudio moest doorzoeken. Op welke manier had hij contact gekregen met het bruidspaar? Hoe was de plaats afgesproken? Ergens was er een cruciaal punt dat het hele onderzoek zou openbreken. Ze zochten naar de plek waar de muren het zwakst waren, waar ze zouden kunnen doordringen.

Ze wisten dat de dader zeer goed op de hoogte was. Maar hoe kwam hij aan zijn informatie? En wat dreef hem? Ze wisten ook dat de moorden in het natuurgebied en de moord op het bruidspaar een frappante gelijkenis vertoonden: het ging om mensen die verkleed waren. Maar waren er nog andere raakvlakken? Dat was het belangrijkste om te onderzoeken. Op welke manier kon je Torbjörn Werner en Malin Skander met bijvoorbeeld Astrid Hillström verbinden? Dat wisten ze nog niet. Maar ze zouden het weldra weten.

Wallander voelde dat hij nu in de buurt kwam. Vlak bij het grote geheim. Hij wist er echter nog niet de vinger op te leggen. Nog niet. De verklaring kan eenvoudig zijn, dacht hij. Zo eenvoudig dat ik die niet kan vinden. Het is alsof je zoekt naar een bril die je al op je neus hebt.

Langzaam begon hij terug te lopen. In de verte zag hij het licht van de schijnwerpers. Nu probeerde hij Svedbergs spoor te volgen. Wie had hij in zijn flat binnengelaten? Wie was Louise? Wie had op diverse plaatsen in Europa die ansichtkaarten geschreven? Wat wist jij, Svedberg? Waarom wilde je dat niet eens aan mij vertellen? Ik, die volgens Ylva Brink jouw beste vriend was.

Opnieuw bleef hij stilstaan. De vraag die hij zich net had gesteld, werd opeens belangrijker dan hij eerder had gedacht. Waarom had Svedberg eigenlijk nergens over willen praten? Daar kon maar één logische verklaring voor zijn. Hij had gehoopt dat hij ongelijk had. Zijn angst dat zich een vreselijke waarheid zou openbaren, maakte dat hij niets zei.

Een andere mogelijkheid was er niet.

Svedberg had gelijk gehad. Zijn angst was niet ongegrond geweest. Daarom was hij vermoord.

Wallander was de afzettingen nu weer genaderd. Nog steeds stonden er mensen te kijken naar de epiloog van dit sombere schouwspel waarvan ze eigenlijk niets hadden kunnen zien.

Toen hij bij de duinen kwam, stond Nyberg aantekeningen te maken in een blocnote.

'We hebben voetsporen', zei hij. 'Of beter gezegd: voetafdrukken. Omdat degene die heeft geschoten blote voeten had.'

'Wat zie jij?'

Nyberg stopte zijn blocnote in zijn zak.

'De fotograaf is het eerst vermoord', antwoordde hij. 'Daar is geen twijfel over mogelijk. De kogel is schuin zijn nek ingegaan. Dat betekent dat hij half met zijn rug naar de schutter stond. Als het eerste schot op het bruidspaar gericht was geweest, had hij zich natuurlijk omgedraaid. Dan had het schot hem van voren getroffen.'

'En verder?'

'Moeilijk te zeggen. Ik neem aan dat de bruidegom de volgende was. Een man; die kan een grotere fysieke bedreiging vormen. Als laatste het meisje.'

'Iets anders?'

'Niets wat we niet al weten. Dat de schutter zijn wapen perfect beheerst.'

'Hij heeft dus geen trillende handen?'

'Niet echt.'

'Jij ziet een rustige, doelbewuste schutter voor je?'

Nyberg keek Wallander grimmig aan.

'Ik zie een koelbloedige, harteloze gek.'

Nyberg had geen andere dingen van onmiddellijk belang meer te rapporteren. Wallander liep naar een wachtende politieauto en vroeg of hij naar Ystad gebracht kon worden. Hij hoefde niet langer op het strand te blijven.

Toen hij op het bureau kwam, gingen de telefoons op de meldkamer onophoudelijk. Een van de agenten die aan de telefoon zat, wenkte hem. Wallander wachtte totdat de man klaar was met zijn gesprek. In Svarte reed een vermoedelijk dronken automobilist rond. De agent beloofde dat ze er zo snel mogelijk een surveillancewagen op af zouden sturen. Wallander wist dat die auto de komende vierentwintig uur niet in Svarte zou arriveren.

'De politie in Kopenhagen heeft gebeld. Iemand met de naam Kjær. Of Kræmp of zo.'

'Wat wilde die?'

'Met jou praten. Ik geloof dat het over die foto ging die we daarheen hebben gestuurd.'

Wallander nam het briefje met de naam en het telefoonnummer aan. Zonder zich de tijd te gunnen zijn jack uit te trekken, ging hij aan zijn bureau zitten om naar Denemarken te bellen. Ze hadden het telefoontje even voor middernacht in Ystad binnengekregen. Misschien dat Kjær of Kræmp er nog was.

Er werd opgenomen, Wallander zei wie hij wilde spreken en wachtte.

'Met Kjær.'

Wallander had een man verwacht. De persoon met de naam Kjær was een vrouw.

'Met Kurt Wallander uit Ystad. U had gebeld.'

'Goedenavond. Het gaat om die foto van een vrouw. Die mogelijk Louise heet. We hebben twee reacties binnengekregen. Twee mensen herkennen haar.'

Wallander sloeg met zijn vuist op zijn bureau.

'Eindelijk.'

'Ik heb zelf met een van de twee gesproken. Hij komt heel geloofwaardig over. Zijn naam is Anton Bakke en hij is systeembeheerder bij een bedrijf dat kantoormeubelen maakt.'

'Kent hij haar?'

'Nee. Maar hij is er absoluut van overtuigd dat hij haar gezien heeft. Hier in Kopenhagen. In een bar. Vlak bij het centraal station. Hij heeft haar meerdere malen gezien.'

'Het is ontzettend belangrijk dat we in contact komen met deze vrouw.'

'Heeft ze een misdrijf gepleegd?'

'Dat weten we niet. Maar ze komt voor in een moordonderzoek dat alsmaar uitdijt. Daarom hebben we haar foto gepubliceerd.'

'Ik heb gehoord wat er is gebeurd. Met die jongelui in dat park die een feestje hadden. En die rechercheur.'

Wallander gaf een aanvulling met de gebeurtenissen van die dag.

'U denkt dus dat die vrouw hiermee te maken heeft?'

'Niet noodzakelijkerwijs. Maar ik heb belangrijke vragen voor haar.'

'Er zijn tijden dat Bakke een paar keer in de week naar die bar gaat. Ongeveer om de andere keer heeft hij haar gezien.'

'Was ze alleen?'

'Dat weet Bakke niet zeker, maar hij dacht dat ze met iemand was.'

'Hebt u hem ook gevraagd wanneer hij haar daar voor het laatst heeft gezien?'

'Toen hijzelf voor het laatst in die bar was. Midden juni.'

'U zei dat u nog een reactie had gehad?'

'Van een taxichauffeur. Hij dacht dat hij haar een paar weken geleden een keer in Kopenhagen had vervoerd.'

'De kans dat een taxichauffeur zich vergist moet redelijk groot zijn.'

'Hij wist zich haar nog te herinneren omdat ze Zweeds sprak.'

'Had hij haar ergens opgehaald?'

'Ze had zijn auto 's nachts op straat aangehouden. Of beter gezegd in de vroege ochtend. Rond halfvijf. Ze moest met de eerste vleugelboot naar Malmö.'

Wallander probeerde een besluit te nemen. Deze vrouw op de foto uit Svedbergs flat was nog steeds belangrijk. Maar hoe belangrijk? Hij besloot dat ze haar zo snel mogelijk te pakken moesten zien te krijgen. Ze konden niet wachten.

'We kunnen niet van jullie verlangen dat jullie haar arresteren', zei hij. 'Maar wel om haar op het bureau te laten komen. En haar daar te houden totdat iemand van ons naar jullie toe kan komen. We moeten met haar praten. Dat in de eerste plaats. Daarna moeten we maar kijken waar dat toe leidt.'

'Daar zullen we jullie wel bij kunnen helpen. We moeten maar een goede reden verzinnen.'

'Ik moet het dus weten wanneer ze weer in die bar opduikt. Hoe heet die gelegenheid?'

'Amigo.'

'Hoe staat die bekend?'

'Voorzover ik weet goed. Ook al ligt hij dan aan de Istedgade.'

Wallander wist waar dat was. In het centrum van Kopenhagen.

'Ik ben u ontzettend dankbaar voor deze hulp.'

'We laten het meteen weten wanneer ze weer opduikt. We zullen ook praten met de mensen die in die bar werken. Misschien dat iemand weet waar ze woont?'

'Dat liever niet', zei Wallander. 'Er bestaat een risico dat ze verdwijnt.'

'Maar u zei toch dat ze nergens van verdacht werd?'

'Dat is ook zo, maar ik kan me vergissen.'

Kjær begreep het. Wallander schreef haar naam op en een aantal telefoonnummers. Haar voornaam was Lone.

Wallander legde de hoorn neer. Het was inmiddels halftwee. Moeizaam stond hij op om naar het toilet te gaan. Daarna ging hij in de kantine water drinken.

Er lagen een paar droge broodjes op een schaal. Hij pakte er een. In de gang hoorde hij de stem van Martinson. Hij stond te praten met een van de rechercheurs uit Malmö. Ze kwamen de kantine binnen waar Wallander op zijn broodje stond te kauwen.

'Hoe gaat het?' vroeg hij.

'Behalve die man die uit het water kwam, heeft niemand iemand gezien.'

'Hebben we een signalement?'

'We waren net van plan de dingen die we hebben achterhaald bij elkaar te voegen.'

'Waar zijn de anderen?'

'Hanson is nog in Nybrostrand. Ann-Britt moest naar huis. Haar dochter moest overgeven.'

'De Deense politie heeft gebeld. Ze hebben Louise gevonden.'

'Zeker?'

'Het lijkt er wel op.'

Wallander schonk koffie in. Martinson wachtte op het vervolg.

'Hebben ze haar opgepakt?'

'Daar hebben ze toch geen reden voor. Maar ze is door een taxichauffeur gesignaleerd, en in een bar. De foto in de kranten heeft resultaat opgeleverd.'

'Ze heette dus Louise?'

'Dat weten we niet.'

Wallander geeuwde. Martinson geeuwde. De rechercheur uit Malmö probeerde de slaap uit zijn ogen te wrijven.

'We gaan even binnen zitten', zei Wallander.

'Geef ons even een kwartiertje om dingen af te stemmen', antwoordde Martinson. 'Ik denk trouwens dat Hanson wel onderweg is. En we kunnen Ann-Britt thuis opbellen als dat nodig is.'

Wallander nam een kopje koffie mee naar zijn kantoor. Hij had zijn jack nog steeds niet uitgetrokken. Toen hij ging zitten, knoeide hij koffie over zijn mouw. Hij zette het kopje met een klap neer, rukte zijn jack uit en smeet dat in een hoek. Hij realiseerde zich dat wat hij eigenlijk aan het doen was, het neerslaan van de dader was, die ze nog steeds niet hadden weten te pakken.

Hij trok een van zijn blocnotes naar zich toe, waarin zich poppetjes en onsystematische aantekeningen op de bladzijden verdrongen. Op een leeg vel noteerde hij drie vragen:

Waar haalt hij zijn informatie vandaan?

Wat zijn zijn motieven?

Waarom Svedberg?

Hij leunde achterover. Hij keek naar wat hij had geschreven, maar hij was niet tevreden. Hij boog zich voorover om er iets aan toe te voegen.

Waarom stond Svedbergs telescoop bij zijn neef?

Waarom neemt hij verklede mensen te grazen?

Waarom Isa Edengren?

Het cruciale punt. Wat is dat?

Het was nu duidelijker, maar er ontbrak nog steeds iets. De derde keer schreef hij op: Louise bezoekt Kopenhagen. Spreekt Zweeds.

Een geheime sekte?

Bror Sundelius.

Wat zei Lennart Westin in de stuurhut?

Hij kon de situatie aldus samenvatten: een man komt uit het water. Een man die geen last heeft van trillende handen. Een goede schutter.

Wallander liep naar de muur om op een kaart van Skåne te kijken. Eerst Hagestad. Nu Nybrostrand. Daartussen lag Ystad. Het was een zeer beperkt gebied, maar het gaf hem niet meteen een leidraad. Wallander pakte zijn blocnote en liep naar de vergaderkamer. Vermoeide, misnoegde gezichten. Verkreukelde kleren, lusteloze lijven. En de dader ligt misschien te slapen, dacht hij. Terwijl wij in zijn voetsporen verder tasten.

Ze stemden de zaken af. Er was geen auto gesignaleerd die de juiste kon zijn. Behalve de zwemmende man was er geen andere mogelijke dader opgedoken, wat een grote stap voorwaarts betekende. Op de plaats waar de foto's waren gemaakt, had zich niemand verborgen kunnen houden. En hij kon ook niet van de andere kant zijn gekomen, waar de auto waarschijnlijk had gestaan. Toen het bruidspaar en de fotograaf arriveerden, waren onafhankelijk van elkaar twee mensen die plaats gepasseerd. Op dat moment was daar verder niemand geweest.

De vraag hoe de moordenaar er eigenlijk had uitgezien, was moeilijker helder te krijgen. Ze probeerden de informatie waarover ze de beschikking hadden in elkaar te passen, maar het plaatje bleef onduidelijk. De man die ze zochten bleef vaag. Verschillende keren belde Martinson Ann-Britt Höglund thuis op om te overleggen over de informatie die zij had gekregen.

Ten slotte kwamen ze niet verder. Wallander keek zijn aantekeningen door.

'Wat we hebben is een heel bijzonder en tegenstrijdig signalement', zei hij somber. 'Heeft hij nou kort haar of is hij kalend? Daar zijn de meningen over verdeeld. En als hij haar heeft, kort of niet, dan weten we nog niet welke kleur het heeft. Iedereen lijkt het er wel over eens dat zijn gezicht niet rond is. Eerder lang. "Een paardengezicht", hebben vreemd genoeg twee onafhankelijke getuigen als vergelijking gebruikt. Bovendien is men het erover eens dat de man die uit het water kwam, niet gebruind door de zon was. Hij heeft een normale lichaamslengte. Daar is men het ook over eens. Maar dat kan van alles betekenen, behalve dwergachtig of ongewoon lang. Hij schijnt ook niet dik te zijn. Hij beweegt zich niet op een bijzondere manier. De vraag welke kleur zijn ogen hebben, heeft natuurlijk ook niemand kunnen beantwoorden. Er heeft zich niemand in zijn onmiddellijke nabijheid bevonden. Een man met een hond passeerde hem op ongeveer vijf meter afstand. Dichterbij is niemand gekomen. De grootste onduidelijkheid bestaat nog wat betreft de leeftijd van deze man. We hebben waarnemingen die variëren van twintig tot zestig. Een heel kleine meerderheid denkt dat hij tussen de vijfendertig en vijfenveertig is. Maar eigenlijk heeft niemand zijn beweringen kunnen motiveren.'

Wallander schoof zijn blocnote weg.

'Met andere woorden: we hebben helemaal geen signalement', zei hij. 'We weten dat het een man is. Zonder kennelijke gebreken. En dat hij niet bruin is. De rest is tegenstrijdig.'

Een zware stilte had zich in de kamer genesteld. Wallander besefte dat hij die stemming meteen moest veranderen.

'Toch is het geen geringe prestatie,' zei hij, 'dat we al die gegevens in zo'n korte tijd hebben weten te verzamelen. Wanneer we morgen verdergaan, zal er nog veel meer duidelijk worden. Bovendien kunnen we er zeker van zijn dat hij de juiste man is, en dat is van cruciaal belang. Ik aarzel niet om dit een doorbraak te noemen.'

Hiermee sloot hij het eerste gedeelte af. Daarna vertelde hij in het kort over het telefoontje van Lone Kjær uit Kopenhagen. De vrouw op de foto die ze bij Svedberg thuis hadden gevonden was nog niet geïdentificeerd, maar wel gelokaliseerd.

Daarmee sloot Wallander het tweede en laatste gedeelte af. Het was inmiddels twintig voor drie. Ze braken snel op. Iedereen verdween naar huis. Alleen Martinson bleef hangen. Hij zag grauw van slaapgebrek.

'Er is zowel van Interpol als van de FBI materiaal binnengekomen', zei hij. 'Over die organisatie die zich Divine Movers noemt. Het is kennelijk een afsplitsing van een andere sekte met de vreemde naam Dochters van Jezus. Die schijnt weer haar wortels te hebben in de rastabeweging, de Griekse godenleer en nog een heleboel andere dingen. De oprichter was een katholieke priester in Uruguay, die krankzinnig werd en uit zijn ambt werd gezet. In een psychiatrische inrichting kreeg hij openbaringen, en gek genoeg werd hij na een poosje weer gezond verklaard en toen begon hij deze beweging.'

'Het gaat vooral om het geweld', onderbrak Wallander hem ongeduldig. 'Zijn er al eerder leden van deze sekte het slachtoffer geworden?'

'Dat blijkt niet uit het materiaal dat tot nu toe is binnengekomen. Maar ze hebben al aangekondigd dat er nog meer komt.

Zowel uit Washington als uit Brussel. Ik was van plan om dat nu na het overleg te gaan doorlezen.'

'Jij moet naar huis om te slapen', zei Wallander.

'Ik dacht dat dit belangrijk was?'

'Dat is het ook, maar we kunnen toch niet alles in één keer doen. We moeten ons nu op Nybrostrand concentreren. Daar zijn we ondanks alles die gek toch dicht op de hielen komen te zitten.'

'Ben je van mening veranderd?'

'Wat bedoel je?'

'Je hebt het over een "gek".'

'Een man die moordt is altijd gek. Maar hij kan berekenend en laf zijn. En hij kan net zo zijn als jij en ik.'

Martinson knikte en slaagde er niet in een geeuw te onderdrukken.

'Ik ga naar huis', zei hij. 'Waarom zijn we ook alweer bij de politie gegaan?'

Wallander zei niets. In plaats daarvan ging hij nog een kop koffie halen, ook al had hij maagpijn. Hij pakte zijn jack van de grond en bleef staan. Wat zou hijzelf eigenlijk doen? Hij was te moe om te denken, maar hij was vermoedelijk ook te moe om te kunnen slapen.

Hij ging zitten. Naast zijn telefoon vond hij plotseling een briefje dat iemand daar had neergelegd met de boodschap dat hij Linda moest bellen. Misschien dat het eetcafé waar zij werkte nog open was? Maar hij liet het erbij. Hij kon het niet opbrengen.

Onder een paar papieren stak een stukje van een kopie van de foto van Louise uit. Hij keek ernaar. Het gevoel dat er iets vreemds met de foto was kwam terug, maar hij slaagde er nog steeds niet in om te bedenken wat het was. Verstrooid stopte hij de foto in zijn jaszak en legde zijn benen op zijn bureau.

Hij sloot zijn ogen om ze even rust te gunnen.

Bijna meteen viel hij in slaap.

Hij werd met een schok wakker en wist niet waar hij was. Tijdens zijn slaap had hij zijn benen van zijn bureau gehaald. Hij was wakker geworden door kramp in zijn kuit. Het was negen minuten voor vier. Hij had bijna een uur geslapen. Zijn hele lichaam deed zeer. Hij bleef lang roerloos zitten zonder één enkele gedachte.

Daarna liep hij naar de wc en spoelde hij zijn gezicht af. Voordat hij dat ging doen, had hij in zijn bureaulade vergeefs naar een tandenborstel gezocht.

Toen hij klaar was voelde hij dezelfde bezwarende besluiteloosheid. Hij zou eigenlijk moeten slapen, al was het maar een paar uur. Hij moest nodig douchen en schone kleren aantrekken. Zonder een echt besluit te hebben genomen verliet hij het politiebureau.

Er stond een matige wind. Die was warm. Hij liep door de verlaten stad. Toen hij in Mariagatan kwam, besloot hij dat de slaap maar moest wachten. Het was vier uur. Over een uur kon hij al bij Bror Sundelius aanbellen. De bankdirecteur was erg duidelijk geweest waar het zijn ochtendgewoontes betrof. Om vijf uur was hij op en aangekleed. Wallander had de gedachte nog niet losgelaten dat het verband tussen Svedberg, Bror Sundelius en een meer dan tien jaar oude aangifte bij het Openbaar Ministerie misschien zou kunnen betekenen dat ze dichter in de buurt van Svedbergs geheim kwamen.

Het ene besluit leidde tot het andere. Hij stapte in zijn auto en reed naar Nybrostrand. Er zouden daar nu om vier uur 's ochtends wel geen mensen meer zijn. Alleen maar agenten die de boel bewaakten. Wallander wist dat hij vaak nieuwe details ontdekte wanneer hij alleen op de plaats van een misdrijf was.

Het kostte maar een paar minuten om naar Nybrostrand te rijden. Zoals hij al had voorzien was het rustig bij de afzettingen. Op het strand stond een politieauto. Achter het stuur zat iemand te slapen. Ernaast stond een agent te roken. Wallander liep naar hem toe om hem te groeten. Hij ontdekte dat het dezelfde agent was die eerder 's nachts de ingang van het natuurgebied had bewaakt. In dit onderzoek kwamen dingen voortdurend terug.

'Alles rustig?' vroeg hij.

'Tot nog niet zo heel lang geleden hebben hier nog nieuwsgierigen rondgehangen. Ik snap niet wat ze verwachten dat er zal gebeuren.'

'Het is waarschijnlijk vooral het gevoel in de buurt te zijn van iets engs', zei Wallander. 'In de wetenschap dat je niet zelf het slachtoffer bent geworden.'

Hij stapte over de afzettingen en liep naar de plaats van de moord. Een eenzame schijnwerper verlichtte het platgetrapte gras. Wallander ging op de plaats staan waarvan hij dacht dat de fotograaf daar ook had gestaan. Daarna draaide hij zich langzaam om en liep hij naar de plaats in het zand waar de kuil was afgezet en overdekt.

De man die hier op zijn gestreepte handdoek zat, wist alles, dacht Wallander. Hij is niet alleen goed geïnformeerd. Hij weet tot in detail wat er gaat gebeuren. Alsof hij al vanaf het begin bij de plannen aanwezig is.

Kon dat zo zijn? Wallander ging ervan uit dat Rolf Haag een assistent had gehad. Dat kon verklaren dat hij wist waar de foto's van het bruidspaar genomen zouden worden. Maar hoe wist die assistent van het feestje dat in het natuurgebied zou worden gehouden? Hoe wist hij van Bärnsö? En hoe stond hij in relatie tot Svedberg?

Wallander liet deze gedachte voorlopig varen, maar hij zou hem niet vergeten. Hij liep de duinen weer in. Probeerde zich het motief voor te stellen – jonge verklede mensen – waarbij Svedberg een uitzondering vormde. Die uitzondering was echter nog wel te duiden. Svedberg was geen bewust slachtoffer. Hij maakte geen deel uit van het plan. Hij was te dicht in de buurt van iets gekomen. Was een onzichtbare grens gepasseerd.

Wallander bedacht opeens dat ook de fotograaf Rolf Haag misschien was te elimineren. Hij had in de weg gestaan. Dan bleven er zes jonge mensen over. Zes jonge verklede mensen. Zes vrolijke, feestende mensen. Hij dacht aan wat Nyberg had gezegd. *Deze gek houdt blijkbaar niet van gelukkige mensen.* Tot zo ver klopte dat. Dat was een gemene deler. Maar het was niet genoeg.

Hij liep naar het weggetje waar een auto moest hebben gestaan. Opnieuw iets wat goed voorbereid was. Er waren geen huizen in de nabijheid. Getuigen die in de buurt woonden waren er niet.

Hij liep langzaam terug langs dezelfde weg die hij was gekomen. De agent stond nog steeds te roken.

'Ik zat te denken aan waar wij het over hadden', zei hij, terwijl hij zijn sigaret uittrapte in het zand, waar al meer peuken lagen. 'Aan al die nieuwsgierigen. Maar ik neem aan dat ik daar zelf ook had gestaan als ik niet bij de politie had gezeten.'

'Vast', antwoordde Wallander.

'Je ziet een hoop vreemde types. Sommigen doen net of ze geen belangstelling hebben, maar staan hier soms uren te hangen. Een van de laatsten die vanavond weggingen was een vrouw. Ze moet hier al hebben gestaan toen ik kwam om het over te nemen.'

Wallander luisterde verstrooid, maar hij kon net zo goed hier staan als ergens anders, wachtend tot het vijf uur was.

'Eerst dacht ik dat het iemand was die ik kende', zei de agent. 'Iemand die ik eerder had gezien, maar dat was niet zo. Ik vergiste me.'

De woorden drongen langzaam tot Wallanders bewustzijn door. Hij keek de agent vragend aan.

'Wat zei je?'

'Ik dacht dat het iemand was die ik kende, die hier bij die afzetlijnen stond te koekeloeren. Maar dat was dus niet zo.'

'Je zei dat je dacht dat je haar eerder had gezien?'

'Ik dacht dat het misschien een van de familieleden was.'

'Maar dat is toch niet hetzelfde? Kennen en denken te hebben gezien?'

'Ze had iets bekends. Dat laat me niet los.'

Wallander dacht dat het waanzin was. Niettemin haalde hij de foto van Louise die hij in zijn zak had gestopt te voorschijn. Ze stonden in de duisternis, maar de agent had een zaklamp.

'Kijk eens naar deze foto.'

Hij scheen erop en keek. Eerst naar de foto, toen naar Wallander.

'Dat is ze. Hoe wist jij dat nou?'

Wallander hield zijn adem in.

'Weet je dat zeker?'

'Absoluut. Dat is ze. Ik wist zeker dat ik haar eerder had gezien.'

Wallander vloekte inwendig. Een agent die wakkerder was geweest, had haar misschien geïdentificeerd en weten vast te houden. Tegelijkertijd wist hij dat dat een onrechtvaardige gedachte was. Er hadden veel mensen bij de afzettingen gestaan. Hij had haar toch herkend en in zijn geheugen opgeslagen.

'Waar stond ze?'

De agent scheen met zijn zaklamp en wees. Aan de zeekant.

'Hoelang is ze hier geweest?'

'Uren.'

'Was ze alleen?'

De agent dacht na.

'Ja.'

Zijn antwoord leek op overtuiging te stoelen.

'En zij was de laatste die wegging?'

'In elk geval een van de laatsten.'

'Welke kant op?'

'In de richting van de camping.'

'Zou ze misschien kamperen in een tent? Of in een caravan?'

'Ik heb niet precies gezien waar ze is gebleven. Maar ze zag er niet uit als een kampeerder.'

'Hoe ziet een kampeerder eruit? En hoe zag zij eruit?'

'Ze had iets blauws aan. Ik geloof dat je dat een broekpak noemt. Kampeerders dragen meestal trainingspakken.'

'Als ze weer opduikt, moet je het laten weten', zei Wallander. 'Zorg ervoor dat degene die je komt aflossen het ook hoort. Hebben jullie ook een foto van haar in de auto?'

'Ik kan mijn collega even wakker maken om het te vragen.'

'Dat hoeft niet.'

Wallander gaf hem de foto die hij in zijn hand had.

Daarna ging hij weg. Het liep tegen vijven. Hij voelde zich minder moe.

Het gevoel in de buurt te zijn was nu heel sterk.

De vrouw die mogelijk Louise heette was niet degene die ze zochten. Maar zij wist wie de dader was.

27

Wallander zette zijn auto in een van de dwarsstraten van Vädergränd. Het was inmiddels kwart over vijf.

Hij stapte uit. De zondagochtend was heel stil. Opnieuw lag er een mooie, warme augustusdag voor hen. Hij sloeg de hoek om naar Vädergränd. Het portiek van het huis was open. Hij ging een trap op en belde bij Sundelius aan. Hopelijk hield Sundelius er op zondag geen andere gewoontes op na. De deur ging open. Sundelius nam hem verbaasd op. Hij droeg een donker kostuum en een keurig geknoopte das.

'Een onverwacht tijdstip voor een bezoek', zei hij, terwijl hij Wallander binnenliet. Wallander stapte de hal binnen.

'Het spijt me dat ik op zondagochtend bij u aanbel', zei Wallander. 'Ik kan natuurlijk een andere keer terugkomen als het u nu niet schikt.'

'Zoals ik al zei bij uw eerdere bezoek: ik heb altijd koffie klaarstaan voor het geval er een onverwachte bezoeker opduikt. Dat geldt ook voor de zondagochtenden.'

Sundelius reikte hem een kleerhanger aan. Wallander hing zijn jas op. Zijn telefoon nam hij mee.

'Hoe groot is de kans dat u nu weer gebeld wordt?'

'Op dit tijdstip van de dag niet bijzonder groot.'

Ze waren in de woonkamer gekomen. Wallander ging op dezelfde plaats zitten als de vorige keer. Sundelius was in de keuken verdwenen. Na een paar minuten kwam hij terug met een dienblad en schonk hij koffie in.

'Eigenlijk verbaast het me dat u nu komt', zei Sundelius. 'Als je nagaat wat er in Nybrostrand is gebeurd.'

Wallander wierp een blik op de tafel. Een ochtendblad zag hij niet. Sundelius begreep wat hij dacht.

'Ik begin de dag altijd met bellen naar de nieuwsdienst van het Zweedse Persbureau', verklaarde hij. 'Er zijn in Nybrostrand drie mensen dood aangetroffen. Je kunt ervan uitgaan dat het dezelfde dader is die die drie jonge mensen in Hagestad heeft omgebracht.

Heeft de politie het vermoeden dat deze persoon in een dolleman verandert bij het cijfer drie?'

Wallander dacht aan Isa Edengren en Svedberg.

'Niet direct.'

'Maar verder klopt het wat ik heb gehoord?'

'Ja.'

Sundelius leunde achterover in zijn stoel en sloeg zijn benen over elkaar.

'Ik krijg 's ochtends vroeg om zeventien minuten over vijf bezoek van de politie. En ik ben nog niet aangehouden. Dat maakt me dus nieuwsgierig naar wat u wilt.'

Wallander bedacht dat Sundelius een man was die er altijd aan gewend was geweest om beslissingen te nemen en te kunnen zeggen wat hij dacht. Of hij verder ook zelfingenomen was, kon Wallander echter niet vaststellen.

'Zouden wij een reden moeten hebben om u aan te houden?'

'Natuurlijk niet. Ik maakte maar een grapje.'

Wallander wond er geen doekjes om.

'Een aantal jaren geleden is hier in Ystad een man overleden, genaamd Nils Stridh. Hij werd Nisse genoemd. Kende u hem?'

Er ging een reactie van verbazing en misschien ook van iets anders over Sundelius' gezicht. Het ging snel, maar Wallander zag het toch omdat hij erop gespitst was.

'Ik weet het niet. Ik heb in mijn leven zoveel mensen ontmoet. Vertelt u eens wat meer.'

'Nils Stridh was alcoholist. Je kunt niet echt zeggen dat hij nou werkelijk iets zinnigs uitvoerde in zijn leven. Hij had een broer die Stig Stridh heet. Verder leefde hij samen met een vrouw genaamd Rut Lundin.'

Sundelius had zijn kalmte hervonden. Zijn antwoord kwam zeer resoluut.

'Mij staat vaag bij dat er een keer een man genaamd Nils Stridh bij de bank kwam voor een lening. Die werd hem geweigerd. Hij wilde toen met mij praten. Ik heb hem toen uitgelegd waarom hem geen lening verstrekt kon worden. Daarna heb ik hem nooit meer teruggezien. Als het althans de man is over wie we het hebben.'

'Wanneer was dat?'

Sundelius leek na te denken, maar Wallander was er niet zeker van of dat eigenlijk wel nodig was.

'Ik zou zeggen dat dat in het begin van de jaren tachtig moet zijn geweest. Maar exacter kan ik niet zijn.'

'Dat was dus het enige contact dat u ooit met Nils Stridh hebt gehad?'

'Ja. Als het althans de man is over wie we het hebben.'

'Laten we daarvan uitgaan. De naam Stridh komt niet zoveel voor. U hebt hem daarna nooit meer gezien? Hij is niet bij de bank teruggekomen?'

'Hij heeft nooit meer gevraagd of hij mij kon spreken. Of hij nog bij de bank is geweest, weet ik niet.'

'Laten we het eens van een andere kant bekijken', vervolgde Wallander. 'Ik heb informatie die tegenspreekt wat ik nu van u hoor. Die precies tegenovergesteld is. Daaruit blijkt dat u en Nils Stridh elkaar heel goed kenden. Hoewel gezegd moet worden dat u nou niet bepaald een koppel bent dat goed bij elkaar past.'

Sundelius bleef uiterlijk beheerst, maar Wallander vermoedde dat dit hem allerminst onberoerd liet.

'Wie beweert er iets dergelijks?'

'Rut Lundin. Die wordt beschouwd als de weduwe van Nils Stridh. Ook al waren ze niet getrouwd.'

'Zij beweert dat ik met haar man omging? Een werkeloze alcoholist?'

'Misschien niet direct omging. Maar dat u nauwe contacten onderhield.'

'Wat een insinuatie! Ik heb Nils Stridh één keer ontmoet. Ik kan me nu herinneren dat hij koppig en lastig was. Waarschijnlijk niet nuchter. Nadat ik hem de bankregels voor leningen had uitgelegd, moest ik hem die wel weigeren.'

'En daarna hebt u hem nooit meer ontmoet?'

'Dat heb ik al gezegd. Nu wil ik graag weten waarom u hier om vijf uur 's ochtends komt om te praten over iets wat er of niet toe doet of helemaal onjuist is. Ik dacht dat we het over Karl Evert zouden hebben.'

'Dat doen we al', zei Wallander. 'Nils Stridh was, zoals u zelf ook schijnt te hebben ervaren, een nogal lastige man. Eén keer heeft hij zijn eigen broer aangevallen. Hij sloeg diens flat kort en klein. Ook toen ging het om geld. Hij kreeg van zijn broer nul op het rekest, net zoals een paar jaar eerder bij uw bank. Er werd bij de politie aangifte gedaan wegens mishandeling. En dat is het punt waarop Svedberg in beeld verschijnt. Hij is degene die die zaak behandelt. Maar hij staakt het onderzoek. Stig Stridh doet bij het Openbaar Ministerie aangifte tegen hem. En dat op zijn beurt spreekt Svedberg vrij van verdenking van ambtsovertreding. Nu, meer dan tien jaar later, diep ik dit weer op. Ik praat met zowel Stig Stridh als Rut Lundin. Zij noemt mij uw naam. Als een van Nils Stridhs beste vrienden.'

'Dat is volkomen absurd.'

'Waarom zou ze iets beweren dat helemaal niet waar is? Dat ik heel gemakkelijk kan weerleggen?'

'Dat moet u aan haar vragen.'

'Heeft Svedberg ooit over deze gebeurtenis gesproken?'

'Nooit.'

Het antwoord kwam zo snel, dat Wallander nog alerter werd. Sundelius was nu op zijn hoede. Hij had zich verschanst. Wallander ging voorzichtig verder.

'Bestaat er misschien een mogelijkheid dat u het zich verkeerd herinnert? Die gebeurtenissen hebben immers al lang geleden plaatsgevonden.'

'Svedberg heeft nooit met een woord gerept over iemand die een aangifte tegen hem zou hebben gedaan.'

'Sprak hij überhaupt over zijn werk?'

'Dat gebeurde wel eens. Maar hij lette er altijd goed op dat hij zijn beroepsgeheim niet schond.'

'Heeft hij het wel eens over mij gehad?'

'Waarom vraagt u zich dat af?'

'Uit nieuwsgierigheid, misschien.'

'Hij heeft uw naam verscheidene keren genoemd. Altijd in zeer positieve bewoordingen.'

Wallander leegde het laatste restje uit zijn koffiekopje en bedankte voor een tweede kopje.

'U ontkent dus ten stelligste dat u Nils Stridh meer dan die ene keer op de bank hebt ontmoet?'

'Ja.'

Wallander realiseerde zich dat hij niet verder zou komen. Sundelius had zich nu ingegraven. Tegelijkertijd was Wallander er zeker van dat hij bij lange na niet de waarheid sprak. Hij zou uitzoeken waarom dat zo was.

'Ik had beloofd u te informeren over de begrafenis', zei hij. 'Die vindt aanstaande dinsdag plaats. Om twee uur.'

'Ik heb de rouwadvertentie al gezien', antwoordde Sundelius.

Wallander niet. Hij wilde opstaan maar bleef zitten. Hij had nog een vraag.

'Kan Svedberg vijanden hebben gehad?'

'Niet dat ik weet.'

'Wekte hij ooit de indruk dat hij zich zorgen maakte? Dat hij misschien bang was?'

'Nee. Hij was een heel evenwichtig mens. Dat was ook een voorwaarde om met elkaar om te kunnen gaan.'

Wallander overwoog of hij zou zeggen wat hij dacht. Hij nam een besluit.

'De vrouw met wie Svedberg omging is gelokaliseerd.'

Er ging weer een schaduw van onrust over Sundelius' gezicht. Precies de reactie die Wallander verwacht had.

'Heeft ze ook een naam?'

'We denken dat ze Louise heet.'

'En verder?'

'Dat weten we niet.'

Wallander stond op. Zijn benen waren zwaar van vermoeidheid. Sundelius liep met hem mee naar de hal. Toen Wallander al met zijn jas in zijn hand stond, realiseerde hij zich dat hij nog iets moest vragen.

'Adamsson', zei hij. 'Zegt die naam u iets?'

'Ik ken maar één Adamsson', antwoordde Sundelius. 'Die woont in Svarte en is homeopathisch arts. Sven-Erik Adamsson.'

'Kende Svedberg hem ook?'

'We gingen altijd samen naar hem toe.'

'Waarom?'

'Omdat we allebei in homeopathische geneesmiddelen geloofden.'

Zo eenvoudig is dat dus, dacht Wallander. Bij deze uitleg kon je nauwelijks vraagtekens zetten. Toch had Wallander zijn bedenkingen. Hij had bij Svedberg thuis geen homeopathische geneesmiddelen zien staan.

Toen Wallander weer op straat stond, had hij absoluut het gevoel dat Sundelius hem van achter een van zijn ramen stond na te kijken. Hij draaide zich echter niet om. Het gevoel dat Sundelius niet de waarheid sprak, dat hij iets verborg, was heel sterk. Wallander stapte in zijn auto en begon het gesprek te overdenken, maar zijn gedachten vlogen alle kanten op. Hij kon niet meer. Hij reed naar zijn flat in Mariagatan en ging op bed liggen nadat hij de wekker op ruim een uur later had gezet.

Hij werd wakker doordat de bel van de telefoon zijn bewustzijn binnendrong. Hij schrok op, kwam overeind en strompelde naar de keuken.

Het was Lennart Westin. Die belde vanuit zijn huis aan de kust in Östergötland.

'Lag je misschien te slapen?' vroeg hij verontschuldigend.

'Nee hoor', antwoordde Wallander. 'Maar ik stond net onder de douche. Ik zit hier met een handdoek om me heen. Kan ik je over een paar minuten terugbellen?'

'Dat is prima. Ik ben thuis.'

Op tafel lag een pen, maar hij kon nergens papier vinden. Ook geen krant. Hij schreef het nummer rechtstreeks op het tafelblad.

Daarna bleef hij met zijn hoofd in zijn handen zitten. Hij had een barstende hoofdpijn. Zijn vermoeidheid was nu zo mogelijk nog erger dan voordat hij naar bed was gegaan. Hij bette zijn gezicht met koud water, zocht een aspirientje en zette koffie. Het was het laatste kopje. Daarna was de koffie op. Er was bijna een kwartier overheen gegaan voordat hij Lennart Westin terugbelde. De keukenklok stond op negen minuten over acht. Westin nam zelf op.

'Volgens mij lag je wel te slapen', zei hij. 'Maar je zei dat ik moest bellen als me iets te binnen schoot wat misschien belangrijk was.'

'We werken bijna vierentwintig uur per dag', zei Wallander. 'Dan krijg je een beetje te weinig slaap. Maar het is natuurlijk heel goed dat je belt.'

'Eigenlijk heb ik twee dingen. Het eerste gaat over die keer dat die rechercheur met mij meevoer. De man die later werd doodgeschoten. Toen ik vanochtend wakker werd, moest ik denken aan iets wat hij zei.'

Wallander verontschuldigde zich en liep naar de woonkamer om een blocnote te halen.

'Hij vroeg of ik kortgeleden ook een vrouwelijke passagier mee naar Bärnsö had genomen.'

'En was dat zo?'

'Ja.'

'Wie was dat?'

'Ze heet Linnea Vederfeldt en woont in Gusum.'

'Waarom moest zij naar Bärnsö?'

'Isa's moeder had nieuwe gordijnen voor het huis besteld. Vederfeldt en zij waren geloof ik al bevriend vanaf hun jeugd. Zij moest in het huis alles opmeten. Wanneer ik overal de post had bezorgd, zou ik haar weer meenemen naar het vasteland.'

'Dat heb je aan Svedberg verteld?'

'Ik vond eigenlijk dat het hem niets aanging. Ik denk dat ik een beetje ontwijkend heb geantwoord.'

'Hoe reageerde hij toen?'

'Hij stond erop dat ik antwoord zou geven. Uiteindelijk heb ik alleen gezegd dat het een vriendin van mevrouw Edengren was. Toen verloor hij zijn belangstelling.'

'Vroeg hij verder niets?'

'Niet dat ik me kan herinneren. Maar hij schrok wel toen hij begreep dat ik een vrouwelijke passagier had meegenomen. Dat weet ik zeker. Ik begrijp niet hoe ik dat nou heb kunnen vergeten.'

'Hoe uitte die schrik zich?'

'Ik geloof dat ik niet zo goed ben in het beschrijven van zulke dingen. Hij werd bang, misschien.'

Wallander knikte in stilte. Svedberg meende dat het Louise was, dacht hij. En dat maakte hem bang.

'Wat was het tweede? Je zei dat je twee dingen had?'

'Ik denk dat ik vannacht goed heb geslapen. Vanochtend schoten me nog meer dingen te binnen waar we het in de stuurhut over hebben gehad. Voordat we bij de eerste steiger aanlegden. Ik zei dat je veel over de mensen weet. Of je dat nou wilt of niet. Herinner je je dat nog?'

'Ja.'

'Dat was eigenlijk alles.'

'Maar het is belangrijk genoeg. Ik ben je enorm dankbaar dat je gebeld hebt.'

'Je zou hier eens naartoe moeten komen wanneer het herfst is', zei Westin. 'Wanneer het stil is op zee.'

'Moet ik dat als een uitnodiging opvatten?' vroeg Wallander.

'Je mag het opvatten zoals je wilt', zei Westin lachend. 'Maar ik hou me meestal wel aan mijn beloftes.'

Ze beëindigden hun gesprek. Wallander nam zijn koffiekopje mee en liep langzaam naar de woonkamer.

Nu wist hij het weer. Het gesprek in de stuurhut. Over hoe het was om post op de eilanden rond te brengen.

Opeens wist hij waarnaar hij gezocht had. Het was niet zomaar een gevoel geweest dat hij had gehad.

Ze zochten een dader die de nare dingen die hij zich in zijn hoofd had gehaald goed plande en voorbereidde. Voor die planning was het noodzakelijk dat hij de informatie die hij nodig had wist te krijgen zonder dat het opviel.

Bijvoorbeeld door de beschikking over andermans post te hebben, te lezen wat er in dichtgeplakte brieven stond.

Wallander bleef roerloos midden in de woonkamer staan. Zijn koffiekopje had hij nog steeds in zijn hand.

Kon het zo eenvoudig zijn? Zo angstaanjagend eenvoudig? Wie had toegang tot al die informatie? Lennart Westin had een stukje van het antwoord gegeven: een postbode op het platteland. Of die zich nou op de wal of op zee bevond.

Een postbode. Die andermans brieven openmaakte en las. Die daarna de enveloppen weer dichtplakte en ervoor zorgde dat ze op het goede adres terechtkwamen. Zonder dat de inbreuk opviel.

Iets zei Wallander dat het niet klopte. Zo zat de wereld niet in elkaar. Het was te simpel, te fantastisch om waar te zijn.

Ondertussen kon hij zich niet aan de gedachte onttrekken dat het wel een denkbare verklaring was voor het grote probleem waarmee ze in dit onderzoek worstelden. Namelijk de vraag hoe de dader aan zijn informatie kwam.

Bovendien had je de ansichtkaarten. Op verschillende plaatsen in

Europa gepost. De nagemaakte handtekeningen.

Zijn vermoeidheid was nu weg. De gedachten kwamen vanzelf. Het onderzoek, het verloop van de gebeurtenissen denderde door zijn hoofd.

Hij besefte dat hij een mogelijke verklaring op het spoor was. Of beter gezegd een denkbare theorie. Maar het zou natuurlijk kunnen dat die onhoudbaar bleek te zijn, omdat er veel zwakke punten waren. Niet in de laatste plaats door het feit dat niet iedereen die het slachtoffer was geworden, aan dezelfde postroute woonde. Hij wist ook niet of het mogelijk was om brieven te openen zonder dat dit sporen naliet. Misschien was het iemand die in een terminal de post sorteerde? Niet iemand die de post rondbracht met de auto?

Toen hij met zijn koffiekopje op de bank ging zitten, wist hij dat hij zowel gelijk als ongelijk kon hebben. Waarschijnlijk zou het een dood spoor blijken te zijn, maar hij kon er zich niet aan onttrekken dat de gedachte op zichzelf grote betekenis had.

Er was een oplossing voor het probleem van de informatie.

De vraag was absoluut cruciaal: hoe maakte je jezelf in het geheim deelgenoot van andermans geheimen?

Hij dronk zijn koffie op en ging zich douchen en aankleden. Om kwart over negen stapte hij het politiebureau binnen. Hij had vreselijk veel behoefte om zijn gedachten meteen te bespreken. Degene met wie hij het liefst wilde praten, trof hij inderdaad op haar kamer aan.

'Hoe is het met je kinderen?' vroeg hij.

'Kinderen worden altijd ziek wanneer je dat het minst kunt gebruiken', zei ze. 'Dat is iets wat je "De eerste wet van Höglund" zou kunnen noemen.'

Wallander ging in haar bezoekersstoel zitten. Zij zat hem van achter haar bureau aan te kijken.

'Ik hoop dat ik er niet zo uitzie als jij', zei ze. 'Sorry dat ik het zeg. Heb je überhaupt geslapen vannacht?'

'Een paar uur.'

'Over vier dagen vertrekt mijn man naar Dubai. Denk je dat we dan klaar zijn met deze kolerezooi?'

'Nee.'

Ze spreidde haar armen uit.

'Dan weet ik niet hoe het moet.'

'Je werkt zoveel je kunt. Zo simpel is het.'

'Nee', antwoordde ze. 'Zo simpel is het helemaal niet. Maar dat begrijpt een man toch niet echt.'

Wallander wilde liever niet in een gesprek verwikkeld raken over haar problemen om oppas te vinden als ze moest werken. Daarom ging hij over op de gebeurtenissen van die nacht. Op de agent die bij de afzettingen de vrouw had herkend die mogelijk Louise heette. Hij vertelde ook over zijn gesprek met Lone Kjær een paar uur daarvoor.

'Dus dan bestaat Louise toch. Ik begon al te denken dat ze een geestverschijning was.'

'Die op haar beurt misschien weer te maken had met die sekte die zich de Divine Movers noemt. Of ze ook echt Louise heet, kan ik niet zeggen. Maar ze bestaat. Daar ben ik van overtuigd. En ze toont belangstelling voor dit onderzoek.'

'Is zij het?'

'Dat kunnen we natuurlijk niet uitsluiten, maar ze kan ook iemand zijn die zich gedraagt als Svedberg.'

'Die iemands sporen volgt?'

'Zoiets, ja. We moeten erop toezien dat de mensen die op de plaats van de moord werken en verantwoordelijk zijn voor de afzettingen hun ogen goed openhouden. Wijdopen. Om te zien of ze weer opduikt.'

Wallander vertelde vervolgens over zijn telefoongesprek met Westin en de gedachten die dat bij hem had losgemaakt. Ze luisterde aandachtig. Hij zag haar twijfel de hele tijd groeien.

'Het is natuurlijk de moeite waard om te onderzoeken,' zei ze toen hij uitgesproken was, 'maar ik ben bang dat het idee op veel plaatsen niet steekhoudend zal blijken te zijn. Versturen mensen überhaupt nog privé-post?'

'Ik stel me voor dat het misschien een deel van de oplossing is. Of een gedachte die tot een nieuwe gedachte kan leiden. Die beter past bij de feiten waarover we beschikken.'

'Komt er niet al een postbode voor in dit onderzoek?'

'Er komen er twee in voor', zei Wallander. 'Als we Westin meetellen. Ik kan me herinneren dat Erik Lundberg, de buurman van Isa Edengren, vertelde dat de postbode op de dag dat Isa naar het ziekenhuis werd gebracht was langsgekomen. Ze hadden hem verteld dat ze naar het ziekenhuis was gebracht.'

'Misschien is het een idee om zijn stem te vergelijken met die van degene die naar het ziekenhuis heeft gebeld', zei ze.

Het duurde even voordat Wallander het begreep.

'Je bedoelt de man die zich voor Lundberg uitgaf?'

'De postbode wist dat ze daar was. Bovendien wist hij dat Lundberg het ook wist.'

Wallander was even in verwarring. Had zijn gedachtegang dan misschien toch betekenis? Zijn vermoeidheid maakte echter dat hij niet langer op zijn oordeel meende te kunnen vertrouwen.

Hij ging verder met vertellen over zijn ontmoeting met Bror Sundelius. Over zijn gevoel dat er iets was wat Sundelius niet vertelde. En dat hij bovendien loog.

'Ergens in het plaatje duikt Svedberg dus ook weer op.'

'Het lijkt er wel op dat er aanknopingspunten zijn', zei Wallander. 'Svedberg gedraagt zich eigenaardig. Daar kunnen we niet omheen. Hij had een vooronderzoek moeten starten naar de mishandeling van Stridh door zijn broer. Dat zat er dik in. Maar hij doet de zaak af. Bovendien treedt hij agressief op. Hij zorgt er op een actieve en agressieve manier voor dat Nils Stridh niet voor de rechter komt. Dat het OM vervolgens helemaal geen maatregelen treft, is puur geluk. Svedberg had een behoorlijke reprimande kunnen krijgen voor zijn handelen.'

'Dat is toch helemaal niets voor Svedberg? Dat hij zo agressief zou optreden?'

'Juist daarom moet je denken dat er iets achter zat. Svedberg gedraagt zich niet zoals hij had moeten doen. Of zoals hij altijd deed. Hij stond onder druk.'

'Van Nils Stridh?'

'Iets anders kan ik er niet van maken. En op de een of andere manier is Bror Sundelius er ook bij betrokken.'

Zwijgend overpeinsden ze wat Wallander had gezegd.

'Chantage', zei ze. 'Kan dat het zijn?'

'Draai het eens om. Wat zou het anders moeten zijn?'

'Wat voor aanknopingspunt zou er tussen Stridh en Svedberg kunnen zijn?'

'Dat moeten we dus nog uitzoeken.'

'We moeten Sundelius eigenlijk onder druk zetten', zei ze.

'Dat gaan we ook doen', antwoordde Wallander. 'Zodra we ook maar even de tijd hebben. Tussen alle andere dingen die belangrijk zijn, vind ik dat we een plaatsje voor Sundelius moeten vrijhouden.'

Het was inmiddels ruim na tienen. Martinson en Hanson waren gearriveerd, evenals de drie rechercheurs uit Malmö. Nyberg bevond zich op de plaats van de moord. Lisa Holgersson had zich opgesloten op haar kamer om de contacten met de media te regelen. Wallander ving in de gang een glimp van Thurnberg op, maar die liet zich verder niet zien. Althans voorlopig niet. In de vergaderkamer ontstond enige vrolijkheid toen er een kopie van de aangifte van Nils Hagroth tegen Wallander rondging. "Ten val brenging van vreedzaam rennend manspersoon door middel van geweld" was een zin die vooral hilariteit wekte. Wallander was uiteraard het minst geamuseerd. Niet omdat hij voor de gevolgen vreesde, maar omdat het de concentratie van het rechercheteam verminderde.

Dus zette hij wat druk op de ketel. Ze bepaalden kort de stand van zaken en braken daarna op. Er lag veel werk. Samen met Ann-Britt Höglund reed Wallander naar Köpingebro om met de geschokte ouders van Malin Skander te praten. Martinson en Hanson zouden tegelijkertijd een gesprek hebben met de naaste familie van Torbjörn Werner. Wallander dutte in zodra hij in de auto van Ann-Britt was ingestapt, en zij liet hem slapen.

Hij ontwaakte pas toen de auto stopte. Ze bevonden zich op een boerderij vlak bij Köpingebro. Hoewel het een mooie, warme dag was, heerste er op het erf stilte. Deuren en ramen zaten dicht. Toen ze naar het huis toe liepen, kwam er een man om de hoek. Hij was van ruim middelbare leeftijd, lang en stevig. Hij droeg een donker kostuum en had rode ogen. Hij stelde zich aan Ann-Britt Höglund voor als Lars Skander, vader van de bruid.

'U moet met mij praten', zei hij. 'Mijn vrouw kan het niet aan.'

'Onze oprechte deelneming', zei Wallander. 'En het spijt ons dat dit gesprek niet kan wachten.'

'Natuurlijk kan dat niet wachten', zei Lars Skander, die zijn verbittering en verdriet niet onder stoelen of banken stak. 'De bedoeling is toch dat u die gek oppakt?'

Hij keek hen bijna smekend aan.

'Hoe kan iemand zoiets doen? Hoe kan iemand een bruidspaar vermoorden dat een fotoreportage aan het maken is?'

Wallander vroeg zich ongerust af of de man een zenuwinzinking zou krijgen. Ann-Britt Höglund was degene die de situatie ter hand nam.

'We zullen alleen de belangrijkste vragen stellen. Er zijn echter een paar dingen die we moeten weten zodat we degene kunnen pakken die uw dochter heeft vermoord.'

'Kunnen we buiten gaan zitten?' vroeg Lars Skander. 'Het is binnen zo onrustig.'

Ze liepen om het huis heen. Onder een oude kersenboom stonden wat tuinmeubelen.

Lars Skander was dierenarts. Hij was in Hässleholm geboren, maar had zich na zijn afstuderen in het gebied van Ystad gevestigd. Hij en zijn vrouw hadden drie kinderen, twee dochters en een zoon. Malin was de jongste. De anderen waren al getrouwd en het huis uit. Malin en Torbjörn Werner kenden elkaar uit hun schooltijd. Niemand had ooit iets anders verwacht dan dat zij een paar zouden worden. Torbjörn had net de boerderij van zijn vader overgenomen. Daar waren ze al in het begin van de zomer gaan wonen. Om allerlei praktische redenen was de bruiloft echter uitgesteld tot augustus.

Tot hier had Wallander Ann-Britt Höglund de vragen laten stellen. Hij merkte dat ze voorzichtig en behoedzaam te werk ging.

Nu was het zijn beurt.

'Er zijn een paar vragen die ik u moet stellen', zei hij. 'Kunt u zich voorstellen wie dit gedaan kan hebben? Hadden ze ook vijanden?'

Lars Skander keek hem niet-begrijpend aan.

'Waarom zouden mensen als Malin en Torbjörn vijanden hebben? Ze konden het met iedereen goed vinden. Vredelievender mensen bestonden er niet.'

'Toch moet ik u die vraag stellen. En ik moet u ook vragen om goed na te denken voordat u antwoord geeft.'

'Ik heb nagedacht. Er is niemand.'

Wallander ging door. De informatie, dacht hij. Dat is opnieuw het cruciale punt. Hoe kwam de dader achter de dingen die hij moest weten om zijn plan te kunnen maken?

'Wanneer werd de datum voor de trouwerij vastgesteld?'

'Dat weet ik niet meer precies. Ergens in mei. Op zijn laatst begin juni.'

'Wanneer besloten ze dat de trouwfoto's bij Nybrostrand gemaakt zouden worden?'

'Dat weet ik niet. Torbjörn en Rolf Haag kenden elkaar al heel lang. Ze moeten samen hebben besloten dat het die plaats moest worden. Maar ik neem aan dat Malin bij die beslissing betrokken was.'

'Wanneer hebt u er voor het eerst over gehoord? Dat het Nybrostrand zou worden?'

'Torbjörn en Malin planden alles heel precies. Er mocht niets fout gaan. Ik denk dat ze de afspraken over het maken van de foto's tegelijk met alle andere dingen hebben gemaakt.'

'Dus op zijn laatst twee maanden geleden?'

'Ja.'

'Wie wisten ervan? Dat de foto's bij het strand zouden worden gemaakt?'

Het antwoord kwam als een verrassing.

'Bijna niemand.'

'Waarom niet?'

'Ze wilden een paar uur voor zichzelf hebben. Tussen de huwelijksvoltrekking en het feest 's avonds. Daarom wisten alleen zijzelf en de fotograaf ervan. Het was alsof ze op een geheime huwelijksreis vertrokken die twee uur zou duren.'

Wallander en Ann-Britt Höglund keken elkaar veelbetekenend aan.

'Dit is heel belangrijk', zei Wallander. 'Betekent dit dat zelfs u hier niet van wist?'

'Ik niet en mijn vrouw ook niet. Ik ben ervan overtuigd dat dat ook voor Torbjörns ouders geldt.'

'Even opnieuw', zei Wallander. 'Ik moet er zeker van zijn dat ik u goed heb begrepen. Behalve Malin en Torbjörn wist alleen de fotograaf waar de foto's genomen zouden worden?'

'Dat klopt.'

'En de plek werd ergens in mei bepaald. Of op zijn laatst in juni.'

'Het was de bedoeling dat ze bij Ales Stenar zouden worden gefotografeerd', zei Lars Skander. 'Zo was het afgesproken. Maar dat hebben ze toen veranderd.'

'U wist dus wel waar ze de foto's zouden maken?'

'Het oorspronkelijke plan kende ik. Maar dat hebben ze dus veranderd. Ze vonden het toch een beetje te gewoontjes om het bij Ales Stenar te doen. Daar gaat tegenwoordig elk bruidspaar naartoe.'

Wallander haalde diep adem.

'Wanneer hebben ze hun plannen gewijzigd?'

'Een paar weken geleden.'

'En toen hielden ze de nieuwe plek geheim?'

'Ja.'

Wallander keek Lars Skander aan zonder iets te zeggen. Daarna wendde hij zich tot Ann-Britt Höglund. Hij wist dat zij hetzelfde dacht als hij. De plek was een paar weken geleden veranderd. Toen werd het ook hun goed verborgen privé-aangelegenheid. Maar die weken waren voor iemand voldoende geweest om in hun goed bewaarde geheim door te dringen.

'Bel Martinson', zei Wallander. 'Vraag hem of Werners ouders dit kunnen bevestigen.'

Ann-Britt Höglund stond op en ging een stukje verderop staan om te bellen. Zo dicht in de buurt zijn we nog niet eerder geweest, dacht Wallander.

Vervolgens wendde hij zich weer tot Lars Skander en ging door met het stellen van zijn vragen.

'U kunt zich dus niet voorstellen dat een buitenstaander op de hoogte was van hun plannen om de foto's aan het strand te maken?'

'Nee.'

Wallander probeerde in gedachten alle denkbare mogelijkheden te bevatten. Hij wist nog steeds niet of Rolf Haag een assistent had gehad. De kans bestond ook dat ondanks alles iemand uit de naaste vriendenkring van de plaats had geweten. Iemand van wie Lars Skander weer niet wist.

Op hetzelfde moment ging er op de bovenverdieping van het huis een raam open.

Een vrouw boog zich uit het raam. Ze gilde.

28

In zijn herinnering zou Wallander de vrouw in het raam en wat er daarna gebeurde als iets onwerkelijks blijven ervaren. Het was windstil, een van de warmste augustusdagen van dat jaar, de tuin was heel groen, Ann-Britt Höglund stond onder een perenboom met de telefoon aan haar oor en hijzelf zat op een witte houten stoel tegenover Lars Skander. Ann-Britt en hijzelf hadden allebei meteen het gevoel gehad dat het al te laat was. De vrouw die het raam opengooide, zou zich naar buiten werpen. Ze zouden haar nooit kunnen tegenhouden. Ze zou op het plaveisel vallen dat zich als een border rondom het huis uitstrekte. Misschien zou ze het overleven omdat het geen bijzonder grote afstand was, maar het leek alsof ze zich met het hoofd eerst naar beneden wilde storten.

Er was een moment van stilte, alsof alles bevroor. Vervolgens had Ann-Britt haar telefoon weggegooid en was ze naar het raam gerend, terwijl Wallander keihard iets riep wat hij zich later niet kon herinneren. Lars Skander was langzaam opgestaan, alsof hij eigenlijk niet begreep wat er gaande was. De vrouw in het raam, de moeder van de dode bruid, bleef gillen en haar pijn had de augustusdag verscheurd zoals je met diamant in glas kerft.

Daar waren ze het over eens geweest toen ze nadien over de gebeurtenis spraken. Dat haar gegil hen het meest had geraakt.

Ann-Britt was om de hoek van het huis gerend, terwijl Wallander met uitgestoken handen onder het raam was blijven staan. Lars Skander stond opeens naast hem, bijna als een spookverschijning, zonder iets anders te kunnen doen dan zijn ogen opslaan naar de ongelukkige die uit het raam hing.

Daarna stond Ann-Britt Höglund opeens achter de vrouw en trok haar met een ruk naar binnen.

Plotseling werd het heel stil.

De vrouw was opgehouden met gillen. Toen ze de kamer binnenkwamen, zat Ann-Britt naast de vrouw op de grond met haar armen om haar heen. Wallander was naar beneden gelopen om een ambulance te bellen. Ze waren naar de achterkant van het huis teruggekeerd toen de ambulance weer vertrokken was. Ann-Britt pakte de telefoon op die in het gras lag. Wallander was in een van de tuinstoelen gaan zitten.

'Ik had net Martinson aan de telefoon toen het raam openging. Hij zal wel hebben gedacht', zei Ann-Britt Höglund.

'Bel hem opnieuw', zei Wallander.

Ze ging tegenover hem aan tafel zitten. Een wesp zoemde tussen hun gezichten heen en weer.

Svedberg was doodsbenauwd geweest voor wespen.

Nu was hij dood.

Daarom zaten ze in de tuin van Lars Skander. Veel andere mensen waren ook dood. Te veel.

'Ik zal precies zeggen waar het op staat', zei Wallander. 'Ik ben bang dat deze man opnieuw zal toeslaan. Iedere minuut vrees ik dat er iemand opbelt om te vertellen dat het gebeurd is. Ik ben koortsachtig op zoek naar tekens dat deze nachtmerrie gauw voorbij is. Althans dat we niet meer over nieuwe doodgeschoten mensen gebogen hoeven te staan. Maar ik kan niets vinden wat daarop wijst.'

'Die angst kennen we allemaal', antwoordde ze. 'Maar we delen die zonder dat het nodig is erover te praten.'

Meer hoefde er niet gezegd te worden. Ze werden door angst opgejaagd. En die zou hen blijven opjagen tot ze iemand hadden gegrepen en er zich absoluut van verzekerd hadden dat het de juiste was.

'Het scheelde niet veel of ze was uit het raam gesprongen', zei Ann-Britt. 'Niemand van ons kan zich een voorstelling maken van wat ze op dit moment doormaakt.'

Ann-Britt belde Martinson, die zich afvroeg wat er was gebeurd. Wallander verplaatste zijn stoel zodat hij in de schaduw kwam te zitten. Hij pakte de draad van zijn gedachtegang weer op. Het besluit om bij Nybrostrand foto's te gaan nemen was enkele weken oud geweest. Wie had die informatie te pakken kunnen krijgen?

Hij merkte dat hij ongeduldig werd. Waarom hadden ze nog steeds geen bericht of Rolf Haag wel of niet een assistent had?

Ann-Britt beëindigde haar gesprek met Martinson en ging ook in de schaduw zitten.

'Hij belt zo terug. De ouders van Werner zijn kennelijk erg oud. Hij zei dat hij niet kon vaststellen waar hun verslagenheid eindigde en hun dementie begon.'

'Had Rolf Haag een assistent?' zei Wallander. 'Dat is de volgende belangrijke vraag. De agenten uit Malmö zouden dat uitzoeken. Wie kun je daar bellen?'

'Herinner jij je Birch nog, met wie we een jaar of wat geleden in Lund hebben samengewerkt?'

'Hoe zou ik die kunnen vergeten?'

Birch was een rechercheur van de oude stempel en Wallander had er veel plezier van gehad dat hij hem had leren kennen.

'Hij is naar Malmö verhuisd', vervolgde ze. 'Ik geloof dat hij dit zou uitzoeken.'

'Dan is dat zeker gebeurd', zei Wallander resoluut.

Hij haalde zijn eigen telefoon uit zijn zak om de politie in Malmö te bellen. Het nummer van de centrale had hij voorgeprogrammeerd. Hij had geluk. Birch was op zijn kamer. Ze begroetten elkaar. Birch wist waar het om ging.

'Ik heb het al in Ystad doorgegeven', zei hij. 'Maar dat heeft jou dus niet bereikt?'

'In ieder geval nog niet.'

'Dan vertel ik het je nu rechtstreeks. Rolf Haag had een fotostudio in de buurt van Nobeltorget. Hij werkte vooral als portretfotograaf, maar hij heeft de laatste jaren ook een paar reisfotoboeken gemaakt. Eentje in Eritrea, een ander op de Azoren.'

'Ik onderbreek je hier even', zei Wallander. 'Wat ik vooral wil weten is of hij een assistent had.'

'Die had hij.'

Wallander gaf Ann-Britt Höglund een teken dat hij een pen wilde hebben. In een van zijn borstzakjes vond hij een oud bonnetje dat moest dienen om aantekeningen op te maken.

'Hoe heet hij?'

'Het is niet ongebruikelijk dat mannelijke fotografen vrouwelijke assistenten hebben. Of dat omgekeerd ook zo is, weet ik eigenlijk niet.'

'Hoe heet zij?'

'Maria Hjortberg.'

'Heb je met haar gepraat?'

'Dat kon niet. Ze is afgelopen vrijdag naar haar ouderlijk huis in de buurt van Hudiksvall gegaan. Dat ligt midden in het bos. Er is daar geen telefoon. En ze had haar mobieltje ook niet bij zich. Dat ligt nog op haar werk. Ik heb met een meisje gesproken met wie ze een flat deelt. Zij beweerde dat Maria zich af en toe van alle technische hoogstandjes wil ontdoen. Gewoon in het bos wil zitten, zonder dat ze door wie dan ook gebeld kan worden. Maar ze keert vanavond naar Malmö terug. Haar vliegtuig landt om kwart over zeven op Sturup. Ik was van plan om haar zelf op te wachten, maar ik denk dat we er wel van mogen uitgaan dat zij niet degene is die haar werkgever heeft doodgeschoten. Of het bruidspaar.'

Wallander had een antwoord gekregen dat hij niet wilde hebben. Hij merkte dat zijn ongeduld en irritatie toenamen, wat hem tot een slechte rechercheur maakte.

'We moeten er vooral achter zien te komen of een buitenstaander kan hebben geweten waar de foto's genomen zouden worden. We begrijpen nu dat dat misschien niet zo veel mensen kunnen zijn. Dat zou een mogelijkheid geven om vast te stellen wie toegang tot de noodzakelijke informatie had.'

'Ik heb gisteravond die fotostudio doorzocht', zei Birch. 'Dat heeft de halve nacht geduurd. Er is een brief van 28 juli. Van Torbjörn Werner aan Haag. Daarin bevestigt hij de plaats en het tijdstip.'

'Waar is die brief gepost?'

'Hij is geschreven in Ystad.'

'Waar is die brief nu?'

'Hij ligt hier in een kast op mijn kamer.'

'De envelop zit er dus niet bij? Je hebt geen poststempel?'

'Ik geloof dat er een plastic zak met papier op het kantoor in de studio stond. Misschien zit hij daarin? Anders is hij waarschijnlijk weggegooid. Het is natuurlijk al wel van een paar weken geleden.'

'We zouden die envelop moeten vinden. Als hij er nog is.'

'Waarom is dat belangrijk? Als die brief in Ystad gedateerd is, moet je er toch ook van uit kunnen gaan dat hij daar op de bus is gedaan?'

'Wat mij vooral interesseert is of er tekenen zijn dat de envelop misschien meerdere keren is geopend. Daarom moeten we hem vinden, zodat dat technisch goed onderzocht kan worden.'

Birch vroeg niet om nadere uitleg. Hij zou meteen naar de studio rijden.

'Jij gaat bij je werk wel uit van een riskante theorie', waarschuwde hij.

'Op dit moment heb ik geen andere', antwoordde Wallander. 'Misschien is het vooral een kwestie van een negatieve bevestiging krijgen. Dat die brief niet meer dan één keer is opengemaakt, zodat ik deze gedachten kan afschrijven. Maar dat de dader goed op de hoogte is, kunnen we voor eens en altijd vaststellen. Blijft de vraag hoe hij aan de informatie komt die hij nodig heeft.'

Birch beloofde het te laten weten wanneer hij nieuws had.

Ze keerden terug naar Ystad. Het was inmiddels twaalf uur. Wallander vroeg of Ann-Britt hem op Österleden wilde afzetten. Hij moest iets eten. Ze sloeg zijn aanbod af om met hem mee te gaan.

Hij liep naar Mariagatan en bakte een paar eieren. Daarna ging hij op bed liggen en zette het alarm van zijn wekker op een halfuur later. Om tien over een was hij weer op het politiebureau.

Hij ging naar zijn kamer, bekeek vluchtig de berichten wie er hadden gebeld, en schreef vervolgens in één keer een overzicht van alles wat er was gebeurd. Wat hij daarmee wilde bereiken was eenvoudig. Hij wilde proberen een beeld te krijgen van de informatie die de dader moest hebben gehad. Als absoluut minimum. Toen hij doornam wat hij had geschreven, kreeg hij het gevoel dat hij zijn eigen theorie, over de opengemaakte brieven, misschien wat al te snel had verworpen. Hij liep naar de receptie en vroeg aan het meisje dat Ebba in de weekends meestal verving of ze ook wist waar de post die voor het district rond Ystad bestemd was werd gesorteerd. Dat wist ze niet.

'Misschien zou je daar achter kunnen komen', opperde Wallander.

'Op zondag?'

'Voor ons is dit een gewone werkdag.'

'Maar voor de posterijen toch niet?'

Wallander overwoog heel even of hij boos moest worden, maar hij liet het erbij zitten.

'Voorzover ik weet worden de brievenbussen ook op zondag gelicht', probeerde hij vriendelijk. 'Althans één keer. Dat betekent dat er ergens bij de post iemand zit die ook op zondag werkt.'

Ze beloofde een poging te doen een antwoord op zijn vraag te krijgen. Wallander haastte zich terug naar zijn kamer. Hij had sterk het gevoel dat hij haar had gestoord. Net toen hij de deur achter zich had dichtgedaan, moest hij ergens aan denken. In zijn gesprek met Ann-Britt Höglund hadden ze de conclusie getrokken dat er twee postbodes in het onderzoek voorkwamen. Nu besefte hij dat er nóg een was. Hij ging achter zijn bureau zitten en hield die herinnering vast. Wat had Sture Björklund ook weer gezegd? Hij had het gevoel gehad dat er iemand op zijn erf was geweest. Iemand die daar niets te maken had. Zijn buren wisten dat hij op zijn privacy gesteld was. De enige die regelmatig kwam was de postbode.

Een postbode die Svedbergs telescoop in Björklunds schuur zet, dacht Wallander. Dat is niet alleen een absurde gedachte. Het is krankzinnig. Iets wat je misschien kunt denken wanneer er niks anders overblijft.

Chagrijnig zat hij in zichzelf te mopperen, waarna hij ertoe overging verschillende verslagen door te bladeren waarvoor hij nog geen tijd had gehad. Hij was daar echter nog maar nauwelijks mee begonnen toen Martinson in de deuropening opdook. Wallander liet zijn paperassen vallen.

'Hoe is het gegaan?' vroeg hij.

'Ik heb van Ann-Britt gehoord hoe het bij jullie was. Een vrouw die uit het raam wilde springen. Zo was het bij ons niet. Daar zijn Torbjörn Werners ouders waarschijnlijk te oud voor. Maar de tragedie kan niet groter zijn. Torbjörn had de boerderij overgenomen. De oudjes konden zich terugtrekken. De continuïteit was gewaarborgd, een nieuwe generatie nam het over. Een andere zoon van hen is een paar jaar geleden bij een auto-ongeluk omgekomen. Nu hebben ze niemand meer.'

'Daar denkt de moordenaar niet aan', antwoordde Wallander.

Martinson was voor het raam gaan staan. Wallander zag dat hij geschokt was. Hij vroeg zich af hoelang Martinson het nog zou volhouden. Ooit had hij er met de beste bedoelingen voor gekozen om bij de politie te gaan. Het was een tijd waarin het beroep van agent nauwelijks enige aantrekkingskracht had op jonge mensen. Toen was er een tijd gekomen waarin er met verachting op het beroep werd neergekeken. Martinson had echter aan zijn oorspronkelijke ambitie vastgehouden. Iedere samenleving had de agenten die ze verdiende. En hij wilde een goede agent zijn. Wat hij ook geworden was. Maar de laatste jaren had Wallander gemerkt hoe hij steeds meer begon te aarzelen, het contact met wat hem ooit voor ogen had gestaan steeds meer verloor. Wallander betwijfelde nu of Martinson wel zou doorgaan tot aan zijn pensioen. Als hij erin slaagde een alternatief te vinden.

Martinson stond nog steeds voor het raam, maar hij had zich nu naar Wallander omgekeerd.

'Hij zal weer toeslaan.'

'Dat weten we niet. Maar het risico is er.'

'Wat pleit ervoor dat hij dat niet zal doen? Het lijkt wel of hij de mensen grenzeloos haat. Een logisch motief is er niet. Behalve dat hij moordt om het moorden.'

'Dat gebeurt heel zelden. Het probleem is dat we er nog niet achter zijn gekomen wat hem drijft. Wat zijn motieven zijn.'

'Ik denk dat je je vergist.'

Martinsons woorden kwamen met grote nadruk. Het klonk Wallander als een beschuldiging in de oren. Tegen hem gericht.

'Waarin vergis ik me dan?'

'Een paar jaar geleden was ik het met je eens geweest. Er is geen geweld zonder reden. Maar dat is niet meer zo. Zonder dat wij het hebben gemerkt, is er hier in het land iets veranderd. Geweld is natuurlijk geworden. We zijn een onzichtbare grens gepasseerd. Hele generaties kinderen zijn bezig hun houvast te verliezen. Niemand leert hun nog wat goed en fout is. Er is geen goed en fout meer. Iedereen eist zijn eigen recht op. Wat heeft het dan voor zin om bij de politie te werken?'

'Die vraag moet je zelf beantwoorden.'

'Dat probeer ik ook te doen.'

Martinson ging in Wallanders versleten bezoekersstoel zitten.

'Weet je wat Zweden is geworden?' zei hij. 'Een wetteloos land. Wie had dat vijftien, twintig jaar geleden kunnen denken? Dat Zweden gekenmerkt zou worden door wetteloosheid?'

'Zover is het nog niet', antwoordde Wallander. 'Dus ik ben het niet met je eens. Maar de ontwikkelingen wijzen wel in de richting die jij aangeeft. Daarom is het belangrijker dan ooit dat mensen zoals jij en ik dat tegengaan.'

'Dat heb ik ook altijd gedacht. Maar op dit moment heb ik het gevoel dat we aan de verliezende hand zijn.'

'Er is geen politieagent in het land die niet van tijd tot tijd hetzelfde voelt', zei Wallander. 'Maar dat doet niets af aan wat ik zeg. We moeten tegenstand bieden. Ondanks alles proberen we deze gek tegenstand te bieden. We zitten hem achterna. We sporen hem op. We geven ons niet gewonnen. We zullen hem pakken.'

'Mijn zoon heeft zich in zijn hoofd gehaald dat hij bij de politie wil', zei Martinson. 'Hij vraagt aan mij hoe dat is. Ik weet nooit wat ik zeggen moet.'

'Stuur hem maar naar mij toe', zei Wallander. 'Dan leg ik het hem wel uit.'

'Hij is elf jaar.'

'Dat is een goeie leeftijd om dingen te begrijpen.'

'Ik zal het hem zeggen.'

Wallander nam de gelegenheid te baat om het gesprek weer op het onderzoek te brengen.

'Wat wisten Werners ouders over de fotoreportage?'

'Niet meer dan dat die tussen de huwelijksvoltrekking en het diner gemaakt zou worden.'

Wallander liet zijn handen met een plof neerkomen op zijn bureaublad.

'Dat betekent een doorbraak voor ons. Nu gaan we dit onderzoek nog wat verder opschroeven.'

'We zitten al tot over onze oren in het werk. Hoe had jij je dat voorgesteld?'

'Door op te houden met aan onze oren te denken', zei Wallander terwijl hij opstond. 'Ik wil dat iedereen om drie uur bij elkaar komt. Thurnberg ook. Ik wil dat jij dat regelt.'

Martinson knikte. In de deuropening draaide hij zich om.

'Beloof je echt dat je met mijn zoon praat?'

'Wanneer dit achter de rug is', antwoordde Wallander. 'Dan zal ik op al zijn vragen antwoord geven. Hij mag zelfs mijn uniformpet opzetten.'

'Heb jij die dan?' vroeg Martinson verbaasd.

'Zeker weten. Maar waar ik hem heb, weet ik niet.'

Wallander boog zich weer over zijn verslagen. De telefoon ging. Het was het meisje van de receptie, dat belde om te zeggen dat de post voor de buitengebieden in de terminal in Ystad werd gesorteerd. Die lag aan Mejerigatan, vlak achter het ziekenhuis. Wallander schreef het telefoonnummer op en bedankte haar voor haar hulp. Hoewel hij de telefoon lang liet overgaan, werd er in de terminal niet opgenomen. Hij overwoog of hij ernaartoe zou gaan. Er kon iemand zijn die zich van de telefoon niets aantrok. Hij besloot echter te wachten. Hij moest zich voorbereiden.

Die middag ging Wallander naar het overleg van het rechercheteam met het gevoel dat hij in een openlijk conflict met officier van justitie Thurnberg zou raken. Hij wist niet echt goed waarom hij dat dacht. Afgezien van de ongelukkige ontmoeting bij Nybrostrand had Thurnberg niets gedaan waarop Wallander reden had gezien te reageren. Wat de gevolgen zouden zijn van de aangifte die Nils Hagroth tegen hem had gedaan wist hij ook niet, maar toch had Wallander het gevoel dat hij zich in een soort staat van oorlog met Thurnberg bevond.

Toen het overleg achter de rug was, besefte Wallander dat hij ongelijk had gehad. Thurnberg had hem tot zijn verrassing gesteund toen het team tekenen van gespletenheid en aarzeling vertoonde. Hij besefte dat hij wat al te snel had geoordeeld, of misschien bevooroordeeld was geweest, toen hij zijn eerste inschatting van Thurnberg maakte. Misschien had hij de arrogantie die hij bij Thurnberg meende te zien, totaal verkeerd geïnterpreteerd? Misschien was die in wezen alleen maar een uiting van onzekerheid?

Wallander was het overleg begonnen met de constatering dat er dingen waren die erop wezen dat ze voor een doorbraak stonden. Ze moesten zich op één vraag concentreren. Wie had kunnen weten waar en wanneer de bruidsreportage gemaakt zou worden? Dat werk moest met onverminderde kracht meteen na afloop van het overleg worden voortgezet. Al het andere kwam voorlopig op de tweede plaats.

Er kwam een stortvloed van bezwaren. Niet in de laatste plaats van Hanson, die vond dat Wallander het uitgangspunt overdreef. Werners ouders waren zo oud en vergeetachtig dat ze misschien wel hadden geweten wat er zou gaan gebeuren, maar zich dat niet langer bewust waren. Malin Skander en Torbjörn Werner hadden allebei vele en goede vrienden. Dat was bewezen. Misschien dat een van die vrienden het ook geweten had. Hanson vond dat Wallander gelijk kon hebben, maar het zou verkeerd zijn om nu al op één paard te wedden.

Dat was het moment waarop Thurnberg zich in het gesprek mengde. Hij had zich heel kort en exact uitgedrukt. Zoals de stand van zaken in het onderzoek nu was, was hij van oordeel dat Wallander gelijk had. De komende dagen, of beter gezegd uren, moesten ze zich op dit cruciale punt richten: wie had geweten waar en wanneer de foto's zouden worden gemaakt?

Nadien was Thurnberg weer in zijn schulp gekropen. De discussie was ook gesloten. Toen Wallander eenmaal steun van de officier van justitie had gekregen, viel er ook niet veel meer te bespreken. De rest van de tijd hadden ze besteed aan het maken van een plan en het verdelen van de taken. Wie zou met wie praten? In welke volgorde? Wallander had toen besloten zelf met de assistente van de fotograaf te gaan praten, die over een paar uur op Sturup zou landen.

Ze spraken voorlopig af dat ze al diezelfde avond weer bijeen zouden komen. Als zich tijdens de gesprekken van die middag iets doorslaggevends zou voordoen, dan kon het overleg naar voren worden gehaald.

Daarna gaf Wallander zijn samenvatting. Die was heel kort.

'De kans bestaat dat we kunnen doorbreken', begon hij. 'We kunnen alleen maar hopen dat dat gebeurt. Er is een randvoorwaarde voor ons werk van dit moment waarover we het nauwelijks hebben, maar zoals we allemaal weten kan deze dader opnieuw toeslaan. Vandaag, morgen, volgende week. Dat weten we niet. Daardoor weten we ook niet hoeveel tijd we tot onze beschikking hebben. Of we überhaupt tijd hebben.'

Na het overleg, toen iedereen opbrak, bedacht Wallander dat hij misschien iets tegen Thurnberg had moeten zeggen. Maar omdat hij niet kon verzinnen wat, liet hij het er maar bij.

Het was inmiddels halfvijf. Over ruim twee uur zou de assistente van Rolf Haag aankomen. Wallander probeerde Birch telefonisch te bereiken, maar hij kreeg hem niet te pakken.

Toen deed hij iets wat hij nog nooit eerder had gedaan. Hij deed de deur van zijn kamer op slot en ging op de grond liggen, met een oude aktetas onder zijn hoofd. Eén keer, vlak voordat hij in slaap viel, werd er aan de deur geklopt. Hij reageerde niet. Hij kon het alleen maar opbrengen om door te werken als hij een uur slaap kreeg. In een bureaulade had hij ooit een oude wekker neergelegd. Waarom wist hij niet. Nu kwam die goed van pas.

Hij droomde weer over zijn vader. Onrustige beelden uit zijn jeugd. De geur van terpentijn. Snelle stappen door verschillende tijdperken. De reis naar Rome. Opeens was Martinson op de Spaanse Trappen opgedoken. Hij had eruitgezien als een klein kind. Wallander had hem geroepen, maar Martinson had hem niet gehoord. Verder herinnerde hij zich niets. De droom werd afgekapt, verdween.

Hij stond moeizaam op van de grond. Zijn rug kraakte. Hij deed de deur van het slot en strompelde naar het toilet. Er was in zijn leven niets waaraan hij zo'n hekel had als aan die verlammende vermoeidheid. Die trok hem neer, maakte hem misselijk. Die was steeds moeilijker te verdragen, hoe ouder hij werd. Hij hield zijn hoofd onder de koude kraan en plaste langdurig. Hij vermeed het om in de spiegel zijn gezicht te bekijken.

Om kwart over zes reed hij Ystad uit, op weg naar Sturup. De hemel was nog steeds helemaal helder, er stond een matige wind en het was 15 graden. Een klein halfuur later parkeerde hij bij het gele gebouw van het vliegveld. Hij liep naar de aankomsthal en ontdekte meteen de grote Birch, die met zijn armen over elkaar tegen een muur stond te leunen. Toen hij Wallander in het oog kreeg, barstte zijn sombere gezicht open in een verwonderde glimlach.

'Jij hier?' zei hij.

'Ik vond dat je hier niet alleen op haar hoefde te staan wachten.'

'Het vliegtuig landt op tijd', zei Birch. 'Maar we kunnen nog wel even een kop koffie drinken.'

Ze liepen naar het restaurant.
'Ik heb over plastic zakken met papier gebogen gestaan', zei Birch. 'Er zaten wel wat enveloppen tussen. Maar niet de envelop waar jij op had gehoopt.'
'Dit onderzoek kent nou niet bepaald veel geluk', zei Wallander. 'Dit was waarschijnlijk te veel verlangd.'
Birch nam een koekje en een koffiebroodje bij zijn koffie. Wallander dwong zichzelf ertoe dat niet te doen.
'Wat ik wel heb gedaan, is een van onze technici bellen', vervolgde Birch, terwijl ze stonden te wachten om te betalen. 'Dat is een fantasierijke en vindingrijke man van wie je op de plaats van een misdrijf veel plezier kunt hebben. Håkan Tobiasson. Heb je wel eens van hem gehoord?'
Wallander schudde zijn hoofd.
'Ik heb een lang gesprek met hem gehad. Hij zat op een boot in de Sont te vissen, met zijn telefoon in de hand. Hij had trouwens twee keer beet tijdens ons gesprek. Ik ben vergeten te vragen wat voor vissen dat waren.'
Ze luisterden naar een aankondiging door de luidsprekers, maar die ging over een vertraagde chartervlucht uit Marbella.
'Håkan kon zich allerlei manieren voorstellen om brieven open te maken', vervolgde Birch. 'Vroeger stoomden ze de lijm open en gebruikten ze verder een breinaald. Nu zijn er beduidend geavanceerder methodes. Hij verzekerde me dat hij iedere envelop die ik hem zou geven zo zou openen. En hij betwijfelde of ik naderhand zou kunnen vaststellen welke enveloppen er al dan niet waren opengemaakt.'
'We hadden die envelop moeten hebben', zei Wallander.
Birch veegde zijn mond af en nam Wallander op.
'Dat van die envelop begrijp ik waarschijnlijk niet goed. Ik vraag me natuurlijk ook af waarom je hiernaartoe bent gekomen. Dat betekent dat jij Maria Hjortberg als een belangrijk persoon beschouwt.'
Wallander legde uit wat er het laatste etmaal was gebeurd. Hij was net klaar toen het vliegtuig waarop ze zaten te wachten naar de gate was getaxied en de passagiers naar buiten begonnen te stromen. Birch verbaasde Wallander door uit zijn binnenzak een vel van een

schrijfblok met Maria Hjortbergs naam erop te voorschijn te halen en uit te vouwen. Hij ging midden in de gang staan en hield het blad omhoog. Wallander stond op de achtergrond af te wachten.

Maria Hjortberg was een erg mooie vrouw. Ze had levendige ogen en lang donkerbruin haar. Over haar ene schouder hing een rugzak. Wallander bedacht dat ze waarschijnlijk niet wist dat Rolf Haag dood was, maar Birch was al beginnen te vertellen. Ze schudde ongelovig haar hoofd. Terwijl Birch Wallander aan haar voorstelde, pakte hij haar rugzak. Ze had verder geen bagage.

'Is er iemand die op je wacht?' vroeg Birch.

'Ik was van plan de bus te nemen.'

'Dan brengen wij je wel. Helaas kan ons gesprek met jou niet wachten. Op het politiebureau of in de fotostudio.'

'Is het werkelijk waar?' vroeg ze. 'Is Rolf dood?'

'Het is waar en dat spijt me', zie Birch. 'Hoelang werkte je al bij hem als assistente?'

'Nog niet echt lang. Vanaf april.'

Dat betekent dat het verdriet misschien niet zo groot hoeft te zijn, dacht Wallander. Als ze althans geen verhouding met de fotograaf had gehad.

Ze zei dat ze er de voorkeur aan gaf naar de fotostudio te rijden.

'Het is het beste dat zij met jou meerijdt', zei Wallander. 'Ik moet nog een paar telefoontjes plegen.'

'Dat is niet aan te bevelen tijdens het rijden', antwoordde Birch.

Wallanders idee was geweest om met Nyberg te praten, maar toen hij op de hoofdweg naar Malmö was gekomen besloot hij te wachten. Het enige wat nu van belang was, was wat Maria Hjortberg te zeggen had.

Twee uur later wist Wallander dat Maria Hjortberg hen niet verder had kunnen helpen. Ze hadden in de fotostudio gezeten, te midden van achtergronden en studiolampen. Ze was er überhaupt niet van op de hoogte geweest dat Rolf Haag een fotosessie had bij Nybrostrand. Hij had verteld dat hij zaterdag naar een bruiloft moest, maar ze had gedacht dat hij daar te gast was. Zelf was ze op vrijdagmiddag naar Hudiksvall gereisd. 's Maandags zouden ze een fotosessie voorbereiden van een pas geopend bankfiliaal in Trelleborg. Ze had de namen van Malin Skander of Torbjörn Werner geen van beide ooit horen noemen. Ze namen gezamenlijk de agenda door waarin de diverse opdrachten werden bijgehouden. Voor zaterdag 17 augustus stond er niets in. De bladzijde was leeg. Nadat Birch de vorige avond de studio was binnengegaan, met behulp van de sleutelbos die ze in de broekzak van Haag hadden gevonden, had hij de correspondentie doorgenomen. Nu liet hij haar en Wallander de brief zien die hij had gevonden. Die had ze niet eerder gezien.

'Hij maakte altijd alle post open', zei ze. 'Ik hielp met het fotograferen en het nawerk. Verder niet.'

'Is er iemand anders die deze brief kan hebben gezien?' vroeg Wallander. 'Wie komt er nog meer in de studio behalve jullie? Is hier ook een werkster? Een conciërge?'

'Schoonmaken doen we zelf. En degenen die we in de studio fotografeerden, kwamen nooit op kantoor.'

'Alleen Rolf en jij dus?'

'Ik zelfs nauwelijks. Ik had hier niets te zoeken.'

'Is er onlangs ook ingebroken?'

'Nee.'

'Ik heb de plastic zakken met papierafval doorgenomen', vervolgde Birch. 'Maar ik heb de envelop van deze brief niet gevonden.'

'Het afval wordt op maandag afgevoerd. Rolf was er ontzettend precies in dat alles netjes bleef.'

Wallander keek Birch aan. Er was geen reden om aan haar antwoord te twijfelen. Ze beseften allebei dat ze niet verder kwamen.

'Had Rolf ook vijanden?' vroeg hij.

'Waarom zou hij die hebben gehad?'

'Hij maakte de laatste tijd geen bezorgde indruk? U merkte niets ongebruikelijks aan hem?'

'Hij was net als altijd.'

'Hoe was jullie verhouding?'

Ze begreep de vraag, maar leek er zich niet aan te storen.

'Er was niets persoonlijks tussen ons', antwoordde ze. 'We konden goed samenwerken. Ik heb veel geleerd. Ik hoop zelf fotograaf te worden.'

'Wie stond Rolf Haag het meest na? Had hij een vriendin?'

'Hij was eenzelvig van aard. Over zijn privé-leven weet ik eigenlijk niets. Hij had het er zelf nooit over. Ik zou niet weten of hij een vriendin had.'

'We zullen zijn flat doorzoeken', zei Birch. 'Maar ik denk dat we op dit moment niet verder komen.'

'Wat moet ik morgen doen?' zei ze. 'Nu Rolf dood is?'

Wallander en Birch konden haar geen van beiden een antwoord geven. Birch beloofde dat hij haar naar huis zou brengen. Wallander zou terugkeren naar Ystad. Buiten op straat voor de fotostudio namen ze afscheid.

'Ik denk dat ik het nog steeds niet begrijp', zei ze. 'Twee dagen lang heb ik eenzaam in een huis in een even eenzaam bos gezeten. En dan kom ik thuis en krijg ik dit.'

Ze begon te huilen. Birch sloeg beschermend zijn arm om haar schouders.

'Ik breng haar nou naar huis', zei hij. 'Bel jij?'

'Ik laat uit Ystad wat van me horen', zei Wallander. 'Waar zit jij dan?'

'Ik ga vanavond zijn flat al bekijken.'

Wallander controleerde of hij Birchs mobiele nummer had. Daarna liep hij naar zijn auto, die aan de overkant van de straat geparkeerd stond. Birch en Maria Hjortberg reden weg. Het was inmiddels halfelf.

Hij wilde net het portier van zijn auto openen toen het begon te zoemen in zijn jaszak. Hij nam het telefoontje aan.

'Spreek ik met Kurt Wallander?'

'Dat ben ik.'

'Lone Kjær hier. Ik wilde je alleen even vertellen dat die vrouw die mogelijk Louise heet zich op dit moment in de Amigo bevindt. Wat wil je dat we doen?'

Wallander nam onmiddellijk een besluit.

'Ik zit in Malmö. Ik kom eraan. Als ze de bar verlaat, wil ik dat iemand haar volgt.'

'Je zou de vleugelboot van elf uur nog moeten kunnen halen. Dan ben je om kwart voor twaalf in Kopenhagen. Ik wacht je wel op bij het hek.'

'Verlies haar niet uit het oog', zei Wallander. 'Ik heb haar nodig.'
'We zullen haar goed bewaken. Dat beloof ik.'

Wallander reed naar de haven en parkeerde.

Om elf uur precies verliet De Loper de kade en zette koers naar Kopenhagen.

Wallander zat op het bovendek de duisternis in te staren. Daarna begon hij in zijn jaszak naar zijn telefoon te zoeken. Die was weg. Hij had hem naast zich op de passagiersstoel gelegd.

Bovendien vroeg hij zich plotseling af of hij de lichten van zijn auto wel had uitgedaan. Hij vroeg aan een van de hostesses waar hij kon bellen.

'De telefoon doet het helaas niet.'

Wallander knikte. Lone Kjær zou vast wel een mobiele telefoon hebben.

Hij staarde de duisternis in. Vanbinnen nam de spanning toe.

29

Wallander zag haar zodra hij de loopplank af was. Ze droeg een leren jack, had kort blond haar en was jonger dan hij zich had voorgesteld. Verder was ze klein. Maar er was geen twijfel over mogelijk dat ze bij de politie zat. Waarom, daar kon hij zoals gewoonlijk geen redelijk antwoord op geven, maar het kwam zeer zelden voor dat hij in een menigte onbekende mensen een politieagent er niet uithaalde.

Ze begroetten elkaar en stelden zich voor.

'Louise zit nog steeds in de bar', zei ze.

'Als ze inderdaad Louise heet', antwoordde Wallander.

'Wat voor beeld heb je eigenlijk van haar?'

Wallander had de situatie tijdens de overtocht overdacht. Hij kon haar nergens van beschuldigen. Ze werd er niet van verdacht dat ze een misdrijf had gepleegd of daarvan op de hoogte was geweest. Het enige wat hij wilde, was met haar praten. Aan vragen had hij geen gebrek.

'Ik denk dat zij misschien over allerlei belangrijke informatie beschikt. Het belangrijkste is dus dat ze niet verdwijnt.'

'Heb je reden om aan te nemen dat ze ertussenuit zal proberen te knijpen?'

Wallander realiseerde zich dat dat een meer dan redelijke vraag was. Het kon immers zo zijn dat ze zich er niet van bewust was dat ze werd gezocht. Of dat haar foto in de kranten had gestaan. Dat niemand haar had gezien kon heel goed veroorzaakt worden door de eenvoudige reden dat ze zich vanwege heel natuurlijke omstandigheden zelden vertoonde.

Tijdens het gesprek waren ze de douane gepasseerd en de straat op gelopen. Daar stond een politiewagen met chauffeur te wachten. Ze gingen achterin zitten en reden weg.

'Een bar is niet echt een goede plek om een gesprek te voeren', zie Wallander.

'Je mag mijn kantoor gebruiken.'

Ze reden zwijgend verder. Wallander dacht aan de laatste keer dat hij in Kopenhagen was geweest. Toen had hij de Koninklijke Schouwburg bezocht om een voorstelling van *Tosca* te zien. Hij was toen alleen geweest. Na afloop was hij naar een bar gegaan, en hij was behoorlijk aangeschoten geweest toen hij uiteindelijk de laatste vleugelboot van die avond terug naar Malmö nam.

Hij wilde haar net vragen of hij even haar mobiele telefoon mocht gebruiken toen de auto afremde. Lone Kjær sprak kort in de radio.

'Ze is er nog', zei ze.

Daarna wees ze door het autoraam naar buiten.

'Aan de overkant. Wil je dat ik wacht?'

'Je kunt net zo goed meegaan.'

Een kapotte lichtreclame waarop je alleen de letters 'igo' kon lezen, hing buiten bij de deur. Wallander voelde de spanning. Eindelijk zou hij nu de vrouw ontmoeten die hem zo had beziggehouden sinds hij haar foto had ontdekt in Svedbergs geheime bergplaats onder de vloer van de flat aan Lilla Norregatan.

Ze deden de deur open, schoven een gordijn opzij en betraden de bar. Het was er warm en rokerig, er scheen een roodachtig licht en er waren veel mensen. Een man kwam hen tegemoet, op weg naar buiten.

'Helemaal achterin bij de bar', zei hij tegen Lone Kjær.

Wallander had het gehoord. Terwijl Lone Kjær bij de deur wachtte, begon hij zich door het overvolle café te wringen.

Toen kreeg hij haar in het oog.

Ze zat helemaal aan het ene uiteinde van de bar. Ze droeg haar kapsel net als op de foto. Wallander bleef roerloos staan om haar te bekijken. Hij kreeg de indruk dat ze alleen was, hoewel er mensen aan weerszijden van haar zaten. Ze dronk wijn. Toen ze een blik in zijn richting wierp, zette hij een stap opzij zodat hij achter de rug van een grote man terechtkwam die midden in het café stond met een glas bier in zijn hand. Wallander stapte weer naar voren. Ze had haar aandacht weer op haar wijnglas gericht. Wallander draaide zich om, knikte naar Lone Kjær en drong verder het etablissement in.

Hij had geluk. Precies op het moment dat hij haar bereikte, stond de man die links van haar had gezeten op om weg te gaan. Wallander glipte naar de lege plaats. Ze wierp hem een blik toe en keerde terug naar haar wijnglas.

'Ik geloof dat u Louise heet', zei Wallander. 'Mijn naam is Kurt Wallander en ik ben van de recherche in Ystad. Ik ben naar Kopenhagen gekomen omdat ik met u moet praten.'

Hij voelde haar verstrakken. Daarna ontspande ze zich weer, keek hem aan en glimlachte.

'Dat is prima', zei ze. 'Ik moet alleen eerst even naar de wc. Dat wilde ik net gaan doen.'

Ze stond op en verdween naar achteren waar een bordje aangaf dat daar de toiletten waren.

Wallander schudde zijn hoofd toen de barkeeper belangstelling voor hem toonde. Ze had niet met een Skånse tongval gesproken, bedacht hij, maar ze was wel Zweeds.

Lone Kjær was dichterbij gekomen. Wallander zag haar aan het andere eind van de bar. Hij gaf haar een teken dat alles in orde was. Aan de muur achter de bar hing een klok. Reclame voor een whiskymerk waar Wallander nog nooit van gehoord had. Er waren vier minuten verstreken. Wallander wierp een blik in de richting van de toiletten. Er kwam een man naar buiten, meteen gevolgd door nog een man. Terwijl hij zat te wachten probeerde hij te bepalen wat zijn eerste vraag zou worden. Hij kon uit vele kiezen.

Opeens realiseerde hij zich dat er al zeven minuten waren verstreken. Er was iets mis. Hij stond op en liep naar de toiletten. Lone Kjær zag dat hij haastig van de bar opstond. Ze dook naast hem op.

'Ga naar het damestoilet', zei hij.

'Waarom? Ze is nog niet naar buiten gekomen. Als ze had geprobeerd om het café te verlaten, dan had ik dat gezien.'

'Er klopt iets niet', zei Wallander. 'Ik wil dat je naar binnen gaat.'

Lone Kjær verdween naar de toiletten. Wallander wachtte. Wat er fout zat wist hij niet, maar toen hij dat gevoel eenmaal kreeg, was er geen twijfel over mogelijk. Lone Kjær kwam gehaast weer naar buiten.

'Ze is er niet.'

'Godverdomme', zei Wallander. 'Is daar een raam?'

In plaats van het antwoord af te wachten rukte hij de deur open en stormde hij naar binnen. Twee vrouwen stonden zich voor de spiegels op te maken. Wallander keurde ze nauwelijks een blik waardig.

Louise was weg. Hij stormde weer naar buiten.

'Ze moet er nog zijn', zei Lone Kjær wantrouwend. 'Anders had ik haar gezien.'

'Maar ze is er niet', zei Wallander.

Hij drong door de menigte, die de hele tijd leek toe te nemen. De portier zag eruit als een worstelaar.

'Vraag het hem', zei Wallander. 'Een vrouw met donker, halflang haar. Is ze hier weggegaan? Hoogstens tien minuten geleden?'

Ze stelde de vraag. De worstelaar schudde zijn hoofd.

'Zou hij het hebben gemerkt?' drong Wallander aan. 'Vraag hem dat.'

De worstelaar zei iets wat Wallander niet kon verstaan.

'Hij weet het zeker', riep Lone om het lawaai te overstemmen.

Wallander begon weer naar binnen te dringen, het etablissement in. Hij begon te zoeken, maar diep in zijn hart wist hij al dat ze weg was.

Ten slotte gaf hij het op.

'Ze is er niet meer', zei hij. 'We kunnen net zo goed weggaan.'

Wallander keerde terug naar de bar. Het wijnglas was weg. Hij wendde zich tot de barkeeper.

'Dat glas?' vroeg hij.

'Dat is al afgewassen.'

Wallander keek naar de bar en wenkte toen Lone Kjær.

'Ik denk haast dat het niet lukt,' zei hij, 'maar kijk eens of we hier op de bar vingerafdrukken kunnen vinden. Die heb ik nodig om ze te vergelijken.'

'Het is de eerste keer dat ik een halve meter van een bar afzet', antwoordde ze. 'Maar ik zal ervoor zorgen.'

Ze moest lang op de barkeeper inpraten voordat hij het begreep. Via de radio nam ze vervolgens contact op met de technicus die moest proberen vingerafdrukken veilig te stellen.

Wallander liep de straat op.

Hij voelde dat hij doornat van het zweet was. Bovendien was hij woedend. Hij had zich in de luren laten leggen. Haar glimlach. Ze wilde graag met hem praten. Alleen eerst nog even naar de wc. Dat hij dat niet had doorzien.

Na een minuut of tien kwam Lone Kjær naar buiten.

'Ik snap niet hoe ze dat gedaan heeft', zei ze. 'Ik had haar absoluut gezien.'

In Wallanders hoofd begon een beeld te ontstaan. Langzaam begreep hij hoe het gegaan was. Er was maar één mogelijkheid. De verklaring kwam zo onverwacht dat hij tijd nodig had om te snappen wat die eigenlijk inhield.

'Ik moet nadenken', zei hij. 'Kunnen we naar jouw kantoor rijden?'

Tijdens de tocht naar het politiebureau zei Wallander geen woord. Zij vroeg ook niets. Ze gingen met de lift naar de derde verdieping. Ze vroeg hem of hij koffie wilde en dat wilde hij graag.

'Ik snap niet hoe ze naar buiten is gekomen', zei ze weer. 'Ik begrijp het niet.'

'Ze is niet naar buiten gegaan', antwoordde Wallander. 'Louise is nog steeds binnen.'

Ze keek hem verwonderd aan.

'Is ze nog binnen? Wat doen wij dan hier?'

Wallander schudde langzaam zijn hoofd. Hij was vervuld van hopeloze afschuw over zijn eigen traagheid. Al die eerste keer, toen hij haar foto bij Svedberg thuis had gevonden, had hij het gevoel gehad dat er iets vreemds met haar kapsel was.

Ik had het moeten zien, dacht hij. Dat het een pruik was.

Ze herhaalde haar vraag.

'Louise is nog in de bar', antwoordde hij. 'Om de eenvoudige reden dat Louise heel iemand anders is. Louise is een man. En de worstelaar die de deur bewaakte zei dat er de laatste paar minuten drie mannen de bar hadden verlaten. Een van hen was Louise. Met zijn pruik in zijn zak en de make-up verwijderd.'

Hij voelde dat ze hem niet geloofde. Eigenlijk kon hij het niet opbrengen om het allemaal uit te leggen. Het belangrijkste was echter dat hij het nu zelf wist.

Niettemin vond hij dat hij haar een verklaring schuldig was. Het was al na middernacht. Ze had hem geholpen.

'Een paar jaar geleden heb ik een bezoek gebracht aan de Cariben', zei hij. 'Dat was in een heel slechte periode van mijn leven. Op een avond zat ik aan een bar te praten met een ongelooflijk mooie vrouw. Ik zat dicht bij haar, ik kon haar gezicht heel duidelijk zien. Maar pas toen ze het zei, zag ik het.'

'Wat zei?'

'Dat ze een man was.'

Lone Kjær leek de uitleg die Wallander haar gaf langzaam te accepteren.

'Ze is naar het toilet gegaan, heeft haar pruik afgezet en haar make-up verwijderd, en ze is weer naar buiten gekomen', vervolgde Wallander. 'Waarschijnlijk heeft ze haar kleding ook op de een of andere manier aangepast. Niemand van ons heeft wat gezien. Omdat we hadden verwacht dat er een vrouw naar buiten zou komen. Wie let er dan op een man die voorbijkomt?'

'Voorzover ik weet, staat de Amigo niet bekend als een plek van travestieten.'

'Misschien ging hij ernaartoe om de rol van vrouw te spelen', zei Wallander bedachtzaam. 'Niet om zich onder soortgenoten te vertonen.'

'Wat betekent dit voor je onderzoek?'

'Ik weet het niet. Een heleboel, vermoedelijk. Maar ik kan nog niet alle consequenties helemaal overzien.'

Ze keek op haar horloge.

'De laatste boot naar Malmö is net vertrokken. De volgende vertrekt om kwart voor vijf vanochtend.'

'Ik ga wel naar een hotel', zei Wallander.

Ze schudde haar hoofd.

'Je kunt wel bij mij op de bank slapen', zei ze. 'Mijn man is ober. Hij komt ongeveer om deze tijd thuis. Dan eten we meestal samen een broodje.'

Ze verlieten het bureau. Het werd Wallander niet helemaal duidelijk waar in de stad Lone woonde, maar haar man, die Torben heette, was net thuisgekomen toen ze binnenstapten. Het was een vriendelijke man, en net zo klein als zijn vrouw. Ze aten een broodje en dronken bier in de keuken. Daarna maakte Lone voor Wallander een logeerbed op de bank op. Hij stond erop de eerste boot naar Malmö te nemen. Zij beloofde dat ze hem op tijd zou wekken en liet hem daarna alleen.

Wallander sliep die nacht onrustig. Hij stond een keer op en ging door het raam naar buiten staan kijken. Staarde naar de lege nachtelijke straat. Bedacht dat alle nachtelijke straten er hetzelfde uitzagen. Je verwacht dat er iemand zal komen, maar het blijft even verlaten.

Louise was een man. Vanaf het begin had hij al gezien dat er iets met haar kapsel was. De verklaring was eenvoudig, misschien al te eenvoudig. Een pruik. Hij herinnerde zich dat hij in de kelder van Svedberg een pruikenstandaard had zien staan. Hij had het geheim al in een vroeger stadium moeten doorzien.

Louise was een man. Die zich Louise noemde wanneer hij van identiteit wisselde. Maar hoe die man eigenlijk heette, wisten ze niet. Ook niet hoe hij eruitzag.

Wallander voelde zijn weerzin toenemen. Degenen die dood waren gevonden, waren verkleed en vermomd geweest. Net als Louise. Toen Wallander vertelde wie hij was, was ze meteen vertrokken.

Hij is het, dacht Wallander. Hij moet het zijn. Een andere verklaring is er niet. De dader zat vlak naast me. Maar ik was niet in staat door de vermomming heen te kijken. En daarna was hij weg. Nu weet hij dat we ons in zijn buurt bevinden. Maar hij beseft ook dat we niets weten over zijn identiteit.

Niets.

Wallander ging weer liggen. Af en toe doezelde hij even weg, maar hij lag er toch vooral op te wachten dat het vier uur zou worden.

Toen Lone Kjær hem wakker kwam maken, was hij al aangekleed en had hij het beddengoed al opgevouwen. Ze nam hem onderzoekend op.

'Niemand wordt een betere rechercheur door niet te slapen', zei ze.

'Ik heb altijd al problemen met slapen gehad', antwoordde hij. 'Ook voordat ik bij de politie ging.'

Ze dronken een kop koffie in de keuken. Door de geopende deur hoorde je Torbens gesnurk aanzwellen en wegebben.

'Ik zal zien of ik wat meer over Louise, die niet Louise was, aan de weet kan komen', zei Lone.

Hij bedankte haar voor haar hulp, zowel voor die hij al van haar ontvangen had als die ze nu aanbood. Daarna belde ze een taxi voor hem.

'Is hij het?' vroeg ze. 'Degene die jullie zoeken?'

'Ja', antwoordde Wallander. 'Hij moet het zijn. Er is geen andere logische verklaring.'

Om twintig voor vijf arriveerde hij bij de terminal van de vleugelboten. In de vertrekhal was het al erg druk. Dat verbaasde hem. Wie moesten er nou zo vroeg in de ochtend naar Malmö? Hij haalde zijn ticket en ging zitten wachten. Hij was al bijna op zijn kunststofstoel in slaap gevallen toen de passagiers aan boord begonnen te gaan. Hij ging aan het raam zitten en nog voordat de boot de kade had verlaten sliep hij al. Pas toen ze in Malmö waren aangemeerd werd hij wakker.

Hij was al door de douane toen hij zich realiseerde dat hij een grote fout had gemaakt.

Louise was een man. Een Zweeds sprekende man. Op bezoek in Kopenhagen, net als hijzelf. Het kon natuurlijk zo zijn dat hij gisteravond de laatste boot nog gehaald had, maar hij had zich net zo goed vanochtend onder de passagiers kunnen bevinden.

Wallander wist eigenlijk niet wat hij had kunnen doen. Door de boot rondlopen om te proberen een gezicht te herkennen, een vrouw zonder make-up, veranderd in een man. Hij had de politie in Malmö de opdracht kunnen geven om de identiteit van iedereen die aan boord kwam te controleren.

Daar had hij in ieder geval aan moeten denken.

Hij was echter veel te moe geweest. Heel zijn ik was een omhulsel rond een organisme dat bestond uit vermoeidheid, te hoge bloedsuikerwaarden en een verlammend tekort aan slaap.

Hij liep de terminal uit. De passagiers van de boot verdwenen in verschillende richtingen. Er was niets wat hij kon doen.

Hij liep naar zijn auto. Zijn mobieltje lag op de stoel. En hij had inderdaad gelijk gehad: hij was vergeten zijn lichten uit te doen. Toen hij probeerde te starten was de accu leeg. Hij leunde achterover in zijn stoel en sloeg met zijn vuist tegen zijn voorhoofd. Bedacht dat hij uit de auto zou stappen, de straat zou oversteken en in het Savoy Hotel een kamer zou nemen om te slapen. Hij verwierp die gedachte meteen en belde Birch. Hij hoopte dat die 's ochtends vroeg op was. Birch vertelde dat hij net aan de koffie zat.

'Waar was je gisteravond gebleven? Ik dacht dat we nog even zouden bijpraten?'

Wallander legde uit wat er was gebeurd.

'Zo dicht bij', zei Birch later. 'Was je er werkelijk zo dicht bij?'

'Ik heb me in de luren laten leggen. Ik had de deur van de wc in de gaten moeten houden.'

'Er zijn zoveel dingen die een mens moet', zei Birch. 'En nu ben je dus weer terug in Malmö? Je zult wel moe zijn.'

'Erger is dat ik mijn auto niet aan de praat krijg.'

'Ik kom eraan', zei Birch. 'Ik heb startkabels. Waar sta je?'

Wallander legde het uit.

Negentien minuten later kwam Birch. Wallander had toen weer een paar minuten slaap kunnen pakken.

'Ik ben in de flat van Haag geweest', zei Birch. 'Heel Spartaans. Vergrote foto's van vlinders aan de muren. Ik heb niets gevonden dat voor ons van direct belang is.'

'Hij is gestorven omdat hij toevallig op die plek was', zei Wallander. 'Daar ben ik zeker van. Die man moest het bruidspaar hebben.'

'De man die je gisteravond ontmoet hebt? Als vrouw verkleed?'

'Dat denk ik wel.'

'Je hebt een foto', zei Birch. 'Je hebt een gezicht. Haal haar haren weg. Je hebt misschien meer dan je denkt.'

'Aan die kant moeten we inderdaad beginnen', antwoordde Wallander. 'De kans bestaat dat iemand Louise herkent wanneer ze geen vrouw meer is.'

Birch nam Wallander onderzoekend op.

'Jij zou eigenlijk eerst een paar uur moeten slapen. Het wordt er allemaal niet beter van als jij instort.'

Ze brachten de kabels aan en de auto startte. Het was inmiddels vijf minuten voor halfzeven.

'Wij gaan door met het onderzoeken van de fotostudio en de flat', zei Birch. 'We houden contact.'

'Ik houd je op de hoogte', antwoordde Wallander.

Daarna verliet hij Malmö, maar al bij de afslag naar Jägersro reed hij naar de kant van de weg om Martinson te bellen.

'Ik heb geprobeerd je te bereiken', klaagde Martinson. 'We hadden toch gisteravond zullen overleggen? Maar je telefoon staat nooit aan en we kunnen je nergens te pakken krijgen.'

'Ik ben in Denemarken geweest', antwoordde Wallander. 'Maar ik wil dat je het rechercheteam om acht uur bij elkaar haalt voor overleg.'

'Is er iets gebeurd?'

'Ja. Maar daar hebben we het nog wel over.'

Wallander reed door naar Ystad. Het mooie augustusweer hield aan. Een wolkeloze hemel, bijna geen wind. Hij voelde zich nu minder moe. Zijn hersens begonnen weer te werken. Keer op keer ging hij in gedachten terug naar zijn ontmoeting met Louise. Hij probeerde het gezicht te zien dat achter de make-up schuilging. Soms meende hij dat hij daar bijna in slaagde.

Toen hij in Ystad arriveerde, was het bijna twintig voor acht. Bij de receptie zat Ebba te niezen.

'Verkouden?' vroeg hij. 'In augustus?'

'Ouwe wijven kunnen allergisch worden', antwoordde ze cynisch.

Daarna keek ze hem streng aan.

'Heb je vannacht niet geslapen?'

'Ik ben in Kopenhagen geweest. Daar krijg je meestal niet zoveel slaap.'

Ze leek niet door te hebben dat hij een grapje probeerde te maken.

'Als jij niet beter op je gezondheid gaat letten, loopt het nog verkeerd af. Dat je dat maar even weet.'

Hij nam niet de moeite daarop in te gaan. Soms vond hij het irritant dat ze hem helemaal doorzag. En ze had natuurlijk gelijk. De suikereilandjes in zijn bloed stapelden zich op, hoger en hoger.

Hij haalde een kop koffie en liep naar zijn kamer.

Iemand had een brief neergelegd en er een papiertje opgeplakt waarop met blokletters stond dat het belangrijk was. Hij wierp een blik op de klok en scheurde de envelop open.

De brief was afkomstig van Mats Ekholm. Met hem had Wallander een paar jaar eerder samengewerkt, toen ze een krankzinnige zochten die eerst mensen ombracht en hen daarna scalpeerde. Mats Ekholm was psycholoog. Hij had Wallander geholpen bij een poging om een daderprofiel op te stellen van degene die ze zochten. Te achterhalen wat de motieven konden zijn van iemand die zijn slachtoffers scalpeerde. Over het algemeen waren hun gesprekken vruchtbaar geweest. Nadien, toen ze de moordenaar eenmaal gepakt hadden, had Wallander zich de vraag gesteld hoeveel Ekholms hulp eigenlijk waard was geweest. Hij was er voor zichzelf nooit in geslaagd een eindoordeel te vellen. Maar Ekholm was belangrijk geweest, niet in de laatste plaats als discussiepartner.

Wallander las de brief door. Ekholm had die uit eigen beweging geschreven. Niemand had om zijn assistentie gevraagd, niemand had formeel om zijn mening gevraagd. Wallander besefte echter dat Ekholm zich grondig in het gebeurde had verdiept. Aan het eind van de brief was hij heel duidelijk. Wallander voelde dat zijn maag weer samentrok.

Het is niet onredelijk om ervan uit te gaan dat deze dader opnieuw zal toeslaan. Niets in het beeld pleit ervoor dat hij klaar is. Een tijdpatroon is niet vast te stellen. De symbolische vollemaan boven zijn hoofd die hem gewelddadig maakt, lijkt ieder moment te kunnen gaan schijnen. Dat hij ervoor kiest mensen om te brengen die verkleed zijn, kan op verschillende manieren worden uitgelegd. Mij lijkt het meest aannemelijk dat hij zich daarmee van zijn verantwoordelijkheid distantieert. Hij doodt rolfiguren, niet mensen zoals ze eigenlijk zijn. Ik kan me natuurlijk vergissen, maar ik vraag me af of er niet nog een motief in het plaatje bij komt. Het lukt mij niet dat motief vast te stellen. Iets wat deze mensen verbindt, behalve het feit dat ze toevallig verkleed zijn als feestvierders uit de achttiende eeuw, of in bruidskleding. Wat betreft het karakteriseren van de dader trek ik dezelfde conclusies als jij doet, naar ik heb begrepen. Dat het een man is die beschikt over informatie. Hij neemt geen risico's. Het is heel goed mogelijk dat hij een, wat wij noemen, gewoon leven leidt. Waarschijnlijk verkeert hij in een heel rustige levenssfeer. Misschien heeft hij een baan waarin hij prima functioneert. Misschien heeft hij een gezin, vrienden, alles wat deel uit maakt van het normale. Waarschijnlijk heeft hij zich nooit eerder aan een misdrijf schuldig gemaakt. Althans niet aan iets wat het gebruik van geweld inhoudt. Er is iets gebeurd.

Een plotselinge vulkaanuitbarsting in zijn innerlijk die niemand, hijzelf al helemaal niet, had kunnen voorzien.

Wallander legde de brief weg. De telefoonnummers waarop Ekholm bereikbaar was stonden op het briefpapier. Hij koos het nummer van diens werkplek. Hij kreeg te horen dat Ekholm er nog niet was. Wallander liet zijn naam achter en vroeg of Ekholm hem kon terugbellen.

Het was inmiddels drie minuten voor acht.

Wallander dacht aan wat Ekholm niet wist. Dat ook de dader zich verkleedde, zich vermomde. Op dezelfde manier als zijn slachtoffers.

Als hij het tenminste was. Maar Wallander kon geen argumenten vinden om dat beeld te laten verdwijnen. Degene die hij de vorige avond in Kopenhagen had ontmoet, was de dader. Dat kon gewoon niet anders.

Hij dacht aan Isa Edengren. In elkaar gekropen in de rotsspleet achter de varens. Hij begon te rillen.

Hij stond op. Zijn collega's zaten vast al in de vergaderruimte te wachten. Hij zou vertellen wat er de vorige avond was gebeurd. De dader had zich laten zien, was naar de wc gegaan en verdwenen.

De vrouw die in rook opging. En in de as terugkeerde als man. Er was geen Louise meer. Er was alleen nog een onbekende man die zijn pruik had afgezet en daarna spoorloos was verdwenen. Een man die al acht mensen had omgebracht en die op dit moment misschien bezig was om opnieuw toe te slaan.

Wallander bleef in de deuropening van zijn kamer staan. Ekholm had nog een opmerking gemaakt. De vraag of er niet nog een motief was dat deze mensen met elkaar verbond, afgezien van het feit dat ze vermomd waren.

Intuïtief vermoedde Wallander dat Ekholm gelijk had. De vraag was alleen hoe ze dat raakvlak zouden kunnen herkennen.

Wat ga ik nu zeggen? dacht Wallander. Hoe vind ik het juiste spoor in dit onduidelijke terrein? We moeten er bovendien van uitgaan dat we weinig tijd hebben. Hetgeen betekent dat er geen tijd is om alle ideeën goed uit te laten kristalliseren, alle sporen te volgen, alle reserves in ogenschouw te nemen. Maar hoe weet je welke gedachte de juiste is?

Wallander liet die vraag voor wat hij was en ging naar het toilet; hij moest nodig plassen en had dorst.

Hij staarde naar het spiegelbeeld dat hem aankeek. Hij zag er bleek en pafferig uit, met waterige wallen onder zijn ogen. Voor het eerst in zijn leven bezorgde zijn eigen spiegelbeeld hem een misselijkmakend gevoel.

Ik moet die dader pakken, dacht hij. Niet in de laatste plaats omdat ik me ziek moet kunnen melden om mijn gezondheid aan te pakken.

Vervolgens dronk hij uit een plastic beker water. Opnieuw pakte hij de vraag op: hoe weet je welke gedachte de juiste is? Het antwoord was eenvoudig. Dat weet je niet. Het is alsof je roulette speelt, met intuïtieve impulsen. Met zwart kom je in een doodlopende steeg terecht, met rood zit je op het juiste spoor. De tijd is een kapitaal dat snel verbruikt is.

Marges zijn er niet. Wat erbij komt kijken is wat iedereen veracht en ontkent, maar waar iedereen op hoopt: geluk. Dat de gedachte die je kiest de juiste blijkt te zijn, dat het spoor dat je volgt niet rechtstreeks in een onverwachte leegte voert.

Het was zeven minuten over acht. Wallander liep de wc uit.

Iedereen was er. Hij was de leerling die te laat kwam. Of de verlate leraar. Thurnberg zat te friemelen aan de perfecte knoop van zijn das, Lisa Holgersson glimlachte haar nerveuze glimlach. De anderen, zijn collega's, ontvingen hem op de enige manier waar ze energie voor hadden: met hun oververmoeide aanwezigheid. Wallander ging zitten en wond er geen doekjes om. Hij had de dader vlak bij zich gehad, maar hij had hem laten ontglippen. Rustig en zakelijk loodste hij hen door alle gebeurtenissen. Vanaf het moment waarop hij Birch en Maria Hjortberg had gesproken, het onverwachte telefoontje van Lone Kjær, de overtocht naar Kopenhagen, de bar in een van de straten achter het centraal station van de Deense hoofdstad, Louise die daar over haar wijnglas gebogen had gezeten, haar glimlach en haar bereidheid om met Wallander te praten. Maar eerst moest ze dus nog even naar de wc.

'Daar heeft ze haar pruik afgezet', zei hij. 'Trouwens dezelfde pruik als op de foto. Ze heeft haar make-up verwijderd. Omdat zij, of beter gezegd hij, iemand is die de dingen goed voorbereidt, had hij waarschijnlijk rekening gehouden met het risico dat hij ontdekt zou worden. Waarschijnlijk had hij een crème bij zich waardoor de make-up er gemakkelijker afging.'

Toen hij de bar verliet had Wallander hem niet gezien, omdat hij op een vrouw had zitten wachten.

'En zijn kleren?' vroeg Ann-Britt Höglund.

'Ze droeg een soort broekpak', antwoordde Wallander. 'Lage schoenen. Als je heel goed had gekeken, had je misschien kunnen denken dat het een man was. Maar niet aan een bar.'

Niemand vroeg verder iets.

'In mijn hoofd is geen twijfel', zei Wallander toen de stilte geen nadere gedachten meer bevatte. 'Hij is de persoon die we zoeken. Waarom vertrekt hij anders? Waarom vlucht hij?'

'Heb je niet aan de mogelijkheid gedacht dat hij vanochtend op dezelfde boot zat als jij?' vroeg Hanson.

'Daar heb ik aan gedacht', antwoordde Wallander. 'Maar veel te laat.'

Dat zouden ze me kwalijk moeten nemen, dacht hij. Dat en nog veel meer in dit onderzoek. Eigenlijk zag ik de eerste keer toen ik de foto in handen had al dat ze een pruik droeg. Als ik me toen had gerealiseerd dat ook zij verkleed was, was het allemaal anders verlopen. Haar zochten we. Louise, die eigenlijk een man was. Alle andere sporen hadden kunnen wachten. Maar ik heb het niet gezien. Het lukte me niet om te zien wat ik in feite in het begin al had ontdekt.

Wallander schonk een glas mineraalwater in en daarna ging hij verder.

'Ik heb een brief ontvangen van Mats Ekholm', zei hij. 'Misschien herinneren jullie je nog dat hij als psycholoog ons een paar jaar geleden heeft geholpen om die jongen te pakken die mensen scalpeerde. Hij heeft ongevraagd zijn overwegingen op papier gezet. Hij wijst op het risico dat deze man opnieuw kan toeslaan. Omdat we niet weten waar of hoe we moeten zoeken, moeten we ervan uitgaan dat hij dat ieder moment kan doen. Daardoor hebben we geen tijd te verliezen.'

'Komt de pruikenman al in het onderzoek voor?' vroeg een van de rechercheurs uit Malmö.

‘Dat weten we niet. Maar dat is een van de belangrijkste vragen waarmee we geconfronteerd worden. We moeten de boel opnieuw doornemen. Al het materiaal dat we hebben. Misschien vinden we hem.’

‘De foto’, zei Martinson. ‘Op een computerscherm kunnen we de pruik weghalen en een man te voorschijn toveren.’

‘Dat is het allerbelangrijkste’, zei Wallander. ‘Daar moeten we mee beginnen wanneer we deze kamer verlaten. Met een pruik en goede make-up kun je een gezicht veranderen. Maar je kunt het niet totaal veranderen.’

Wallander voelde dat er opeens nieuwe energie was ontstaan. Het was dan ook niet zijn bedoeling het overleg onnodig te rekken. Lisa Holgersson merkte dat hij bezig was de zaak af te ronden. Ze stak haar hand op.

‘Ik wil jullie alleen maar even herinneren aan iets wat iedereen natuurlijk al weet. De begrafenis van Svedberg vindt morgen om twee uur plaats. Gezien de situatie in het onderzoek laten we voorlopig de herdenking vervallen die we na afloop hier op het bureau hadden willen houden.’

Niemand had daar iets op te zeggen. Iedereen had haast. Niemand hoefde nog te vragen wat er zou gebeuren.

Wallander was naar zijn kamer gelopen om zijn jack te halen. Hij moest een belangrijk bezoek afleggen dat niet kon wachten. Hij wilde een gedachte en een spoor volgen die waarschijnlijk helemaal fout zouden blijken te zijn, maar hij wist dat hij het zichzelf nooit zou vergeven als ze toch juist bleken te zijn. Het zou ook niet veel tijd kosten, nauwelijks meer dan een uur. Ergens had hij het idee dat hij dat uur te goed had.

Hij wilde net zijn kamer verlaten toen Thurnberg opdook.

‘Hebben we de middelen om dat beeld te ontwikkelen? vroeg hij. ‘Het retoucheren van die foto?’

‘Martinson is degene die die dingen kan’, antwoordde Wallander. ‘Maar als hij ook maar de minste twijfel heeft over zijn eigen kunnen of onze algemene technische capaciteit dan laat hij het over aan mensen die weten hoe ze het moeten doen.’

Thurnberg knikte.

‘Dat wilde ik gewoon even weten.’

Wallander voelde dat Thurnberg nog iets wilde zeggen.

'Ik vind dat je het jezelf niet moet aanrekenen dat hij zijn vermomming aflegde en verdween. Het zou wat al te veel gevraagd zijn om dat allemaal te kunnen voorzien.'

Wallander besefte dat Thurnberg meende wat hij zei. Misschien moest hij de uitspraak uitleggen als een poging tot toenadering. Hij besloot onmiddellijk om de uitgestoken hand te accepteren.

'Ik sta absoluut open voor andere standpunten', zei hij. 'In dit onderzoek zit niets wat simpel is.'

'Ik beloof je dat ik het zeg als ik iets heb', antwoordde Thurnberg.

Het gesprek was voorbij. Wallander verliet snel het bureau. Hij aarzelde even of hij de auto zou nemen, maar besloot toen om te voet te gaan. Hij hoefde alleen maar naar het centrum. De enige manier waarop hij zijn slaaptekort te lijf kon gaan, was door in beweging te blijven.

Het kostte hem tien minuten om naar het rode gebouw van de postterminal te lopen. Bij een laadsteiger waren een paar gele postauto's bezig om zakken in te laden. Wallander was er nog nooit eerder geweest. Hij zocht naar de ingang, maar de deur zat op slot. Hij belde aan en werd binnengelaten.

De man die hem ontving was de bedrijfsleider. Hij was jong, niet ouder dan dertig en heette Kjell Albinsson. Wallander had meteen vertrouwen in hem.

Albinsson nam hem mee naar een kantoor. Op een kast tegen de muur stond een tafelventilator te zoemen.

Wallander pakte pen en papier. Ondertussen vroeg hij zich af waar hij moest beginnen. "Hoe vaak komt het voor dat postbodes andermans brieven lezen?"

Die vraag was onmogelijk. Dat was een belediging van de hele beroepsgroep. Wallander dacht aan Westin. Hij zou die vraag uiterst onprettig hebben gevonden.

Wallander besloot gewoon bij het begin te beginnen.

Het was zeventien minuten voor elf. Maandag 19 augustus.

30

Aan de muur van Albinssons kamer hing een kaart.

Daar was Wallander mee begonnen. Hij had gevraagd hoe de routes van de verschillende postbodes op het platteland eruitzagen. Albinsson had uiteraard gevraagd waarom de politie nou juist dat wilde weten. Wallander had bijna de waarheid verteld. Dat hij vermoedde dat er in de regio Ystad een postbode was die niet alleen de post bezorgde maar ook meervoudig moordenaar was. Hij besefte echter dat zo'n uitspraak niet alleen absurd was, maar bovendien onjuist. Er was niets wat erop wees dat Louise, die een man bleek te zijn, bij de posterijen zou werken. Er was juist veel wat daartegen pleitte. Niet alleen het feit dat postbodes vaak heel vroeg in de ochtend met hun werk begonnen en dus niet hun nachten in bars in het centrum van Kopenhagen konden doorbrengen, althans niet door de week. Daarom had hij slechts ontwijkend geantwoord. Hij zei niet eens dat het met de moord op Svedberg te maken had. Of met de jongelui in Hagestad en Nybrostrand. Hij benadrukte zijn vage antwoord wat, zodat het Albinsson niet kon ontgaan dat hij niet op een duidelijker uitleg hoefde te rekenen.

Albinsson was enthousiast aan het aanwijzen en uitleggen. Af en toe maakte Wallander een aantekening in zijn blocnote.

'Hoeveel postbodes zijn er alles bij elkaar?' vroeg Wallander toen Albinsson de kaart liet voor wat hij was en achter zijn bureau ging zitten.

'Wij hebben acht postbestellers.'

'Heb je misschien ook een lijst met hun namen? Het liefst ook foto's.'

'De post is een open en commercieel bedrijf', antwoordde Albinsson. 'We hebben zelfs een kleurenfolder gemaakt over onze postbodes en hun werk.'

Albinsson verdween even. Wallander bedacht dat hij nu een keer geluk had. Met foto's van de postbodes zou hij onmiddellijk zijn vermoeden dat de man uit Kopenhagen niet bij de post werkte kunnen bevestigen.

Dat betekende niet dat hij geen hoop koesterde. Ze zouden dan in één klap de dader hebben geïdentificeerd.

Albinsson keerde terug met de folder. Wallander zocht vergeefs en vloekend naar zijn bril.

'Misschien heb je iets aan die van mij', opperde Albinsson. 'Welke sterkte heb je?'

'Ik weet het niet precies. 10,5?'

Albinsson keek hem verwonderd aan.

'Dat zou dan betekenen dat je blind was', zei hij. 'Ik neem aan dat je 1,5 bedoelt. Ik heb 2,0. Dat lukt wel.'

Wallander zette de bril op. Dat hielp. Op de folder was niet bezuinigd. Hij vroeg zich af of dat misschien de reden was dat de tarieven voortdurend omhooggingen. Maar hij dacht ook aan wat Westin had verteld toen hij hem naar Bärnsö bracht. Dat e-mail binnen een paar jaar bijna de helft van wat tegenwoordig als gewone post de deur uitging zou hebben verdrongen. Wat moesten de posterijen dan doen? Westin had daar geen antwoord op gehad. Wallander ook niet, maar hij vroeg zich af of de folder wel een ander gebruiksdoel had dan dat hij er op dit moment goed mee geholpen werd.

Als je de folder openvouwde, stonden daar de acht brievenbestellers. Vier mannen en vier vrouwen. Wallander bestudeerde de gezichten van de mannen. Geen van hen vertoonde ook maar de minste gelijkenis met Louise. Hij aarzelde even bij een man genaamd Lars-Göran Berg, maar hij besefte dat dat ook niet kon. Daarna bekeek hij de gezichten van de vrouwen. Een van hen herkende hij. Zij had sinds jaar en dag de post bezorgd bij zijn vader in Löderup.

'Mag ik deze folder houden?' vroeg hij.

'Je kunt er nog meer krijgen als je wilt.'

'Deze is voldoende.'

'Heb je een antwoord op je vragen?'

'Niet echt. Ik heb er nog een paar. De post wordt dus hier gesorteerd. Doen de postbodes dat zelf?'

‘Ja.’

‘Andere werknemers zijn hier dus niet?’

‘Afgezien van mezelf alleen Sune Boman. Hij is hier. Wil je hem spreken? Moet ik hem halen?’

Wallander wilde een antwoord op de vraag of Boman degene kon zijn die hij zocht. Vaag vroeg hij zich af wat er zou gebeuren als zou blijken dat het de man was die hij de vorige avond gezien had, verkleed als vrouw.

‘Misschien kunnen we even naar hem toe lopen.’

Ze liepen naar de hal waar de post werd gesorteerd. Er stond een man gebogen over een postzak die hij net had dichtgebonden. Al van een afstand besefte Wallander dat hij het niet kon zijn. Sune Boman woog zeker meer dan honderd kilo. Hij was bovendien bijna twee meter lang. Wallander groette hem. Boman keek hem strak aan.

‘Waarom hebben jullie die gek nog niet opgepakt?’

‘Daar zijn we mee bezig’, zei Wallander.

‘Hij had allang vast moeten zitten.’

‘Helaas gaat het niet altijd zoals je zou willen.’

Wallander en Albinsson keerden terug naar het kantoor dat ze net hadden verlaten.

‘Hij heeft af en toe een beetje een vervelend humeur’, zei Albinsson verontschuldigend.

‘Wie niet?’ antwoordde Wallander. ‘En hij heeft bovendien gelijk. Er is waarschijnlijk niemand die niet zou willen dat de dader al gepakt was.’

Wallander ging zitten en probeerde te bepalen of hij nog meer vragen had of niet. De oplossing had zich niet hier in de postterminal bevonden. Daar had hij ook niet op gerekend.

Hij gaf de bril terug aan Albinsson.

‘Dat was het wel zo’n beetje. Ik zal je niet meer storen. Voorzover er hier niet nog anderen werken.’

‘We hebben natuurlijk de chauffeurs nog’, zei Albinsson. ‘Maar die zorgen voor de ruwe sortering van de inhoud van postzakken en brievenbussen. Die hebben dus niets met het sorteren en bezorgen van de post te maken.’

‘Je hebt van hen niet toevallig ook een brochure?’

'Helaas niet.'

Wallander stond op. Hij had verder geen vragen.

'Waar probeer je eigenlijk achter te komen?' vroeg Albinsson.

'Het is zoals ik al heb gezegd. Het puur routinematig in kaart brengen van dingen.'

Albinsson schudde zijn hoofd.

'Misschien kun je iemand anders voor de gek houden, maar mij niet. Waarom zou de toprechercheur uit deze stad rondrijden om routinevragen te stellen? Terwijl jullie bezig zijn de moord op te lossen op een van jullie collega's. En bovendien op een aantal jongelui. En een bruidspaar. Je bent hier omdat dat op de een of andere manier met die moorden te maken heeft.'

'Dat doet niets aan de zaak af', zei Wallander. 'Dat dit een onbevooroordeelde manier is om dingen in kaart te brengen.'

'Ik geloof je niet', antwoordde Albinsson. 'Ik denk dat je iets zoekt.'

'Ik heb gezegd wat ik kan zeggen. Maar ik heb misschien toch nog een paar vragen.'

Wallander ging weer zitten.

'Een postzak zal er vandaag de dag wel anders uitzien dan tien, twintig jaar geleden. Wat voor mensen versturen er tegenwoordig eigenlijk nog brieven?'

'Je hebt gelijk wanneer je zegt dat de verandering groot is. Over een paar jaar zal die nog groter zijn. Post is bezig ouderwets te worden. Je stuurt faxen of e-mails in plaats van brieven.'

'Ik neem aan dat het aantal privé-brieven drastisch is verminderd.'

'Toch niet zoveel als je misschien zou denken. Er zijn nog steeds veel mensen die fax en e-mail wantrouwen. Die op hun privacy zijn gesteld. Dan geef je de voorkeur aan een dichtgeplakte envelop.'

'De posttassen zitten dus niet vol met alleen maar reclame en brieven van allerlei instanties.'

'Verre van dat.'

Wallander knikte. Albinsson en hij stonden tegelijk op.

'Heb je antwoord op je vragen?'

'Ik geloof het wel. Bedankt voor je hulp.'

Albinsson vroeg verder niets meer. Hij liep mee om Wallander uit te laten. Buiten scheen de zon. Wat een vreemde augustusmaand, dacht Wallander. De warmte wil zich maar niet gewonnen geven. De wind die er toch anders altijd is, lijkt nu helemaal te zijn verdwenen.

Hij liep terug naar het politiebureau. In gedachten vroeg hij zich af of hij de volgende dag ook in uniform moest zijn, wanneer ze Svedberg gingen begraven. Hij vroeg zich ook af of Ann-Britt Höglund misschien spijt had dat ze het op zich had genomen om een speech te houden. Die ze bovendien niet zelf had geschreven.

Toen hij bij de receptie kwam, zei Ebba dat Lisa Holgersson hem wilde spreken. Wallander merkte dat Ebba gedeprimeerd was.

'Hoe gaat het eigenlijk met je?' vroeg hij. 'We hebben tegenwoordig helemaal geen tijd meer om even bij te praten.'

'Ach, de dingen zijn zoals ze zijn.'

Wallander herinnerde zich dat zijn vader dezelfde woorden had gebruikt wanneer hij het over de ellende van het ouder worden had.

'Als dit eenmaal achter de rug is, zullen we praten', zei Wallander.

Ze knikte. Wallander had het gevoel dat er ook nog iets anders met haar was. Maar hij had geen tijd om het te vragen. Hij liep naar Lisa Holgerssons kamer. Zoals gewoonlijk stond haar deur open.

'Dit is een geweldige doorbraak', zei ze toen hij in haar gemakkelijke bezoekersstoel was gaan zitten. 'Thurnberg is onder de indruk.'

'Onder de indruk van wat dan?'

'Dat moet je hem zelf maar vragen. Maar je maakt je reputatie waar.'

Wallander was verbijsterd.

'Is het zo erg?'

'Eerder omgekeerd.'

Wallander spreidde zijn armen uit. Hij wilde niet over zijn eigen inzet praten, omdat hij die als totaal onvoldoende beschouwde.

'De chef van de rijkspolitie zal bij de begrafenis aanwezig zijn', zei ze. 'De minister van Justitie ook. Ze landen om elf uur op Sturup. Ik ga hen daar ophalen. Ze hebben gezamenlijk de wens uitgesproken om daarna een verslag te krijgen. Laten we zeggen om halftwaalf. In de grote vergaderzaal. Van jou, Thurnberg en mij.'

'Kun jij dat verslag niet uitbrengen? Of Martinson. Die praat veel beter dan ik.'

'Toch ben jij degene die het onderzoek leidt', zei ze. 'We hadden gedacht dat het hooguit een halfuur zou duren. Daarna gaan ze lunchen. Direct na de begrafenis gaan ze weer terug naar Stockholm.'

'Gaat een van hen ook speechen?'

'Allebei.'

'Ik zie ontzettend op tegen die begrafenis', zei Wallander. 'Het maakt toch een verschil of de overledene met geweld is omgebracht.'

'Denk je aan je oude vriend Rydberg?'

'Ja.'

De telefoon ging. Lisa Holgersson nam op, luisterde en vroeg of ze later kon terugbellen.

'Hoe is het met de muziek afgelopen?' vroeg Wallander.

'We hebben de cantor laten beslissen. Het wordt vast waardig. Wat is het meestal? Bach en Buxtehude? En dan natuurlijk "Heerlijk is de aarde".'

Wallander stond op om weg te gaan.

'Ik hoop dat je van de gelegenheid gebruikmaakt', zei hij. 'Nu je de chef van de rijkspolitie en de minister van Justitie allebei hier hebt.'

'Gelegenheid waarvoor?'

'Om hun te vertellen dat het zo niet langer kan. Wanneer er nog meer bezuinigingen komen, beweer ik dat het niet langer een bezuinigingsoperatie is maar een samenzwering. Terwijl we hier in het land met zoveel georganiseerde zowel als incidentele misdaad te maken hebben.'

'Wat bedoel je daar in vredesnaam mee?'

'Net wat ik zeg. Een samenzwering. Om ervoor te zorgen dat de politie helemaal ondeugdelijk wordt om haar werk te doen. Zeg dat maar tegen hen. Dat het nog niet helemaal zover is, maar dat het niet veel meer scheelt.'

Ze schudde haar hoofd.

'Ik geloof dat ik het op dat punt niet helemaal met je eens ben.'

'Je weet dat ik gelijk heb. Iedereen die bij de politie werkt, merkt dat het uit de hand loopt.'

'Waarom zeg je dat zelf niet?'

'Misschien zou ik dat wel moeten doen. Maar eigenlijk zou ik die dader moeten pakken.'

'Jij niet', zei ze nadrukkelijk. 'Wij.'

Wallander liep naar de kamer van Martinson. Ann-Britt Höglund was daar ook. Samen bekeken ze een beeld op het computerscherm: het gezicht van Louise. Maar dan zonder haar. Dat had Martinson verwijderd.

'Ik gebruik een programma dat door de FBI is ontwikkeld', zei Martinson. 'We kunnen er nu honderden verschillende kapsels aan gaan toevoegen. Daarna volgen snorren en baarden. Je kunt zelfs pukkels in het gezicht aanbrengen.'

'Ik geloof niet dat hij die had', zei Wallander. 'Het enige wat interessant is, is wat er onder die pruik zat.'

'Ik heb wat veldwerk verricht', zei Ann-Britt Höglund. 'Ik heb een pruikenmaker in Stockholm gebeld om te vragen of er ook beperkingen zijn ten aanzien van de hoeveelheid eigen haar die je onder een pruik kunt stoppen. Het blijkt dat het heel moeilijk is om daar een eenduidig antwoord op te geven.'

'Hij kan dus in werkelijkheid veel haar hebben', zei Wallander.

'Dit programma kan nog meer', wierp Martinson ertussen. 'We kunnen de oren ook vouwen en neuzen platter maken.'

'De gelijkenis met de foto is groot', zei Wallander. 'We hoeven dus niet uit te vouwen of platter te maken.'

'De kleur van de ogen?' vroeg Martinson.

'Blauw', antwoordde hij.

'Heb je haar gebit ook gezien?'

'Niet haar gebit. Zijn gebit.'

'Heb je dat gezien?'

'Niet echt duidelijk. Maar ik geloof dat het er goed verzorgd en wit uitzag.'

'Psychopaten zijn vaak heel precies in hun persoonlijke verzorging', zei Martinson.

'We weten niet of het een psychopaat is', zei Wallander.

Wat Wallander over de ogen en het gebit had verteld, voerde Martinson in de computer in.

'Hoe oud is ze?' vroeg Ann-Britt Höglund.

'Niet zij', zei Wallander. 'Hij.'

'Maar je hebt een vrouw gezien. Pas later begreep je dat het een man was.'

Wallander realiseerde zich dat haar gedachten juist waren. Hij had een vrouw gezien. Dat moest zijn uitgangspunt zijn wanneer hij haar leeftijd inschatte.

'Het is altijd moeilijk om de juiste leeftijd in te schatten van een vrouw die zwaar opgemaakt is', zei hij. 'Maar de foto waar wij gebruik van maken moet tamelijk kortgeleden gemaakt zijn. Ik zou zeggen dat ze ongeveer veertig jaar is.'

'Hoe lang was ze?' vroeg Martinson. 'Ze was nog steeds een vrouw toen ze van de barkruk opstond om naar het toilet te gaan.'

Wallander probeerde zich dat te herinneren.

'Ik weet het niet zeker', antwoordde hij. 'Maar ze was denk ik behoorlijk lang. Tussen de 1.70 en 1.75.'

Martinson typte die gegevens in.

'Haar lichaam', zei hij. 'Had ze valse borsten?'

Wallander besefte dat zijn waarnemingen niet bijzonder nauwkeurig waren geweest.

'Ik weet eigenlijk niet wat ik daarop moet antwoorden.'

Ann-Britt Höglund keek hem aan met iets wat een glimlach zou kunnen zijn.

'Volgens alle beschikbare onderzoeken let een man al heel snel op de boezem van een vrouw', zei ze. 'Of die groot of klein is. Daarna schijnt hij naar de benen te kijken. En de kont.'

Martinson zat te grinniken achter zijn computer. Wallander zag het idiote van de situatie in. Hij moest een vrouw beoordelen die een man was, maar die toch als een vrouw moest worden beschouwd. Zodat Martinson gegevens kreeg die hij in de computer kon invoeren.

'Ze droeg een jasje', zei hij. 'Misschien ben ik wel een atypische observator. Maar ik zag geen duidelijk gemarkeerde boezem. Bovendien was het een hoge bar. Ik heb ook niet goed gezien hoe ze er van achteren uitzag. Toen ze van de bar opstond, werd ze meteen door andere mensen aan het zicht onttrokken. Het was die avond erg druk in dat café.'

'We hebben toch al redelijk wat', zei Martinson bemoedigend.

'Wat we nu moeten zien te achterhalen is wat voor kapsel deze persoon eventueel onder haar pruik kan hebben.'

'Daar moeten wel honderden varianten van zijn', zei Wallander. 'De vraag is of we niet gewoon het gezicht zelf naar buiten moeten brengen, in de kranten moeten publiceren, in de hoop dat iemand hem aan de hand van zijn gelaatstrekken kan identificeren, zonder dat die verwarrende pruik je wat de sekse betreft op het verkeerde been zet.'

'Volgens onderzoek van de FBI is dat bijna onmogelijk.'

'Laten we het toch maar doen', zei Wallander.

Opeens was hem iets anders te binnen geschoten.

'Wie heeft er met die verpleegster gepraat? Die dat telefoontje aannam van de man die zich voor Erik Lundberg uitgaf?'

'Ik', zei Ann-Britt Höglund. 'Eigenlijk zou Hanson dat doen, maar ik heb het gedaan.'

'Wat wist ze nog?'

'Niet echt veel. Hij sprak Skåns dialect.'

'Klonk het echt?'

Ze keek hem verbaasd aan.

'Nee, eigenlijk niet. Dat zei de verpleegster er nog bij. Dat er iets geks was aan zijn dialect. Maar ze kon niet zeggen wat.'

'Je zou dat dus kunnen uitleggen als gemaakt?'

'Ja.'

'Hoe klonk zijn stem? Helder of donker?'

'Donker.'

Wallander keerde in gedachten terug naar de Amigo. Louise had naar hem geglimlacht. Daarna had ze gezegd dat ze naar de wc moest. En ze had met een donkere stem gesproken. Door de hoge stem die ze had opgezet heen.

'Dan is hij het, die heeft gebeld', zei Wallander. 'Ik denk dat we daar redelijk zeker van kunnen zijn. Ook al hebben we natuurlijk geen bewijzen.'

Wallander voelde de behoefte om zijn naaste collega's om zich heen te hebben. In deze situatie waren dat alleen Ann-Britt en Martinson. Zelfs Hanson maakte geen deel uit van zijn kleine kring van vertrouwelingen.

'Laten we de boel even afstemmen', zei hij. 'Alleen wij met z'n drieën. We gaan even in de kleine vergaderkamer zitten.'

'Ik moet eigenlijk hiermee verder', zei Martinson. 'Het is niet helemaal zonder complicaties om een dergelijk beeld te ontwikkelen.'

'Het hoeft niet lang te duren.'

Martinson stond op. Samen liepen ze naar de kleinste vergaderkamer van het politiebureau en sloten de deur. Wallander vertelde van zijn bezoek aan de postterminal.

'Ik hoopte nergens op,' zei hij, 'maar ik wilde er zeker van zijn.'

'Dat verandert toch niets aan het uitgangspunt', zei Martinson. 'Dat we iemand zoeken die over goede informatie beschikt. Verbijsterend goede informatie. Iemand die zich toegang weet te verschaffen tot de diepste geheimen van mensen.'

'Tot nu toe hebben we nog niets aan het licht gebracht dat erop wijst dat er buitenstaanders waren die wisten wanneer en waar de trouwfoto's gemaakt zouden worden', zei Ann-Britt Höglund.

'Dat is nou net waar we ons op moeten concentreren', zei Wallander. 'Dit onderzoek is ongelooflijk veelomvattend en gaat in alle mogelijke richtingen. Maar nu hebben we eindelijk iets gevonden dat misschien op een redelijk centraal punt lijkt. We hebben een dader die met zijn slachtoffers een gewoonte deelt. Hij verkleedt zich. Bovendien dringt hij binnen in een wereld die althans gedeeltelijk geheim is. Hoe doet hij dat? Waar bevindt hij zich? Hoe komt hij aan die informatie?'

Daarna peinsde hij verder over zijn bezoek aan de postterminal.

'Ik heb maar één gemene deler gevonden', zei Wallander. 'Isa Edengren en Sture Björklund hebben dezelfde postbode. Verder heb ik snel uitgerekend dat er drie verschillende postbodes zijn. Plus iemand die buiten het district van Ystad werkt. We kunnen deze theorie dus afschrijven. Het is absurd om te denken dat er een samenzwering van postbodes is. Het is al absurd genoeg zoals het nu is.'

Niettemin aarzelde Martinson.

'Gaan we niet een beetje te snel? Laten we eens aannemen dat deze man die als vrouw verkleed is, zich alleen ergens in de marge van ons onderzoek bevindt. We kunnen natuurlijk niet zeker weten of zij achter alles zit.'

Wallander besefte dat Martinsons bezwaar terecht was.

'Je hebt gelijk', zei hij. 'Laten we dus wat beter kijken naar de vier mannelijke postbodes om wie het gaat. Plus iemand die zich in het district van Simrishamn moet bevinden. De posterijen maken het ons gemakkelijker door een folder ter beschikking te stellen.'

Ze noteerden de namen en verdeelden die.

'We mogen hier denk ik niet veel hoop uit putten', zei Wallander, 'maar misschien is er een mogelijkheid dat ze een vingerafdruk van de bar weten te halen. Het wijnglas was helaas al afgewassen.'

Daarna gingen ze ertoe over dit voorlopige middelpunt van verschillende kanten te bekijken. Wat zagen ze over het hoofd? Op welke manieren konden mensen eigenlijk achter informatie komen? Door brieven te openen of telefoontjes af te luisteren? Dat waren twee mogelijkheden. Maar verder? Ze bespraken alle mogelijkheden, van roddel tot chantage, van e-mail tot fax, maar ze kwamen niet dichter in de buurt van iets wat dat middelpunt betekenis zou kunnen geven. Wallander voelde zijn ongerustheid in volle hevigheid terugkeren. Hij dacht aan de brief van Mats Ekholm.

'We hebben geen patroon', zei hij. 'We hebben vermommingen en geheimen. Maar meer niet.'

'Er is informatie over die sekte binnengekomen', zei Martinson. 'Divine Movers. Geweldsdelicten lijken daar niet te zijn voorgekomen. De belastingdienst heeft echter wel het een en ander met ze te verhapstukken. Maar ik denk dat dat tegenwoordig voor de meeste sektes in de westerse wereld geldt.'

'Wat gebeurt er als we die vermommingen weghalen?' zei Ann-Britt Höglund. 'Als we dat als iets oppervlakkigs zien, dat we buiten beschouwing kunnen laten. Wat hebben we dan?'

'Jongelui', zei Wallander. 'Vrolijke jongelui. Die een feestje hebben of gaan trouwen.'

'Je laat Haag dus buiten beschouwing?'

'Ja. Hij valt daarbuiten.'

'En Isa Edengren?'

'Zij had bij die midzomerviering zullen zijn.'

'Dat verandert het plaatje', zei Ann-Britt Höglund. 'Dan komt er iets nieuws bij. Zij mag niet ontsnappen. Maar ontsnappen aan wat? Het motief? Wat is dat? Wraak of haat? We vinden ook geen raakvlakken tussen het bruidspaar en die jongelui. Bovendien maakt Svedberg ook nog deel uit van het plaatje. Wat voor spoor volgde hij?'

'Op die laatste vraag denk ik dat we wel een antwoord kunnen geven', zei Wallander. 'Althans een voorlopig antwoord. Svedberg kende deze man die als vrouw verkleed was. Iets moet zijn wantrouwen hebben gewekt. Wanneer hij in de zomer met zijn onderzoek bezig is, realiseert hij zich dat hij gelijk heeft. Dat moet de reden zijn dat hij wordt omgebracht. Hij weet te veel. Voordat hij gelegenheid heeft om ons te vertellen wat hij weet, is hij dood.'

'Maar wat betekent dit eigenlijk allemaal?' zei Martinson. 'Tegen zijn neef zegt Svedberg dat hij omgaat met een vrouw die Louise heet. Nu blijkt dat dat eigenlijk een man is. Dat had Svedberg toch na al die jaren wel moeten ontdekken? Waar hebben we het nou eigenlijk over? Over travestieten? Of dat Svedberg toch homoseksueel was?'

'Je kunt het ook op een andere manier duiden', antwoordde Wallander. 'Ik kan me niet echt voorstellen dat Svedberg de neiging had in vrouwenkleren te gaan rondlopen, maar hij kan natuurlijk wel homoseksueel zijn geweest. Zonder dat een van ons daar ook maar een idee van had.'

'Er is iemand die hierbij steeds belangrijker lijkt te worden', zei Ann-Britt.

Wallander wist wie ze bedoelde. Bror Sundelius. De gepensioneerde bankdirecteur.

'Dat is ook mijn gedachte', antwoordde hij. 'Ik vind dat we alle reden hebben om van nog een middelpunt uit te gaan. Niet als alternatief, maar als aanvulling. Dat zijn de mensen en gebeurtenissen die zich groeperen rond een elf jaar oude aangifte bij het OM. We weten dat Svedberg zich heel wonderlijk gedroeg. Je zou je kunnen voorstellen dat hij het slachtoffer was van een vorm van chantage. Of misschien had hij andere redenen om iets in de doofpot te stoppen wat met Stridh te maken had.'

'Als Bror Sundelius ook afwijkende neigingen heeft, is dat denkbaar', zei Martinson.

Wallander keurde Martinsons manier van uitdrukken af. Daar

school een nauwelijks verholen verachting in.

'Homoseksualiteit kun je niet echt een afwijkende neiging noemen', zei hij. 'In de jaren vijftig werd daar zo tegenaan gekeken, maar nu niet meer. Dat mensen hun geaardheid soms nog steeds willen verbergen is niet hetzelfde.'

Martinson voelde Wallanders afkeuring, maar hij zei niets.

'De vraag is dus wat Sundelius, Stridh en Svedberg met elkaar verbond', vervolgde Wallander. 'Drie mannen van wie de achternaam met een S begint. Een bankdirecteur, een alcoholistische kruimeldief en een rechercheur.'

'Ik vraag me af of Louise er toen ook al bij was', merkte Ann-Britt Höglund op.

Wallander vertrok zijn gezicht.

'We moeten hem een andere naam geven', zei hij. 'Louise is op dat toilet in Kopenhagen verdwenen. Het is voor ons denken verwarrend als we die naam Louise niet veranderen.'

'Louis', zei Martinson. 'Heel eenvoudig.'

Ze waren het er alledrie mee eens. Louise werd voorlopig omgedoopt en veranderde van geslacht. Nu was het een man met de naam Louis die ze zochten.

'Stridh is dood', vervolgde Wallander. 'Uit het graf kunnen we geen getuigenis meer halen. Misschien heeft Rut Lundin echter nog wel meer te vertellen. Ook al betwijfel ik dat eigenlijk. Ik denk dat ze eerlijk is geweest. Ze kan nauwelijks op de hoogte zijn geweest van alles waar Stridh mee bezig was.'

'Dan blijft dus alleen Sundelius nog over?'

Wallander keek Martinson aan en knikte.

'Hij is belangrijk', zei Wallander. 'Zo belangrijk dat we ons eigenlijk een beetje extra op hem moeten concentreren. We moeten nader onderzoeken wat voor iemand hij eigenlijk is.'

'Waarom halen we hem niet naar het bureau?' vroeg Martinson.

'Hem hiernaartoe halen voor wat dan?'

'Als hij belangrijk is voor het onderzoek is dat toch reden genoeg.'

'Voordat we hem hiernaartoe halen, moeten we in ieder geval zoveel weten dat we ook iets hebben om aan hem te kunnen vragen.'

Ze besloten dat Martinson een deel van zijn aandacht op Sundelius zou richten. Wallander verliet de kamer en liep naar zijn eigen kantoor. In de gang kwam hij Edmundsson tegen.

'We hebben niks gevonden op die plek in het natuurgebied waar jij wilde dat we gingen zoeken', zei hij.

Het duurde even voordat Wallander wist waarover hij het had.

'Niets?'

'Iemand had bij een boom pruimtabak uitgespuugd', antwoordde Edmundsson. 'Dat was alles.'

Wallander nam hem vorsend op.

'Ik hoop dat je die pruimtabak hebt veiliggesteld. Of dat je dit aan Nyberg hebt verteld.'

Edmundsson verraste hem.

'Dat heb ik inderdaad gedaan.'

'Deze vondst kan belangrijker zijn dan je denkt', zei Wallander.

Hij liep door naar zijn kantoor. Hij had dus gelijk gehad. Die plek waar hij het gevoel had gehad dat er iemand naar hem stond te kijken. Dat was de plaats waarvandaan je het pad het beste in de gaten kon houden. De moordenaar was daar geweest. En hij had pruimtabak uitgespuugd. Net als op het strand. Hij had ook bij de afzettingen bij Nybrostrand gestaan. Toen was hij vermomd geweest.

Hij volgt ons, dacht Wallander. Hij is in onze buurt. Hij is de hele tijd een stap vóór ons en een stap achter ons. Misschien probeert hij op de hoogte te blijven van wat wij weten? Of misschien is het hem erom te doen voor zichzelf te bewijzen dat we hem niet zullen vinden.

Opeens kwam er een gedachte bij hem op. Hij belde naar de kamer van Martinson.

'Heeft een van jullie het gevoel gehad dat iemand ongewone belangstelling toonde voor ons onderzoek?'

'Wie zou dat moeten zijn? Behalve dan de journalisten die nieuws proberen op te snuffelen?'

'Wil jij tegen de anderen zeggen dat we erop moeten letten of er iemand is die ongewoon geïnteresseerd lijkt? Die zich wonderlijk gedraagt. Die er niet echt bijhoort. Duidelijker kan ik niet zijn.'

Martinson beloofde het door te geven. Wallander beëindigde het gesprek.

Het werd twaalf uur. Wallander voelde opeens dat hij misselijk was van de honger. Hij verliet het politiebureau en liep naar een van de restaurants in het centrum. Om halftwee was hij weer terug. Hij hing zijn jack weg en sloeg de folder open die hij bij de postterminal had gekregen.

De eerste postbode die hij te pakken zou proberen te krijgen heette Olov Andersson.

Wallander pakte de hoorn op en toetste het nummer in. Ondertussen vroeg hij zich af hoelang hij het nog zou volhouden.

*

Hij was even over elven in Ystad aangekomen.

Omdat hij niet het risico wilde lopen de rechercheur die hem in Kopenhagen had gevonden tegen het lijf te lopen, was hij over Helsingør teruggereisd. Hij had de trein genomen en was daarna aan boord van de veerboot gegaan. In Helsingborg had hij vervolgens een taxi naar Malmö genomen, waar hij zijn auto had staan. De onverwachte erfenis die hij van een familielid had gekregen, maakte dat hij niet zuinig hoefde te zijn. Voordat hij naar zijn auto liep, had hij de parkeerplaats lang in de gaten gehouden. Hij twijfelde er niet aan dat hij zou ontkomen. Net zomin als hij daar de vorige avond aan had getwijfeld, in die bar in Kopenhagen. Dat was een grote triomf geweest. Hij had niet verwacht dat er een rechercheur naast hem zou komen zitten, maar hij had het hoofd koel gehouden. Hij had gewoon gedaan wat hij al lang geleden gepland had, als de situatie zich zou voordoen.

Rustig naar het damestoilet gaan, de pruik afzetten, die aan de achterkant bij zijn riem insteken, de make-up verwijderen met de crème die hij altijd in zijn zak had. En daarna weggaan. Het toilet tegelijkertijd verlaten met een andere man. Zijn vermogen om te ontsnappen had hem niet in de steek gelaten.

Toen hij er zeker van was dat de parkeerplaats niet bewaakt werd, was hij in zijn auto gestapt en naar Ystad gereden. Daarna had hij lang gedoucht en was hij in de geluiddichte kamer tussen de lakens gekropen. Hij had veel om over na te denken. Hoe die rechercheur met de naam Wallander hem had gevonden wist hij niet. Maar ergens moest hij toch een spoor hebben achtergelaten. Daardoor was hij eerder geschokt dan verontrust. De enige verklaring die hij ervoor kon bedenken was dat Svedberg ondanks alles toch een foto van hem in zijn flat moest hebben gehad. Een foto van Louise. Die hij niet had gevonden, hoewel hij alles in de flat overhoop had gehaald. Die gedachte kalmeerde hem tegelijkertijd helemaal. De rechercheur was gekomen om met een vrouw te praten. Niets wees erop dat hij vóór zijn bezoek aan de bar had geweten of vermoed dat er geen Louise bestond, maar alleen een vermomming. Maar nu had hij dat natuurlijk wel door.

De gedachte dat hij zo gemakkelijk was ontkomen wond hem op. Die spoorde hem aan om door te gaan. Hoewel dat een probleem met zich meebracht. Hij had geen mensen uitgekozen om te doden. De voorraad was op. Volgens zijn oorspronkelijke plan zou hij nu wachten. Misschien wel een jaar. Goed bedenken hoe hij verder moest gaan om zichzelf te overtreffen. Hij zou zo lang wachten dat ze hem begonnen te vergeten. Totdat iedereen zou denken dat hij niet meer bestond. Pas dan zou hij zich weer laten zien.

De ontmoeting met de rechercheur had hem toch van streek gemaakt. Hij kon de gedachte niet langer verdragen om er een heel jaar overheen te laten gaan voordat hij weer zou optreden.

De hele middag bleef hij in zijn bed liggen, terwijl hij het probleem systematisch van alle kanten probeerde te bekijken. Er waren veel mogelijkheden denkbaar, veel uitwegen. Een paar keer stond hij op het punt om het op te geven.

Ten slotte meende hij toch dat hij een oplossing had bedacht. Die week af van het plan dat hij eerder had gemaakt en was daardoor op allerlei manieren onbevredigend, maar zoals de situatie nu lag had hij geen alternatieven. Bovendien zat er ook iets heel verleidelijks in. Hoe langer hij met de gedachte speelde, hoe duidelijker het werd dat die absoluut geniaal was. Hij zou een beeld in scène zetten dat niemand zich had kunnen voorstellen. En dat nadien ook niemand zou begrijpen. Hij zou een mysterie scheppen dat niemand ooit zou kunnen oplossen. De onzichtbare sleutel zou hij weggooien in de duisternis, waar niemand hem zou kunnen vinden.

Laat in de middag nam hij zijn besluit. Het werd Wallander. De rechercheur. En het zou binnenkort gebeuren. De volgende dag zou Svedberg worden begraven. Die dag had hij ook nodig voor zijn voorbereidingen. Hij glimlachte bij de gedachte dat Svedberg hem in feite zou kunnen helpen. In de tijd dat de begrafenis plaatsvond, zou er niemand in de flat van de rechercheur zijn. Svedberg had verscheidene keren gezegd dat Wallander gescheiden was en de meeste tijd alleen doorbracht.

Hij zou daarna niet langer wachten dan tot woensdag.

De gedachte wond hem opnieuw op.

Hij zou die rechercheur doodschieten. En hem daarna een vermomming geven. Maar niet zomaar een vermomming.

31

De maandag was een verloren dag geweest.

Dat was de eerste gedachte die door Wallanders hoofd ging toen hij dinsdagochtend wakker werd. Voor het eerst in lange tijd voelde hij zich uitgeslapen. Hij was al om negen uur 's avonds op het politiebureau weggegaan. Het was alsof hij tot een persoonlijke aftocht gedwongen werd. Hij hield het gewoon niet langer vol. Hij was rechtstreeks naar Mariagatan gereden, had in de keuken een paar droge broodjes gegeten en was daarna naar bed gegaan. Vanaf het moment dat hij het bedlampje had uitgedaan kon hij zich niets meer herinneren.

Het was zes uur. Hij lag roerloos in bed. Door een spleet in de gordijnen zag hij dat de hemel blauw was. De maandag was een verloren dag geweest, dacht hij opnieuw. Niets had hen verder gebracht. Hij had met twee postbodes gesproken. Geen van beiden had hem iets kunnen vertellen wat van belang was. Het waren twee vriendelijke mannen die uitgebreid op zijn vragen ingingen, maar het onderzoek wachtte vergeefs op wind in de zeilen. Rond zes uur 's avonds had Wallander met de anderen van het rechercheteam overlegd. Gezamenlijk hadden ze toen inmiddels alle postbodes die op hun lijstjes stonden gesproken. Maar wat hadden ze eigenlijk kunnen vragen? En wat voor antwoorden hadden ze gekregen? Wallander had onder ogen moeten zien dat ze op een verkeerd spoor zaten, dat zijn ingeving hen niet had geleid naar waar hij had gehoopt. Maar niet alleen de postbodes waren een doodlopende steeg. Lone Kjær had uit Kopenhagen gebeld om te vertellen dat ze in de Amigo op de bar geen vingerafdrukken aan het licht hadden kunnen brengen. Ze hadden het ook nog geprobeerd met de barkruk, maar ze hadden nergens vingerafdrukken veilig kunnen stellen. Wallander had dat ook niet echt verwacht, maar hij had het wel gehoopt. Met een vingerafdruk die ze hadden kunnen vergelijken met wat ze al hadden, konden ze alle twijfel wegnemen over het feit dat ze de dader nu hadden geïdentificeerd. Dat degene die ze zochten een man was die zich als vrouw verkleedde. Nu bestond nog steeds de vage maar verontrustende kans dat het allemaal ondanks alles niet zou blijken te kloppen, dat de man met de donkere pruik niet meer dan een tussenstap was, niet het uiteindelijke doel.

Martinson was koppig doorgegaan met zijn montagefoto's. Hij had een groot aantal kapselvoorstellen ter tafel gebracht en hun om commentaar gevraagd. Wallander had zich vaag de uitknippoppen herinnerd die je had toen hij jong was. Je knipte poppen uit tijdschriften en kon er met hoekjes allerlei kledingstukken omheen vouwen. Hij kon zich echter niet herinneren of het ook mogelijk was geweest om bij die poppen de kapsels te verwisselen.

Het probleem was dat niemand een flauw idee had wat het juiste kapsel kon zijn. Wallander had er echter een paar agenten op uitgestuurd om foto's van het pruikloze gezicht aan de bewoners van Svedbergs flat aan Lilla Norregatan te laten zien. Maar iedereen had zijn hoofd geschud. Er was niemand die het gezicht dat ze lieten zien meende te herkennen.

Ze hadden lang gediscussieerd over de vraag of ze een foto van het gezicht in de kranten zouden publiceren; onnodig lang, vond Wallander. Hij wilde dat Thurnberg bij het besluit aanwezig was en had hem naar het overleg laten komen. De meningen waren zeer verdeeld geweest, maar Wallander had erop gestaan dat ze de foto naar buiten zouden brengen. Hij argumenteerde dat er ondanks alles iemand moest zijn die het gezicht herkende nu die verwarrende pruik weg was. Eén persoon was voldoende, zo hield hij hen voor. Thurnberg had er lang het zwijgen toe gedaan en ook niet aangegeven dat hij zin had om iets te zeggen. Uiteindelijk had hij echter aan het gesprek deelgenomen en Wallander zijn volledige steun gegeven. Ze moesten de foto naar buiten brengen en dat moest zo snel mogelijk gebeuren.

Ze hadden besloten tot woensdag te wachten, de dag na de begrafenis. Dat gaf hun ook de gelegenheid om hem op een prominente plaats te laten afdrukken in alle mogelijke Zweedse media.

'Iedereen houdt van montagefoto's', had Wallander gezegd. 'Het maakt niet uit of de foto lijkt of niet. Maar er zit wel iets griezeligs aan, bijna iets magisch, om een onvolledig hoofd aan de mensen te presenteren en dan te hopen dat er iemand reageert.'

Maandagmiddag was gekenmerkt geweest door een koortsachtige activiteit. Hanson, die met Martinson het best in staat was de nieuwe technieken te gebruiken, had in de diverse databestanden van de Zweedse politie naar Bror Sundelius gezocht, maar natuurlijk hadden ze niets gevonden. In de wereld van de computers was hij een onberispelijke burger. Ze hadden echter besloten dat Wallander al op woensdag, de dag na Svedbergs begrafenis, opnieuw een gesprek met hem zou voeren. Dan zou hij wat steviger druk gaan uitoefenen. Wallander herinnerde hen eraan dat Sundelius ook naar de teraardebestelling zou komen.

Maar op die maandagmiddag gebeurden er ook andere dingen, hoewel Wallander de dag achteraf als verloren beschouwde. Rond vier uur was zijn telefoon gegaan. Er belde een journalist van een van de grote landelijke dagbladen, die vertelde dat Eva Hillström contact met hem had gezocht. De ouders van de vermoorde kinderen zouden de openbaarheid zoeken met hun kritiek op het werk dat de politie tot nu toe had verricht. Ze waren van mening dat de politie niet genoeg had gedaan. Ze vonden ook dat ze niet de informatie kregen waarop ze recht hadden. De journalist had er geen doekjes om gewonden. De kritiek zou hard zijn. Eva Hillström had hem verschillende malen als verantwoordelijke genoemd. Of beter gezegd: als degene die zijn verantwoordelijkheid niet nam. Het artikel zou veel ruimte krijgen en het zou de volgende dag al verschijnen. De journalist had opgebeld om Wallander de mogelijkheid te geven te reageren. Maar Wallander had daar, en gedeeltelijk was hij daar zelf verbaasd over, zeer resoluut voor bedankt. Hij vroeg of hij met een reactie mocht komen nadat hij de uitspraken van de ouders had gelezen. De journalist hoefde de woorden van Eva Hillström ook niet voor te lezen of op de fax te zetten. Hij zou wel zien wat er in de krant stond, en als hij dan reden zag om te reageren zou hij het doen. Punt uit.

Na het gesprek voelde hij dat hij er een knoop in zijn toch al zwaar beproefde maag bij had gekregen. Nog één, naast de bezorgdheid dat de dader opnieuw zou toeslaan. Nu ging het om zijn eigen goede naam en reputatie. Hij probeerde zichzelf aan een onderzoek te onderwerpen en kwam tot de conclusie dat ze ondanks alles gedaan hadden wat in hun vermogen lag. Dat ze er niet in waren geslaagd de dader te pakken, kwam niet door traagheid, gebrek aan belangstelling of slecht recherchewerk in het algemeen. De reden was simpelweg dat het een gecompliceerd onderzoek was. Ze hadden voortdurend heel weinig gehad om op af te gaan. Dat ze verder ook interne fouten hadden gemaakt was iets anders. Perfect opsporingswerk bestond niet. Maar dat was ook niet echt het punt waar Eva Hillström een mening over had.

Tijdens het geïmproviseerde overleg om zes uur, waarbij ze de postbodes definitief afschreven en met vermoeide ogen de foto's van Martinson bekeken, had Wallander wel verteld over het gesprek met de journalist. Thurnberg was bezorgd geweest en had zich afgevraagd of het wel goed was geweest dat Wallander ervoor had bedankt om te horen of te lezen wat er de volgende dag in de krant zou staan.

'Het gaat om prioriteiten stellen', had Wallander geantwoord. 'We zitten op dit moment zo tot over onze oren in het werk dat zelfs de kritiek moet wachten.'

'De chef van de rijkspolitie komt morgen hier', zei Thurnberg. 'En de minister van Justitie. Het is heel ongelukkig dat ze dezelfde dag in een ochtendblad een kritisch artikel over ons werk moeten lezen.'

Wallander begreep opeens wat Thurnbergs eigenlijke zorg was.

'Jou treft geen blaam', zei hij. 'Als ik die journalist goed begrepen heb, dan hadden Eva Hillström en de andere ouders een mening over het werk van de politie. Niet over de inzet van de officier van justitie.'

Thurnberg had verder niets gezegd. Meteen daarna hadden ze het overleg ook beëindigd. Ann-Britt Höglund vertelde dat Thurnberg eerder die dag een aantal vragen aan haar had gesteld over wat er nou eigenlijk precies in het natuurgebied was gebeurd toen de hardloper Nils Hagroth door Wallander werd mishandeld.

Op dat moment werd Wallander overvallen door een gevoel van grote en gelaten vermoeidheid. Hadden ze hun handen nou nog niet vol genoeg? Moesten ze er nou werkelijk hun tijd mee verdoen Nils Hagroths aanklachten serieus te nemen? Op dat moment begon de maandag hem, ondanks alle activiteit, als een verloren dag voor te komen.

Het was inmiddels halfzeven. Wallander stond op. Met tegenzin keek hij tegen de dag aan. Aan de deur van zijn kleerkast had hij zijn politie-uniform gehangen. Omdat er heel weinig tijd tussen het gesprek met de chef van de rijkspolitie en de minister van Justitie en de begrafenis daarna zat, zou hij geen tijd hebben om naar huis te rijden en zich te verkleden. Toen hij zich had aangekleed ging hij voor de spiegel staan. Zijn broek zat behoorlijk strak om zijn middel. De bovenste knoop onder de riem moest maar openblijven. Hij probeerde zich te herinneren wanneer hij voor het laatst zijn uniform had gedragen. Hij wist het niet precies, maar het moest jaren geleden zijn.

Op weg naar het politiebureau stopte hij bij een kiosk om de krant te kopen waarin het artikel zou staan. De journalist had niet overdreven. Het stond er op een prominente plaats in. Er stonden ook foto's bij. De verwijten van Eva Hillström en de andere ouders aan de politie waren drieledig. In de eerste plaats had de politie veel te laat gereageerd op de verdwijning van hun kinderen. In de tweede plaats hadden de ouders het gevoel dat het onderzoek niet bepaald efficiënt was. In de derde plaats vonden ze dat ze heel slecht geïnformeerd werden.

De chef van de rijkspolitie zal niet blij zijn, dacht Wallander. En dan maakt het niet uit wat ik of iemand anders zeggen over het feit dat deze beschuldigingen, misschien met uitzondering van het feit dat we laat zijn begonnen, niet terecht zijn. Dat er kritiek is, is voldoende om het als schadelijk voor het imago van de politie te beschouwen.

Met een gevoel van onlust en nijdigheid kwam Wallander tegen achten op het bureau aan.

Hoewel het augustusweer nog steeds warm en mooi was, zou het een lange deprimerende dag worden.

Even voor halftwaalf belde Lisa Holgersson op uit de auto. Ze waren nu van het vliegveld onderweg en zouden over vijf minuten op het bureau zijn. Wallander liep naar de receptie om hen te ontvangen. Thurnberg was er al. Ze wisselden een paar woorden.

Geen van beiden zei iets over het krantenartikel.

De auto stopte. De chef van de rijkspolitie was in uniform en de minister van Justitie in een gekleed mantelpakje. Ze stelden zich aan elkaar voor en wisselden beleefdheden uit. Op de kamer van Lisa Holgersson stond koffie klaar. Vlak voordat ze de kamer binnengingen nam Lisa Holgersson Wallander even apart.

'Ze hebben in het vliegtuig de krant gelezen', zei ze. 'De chef van de rijkspolitie is heel ontevreden.'

'En de minister?'

'Die stelt zich afwachtender op. Zij wil waarschijnlijk eerst weten hoeveel waarheid erin schuilt voordat ze haar mening geeft.'

'Moet ik op het artikel reageren?'

'Alleen als ze er zelf over beginnen.'

Ze gingen aan de koffie. Wallander werd gecondoleerd met de dood van Svedberg. Daarna was het zijn beurt. Toen hij een paar uur eerder op het bureau was aangekomen, had hij opgeschreven wat hij zou zeggen. Nu kon hij zijn papiertje nergens vinden. Hij wist dat hij het in zijn handen had gehad toen hij zijn kantoor verliet. Waarschijnlijk had hij het op het toilet laten liggen.

Hij nam niet de moeite het op te halen. Wat hij wilde zeggen had hij toch wel in zijn hoofd. Het belangrijkste was dat ze nu een spoor hadden. Hij had nieuws voor hen. Ze hadden de vermoedelijke dader geïdentificeerd. Er zat beweging in het onderzoek. Ze draaiden niet meer in een kringetje rond.

'Het is allemaal heel triest', zei de chef van de rijkspolitie toen Wallander zweeg. 'Triest en ernstig. De angstbeelden worden versterkt. Rechercheurs en vrolijke jongeren die worden doodgeschoten. En dan ook nog een bruidspaar. Ik ga ervan uit dat we zo snel mogelijk een oplossing te zien krijgen. Als jullie een doorbraak bereiken, is er niemand blijer dan ik.'

Wallander kreeg het gevoel dat de chef van de rijkspolitie echt bezorgd was. Het was geen oppervlakkige praat, maar iets wat hij werkelijk voelde.

'Een maatschappij kan zich nooit helemaal beschermen tegen krankzinnigen', zei de minister van Justitie. 'Meervoudige moorden komen voor in democratieën en dictaturen, op alle continenten.'

'Er is nog iets', zei Wallander. 'Krankzinnigen gedragen zich nooit op dezelfde manier. Je kunt ze nooit als een groep beschrijven. Bovendien gaan ze vaak grondig te werk wanneer ze plannen maken. Ze komen uit het niets, hebben vaak geen strafblad, en kunnen daarna weer spoorloos in de schaduwen verdwijnen.'

'Wijkagenten', zei de chef van de rijkspolitie. 'Daar moet het mee beginnen.'

Wallander begreep de koppeling tussen gekken en wijkagenten niet helemaal, maar hij zei niets. Er werd ook verder niets meer gezegd over de nieuwe strategieën die voortdurend aan het gisten leken te zijn binnen de top van de rijkspolitie. De minister van Justitie stelde nog enkele vragen aan Thurnberg. Daarna was de presentatie voorbij. Toen ze wilden vertrekken om te gaan lunchen ontdekte de chef van de rijkspolitie dat er in zijn tas een paar papieren ontbraken.

'Ik heb een invalster als secretaresse', zei hij somber. 'Dan gaat het altijd fout. Je weet nauwelijks hoe ze heten of ze zijn alweer vertrokken.'

Ze maakten even een rondje door het politiebureau. Wallander hield zich op de achtergrond. De minister van Justitie ging naast hem lopen.

'Ik heb gehoord dat er tegen u een aangifte is gedaan. Zit daar iets in?'

'Ik maak mij geen zorgen', antwoordde Wallander. 'De man bevond zich in een afgezet gebied. Het was geen mishandeling.'

'Dat had ik ook niet gedacht', zei ze opbeurend.

Toen ze bij de receptie waren teruggekeerd, stelde ook de chef van de rijkspolitie een vraag aan Wallander over de aangifte.

'Het is heel triest', zei hij. 'Vooral nu.'

'Het is altijd triest', antwoordde Wallander. 'Maar ik zeg tegen u hetzelfde als wat ik net tegen de minister heb gezegd. Het was geen mishandeling.'

'Wat was het dan?'

'Niets anders dan dat een man zich in een afgezet gebied bevond.'

'Het is heel belangrijk dat het korps een goede relatie heeft met het publiek en de media.'

'Wanneer die aangifte is afgehandeld, zal ik ervoor zorgen dat de kranten daarover bericht krijgen', antwoordde Wallander.

'Ik wil er graag een kopie van', zei de chef van de rijkspolitie. 'Voordat het naar de media gaat.'

Wallander beloofde dat. Vervolgens sloeg hij hun aanbod af om mee te gaan lunchen. In plaats daarvan ging hij naar de kamer van Ann-Britt Höglund. Daar was niemand. Hij keerde terug naar zijn eigen kamer. Er heerste een zeer bedrukte stemming op het politiebureau. Ebba zat in het zwart achter de balie van de receptie. Wallander belde Ann-Britt thuis op.

'Hoe gaat het met de speech?' vroeg hij toen ze opnam.

'Ik zie ertegen op', zei ze. 'Ik ben bang dat ik zenuwachtig word, begin te stamelen, een brok in mijn keel krijg.'

'Je kunt het wel', zei Wallander. 'Veel beter dan iemand anders het er zou afbrengen.'

Na het telefoongesprek bleef Wallander achter zijn bureau zitten. Een onduidelijke gedachte fladderde door zijn hoofd zonder dat hij er greep kon krijgen. Iets wat de minister van Justitie had gezegd? Of de chef van de rijkspolitie?

Hij slaagde er niet in de gedachte te pakken te krijgen.

Om twee uur zat de Sankta Maria-kerk aan Stortorget vol. Wallander had meegeholpen om de kist naar binnen te dragen. Het was een witte kist en hij was eenvoudig versierd met rozen. Een paar minuten voordat de klokken begonnen te luiden had Wallander Ylva Brink begroet.

'Sture komt niet', zei ze. 'Hij is tegen begrafenissen.'

'Dat weet ik', zei Wallander. 'Hij vindt dat de as gewoon maar ergens verstrooid moet worden.'

Wallander had rondgelopen om te kijken naar de mensen die zich verzameld hadden. Louise zou nu niet meer opduiken. Toch zocht hij in de massa haar gezicht. Nu het gezicht van een man. Louis. Maar hij zag het niet. Bror Sundelius was er wel. Wallander begroette hem en kreeg de vraag hoe het met het onderzoek ging.

'Er is een doorbraak bereikt', antwoordde Wallander. 'Maar ik kan verder niet ingaan op de inhoud daarvan.'

'Als jullie hem maar pakken', zei Sundelius.

Wallander voelde dat Sundelius meende wat hij zei. De moord op Svedberg greep hem aan. Opeens begon Wallander zich af te vragen of Sundelius soms zelf iets had geweten van wat ook Svedberg moest hebben geweten. Of had hij dezelfde vrees gevoeld?

Die gedachte versterkte de noodzaak van een hernieuwd gesprek. Dat was een van de dingen die niet kon wachten.

De klokken hadden geluid. Er was orgelmuziek van Bach gespeeld, de dominee had tactvol opgetreden en Wallander had helemaal vooraan gezeten met een groeiend gevoel van pijn vanbinnen. Pijn vanwege zijn eigen ophanden zijnde ondergang, wanneer die ook zou komen. Begrafenissen waren een kwelling en hij vroeg zich af of dat echt zo moest zijn. De minister van Justitie had gesproken over de democratie en de rechtsveiligheid, de chef van de rijkspolitie over de schok en de tragiek. Wallander had zich lang afgevraagd of hij er op de een of andere manier ook nog in zou slagen het woord 'wijkagent' in deze speech te verwerken. Daarna had hij bedacht dat hij onrechtvaardig was. Hij had geen reden om aan de goede bedoelingen van de chef van de rijkspolitie te twijfelen. Vervolgens was het de beurt aan Ann-Britt. Wallander had haar nog nooit eerder in uniform gezien. Ze sprak met een luide, heldere stem, en tot zijn verbazing kon Wallander het verdragen om naar zijn eigen woorden te luisteren. Daarna klonk er weer muziek, het publiek liep langs de kist, er waren vaandels en door de glas-in-loodramen scheen de vreemd koppige augustuszon naar binnen.

Tegen het eind, vlak voordat het laatste gezang werd ingezet, wist Wallander vat te krijgen op de gedachte die eerder in zijn bewustzijn voorbij was geschoten. Het was iets wat de chef van de rijkspolitie had gezegd. Toen hij naar de vergeten papieren in zijn tas zocht. Iets over invallers. Die kwamen en gingen. En van wie je al snel de namen vergat.

Eerst begreep Wallander niet waarom die herinnering was blijven hangen. Midden onder het gezang schoot hem plotseling te binnen wat het was. In zijn onderbewuste had die herinnering een vraag geformuleerd.

Hadden postbodes ook invallers?

Hij raakte de draad in zijn gezangboek kwijt. Zijn ingeving irriteerde hem bijna. Maar toen hij de kerk uit liep en het pijnlijke allemaal achter de rug was, kon hij de gedachte niet van zich afzetten. Eén telefoontje naar Albinsson bij de postterminal zou genoeg zijn om helderheid te scheppen.

Het was al over vijven toen Wallander weer op het bureau terugkeerde. De minister en de chef van de rijkspolitie waren toen al naar het vliegveld vertrokken. Wallander was naar huis gegaan om het strak zittende uniform uit te trekken. Hij zocht het nummer van de postterminal op. Daar werd niet opgenomen. Voordat hij Albinssons privé-nummer opzocht, nam hij een douche en trok hij andere kleren aan. Hij zocht een bril en bladerde het telefoonboek door totdat hij bij de goede letter kwam. Kjell Albinsson woonde in Rydsgård. Wallander toetste het nummer in. Albinssons vrouw nam op. Ze wist te vertellen dat haar man op dit moment aan het voetballen was. Hij zat in het elftal van de posterijen. Waar de wedstrijd gespeeld werd, wist ze echter niet. Wallander vroeg haar of ze aan haar man wilde doorgeven dat hij moest terugbellen. Hij gaf zijn privé-nummer op.

Daarna ging hij koken. Tomatensoep uit blik met hard brood. Vervolgens ging hij op bed liggen. Hij was moe, ondanks het feit dat hij de vorige nacht lang geslapen had. De begrafenis was een aanslag op zijn krachten geweest.

Hij werd wakker van een rinkelende telefoon. Het was al halfacht. Kjell Albinsson was aan de lijn.

'Hoe ging de wedstrijd?' vroeg Wallander.

'Niet zo best. We speelden tegen een slachterij. Die hebben behoorlijk zware spelers. Maar het was maar een oefenwedstrijd. De competitie is nog niet begonnen.'

'Het is vast een goeie manier om in vorm te blijven.'

'En om je benen eraf te laten schoppen.'

Wallander wond er geen doekjes om.

'Toen we met elkaar spraken, hebben we iets vergeten. Ik neem aan dat jullie af en toe ook invallers voor de postbezorging in de arm moeten nemen.'

'Dat komt wel voor. Zowel kort- als langdurig.'

'Wat voor mensen zijn dat dan, die komen invallen?'

'Tegenwoordig zijn er natuurlijk een hoop mensen die graag

komen invallen. Met de werkloosheid die we hebben. Maar wij willen natuurlijk het liefst ervaren krachten. En daar hebben we geluk mee. We hebben er twee die regelmatig komen als het nodig is.'

'Wie zijn dat? Die staan zeker niet in de folder?'

'Daarom zal ik het zelf ook wel vergeten zijn om ze te noemen. We hebben een vrouw: Lena Stivell. Zij had vroeger een vaste aanstelling, maar ze is later op parttime werk overgestapt en nog weer later op invalwerk.'

'Is de ander ook een vrouw?'

'Nee. Dat is Åke Larstam. Vroeger was hij ingenieur. Hij heeft zich omgeschoold.'

'Tot postbode?'

'Dat is in feite niet zo vreemd als het klinkt. Het is immers een vrije baan. Je komt veel mensen tegen.'

'Is hij op dit moment ook aan het werk?'

'Hij heeft tot een week of wat geleden als invaller gewerkt. Wat hij op dit moment doet, weet ik niet.'

'Kun je iets meer over hem vertellen?'

'Hij is nogal op zichzelf. Maar heel nauwkeurig. Ik geloof dat hij vierenveertig jaar is. Hij woont in Ystad. Harmonigatan 18, als ik me niet vergis.'

'Nog iets anders?'

'Dat is het wel zo'n beetje.'

Wallander dacht na.

'Die invallers, die kunnen dus op iedere route worden ingeschakeld?'

'Dat is juist de bedoeling. De post moet natuurlijk weg, ook als iemand een paar dagen griep heeft.'

'Waar deed Larstam zijn laatste invalwerk?'

'Dat was in het gebied even ten westen van Ystad.'

Weer mis, dacht Wallander. Daar is niets gebeurd. Daar woonden geen bruidsparen of Midzomer vierende jongelui.

'Dat was het dan, geloof ik', zei hij. 'Bedankt voor de moeite om terug te bellen.'

Wallander beëindigde het gesprek. Hij had toen al besloten dat hij naar het bureau zou gaan. Het rechercheteam zou die avond geen overleg hebben. Die tijd was hij van plan te gebruiken om al het onderzoeksmateriaal dat hij nu alleen nog maar vluchtig had doorgekeken, beter te lezen.

De telefoon ging. Het was opnieuw Albinsson.

'Ik heb me vergist', zei hij. 'Ik heb Lena en Åke door elkaar gehaald. Lena was degene die het gebied ten westen van Ystad heeft gedaan.'

'Åke Larstam had toen dus geen werk?'

'Dat is het punt waarop ik me vergist heb. Hij viel voor het laatst in bij Nybrostrand.'

'Wanneer was dat?'

'Een paar weken in juli.'

'Kun je je ook herinneren waar hij daarvoor inviel?'

'Toen moest hij lang invallen in de buurt van Rögla. Dat moet in de periode van maart tot en met juni geweest zijn.'

'Het is goed dat je hebt gebeld', zei Wallander.

Hij legde de hoorn neer. De invaller met de naam Larstam had dus rondgereden in het gebied waar zowel Torbjörn Werner als Malin Skander woonde. En daarvoor, in het voorjaar, had hij een route gehad die onder andere Skårby omvatte. Waar Isa Edengren had gewoond.

Iets zei Wallander dat het helemaal niet klopte. Dat hij toevallige verbanden najoeg. Toch ging hij weer met het telefoonboek zitten om een abonnee genaamd Larstam op te zoeken. Die was er niet. Hij belde de inlichtingendienst en kreeg het bericht dat Larstam een geheim nummer had.

Hij kleedde zich aan en liep naar het politiebureau. Hij stak zijn hoofd om de deur van de meldkamer en vroeg of er ook een van de rechercheurs aanwezig was. Tot zijn verbazing kreeg hij te horen dat Ann-Britt op haar kamer zat. Hij liep ernaartoe. Ze zat iets op te zoeken in een grote stapel papier.

'Ik dacht dat er niemand was', zei hij.

Ze had haar uniform nog aan. Wallander had haar eerder die middag al geprezen voor de wijze waarop ze haar speech had gehouden.

'Ik heb oppas', zei ze. 'Daar moet ik gebruik van maken. Er zijn zoveel papieren die ik nog helemaal niet heb kunnen doornemen.'

'Dat is bij mij net zo. Daarom ben ik hier.'

Hij ging in haar bezoekersstoel zitten. Zij schoof haar paperassen aan de kant omdat ze begreep dat hij ergens over wilde praten.

Wallander vertelde over zijn ingeving, toen de chef van de rijkspolitie had verteld dat hij een invalkracht als secretaresse had, en over wat hij in het gesprek met Albinsson te weten was gekomen.

'Uit jouw beschrijving komt hij nauwelijks naar voren als een meervoudig moordenaar', antwoordde ze.

'Wie doet dat wel? Mijn punt is dat we hier wel iemand hebben die op pad is geweest in het gebied waarin de vermoorde mensen hebben gewoond.'

'Wat stel je je voor dat we doen?'

'Ik ben hier met geen andere bedoeling naartoe gekomen dan dat ik wilde praten over wat ik gehoord heb.'

'We hebben contact gehad met de gewone postbestellers. We zouden dus met andere woorden eigenlijk ook moeten praten met de invallers. Bedoel je dat?'

'Misschien niet noodzakelijkerwijs met Lena Stivell.'

Ze keek op haar horloge.

'We zouden even een wandeling kunnen maken', zei ze. 'Even uitwaaien. We zouden naar Harmonigatan kunnen lopen en bij Larstam aanbellen. Het is nog niet zo laat.'

'Zover had ik nog niet gedacht', antwoordde Wallander. 'Maar ik vind het een goed idee.'

Ze verlieten het politiebureau. Het kostte hun tien minuten om in Harmonigatan te komen, een straat die in het westelijke deel van de stad lag.

'Ik geloof dat het nog steeds niet tot me is doorgedrongen dat Svedberg dood is', zei ze opeens. 'Iedere keer dat we overleg hebben, verwacht ik dat hij er zal zitten.'

'Zijn stoel is nog door niemand gebruikt. Het zal nog wel even duren voordat dat gebeurt.'

Ze kwamen in Harmonigatan. Nummer 18 was een oudere huurflat van drie verdiepingen. Ieder appartement had naast het portiek zijn eigen intercom. Larstam woonde op de bovenste verdieping. Wallander belde aan. Ze wachtten. Hij belde nogmaals aan.

'Åke Larstam is niet thuis', zei Ann-Britt. Wallander liep naar de overkant van de straat om naar de flat omhoog te kijken. Achter twee ramen brandde licht. Hij liep terug en voelde aan de deur. Die was gek genoeg niet op slot en ze liepen naar binnen. In de flat was geen lift. Ze gingen de brede trappen op. Wallander belde aan. Binnen weerklonk het geluid. Er gebeurde niets. Wallander belde opnieuw aan. Drie lange signalen. Ann-Britt Höglund boog zich voorover om door de brievenbus te kijken.

'Het is stil, binnen', zei ze. 'Maar er brandt wel licht.'

Wallander belde nog een keer aan. Daarna bonkte hij op de deur.

'We moeten het morgen opnieuw proberen', zei Ann-Britt.

Wallander kreeg opeens het gevoel dat er iets niet klopte. Zij ontdekte dat meteen.

'Waar denk jij aan?'

'Ik weet het niet. Er is iets niet zoals het wezen moet.'

'Waarschijnlijk is hij niet thuis. Wat zei die man van de postterminal ook weer? Hij heeft op dit moment geen werk. Misschien is hij op reis? Een eenvoudige en logische verklaring.'

'Waarschijnlijk heb je gelijk', zei Wallander aarzelend.

Ann-Britt liep naar de trap.

'We moeten het morgen opnieuw proberen.'

'Als we tenminste niet nu naar binnen gaan, ook al doet er niemand open.'

Ze keek hem verbaasd aan.

'Dat meen je toch niet serieus? Dat we zouden gaan inbreken? Wordt hij ergens van verdacht?'

'Het was maar een idee', zei Wallander. 'Nu we hier toch zijn.'

Ze schudde resoluut haar hoofd.

'Daar kan ik het niet mee eens zijn. Dat is in strijd met alles wat ik geleerd heb.'

Wallander haalde zijn schouders op.

'Je hebt gelijk. We proberen het morgen opnieuw.'

Ze keerden terug naar het politiebureau. Onderweg namen ze door hoe ze het werk van de komende dagen zouden aanpakken. Bij de receptie gingen ze uiteen. Wallander ging op zijn kamer zitten om alle stapels papier die lagen te wachten door te nemen. Tegen elven belde hij naar Stockholm. Hij slaagde erin het restaurant te bereiken, waar de telefoon bijna altijd bezet was. Linda had niet veel tijd. Ze spraken af dat zij hem de volgende dag in de loop van de ochtend zou bellen.

'Is alles goed?' vroeg hij. 'Weet je al waar je naartoe gaat op reis?'

'Nog niet. Maar dat komt wel.'

Het gesprek met Linda had hem nieuwe energie gegeven. Hij boog zich weer over zijn paperassen. Toen het halftwaalf was stond Ann-Britt Höglund in de deuropening.

'Ik ga nu naar huis', zei ze. 'Ik heb een aantal details die ik morgen graag met jullie zou willen bespreken.'

'Dan doen we dat', antwoordde Wallander.

'Ik zal proberen om hier vóór acht uur te zijn. We kunnen de dag immers wel beginnen met een nieuw bezoek aan Larstam.'

'We plannen dat in wanneer het uitkomt', antwoordde Wallander.

Ze ging weg. Wallander wachtte nog vijf minuten. Daarna pakte hij een bos lopers uit een van zijn bureaulades en verliet zijn kamer.

Hij had zijn besluit al genomen toen ze nog in het trappenhuis hadden gestaan. Als zij er niet aan wilde meewerken om de deur open te maken, dan zou hij het alleen doen.

Er was iets met Åke Larstam dat hem verontrustte. Iets wat hij wilde weten.

Hij liep weer terug naar Harmonigatan. Het was negen minuten voor middernacht. Er was een matige oostelijke wind opgestoken. Wallander voelde dat er een zwakke vlaag van herfstkou in de wind zat. Misschien dat er nu een eind kwam aan de lange periode van warmte.

Hij belde aan bij de intercom. Er brandde nog steeds licht op de bovenverdieping. Achter dezelfde ramen, had hij opgemerkt. Toen er geen reactie kwam, duwde hij de deur open en liep hij de trappen op.

Hij had het gevoel dat hij weer terug was bij het begin. De nacht dat hij samen met Martinson naar Svedbergs flat was gegaan. Een plotseling gevoel van onbehagen maakte dat hij even rilde. Hij luisterde aan de deur. Alles was stil. Voorzichtig deed hij de brievenbus open. Niets. Alleen een smal strookje licht. Hij belde aan. Lange signalen. Wachtte. Belde opnieuw. Na vijf minuten te hebben gewacht pakte hij zijn lopers.

Pas toen begon hij serieus naar de sloten op de deur te kijken. Eerst wist hij niet waar hij naar keek, maar toen besefte hij dat dit het meest geavanceerde deurslot was dat hij ooit had gezien.

Åke Larstam was iemand die de deur zorgvuldig achter zich dicht deed.

Wallander realiseerde zich dat hij de deur nooit met zijn lopers zou kunnen openmaken. Zijn ingeving was ondertussen veranderd in iets wat niet kon wachten.

Hij aarzelde heel even, maar pakte toen zijn telefoon om Nyberg te bellen.

Een geïrriteerde stem antwoordde. Wallander hoefde niet te vragen of Nyberg geslapen had.

'Ik heb je hulp nodig', zei hij.

'Het is toch niet weer gebeurd?' steunde Nyberg.

'Geen doden', kalmeerde Wallander hem. 'Maar ik heb je hulp nodig om een deur open te breken.'

'Daar is toch niemand van de technische dienst voor nodig?'

'In dit geval wel.'

Nyberg mopperde, maar hij was nu wel wakker. Wallander beschreef de sloten en vertelde waar het was. Nyberg beloofde te komen. Wallander liep zachtjes de trappen af. Hij wilde buiten op Nyberg wachten. Hem uitleggen waar het om ging. Nyberg kon soms luid protesteren. Wallander besefte dat dat risico in dit geval heel groot was.

Hij besefte ook dat hij bezig was met iets wat hij eigenlijk niet zou moeten doen.

Tien minuten later was Nyberg er. Wallander meende een pyjama onder zijn jas te zien. Zoals hij al had verwacht begon Nyberg meteen te protesteren.

'Je kunt niet zomaar bij mensen inbreken.'

'Ik wil alleen maar dat jij de deur openmaakt', zei Wallander. 'Daarna mag je weer naar huis. Het is helemaal mijn verantwoordelijkheid. Ik zal het aan niemand vertellen dat je hier bent geweest.'

Nyberg bleef zijn weerzin ventileren, maar Wallander hield aan. Ten slotte wist hij Nyberg mee naar boven te krijgen. Deze bestudeerde de sloten zorgvuldig.

'Niemand zal je geloven', zei Nyberg. 'Niemand zal het geloven dat je er op eigen houtje in geslaagd bent hier in te breken.'

Daarna ging hij aan het werk.

Om tien voor een ging de deur eindelijk open.

32

Het eerste wat hem opviel was de geur.

Hij was de hal binnengestapt, was roerloos blijven staan om te luisteren, en toen had hij die geur opgemerkt. Nyberg was buiten voor de deur blijven wachten. De geur die hem omringde was erg sterk geweest.

Daarna was tot hem doorgedrongen dat het de bedomptheid was.

De flat was gewoon zo slecht geventileerd dat de lucht bedorven was.

Wallander gaf Nyberg een teken dat hij binnen moest komen. Hij deed het schoorvoetend, maar hij stapte toch de hal binnen en deed de deur achter zich dicht. Wallander zei tegen hem dat hij moest wachten en liep de flat in. Die bestond uit drie kamers en een keukentje. Hij wekte de indruk goed verzorgd en netjes te zijn. Wallander vond dat een enorm contrast met de slechte ventilatie.

De deur van een van de slaapkamers verschilde van de andere. Die leek speciaal vervaardigd te zijn. Toen Wallander hem openduwde, voelde hij dat hij heel zwaar was. Het deed denken aan de studiodeuren die hij wel eens gepasseerd was toen hij voor de radio was geïnterviewd. Wallander stapte naar binnen. Er was iets vreemds met de hele kamer. Er waren geen ramen. De muren waren net zo dik als de deur. Er stonden in de kamer alleen maar een bed en een lamp. Verder niets. Het bed was opgemaakt en had een sprei. Maar Wallander kon de afdruk van iemand die erop had gelegen nog zien. Het duurde even voordat het tot hem doordrong waarom de kamer er zo uitzag: hij was geluiddicht. Op straat naderde een auto. Hij deed de deur dicht. Je kon het geluid van de auto niet meer horen. Peinzend verliet Wallander de slaapkamer om de overige kamers nog een keer door te lopen. Hij zocht vooral naar een foto van de man die hier woonde, maar die vond hij niet. In de keurig nette flat om hem heen hingen wat planken met porseleinen beeldjes en andere snuisterijen erop, maar er stond geen enkele foto. Wallander bleef midden in de woonkamer staan.

Behalve het onbehagen dat hij al had gevoeld, begon zich nu nog een ander onplezierig gevoel van hem meester te maken. Het gevoel dat hij zijn boekje te buiten ging. Hij was binnengedrongen in een flat waar hij niets te zoeken had. Afgezien van de bedorven lucht wekte de flat een goed onderhouden, vredige indruk. Hij bedacht dat hij eigenlijk moest weggaan.

Toch was er iets wat hem daarvan weerhield.

Hij liep naar Nyberg, die nog steeds in de hal stond.

'Vijf minuten', zei hij. 'Meer niet.'

Nyberg gaf geen antwoord. Wallander liep de flat weer in. Hij wist wat hij zocht. Kleerkasten. Hij vond er drie en deed een voor een de deuren open. In de eerste twee zat alleen herenkleding. Hij wilde de deur van de derde net dichtdoen toen iets in een hoekje zijn aandacht trok. Hij schoof een paar kleerhangers waarop overhemden hingen aan de kant. Daarachter zat een inspringing in de kast. Hij stak zijn hand erin en haalde er een kleerhanger uit. Daaraan hing een rode jurk. Hij bleef ermee in zijn hand staan. Waakzaam, luisterend. Zijn aandacht was nu verscherpt. Hij begon systematisch diverse ladekasten door te nemen. Voelde met zijn handen in de hoeken en onder keurig opgevouwen mannenondergoed. Het gevoel dat hij moest opschieten, dat hij weinig tijd had, joeg hem op. Opnieuw vond hij wat hij zocht. Weggestopt damesondergoed. Hij keerde terug naar de kleerkasten, kroop op handen en knieën rond en vond toen ook schoenen. De hele tijd zorgde hij ervoor geen sporen achter te laten. Nyberg kwam de woonkamer in. Wallander zag dat hij woedend was. Of misschien bang.

'Er is al bijna een kwartier voorbij', siste hij. 'Wat doen we hier eigenlijk?'

Wallander gaf geen antwoord. Nu zocht hij naar een bureau, maar dat was er niet. Er stond wel een secretaire. Die zat op slot. Hij haalde Nyberg, die meteen begon te protesteren.

Wallander onderbrak hem en gaf hem de kortst mogelijke verklaring die hij kon bedenken.

'In deze flat woont Louise', zei hij. 'De vrouw op de foto die wij bij Svedberg thuis hebben gevonden. De vrouw in Kopenhagen. De vrouw die niet bestaat. Die woont hier.'

'Waarom zeg je dat niet meteen?' antwoordde Nyberg.

'Ik wist het niet', zei Wallander. 'Ik weet het nu pas. Kun jij die secretaire openmaken? Zonder dat je het ziet?'

Nyberg had met zijn gereedschap het slot al snel open. De schrijfklep kon je naar beneden trekken.

Wallander had vaak gedacht dat recherchewerk bepaald werd door verwachtingen die niet werden waargemaakt. Wat hij zich had voorgesteld op het moment waarop de secretaire openging, kon hij voor zichzelf achteraf niet helemaal duidelijk maken, maar het was niet bepaald wat er nu voor hem lag.

Een plastic mapje met krantenknipsels. Die allemaal gingen over het moordonderzoek. Svedbergs overlijdensadvertentie zat er ook in. Die had Wallander zelf tot nu toe nog niet eens gezien.

Nyberg stond op de achtergrond te wachten.

'Ik vind dat je hier eens naar moet kijken', zei Wallander zachtjes. 'Dan begrijp je waarom we ons in deze flat bevinden.'

Nyberg stapte naar voren. Hij verstijfde. Ze keken elkaar aan.

'We kunnen twee dingen doen', zei Wallander. 'Of we vertrekken. En laten het gebouw in de gaten houden. Of we bellen iedereen op en beginnen deze flat nu al op zijn kop te zetten.'

'Hij heeft acht mensen omgebracht', zei Nyberg. 'Hij is dus gewapend. En gevaarlijk.'

Die gedachte was nog niet eens bij Wallander opgekomen. Dat ze in gevaar zouden kunnen verkeren. Hij nam meteen een besluit: uitrukken. Nyberg sloot de secretaire. Wallander had gezien dat er een paar vuile glazen in de keuken stonden. Een daarvan wikkelde hij in een stuk keukenrol en stopte hij in zijn zak. Hij wilde net de keuken verlaten toen hij zag dat er een achterdeur was. Toen hij daarnaartoe liep, zag hij dat die op een kier stond.

Hij voelde een hevige angst. Hij dacht dat iemand plotseling de deur zou openen en voor hem zou staan met een wapen in zijn hand. Er gebeurde echter niets. Voorzichtig duwde hij de deur open. Er was niemand op de brandtrap. Nyberg was al bezig de flat te verlaten via de voordeur. Wallander volgde hem. Ze bleven in het trappenhuis staan luisteren. Alles was stil. Nyberg deed voorzichtig de deur dicht. Met een zaklamp bekeek hij de deurpost.

'Er zitten een paar krasjes op', zei hij. 'Maar die zie je nauwelijks. Als je er niet speciaal naar zoekt.'

Wallander dacht aan de achterdeur die op een kier had gestaan. Hij hield voorlopig zijn gedachten voor zich.

Ze kwamen buiten. De straat lag er verlaten bij. Nyberg had zijn auto bij de schouwburg neergezet. Zwijgend reden ze naar het politiebureau. Het was inmiddels halftwee.

'Wie moeten we oproepen?' vroeg Nyberg toen ze bij de receptie naar binnen stapten.

'Iedereen', antwoordde Wallander. 'Inclusief Thurnberg en Lisa Holgersson.'

'En de bewaking van de flat?'

'Geen politiewagens. Alleen maar gewone auto's, en ik wil er mensen hebben die snappen dat dit menens is. Wanneer iedereen er is, beslissen we wie de zaak in de gaten gaat houden.'

Ze spraken af wie wie zou bellen. Wallander rende door de gang naar zijn kamer. Hij begon met Martinson. Dat was degene die hij het eerst op het bureau wilde hebben.

De volgende tien minuten sprak hij met een aantal slaapdronken mensen, die snel wakker werden toen ze begrepen wat hij vertelde. Martinson was de eerste die kwam, gevolgd door Ann-Britt Höglund. De anderen kwamen vlak daarna.

'Ik heb geluk', zei Ann-Britt. 'Mijn moeder is er.'

'Ik ben teruggegaan naar Harmonigatan', zei Wallander. 'Ik voelde dat het niet kon wachten.'

Toen ze er allemaal waren, was het veertien minuten over twee. Wallander keek de tafel rond. Hij vroeg zich af waar Thurnberg de tijd vandaan haalde om zo'n perfecte knoop in zijn das te leggen. Snel vertelde hij wat er gebeurd was.

'Hoe kwam je op het idee om daar midden in de nacht naartoe te gaan?' vroeg Hanson.

'Ik kan niet altijd op mijn intuïtie vertrouwen,' antwoordde Wallander, 'maar dit keer liet die mij niet in de steek.'

Al zijn vermoeidheid had hij van zich af geschud. Nu zou hij van het rechercheteam een vissersploeg maken. En ze zouden net zo lang vissen totdat ze de dader hadden gevangen.

'Waar hij zich bevindt, weten we niet', zei hij. 'Maar de achterdeur stond op een kier. Gezien de sloten die hij op zijn voordeur had zitten, denk ik dat hij ons gehoord heeft en ervandoor is gegaan.

In grote haast. Hij weet dus dat we in zijn buurt zijn.'

'Dat betekent dat hij waarschijnlijk niet terugkeert', zei Martinson.

'Dat weten we niet. Maar we zullen wachtposten op straat zetten. In koppels van twee. Met voor de zekerheid minstens nog een paar auto's in de aangrenzende straten.

Wallander sloeg met zijn vlakke handen op tafel.

'Deze man is gevaarlijk', zei hij. 'Iedereen moet een wapen dragen.'

Hanson vertrok samen met een van de rechercheurs uit Malmö om de eerste wacht te nemen. Nyberg ging met hen mee om de flat aan te wijzen en te controleren of dezelfde verlichting nog steeds brandde.

'We moeten Kjell Albinsson in Rydsgård wakker maken', vervolgde Wallander. 'Hij moet hier komen. Stuur een auto om hem te halen.'

Niemand had een flauw idee wie Albinsson was. Wallander legde het uit en joeg hen op.

'Åke Larstam', zei hij. 'Komt die voor in onze bestanden? Dat moet Martinson uitzoeken. Het is midden in de nacht, maar voor ons niet. Je mag iedereen bellen en wakker maken als dat nodig is. Albinsson kan ons de persoonlijke gegevens van Larstam geven. Maar de vraag is of we daar genoeg aan hebben. En of die überhaupt kloppen. Hij verkleedt zich als vrouw. Hij vermomt zich. Misschien heeft hij wel een heel andere naam dan Larstam. Larstam komt op mij over als een aangenomen naam. We moeten in alle denkbare en ondenkbare richtingen zoeken om ons een beeld te vormen van wie hij is.'

Wallander had het glas dat in papier gewikkeld zat op tafel gezet.

'Als we geluk hebben staan hier vingerafdrukken op', zei hij. 'Als ik er niet helemaal naast zit, zullen die overeenkomen met de vingerafdrukken die we hebben gevonden in Svedbergs flat, die we hebben gevonden in het natuurgebied en met die we niet hebben gevonden in Nybrostrand.'

'En Sundelius?' vroeg Ann-Britt Höglund. 'Moet die ook niet worden gewekt? Als het zit zoals wij denken dat het zit? Dat hij Larstam op de een of andere manier kent?'

Wallander knikte en wierp een blik in de richting van Thurnberg, die geen bezwaren maakte.

'Ik wil hem nu hier hebben. Dat mag jij doen. En hij moet stevig worden aangepakt. Hij heeft al eerder gelogen. Dat weet ik zeker. We hebben nu geen tijd meer voor leugens.'

Thurnberg knikte.

'Dat klinkt redelijk', zei hij. 'Maar we moeten ons wel de vraag stellen of er ook maar het minste risico bestaat dat we ons vergissen.'

'Nee', zei Wallander. 'We vergissen ons niet.'

'Weet je heel zeker dat het Åke Larstam is? Ondanks alles is het enige wat we hebben wat krantenknipsels.'

Wallander voelde een enorme kalmte toen hij antwoordde.

'Hij is het absoluut. Er is geen twijfel mogelijk.'

Het laatste wat ze bespraken voordat ze opbraken en met alle werkzaamheden aan de gang gingen, was de vraag hoelang ze zouden wachten voor ze de flat opnieuw zouden binnengaan. Als Wallander gelijk had, dat Larstam er wel was geweest maar er snel vandoor was gegaan, was er niets wat ervoor pleitte dat hij vrijwillig zou terugkeren. Wallander zelf vond dat ze geen volwaardig antwoord hadden waarom ze niet net zo goed meteen naar binnen konden gaan. Maar iets maakte dat hij aarzelde. Op voorstel van Martinson besloten ze in ieder geval af te wachten totdat ze met Kjell Albinsson hadden gepraat, die in Rydsgård al van zijn bed was gelicht en in een politieauto naar Ystad op weg was.

'Ik wil weten wie er in die flat wonen', zei Wallander. 'Stuur iemand het trappenhuis in om achter de namen te komen. Wie is de eigenaar van dat gebouw? Ik wil toegang hebben tot kelders en zolders.'

In de vergaderkamer richtten ze een provisorisch hoofdkwartier in. Wallander ging aan de korte kant van de tafel zitten wachten op Kjell Albinsson. Die was erg bleek en leek niet helemaal te hebben begrepen waarom hij gewekt was en naar Ystad was gebracht. Wallander zorgde ervoor dat hij koffie kreeg. Ondertussen ontwaarde hij in de gang Ann-Britt Höglund, in gezelschap van een nijdige Sundelius.

'Ik zal er verder geen doekjes om winden', begon hij. 'Wij denken dat Åke Larstam degene is die een paar weken geleden een rechercheur heeft vermoord die Svedberg heette en die gisteren is begraven.'

Albinsson trok wit weg.

'Dat kan toch niet?'

'Er is nog meer', vervolgde Wallander. 'We zijn er bovendien van overtuigd dat hij de drie jongelui in het natuurgebied van Hagestad heeft omgebracht. Verder nog een meisje op een eiland voor de kust van Östergötland. En ten slotte een bruidspaar en een fotograaf in Nybrostrand. Het is dus iemand die in korte tijd niet minder dan acht mensen heeft gedood. Dat maakt hem zonder meer tot een van de vreselijkste moordenaars uit de Zweedse geschiedenis.'

Albinsson schudde zijn hoofd.

'Dat moet een vergissing zijn. Dat kan Åke niet zijn.'

'Ik zou dit niet zeggen als ik er niet zeker van was. Je doet er dus het verstandigst aan mij op mijn woord te geloven. En zo goed mogelijk op mijn vragen te antwoorden. Begrepen?'

'Ja.'

Thurnberg kwam binnen. Zonder een woord te zeggen ging hij aan de andere kant van de tafel zitten, tegenover Albinsson.

'Dit is de officier van justitie, de heer Thurnberg', legde Wallander uit. 'Maar dat hij hier aanwezig is, wil niet zeggen dat je ergens van verdacht wordt.'

Albinsson leek niet te hebben begrepen wat Wallander bedoelde.

'Ik heb toch niks gedaan?'

'Dat is precies wat ik zeg. Nu moet je je concentreren op mijn vragen. Omdat sommige antwoorden belangrijker voor ons zijn dan andere, zullen mijn vragen niet systematisch overkomen.'

Albinsson knikte. Langzaam kwam hij erachter dat wat er om hem heen gebeurde, echt was en niet een vreemde droom.

'Åke Larstam woont op Harmonigatan 18', zie Wallander. 'We weten dat hij daar op dit moment niet is. We denken dat hij ervandoor is gegaan. Dat hij op de vlucht is. Heb je enig idee waar hij zich kan bevinden?'

'Zo goed ken ik hem niet.'

'Heeft hij ook een zomerhuisje? Goede vrienden?'

'Dat weet ik niet.'

'Maar je moet toch wel iets weten?'

'In zijn persoonsgegevens staan wel wat dingen. Maar die worden op het kantoor van de postterminal bewaard.'

Wallander vloekte inwendig. Daar had hij eerder aan moeten denken.

'Dan halen we die op', zei hij. 'Nu meteen.'

Hij stond op en wenkte Albinsson dat hij mee moest komen. Twee agenten uit een surveillancewagen kwamen net binnen om proces-verbaal op te maken. Wallander droeg Albinsson aan hen over en legde uit wat de bedoeling was. Daarna keerde hij terug naar de vergaderkamer. Thurnberg zat aantekeningen te maken in een blocnote.

'Hoe ben jij die flat eigenlijk binnengekomen?' vroeg hij.

'Ik heb ingebroken', antwoordde Wallander. 'Nyberg was aanwezig, maar de verantwoordelijkheid ligt helemaal bij mij.'

'Ik hoop dat je gelijk hebt in je verdenkingen tegen Larstam. Als dat niet zo is, zal dat problemen geven.'

'Ik benijd jou. Dat je tijd hebt om in deze situatie aan zulke dingen te denken.'

'Het komt voor dat rechercheurs zich vergissen', zei Thurnberg. 'Je moet begrijpen waarom ik die vraag stel.'

Wallander werd boos. Slechts met de grootst mogelijke moeite wist hij zijn woede te onderdrukken.

'Ik wil niet nog een moord', zei hij. 'Zo simpel is het. En Åke Larstam is de man die we zoeken.'

'Niemand wil nog meer moorden', zei Thurnberg. 'Maar er is ook niemand die wil dat de recherche onnodige fouten maakt.'

Wallander voelde zich aangevallen. Hij wilde net vragen of Thurnberg soms vond dat hij fouten maakte toen Martinson de kamer binnenkwam.

'Nyberg heeft gebeld', zei hij. 'Volgens hem branden er nog steeds dezelfde lampen.'

'De buren', zei Wallander. 'Wie wonen er in dat gebouw? Wie is de eigenaar?'

'Waar moet ik beginnen?' vroeg Martinson. 'In de politiebestanden? Zoeken op Larstam? Of moet ik met de buren beginnen?'

'Het liefst moet je dat allemaal tegelijk doen. Maar als we Larstam in onze eigen kelders kunnen vinden, dan kan ons dat een belangrijk stuk van zijn voorgeschiedenis opleveren en daar hebben we grote behoefte aan.'

Martinson ging weg. Wallander zweeg. Thurnberg zat te schrijven. Buiten blafte ergens een hond. Afwezig vroeg Wallander zich af of dat soms Kall was. Het was inmiddels drie minuten voor drie. Wallander haalde opnieuw koffie. De deur van de kamer van Ann-Britt Höglund was dicht. Zij zat daar met Sundelius. Wallander vroeg zich af of hij naar binnen zou gaan.

Hij deed het niet. Iemand kwam hem een telefoon brengen. Hanson was aan de lijn, met de mededeling dat de flat sinds tien minuten bewaakt werd.

'Is het iedereen goed duidelijk dat we een heel gevaarlijke man zoeken?' vroeg hij.

'Dat garandeer ik je. Ik heb het keer op keer herhaald.'

'Zeg het nog maar een keer. Herinner hen eraan dat het nog maar een paar uur geleden is dat we een collega hebben begraven.'

Wallander liep terug naar de vergaderkamer. Thurnberg was er niet meer. Wallander las wat hij in zijn blocnote had geschreven. Thurnberg had rijmwoorden zitten schrijven. 'Fles. Mes. Bes.' Wallander schudde zijn hoofd. Er gingen nog vijf minuten voorbij, maar toen kwam Albinsson weer binnen. Hij leek nu minder bleek. In zijn hand had hij een gele ordner.

'Dit zijn vertrouwelijke gegevens', zei hij. 'Ik zou eigenlijk naar de directeur van de posterijen moeten bellen om te vragen wat ik moet doen.'

'Dan haal ik de officier van justitie', zei Wallander. 'En zorg ik ervoor dat je in hechtenis wordt genomen omdat je een moordenaar beschermt.'

Albinsson leek hem te geloven. Wallander strekte zijn hand uit en kreeg de ordner. Het ging om een paar bladzijden, waarvan het grootste gedeelte bestond uit dienstlijsten. Wallander kon snel vaststellen dat Åke Larstam de laatste twee jaar in alle postdistricten in kwestie dienst had gedaan, behalve in één. Wat Albinsson eerder had gezegd bleek ook te kloppen. Van begin maart tot midden juni had hij waargenomen in het gebied rond Skårby, waar Isa Edengren had gewoond. In juli had hij de post bezorgd in Nybrostrand.

Wallander las de persoonsgegevens. Larstam was op 10 november

1952 geboren in Eskilstuna. Zijn volledige naam was Åke Leonard Larstam. In 1970 had hij eindexamen gedaan in Eskilstuna, in 1971 zijn militaire dienstplicht vervuld in Skövde. In 1972 was hij gaan studeren aan de Technische Universiteit van Göteborg. Daar was hij in 1979 afgestudeerd. In datzelfde jaar was hij begonnen aan een baan als ingenieur bij Ingenieursbureau Strand in Stockholm. Daar had hij vervolgens gewerkt tot 1985, toen hij zelf ontslag had genomen en zich had laten omscholen tot postbezorger. In datzelfde jaar was hij naar Höör verhuisd en later naar Ystad. Na deze gegevens volgde er een lange lijst met allerlei werkvoorschriften. Larstam was niet getrouwd en had geen kinderen. In het vakje 'Naaste familie' stond alleen een streepje.

'Heeft deze man echt geen enkel familielid?' vroeg Wallander wantrouwend.

'Blijkbaar niet.'

'Maar hij moet toch met mensen zijn omgegaan?'

'Hij is erg op zichzelf. Dat heb ik al eerder gezegd.'

Wallander legde de ordner weg. Alles wat daarin stond zou nader onderzocht worden. Maar eerst moest Wallander weten waar Larstam zich zou kunnen bevinden. Op dit moment, in de nacht van dinsdag 20 op woensdag 21 augustus.

'Zo eenzaam is niemand', hield Wallander vol. 'Met wie praatte hij? Met wie dronk hij koffie? Had hij überhaupt geen meningen? Er moet toch iemand zijn die meer over hem weet dan wat er in deze ordner staat?'

'Af en toe hadden we het wel eens over hem', zei Albinsson. 'Dat je erg weinig hoogte van hem kreeg. Maar omdat hij altijd even vriendelijk was, altijd even behulpzaam, liet je hem maar zoals hij was. Je kunt namelijk best gesteld zijn op mensen over wie je niets weet.'

Wallander dacht na over wat Albinsson zei. Daarna ging hij over op een ander spoor.

'Hij deed invalwerk. Soms langer, soms korter. Gebeurde het wel eens dat hij daarvoor bedankte?'

'Nooit.'

'Het was dus niet zo dat hij andere dingen deed en daardoor niet kon?'

'Niet dat wij merkten. Als het nodig was, kwam hij soms al binnen een paar uur nadat we hem hadden benaderd.'

'Dat betekende dat je hem altijd kon bereiken?'

'Ja.'

'Hij zat dus thuis naast de telefoon te wachten.'

Albinsson was serieus toen hij antwoord gaf.

'Daar leek het soms wel op.'

'Je hebt hem beschreven als plichtsgetrouw, behulpzaam, nauwkeurig en dienstwillig. Bovendien was hij altijd erg teruggetrokken. Kwam het nooit voor dat hij iets deed wat jullie verbaasde?'

Albinsson dacht na.

'Soms zong hij.'

'Zong hij?'

'Ja. Hij zong. Of misschien moet je zeggen: neuriën.'

'Wat zong hij? Wanneer zong hij? Druk je eens duidelijker uit. Kon hij bijvoorbeeld goed zingen?'

'Ik geloof dat hij gezangen zong. Wanneer hij zijn brieven en tijdschriften aan het sorteren was. Wanneer hij naar zijn auto liep. Of hij goed zong weet ik niet. Hij zong zachtjes. Waarschijnlijk omdat hij er niemand mee wilde lastigvallen.'

'Dit klinkt heel vreemd. Zong hij gezangen?'

'Reveilliederen, misschien?'

'Was hij religieus?'

'Hoe moet ik dat weten?'

'Je moet op mijn vragen antwoorden. Niet zelf vragen stellen.'

'In dit land heerst godsdienstvrijheid. Åke Larstam kan wel boeddhist zijn geweest zonder dat iemand het wist.'

'Boeddhisten schieten geen bruidsparen of feestvierende jongelui dood', antwoordde Wallander bits. 'Had hij nog andere eigenaardigheden?'

'Hij waste zijn handen ontzettend vaak.'

'Verder nog iets?'

'De enige keren dat ik hem chagrijnig zag kijken was wanneer anderen moesten lachen en vrolijk waren. Maar dat was altijd snel voorbij.'

Wallander staarde Albinsson aan.

'Kun je dat laatste nog wat verder toelichten?'

'Eigenlijk niet. Het is zoals ik zeg.'

'Hij hield niet van vrolijke mensen?'

'Dat weet ik niet, maar soms trok hij zich terug wanneer mensen moesten lachen. Ik neem aan dat je dat blijdschap noemt? Dat stoorde hem blijkbaar.'

Wallander moest denken aan iets wat Nyberg had gezegd. Op de plek in Nybrostrand waar ze het dode bruidspaar en de fotograaf hadden gevonden. Dat de moordenaar niet van gelukkige mensen hield.

'Zijn er ooit tekenen geweest dat hij gewelddadig kon worden?'

'Nooit.'

'Had hij nog andere eigenaardigheden?'

'Hij had geen eigenaardigheden. Hij viel niet op.'

Wallander kreeg het gevoel dat Albinsson nog iets probeerde te zeggen. Hij wachtte.

'Misschien kun je zeggen dat dat zijn meest opvallende eigenschap was. Dat hij onder geen beding wilde opvallen. Hij was iemand die nooit met zijn rug naar een deur ging zitten.'

'Wat bedoel je daarmee?'

'Dat hij altijd wilde zien wie er binnenkwam. En wie er wegging.'

Wallander begreep wel ongeveer wat Albinsson bedoelde. Hij keek op zijn horloge. Het was negentien minuten voor vier. Hij belde naar de kamer van Ann-Britt Höglund.

'Zit je daar nog steeds met Sundelius?'

'Ja.'

'Dan zien we elkaar op de gang.'

Wallander stond op.

'Mag ik nu weer naar huis om te slapen?' vroeg Albinsson. 'Mijn vrouw zal wel ongerust zijn.'

'Bel haar maar. Je mag op kosten van de staat net zolang bellen als je wilt, maar je mag nog niet naar huis.'

Wallander liep de gang op en deed de deur achter zich dicht. Ann-Britt stond al op hem te wachten.

'Wat zegt Sundelius?'

'Hij ontkent dat hij de naam Åke Larstam ooit heeft gehoord. Hij herhaalt dat Svedberg en hij nooit iets anders deden dan naar de sterren kijken en bij de homeopathische arts langsgaan. Hij is erg ontdaan. Volgens mij vindt hij het niet prettig om met een vrouwelijke rechercheur te praten.'

Wallander knikte peinzend.

'Ik denk eigenlijk dat we hem wel naar huis kunnen sturen', zei hij. 'Hij zal Larstam wel niet gekend hebben. In dit alles hebben we twee soorten geheimen. Larstam breekt in in de geheime kamers van anderen. Svedberg had een geheim dat hij voor Sundelius verborgen hield.'

'Wat voor geheim zou dat dan moeten zijn?'

'Denk eens na!'

'Jij bedoelt dus dat er achter dit alles een driehoeksdrama verborgen zit?'

'Niet achter. Ermiddenin.'

Ze knikte.

'Ik zal hem naar huis sturen. Wanneer worden Hanson en de anderen afgelost?'

Wallander realiseerde zich dat hij zijn besluit al had genomen.

'Die kunnen blijven. We gaan de flat in. Larstam zal vannacht wel niet terugkomen. Hij verstopt zich. De vraag is alleen waar. Als we daar een antwoord op willen vinden, dan moeten we in zijn flat zijn.'

Wallander keerde terug naar de vergaderkamer. Albinsson was nog steeds aan de telefoon met zijn vrouw. Wallander gaf hem een teken dat hij het gesprek moest afbreken.

'Is je verder nog iets te binnen geschoten?' vroeg hij. 'Heb je enig idee waar Åke Larstam zich verbergt?'

'Ik weet het niet. Maar misschien is dat ook een manier om hem te beschrijven.'

'Hoe dan?'

'Als iemand die voortdurend zocht naar schuilplaatsen.'

Wallander knikte.

'We zullen ervoor zorgen dat je naar huis wordt gebracht', zei hij. 'Maar als je verder nog iets te binnen schiet, moet je bellen.'

Wallander liep met Albinsson mee naar de receptie en zorgde ervoor dat hij door een surveillancewagen naar huis werd gebracht. Daarna zocht hij Nyberg op om hem te vertellen dat ze de flat zouden binnengaan.

'Dit keer zal het niet zo lang duren', zei Nyberg. 'Ik heb immers al op de sloten kunnen oefenen.'

Om kwart over vier gingen ze de flat van Åke Larstam binnen. Wallander verzamelde hen om zich heen voor de deur van de geluiddichte kamer.

'We moeten vooral een antwoord hebben op twee vragen', zei hij. 'Waar bevindt hij zich? Waar heeft hij zijn schuilplaats? Waar kunnen we hem uitroken? De tweede vraag kunnen jullie zelf wel bedenken: is hij bezig met de voorbereiding van nieuwe moorden? Dat zijn de allerbelangrijkste vragen om antwoord op te krijgen. Als jullie ook nog een foto van hem kunnen vinden, zou dat mooi zijn.'

Daarna nam hij Nyberg apart.

'Vingerafdrukken', zei hij. 'Thurnberg is bezorgd. We hebben iets nodig dat Larstam in één keer met de plaatsen van de misdrijven kan verbinden. Althans met het natuurgebied en de flat van Svedberg. Als er ooit een Zweedse rechercheur geluk of voorzienigheid nodig heeft gehad, dan is het nu wel. Jij moet de anderen voorgaan.'

'Ik zal doen wat ik kan', zei Nyberg.

'Nog iets', zei Wallander. 'Als het nodig is moet je de chef van de rijkspolitie bellen.'

Wallander stapte naar binnen en ging op het bed in de geluiddichte kamer zitten. Hanson dook op in de deuropening. Wallander gaf een teken dat hij nu even niet gestoord wilde worden. Hanson verdween weer.

Waarom bouw je een geluiddichte kamer? dacht Wallander. Om geluiden buiten te sluiten. Of om geluiden binnen te houden zodat een ander ze niet kan horen. Maar waarom in een stad als Ystad? Waar het verkeer matig is. Terwijl hij de kamer rondkeek, voelde hij dat het bed hard was. Hij stond op en tilde de lakens op. Het bed had geen matras. Degene die hier sliep, deed dat rechtstreeks op de lattenbodem. Een masochist, dacht Wallander. Waarom? Hij liet zich op zijn knieën zakken om onder het bed te kijken. Daar was niets. Niet eens stof. Hij ging weer op het bed zitten. De muren waren kaal. Afgezien van een lamp was er verder niets. Hij probeerde de aanwezigheid van de man te voelen. Åke Larstam, vierenveertig jaar. Geboren in Eskilstuna. Afgestudeerd aan de Technische Universiteit. Een omgeschoolde ingenieur. *Opeens ga je erop uit en breng je acht mensen om. Afgezien van de rechercheur en de fotograaf waren ze allemaal verkleed. Maar de fotograaf hoorde er niet bij. Hij was toevallig op die plek. En de rechercheur heb je omgebracht omdat hij jouw geheim op het spoor was gekomen. Zijn vrees werd bewaarheid. Maar de anderen waren verkleed. Die waren vrolijk. Waarom heb je hen vermoord? Was het hier, in jouw geluiddichte kamer, dat je dat allemaal voorbereidde?*

Wallander kon Larstams aanwezigheid niet voelen. Hij stond op en liep naar de woonkamer. Keek rond. Overal die porseleinen figuurtjes. Honden en kippen, juffertjes van rond negentienhonderd, kabouters en trollen. Het is net een poppenhuis, dacht Wallander. Een poppenhuis met een gek erin. Een gek die bovendien een slechte smaak heeft. Je vult je leven met goedkope souvenirs. De vraag is nu waar je zit. Nu we je hebben verjaagd.

Ann-Britt Höglund dook op in de deuropening van de keuken. Wallander zag meteen dat ze iets had gevonden.

'Ik denk dat je hier beter even naar kunt komen kijken', zei ze.

Wallander volgde haar de keuken in. Een van de keukenlades was eruit gehaald. Die had ze op tafel gezet. Er lagen papieren in. Enkele daarvan had ze er al uit gepakt. Rekeningen en folders. Boven in de la lag een vel ruitjespapier dat uit een blocnote was gescheurd. Daar stond iets op geschreven, met een potlood. Als dat Larstams handschrift was, dan schreef hij schokkerig en onregelmatig. Wallander zette zijn bril op en las de tekst. Het waren slechts dertien woorden. Net een macaber gedicht. 'Nummer 9. Woensdag 21. Soms zit het mee en soms zit het tegen.' De betekenis was Wallander en Ann-Britt Höglund meteen duidelijk.

'Hij heeft al acht mensen vermoord', zei Wallander. 'Hier heeft hij het over nummer negen.'

'Het is vandaag 21 augustus', zei ze. 'En het is woensdag.'

'We moeten hem grijpen', zei Wallander. 'Voordat hij toeslaat.'

'Wat betekent dat laatste? "Soms zit het mee en soms zit het tegen"?'

'Dat Åke Larstam niet van blije mensen houdt.' Wallander vertelde wat Albinsson gezegd had.

‘Hoe vind je een blij mens?’ vroeg ze.

‘Die vind je ook niet zomaar. Die zoek je op.’

Hij voelde de pijn in zijn buik terugkeren.

‘Eén ding is gek’, zei ze. ‘Hij heeft het over nummer negen. Een persoon alleen. Eerder heeft hij alleen maar meerdere mensen tegelijk overvallen. Afgezien van Svedberg, dan.’

‘Svedberg past niet in het plaatje. Je hebt gelijk dat hij hier nu van afwijkt. Die vraag is belangrijk.’

Het was inmiddels twintig over vier. Wallander liep naar het raam om naar buiten te kijken. De dageraad was nog niet aangebroken. Ergens daar in de duisternis zat Åke Larstam. Wallander voelde bij zichzelf de paniek opkomen. We pakken hem niet, dacht hij. Hij slaat opnieuw toe. En dan zijn we te laat.

Hij heeft een slachtoffer gekozen. We weten totaal niet wie. We tasten bijna helemaal in het duister. We weten niet eens in welke richting we het moeten zoeken. We weten niets.

Wallander draaide zich weer om naar Ann-Britt Höglund. Vervolgens trok hij een paar rubberhandschoenen aan en begon de rest van de papieren in de lade door te nemen.

33

De zee.

Zo had hij zich de laatste, absolute ontsnappingsweg altijd voorgesteld. Om daar zó in te lopen. Zachtjes te zinken naar een oneindige diepte waarin de duisternis en de stilte heersten, waar niemand sporen zou kunnen volgen.

In de diepte van de zee stelde hij zich zijn laatste schuilplaats voor. De laatste manier om te ontkomen.

Hij had een van zijn auto's gepakt en was naar de zee ten westen van Ystad gereden. Het strand van Mossby lag er verlaten bij in de augustusnacht. Slechts een enkele auto reed over Trelleborgsvägen voorbij. Hij had zijn auto zo geparkeerd, dat hij niet vanaf de weg door de lichten zou worden beschenen. En hij had hem zo weggezet, dat hij zou kunnen ontsnappen. Voor het geval er iemand achter hem aan zou gaan.

Hij had de autolichten gedoofd. Rondom hem heerste duisternis. Door het open raam hoorde hij nog juist het ruisen van de zee. Het was windstil en warm. Hij had langzaam en systematisch doorgenomen wat er was gebeurd. Eén ding in het geheel stoorde hem. Hij had geluk gehad. Meestal sloot hij de deur van de geluiddichte kamer. Toen hij vanavond naar binnen was gegaan en was gaan liggen, had hij hem op een kier laten staan. Hij probeerde zichzelf in te beelden dat zijn vermogen om te ontsnappen een organisch onderdeel van zijn bewustzijn was geworden, maar hij kon de mogelijkheid niet uitsluiten dat het puur geluk was geweest.

Als de deur dicht was geweest, zou hij hen niet hebben gehoord toen ze 's nachts bij hem inbraken. Hij was met een ruk wakker geworden, had meteen begrepen wat er aan de hand was en was er via de achterdeur vandoor gegaan. Had hij die nog weten te sluiten of niet? Hij wist het niet. Het enige wat hij had kunnen meenemen waren het pistool en zijn kleren. Het was hem ook meteen duidelijk geweest dat het rechercheurs waren die probeerden binnen te komen.

Daarna was hij Ystad uitgereden. Hoewel hij uit zijn doen was, had hij zichzelf gedwongen rustig te rijden. Hij wilde niet het risico lopen dat hij een ongeluk kreeg.

Het was nu vier uur. Het zou nog even duren voordat de dageraad aanbrak. Hij had zitten nadenken over alles wat er was gebeurd. Had zichzelf de vraag gesteld of hij iets fout had gedaan, maar hij kon niets ontdekken. Hij zou zijn plannen niet hoeven wijzigen.

Het was allemaal gegaan zoals hij bedacht had. Terwijl Svedberg werd begraven, had hij het adres aan Mariagatan bezocht waar de rechercheur woonde. Het was heel eenvoudig geweest om de deur met een loper open te maken. Hij had de flat bekeken, zich gerealiseerd dat de man daar alleen woonde, en vervolgens zijn plan beraamd. Het was allemaal veel gemakkelijker gegaan dan hij gedacht had. Hij had zelfs in een keukenlade reservesleutels gevonden. Dat betekende dat hij de volgende keer wanneer hij binnendrong geen loper zou hoeven te gebruiken. Hij was ook nog op het bed in de slaapkamer gaan liggen. Maar dat was veel te zacht. Hij had meteen het gevoel gehad dat hij wegzonk.

Daarna was hij naar huis gegaan. Hij had een douche genomen en gegeten. Vervolgens was hij in de stille kamer gaan liggen. Later die dag had hij iets gedaan wat hij al een hele tijd van plan was. Hij had al zijn porseleinen beeldjes opgepoetst. Dat had langer geduurd dan hij gedacht had. Toen hij daar eindelijk mee klaar was, had hij gegeten en was hij naar bed gegaan. Hij sliep al een paar uur toen ze inbraken.

Hij stapte uit zijn auto. De nacht was zwoel en er stond geen wind. Had hij ooit eerder zo'n augustusmaand meegemaakt? Misschien als kind, maar hij wist het niet zeker. Hij liep naar het strand. Er was bijna geen golfslag. Hij dacht aan de rechercheurs die nu in zijn flat waren. Hoe ze lades uittrokken, zijn vloer smerig maakten en zijn porseleinen beeldjes verplaatsten. Dat maakte hem woest. Hij kreeg heel veel zin om terug te keren, de trappen op te rennen en iedereen die zich daar bevond dood te schieten. Maar hij beheerste zich. Geen enkele wraak was zo belangrijk dat hij bereid was daar de mogelijkheid om te ontsnappen aan op te offeren. Hij wist dat ze niets zouden vinden waardoor ze hem konden opsporen. Geen papieren, geen foto's. Niets. Ze wisten niet dat hij onder een valse naam een bankkluis huurde, waarin hij alle documenten bewaarde die zijn gezicht, de kentekens van zijn auto's en zijn bankrekeningen zouden onthullen.

Ze zouden vast nog vele uren in zijn flat blijven. Maar vroeg of laat zou de rechercheur naar zijn flat terugkeren, heel vermoeid na al die uren zonder slaap.

Dan zou hij daar zitten te wachten.

Hij liep terug naar zijn auto. Het belangrijkste van alles was dat hij nu zelf de slaap inhaalde die hij had verloren. Hij kon ervoor kiezen in een van zijn auto's te slapen, maar er bestond altijd een risico dat hij werd ontdekt, hoe goed hij zijn parkeerplaats ook koos. Bovendien wilde hij niet in elkaar gekropen op een achterbank liggen. Dat was hem te min. Hij wilde zich uitstrekken in een fatsoenlijk bed, waar hij eerst de matras had uitgehaald om de harde ondergrond te krijgen die hij nodig had.

Heel even kwam de gedachte bij hem op om in een hotel te overnachten, maar daar zou hij zich moeten inschrijven. Dat wilde hij niet, zelfs niet onder een gefingeerde naam.

Toen realiseerde hij zich dat hij de meest vanzelfsprekende oplossing over het hoofd zag. Er was een plaats waar hij zou kunnen uitrusten. De kans dat daar iemand kwam was klein. Omdat er ook een achterdeur was, zou hij nog tijd hebben om weg te komen als daar ondanks alles toch iemand zou proberen binnen te dringen.

Hij startte de motor en deed de lichten aan. De dageraad zou weldra aanbreken. Hij moest nu slapen. Uitrusten voor wat hem wachtte.

Hij reed de weg weer op en keerde terug naar Ystad.

*

Toen het tegen vijven liep, begon Wallander te beseffen wat Åke Larstam kenmerkte. Hij was iemand die een bijna spoorloos leven leidde, omringd door zijn goedkope smakeloze porseleinen beeldjes. Toen hadden ze het grootste gedeelte van zijn flat al doorzocht zonder ook maar één clou te vinden van wie daar nou eigenlijk woonde. Ze hadden geen persoonlijke papieren gevonden, brieven noch andere dingen. Ze hadden überhaupt geen enkel document gevonden waarop de naam van Larstam stond geschreven. Ze hadden evenmin een foto kunnen ontdekken. Ze hadden samen ook de kelder- en de zolderruimte doorzocht. De kelder was leeg. Wallander had zelfs geconstateerd dat daar niet eens stof lag. Op zolder had een oude dekenkist gestaan, die op slot zat. Toen ze die openbraken, stelde Wallander vertwijfeld vast dat hij vol zat met kapotte porseleinen beeldjes. Nadien had hij zijn collega's in de keuken van de flat verzameld, terwijl de technici onder leiding van Nyberg bezig waren hun werk in de woonkamer af te ronden.

'Zoiets heb ik nog nooit beleefd', zei Wallander. 'Deze man, genaamd Åke Larstam, lijkt niet te bestaan. Er is geen papier, geen document te vinden dat zijn bestaan bevestigt. Maar toch weten we dat hij bestaat.'

'Heeft hij misschien een andere woning?' suggereerde Martinson.

'Hij kan wel tien woningen hebben', antwoordde Wallander. 'Hij kan huizen hebben, vakantiehuisjes. Het probleem is alleen dat we niets vinden dat ons daarnaartoe kan leiden.'

'Is hij er misschien vandoor gegaan?' vroeg Hanson. 'Heeft hij zich gerealiseerd dat we hem op de hielen zitten?'

'Deze leegte wekt niet de indruk het resultaat te zijn van een schoonmaak', zei Wallander. 'Hij leeft zo. In een geluiddichte kamer. Maar dat verhindert natuurlijk niet dat je in principe gelijk kunt hebben. Ik zou bijna willen dat het zo was. Maar jij weet net zo goed als ik wat daartegen pleit.'

Het geruite papiertje lag voor hen op tafel.

'Kan het ook zijn dan wij het verkeerd interpreteren?' vroeg Ann-Britt Höglund.

'Wat er staat, staat er. Nyberg beweert bovendien dat het pas geleden is geschreven. Hij meent dat te kunnen zien aan de consistentie van het inktspoor. Hoe kan hij dat nu vaststellen?'

'Je kunt je afvragen waarom hij dit opgeschreven heeft.'

Die opmerking kwam van Martinson. Wallander realiseerde zich meteen dat het een belangrijke opmerking was.

'Je hebt gelijk', zei hij. 'Het kan een belangrijke aanwijzing zijn. Het is het enige persoonlijke papier dat we hier hebben gevonden. We vinden het tussen een heleboel andere papieren. Wat betekent dat? Als we ervan uitgaan dat ik er gelijk in heb dat hij hier was toen Nyberg en ik kwamen. De achterdeur was niet dicht. Een snelle vlucht.'

'Ondanks alles een papiertje dat hij in zijn haast niet meer heeft kunnen meenemen?'

Het gesprek ging nu uitsluitend tussen Wallander en Martinson.

'Dat is de waarschijnlijke verklaring. Of beter gezegd de meest voor de hand liggende verklaring. De vraag is alleen of die juist is.'

'Wat voor alternatieven zouden er zijn?'

'Dat hij dit heeft geschreven met de bedoeling dat wij het zouden vinden.'

Niemand begreep wat Wallander bedoelde. Hij voelde zelf ook wel dat zijn gedachtegang uiterst fragiel was.

'Wat weten we over Åke Larstam? Dat hij het vermogen heeft inlichtingen in te winnen. Dat hij achter geheimen weet te komen. Ik beweer niet dat hij toegang heeft tot de resultaten van ons onderzoek, maar ik denk dat de inlichtingen die hij zich weet te verschaffen, gekoppeld zijn aan een grote mate van vooruitziend vermogen. Laten we aannemen dat hij heeft gespeculeerd over de mogelijkheid dat wij hem vinden. Dat wij hem dicht op de hielen zitten. Die gedachte moet althans bij hem zijn opgekomen sinds ik opdook in die bar in Kopenhagen. Wat doet hij? Hij bereidt een vlucht voor, maar hij laat tegelijkertijd een groet voor ons achter. Hij beseft dat we die zullen vinden. In dit papierloze huis.'

'Maar waarom zou hij dat doen? Wat is zijn bedoeling?'

Opnieuw was het Martinson, die die vraag stelde.

'Hij wil ons pesten. Dat is niet ongewoon, dat gekken de politie proberen te vernederen. Na Kopenhagen zal hij immers wel gejubeld hebben. Dat hij buiten durfde te komen toen de foto van Louise net in de Deense kranten was gepubliceerd en dat hij daarna aan mij wist te ontsnappen.'

'Toch komt het heel vreemd over. Dat we dit vinden op de dag waarop hij opnieuw zal toeslaan, zoals hij zelf aangeeft.'

'Hij kon niet weten dat we juist vannacht hier zouden komen.'

Wallander hoorde hoe vaag en aarzelend zijn gedachtegang was. Daarom liet hij die nu los.

'We moeten dit serieus nemen', zei hij. 'Dat hij van plan is om vandaag toe te slaan.'

'Hebben we überhaupt een aanknopingspunt?'

De vraag kwam vanuit de deuropening. Daar stond Thurnberg.

'Nee', zei Wallander. 'We hebben niets. Dat kunnen we net zo goed meteen toegeven.'

Niemand zei wat. Wallander besefte dat hij de gelatenheid die zich begon te verspreiden moest zien te doorbreken.

'We kunnen maar één ding doen', zei hij. 'Al het onderzoeksmateriaal opnieuw doornemen. Op onze schreden terugkeren. En hopelijk ontdekken we dan iets wat we eerder over het hoofd hebben gezien. Een patroon. Dat ons ook vertelt wie deze negende persoon is. Ondanks alles is een van de omstandigheden totaal veranderd. Wij weten nu wie de moordenaar is die we zoeken. Een vroegere ingenieur die zich heeft omgeschoold tot postbode.'

'Jij denkt dus dat dat wel mogelijk is? vroeg Thurnberg. 'Dat we kunnen ontdekken welke logica er schuilt achter het handelen van deze man? Een logica die we nog niet eerder hebben gezien?'

'Mijn antwoord kan niet anders zijn dan dat ik het niet weet. Maar wat ik vooral niet zie, is dat we een alternatief hebben. Behalve dan passief afwachten totdat er weer een ramp plaatsvindt.'

Het was inmiddels twintig over vijf. Wallander stelde voor dat ze om acht uur opnieuw zouden overleggen. Dat zou iedereen de kans geven op een paar uur rust. De bewaking op straat zou gehandhaafd blijven. Bovendien zouden ze de bewoners van de flat gaan wakker maken. Wat wisten die over hun buurman? De flat was eigendom van een bouwbedrijf. Wallander vond het de moeite waard om meteen te onderzoeken of dat bedrijf misschien nog meer woonruimte aan Larstam verhuurde. Hanson beloofde dat hij dat zou uitzoeken.

Nyberg wachtte totdat iedereen behalve Wallander was vertrokken.

'Dit is een erg schone flat,' zei hij, 'maar we hebben vingerafdrukken.'

'Nog meer?'

'Eigenlijk niet.'

'Geen wapens?'

'Dan had ik je dat wel verteld.'

Wallander knikte. Nyberg zag grauw van vermoeidheid.

'Je hebt vast gelijk wanneer je zegt dat deze man niet van gelukkige mensen houdt', zei Wallander.

'Vinden we hem?'

'Vroeg of laat. Maar ik vrees voor wat er wat vandaag zal gebeuren.'

'Kan er niet een soort algemene oproep worden gedaan? Kunnen we geen bericht verspreiden via de radio?'

'En wat moeten we dan zeggen? Dat de mensen moeten uitkijken dat ze niet lachen? Hij heeft al bepaald wie hij zal ombrengen. Vermoedelijk is dat iemand die totaal niet in de gaten heeft dat hij wordt gevolgd.'

'De kans dat we erachter komen waar hij zich verbergt, is misschien groter.'

'Dat is ook mijn idee. Maar we weten niet hoeveel tijd we hebben. De jongelui die in het natuurgebied stierven, nam hij 's avonds of 's nachts te grazen. Het bruidspaar heeft hij 's middags omgebracht. En Svedberg werd in de ochtend doodgeschoten. Hij slaat dus op ieder moment van de dag toe.'

'Zouden we ons niet iets anders moeten afvragen? Hij heeft misschien geen schuilplaats. Geen andere woonruimte, geen familie, geen zomerhuisje. Waar verstopt hij zich dan?'

Wallander bedacht dat Nyberg natuurlijk gelijk had. Die mogelijkheid had hij over het hoofd gezien. De vermoeidheid trok diepe sporen door zijn beoordelingsvermogen.

'Hoe ziet jouw antwoord eruit?'

Nyberg haalde zijn schouders op.

'We weten dat hij een auto moet hebben. Je kunt je altijd oprollen op een achterbank. Bovendien is het nog steeds warm. In het ergste geval slaapt hij misschien wel buiten. Misschien heeft hij ergens een hut gebouwd? Of hij heeft een boot. Er zijn veel mogelijkheden.'

'Te veel', zei Wallander. 'En geen tijd om te zoeken.'

'Ik begrijp hoe rot het voor jou is', zei Nyberg. 'Geloof dat maar.'

Het kwam heel weinig voor dat Nyberg zijn gevoelige kant liet zien. Wallander ervoer zijn steun. Dat maakte dat hij zich op dat moment minder eenzaam voelde.

Toen Wallander buiten op straat kwam, bleef hij besluiteloos staan. Hij zou eigenlijk naar huis moeten gaan om een douche te nemen en een halfuurtje te slapen. Maar zijn onrust joeg hem voort. Een surveillancewagen bracht hem naar het bureau. Hij was misselijk en bedacht dat hij iets moest eten, maar hij dronk alleen koffie en nam zijn tabletten tegen hoge bloeddruk en suikerziekte in. Daarna ging hij aan zijn bureau zitten en begon hij het onderzoeksmateriaal door te nemen. Opnieuw zag hij zichzelf in Svedbergs hal, met Martinson vlak achter zich. Åke Larstam was daar geweest en had Svedberg doodgeschoten. Hoe hun relatie er had uitgezien kon Wallander nog steeds niet vaststellen, maar er was een foto die Svedberg had verstopt, waarop Larstam als vrouw verkleed voorkwam. Waardoor de indruk was ontstaan dat er in Svedbergs flat was ingebroken, was Wallander inmiddels zonder meer duidelijk. Larstam leek manisch bang om persoonlijke sporen achter te laten. Nadat hij Svedberg had doodgeschoten, had hij in de flat naar de foto gezocht.

Svedberg had dus ook voor Larstam een geheim gehad.

Wallander ging verder met het onderzoeksmateriaal. Kon datgene wat hij wist over de gebeurtenissen in het natuurgebied hem vertellen waar Larstam zich op dit moment bevond? Hij zocht en speurde, maar hij vond geen mogelijke antwoorden. Ook de gebeurtenissen in Nybrostrand leverden geen leidraad op. Om de minuut keek hij op zijn horloge. Wie was de negende persoon? Hij zocht en groef, maar er was geen antwoord.

Om acht uur kwamen ze in de vergaderkamer bijeen. Toen Wallander al die vermoeide en ongeruste gezichten om zich heen zag, kreeg hij opnieuw het gevoel dat hij gefaald had. Hij had hen misschien niet de verkeerde weg op geleid, maar hij had hen ook niet in de juiste richting gevoerd. Of in ieder geval niet helemaal tot het einde. Nog steeds liepen ze in dit niemandsland in een kringetje rond, zonder te weten welke kant ze nou op moesten.

Wallander had maar één heldere gedachte in zijn hoofd.

Vanaf nu moesten ze bij elkaar zitten werken. Ze zouden het hoofdkwartier niet verlaten, tenzij het absoluut niet anders kon. Het zoeken zou plaatsvinden in het beschikbare onderzoeksmateriaal, en in hun eigen hoofd. Niet op straat. Pas wanneer ze een houdbare theorie hadden over waar Larstam zich zou kunnen bevinden of wie zijn beoogde slachtoffer was, zouden ze er weer op uitgaan. Wallander vroeg of ze hun onderzoeksdossiers wilden ophalen en die meenemen naar de vergaderkamer.

'Vanaf nu zitten we bij elkaar', zei hij. 'Vanuit deze kamer vindt het speurwerk plaats. Nergens anders.'

Ze verdwenen in verschillende richtingen om op te halen wat ze nodig hadden. Alleen Martinson bleef even hangen.

'Heb jij eigenlijk wel geslapen?' vroeg hij.

Wallander schudde zijn hoofd.

'Dat moet', zei Martinson resoluut. 'Als jij instort, redden we dit niet.'

'Er zit nog wel een beetje rek in.'

'Jij bent de grens al gepasseerd. Ik heb gelukkig een heel uur geslapen. Dat hielp.'

'Ik ga een wandeling maken', zei Wallander. 'Ik loop naar huis om een schoon overhemd aan te trekken. Maar nog niet meteen.'

Martinson wilde wat zeggen, maar Wallander hief zijn hand op. Meer wilde hij niet horen, en hij ging aan het hoofd van de tafel zitten. Hij vroeg zich af of hij nog energie zou hebben om weer uit die stoel te komen. Toen iedereen er was ging de deur dicht. Thurnberg had zijn dasknoop wat losser gemaakt. Ook hij begon er moe uit te zien. Lisa Holgersson liet weten dat ze op haar kamer zat om journalisten te weren.

Iedereen keek naar Wallander.

'We moeten proberen te begrijpen hoe hij denkt', begon hij. 'Waar kunnen we in het onderzoeksmateriaal op juist die vraag het antwoord vinden? We moeten echter niet alleen terugzoeken in deze zaak. Een paar van ons moeten ook in zijn verleden duiken. Klopt het wat er in de persoonsgegevens staat, dat hij geen familie heeft, of leven zijn ouders misschien nog? Heeft hij ook broers of zussen? Wie herinnert zich hem uit zijn studententijd? Van zijn vroegere werkplek? Waar werd hij omgeschoold tot postbode? Ons grote probleem is dat we hier met het afschuwelijke gevoel zitten dat we geen tijd hebben. Wat ook zo is. We moeten ervan uitgaan dat het briefje in de keukenlade een precieze boodschap was. Aan ons of aan hemzelf gericht. De vraag is dus op welk punt in zijn verleden we zullen beginnen.'

'We moeten natuurlijk uitzoeken of hij nog ouders heeft', zei Ann-Britt Höglund. 'We mogen vooral hopen dat zijn moeder nog leeft. Moeders kennen hun kinderen. Dat weten we.'

'Dat is een taak voor jou', zei Wallander.

'Ik ben nog niet klaar', zei ze. 'Verder vind ik het gek dat hij zich omschoolt tot postbode.'

'Pasgeleden was er een bisschop die op een taxi ging rijden', zei Hanson. 'Zulke dingen komen voor.'

'Maar toch', hield ze vol. 'Over die bisschop heb ik gehoord. Hij was vijfenvijftig. Misschien dat je dan de behoefte hebt nog iets anders te gaan doen voordat het leven is afgelopen? Maar Åke Larstam laat zich al omscholen terwijl hij nog niet eens veertig is.'

Wallander voelde dat ze een punt had dat belangrijk kon zijn.

'Je bedoelt dat er misschien iets is gebeurd?'

'Waarom houdt hij op? Waarom gaat hij weg? Dat wijst er voor mij op dat er iets cruciaals is gebeurd. Wat maakt dat hij het roer opeens omgooit.'

'Een ingenieur', zei Wallander. 'Die opeens zijn schepen achter zich verbrandt en vertrekt.'

'Hij is toen ook meteen verhuisd', bracht Thurnberg onder de aandacht. 'Dat kan erop duiden dat Ann-Britt gelijk heeft.'

'Ik ga daar wel mee aan slag', zei Wallander. 'Ik zal dat ingenieursbedrijf wel bellen. Hoe heette dat ook alweer?'

Martinson zat te bladeren.

'Ingenieursbureau Strand. Hij is daar in 1985 weggaan. Toen was hij dus drieëendertig jaar.'

'Daar beginnen we mee', zei Wallander. 'Jullie gaan door met zoeken in het materiaal dat hier op tafel ligt. Waar kan hij zitten? Wie is zijn volgende slachtoffer?'

'Moeten we Kjell Albinsson eigenlijk niet weer ophalen?' opperde Thurnberg. 'Het kan immers zijn dat hem nog meer te binnen schiet. Als hij onze discussies volgt.'

'Ik ben het met je eens', zei Wallander. 'We halen hem op. Iemand moet trouwens ook Larstam door alle bestanden halen. Het is blijkbaar wel zijn echte naam.'

'Ik denk niet dat hij daarin voorkomt', zei Martinson. 'Ik heb al gezocht.'

Wallander vroeg zich verbaasd af wanneer hij daar dan tijd voor had gehad. Hij besefte dat daar maar één antwoord op mogelijk was. Martinson had niet de waarheid gesproken toen hij beweerde dat hij een uur geslapen had. Hij was net zo actief geweest als Wallander zelf. Hij had uit bezorgdheid gelogen.

Wallander wist niet goed of hij nu ontroerd of boos moest zijn. Hij koos voor geen van beide.

'We gaan aan de slag', zei hij. 'Is er ook een telefoonnummer van dat ingenieursbureau?'

Hij toetste het nummer in dat iemand hem gaf en werd doorverwezen naar een ander nummer. Het nieuwe nummer hoorde bij een adres in Vaxholm buiten Stockholm. Wallander probeerde het opnieuw. Ditmaal werd er opgenomen.

'Ingenieursbureau Strand', zei een vrouwenstem.

'Mijn naam is Kurt Wallander en ik ben van de recherche in Ystad. Ik heb wat informatie nodig over iemand die vroeger bij u in dienst was.'

'Over wie gaat het?'

'Een ingenieur genaamd Åke Larstam.'

'Er werkt hier niemand met die naam.'

'Dat zei ik toch. Iemand die vroeger bij u in dienst was. Wilt u wel goed luisteren?'

'Slaat u alstublieft niet zo'n toon aan. Hoe kan ik weten dat u rechercheur bent? Dat kan iedereen wel zeggen.'

Wallander rukte de telefoon bijna van de wand, maar hij wist zich in te houden.

'Dat klopt', zei hij. 'U kunt niet weten wie ik ben. Maar ik heb deze informatie nodig. Åke Larstam stopte in 1985.'

'Dat was voor mijn tijd. Dan kunt u beter met meneer Persson praten.'

'Om meer misverstanden te voorkomen, zal ik u mijn telefoonnummer geven. Voor het geval hij het politiebureau in Ystad wil bellen om de zaak te controleren.'

Ze schreef het nummer op.

'Het is heel belangrijk', zei Wallander. 'Is die meneer Persson nu ook aanwezig?'

'Hij zit in een vergadering met een bouwonderneming. Maar ik zal hem vragen of hij u wil bellen zodra hij vrij is.'

'Dat kan niet', zei Wallander. 'Hij moet nu uit de vergadering komen en mij bellen.'

'Ik zal hem zeggen dat het belangrijk is. Meer kan ik niet doen.'

'U mag hem nog iets zeggen: dat er een helikopter van de politie in Stockholm op uw dak zal landen als hij niet binnen drie minuten belt.'

Wallander legde neer. Iedereen in de kamer keek hem aan. Hijzelf keek naar Thurnberg, die opeens in lachen uitbarstte.

'Sorry', zei Wallander. 'Maar het kon niet anders.'

Thurnberg knikte.

'Ik heb niets gehoord. Helemaal niets.'

Minder dan twee minuten later ging de telefoon. Een man stelde zich voor als Hans Persson. Wallander legde uit wat er aan de hand was, zonder te zeggen waar Larstam van verdacht werd.

'Volgens mijn inlichtingen is hij in 1985 bij u weggegaan', zei Wallander.

'Dat klopt. Ik geloof dat hij er in november vandoor is gegaan.'

'Vandoor is gegaan? Dat klinkt nogal dramatisch.'

'Dat was het ook.'

Wallander drukte de hoorn steviger tegen zijn oor.

'Hoezo?'

'Hij kreeg ontslag. Hij is eigenlijk de enige ingenieur die ik heb ontslagen. Ik moet misschien vertellen dat ik de oprichter van het bedrijf ben.'

'Wie is Strand dan?'

'Ik vond Ingenieursbureau Strand beter klinken dan Ingenieursbureau Persson. Er heeft hier nooit een Strand gewerkt.'

'U hebt Larstam dus ontslagen. Waarom?'

'Het is eigenlijk heel moeilijk om daar een antwoord op te geven. De belangrijkste reden was uiteindelijk dat hij niet in de groep paste.'

'Waarom niet?'

'Ik realiseer me dat wat ik nu ga zeggen heel raar zal klinken.'

'Ik ben rechercheur. Ik ben wel wat gewend.'

'Hij was niet zelfstandig genoeg. Hij was het altijd met alles eens. Ook als we beseften dat hij er eigenlijk anders over dacht. Je kunt niet discussiëren met iemand die er alleen maar op uit is het een ander naar de zin te maken. Dan kom je nooit verder met je discussie.'

'En zo was hij?'

'Ja. Het ging gewoon niet meer. Hij kwam nooit met een eigen idee. Uit angst dat iemand anders een andere mening zou hebben.'

'Hoe waren zijn technische kwalificaties?'

'Uitstekend. Daar ging het ook helemaal niet om.'

'Hoe reageerde hij toen hij ontslag kreeg?'

'Hij reageerde helemaal niet. Althans, ik kon geen reactie ontdekken. Ik had voorgesteld dat hij nog een halfjaar zou blijven, maar hij verdween meteen. Hij liep mijn kamer uit, pakte zijn jas en was weg. Hij heeft niet eens de ontslagpremie waarop hij recht had geïncasseerd. Hij verdween gewoon.'

'Hebt u later nog contact met hem gehad?'

'Dat hebben we wel geprobeerd, maar hij was weg.'

'Weet u dat hij postbode is geworden?'

'We hebben wel contact met het arbeidsbureau. Daar heb ik dus wel over gehoord.'

'Weet u ook of hij in die tijd een goede vriend had?'

'Over zijn privé-leven wisten we niets. Dat hij hier op kantoor geen vrienden had, zal wel duidelijk zijn. Het gebeurde wel eens dat hij op het huis of de flat paste van iemand die op reis was, maar verder was hij erg teruggetrokken.'

'Weet u ook of hij broers of zussen had? Leefden zijn ouders nog?'

'Nee. Zijn leven buiten het werk was ons totaal onbekend. En bij een klein bedrijf als dit geeft dat problemen.'

'Ik begrijp het. Maar ik wil u bedanken voor uw hulp.'

'U begrijpt natuurlijk wel dat ik nieuwsgierig ben geworden. Wat is er gebeurd?'

'Later zult u het wel begrijpen. Maar op dit moment kan ik niets zeggen.'

Wallander legde de hoorn met een klap neer. In zijn hoofd begon een gedachte vorm te krijgen. Naar aanleiding van iets wat Persson had gezegd. Dat Larstam op andermans huizen paste. Hij twijfelde, maar het kon het onderzoeken waard zijn.

'Wat is er met Svedbergs flat gebeurd?' vroeg hij.

'Ylva Brink zei na de begrafenis tegen mij dat ze nog niet begonnen was met opruimen.'

Wallander dacht aan de sleutels die hij nog steeds in een van zijn bureaulades had.

'Hanson', zei hij. 'Neem iemand mee en rij eens naar Svedbergs flat. Kijk eens of je soms het gevoel krijgt dat daar iemand is geweest.'

'Verder niets?'

'Nee. De sleutels liggen in de bovenste la van mijn bureau.'

Hanson verdween samen met een van de rechercheurs uit Malmö. Het was drie minuten voor negen. Ann-Britt Höglund was bezig naar Larstams ouders te zoeken. Martinson verdween om verder te zoeken in de bestanden. Wallander ging naar de wc. Hij vermeed het in de spiegel te kijken. Daarna keerde hij weer terug naar de vergaderruimte. Iemand hield hem een doos met broodjes voor. Hij schudde zijn hoofd. Ann-Britt Höglund keerde terug.

'Larstams ouders zijn allebei dood.'

'Heeft hij ook broers of zussen?'

'Twee oudere zussen.'

'Die moeten we dan te pakken zien te krijgen.'

Ze verdween weer. Wallander dacht aan zijn eigen zus, Kristina. Hoe zou zij hem beschrijven als de politie opeens vragen begon te stellen?

Hij ging weer aan tafel zitten en trok de doos met broodjes naar zich toe. Die was nu leeg. Thurnberg was in gesprek aan de telefoon. Wallander hoorde dat het over een vergadering ging die afgelast moest worden. Martinson kwam terug om een ordner te halen. Thurnberg beëindigde zijn gesprek. Op dat moment kwam Kjell Albinsson binnen. Thurnberg nam hem mee naar een hoek van de kamer en begon zachtjes met hem te praten.

Opeens begon er op de gang iemand te schreeuwen. Wallander stond bruusk op uit zijn stoel. Een agent dook op in de deuropening.

'Er wordt geschoten!' riep hij. 'Vlak bij Torget.'

Wallander wist meteen wat er was gebeurd.

'De flat van Svedberg', riep hij. 'Is er iemand gewond?'

'Dat weet ik niet. Maar er is geschoten.'

Binnen een minuut waren er vier auto's met loeiende sirenes onderweg. Wallander had zijn pistool in zijn hand. Hij kneep er zo hard in dat het pijn deed. Larstam was daar dus, dacht hij. Wat was er met Hanson gebeurd? En met de collega uit Malmö? Hij vreesde het ergste, maar die gedachte was onverdraaglijk. Er mocht gewoon niets gebeurd zijn.

Wallander was de auto al uit nog voordat deze in Lilla Norregatan gestopt was. Voor het portiek van de flat had zich al een mensenmenigte verzameld. Wallander rende naar het portiek. Iemand beweerde later dat hij had gebruld als een soldaat die in de aanval ging.

Toen kreeg hij Hanson en de collega uit Malmö in het oog. Ze waren ongedeerd.

'Wat is er gebeurd?' riep Wallander.

Hanson was heel bleek. Hij trilde. De collega uit Malmö was op het trottoir gaan zitten.

'Hij was daar', zei Hanson. 'Ik had de deur net van het slot gedaan. We stonden in de hal. Toen dook hij op en schoot. Het was puur geluk dat we niet geraakt zijn. En toen was hij weg. En wij zetten het op een lopen. Het was puur geluk. Niets anders.'

Wallander zei niets, maar hij wist meteen dat dat niet waar was. Larstam was een goede schutter. Hij had Hanson en de collega zó in hun voorhoofd kunnen schieten als hij dat had gewild. Maar dat wilde hij niet. Er moest die dag iemand anders worden geofferd.

Hanson had geen geluk gehad. Hij was gewoon niet de negende man.

Wallander was ervan overtuigd dat Larstam de flat al via de brandtrap had verlaten. Hij zorgde er altijd voor dat hij een nooduitgang had. Toch gingen ze pas naar boven toen er kogelvrije vesten waren gebracht en de straat was afgezet.

Er was niemand in de flat. De deur naar de brandtrap stond op een kier. Larstam laat een groet achter, dacht Wallander. De tweede deur die op een kier staat. Hij laat ons zien hoe hij ontsnapt.

Martinson kwam Svedbergs slaapkamer uit.

'Hij heeft hier op bed gelegen. Nu weten we in ieder geval iets over hoe hij denkt. Hij zoekt zijn schuilplaatsen in verlaten woningen.'

'We weten hoe hij dácht', zei Wallander. 'We kunnen er dus zeker van zijn dat hij dit niet nog een keer doet.'

'Je moet nog een stap verdergaan', zei Martinson. 'Wij vragen ons af hoe hij denkt. Maar hij doet vermoedelijk hetzelfde. Hoe denken wij? Misschien moeten we hier bewaking achterlaten? Omdat we ervan overtuigd zijn dat hij niet zal terugkomen, is dat misschien precies wat hij wel doet.'

'Hij kan geen gedachten lezen', zei Wallander.

'Dat vraag ik me af', zei Martinson. 'Het lijkt erop of hij tegelijkertijd een stap vóór ons en een stap achter ons is.'

Wallander gaf geen antwoord. Ook hij was zich dat gaan afvragen.

Het was inmiddels halfelf. Wallander was de laatste die Svedbergs flat verliet. Hij deed dat met een gevoel of hij weer terug was bij 'Af'. Voor de hoeveelste keer wist hij niet.

Eén ding dacht hij zeker te weten. Larstam had zijn negende persoon nog niet omgebracht. Als hij dat wel had gedaan, dan was Hanson nu dood geweest. Als tiende. En de collega uit Malmö als elfde.

Waarom wacht hij? dacht Wallander. Omdat hij dat moet? Omdat het slachtoffer dat hij op het oog heeft, nog niet beschikbaar is? Of is er een andere reden?

Wallander liep de trappen af.

Het aantal vragen leek oneindig.

Hij had echter geen enkel antwoord.

Het was zoals hij zojuist had gedacht.

Hij was weer terug bij 'Af'.

34

Na afloop had hij een vaag gevoel van spijt gehad.

Misschien had hij toch op de hoofden van die twee mannen moeten richten? Die hem hadden gewekt, die tot in zijn dromen aan toe waren binnengedrongen, door de deur te openen en de hal binnen te stappen.

Dat ze van de politie waren, had hij meteen begrepen. Wie zou er anders reden hebben om de flat binnen te gaan die nog steeds van Karl Evert was, ook al was hij nu dan dood en begraven. Dat ze waren gekomen om hem te zoeken was even vanzelfsprekend. Er kon geen andere verklaring zijn.

Maar opnieuw was hij ontsnapt. Hij was daar tegelijkertijd opgelucht en bevredigd door. Ook al had hij niet verwacht dat het zou gebeuren, hij had zich natuurlijk wel voorbereid. Hij had de deur naar de brandtrap van het slot gedaan en vervolgens een stoel tegen de binnenkant van de voordeur gezet. Die zou omvallen als er iemand naar binnen kwam. Zijn pistool had hij naast zich in bed gelegd. Hij had zijn schoenen ook niet uitgetrokken.

Hij was onrustig geworden van de geluiden uit de straat. Het was niet zoals in zijn eigen geluiddichte kamer. Een stilte, die op zichzelf ook een schuilplaats was. Hij had Karl Evert vaak proberen over te halen om zijn slaapkamer ook te isoleren, het geluid buiten te sluiten. Maar daar was het nooit van gekomen. En nu was het te laat.

Toen hij gewekt werd, had hij over zijn jeugd gedroomd. De beelden waren ongrijpbaar en vaag. Maar hij had achter een bank gestaan, hij was heel klein, en hij had mensen, waarschijnlijk zijn ouders, ruzie horen maken. Een mannenstem, hard en bevelend. Het was alsof er een opgeschrikte vogel over zijn hoofd fladderde. Daarna had hij een vrouwenstem gehoord. Die klonk zwak en bang. Hij had het gevoel gehad alsof hij zijn eigen stem hoorde, hoewel hij zwijgend en onzichtbaar achter de bank stond.

Op dat moment had hij uit de hal geluiden gehoord. Ze waren met geweld in zijn droom binnengedrongen. Toen de stoel omviel, zat hij al rechtop in bed met zijn pistool in de hand.

Nu voelde hij iets van spijt. Ook al zou hij hebben afgeweken van het oorspronkelijke plan, misschien had hij hen toch moeten doodschieten?

Hij had de flat verlaten met het pistool in de zak van zijn jas. Zijn auto had hij bij het spoorwegstation neergezet. Van een afstand had hij sirenes gehoord. Hij was naar Sandskogen gereden en daarna verder in de richting van Österlen, maar hij was al in Kåseberga gestopt en naar de haven gewandeld. Hij had nagedacht over wat hij zou doen. Nog steeds had hij behoefte aan slaap, maar hij realiseerde zich ook dat het al laat begon te worden. Hij wist niet wanneer de rechercheur die Wallander heette zou besluiten om naar huis te gaan. Dan moest hij zich al in diens flat bevinden. Hij had besloten dat het vandaag zou gebeuren. Dat kon hij niet meer veranderen, en hij wilde evenmin het risico nemen de gelegenheid voorbij te laten gaan.

Toen hij op het uiteinde van de pier stond, had hij zijn besluit genomen. Hij reed terug naar Ystad. De auto parkeerde hij aan de achterkant van de flat die hij zou bezoeken. Niemand merkte hem op toen hij door het portiek van de flat aan Mariagatan naar binnen glipte. Hij belde aan en luisterde. Er was niemand.

Hij deed de deur van het slot en ging in de woonkamer op de bank zitten wachten. Het pistool had hij voor zich op tafel gelegd.

Het was een paar minuten over elf.

*

Zowel Hanson als de rechercheur uit Malmö verkeerden in shock na de gebeurtenissen aan Lilla Norregatan. Ze waren lichamelijk ongedeerd, maar het lukte geen van beiden om weer aan het werk te gaan. Hanson had dat wel gewild, hij had er zelfs op gestaan, maar Wallander had met hem gepraat en zich gerealiseerd dat Hanson er veel slechter aan toe was dan hij zelf wilde toegeven. Ten aanzien van de rechercheur uit Malmö lag dat een stuk eenvoudiger. Een dokter in het ziekenhuis had meteen gezegd dat hij in een heel slechte psychische conditie verkeerde.

Het rechercheteam bestond daarmee uit twee personen minder. Toen Wallander na de chaotische gebeurtenissen aan Lilla Norregatan zijn medewerkers weer verzamelde, voelde hij hoe gespannen de sfeer was. Lisa Holgersson nam hem apart om te vragen of het nu geen tijd werd om flink wat versterking uit de omringende politiedistricten op te roepen. Wallander aarzelde, niet in de laatste plaats vanwege zijn eigen vermoeidheid en gevoel van tekortschieten, maar toch zei hij nee. Ze hadden geen behoefte aan versterking, maar aan concentratie. Het zou helemaal niet gemakkelijker worden wanneer er politieauto's heen en weer vlogen door de straten. Waar ze behoefte aan hadden was doorgaan met hun rustige en althans redelijk systematische zoektocht naar het punt in het onderzoek waar de deuren opengingen.

'Bestaat dat punt?' vroeg ze. 'Of is dat iets waar je alleen maar op hoopt?'

'Ik weet het niet', antwoordde hij.

Daarna gingen ze weer aan de vergadertafel zitten. Er heerste een onrustige, koortsachtige stemming. Wallander probeerde de zaak zo goed mogelijk aan te sturen. Hij keerde voortdurend terug naar wat het allerbelangrijkste was. Waar bevindt Larstam zich nu? Op een plek waar wij hem te pakken kunnen krijgen? Wie is zijn volgende slachtoffer? De negende man? En wat voor lering kunnen we trekken uit de gebeurtenissen aan Lilla Norregatan?

Martinsons eerste zoektocht door politiebestanden had niets opgeleverd. Åke Larstam was nooit met justitie in aanraking geweest. Nu had Martinson het werk overgedragen aan een ander, die nog dieper in de kelder zou gaan wroeten om te zien of er niet toch ergens een afdruk van Larstam te vinden was. Ann-Britt Höglund was er nog niet in geslaagd de twee zussen van Larstam op te sporen. Nu Hanson was uitgevallen, vroeg Wallander haar om daar voorlopig maar mee te stoppen. Hij had er behoefte aan haar in zijn buurt te hebben, merkte hij. Die zussen kwamen later wel. Alles kwam later wel. Als ze hem maar vonden. Voordat hij zich met geheven pistool voor de onbekende negende persoon had opgesteld.

'Wat weten we?' zei Wallander. Voor de hoeveelste keer hij die vraag stelde wist hij niet.

‘Hij is nog in de stad’, antwoordde Martinson. ‘Hij zal dus met andere woorden hier of ergens in de buurt weer toeslaan.’

‘Op de een of andere manier moet hij toch beïnvloed worden’, zei Thurnberg, die zelden wat zei. ‘Hij weet dat we hem op de hielen zitten. Het kan niet zo zijn dat onze aanwezigheid hem totaal niet raakt.’

‘Misschien wil hij het wel zo’, zei Wallander. ‘Dat weten we niet. Maar misschien heb je wel gelijk. We hebben hem binnen een etmaal twee keer uitgerookt. Hij voelt dat de boel om hem heen instort. Zijn zorgvuldige plannen beginnen in duigen te vallen. Maar wat voor reacties dat teweegbrengt, weten we niet.’

Kjell Albinsson zat in z’n eentje in een hoekje van de kamer. Welke instructies Thurnberg hem had gegeven wist Wallander niet, maar opeens zag hij dat Albinsson iets wilde zeggen. Hij knikte naar hem. Albinsson stond op en kwam naar de tafel.

‘Ik weet niet of het belangrijk is,’ zei hij met een onzekere stem, ‘maar het schoot me opeens te binnen dat er een gerucht rondging dat iemand Larstam een keer in de jachthaven had gezien. Dat was vorige zomer. Het kan dus zijn dat hij een boot heeft.’

Wallander sloeg met zijn hand op tafel.

‘Hoe zeker is dat gerucht?’

‘Een van de postbodes had hem gezien. Hij wist het zeker.’

‘Maar hij heeft Larstam niet in een boot zien stappen?’

‘Nee. Maar hij schijnt een benzineblik in zijn hand te hebben gehad.’

‘Dan kunnen we uitsluiten dat hij zeilt’, zei een van de mannen uit Malmö. Daar werd meteen tegen geprotesteerd.

‘Zeilboten hebben hulpmotoren’, zei Martinson. ‘We kunnen niets uitsluiten. Zelfs niet dat hij een watervliegtuig bezit.’

Met die laatste uitlating oogstte Martinson nu op zijn beurt protest, maar Wallander drukte dat de kop in.

‘Een boot kan natuurlijk als schuilplaats dienen’, zei hij. ‘De vraag is hoezeer we hierop kunnen gokken.’

Hij wendde zich weer tot Albinsson.

‘Je weet zeker dat je het je goed herinnert?’

‘Ja.’

Wallander keek naar Thurnberg, die knikte.

'Dan moeten er speurders in burger naar de jachthaven', zei Wallander. 'Het moet allemaal heel discreet gebeuren, snel en zonder vragen. Als er ook maar de minste verdenking bestaat dat Larstam zich daar bevindt, moeten ze zich terugtrekken. Dan bepalen we daarna wel hoe we verdergaan.'

'Het zal daar wel druk zijn', zei Ann-Britt Höglund. 'Met dit weer.'

Martinson vertrok naar de jachthaven met een van de collega's uit Malmö. Wallander had Albinsson gevraagd om aan tafel te komen zitten.

'De vraag is nu of je nog meer te binnen is geschoten', zei hij. 'Zonet dook de jachthaven op. Als je nog meer van die havens hebt, zou het mooi zijn als we daar nu achterkwamen.'

'Het is allemaal zo verwarrend', antwoordde Albinsson. 'Ik probeer na te denken. Ik realiseer me eigenlijk nu pas hoe weinig ik over hem wist.'

Wallander begreep dat dat een eerlijk antwoord was. Albinsson ging weer in zijn hoekje zitten. Wallander keek op zijn horloge. Halftwaalf. We pakken hem niet, dacht hij. Ieder moment kan het bericht komen dat er weer iemand dood is.

Ann-Britt Höglund bracht het gesprek op het motief. Waarom deed Larstam dit eigenlijk allemaal? Waarom dat doden?

'Het moet een soort wraak zijn', zei Wallander.

'Wraak waarop?' vroeg ze. 'Omdat hij een keer ontslagen werd bij een ingenieursbureau? Dat is niet logisch. Wat heeft een bruidspaar met zijn ontslag te maken? Bovendien lijkt het of hij zijn ontslag redelijk licht opvatte. Daarna schoolt hij zich om tot postbode.'

'De vraag is waarom hij juist dat beroep koos', zei Wallander. 'Het is een grote stap van ingenieur naar postbode. Was hij misschien toen al bezig om zijn vreselijke plan te ontwikkelen? Of was dat iets wat later kwam?'

'Dat weten we niet.'

'Net zomin als zoveel andere dingen.'

Het gesprek bloedde dood. Wallander keek op zijn horloge. Hij wachtte op wat hij vreesde dat zou komen. Hij stond op om koffie te halen. Ann-Britt liep met hem mee.

'Het is een heel ander motief', zei Wallander toen ze met hun koffiemokken in de kantine stonden. 'Ook al ligt er misschien een behoefte aan wraak aan ten grondslag. Maar Larstam doodt mensen die het op allerlei manieren goed hebben. Die blij zijn. Dat was een gedachte die bij Nyberg opkwam bij Nybrostrand. Maar belangrijker is nog dat Albinsson dat heeft bevestigd. Åke Larstam houdt niet van mensen die lachen.'

'Hij moet gekker zijn dan wij denken. Je brengt toch geen mensen om, alleen maar omdat die gelukkig zijn? In wat voor wereld leven we eigenlijk?'

'Het is misschien precies zoals jij zegt', zei Wallander. 'Uiteindelijk komt de vraag daarop neer. Maar die gedachte is zo onverdraaglijk dat we die eigenlijk helemaal niet kunnen accepteren. De vraag is of dat waar wij bang voor zijn, niet al is gebeurd. De stap naar het uiteindelijke verval van de rechtsstaat, als je dat zo kunt zeggen. Een maatschappij waarin steeds meer mensen het gevoel hebben dat ze niet nodig zijn of zelfs ongewenst zijn. Dan kunnen we geweld verwachten dat alle logica mist. Dat een natuurlijk bestanddeel van alledag wordt. Wij klagen over de ontwikkelingen, maar soms vraag ik me af of het eigenlijk al niet veel erger is dan wij beseffen.'

Hij wilde nog meer zeggen, maar kreeg bericht dat Martinson aan de telefoon was. Toen hij naar de vergaderkamer rende, morste hij koffie over zijn overhemd.

'Dit lijkt geen resultaat op te leveren', zei Martinson. 'Ik heb met de grootste discretie het bestand doorgenomen van de mensen die hier een ligplaats hebben. Maar er is er geen op naam van Åke Larstam verhuurd.'

'Hebben jullie ook op de steigers rondgelopen?'

'Hij lijkt hier niet te zijn.'

Wallander dacht na.

'Heeft hij zijn boot misschien op een ligplaats die op naam van iemand anders is gehuurd? Heeft hij misschien een valse naam opgegeven?'

'Dit is maar een kleine jachthaven en de meeste mensen kennen elkaar. Ik geloof niet echt dat Larstam het zou hebben aangedurfd om hier onder een valse naam een plek te huren. Dat klopt volgens mij niet met zijn voorzichtigheid.'

Wallander gaf zich nog niet helemaal gewonnen.

'Iemand anders kan die ligplaats hebben gehuurd.'

'Wie dan? Larstam heeft immers geen vrienden.'

'Ik neem aan dat je hebt gekeken of Svedbergs naam in het bestand voorkomt?'

'Daar heb ik inderdaad aan gedacht, maar hij staat er niet in.'

Een andere gedachte schoot door Wallanders hoofd. Hij wilde hem eerst voorbij laten gaan, maar pakte hem toen toch op.

'Kijk nog eens in het bestand', zei hij. 'Denk aan alle namen die we in dit onderzoek zijn tegengekomen. In het centrum of in de periferie. Een naam die plotseling weer opduikt.'

'Je denkt aan bijvoorbeeld Hillström of Skander?'

'Precies.'

'Ik snap wat je bedoelt. Maar denk je echt dat dat logisch is?'

'Niets is logisch. Neem alles opnieuw door. En laat het weten als je iets tegenkomt.'

Wallander legde neer. Er zat een flinke bruine koffievlek op zijn witte overhemd. Hij dacht dat hij nog een laatste schoon overhemd in zijn kast had hangen. Het zou niet meer dan twintig minuten duren om even naar huis te rijden en dat aan te trekken, maar hij wilde wachten totdat Martinsson wat van zich had laten horen. Thurnberg was op hem af gekomen.

'Ik wou Albinsson naar huis sturen', zei hij. 'Ik geloof niet dat hij verder nog iets toe te voegen heeft.'

Wallander stond op en liep naar Albinsson om hem een hand te geven.

'Je bent zeer behulpzaam geweest.'

'Ik begrijp het nog steeds niet.'

'Dat doet eigenlijk niemand van ons.'

'U mag hiervan niets naar buiten brengen', zei Thurnberg. 'Daar kunnen problemen van komen.'

Albinsson beloofde niets te zullen zeggen en verliet de kamer. Wallander ging naar de wc. Daarna begon hij over Svedbergs sterrenkijker na te denken. Waarom had iemand die bij Björklund thuis neergezet? Hij liep weer naar de vergaderkamer.

'Weet iemand ook waar Nyberg zit?'

'Die zit op Hansons kamer te bellen.'

'Als Martinson belt, dan ben ik daar.'

Wallander liep naar Hansons kamer. Nyberg zat met de hoorn aan zijn oor in een blocnote te schrijven. Hij keek op toen Wallander binnenkwam. Wallander kon horen dat Nyberg met het gerechtelijk laboratorium in Linköping praatte. Het gesprek was afgelopen.

'In de loop van de dag krijgen we bericht', zei Nyberg. 'Of Larstams duimen aan het spoken zijn.'

'Dat is gewoon zo', zei Wallander. 'We hebben geen antwoord nodig. We hebben een bevestiging nodig.'

'Wat gebeurt er als we even aannemen dat het níét Larstams vingerafdrukken zijn?'

'Dan leg ik de leiding van het opsporingswerk neer.'

Nyberg dacht na over wat Wallander had gezegd. Hij was in Hansons stoel gaan zitten.

'De telescoop', zei Wallander. 'Waarom stond die bij Björklund thuis? Wie heeft die daar neergezet?'

'Kan het iemand anders zijn dan Larstam?'

'Maar waarom?'

'Misschien om verwarring te scheppen. Onrust in onze hoofden te scheppen. Een poging om de schuld op Svedbergs neef te schuiven.'

'Larstam moet vrijwel aan alles gedacht hebben.'

'Als hij niet overal aan heeft gedacht, zullen we vroeg of laat het gat vinden. En dan pakken we hem.'

'We zouden dus eigenlijk zijn vingerafdrukken ook op de telescoop moeten vinden?'

'Als hij ze niet heeft weggeveegd.'

De telefoon ging. Wallander greep de hoorn. Het was Martinson weer.

'Je had gelijk.'

Wallander stond zo heftig op dat zijn stoel omviel.

'Wat heb je?'

'Een ligplaats op naam van Isa Edengren. Ik heb ook het contract bekeken. Als het Larstam is die haar handtekening heeft vervalst, dan heeft hij dat erg knap gedaan. Ik weet nog hoe zij schreef. De man die het contract in ontvangst nam heb ik gesproken. Hij zei dat er een vrouw was gekomen.'

'Met donker haar?'
'Precies. Louise.'
'Maar dat kon de jachthavenvereniging dus niet weten.'
'Ze had er bovendien nog bij verteld dat vooral haar broer gebruik zou maken van de boot.'
'Larstam pakt het slim aan', zei Wallander.
'Het is een oude houten giek', vervolgde Martinson. 'Hij is overkapt en heeft dus slaapplaatsen. Aan de ene kant ligt er een zeilboot naast, aan de andere kant is het leeg.'
'Ik kom eraan', zei Wallander. 'Blijf bij die steiger vandaan. Hebben jullie er trouwens wel aan gedacht om over je schouder te kijken? Voor het geval hij eraan komt. Ik denk dat we er wel van mogen uitgaan dat hij nu heel voorzichtig is. Voordat hij naar zijn boot toe gaat, houdt hij vast de haven in de gaten.'
'Daar hadden we misschien wel iets beter om moeten denken.'
Wallander beëindigde het gesprek en vertelde snel aan Nyberg wat er was gebeurd. Hij keerde terug naar de vergaderkamer. Samen met Thurnberg zou Ann-Britt voorbereiden dat de politie kon uitrukken, voor het geval dat nodig was.
'Wat doe je als hij aan boord is?' vroeg ze.
Wallander schudde zijn hoofd.
'Ik weet het niet. Ik moet eerst zien hoe het er daar uitziet.'

Toen Wallander in de jachthaven aankwam, was het inmiddels een uur. Het was warm en er stond een matige wind uit het zuidwesten. Wallander had eraan gedacht om een verrekijker mee te nemen. Van een afstand kon hij de boot bekijken.
'Het lijkt alsof er niemand is', zei Martinson.
'Zijn er ook mensen aan boord van de zeilboot links?' vroeg Wallander.
'Daar is niemand.'
Wallander liet zijn kijker langs de boten gaan. In veel boten zaten mensen.
'We kunnen hier geen schotenwisseling hebben', zei Martinson. 'En we kunnen de haven ook niet echt laten ontruimen.'
'We kunnen ook niet wachten', zei Wallander. 'We moeten weten of hij aan boord is of niet. Als hij er is, moeten we hem

pakken. Als hij er niet is, dan weten we dat in elk geval.'

'Moeten we de boel gaan afzetten?'

'Nee', zei Wallander. 'Ik ben van plan aan boord te gaan.'

Martinson schrok op.

'Ben je gek geworden?'

'Het kost minstens een uur om hier de boel af te zetten en alles te ontruimen. Die tijd hebben we niet. Ik ga aan boord. Jij moet mij vanaf de steiger dekking geven. Ik doe het snel. Hij zal waarschijnlijk de boel niet vanuit de boot in de gaten zitten te houden. Als hij er is, dan denk ik dat hij ligt te slapen.'

Martinson was heel afwijzend.

'Ik kan het hier niet mee eens zijn', zei hij. 'Dat kan op een regelrechte ramp uitlopen.'

'Er is nog iets', zei Wallander. 'Daar zul jij waarschijnlijk niet aan hebben gedacht. Maar Larstam heeft Hanson en de man uit Malmö niet doodgeschoten. Je maakt mij niet wijs dat hij hen heeft gemist. Het was gewoon zo dat geen van beiden de negende man was.'

'Wat jij dus ook niet bent?'

'Waarschijnlijk niet.'

Martinson had nog een bezwaar.

'Dit is een boot in een haven. Hier heb je geen achtertrap waar hij langs kan verdwijnen. Wat zal hij doen? In het water springen?'

'Dat risico moeten we nemen', zei Wallander. 'Dat het ontbreken van een nooduitgang alles kan veranderen.'

Martinson gaf zich niet gewonnen.

'Ik vind het onverantwoordelijk.'

Wallander had zijn besluit al genomen.

'Dan doen we wat jij zegt. Rij naar het bureau en zorg ervoor dat iedereen uitrukt. Ik wacht wel zolang.'

Martinson vertrok. De rechercheur uit Malmö werd er door Wallander op uitgestuurd om de parkeerplaats en de toegangsweg naar de jachthaven in de gaten te houden.

Wallander liep naar de steiger. Hij besefte dat wat hij aan het doen was een grove schending was van de meest basale politieregels. Hij zou zich in een situatie begeven waarbij hij tegenover een man kon komen te staan die absoluut meedogenloos was. Hij zou dat in zijn eentje doen, zonder rugdekking, en hij zou dat doen zonder dat de plaats zelfs maar was afgezet.

Op de steiger speelden een paar jongens. Wallander probeerde bars op te treden en zei tegen hen dat ze op de wal moesten blijven. In zijn zak had hij zijn pistool. Hij had het al ontgrendeld. Van een afstand probeerde hij in te schatten of hij het zou redden om van de steiger te springen. Wat zou hij daarna doen? Als Larstam aan boord was, zou hij hem door de voorruit van de stuurhut zien. Wallander zou totaal onbeschermd zijn.

Hij besefte dat dat niet kon. De enige mogelijkheid was dat hij via het achterschip aan boord ging, door het vouwdak open te trekken. Maar daar had hij een boot voor nodig. Hij keek rond. Vlak naast hem lag een plezierjacht, waar in het riante ruim kennelijk een feestje gaande was. Naast het jacht dreef een kleine rode jol. Wallander bedacht zich niet. Hij stapte aan boord en liet aan de verbaasde mensen zijn legitimatie zien.

'Ik heb die jol even nodig', zei hij.

Een kale man met een wijnglas in de hand was opgestaan.

'Waarom? Is er een ongeluk gebeurd?'

'Geen ongeluk', antwoordde Wallander. 'Maar ik heb geen tijd om vragen te beantwoorden. Blijven jullie hier in de boot. Niemand mag de steiger op. Voor wie dat wel doet, krijgt het muisje nog een staartje. Begrepen?'

Niemand zei wat. Wallander klom onhandig in de jol. Hij zat met de roeispanen te prutsen totdat hij er een verloor. Toen hij zich vooroverboog om hem te pakken, gleed zijn pistool bijna uit zijn zak. Hij vloekte en begon te zweten, maar slaagde er uiteindelijk in de roeispanen goed te krijgen. De kale man had het meertouw losgemaakt. Wallander roeide weg. Hij vroeg zich af of de jol misschien zou zinken onder zijn gewicht. Voorzichtig naderde hij de houten giek van achteren. Hij hield met één hand de boot tegen toen hij bij het achterschip kwam. De boot had een binnenboordmotor, zag hij. Hij voelde zijn hart bonzen. Voorzichtig, om de giek niet aan het schommelen te brengen, maakte hij het meertouw vast. Daarna luisterde hij. Het enige wat hij hoorde was zijn eigen hartslag. Hij had zijn pistool nu in zijn hand. Voorzichtig begon hij het vouwdak los te maken. Nog steeds geen beweging. Toen hij het dak voldoende ver had losgemaakt, kwam het moeilijkste moment. Hij moest het terugklappen en tegelijkertijd zijn eigen lichaam zijwaarts verplaatsen. Anders zou hij een perfect doelwit vormen voor iemand die in de boot zat met een wapen in de hand. Zijn hoofd was helemaal leeg. De hand waarmee hij het wapen vasthield, was zweterig en trilde.

Hij klapte het vouwdak open en wierp zichzelf zijwaarts. De jol begon zo te schommelen dat hij bijna in het water viel, maar hij slaagde er nog net in om een stootkussen te grijpen. Er gebeurde niets. Met een ruk trok hij één kant van het vouwdak nog verder open. Er zat niemand in de kuip. De twee mahoniehouten deuren naar de kajuit stonden open. Hij kon naar binnen kijken. Er was niemand in de kajuit. Hij ging aan boord. Nog steeds had hij zijn pistool in zijn hand. Twee traptreden voerden naar twee britsen en ronde patrijspoortjes. Er was niemand. Er was ook geen beddengoed, alleen maar matrassen met een plastic overtrek.

Wallander ging het trapje weer op. Hij was doornat van het zweet. Zijn pistool stopte hij weer in zijn zak. Daarna roeide hij met de jol terug. De mensen met de wijnglazen stonden hem langs de reling aan te staren. De kale nam het meertouw aan. Wallander klom bij hen aan boord.

'Nu wilt u misschien wel uitleggen wat u aan het doen was', zei de kale.

'Nee', zei Wallander.

Hij had nu haast. Misschien waren ze al met groot materieel onderweg. Dat moest hij voorkomen. Larstam was niet op de boot geweest. Dat kon betekenen dat ze zich nu voor het eerst een stap vóór hem bevonden. Wallander klom op de steiger en belde Martinson.

'We komen eraan', zei die.

'Afgelasten!' riep Wallander. 'Geen auto's hiernaartoe. Kom maar alleen.'

'Is er iets gebeurd?'

'Hij is hier niet.'

'Hoe weet jij dat?'

'Ik weet het.'

Martinson zweeg.

'Je bent aan boord gegaan', zei hij. 'Of niet?'

'Er is haast bij', zei Wallander. 'Over de rest hebben we het een andere keer wel.'

Vijf minuten later arriveerde Martinson. Wallander legde uit wat hij dacht: dat Larstam er misschien aankwam. Toen Martinson het opengetrokken vouwdak in de gaten kreeg, schudde hij zijn hoofd.

'Dat moeten we herstellen', zei Wallander. 'Terwijl een van ons hier op de steiger de wacht houdt. Voor het geval hij komt. De haven moet bewaakt worden.'

Martinson ging op de steiger staan en hield de wal in de gaten. Wallander nam snel de kuip van de boot en de kooien door. Hij vond niets. Larstam liet nooit papieren slingeren. Toen het vouwdak weer op zijn plaats zat, keerde hij terug naar de steiger.

'Hoe ben je aan boord gekomen?' vroeg Martinson.

'Ik heb een jol geleend.'

'Je bent gek.'

'Misschien. Maar ik weet niet zeker of je wel gelijk hebt.'

Martinson ging praten met de rechercheur die Wallander naar de parkeerplaats had gestuurd. Die moest nu de haven en de steiger in de gaten houden. Martinson belde om nog meer agenten te laten komen.

'Jij moet thuis maar eens een schoon overhemd gaan aantrekken', zei Martinson, die Wallander keurend opnam.

'Dat ga ik ook doen', zei Wallander. 'Maar eerst moeten we dit met de rest doornemen.'

Op het bureau was er niemand die vroeg hoe hij aan boord was gekomen. Ook dacht niemand eraan om te vragen of hij dat alleen had gedaan. Martinson zat zwijgend aan tafel. Wallander besefte hoe geschokt hij was, maar daar kon hij op dit moment niets aan doen.

'Voor het eerst zijn we hem misschien een stap voor', zei Wallander. 'Maar dat hoeft natuurlijk niet te betekenen dat hij in die boot gaat slapen. Hij houdt waarschijnlijk rekening met de mogelijkheid dat we de boot al hebben gevonden.'

'Dan zijn we dus weer terug bij ons begin', zei Ann-Britt Höglund. 'Is er nou echt niets wat we kunnen doen om hem op te sporen? En wie is die negende persoon?'

'We moeten blijven zoeken', zei Wallander. 'Hij heeft Isa Edengrens naam gebruikt om een ligplaats te huren. Hij volgt geen vast patroon. Iedere stap die hij zet, verrast ons. Het enige wat we kunnen doen is verder zoeken in het onderzoeksmateriaal. Ergens is het cruciale punt. Waardoor de hele zaak wordt opengebroken. Daar ben ik van overtuigd.'

Wallander had sterk het gevoel dat hij aan het preken was. Alsof hij een aantal ontrouwe medewerkers moest overtuigen van de ware leer. Maar wat hij dan wel moest doen, wist hij ook niet. Op dit moment had hij nog maar één gedachte in zijn hoofd die niet getoetst was.

'Isa Edengren', zei hij. 'Waarom koos Larstam haar naam? Is dat toeval? Of zit er iets anders achter die keuze?'

'Isa wordt overmorgen begraven', zei Martinson.

'Ik wil dat iemand haar ouders belt. En dat een van hen hiernaartoe komt. Ik wil dat verhaal van die ligplaats verder onderzoeken.'

Wallander stond op.

'Maar voor die tijd neem ik even twintig minuten voor mezelf om naar huis te rijden en een schoon overhemd aan te trekken.'

Ebba was de kamer binnengekomen met een paar dozen met broodjes.

'Als je mij de sleutels geeft, wil ik wel even voor je naar je huis rijden', zei ze. 'Het is geen moeite.'

Wallander bedankte haar, maar vond het niet nodig. Hij had er grote behoefte aan om er even uit te zijn, al was het maar twintig minuten. Hij wilde de kamer net verlaten, toen de telefoon ging. Ann-Britt Höglund nam op en beduidde meteen dat Wallander niet moest weggaan.

'De politie uit Ludvika', zei ze. 'Daar woont een van Åke Larstams zussen.'

'Ik heb een vraag rondgestuurd', zei Martinson. 'Blijkbaar hebben zij een antwoord.'

Wallander besloot direct om te blijven. Hij keek rond waar Ebba was, maar die was alweer weg. Martinson had de telefoon overgenomen. Wallander zat bij de hoek van de tafel naar de koffievlek op zijn overhemd te kijken. Ann-Britt Höglund was bij een andere telefoon gaan zitten en belde Isa Edengrens ouders. Op hetzelfde moment dat er bij haar werd opgenomen, legde Martinson neer.

'Berit Larstam', zei hij. 'Zevenenveertig jaar, werkloos, afgestudeerd aan de sociale academie. Ze woont in Fredriksberg. Waar dat ook mag liggen.'

'De wapendiefstallen', zei Wallander. 'Larstam kan daar dus zijn geweest om zijn zus te bezoeken.'

Martinson wuifde met een briefje. Daarna toetste hij het nummer in. Even voelde Wallander zich overbodig. Hij bedacht dat hij wel even naar de receptie kon lopen om zijn sleutels aan Ebba te geven. Daar trof hij haar echter niet aan. Waarschijnlijk was ze naar de wc. Wallander keerde weer terug naar de vergaderkamer. Martinson had iemand aan de lijn gekregen. Ann-Britt zat met gefronst voorhoofd te luisteren naar degene die ze zelf aan de telefoon had. Wallander ijsbeerde door de kamer. Thurnberg was verdwenen. Wallander begon gebruikte koffiebekertjes in de afvalbak te gooien. Ann-Britt legde neer en vloekte.

'Isa's vader heeft beloofd dat hij komt', zei ze. 'Axel Edengren. Ik denk dat we een behoorlijk arrogante meneer kunnen verwachten, die niet op de politie gesteld is.'

'Waarom niet?'

'Eerst hield hij een hele preek tegen mij hoe slecht wij ons werk wel niet deden. Ik was bijna tegen hem gaan vloeken.'

'Dat had je moeten doen.'

Martinson was nu ook klaar met zijn gesprek.

'Eens in de drie jaar kwam Åke Larstam altijd op bezoek', zei hij. 'Ik kreeg de indruk dat hun contact niet bepaald diepgaand was.'

Wallander staarde Martinson verbijsterd aan.

'Is dat alles?'

'Wat bedoel je daarmee?'

'Heb je haar verder niks gevraagd?'

'Natuurlijk wel. Maar ze vroeg of ze mocht terugbellen. Ze was met iets bezig.'

Wallander voelde dat hij chagrijnig werd. En Martinson verdedigde zich. Het werd stil in de kamer. Wallander stond op en liep opnieuw naar de receptie. Ebba zat weer op haar plaats achter de glazen ruit.

'Ik wil het toch graag aan je vragen', zei hij terwijl hij haar zijn sleutelbos gaf. 'Ik geloof dat er nog een schoon overhemd in de kast ligt', zei hij. 'Anders moet je er maar een uit de wasmand halen.'

'Ik heb het al eerder geregeld', antwoordde ze. 'Het lukt me deze keer ook wel.'

'Kan iemand je rijden?'

'Ik heb mijn ouwe Volvo-PV nog', zei ze. 'Ben je die vergeten?'

Wallander glimlachte. Hij keek haar na toen ze het politiebureau verliet. Hij bedacht hoe oud ze de laatste jaren geworden was.

Het eerste wat hij deed toen hij in de vergaderkamer terugkwam, was Martinson zijn excuses aanbieden voor zijn chagrijnige opmerkingen van even daarvoor.

Daarna gingen ze weer verder.

Het was inmiddels tien minuten over twee.

35

Toen Axel Edengren op het politiebureau verscheen, was Ebba nog niet terug. Wallander vroeg zich af waarom het zo lang duurde. Kwam dat omdat ze gewoon geen schoon overhemd had kunnen vinden? Met een vaag gevoel van onlust liep Wallander naar de receptie om Edengren te ontvangen. Misschien niet in de eerste plaats omdat hij een overhemd aanhad dat onder de vlekken zat, maar meer omdat hij moest denken aan de vreemde manier waarop Edengren zijn dochter had behandeld. Hij vroeg zich af wat voor man hij eigenlijk zou ontmoeten. Voor de verandering leek het erop dat de werkelijkheid overeenkwam met het beeld dat hij zich had gevormd. Axel Edengren was heel lang en stevig. Hij was een van de grootste mannen die Wallander ooit had gezien. Hij had borstelig, kortgeknipt haar, en een intense blik in zijn ogen. Hij had iets afstotends en zwaars over zich. Zelfs zijn handdruk was ontoegankelijk. Wallander had besloten hem mee te nemen naar zijn eigen kamer. Toen ze door de gang liepen, had Wallander het gevoel dat er achter hem een dreigende buffel draafde, die hem ieder moment op de hoorns kon nemen. Wallander wees naar zijn bezoekersstoel. Edengren liet zich neerploffen. De stoel kraakte, maar dat leek hij niet op te merken. Hij begon al te praten nog voordat Wallander überhaupt de gelegenheid had gehad om zelf te gaan zitten.

'U hebt mijn dochter gevonden', zei hij. 'Hoe kwam het dat u naar Bärnsö was gegaan?'

'U mag mij wel tutoyeren', antwoordde Wallander.

Edengrens antwoord kwam onverwacht heftig.

'Ik geef er de voorkeur aan om "u" te zeggen. Tegen mensen die ik niet ken. En die ik maar één keer ontmoet. Wat deed u op Bärnsö?'

Wallander probeerde te besluiten of hij kwaad moest worden of niet. De toon van de zware man irriteerde hem. Tegelijkertijd was hij er niet van overtuigd of hij wel voldoende energie had om zijn normale autoriteit in de strijd te werpen.

'Ik had reden om aan te nemen dat Isa daar was. Wat immers ook zo bleek te zijn.'

'Men heeft mij verteld wat er is gebeurd. Voor mij is het een raadsel dat u dit hebt kunnen laten gebeuren.'

'Niemand heeft iets laten gebeuren. Als ik ook maar de minste kans had gehad om in te grijpen, dan had ik dat natuurlijk gedaan. Ik neem aan dat dat voor u ook geldt. Niet alleen ten opzichte van Isa. Maar ook ten opzichte van Jörgen.'

Edengren schrok op toen Wallander de naam van zijn zoon noemde. Het was alsof hij tijdens een looppas abrupt bleef staan. Wallander greep de gelegenheid aan om het gesprek in te richting te buigen waarin hij het hebben wilde.

'We beschikken niet over de tijd om te praten over wat er is gebeurd. Laat ik alleen zeggen dat ik u natuurlijk condoleer met uw verlies. Ik heb haar een paar keer ontmoet en ze maakte op mij een goede indruk.'

Opnieuw wilde Edengren wat zeggen, maar Wallander behield zijn greep op het gesprek.

'Het gaat om een ligplaats hier in Ystad', vervolgde hij. 'Een ligplaats met een contract op Isa's naam.'

Edengren keek Wallander wantrouwend aan.

'Dat is een leugen.'

'Het is de absolute waarheid.'

'Isa had geen boot.'

'Dat denk ik ook niet. Hebt u daar vroeger een ligplaats gehad?'

'Mijn boten liggen in een jachthaven in Östergötland.'

Wallander had geen reden om aan Edengrens woorden te twijfelen. Hij ging verder.

'Waarschijnlijk heeft iemand anders een contract afgesloten op uw dochters naam.'

'Wie dan?'

'Degene die wij ervan verdenken uw dochter te hebben omgebracht.'

Edengren staarde Wallander aan.

'Wie is dat dan?'

'Hij heet Åke Larstam.'

Geen reactie. Edengren wist niet wie dat was.

'Hebben jullie hem gepakt?'

'Nog niet.'

'Waarom niet? Als hij mijn dochter heeft vermoord.'

'We zijn er nog niet in geslaagd hem op te sporen. Daarom bent u hier. Om ons werk gemakkelijker te maken.'

'Wie is hij?'

'Om allerlei redenen kan ik u niet alle informatie geven waarover wij beschikken. Laat ik alleen zeggen dat hij de laatste jaren als postbode op het platteland heeft gewerkt.'

Edengren schudde zijn hoofd.

'Moet ik dit als een grapje opvatten? Zou een postbode Isa hebben vermoord?'

'Helaas is dat wel zo.'

Edengren stond op het punt een nieuwe vraag te stellen, maar Wallander hield hem tegen. Zijn moment van futloosheid was voorbij.

'Kunt u zich herinneren of Isa ook andere contacten met de jachthavenvereniging had? Zeilde ze? Had ze vrienden met boten?'

Edengrens antwoord verraste hem.

'Isa niet. Maar Jörgen wel. Hij had een zeilboot. 's Zomers lag die in Gryt. Dan zeilde hij rond Bärnsö. In de herfst en het voorjaar lag de boot hier.'

'Hij had dus een eigen ligplaats?'

'Ja. Bovendien haalde hij de boot 's winters hier uit het water.'

'Maar Isa zeilde niet?'

'Ze ging altijd met haar broer mee. Ze konden het goed met elkaar vinden. Althans bij vlagen.'

Voor het eerst voelde Wallander bij de man die tegenover hem zat en die zijn beide kinderen had verloren iets van verdriet. Wallander kreeg het gevoel dat het uiterlijk eigenlijk niets blootgaf. In dat grote lichaam ging een vulkaan aan gevoelens schuil die er nooit uit mochten komen.

'In welke jaren zeilde Jörgen?'

'Ik geloof dat hij de boot in 1992 heeft gekregen. Ze hadden een informeel clubje. Ze zeilden en feestten. Hielden vreemde notulen bij. Stuurden elkaar flessenpost. Jörgen was meestal secretaris. Ik heb hem nog geleerd hoe je paragrafen maakte.'

'Zijn die notulen er nog?'

'Na zijn dood heb ik ze in een doos gestopt. Daar zitten ze nu nog in.'

Namen, dacht Wallander. Dat is wat ik nodig heb. In de eerste plaats namen.

'Weet u nog hoe Jörgens vrienden heetten?'

'Sommigen, maar niet allemaal.'

'Maar de namen staan vermoedelijk in die notulen?'

'Waarschijnlijk.'

'Dan gaan we die halen', zei Wallander. 'Dit kan belangrijk zijn.'

Hij zei dat met zoveel overtuiging dat Edengren de kans niet kreeg om bezwaren te maken, als hij die al had gehad. Wallander bood aan een politiewagen naar Skårby te sturen, maar Edengren sloeg dat af. Hij zou de notulen zelf ophalen.

In de deuropening keerde hij zich om.

'Ik weet niet hoe ik het moet verdragen', zei hij. 'Dat je je beide kinderen kwijtraakt. Wat blijft er dan over?'

Hij wachtte niet op een antwoord. Wallander bedacht dat hij hier ook niets op zou weten te zeggen. Hij stond op en liep terug naar de vergaderkamer. Ebba was daar niet geweest. Hij liep door naar de receptie. Niemand had haar zien terugkeren. Wallander ging naar zijn kamer en toetste het telefoonnummer van zijn eigen huis in. Hij liet de bel acht keer overgaan voordat hij het opgaf. Ebba moest de flat alweer hebben verlaten.

Na veertig minuten was Edengren terug. Hij legde een bruine envelop op Wallanders bureau.

'Dit is alles. Ik geloof dat er in totaal notulen van elf bijeenkomsten in zitten. Ze namen het niet zo nauw met het maken daarvan.'

Wallander bladerde de papieren door. Ze waren op een typemachine uitgewerkt en er zaten veel foute aanslagen tussen. In totaal identificeerde hij zeven namen. Geen daarvan herkende hij. Voorzover hij zich kon herinneren waren geen van die achternamen eerder in het onderzoek voorgekomen. Weer een dood spoor, dacht hij. Ik denk nog steeds dat er van Åke Larstam sporen zijn, die af en toe tot logische patronen zijn samen te voegen. Maar hij laat bijna geen afdrukken achter.

Toch liep hij naar de vergaderkamer om de notulen aan Martinson te geven. Hij legde uit waar het over ging en vroeg hem de namen te bekijken. Wallander had de kamer nog niet verlaten, of Martinson slaakte een kreet. Wallander liep weer terug naar de tafel.

Martinson wees een naam aan: Stefan Berg.

'Was er geen postbode die Berg heette? Een van die namen in die mooie folder van de posterijen?'

Dat was hij vergeten. Wallander realiseerde zich meteen dat Martinson gelijk had.

'Ik bel hem', zei hij. 'Nu meteen.'

Martinson was al op weg naar de telefoon. Wallander keerde terug naar Edengren. Vlak voor de deur bleef hij staan. Had hij nog meer vragen? Hij besloot dat dat niet het geval was. Toen hij de kamer binnenkwam, stond Edengren voor het raam. Hij draaide zich om toen hij Wallander hoorde. Tot zijn verbazing zag Wallander dat Edengren rode ogen had.

'U mag weer naar huis', zei hij. 'Ik geloof niet dat we u nog langer hoeven op te houden.'

Edengren keek hem onderzoekend aan.

'Pakt u hem? De man die Isa heeft vermoord?'

'Ja. We pakken hem.'

'Waarom heeft hij het gedaan?'

'Dat weten we niet.'

Edengren stak zijn hand uit. Wallander liep met hem mee naar de receptie. Ebba zat nog steeds niet op haar gewone plek.

'We blijven in Zweden tot na de begrafenis', zei Edengren. 'Daarna weet ik het niet meer. Misschien dat we Zweden verlaten? Misschien ga ik de boerderij in Skårby wel verkopen. Het idee om naar Bärnsö terug te keren is ook niet zo aantrekkelijk.'

Edengren ging weg zonder op een antwoord te wachten. Wallander bleef hem lang nakijken.

Toen hij in de vergaderkamer terugkwam, had Martinson de postbode genaamd Berg aan de telefoon. Wallander ging naast hem staan om te luisteren. Daarna nam rusteloosheid bezit van hem. Hij liep de gang weer op. We wachten, dacht hij. We houden ons bezig met onafgebroken activiteiten. We voeren telefoongesprekken, bladeren in onze ordners, hebben korte gesprekjes, trekken conclusies. Maar eigenlijk doen we alleen maar dat ene: wachten. Åke Larstam heeft althans op dit moment een voorsprong die wij niet kunnen inhalen.

Hij hoorde hoe Martinson zijn gesprek beëindigde. Hij liep weer naar binnen.

'Het klopt', zei hij. 'Stefan Berg is zijn zoon. Die studeert op dit moment aan de universiteit van Kentucky.'

'Waar brengt ons dat?'

'Nergens, voorzover ik kan zien. Berg was heel oprecht. Hij zei dat hij op de postterminal vaak over zichzelf en zijn gezin praatte. Of er nou iemand luisterde of niet. Åke Larstam heeft waarschijnlijk vaak de kans gehad om verhalen over de zoon en zijn bootclubje te horen.'

Wallander was op zijn gewone plaats gaan zitten.

'Maar wat betekent dat? Iets waar we verder mee aan de slag kunnen?'

'Daar lijkt het niet op.'

In een plotselinge uitbarsting maaide Wallander alle papieren die voor hem op de tafel lagen aan de kant.

'We krijgen hem niet te pakken!' riep hij. 'Waar zit hij? Wie is de negende man?'

Degenen die in de kamer waren, keken hem afwachtend aan. Wallander spreidde zijn armen uit in een verontschuldigend gebaar. Hij verliet de kamer en begon door de gang te ijsberen. De hoeveelste keer dat vandaag was wist hij niet. Hij liep naar de receptie. Ebba was nog steeds weg. Ze heeft blijkbaar in de kast geen overhemd gevonden dat schoon genoeg was, dacht hij. Waarschijnlijk is ze de stad ingegaan om een nieuw te kopen.

Het was inmiddels zeven minuten over drie. Nog minder dan negen uur te gaan, op deze woensdag waarop Åke Larstam had beloofd opnieuw te zullen toeslaan.

Wallander nam een besluit. Nu de vergaderkamer tot een tijdelijk hoofdkwartier was omgevormd, wilde hij de kern van het rechercheteam nog kleiner maken. Hij ging in de deuropening staan en wachtte totdat hij Ann-Britt Höglunds aandacht had weten te trekken.

'Neem Martinson mee', zei hij. 'We gaan even op mijn kamer zitten.'

Martinson had eraan gedacht om een stoel mee te nemen toen ze naar hem toe kwamen.

'Laten we de situatie nog een keer vanaf het begin doornemen', begon Wallander. 'Alleen wij met z'n drieën. We hebben nog steeds twee vragen: waar zit hij? Wie is zijn beoogde slachtoffer? Als we ons voorstellen dat hij om een minuut voor middernacht toeslaat, dan hebben we nog een kleine negen uur. Maar dat is natuurlijk een hopeloze wens. We moeten ervan uitgaan dat we minder tijd hebben. We mogen ook niet uit het oog verliezen dat het misschien al te laat is. Dat we alleen nog niet op de hoogte zijn gebracht van wat er is gebeurd.'

Hij wist dat Martinson en Ann-Britt natuurlijk allebei ook al aan die mogelijkheid hadden gedacht. Toch leek het nu pas tot hen door te dringen wat dat eigenlijk betekende.

'Waar zit Larstam?' herhaalde Wallander. 'Hoe denkt hij? We vinden hem in Svedbergs flat. Het uitgangspunt moet zijn geweest dat wij nooit op het idee zouden komen om hem juist daar te zoeken. Maar dat hebben we wel gedaan. Daarna hebben we zijn boot gevonden. Maar we kunnen er niet zeker van zijn of hij van plan was die als toevluchtsoord te gebruiken. Misschien beschouwt hij die plek al als te gevaarlijk. Wat gaat hij dan doen?'

'Hij meet zijn krachten met ons', zei Martinson. 'Als hij zijn eerdere gewoontes volgt, heeft hij een slachtoffer en een situatie gekozen waarbij alles heel snel gaat. Waarbij het slachtoffer nooit een bedreiging of hindernis kan vormen. Dus zet hij zich juist bij ons extra schrap. Hij weet dat wij achter hem aan zitten. Hij weet dat wij zijn vrouwelijke identiteit hebben onthuld.'

'Goed', zei Wallander. 'Dat is een duidelijk overzicht. De vraag is dan: hoe denkt hij?'

'Hij vraagt zich af hoe wij denken', zei Ann-Britt.

Wallander had nu zijn naaste medewerkers bij zich.

'Dan ben jij Larstam', zei hij. 'Hoe denkt hij?'

'Hij is van plan uit te voeren wat hij heeft bedacht. Hij is er vermoedelijk zeker van dat wij niet weten wie die negende persoon is.'

'Waarom kan hij dat zo zeker weten?'

'Dan zouden we hem of haar bewaken. Hij heeft vast gecontroleerd of we dat niet doen.'

'Daar kunnen we nog een andere conclusie uit trekken', voegde Martinson eraan toe. 'Hij kan al zijn krachten besteden aan het vinden van de beste schuilplaats. Zolang hij die althans nodig heeft.

Hij hoeft zich niet over zijn beoogde slachtoffer druk te maken.'

'Zo denkt hij dat wij denken', zei Ann-Britt. 'En zo denken wij ook.'

'Dus moeten we anders denken', zei Wallander. 'Nog een stap in het onbekende.'

'Hij kiest ervoor om zich te verstoppen op een plek waar wij hem pas in laatste instantie zullen zoeken.'

'In dat geval moet hij de kelder van het politiebureau nemen', zei Martinson.

Wallander knikte.

'Of althans een symbolisch politiebureau. De vraag is dan waar dat ligt.'

Ze peinsden over het antwoord, maar vonden dat niet.

'Denkt hij dat we zijn uiterlijk als man kennen?'

'Dat risico kan hij niet nemen.'

Er schoot Wallander iets te binnen. Hij wendde zich tot Martinson.

'Heb je eraan gedacht om zijn zus in Ludvika om een foto te vragen?'

'Dat heb ik inderdaad gedaan. Maar zij beweerde dat de enige foto die ze heeft, genomen is toen hij veertien jaar was. En die foto leek bovendien niet.'

'Daar hoeven we dus ook geen hulp van te verwachten.'

'Ik heb contact opgenomen met alle centrale instanties waar foto's te vinden zijn. Maar deze man lijkt geen rijbewijs, identiteitsbewijs, paspoort of iets dergelijks te hebben.'

'Natuurlijk heeft hij die', zei Wallander. 'Als we maar wisten welke achternaam hij aan Louise gaf. Dan had je alle foto's gevonden die je maar wilde hebben.'

'Maar hij moet toch hebben autogereden zonder pruik? Hij moet er toch rekening mee hebben gehouden dat hij zou worden aangehouden? Wat liet hij dan zien?'

Wallander moest opeens denken aan iets wat een aantal jaren geleden was gebeurd. Pas nu koppelde hij die gebeurtenis aan Svedberg en Larstam.

'Het was vóór jouw tijd, Ann-Britt', zei hij. 'Maar jij moet het je nog wel kunnen herinneren, Martinson. Die keer dat hier wat paspoortgegevens verdwenen. Uit een brandkast gehaald. Er werd een intern onderzoek ingesteld, maar daar kwam niets uit. Maar duidelijk was wel dat iemand die hier werkte de diefstal had gepleegd.'

'Ik weet het nog. Er heerste een ontzettend vervelende stemming. Iedereen zat stiekem naar elkaar te gluren.'

'Ik herinner me nog iets', zei Wallander. 'Rydberg zei een keer tegen mij dat hij zeker wist dat Svedberg ze weggenomen had. Maar het is me nooit duidelijk geworden waarom hij ervan overtuigd was dat het nou juist Svedberg was.'

'Je bedoelt dus dat Svedberg identiteitspapieren voor Louise heeft geregeld?'

'Of voor Åke Larstam. Of voor allebei.'

In stilte overpeinsden ze de gebeurtenissen van zoveel jaar geleden.

Wallander keerde daarna tastend weer terug naar het hoofdspoor.

'De vraag is dus waar hij zich verbergt. Dat is waar wij een antwoord op willen hebben. Waar zit Åke Larstam op dit moment?'

Geen van drieën had een antwoord. Er was geen enkel houvast. Ze hadden alleen gissingen die allerlei kanten opgingen die niet met elkaar vielen te rijmen.

Wallander voelde paniek opkomen. Onverbiddelijk verstreek de tijd.

'Laten we overstappen op de persoon die hij wil hebben', zei Wallander. 'Wie is dat? Tot nu toe heeft hij zes jonge mensen omgebracht, een iets oudere fotograaf en een rechercheur van middelbare leeftijd. Die twee laatsten kunnen we buiten beschouwing laten. Blijven zes jongelui over. Bij twee verschillende gelegenheden. In twee groepen.'

'Drie', wierp Ann-Britt tegen. 'Isa Edengren heeft hij later omgebracht. Op een eiland in zee.'

'Dat vertelt ons dat hij zijn werk afmaakt', zei Wallander. 'Datgene wat hij zich heeft voorgenomen. Tegen elke prijs. De vraag is dan of er nog iets onafgemaakts is aan wat er al is gebeurd? Of begint hij nu opnieuw?'

Voordat iemand gelegenheid had om te antwoorden, werd er aan de deur geklopt. Het was Ebba. Ze had een overhemd bij zich op een klerenhanger.

'Sorry dat het zo lang duurde', zei ze. 'Maar ik had moeite om je slot open te krijgen.'

Wallander wist dat er niets mis was met zijn deurslot. Ebba moest het met de verkeerde sleutel hebben geprobeerd. Hij nam het overhemd aan en bedankte haar. Daarna verontschuldigde hij zich en liep naar de toiletten om zich te verkleden.

'Als je naar het schavot wordt geleid, moet je in elk geval een schoon overhemd aanhebben', zei hij toen hij terugkeerde. Het smerige overhemd stopte hij in een van zijn bureaulades.

'We kunnen hier niets onafgemaakts aan vinden', zei Martinson. 'We zijn er zeker van dat behalve Isa Edengren verder niemand bij het feestje in het natuurgebied aanwezig had zullen zijn. En er zullen ook niet meer dan twee mensen zijn die met elkaar trouwen.'

'Dus begint hij opnieuw', zei Wallander. 'Wat het slechtst denkbare alternatief is. Dat betekent dat we helemaal geen aanknopingspunt hebben. Absoluut niets.'

Het werd stil. Wat moesten ze nog zeggen? Eén ding, dacht Wallander. Uit twee onmogelijke keuzes moeten we de keuze maken die het minst onmogelijk lijkt.

'Het lukt ons niet te achterhalen waar hij zich verbergt. Onze enige kans is dat we proberen te bepalen wie het slachtoffer kan zijn. Voordat hij weer toeslaat. Vanaf nu concentreren we ons alleen daarop. Als jullie het met mij eens zijn.'

Wallander wist dat het een vervelend besluit was. Omdat het in wezen onmogelijk was.

'Dient dat eigenlijk ergens toe?' vroeg Ann-Britt. 'Wat we ook doen, we vinden noch hem noch het slachtoffer.'

'We kunnen het ook niet opgeven', antwoordde Wallander.

Ze begonnen weer bij het begin. Voor de hoeveelste keer wisten ze niet. Het was inmiddels over vieren. Wallander had buikpijn. Van onrust en honger. Hij was zo moe dat hij dat niet langer als iets anders dan een normale toestand beschouwde. Hij proefde dezelfde wanhopige vermoeidheid bij de twee anderen.

'Trefwoorden', zei hij. 'Vrolijke mensen. Gelukkige mensen. Wat verder nog?'

'Jonge mensen', zei Martinson.

'Verklede mensen', voegde Ann-Britt eraan toe.

'Hij vervalt niet in herhaling', zei Wallander. 'Daar kunnen we weliswaar niet zeker van zijn, maar het is onwaarschijnlijk. De vraag is dus waar we vandaag jonge, vrolijke en verklede mensen kunnen vinden. Die niet gaan trouwen. En die misschien ook niet van plan zijn te gaan feestvieren in een natuurgebied.'

'Is er ook ergens een gekostumeerd feest?' opperde Martinson.

'De krant', zei Wallander opeens. 'Wat gebeurt er vandaag in Ystad?'

Hij had zijn zin nog niet afgemaakt of Martinson was al verdwenen.

'Moeten we niet weer bij de anderen gaan zitten?' vroeg Ann-Britt.

'Nog niet. Zo dadelijk. Nog één stap. Iets wat we op tafel kunnen leggen. Ook al blijkt dat later een dood spoor te zijn.'

Martinson kwam binnenstormen met *Ystads Allehanda*. Ze sloegen de krant op het bureau open en bogen zich voorover. Een modeshow in Skurup trok meteen Wallanders aandacht.

'Mannequins moet je als verkleed beschouwen', zei hij. 'En je moet ervan uitgaan dat die in een goed humeur zijn. Wanneer ze hun kleren laten zien.'

'Dat is pas volgende week woensdag', zei Ann-Britt. 'Je hebt verkeerd gekeken.'

Ze bladerden verder. En ontdekten het bijna tegelijkertijd. Die avond zou er een bijeenkomst in Hotel Continental zijn van de plaatselijke vereniging Vrienden van Ystad. De leden werd verzocht te komen in kleding uit de negentiende eeuw.

Wallander aarzelde. Zonder dat hij kon zeggen waarom. Maar Martinson en Ann-Britt deelden zijn onzekerheid niet.

'Dit is vast al lang van tevoren afgesproken', zei Martinson. 'Hij heeft dus waarschijnlijk lang de tijd gehad om voorbereidingen te treffen.'

'Mensen die lid zijn van dit soort verenigingen zijn meestal niet echt jong', wierp Wallander tegen.

'Meestal is het heel gemengd', zei Ann-Britt. 'Dat is in elk geval mijn indruk.'

Wallander kon er niets aan doen dat hij aarzelde. Ze hadden echter niets meer te verliezen. Het diner zou om halfacht beginnen. Ze hadden nog een paar uur de tijd.

Voor de zekerheid bladerden ze de krant nog een keer door. Was er een alternatief? Ze konden niets vinden.

'Het is jouw beslissing', zei Martinson. 'Doen we hier iets mee of niet?'

'Het is niet mijn beslissing', zei Wallander. 'Het is onze beslissing. En het is zoals jullie zeggen. Wat voor alternatief hebben we eigenlijk?'

Ze keerden terug naar de vergaderkamer. Iemand haalde Thurnberg. Wallander wilde ook dat Lisa Holgersson erbij zou komen. Terwijl ze zaten te wachten, probeerde Martinson iemand op te sporen die voor de organisatie van het evenement van die avond verantwoordelijk was.

'Het hotel zal wel weten wie er heeft gereserveerd', zei Wallander. 'Bel daar maar naartoe.'

Hoewel Martinson vlak naast hem stond, betrapte Wallander zich erop dat hij was gaan schreeuwen. De vermoeidheid en de spanning wonden hem op.

Toen Thurnberg en Lisa Holgersson waren binnengekomen, onderstreepte Wallander de ernst van de situatie door de deur te sluiten. Hij legde uit hoe ze tot de conclusie waren gekomen dat Åke Larstam misschien zou toeslaan op een feest dat een paar uur later in Hotel Continental zou worden gehouden. Wallander bleef hameren op de onzekere factoren. Ze konden fout zitten, het kon opnieuw een dood spoor zijn. Maar ze hadden niets anders. Het alternatief was passiviteit en afwachten. Hij had erop gerekend dat vooral Thurnberg bezwaren zou maken, en zich misschien zelfs heel afwijzend zou opstellen, maar tot zijn verbazing gaf die zijn goedkeuring. Met hetzelfde argument dat Wallander ook had gebruikt. Dat er geen alternatieven waren.

'We kunnen alleen maar hopen dat we het papier dat we in zijn flat hebben gevonden, verkeerd hebben geïnterpreteerd', zei Thurnberg. 'Wat we vooral nodig hebben is tijd. Om zijn gezicht naar buiten te brengen. Om dieper in deze duistere man door te dringen.'

'Als de klok twaalf uur slaat, weten we het', zei Wallander. 'Hij is een man die niet van zijn plannen afwijkt.'

Ze gingen aan de slag. Het was inmiddels kwart over vijf. Ze hadden ruim twee uur de tijd om de zaak te organiseren en ervoor te zorgen dat er niets gebeurde. Wallander nam Martinson mee naar Hotel Continental, terwijl hij Ann-Britt Höglund op het bureau achterliet. Vanaf het eerste moment waarop ze het besluit hadden genomen, hadden ze besloten om aan de omringende districten om assistentie te vragen. Wallander benadrukte dat beschermende uitrusting een voorwaarde was voor iedereen die erbij betrokken was. Åke Larstam was gevaarlijk. Daar bestond niet de minste twijfel over. Vervolgens vertrokken ze naar het hotel.

'Ik geloof dat ik nog nooit een kogelvrij vest heb aangehad', zei Wallander. 'Behalve dan bij oefeningen.'

'Als hij hetzelfde wapen gebruikt als eerst, dan helpt dat vest', zei Martinson. 'Het probleem is alleen dat hij op het hoofd richt.'

Wallander besefte dat Martinson gelijk had. Vanuit de auto belde hij naar het bureau om door te geven dat helmen net zo belangrijk waren als kogelvrije vesten.

Ze parkeerden voor de hoofdingang van het hotel.

'De ober-kelner heet Orlovsky', zei Martinson.

'Die heb ik al eerder ontmoet', zei Wallander.

Orlovsky was verbaasd over hun komst. Hij was een lange, goed geproportioneerde man van in de vijftig. Hij wachtte hen op bij de receptie. Wallander had besloten er geen doekjes om te winden. Ze liepen naar de eetzaal, waar de voorbereidingen voor de feestelijkheden van die avond in volle gang waren.

'We moeten tijd winnen', zei Wallander. 'Daarom zou het goed zijn als iemand die het gebouw hier vanbinnen en vanbuiten kent, het aan Martinson laat zien.'

Orlovsky riep een kelner die bezig was de tafels te dekken.

De kelner heette Emilsson. Hij keek verbaasd toen hij te horen kreeg wat er van hem verlangd werd, maar hij zei niets en verdween met Martinson in zijn kielzog.

Wallander vertelde. Niet alles, maar voldoende om Orlovsky de ernst van de situatie te doen inzien.

'Zou dit feest niet moeten worden afgelast?' vroeg hij toen Wallander was uitgesproken.

'Die kans bestaat. Maar dat gebeurt pas als wij van mening zijn dat we de gasten en het personeel onvoldoende kunnen beschermen. Zover zijn we nog niet.'

Wallander wilde zien hoe de gasten zouden zitten. Hij vroeg om een tafelschikkingslijst met namen. Er zouden in totaal vierendertig mensen komen. Wallander liep door de eetzaal en probeerde zich Åke Larstams voorbereidingen voor te stellen. Hij wil niet gepakt worden, dacht Wallander. Hij komt ergens vandaan. En hij houdt vervolgens ook een vluchtweg open. Het kan nauwelijks zijn bedoeling zijn om vierendertig mensen om te brengen. Maar hij moet wel dicht bij de tafel kunnen komen.'

Hij werd meteen door een gedachte getroffen.

'Hoeveel man bedienend personeel hebben jullie hier vanavond?' vroeg hij.

'Dat zijn er in totaal zes.'

'Ken je ze allemaal? Of zijn er mensen bij die alleen voor vanavond zijn ingehuurd?'

'We hebben één kelner extra opgeroepen.'

'Wie is dat? Hoe heet hij?'

Orlovsky wees.

'Hij heet Leijde en komt wel vaker helpen bij grotere partijen. Hij staat daarginds bij die tafel.'

Wallander zag een corpulent mannetje van een jaar of vijfenzestig glazen controleren en neerzetten.

'Wil je dat ik hem roep?'

Wallander schudde zijn hoofd.

'Hoe zit het met het keukenpersoneel? De garderobejuffrouw? Het barpersoneel?'

'Allemaal hier in dienst.'

'Zijn er ook hotelgasten vannacht?'

'We hebben een aantal Duitse toeristen. Twee gezinnen met kinderen.'

'Hier is vanavond verder niemand?'

'Het is een besloten feest en er worden geen andere mensen in het restaurant toegelaten. Hoewel de partij niet zo groot is en we wel voor anderen open hadden kunnen blijven. Behalve het personeel in het restaurant is alleen de receptionist er.'

'Is dat nog steeds Hallgren?' vroeg Wallander. 'Die ken ik.'

Het was inderdaad Hallgren, bevestigde Orlovsky. Martinson en Emilsson kwamen de keuken uit. Emilsson ging verder met tafeldekken. Even vroeg Wallander zich af of het bedienend personeel ook met helmen en kogelvrije vesten moest worden uitgerust. Maar dat zou Larstam meteen zien. Wallander kreeg opeens het gevoel dat hij vlak in de buurt was. Dat hij het hotel in de gaten hield.

Hij besefte dat dat het moeilijkste gedeelte was van de keuzesituatie waarin hij zich bevond. Als ze zichtbare, bewapende agenten rond het hotel zouden opstellen zou Larstam niet komen. Dan zouden ze voorkomen dat hij iemand ombracht, maar dan zouden ze hem ook niet kunnen pakken. En zou de onmogelijke jacht doorgaan.

Wallander wilde Larstam desnoods in de eetzaal hebben. Hij wilde hem grijpen. Maar voordat hij zijn kogels zou kunnen afvuren.

Met behulp van Orlovsky maakte Martinson een schets van de in- en uitgangen, de eetzaal, de toiletten en de keuken. In Wallanders hoofd begon langzaam een plan van aanpak vorm te krijgen.

De tijd begon te dringen. Wallander en Martinson keerden terug naar het politiebureau. Daar kregen ze het bericht dat de versterkingen al onderweg waren. Ann-Britt Höglund had met hulp van Lisa Holgersson snel gehandeld.

Ze legden de schets van Martinson in de episcoop.

'Het is heel eenvoudig', zei Wallander. 'Op een bepaald tijdstip moet Larstam het hotel binnengaan. Het gebouw moet dus omsingeld worden. De agenten moeten zoveel mogelijk uit het zicht blijven. Ik realiseer me dat dat moeilijk wordt. Maar ik wil toch dat we dat proberen. Anders bestaat het risico dat we hem op de vlucht jagen.'

Hij keek rond. Niemand had commentaar. Hij ging verder.

'Voor het geval hij er toch in slaagt het kordon te doorbreken, moeten we bewaking in de eetzaal hebben. Ik stel voor dat Martinson en Ann-Britt de werkkleding van het bedienend personeel aantrekken en net doen of ze meehelpen.'

'Met een kogelvrij vest en een helm?' vroeg Martinson.

'Als hij de eetzaal binnenkomt, moeten we hem direct grijpen.

Daarom moeten alle uitgangen, behalve die bij de receptie, versperd worden. Zelf ben ik van plan te circuleren. Ik ben per slot van rekening degene die hem kan identificeren.'

Wallander zweeg.

'Wat doen we als hij opduikt?'

'Alle verdachte personen bij het kordon moeten aan mij worden gemeld. Je kunt heel snel om het hotel heen lopen. Als hij het is, moet hij worden gepakt. Als hij probeert te vluchten, schieten we.'

'En als hij er ondanks alles in slaagt binnen te komen?'

'Jullie moeten bewapend zijn', zei Wallander. 'Die wapens moet je ook gebruiken als het nodig is.'

Wallander zette er vaart achter. De tijd begon steeds meer te dringen. Er begon versterking binnen te komen uit andere districten. Het was zes uur.

Voordat ze opbraken, moest Wallander nog één ding kwijt.

'We mogen niet uit het oog verliezen dat hij zich misschien weer als vrouw heeft verkleed. Niet als Louise, maar als iemand anders. En we kunnen er ook niet helemaal zeker van zijn of hij wel opduikt.'

'Wat doen we dan?'

'Dan slapen we uit tot morgenvroeg. Dat hebben we allemaal nog het hardst nodig.'

Even over zevenen waren ze ter plekke. Martinson en Ann-Britt Höglund hadden werkkleding van het bedienend personeel aangetrokken. Wallander hield zich op in een kamer achter de receptie. Hij had radiocontact met acht verschillende ontvangers buiten het hotel, en met eentje in de keuken. Zijn pistool zat in zijn zak. De gasten begonnen binnen te druppelen. Ann-Britt Höglund had gelijk gehad, zag hij. Er waren jonge mensen onder de gasten. Net zo jong als Isa Edengren was geweest. Ze waren verkleed. De stemming zat er goed in. Gelach vulde de eetzaal en de receptie. Wallander bedacht dat Åke Larstam die vrolijkheid zou hebben gehaat.

Wallander wachtte. Het werd acht uur. Er gebeurde niets. Hij communiceerde onafgebroken met de buitenstations. Niets verdachts. Om zeven minuten voor halfnegen kwam er een oproep uit

Supgränd, aan de zuidkant van het hotel. Een man was op het trottoir blijven staan en keek langs de ramen van het hotel omhoog. Wallander ging er meteen naartoe. Maar al voordat hij op straat stond, was de man weer vertrokken. In het schijnsel van een straatlantaarn was hij door een van de agenten herkend als de eigenaar van een schoenwinkel in de stad. Wallander keerde weer terug naar de receptie. Uit de eetzaal hoorde je ouderwetse drinkliederen, en vlak daarna hield iemand een speech. Er gebeurde niets. Martinson liet zich even zien in de deuropening van de eetzaal. Wallander voelde dat de spanning hem voortdurend in haar greep hield. Het werd tien uur. De desserts waren al verorberd. Nieuwe liederen en nieuwe speeches. Het werd twintig voor elf. Het feest naderde zijn einde. Larstam had zich niet vertoond. We hadden het mis, dacht Wallander. Hij is niet gekomen. Misschien heeft hij beseft dat we het hotel bewaakten.

Hij voelde een mengeling van opluchting en teleurstelling. De negende persoon, wie dat ook was, leefde nog. Morgen zouden ze alle deelnemers aan het feest doornemen. Proberen te identificeren wie de aangewezen persoon was. Maar ze waren er nog steeds niet in geslaagd Larstam te pakken.

Om halftwaalf lag de straat voor het hotel er verlaten bij. De gasten waren weg, de agenten weer verzameld op het bureau. Wallander had juist gecontroleerd of de jachthaven wel de hele nacht bewaakt werd. Evenals de flat aan Harmonigatan. Daarna reed hij met Martinson en Ann-Britt mee. Geen van hen had nog energie om de avond te evalueren. Ze spraken alleen af dat ze elkaar om acht uur de volgende ochtend weer zouden zien. Thurnberg en Lisa Holgersson waren het daarmee eens. Nu geen overleg. Larstam had zich niet vertoond. Waarom dat zo was, moesten ze de volgende dag proberen te achterhalen.

'We hebben toch tijd gewonnen', zei Thurnberg. 'Dat is tenminste iets wat we met deze inzet hebben bereikt.'

Wallander liep naar zijn kantoor om zijn pistool op te bergen in zijn bureaulade, die hij op slot draaide.

Daarna pakte hij zijn auto en reed naar huis, naar Mariagatan.

Het was vier minuten voor middernacht toen hij de trappen naar zijn flat opliep.

36

Wallander stak de sleutel in het slot en draaide hem om.

Van ergens ver weg, uit de diepte van zijn bewustzijn, kwam een herinnering boven aan iets wat Ebba had gezegd. Iets over dat ze moeite had met het slot. Maar Wallander wist dat het slot alleen stroef ging als er aan de binnenkant een sleutel in zat. Wat alleen gebeurde als er iemand binnen was. Linda stak de sleutel altijd in het slot. Wanneer hij dan thuiskwam en het slot ging stroef, wist hij dat zij er was.

Naderhand zou hij nog vaak denken dat zijn langzame reactie alleen maar veroorzaakt kon zijn geweest door de enorme vermoeidheid waaronder hij gebukt ging. Hij deed de deur van het slot en dacht aan wat Ebba had gezegd. Maar het slot ging helemaal niet stroef meer. Het besef van wat dat betekende, kwam op hetzelfde moment dat hij de deur opende. Hij vermoedde meer dan dat hij zag dat er een gestalte aan de andere kant van de hal stond. Hij wierp zich opzij en voelde hoe zijn rechterwang branderig werd opengehaald. Hij liet zich pardoes van de trap vallen en bedacht dat ieder moment zijn laatste kon zijn. Åke Larstam was in zijn flat. En hij was daar om hem te doden. Nu was het niet meer zoals met Hanson en de collega uit Malmö. Ook niet zoals met Ebba, hoewel Larstam zich ook al in de flat moest hebben bevonden toen zij kwam om een schoon overhemd voor hem te halen. Hijzelf, Wallander, was de negende man. Larstams beoogde doelwit. Hij stormde de trap verder af, rukte de buitendeur open en rende weg. Pas toen hij aan het eind van de straat was, bleef hij staan om te kijken. Maar er was niemand. De straat lag er verlaten bij. Het bloed stroomde over zijn wang. Het schrijnde, en zijn hart bonkte. In zijn zak zocht hij naar zijn wapen, maar toen herinnerde hij zich dat hij dat had weggeborgen in zijn bureaulade. Hij bleef het portiek in de gaten houden, erop voorbereid dat Larstam ieder moment naar buiten kon komen. Zelf stond hij precies om de hoek van de straat. Het enige wat hij kon doen wanneer Larstam zich vertoonde, was vluchten. Tegelijkertijd wist hij dat dat het laatste was wat hij zou moeten doen. Nu wisten ze waar Larstam was. Wallanders flat had geen achteruitgang. Larstam kon maar op één manier naar buiten komen. En dat was via het portiek. Wallander zocht met zijn handen die onder het bloed zaten in zijn zakken naar zijn telefoon. Had hij die in de auto laten liggen? Toen wist hij het weer. Toen hij zijn pistool opborg, had hij zijn telefoon op zijn bureau gelegd. En hij was hem vergeten. Hij vloekte zo hard dat het in zijn binnenste echode. Hij had geen wapen en geen telefoon. Dus kon hij niemand om hulp vragen. Koortsachtig probeerde hij een oplossing te bedenken, maar die was er niet. Hoelang hij daar stond met de kraag van zijn jack tegen zijn bloedende wang wist hij niet. Hij bleef naar het portiek staren. Af en toe wierp hij een blik op de donkere ramen. Larstam staat daar, dacht hij. Hij ziet mij hier op straat. Maar hij weet niet dat ik geen wapen heb. Hij weet ook niet dat ik geen telefoon heb. Als ik geen assistentie krijg, zal hij begrijpen hoe het zit. En dan komt hij naar buiten.

Hij keek naar de lucht. Het was vollemaan. Maar die ging bijna helemaal schuil achter een wolkenveld dat in de loop van de avond over Skåne was binnengetrokken. Het was nog steeds warm, maar de wind was aangewakkerd. Wat zal ik doen? dacht hij. En wat denkt Larstam?

Hij keek op zijn horloge. Zeven minuten na middernacht. Donderdag 22 augustus. Maar hij had er op dit moment niet zoveel aan dat het inmiddels na middernacht was. Larstam had hem te pakken. Misschien had hij vermoed dat Wallander en zijn collega's erachter zouden komen dat er in het hotel een feest zou worden gehouden?

Wallander probeerde ook een verklaring te vinden voor het feit dat Larstam in zijn flat had weten binnen te komen. Daar hoefde hij niet lang over na te denken. Dat gaf hem voor het eerst ook het gevoel dat hij een patroon in Larstams gedrag ontdekte. Hij maakte gebruik van de gelegenheden die zich voordeden. De vorige dag, toen Svedberg werd begraven, was iedere politieagent in de kerk geweest. Dat had Larstam onbeperkt de tijd gegeven de flat binnen te komen. Toen had hij waarschijnlijk de reservesleutels opgezocht.

De gedachten vlogen door Wallanders hoofd. Zijn wang deed pijn. De angst werd door zijn lichaam rondgepompt. De belangrijkste vraag van allemaal, waarom Larstam juist hem had uitgekozen, duwde hij weg. Ik moet dit oplossen, dacht hij. Op de een of andere manier. In het gebouw achter hem waren alleen kantoren gevestigd. Anders had hij op een ruit kunnen tikken om iemand wakker te maken. Als hij om hulp ging roepen, zou iemand misschien de politie bellen. Maar dan bestond het risico dat het een chaos werd. Hij zou geen kans hebben om de agenten die met de surveillancewagen kwamen te waarschuwen.

Toen hoorde hij het. Voetstappen in de verte. Er kwam iemand aan. Voetstappen die naderbij kwamen. Een man kwam de hoek om. Hij stapte recht op Wallander af, die uit de schaduw te voorschijn stapte. De man bleef abrupt staan en schrok. Hij had zijn handen in de zak van zijn leren jack, maar die haalde hij er nu uit. Hij keek bang. Toen Wallander naar hem toe liep, stapte hij achteruit.

'Ik ben van de politie', zei Wallander. 'Er is een ongeluk gebeurd. Ik heb uw hulp nodig.'

De man, die een jaar of dertig was, keek hem niet-begrijpend aan.

'Hoort u niet wat ik zeg? Ik ben van de politie. U moet contact opnemen met het politiebureau. Zeg tegen hen dat Larstam in Wallanders flat aan Mariagatan zit. En ze moeten voorzichtig doen. Hebt u dat begrepen?'

De man schudde zijn hoofd. Toen zei hij iets. Wallander hoorde dat het een vreemde taal was. Pools. Verdomme, dacht hij. Natuurlijk krijg ik hier in Ystad een rondzwervende Pool te pakken.

Hij probeerde het in het Engels. De man antwoordde met eenlettergrepige woorden. Wallander verloor zijn geduld. Hij deed nog een stap naar de man toe en vloekte. Toen zette die het op een lopen.

Wallander was weer alleen. Larstam was daarboven achter de donkere ramen. Weldra zou hij begrijpen waarom er niemand kwam. En dan zou Wallander niets anders kunnen doen dan vluchten.

Hij probeerde na te denken. Er moest een andere oplossing zijn. Het duurde even voor hij iets bedacht. Hij stak zijn hand op alsof hij een teken gaf aan iemand die op de tegenoverliggende straathoek stond. Hij wees naar zijn flat en riep. Hij stapte de hoek om, buiten het gezichtsveld van het raam waarachter Larstam zich bevond. Larstam kan niet weten dat er niemand is, dacht hij. Dat geeft mij misschien een paar minuten winst. Maar er bestaat ook een risico dat hij ervandoor gaat. Voordat het voor hem helemaal onmogelijk wordt om schietend te ontsnappen.

Toen gebeurde er iets waarop hij niet had durven hopen. Er draaide een auto de straat in. Wallander ging midden op de weg staan en zwaaide met zijn armen. De auto remde abrupt. Wallander rende ernaartoe. De man achter het stuur had nijdig zijn raampje naar beneden gedraaid. Toen hij Wallanders bloedende gezicht zag, begon hij dat weer dicht te doen, maar Wallander stak zijn hand naar binnen en trok tegelijkertijd het portier open. Naast de man, een vijftiger leek het, zat een vrouw. Een veel jongere vrouw. Wallander kreeg meteen het gevoel dat er iets niet helemaal klopte, maar hij had geen tijd om daarover na te denken. Hij had nergens anders tijd voor dan ervoor te zorgen dat Larstam gepakt werd en dit hele vreselijke onderzoek werd afgerond.

'Ik ben van de politie', brulde hij.

Hij slaagde erin zijn legitimatie te laten zien.

'Er is een ongeluk gebeurd. Hebt u een telefoon in uw auto?'

'Nee.'

Heeft niet iedereen tegenwoordig een telefoon in zijn auto of in zijn zak, dacht hij wanhopig.

'Wat is er gebeurd?' vroeg de man ongerust.

'Dat doet er niet toe. Ik leg nu beslag op u en uw auto. U rijdt rechtstreeks naar het politiebureau. Weet u waar dat is?'

'Ik kom hier niet vandaan', zei de man.

'Ik weet waar het is', zei de vrouw.

'Jullie rijden daarnaartoe', vervolgde Wallander. 'Zeg dat Larstam in Wallanders flat is. Kunnen jullie dat onthouden?'

De man knikte.

'Herhaal het', zei Wallander.

'Larstam is in Wallgrens flat.'

'Godverdomme! Wallánder!'

'Larstam is in Wallanders flat.'

'Daarna moet u zeggen dat Wallander assistentie nodig heeft. En dat ze voorzichtig moeten doen.'

De man herhaalde het, ditmaal correct.

'Wat is er gebeurd?' vroeg de vrouw.

'Daar kan ik geen antwoord op geven. Rijden!'

De man knikte. De auto verdween. Wallander haastte zich terug naar de hoek van het huis en gluurde eromheen. Hoelang was hij weg geweest? Veel meer dan een minuut kon het niet zijn. Larstam moest nog boven zijn. Wallander keek op zijn horloge. Het zou hoogstens tien minuten duren voordat de eerste politiewagen hier was. De vraag was of Larstam van plan was zo lang te wachten.

De pijn had zich nu verplaatst naar de binnenkant van zijn hoofd. Bovendien moest hij nodig plassen. Hij maakte zijn gulp open zonder het portiek uit het oog te verliezen. Er waren drie minuten verstreken. Als de vrouw echt de weg wist, zouden ze nu bij het bureau moeten zijn. Het maakte niet uit wie er in de meldkamer zat, iedereen zou begrijpen dat het belangrijk was. Wallander voelde dat hij langzaam hoop begon te krijgen.

Na zeventien minuten was er nog steeds geen auto. Wallander realiseerde zich inmiddels dat ze nooit naar het politiebureau waren gereden. Ze hadden hem voor de gek gehouden. Hij was weer terug bij af.

Hij was nog steeds naar een oplossing aan het zoeken toen hij opeens een geluid hoorde. Eerst kon hij het niet lokaliseren of identificeren. Hij luisterde. Het geluid kwam echter niet terug. Ondertussen was hij zich gaan afvragen of hij de deur van buiten kon barricaderen. Om Larstam in te sluiten. Maar wat moest hij daarvoor gebruiken? Larstam zou op zijn hoede zijn. Als hij opendeed en Wallander stond in het trappenhuis, maakte hij geen enkele kans. Dan zou Larstam hem niet missen.

Zijn gedachten werden onderbroken doordat er aan de achterzijde van zijn flat een auto werd gestart. Zonder dat hij kon uitleggen waarom wist hij dat dat Larstam was. Het geluid dat hij zonet had gehoord was dat van iemand die voorzichtig over dakpannen liep. Hij had één vluchtroute van Larstam over het hoofd gezien. Halverwege de etage boven Wallanders flat zat in het trappenhuis een dakraampje. Dat moest Larstam hebben gezien. Op de een of andere manier was hij erin geslaagd daardoor naar buiten te klimmen en had hij zich vervolgens laten zakken. Terwijl hij hierover nadacht, rende Wallander de straat over. Hij kwam net op tijd bij de andere hoek om een rode auto te zien wegrijden. Ook al kon hij niet zien wie er achter het stuur zat, hij was ervan overtuigd dat het Larstam was. Wallander bedacht zich geen moment, maar rende naar zijn eigen auto, startte en ging erachteraan. Hij slaagde erin Larstams achterlichten in zicht te krijgen. Als hij het niet al weet, zal hij gauw genoeg merken dat ik hem volg, dacht Wallander. Maar hij kan nog steeds niet zeker weten dat ik ongewapend ben. Ze kwamen op weg 20, richting Kristianstad. Larstam reed hard. De benzinemeter in Wallanders auto stond precies op de rand van het rode veldje. Hij probeerde zich voor te stellen waar Larstam op weg naartoe was. Hij moest toch een doel hebben. Ook al reed de auto voor hem hard, dat hoefde nog niet te betekenen dat Larstam bezig was met een wilde, doelloze vlucht. Ze reden door Stora Herrestad. Er was bijna geen verkeer. Wallander telde maar twee tegenliggers. Wat doe ik als Larstam stopt? dacht hij. En uit zijn auto stapt? Met een wapen in zijn hand. Hij hield afstand, er de hele tijd op bedacht om abrupt te remmen. Larstam moest er nu van overtuigd zijn dat Wallander achter hem aan zat. Opeens merkte Wallander dat de auto voor hem nog harder was gaan rijden. Ze kwamen op een weggedeelte met veel bochten. Wallander verloor Larstams auto uit het oog. Bij iedere bocht die hij uitkwam, was hij erop voorbereid dat Larstam was gestopt en hem midden op de weg stond op te wachten. Hij probeerde voortdurend een oplossing te bedenken. Hij was alleen. Niemand wist waar hij was, nergens vandaan zou hij de hulp kunnen krijgen die hij nodig had.

Larstams auto dook weer voor hem op. Wallander ontdekte dat hij afsloeg naar Fyledalen.

Tegelijkertijd doofde Larstam zijn lichten.

Wallander ging op de rem staan. Langzaam naderde hij de afslag. Af en toe was de vollemaan even te zien door scheuren in het wolkendek, maar het was een donkere augustusnacht. Wallander stopte langs de kant van de weg. Doofde zijn lichten. Snel verliet hij zijn auto en ging een paar stappen opzij. Alles was stil. Ook Larstam had zijn auto gestopt. Er waren geen motorgeluiden meer te horen. Wallander gleed dieper de duisternis in, langs de kant van de weg. Hij trok de ritssluiting van zijn jack dicht en stopte de kraag van zijn witte overhemd naar binnen. Zijn jack was donkerblauw. Het witte overhemd zou wat al te opvallend zijn. Hij raakte per ongeluk zijn wang aan en die begon weer te bloeden. Wallander klom over een sloot en kwam op een weiland terecht. Hij trapte op iets wat begon te rammelen. Zachtjes vloekend verplaatste hij zich snel langs de sloot om weg te komen. Ik ben niet de enige die luistert, dacht hij. Larstam doet dat ook. Hij liet zich op zijn hurken zakken en probeerde de duisternis met zijn blik te doorboren. Daarna keek hij op naar de wolken. De maan was nu helemaal verdwenen, maar er naderde een scheur in het wolkendek. Weldra zou het licht daardoorheen dringen.

Voorzichtig liep hij verder langs de sloot totdat hij bij een paar struiken kwam. Daar kroop hij achter. Als hij het niet verkeerd had berekend, bevond hij zich nu tegenover de inrit naar Fyledalen. Toen hij zijn voet wat verzette, stootte hij tegen een voorwerp. Hij tastte over de grond. Het was een kapotte plank. Die pakte hij op. Ik ben langzaam aan het veranderen in een mens uit de oertijd, dacht hij. De Zweedse politiemacht verdedigt zich met stukken hout. Misschien is dit het ware beeld van het Zweden dat aan het ontstaan is? Een terugkeer naar de oude provinciewetten die ooit de bloedwraak rechtvaardigden?

De maan kwam te voorschijn door de spleet tussen de wolken. Wallander hurkte achter de struiken, die naar aarde en klei roken. Hij zag Larstams auto nu staan. Die stond geparkeerd vlak naast de afslag naar Fyledalen. Om de auto heen was alles rustig. Wallander probeerde de schaduwen daarachter met zijn blik te doorboren. De scheur in de wolken trok weer samen. De duisternis was terug. Wallander probeerde na te denken. Larstam bevond zich naar alle waarschijnlijkheid niet meer in zijn auto. Maar wat dacht hij? Hij wist dat Wallander hem gevolgd was. Omdat Larstam voorzichtig was, zou hij er wel steeds rekening mee houden dat Wallander bewapend was. De reden waarom er geen vervolg was gekomen, de politieauto's waren weggebleven, moest hem nu wel duidelijk zijn. Wallander had de noodzakelijke communicatie niet tot stand kunnen brengen. Dus waren ze alleen in Fyledalen. Twee bewapende mannen. Wallander besefte dat de enige voorsprong die hij had, het enige voordeel, gelegen was in het feit dat Larstam niet wist dat de plank die hij in zijn hand had, zijn enige wapen was.

Hij probeerde na te denken. Wat kon hij doen? Wachten tot het licht werd? Nog meer auto's aanhouden? Om dan het hele natuurgebied Fyledalen, dat in het noordoosten aan de gemeente Ystad grensde, te laten afzetten? Dat zou niets opleveren. Wanneer de afzettingen eindelijk waren neergezet en de agenten met de honden waren gearriveerd, zou Larstam allang weg zijn. Wallander kende zijn grote talent voor het bedenken van nooduitgangen, zijn talent om te ontsnappen.

Wallander zocht naar alternatieven die er niet waren. Tegelijkertijd bleef hij de hele tijd luisteren naar geluiden. Maar het enige wat je hoorde, was het ruisen van de wind. Een paar keer had hij het ijzingwekkende gevoel dat Larstam vlak bij hem stond. Ergens achter hem, ergens naast hem. Met geheven pistool. Het pistool dat eerder een geluidloos schot op zijn voorhoofd had gelost. Wallander had de knal niet gehoord. Alleen de pijn gevoeld, en hoe iets zijn wang openhaalde. Het wapen had een geluiddemper.

Hij probeerde zich voortdurend voor te stellen hoe Larstam dacht. Er was iets gebeurd wat hij niet had kunnen plannen. Ergens moest er toch ook een grens zijn aan het aantal nooduitgangen of geheime deuren dat een mens kon bijhouden. Hij vermoedde dat Larstam in de war was en dat hij had gereageerd zoals Wallander zelf. In zijn auto kon hij niet blijven zitten. De vraag was of hij in de buurt was of dat hij al bezig was steeds dieper Fyledalen binnen te trekken.

Hij ziet net zo weinig in het donker als ik, dacht Wallander. Hij ziet niet meer dan ik. We bevinden ons onder hetzelfde wolkendek.

Wallander besloot de weg over te steken en de auto van opzij te naderen. Op dat moment waren er geen scheuren in het wolkendek. De maan zou niet te voorschijn komen. Snel rende hij bukkend over de weg en verborg zich achter andere struiken. Hij was nu slechts twintig meter verwijderd van Larstams auto. Hij luisterde. Alles was stil. De plank had hij bij zich.

Toen hoorde hij het. Gekraak. Een tak brak af. Het geluid kwam ergens schuin voor hem vandaan. Wallander verschool zich dichter in de struiken. Daarna hoorde hij het gekraak opnieuw, ditmaal zwakker. Iemand bewoog zich, weg van de auto, naar de vallei.

Larstam had dus gewacht, net zoals hijzelf. Nu was hij in beweging gekomen. Als Wallander niet de weg was overgestoken, had hij de stappen nooit gehoord.

Ik heb een voorsprong, dacht hij. Ik hoor je. Maar jij weet niet dat ik vlak in je buurt ben.

Er kraakte weer iets. Ditmaal alsof Larstam tegen een boom stootte. De geluiden kwamen van steeds verder weg. Wallander gleed uit de struiken en begon langs de weg te lopen. Hij bleef bukken en liep dicht in de buurt van de struiken langs de kant van de weg. Na iedere vijf stappen stopte hij. De weg liep een klein beetje af, in de richting van het eigenlijke dal. Hij wist dat er links een riviertje stroomde. Of dat Fyleån of Nybroån was, wist hij echter niet. Toen hij had berekend dat hij ongeveer vijftig meter had gelopen, bleef hij staan. Luisterend. Ergens in de buurt riep een nachtvogel. Hij wachtte meer dan vijf minuten. Maar meer krakende takken hoorde hij niet. Wat betekende dat? Was Larstam blijven staan? Of bewoog hij zich nu zo snel en geluidloos dat Wallander buiten gehoorsafstand was gekomen? Wallander voelde opeens zijn angst terugkeren. Weer had hij iets over het hoofd gezien. Hoe dacht Larstam? Had hij die takken met opzet gebroken? Om Wallander mee te lokken? Hij voelde hoe zijn hart bonkte. Opnieuw bevond de man met het pistool zich vlak in zijn buurt. Wallander wierp een blik naar de wolken. Een nieuwe scheur naderde. Weldra zou er weer maanlicht zijn. Wallander besefte dat hij niet kon blijven waar hij was. Als Larstam hem had meegelokt, moest hij zich vlak vóór hem bevinden. Wallander rende naar de overkant van de weg en klom snel een hellinkje op. Daar hurkte hij achter een boom en wachtte.

De maan verscheen.

Het landschap werd in een blauw licht gezet. Wallander probeerde voor zich langs de weg te kijken. Daar was niets. Hij zag wel dat er minder struiken stonden. Verderop was een heuvel. Boven op de top stond een eenzame boom.

Daarna gleed de maan weer achter de wolken.

Wallander dacht aan de boom in het natuurgebied. Die boom die hij gevonden had en waarvan hij zeker was dat de moordenaar die als schuilplaats had gebruikt. Toen was de moordenaar nog een man zonder gezicht. Nu wist hij dat hij Åke Larstam heette. Het is net een kat, dacht Wallander. Hij kiest hoge en eenzame posities om overzicht en controle te kunnen uitoefenen.

Hij was er meteen van overtuigd dat Larstam zich achter die eenzame boom bevond. Hij had geen reden om verder te vluchten. In ieder geval niet voordat hij Wallander had omgebracht. Wat hij had besloten te doen. En wat nu bovendien noodzakelijk was geworden om zijn vlucht te kunnen voltooien.

Wallander begreep dat daarin zijn kans gelegen was. Larstam zou waarschijnlijk niet kunnen vermoeden dat hij hem doorhad. Zijn aandacht zou bovendien op de weg gericht zijn. Daar verwachtte hij Wallander te zien opduiken. Daar zou Larstam tot vlak bij hem sluipen om hem ditmaal wél met een schot te doden.

Wallander wist wat hem te doen stond. Een lange, omtrekkende beweging. Terug langs de weg, dan aan de linkerkant de helling op en dan naar een punt waarbij hij zich recht achter de boom bevond.

Wat er dan zou gebeuren wist hij niet. Hij wilde daar ook liever nog niet aan denken.

Hij maakte de beweging in de drie delen. Eerst liep hij terug langs de weg. Daarna tegen de helling op, oneindig langzaam om niet te verraden waar hij zich bevond. Ten slotte een langzame beweging parallel aan de weg. Toen bleef hij staan. Het wolkendek was dichter geworden. Zonder hulp van een straaltje licht van de maan zou hij niet kunnen bepalen waar hij zich bevond. Hij wachtte. Het was inmiddels zes minuten over twee.

Pas om drie minuten voor halfdrie scheen de maan weer een paar keer heel kort tussen de wolken door. Wallander zag dat hij zich nu achter de boom bevond. Of daar iemand stond kon hij niet vaststellen. De afstand was te groot. Bovendien stonden er dichte struiken tussen. Maar hij probeerde het terrein in zijn hoofd te prenten. Een licht glooiende helling, daarna struiken, daarna nog twintig tot dertig meter tot de boom.

Het maanlicht verdween. De nachtvogel riep, nu ergens verder weg. Wallander probeerde zijn hoofd erbij te houden. Larstams zintuigen stonden zeker allemaal op scherp. Hij rekende er vast niet op dat Wallander zijn positie had uitgeknobbeld en dat hij vanachteren zou komen. Maar Larstams staat van paraatheid mocht je niet onderschatten. Waarvandaan Wallander ook zou komen, hij zou er zijn en hij zou klaarstaan.

Toch begon Wallander dichterbij te komen. Het ging oneindig traag, een blind tasten in een grote duisternis. Het zweet stroomde langs zijn lichaam. Hij wist zeker dat zijn bonkende hart te horen moest zijn. Ten slotte kwam hij echter bij het struikgewas aan. Hij keek weer op naar de hemel. Het wolkendek was nu erg dik. Voor de derde keer was de vogel te horen, waarvan Wallander had besloten dat dat steeds dezelfde was. Hij keek voorzichtig door de struiken. Maar er was niets anders dan duisternis. Hij besefte dat hij moest wachten.

Het duurde bijna twintig minuten voordat hij vermoedde dat de maan weer door het wolkendek heen zou breken. Hij bereidde zich voor, onzeker over wat hij eigenlijk zou doen, als Larstam inderdaad bij de boom zou staan. Hij wist het niet. En hij vreesde zijn eigen ingevingen.

De maan brak door. Het licht sneed door de wolken. Toen zag hij Larstam. Hij stond dicht tegen de boomstam aan en leek helemaal op te gaan in het in de gaten houden van de weg. Wallander kon zijn handen zien. Het pistool moest hij in zijn zak hebben. Het zou hem een paar seconden kosten om dat te pakken en zich om te draaien. Die tijd had Wallander tot zijn beschikking. Hij probeerde de afstand tot de boom in te schatten, zocht met zijn ogen het terrein af. Hij kon geen hindernissen ontdekken, geen plotselinge kuilen, geen stenen. Weer wierp hij een snelle blik op de hemel. Het straaltje maneschijn zou zo weer verdwenen zijn. Wilde hij een kans maken om Larstam te bereiken, dan moest hij precies op het moment waarop het licht verdween en de wolken weer dichter werden op hem af gaan. Hij voelde aan de plank in zijn hand.

Het is waanzin, dacht hij. Ik doe iets wat ik eigenlijk niet zou moeten doen. Ik doe wat ik denk dat ik moet doen.

Het licht van de maan nam af. Hij stond zachtjes op, maakte zich klaar. Larstam had geen vin verroerd. Precies op het moment dat het licht verdween, begon Wallander te rennen. Ergens voelde hij lust om een strijdkreet uit te stoten. Die hem misschien nog een paar extra seconden zou geven. Als Larstam bang werd. Maar niemand wist hoe de man bij de boom zou reageren. Niemand.

Het licht doofde zachtjes uit. Wallander zette zich af en vloog weg. De plank hield hij boven zijn hoofd. Hij haalde het bijna. Larstam had zich nog niet omgedraaid. Het maanlicht was heel zwak. Toen was er een onzichtbare steen of boomwortel. Wallander viel pardoes naar voren. Larstam draaide zich om. Wallander slaagde erin zijn ene been te pakken te krijgen. Larstam steunde en rukte zich los. Maar voordat hij zijn wapen uit zijn zak had weten te pakken, viel Wallander hem aan. De eerste klap met de plank trof alleen de boomstam. De plank versplinterde. Het licht was nu bijna helemaal verdwenen. Wallander sloeg met het restant van de plank tegen Larstams borstkas. En daarna bracht hij hem een vuistslag toe. Waar hij de kracht vandaan haalde, wist hij niet. Maar met puur geluk wist hij Larstam midden op zijn kaak te treffen. Er kraakte iets en Larstam sloeg tegen de grond, zonder geluid voort te brengen. Wallander wierp zich boven op hem en sloeg opnieuw, en opnieuw, voordat hij begreep dat de man onder hem al bewusteloos was. Toen haalde hij het pistool uit Larstams zak, het pistool waarmee Larstam zo veel mensen had omgebracht.

Hij voelde een impuls om het pistool tegen Larstams voorhoofd te zetten en af te drukken. Maar die weerstond hij.

Daarna sleepte hij de nog steeds bewusteloze Larstam naar de weg. Pas toen ze bij Wallanders auto kwamen, begon hij te steunen. Wallander haalde zijn sleepkabel uit de kofferbak en bond Larstams armen vast. Vervolgens sjorde hij hem vast op de achterbank.

Wallander ging achter het stuur zitten en keek naar Larstam. Opeens had hij het gevoel dat Louise daar zat.

Het was kwart voor vier toen Wallander bij het politiebureau arriveerde. Toen hij uit zijn auto stapte, merkte hij dat het was gaan regenen. Hij liet de druppels over zijn gezicht stromen. Daarna liep hij naar binnen om met de dienstdoende agent te praten. Tot zijn verwondering was dat Edmundsson. Die zat koffie te drinken en een broodje te eten toen Wallander binnenstapte. Edmundsson schrok op toen hij Wallanders gezicht zag. Bovendien zaten zijn kleren onder het zand en vol splinters. Zelf had Wallander nog geen blik in een spiegel geworpen.

'Wat is er gebeurd?'

'Geen vragen', zei Wallander resoluut. 'Ik heb een man vastgebonden in mijn auto zitten. Neem iemand mee, doe hem de handboeien om en sluit hem op.'

'Wie is het?'

'Åke Larstam.'

Edmundsson was met zijn broodje in de hand opgestaan. Wallander zag dat er leverpastei op zat. Zonder zich te bedenken pakte hij het broodje uit de hand van zijn collega en begon het op te eten. Zijn wang deed pijn. Maar zijn honger was groter dan de pijn.

'Bedoel je dat je de dader in je auto hebt zitten?'

'Je hoort wat ik zeg. Hij moet handboeien om. Sluit hem op. Wat is Thurnbergs telefoonnummer?'

Edmundsson zocht het op in de computer. Daarna ging hij weg. Wallander at het broodje op. Hij kauwde langzaam. Nergens was nog haast bij. Hij toetste Thurnbergs nummer in. Het duurde een hele tijd voordat er opgenomen werd. Hij hoorde een vrouwenstem. Wallander noemde zijn naam. Thurnberg kwam aan de lijn.

'Met Wallander. Ik denk dat je beter hiernaartoe kunt komen.'

'Waarom? Hoe laat is het?'

'Hoe laat het is kan mij niet schelen. Maar jij moet komen om Åke Larstam formeel in hechtenis te nemen.'

Wallander hoorde hoe Thurnberg naar adem hapte.

'Nog eens.'

'Ik heb Larstam hier.'

'Hoe heb je die verdomme te pakken gekregen?'

Het was voor het eerst dat Wallander Thurnberg hoorde vloeken.

'Ik heb hem in het bos gevonden.'

Thurnberg begreep inmiddels dat Wallander het serieus meende.

'Ik kom eraan', zei hij.

Op hetzelfde moment bracht Edmundsson samen met een andere agent Larstam naar binnen. Wallanders blik kruiste die van Larstam. Geen van beiden zei wat.

Wallander liep naar de vergaderkamer. Larstams wapen legde hij voor zich op tafel.

Thurnberg kwam kort daarna. Hij deinsde terug toen hij Wallander zag, die nog niet naar het toilet was geweest waar hij zichzelf in een spiegel had kunnen zien. Hij had wel een paar pijnstillers in een van zijn bureauladès gevonden. En de telefoon had inderdaad op zijn bureau gelegen. Met een vermoeid en nijdig gebaar had hij die de prullenbak in geveegd. Hij liet hem liggen. Een van de schoonmakers zou hem er vast wel weer uit halen.

Wallander vertelde kort wat er was gebeurd. Hij wees naar het wapen.

Alsof hij naar een plechtige gebeurtenis moest, haalde Thurnberg een stropdas uit zijn zak en begon die te knopen.

'Je hebt hem dus gepakt. Niet slecht.'

'Dat was het juist wel', antwoordde Wallander. 'Maar daar hebben we het een andere keer nog wel eens over.'

'We moeten misschien de anderen bellen om het door te geven', suggereerde Thurnberg.

'Waarom? Nu ze eindelijk slapen? Waarom moeten we ze wakker maken?'

Thurnberg trok zijn voorstel weer in. Daarna verliet hij de kamer om zich met Larstam te bemoeien.

Wallander stond moeizaam op en liep naar de wc. Hij had een diepe jaap in zijn wang. Daar zouden wel hechtingen aan te pas komen. Maar het idee om naar het ziekenhuis te moeten, kwam hem als onoverkomelijk voor. Het moest maar wachten.

Het was inmiddels halfvijf.

Hij liep naar zijn kamer en deed de deur achter zich dicht.

Martinson was de eerste die 's ochtends arriveerde. Hij had slecht geslapen en zijn onrust dreef hem naar het politiebureau. Thurnberg was er nog en kon het nieuws vertellen. Martinson belde toen vlug Ann-Britt Höglund, Nyberg en Hanson. Vlak daarna kwam ook Lisa Holgersson binnen.

Pas toen iedereen er was, vroeg iemand waar Wallander was gebleven. Volgens Thurnberg was hij gewoon verdwenen. Waarschijnlijk naar het ziekenhuis om de wond aan zijn gezicht te laten behandelen.

Toen het halfnegen was, belde Martinson naar Wallanders huis. Daar werd niet opgenomen. Op dat moment stelde Ann-Britt de vraag of hij misschien niet gewoon op zijn kamer was. Ze liepen ernaartoe. De deur was dicht. Martinson klopte voorzichtig aan. Er kwam geen antwoord.

Ze deden de deur open.

Wallander lag op de grond te slapen. Hij had een telefoonboek en zijn jack onder zijn hoofd.

Hij was diep in slaap en snurkte.

Ann-Britt en Martinson keken elkaar aan.

Daarna trokken ze de deur dicht en lieten hem slapen.

Epiloog

Op vrijdag 25 oktober viel er een aanhoudende regen in Ystad.

Uit het zuidoosten kwamen rukwinden. Toen Wallander even na achten uit het portiek van zijn flat aan Mariagatan stapte, was het zeven graden. Hoewel hij zich had voorgenomen zo vaak mogelijk te voet naar het bureau te gaan, pakte hij deze ochtend de auto. Hij zat nu twee weken in de ziektewet. Gisteren had dokter Göransson die periode met nog een week verlengd. De bloedsuiker hadden ze inmiddels naar beneden weten te krijgen, maar Wallanders bloeddruk was nog steeds veel te hoog. Hij had een kwartier gerust voordat ze die hadden gemeten, maar toch was hij 160/120. Nog minstens een week mocht hij niet aan het werk. Wallander realiseerde zich echter dat het ook langer kon gaan duren.

Hij reed dan ook niet naar het politiebureau om te gaan werken. Hij had wel een belangrijke afspraak. Een afspraak die was gemaakt tijdens die chaotische dagen in augustus, toen ze nog niet wisten wie de brute dader was, en of hij opnieuw zou toeslaan.

Wallander kon zich het moment nog heel helder voor de geest halen. Martinson was op zijn kamer gekomen. Hij had verteld over zijn elfjarige zoon die erover begon te praten dat hij bij de politie wilde. Martinson had geklaagd dat hij niet wist wat hij moest zeggen. Wallander had toen beloofd dat hij met de jongen zou praten. Wanneer alles achter de rug was. Die belofte zou hij nu gestand doen. Hij had toen ook nog iets anders beloofd. Dat de jongen, die David heette, Wallanders uniformpet zou mogen passen. De vorige avond had Wallander die met veel moeite in een zak helemaal achter in zijn kleerkast gevonden. Bij Svedbergs begrafenis had hij hem niet kunnen vinden.

Hij had hem nu zelf opgezet en daarna zijn gezicht in de spiegel in de badkamer bekeken. Het was net of hij een verre en bijna vergeten foto van zichzelf bekeek. Er waren veel herinneringen bovengekomen.

Wallander parkeerde zijn auto en rende met opgetrokken schouders door de wind naar de ingang. Ebba was verkouden. Terwijl ze haar neus snoot, gebaarde ze naar hem dat hij op afstand moest blijven. Wallander bedacht dat ze over een jaar niet meer op het bureau zou werken. Ze was bijna pensioengerechtigd. Iets wat haar tegelijkertijd aanlokkelijk leek en angst inboezemde.

David zou om kwart voor negen komen. De wachttijd gebruikte Wallander voor het opruimen van zijn bureau. Over een paar uur zou hij Ystad verlaten. Hij aarzelde nog steeds of het een goed besluit was geweest of niet, maar hij dacht dat hij er toch wel naar uitkeek om in zijn auto te zitten, naar operamuziek te luisteren en door het herfstlandschap te rijden.

David was punctueel. Ebba was met hem meegelopen naar Wallanders kamer.

'Je hebt bezoek', zei ze glimlachend.

'Belangrijk bezoek', antwoordde Wallander.

De jongen leek op zijn vader. Hij had iets schuchters over zich, een trek die ook Martinson soms kenmerkte.

Wallander had zijn uniformpet op zijn bureau gelegd.

'Waar zullen we mee beginnen?' vroeg hij. 'Met de pet of met je vragen?'

'Mijn vragen.'

David haalde een briefje uit zijn zak. Hij had zich voorbereid.

'Waarom bent u agent geworden?' vroeg hij.

Wallander voelde zich overrompeld door die eenvoudige vraag. Hij moest nadenken. Hij had besloten de afspraak met David serieus te nemen. Als hij antwoorden gaf, moesten die ook eerlijk en doordacht zijn.

'Ik denk dat ik dat wilde worden, omdat ik dacht ik een goede agent zou worden.'

'Zijn dan niet alle agenten goed?'

Die vervolgvraag had de jongen niet op papier staan.

'De meesten. Maar niet allemaal. Ook niet alle leraren zijn goed.'

'Wat zeiden uw ouders toen u vertelde dat u agent wilde worden?'

'Mijn moeder zei niets. Zij was al dood toen ik het besluit nam.'

'Wat zei uw vader?'

'Hij was ertegen. Hij was er zo sterk tegen dat we bijna ophielden om met elkaar te praten.'

'Waarom?'

'Dat weet ik nog steeds niet. Dat klinkt misschien gek, maar het is wel zo.'

'U hebt het hem toch vast wel gevraagd?'

'Ik heb nooit een antwoord gekregen.'

'Maar is hij niet dood?'

'Hij is nog niet zo lang geleden doodgegaan. Nu kan ik het hem dus niet meer vragen. Ook al zou ik dat willen.'

Wallanders woorden leken David zorgen te baren. Onzeker zocht hij naar de volgende vraag op zijn papier.

'Hebt u er wel eens spijt van gehad dat u bij de politie bent gegaan?'

'Heel vaak. Ik denk dat iedereen dat wel heeft.'

'Waarom?'

'Je krijgt een hoop ellende te zien. Je voelt dat je tekortschiet. Je vraagt je af of je het volhoudt tot je oud bent.'

'Denkt u ook wel eens dat u iets goed doet?'

'Soms. Maar niet altijd.'

'Vindt u dat ik agent moet worden?'

'Ik vind dat je moet wachten voordat je een beslissing neemt. Ik vind dat je eigenlijk pas als je een jaar of zeventien, achttien bent misschien weet wat je wilt.'

'Ik wil of bij de politie, of wegenbouwer worden.'

'Wegenbouwer?'

'Het is vast fijn werk om het mensen gemakkelijker te maken om te reizen.'

Wallander knikte. Het was een verstandige jongen, maar zonder ouwelijk over te komen.

'Ik heb nog één vraag', zei David. 'Bent u wel eens bang?'

'Dat komt eigenlijk best vaak voor.'

'Wat doet u dan?'

'Dat weet ik niet. Ik slaap slecht. Ik probeer aan iets anders te denken. Als dat lukt.'

De jongen stopte zijn briefje in zijn zak en keek naar de pet. Wallander gaf hem die. David zette hem op zijn hoofd. Wallander nam hem mee naar een spiegel, zodat hij zichzelf kon zien. De pet was zo groot dat hij over zijn oren zakte. Daarna liep Wallander met hem naar de receptie.

'Als je nog meer vragen hebt, mag je terugkomen', zei Wallander.

Hij keek de jongen na toen die door de regen en de wind verdween. Toen hij op zijn kamer was teruggekomen, ging hij door met het opruimen van zijn stapels papier. De zin om weg te gaan was groter geworden. Hij wilde zo snel mogelijk weg uit het politiebureau.

Opeens stond Ann-Britt Höglund in de deuropening.

'Ik dacht dat jij in de ziektewet zat?'

'Dat is ook zo.'

'Hoe was je afspraak?'

Wallander keek haar niet-begrijpend aan.

'Welke afspraak?'

'Martinson heeft gekletst.'

'David is een verstandig ventje. Ik heb geprobeerd zo eerlijk mogelijk antwoord te geven op zijn vragen. Maar ik vraag me af of zijn vader hem er niet bij heeft geholpen.'

Hij zette nog een paar ordners weg. Zijn bureau was nu leeg. Ann-Britt was in zijn bezoekersstoel gaan zitten.

'Heb je tijd?'

'Eventjes. Ik ga een paar dagen weg.'

Ze stond op en deed de deur dicht.

'Eigenlijk weet ik niet waarom ik dit vertel', zei ze toen ze weer was gaan zitten. 'Ik wil je ook vragen om het voorlopig onder ons te houden.'

Ze houdt ermee op, dacht Wallander. Ze kan het niet meer aan. Dat is wat ze me komt vertellen.

'Beloof je het?'

'Ik beloof het.'

'Soms heb je het gevoel dat je je ellende althans aan één persoon kwijt moet.'

'Dat is voor mij denk ik net zo.'

'Ik ga scheiden', zei ze. 'We hebben een soort overeenkomst getroffen. Als je het althans eens kunt worden over iets dergelijks als je twee kleine kinderen hebt.'

Wallander besefte dat het hem helemaal niet verraste. Ze had vlak na de zomer immers al aangegeven dat haar huwelijk niet in orde was.

'Ik weet niet wat ik moet zeggen', zei hij.

'Je hoeft ook niets te zeggen. Ik wil niet dat je iets zegt. Het is voldoende dat je het weet.'

'Ik ben zelf ook gescheiden', zei hij. 'Of liever gezegd: er werd van mij gescheiden. Ik weet in elk geval wel iets van wat een ellende het kan zijn.'

'Toch red jij je goed.'

'Is dat zo? Ik zou het tegenovergestelde willen beweren.'

'In dat geval verberg je het goed.'

'Dat lukt geloof ik wel. Daar heb je misschien wel gelijk in.'

De regen kletterde tegen de ruit. De buien waren krachtiger geworden.

'Er is nog iets', zei ze. 'Larstam is bezig een boek te schrijven.'

'Wat voor soort boek?'

'Over zijn acht moorden. Over hoe dat voelde.'

'Hoe weet je dat?'

'Ik zag het in de krant staan.'

Wallander was geschokt.

'Wie betaalt hem daarvoor?'

'Een uitgeverij. Voor een onbekend bedrag, natuurlijk. Maar je kunt er rustig van uitgaan dat het flink zal zijn. De diepste geheimen van een meervoudig moordenaar zullen zeker verkopen.'

Wallander schudde heftig zijn hoofd.

'Daar word je toch misselijk van.'

'Misschien wordt hij wel rijk. Dat kun je van ons niet zeggen.'

'Misdaad kan op veel manieren lonen.'

Ze stond op.

'Ik wilde alleen maar dat je het wist', zei ze. 'Verder niets.'

In de deuropening draaide ze zich om.

'Goeie reis, waar je ook heen gaat.'

Ze verdween. Wallander dacht aan wat ze had verteld, haar scheiding en het boek van de moordenaar. Aan zijn eigen geschoktheid. En zijn bloeddruk.

Hij was van plan geweest het politiebureau te verlaten zodra hij klaar was, maar nu bleef hij toch zitten. De gebeurtenissen van twee maanden geleden keerden terug in zijn gedachten.

Ze waren erin geslaagd Larstam te pakken voordat hij voor de negende keer toesloeg. Naderhand was iedereen die met hem in contact kwam, getroffen door zijn beleefde en schuchtere aard. Ze hadden een monster verwacht, en als je keek naar de daden die hij had begaan, hadden ze natuurlijk ook een monster opgepakt. Maar het was geen mens van wie Sture Björklund karikaturen kon maken die hij daarna aan zijn opdrachtgevers in de internationale horrorfilmindustrie kon presenteren. Wallander dacht wel eens dat Åke Larstam de gewoonste mens was die hij ooit had ontmoet.

Hij had hem dagenlang verhoord. Vaak had hij gedacht dat Larstam niet alleen onbegrijpelijk was voor de buitenwereld maar ook voor zichzelf. Hij antwoordde open en eerlijk op de vragen die Wallander hem stelde. Toch was het net alsof ze eigenlijk nooit ergens achterkwamen.

'Waarom heb je hen omgebracht?' had Wallander gevraagd. 'Die drie jongelui in het natuurgebied. Je had hun brieven opengemaakt, je had stiekem uitgezocht waar ze zouden feesten. Daar heb je hen opgewacht. En schoot je hen dood.'

'Is er een beter einde denkbaar, wanneer je leven op zijn mooist is?'

'Heb je hen daarom omgebracht? Om hun een dienst te bewijzen?'

'Ik geloof het wel.'

'Geloof? Je moet het weten. Jij hebt alles gepland.'

'Je kunt ook plannen als je het alleen maar gelooft.'

'Je bent op reis gegaan in Europa en hebt kaarten op de bus gedaan. Je hebt hun auto's verstopt. Je hebt hun lichamen verstopt. Waarom?'

'Ik wilde niet dat ze zouden worden gevonden.'

'Maar waarom heb je ze dan begraven op de manier zoals je hebt gedaan? Zodat je hen weer te voorschijn kon halen?'

'Ik wilde die mogelijkheid hebben.'

'Maar waarom?'

'Ik weet het niet. Om zichtbaar te worden. Ik weet het niet.'

'Je neemt de moeite helemaal naar Bärnsö te reizen om Isa Edengren te vermoorden. Waarom kon je haar niet laten leven?'

'Als je ergens aan begint, moet je het afmaken.'

Soms hadden de verhoren een punt bereikt waarop Wallander het niet meer kon verdragen. Dan verliet hij de verhoorkamer en dacht hij dat er gewoonweg een monster binnen zat, ondanks de vriendelijke glimlach en het beleefde voorkomen. Vervolgens dwong hij zichzelf ertoe terug te keren, door te gaan. Ze hadden gesproken over het bruidspaar dat hij ook bespioneerd had. Dat hij evenmin had kunnen laten leven, omdat ze een geluk hadden uitgestraald dat hij niet kon verdragen.

Ten slotte hadden ze ook over Svedberg gesproken. En over de lange en gecompliceerde liefdesgeschiedenis die zich in het geheim had afgespeeld. Over het driehoeksdrama waarvan ook Bror Sundelius deel had uitgemaakt, die niet had geweten dat Svedberg hem met een andere man bedroog. Ze hadden gesproken over Stridh, die van de relatie op de hoogte was geweest en had gedreigd die openbaar te maken. Ze hadden gesproken over Svedbergs vrees, toen hij begreep dat de man die hij al tien jaar kende, misschien degene was die achter de verdwijning van de jongelui zat. Ze hadden zelfs gesproken over de telescoop die Larstam in Björklunds schuur had gezet. Als dwaalspoor, als afleidingsmanoeuvre.

Tijdens de langdurige verhoren had Wallander vaak een gevoel gehad dat hij eigenlijk geen volledige antwoorden kreeg. Er was altijd iets zwevends aan wat Larstam zei. Hij was altijd vriendelijk, verontschuldigde zich wanneer hij het zich niet goed meer leek te herinneren. Maar er zat een leemte in hem, waarin Wallander nooit wist door te dringen. Ook de relatie tussen Larstam en Svedberg kon Wallander niet begrijpen.

'Wat gebeurde er die ochtend nou eigenlijk?' vroeg hij.

'Welke ochtend?'

'Toen je naar Svedbergs flat ging om hem dood te schieten? Met een wapen dat je tijdens een inbraak in Ludvika had gestolen? Toen je je zus in Fredriksberg bezocht?'

'Ik moest hem wel doden.'

'Waarom?'

'Hij beschuldigde mij. Dat ik iets met die verdwenen jongelui te maken had.'

'Ze waren niet verdwenen. Ze waren dood. Hoe kwam het dat hij jou was gaan verdenken?'

'Ik had het erover gehad.'

'Had je hem verteld wat je had gedaan?'

'Nee. Maar ik vertelde hem mijn dromen.'

'Welke dromen?'

'Over hoe ik mensen het lachen liet vergaan.'

'Waarom mochten de mensen niet lachen?'

'Vroeg of laat slaat geluk om. Dat wilde ik hun besparen. Daar droomde ik van en dat vertelde ik hem.'

'Dat je er soms aan dacht om mensen dood te maken die vrolijk waren?'

'Ja.'

'Hij begon je dus te verdenken?'

'Ik merkte het pas een paar dagen daarvoor.'

'Voor wat?'

'Voor ik hem doodschoot.'

'Wat gebeurde er toen?'

'Hij begon vragen te stellen. Het was net of hij mij verhoorde. Ik werd nerveus. Ik vind het niet prettig om zenuwachtig te worden.'

'Toen ben je dus naar hem toe gegaan om hem dood te schieten?'

'Hij zat in zijn stoel. Eerst wilde ik hem vragen om niet langer al die vragen te stellen, want daar werd ik nerveus van. Maar hij ging door. Toen moest ik wel een eind aan alles maken. Ik had het geweer meegenomen. Dat stond in de hal. Ik heb het opgehaald en heb hem doodgeschoten.'

Wallander had er lang het zwijgen toe gedaan. Hij had zich Svedbergs laatste levensmomenten proberen voor te stellen. Had hij nog tijd gehad om het te begrijpen? Of was het te snel gegaan?

'Het moet moeilijk zijn', zei hij toen. 'Om iemand te doden van wie je houdt.'

Larstam had geen antwoord gegeven. Zijn gezicht was blanco. Ook toen Wallander de vraag nog een keer stelde, kwam er geen antwoord.

Nadien had Wallander zichzelf er met moeite toe gedwongen door te gaan. Toen ze Larstams kleding hadden doorzocht, nadat Wallander hem in het bos had gevonden, vonden ze in zijn zak een fototoestelletje. Op het rolletje dat ze ontwikkeld hadden, hadden twee foto's gestaan. De eerste was genomen in het natuurgebied,

vlak nadat Larstam de drie jongelui had omgebracht. De tweede was op Bärnsö genomen, met een flitser. Isa Edengren zat in elkaar gekropen op de grond achter de varens.
Wallander had de foto's voor zich op tafel gelegd.
'Waarom maakte je foto's van je slachtoffers?'
'Ik wilde het me herinneren.'
'Je wat herinneren?'
'Hoe het was.'
'Je bedoelt het gevoel om een paar onschuldige jongelui te doden?'
'Eigenlijk eerder dat ik had gedaan wat ik me had voorgenomen.'
Wallander had nog meer vragen gehad, maar hij was zo misselijk geworden dat hij de foto's wegschoof. Hij kon het niet meer opbrengen. In elk geval op dat moment niet.
In plaats daarvan was hij overgestapt op de laatste nacht, toen Larstam op hem had gewacht in zijn flat aan Mariagatan.
'Waarom had je mij eigenlijk tot je volgende doelwit gemaakt?'
'Ik had niemand anders.'
'Wat bedoel je daarmee?'
'Ik was eigenlijk van plan om te wachten. Misschien een jaar, misschien langer. Maar toen voelde ik de behoefte om door te gaan. Toen alles zo goed ging.'
'Maar waarom ik? Ik ben niet bepaald een gelukkig iemand. Ik lach niet vaak.'
'U hebt wel een baan waar u naartoe moet. Ik heb foto's van u in de krant zien staan waarop u glimlacht.'
'Maar ik was ook niet verkleed. Ik had niet eens een politieuniform aan.'
Larstams antwoord verraste hem.
'Dat was ik wel van plan geweest.'
'Wat dan?'
'Om u te verkleden. Ik was van plan geweest u mijn pruik op te zetten. Ik was van plan om uw gezicht op dat van Louise te laten lijken. Ik had haar niet langer nodig. Zij mocht sterven. Ik had besloten dat ik als een andere vrouw zou herrijzen.'
Larstam had hem recht in de ogen gekeken. En Wallander had

teruggekeken. Maar wat hij nu eigenlijk dacht te zien, kon Wallander niet bepalen.

Hij zou het moment echter nooit vergeten.

Ten slotte waren er geen vragen meer geweest. Wallander had het beeld overgehouden van een man die gek was geworden, die nooit ergens bij had gehoord en die uiteindelijk tot een geweldsuitbarsting was gekomen die hij totaal niet meer in de hand had. In het psychiatrisch onderzoek dat verricht werd, werd dat beeld wat duidelijker. Een gekoeioneerd en onderdrukt kind dat nooit iets anders had geleerd dan de kunst om zich te verbergen en te ontsnappen. Die het niet aankon toen hij er bij het ingenieurskantoor werd uitgegooid. En die toen had besloten dat glimlachende mensen slechte mensen waren.

Wallander had bedacht dat er over dit alles een angstaanjagende slagschaduw lag, waaronder het hele land gebukt ging. Steeds meer mensen die overbodig waren, zouden tot onwaardige levens in onbarmhartige marges worden veroordeeld. Daar zouden ze dan naar binnen staan staren bij degenen die aan de goede kant waren terechtgekomen, die een reden werd vergund om blij te zijn.

Wallander herinnerde zich een onafgemaakt gesprek dat hij een keer met Ann-Britt Höglund had gevoerd. Ze hadden het erover gehad dat het verval van de Zweedse samenleving al veel verder was voortgeschreden dan ze zich eigenlijk realiseerden. Het irrationele, zinloze geweld dat een bijna natuurlijk bestanddeel van het leven van alledag was geworden. Het gevoel dat ze al een stap achterliepen. Terwijl de rechtsstaat op veel terreinen al was opgehouden te functioneren. Voor het eerst in zijn leven had Wallander zich de vraag gesteld of het niet zo was dat ook de Zweedse maatschappij helemaal kon instorten. Op een bepaald punt, wanneer er genoeg gebreken waren. Hoe ver ligt Bosnië eigenlijk bij ons vandaan, had hij gedacht. Misschien is dat veel dichter bij dan ik altijd dacht. Die gedachten hadden de hele tijd door zijn achterhoofd gespeeld toen hij Larstam tegenover zich had zitten. Iemand die misschien niet zo onbegrijpelijk was als hij eigenlijk zou moeten zijn. Iemand die liet zien wat er gaande was. Een innerlijk verval dat je kon vervlechten met een uiterlijk verval.

Ten slotte viel er niets meer te zeggen. Wallander had er een punt achter gezet, Åke Larstam was weggevoerd, en dat was het dan.

Een paar dagen later had Eva Hillström zelfmoord gepleegd. Dat had Ann-Britt Höglund hem verteld. Wallander had zwijgend geluisterd. Daarna had hij het politiebureau verlaten, een fles whisky gekocht en zich een stuk in de kraag gedronken.

Hij had naderhand nooit gereageerd op wat er was gebeurd. Nooit gezegd wat hij had gevoeld. Dat zij uiteindelijk Åke Larstams negende en laatste slachtoffer was geworden.

Ten slotte pakte hij zijn jas, stond op en ging weg. Zijn tas had hij al in de kofferbak gezet. Zijn mobiele telefoon had hij bij zich. Maar die legde hij op de achterbank na er zich van te hebben vergewist dat hij uit stond.

Het was tien minuten over tien toen hij Ystad uitreed. Hij reed naar Kristianstad en daarna verder richting Kalmar.

Om twee uur 's middags sloeg hij af naar het wegrestaurant bij Västervik. Hij wist dat het in de herfst en de winter gesloten was, maar toch had hij de vage hoop dat ze er zou zijn. In de herfst had hij er vaak aan gedacht om haar te bellen, maar het was er nooit van gekomen. Hij wist ook niet echt goed wat hij eigenlijk van haar wilde. Hij stapte uit zijn auto. De wind en de regen waren vanuit Skåne met hem meegereisd. Herfstbladeren kleefden aan de grond. Alles was afgesloten. Hij liep rond het restaurant, naar de achterkant, naar de kamer waar hij had geslapen toen hij op de terugweg was van Bärnsö. Hoewel dat nog maar een paar maanden geleden was, had hij het gevoel dat het nooit was gebeurd. Of zo lang geleden dat de herinnering al troebel was geworden.

Hij werd onrustig van het gesloten gebouw.

Hij keerde terug naar zijn auto en zette zijn reis voort. Naar het einddoel waarvan hij zich nog steeds afvroeg of het wel echt zijn keuze was.

In Valdemarsvik stopte hij om een fles whisky te kopen.

Hij dronk een kop koffie en at een paar broodjes in een koffiehuis. Toen hij bestelde zei hij erbij dat hij geen boter op de broodjes wilde. Het was vijf uur en toen hij over de bochtige weg langs

Valdemarsviken naar Gryt en Fyrudden reed, was het al donker geworden.

Lennart Westin had hem begin september onverwacht opgebeld. Toen het allemaal achter de rug was, Larstam gevangenzat, het onderzoek was afgerond en aan Thurnberg was overgedragen. Het was op een middag geweest toen Wallander een jongeman had zitten verhoren die zijn vader had mishandeld. Het was een moeizaam en troosteloos gesprek. Wallander was er niet in geslaagd helderheid te krijgen in wat er nou eigenlijk was gebeurd. Ten slotte had hij het opgegeven en had Hanson het overgenomen. Toen hij zijn kantoor binnenkwam, had de telefoon gerinkeld. Het was Westin. Hij had gevraagd wanneer Wallander van plan was naar de scherenkust te komen om hem op te zoeken. Wallander was vergeten dat Westin hem al tijdens een eerder telefoongesprek had uitgenodigd. Hij had nee willen zeggen, maar had ja gezegd, in de overtuiging dat het er toch niet van zou komen. Ze hadden eind oktober afgesproken. Westin had hem later weer gebeld om hem aan de afspraak te herinneren. En nu was hij onderweg.

Ze hadden afgesproken dat Wallander om zes uur in Fyrudden zou zijn. Westin zou hem daar komen ophalen. Wallander zou tot zondag bij hen logeren.

Wallander was dankbaar voor het aanbod. Maar ook bang. Hij ging zelden of nooit om met mensen die hij niet kende. Dit najaar was voor hem het zwaarste geweest in jaren. Hij dacht voortdurend aan zijn gezondheid, was vaak bang dat hij ieder moment een hartaanval kon krijgen, ook al probeerde dokter Göransson hem geduldig te kalmeren. Hij was op de goede weg. De suikerwaarden waren stabiel, hij was afgevallen en had zijn eetgewoontes gewijzigd. Toch had Wallander vaak het gevoel dat het al te laat was. Hoewel hij nog geen vijftig was, had hij in sombere uren het gevoel dat hij al in geleende tijd leefde. Een onzichtbaar fluitje kon ieder moment een eind maken aan het spel.

Hij sloeg af naar de haven van Fyrudden. Het waaide hard. De regen kletterde tegen de ruiten van de auto. Hij parkeerde op dezelfde plek waar hij in de zomer ook had gestaan. Zette de motor uit en hoorde de golven tegen de kade slaan. Tegen zessen zag hij lichten naderbij komen. Het was Westin.

Hij stapte uit zijn auto, pakte zijn tas en liep naar hem toe.

Westin kwam uit de stuurhut. Wallander herinnerde zich zijn glimlach.

'Welkom!' riep Westin in de wind. 'We vertrekken meteen. Het eten is klaar.'

Hij nam Wallanders tas aan. Op onvaste benen klom Wallander aan boord. Hij had het koud in de wind. De temperatuur was aan het dalen.

'Je bent toch gekomen', zei Westin toen Wallander in de stuurhut was geklommen.

Op dat moment begreep Wallander zijn aarzelingen niet meer. Hij was blij dat hij zich in Westins boot bevond, de duisternis en de harde wind tegemoet.

Westin deed de boot gieren. Wallander hield zich vast. Toen ze de haven uit voeren, voelde hij hoe de golven tegen de boorden sloegen.

'Ben je bang op zee?' vroeg Westin.

Zijn stem bevatte geen spoor van ironie. Eerder van zorg.

'Dat ben ik zeker', zei Wallander.

Westin ging geleidelijk sneller varen. Wallander voelde opeens dat hij genoot. Hij vroeg zich af waarom. Toen drong tot hem door wat het antwoord moest zijn.

Niemand wist waar hij was. Niemand kon hem bereiken. Voor het eerst in heel lange tijd werd hij volledig met rust gelaten.

De volgende dag was Wallander al om zes uur wakker. Hij had hoofdpijn. Ze hadden de vorige avond vele glazen whisky gedronken. Wallander had zich in huize Westin meteen thuis gevoeld. Twee verlegen kinderen, Westins vrouw die hem meteen als een oude vriend beschouwde. Een vismaaltijd, koffie en whisky. Ze hadden hem over hun leven aan de scherenkust verteld. Wallander had geluisterd, af en toe een vraag gesteld. De kinderen waren naar bed gegaan, daarna Westins vrouw ook. Westin en hij waren blijven zitten tot de fles bijna leeg was. Af en toe was Wallander even naar buiten gegaan, om een frisse neus te halen en te plassen. Het regenen was opgehouden, maar het was kouder geworden. Westin verwachtte dat de wind tegen de ochtend zou gaan afnemen.

Wallander had in een uitbouw van het huis geslapen. Het was al twee uur toen ze naar bed gingen. Wallander had naar de wind liggen luisteren. Hij had geen moment aan Larstam gedacht. Of aan het politiebureau. Of zelfs aan Ystad.

Hoewel hij maar vier uur geslapen had, voelde hij zich uitgerust toen hij ontwaakte. Hij bleef in bed liggen en staarde de duisternis in. Hij wachtte tot het zeven uur was, stond toen op, kleedde zich aan en ging naar buiten. Westin had gelijk gehad. De wind was afgenomen. Op een thermometer naast het keukenraam zag Wallander dat het rond het vriespunt was. Zware wolken hingen aan de hemel. Hij liep het pad af naar de zee. Tussen de bomen rook het fris. Algauw stond hij op de rotsen. Recht voor hem lag de open zee. Westins boot lag in een baai vlakbij, beschermd tegen de wind uit het noorden en het oosten. Hij liep langs de rotsen en zag hoe de dageraad de horizon langzaam verlegde. Opeens zag hij Westin vanaf het huis over het pad aankomen.

'Het was gisteravond heel gezellig', zei Wallander. 'Ik kan me niet herinneren wanneer ik voor het laatst zo'n avond heb meegemaakt.'

'Ik hoorde je opstaan', zei Westin. 'Ik had gedacht dat we een tochtje met de boot zouden kunnen maken. Ik wil je iets laten zien. Niets bijzonders. Maar toch.'

'Wat dan?'

'Een eiland. Een van de verste eilandjes. Hammarskär.'

Westin had een plastic tas in zijn hand.

'Ik heb koffie bij me', zei hij. 'Maar de whisky is op.'

Ze liepen naar het boothuis. Het werd nu snel lichter. De zee was loodgrijs, de wind was bijna helemaal gaan liggen. Westin voer achteruit en richtte vervolgens de steven naar de open zee. Ze passeerden met bomen begroeide scheren en daarna steeds kalere en zeldzamer rotsen. Westin wees naar een eiland dat het verst in zee lag, alleen. De boot gleed zacht over de rollende baren. Algauw naderden ze het eiland. Westin minderde vaart en voer langzaam naar de zuidkant ervan.

'Ik had gedacht dat jij aan land springt', zei Westin. 'Ik kan hier niet aanleggen. Ik blijf ondertussen met de boot hier. Maar ik kan de steven wel dichterbij brengen. Denk je dat je het redt om aan land te springen?'

'Als ik erin val moet je me maar opvissen.'

'Als je in westelijke richting loopt, zul je de resten van oude stenen fundamenten van huizen zien', vervolgde Westin. 'Vroeger was het hier bewoond. Hoe ze zich hier konden redden, is een raadsel. Er heeft hier aan het eind van de achttiende eeuw familie van mij gewoond. Een jong stel. Op een dag in oktober, bijna zoals nu, stak er plotseling een storm op uit het noordoosten. Ze moesten de zee op om hun netten in veiligheid te brengen. Hun boot kantelde. Ze kwamen allebei om. Ze hadden kleine kinderen thuis. Onder andere een jongetje dat later door pleegouders werd opgenomen. Hij heette Lars Olsson. Een van zijn kleinkinderen veranderde de naam in Westin. Ik stam daar in rechte lijn vanaf.'

Terwijl hij aan het vertellen was, had Westin koffie in bekers geschonken.

'Ik had gedacht dat je daar maar eens aan land moest gaan', vervolgde hij. 'Daar begint Zweden. En eindigt het. Afhankelijk van welke kant je het bekijkt.'

Terwijl de boot lag te schommelen op de golven dronken ze hun koffie. Daarna wendde Westin de steven naar een uitstekende rots, waar het water voldoende diep was. Wallander slaagde erin zonder te vallen aan land te springen. De boot voer achteruit. Westin kwam uit de stuurhut.

'Neem de tijd', zei hij. 'Ik wacht.'

Tapijten van heide spreidden zich uit. In een paar dalletjes stonden elzenbosjes dicht opeen en met elkaar vergroeid. Verder waren de rotsen kaal. In een spleet lag het eenzame skelet van een vogel. Wallander liep in westelijke richting. Hij klom over vochtige rotsen, waarvan het mos losliet onder zijn gewicht, en gleed uit. Achter een paar dichte bosjes zag hij een inham. Een natuurlijke haven. Daar lagen ook de resten van de fundamenten van de huizen waar Westin het over had gehad. De boot zag hij niet meer. Die ging schuil achter de rotsen waar hij overheen was geklauterd. Alles was stil. Alleen de zee deinde. Het gevoel van eenzaamheid was heel groot. Maar ook een gevoel dat je je in een middelpunt bevond. Een plaats waar het uitzicht zich de hele tijd verruimde.

Hier begint Zweden, dacht Wallander. Precies zoals hij zei. Hier begint en eindigt het. De scheer die zich nog steeds, langzaam en onzichtbaar, uit zee verheft. De Zweedse basis.

Hij voelde zich ontroerd. Zonder eigenlijk te weten waardoor. Hij probeerde zich voor te stellen hoe het was geweest om hier te leven. Aan de uiterste kust, in rottende houten huizen, in armoede en met voortdurende ontberingen.

Hier begint Zweden en hier eindigt het. Hier bevond hij zich midden in iets waarvan hij de reikwijdte niet goed kon overzien. Als de geschiedenis een landschap was, kon hij zich hier naar achteren en naar voren wenden, tegelijkertijd.

Ten noorden van het dalletje met de resten van de huizen bevond zich een rotsheuvel die het hoogste punt van het eiland moest zijn. Hij keek of hij een weg kon vinden om daarop te komen. Een paar keer gleed hij uit, één keer struikelde hij en kreeg hij een gat in zijn broekspijp. Maar uiteindelijk bereikte hij toch de top. Vanaf deze afstand leek de boot die op de golven lag te deinen klein. Wallander keek rond. De open zee, kliffen en riffen in het oosten en het noorden. Naar het zuiden en het westen nam het aantal eilanden toe. Eenzame vogels stegen en daalden op de thermiek. Maar geen vaartuigen, geen eenzame zeilboten die voor de wind zeilend hun thuishavens voor de winter probeerden te bereiken. De vaargeulen lagen er verlaten bij, de bakens stonden op een onzichtbare ondergrond, als in de steek gelaten beelden in een museum dat 's winters gesloten is.

Wallander stelde zich voor dat hij zich in een hoge toren bevond. Hiervandaan kon hij zijn positie bepalen. Het eiland en het uitzicht op zee gaven hem ook geen ruimte voor uitvluchten.

Binnenkort werd hij vijftig. Het grootste gedeelte van zijn leven zat er al op. Hij kon niet op zijn schreden terugkeren en opnieuw beginnen. Een paar jaar geleden had hij een hele tijd rondgelopen met de overweging of hij bij de politie zou stoppen en een andere loopbaan zou kiezen. Misschien als beveiligingschef bij een bedrijf? Hij had advertenties uitgeknipt, hij had bijna een besluit genomen, maar het daarna weer verworpen. Nu wist hij dat daar niets van zou komen. Hij was en bleef rechercheur. Hij zou ook nooit weggaan uit Ystad. Nog minstens tien jaar zou hij op zijn kamer op het politiebureau zitten. Daarna zou hij de deuren voor het laatst achter zich dichttrekken, als gepensioneerde, en wat er dan zou gebeuren wist hij niet.

Hoe moest hij het volhouden? Hij speurde de zee af, in de hoop een antwoord te vinden. Maar er waren alleen zwijgende golven.

Hij bedacht dat het leven steeds harder zou worden. Steeds meer buitengesloten mensen, steeds meer jongelui die niets anders zouden erven dan het gevoel dat ze overbodig waren. De komende jaren zouden worden gekenmerkt door tralies en sleutelbossen.

Hij bedacht ook dat het beroep van politieman eigenlijk maar één ding betekende. Weerstand bieden. Ondanks alles deze negatieve krachten bestrijden met extra inzet.

Hij wist echter dat dat antwoord onvoldoende was. De vraag was of dat antwoord zelfs wel het juiste was. De Zweedse politici waren voor het merendeel van onbesproken gedrag, de vakbonden werden niet beheerst door de maffia of door bendes. Zweedse ondernemers liepen niet gewapend rond, stakende arbeiders werden zelden met de wapenstok neergeslagen. Maar de kloof die door de samenleving liep, werd voortdurend wijder. Misschien deed die denken aan de landverhoging, dat het zo langzaam ging dat je het pas nadien merkte? Maar die kloof zat er, daar kon je niet omheen. Er ontstond in het land een nieuwe indeling van het volk. Van degenen die nodig waren en degenen die overbodig waren. Als je in die realiteit agent was, betekende dat dat je met steeds moeilijker keuzesituaties zou worden geconfronteerd. Ze zouden het oppervlakkig gezien schoonhouden, maar daaronder zou de rotting doorgaan, in de fundamenten van de maatschappij.

Alles zou harder worden. Hij zou de jaren die hij nog voor de boeg had eigenlijk met beven tegemoet moeten zien.

Hij liet zijn blik naar Westins boot glijden.

Hij bedacht dat hij niet langer kon wegblijven. Westin had hem gezegd dat hij de tijd moest nemen, maar hij was al lang weg.

Toch was er iets wat hem vasthield. Het gevoel in de onzichtbare toren van het eiland te staan. Het uitzicht, het overzicht, het gevoel met zichzelf samen te vallen.

Hij was graag nog wat langer blijven staan, maar hij wilde Westins geduld niet op de proef stellen. Langzaam en voorzichtig liet hij zich langs de rotsen naar beneden zakken.

Op de terugweg bleef hij nog kort bij de oude fundamenten staan. Hier en daar waren stenen los gaan zitten. Hij kreeg het gevoel dat ze langzaam bezig waren terug te keren naar de plaats waar ze ooit waren weggehaald.

Toen hij op het strand kwam, pakte hij een scherf van een steen op en stopte die als aandenken in zijn zak. Daarna liep hij door naar de punt waar hij aan land was gesprongen.

Westin zag hem naderen en begon voorzichtig naar de rotsen te navigeren.

Net toen Wallander aan boord wilde klimmen, voelde hij dat het begon te sneeuwen.

Eerst een paar losse vlokken, toen sneeuwval die meteen dichter werd.

Het slechte weer kwam uit het noordoosten en trok snel over de eilanden die het verst in zee lagen. De temperatuur was nu onder het vriespunt gedaald.

De winter kwam eraan, de herfst was voorbij.

Wallander klom aan boord. De boot wendde de steven. Hij zag hoe het eiland langzaam vervaagde in de dichte sneeuwval.

De dag daarna, zondag 27 oktober, reed hij terug naar Ystad.

Het sneeuwen was toen opgehouden.

In Skåne was het nog herfst.

Nawoord

In de wereld van de roman heerst vrijheid. Wat er getekend wordt kan precies zo hebben plaatsgevonden als het er staat, maar wie weet is het toch op een enigszins andere manier gebeurd.

Dat schreef ik in het nawoord bij *De vijfde vrouw*.

Die woorden verdienen het nu herhaald te worden. Omdat ze natuurlijk nog steeds van kracht zijn.

In die vrijheid zijn dus alle vrijheden inbegrepen die ik mij veroorloof. Niet in de laatste plaats mijn geheel eigen verandering van de interne organisatie bij de posterijen voor wat betreft het sorteren en bezorgen van de post, alsmede van de loop van verschillende postroutes. In dit verband moet ik onderstrepen dat mijn eigen relatie met postbodes op het platteland uitstekend is. Natuurlijk is niemand van de personages in dit boek gemodelleerd naar voorbeelden uit de werkelijkheid.

Ik heb mij ook andere vrijheden veroorloofd. Heb wegen verplaatst, verkort of verlengd. Een natuurgebied is ook op zo'n manier gewijzigd dat velen er waarschijnlijk zouden verdwalen. Een enkele cementmolen maakt misschien meer lawaai dan gebruikelijk is. Verder heb ik zonder iemand om toestemming te vragen een vereniging opgericht en die een feestelijk diner laten gebruiken. Dat, en nog veel meer.

Maar het verhaal wordt gedragen door zijn idee.

De grootste vrijheid die ik dus heb genomen, is het schrijven van dat verhaal.

Stenhejdan, april 1997
Henning Mankell

Henning Mankell bij Uitgeverij De Geus

De Inspecteur Wallander-reeks

Moordenaar zonder gezicht

Inspecteur Kurt Wallander probeert de voortgang van het onderzoek naar een wrede dubbelmoord zo veel mogelijk buiten de publiciteit te houden. Toch lekt er informatie uit over de mogelijke betrokkenheid van in de nabijheid gehuisveste asielzoekers.

Honden van Riga

In een rubberboot treft de Zweedse politie twee doden aan. De mannen blijken voor hun executie gemarteld te zijn. Inspecteur Kurt Wallander volgt het spoor naar de Letse hoofdstad Riga, waar hij een pion dreigt te worden in een Baltische intrige.

De witte leeuwin

Tijdens het onderzoek naar de verdwijning van de Zweedse makelaar Louise Åkerblom komt inspecteur Kurt Wallander op het spoor van geheime voorbereidingen voor een politieke aanslag in Zuid-Afrika. Is hij nog op tijd om de aanslag te verijdelen?

De man die glimlachte

De moord op advocaat Torstensson wordt korte tijd later gevolgd door de moord op zijn zoon Sven, een vriend van Kurt Wallander. Tijdens het onderzoek komt Wallander in een wespennest van fraude terecht. Zijn tegenstander is een machtig zakenman zonder enige scrupule.

Dwaalsporen

Kurt Wallander moet hulpeloos toezien hoe een jonge vrouw zichzelf door verbranding van het leven berooft. Drie afschuwelijke moorden volgen. Het spoor voert Wallander naar een netwerk van smokkel en seksueel misbruik.

De vijfde vrouw

Drie even bizarre als gruwelijke moorden schokken het zuiden van Zweden. Kurt Wallander concludeert al snel dat de misdrijven verband houden en bewust geënsceneerd zijn als openbare executies. De vraag is wat de dader ermee wil zeggen.

Midzomermoord

Kurt Wallander gaat op zoek naar drie jongelui die na midzomernacht zijn verdwenen. Als hij met collega Svedberg wil overleggen, blijkt ook hij aanvankelijk onvindbaar, tot hij vermoord wordt aangetroffen in zijn eigen woning. Er lijkt een verband te zijn met de drie verdwenen jongeren.

De blinde muur

Hackers hebben het voorzien op het computersysteem van de Wereldbank teneinde de wereldeconomie in een chaos te storten. Inspecteur Kurt Wallander komt voor een geheel nieuw soort criminaliteit te staan: computermisdaad op internationale schaal.

Overige romans van Henning Mankell

Daniël, zoon van de wind

Eind 19de eeuw ontfermt de Zweedse avonturier Bengler zich over een negerjongetje, dat hij Daniël noemt en meeneemt naar Zweden. Als Bengler onverwacht het land moet verlaten, blijft Daniël achter in de hoede van een eenvoudig boerengezin.

Verteller van de wind

Het tragische leven en sterven van de jongen Nelio, die, na zijn vlucht voor de rebellen op het Afrikaanse platteland, op tienjarige leeftijd de leider wordt van een groep straatkinderen in de stad. Eerder verschenen als *Comédia infantil.*

Tea-Bag

Een Afrikaans meisje komt via Spanje in Zweden terecht. Daar woont ze een lezing bij van de dichter Jesper Humlin. Zij en enkele van haar lotgenoten willen hun ervaringen opschrijven en Humlin besluit hen te begeleiden.